NATALIE MEG EVANS

DIE *Kleiderdiebin*

ROMAN

Aus dem Englischen
von Stefanie Fahrner

WILHELM HEYNE VERLAG
MÜNCHEN

Die Originalausgabe THE DRESS THIEF
erschien 2014 bei Quercus, London

MIX
Papier aus verantwortungsvollen Quellen
FSC® C014496

Verlagsgruppe Random House FSC® N001967
Das für dieses Buch verwendete
FSC®-zertifizierte Papier *Holmen Book Cream*
liefert Holmen Paper, Hallstavik, Schweden.

Vollständige deutsche Erstausgabe 10/2015

Redaktion: Angelika Lieke
Karte: © Natalie Meg Evans 2014
Umschlaggestaltung: Eisele Grafik Design, München
Printed in Germany 2014
Satz: Leingärtner, Nabburg
Druck und Bindung: GGP Media GmbH, Pößneck
ISBN: 978-3-453-41867-7

www.heyne.de

Für Richard, der immer für mich da ist.

Prolog

Elsass, Ostfrankreich, 1903

Die dumpfen Schläge, die durch das Fachwerkhaus dröhnten, töteten einen Mann und stürzten einen anderen ins Verderben. Beim ersten Schlag krachte Metall gegen Knochen. Beim zweiten prallte der Kopf des Opfers gegen eine Ecke des Ofens.

Danach war alles still. Nur eine Staubwolke schwebte durch den Raum, und die Öllampe flackerte, weil sie fast leer war. Der junge Mann ließ die Eisenstange fallen. Er wollte, dass sich das Opfer zu seinen Füßen rührte, einen Ton von sich gab, aber Alfred Lutzmans Augen waren wie erstarrt in ihrer letzten Gefühlsregung. Das Porträt auf der Staffelei würde für immer unvollendet bleiben.

Er wollte weglaufen. Warum sollte er für einen Moment des Wahnsinns bezahlen, vielleicht sogar mit dem Leben? Ein erstickter Schrei hielt ihn an der Tür auf. Die Frau des Künstlers stand bewegungslos unter einem Oberlicht, auf dem sich der Schnee auftürmte. Das Blut, das ihre linke Schläfe hinabrann, schien sie gar nicht zu bemerken, wohl aber, dass er fliehen wollte. Sie sagte etwas auf Jiddisch, und ihre Stimme wurde schrill. Er unterbrach sie auf Deutsch – das war ihre gemeinsame Sprache. »Frau Lutzman, hören Sie mir zu. Das hier …« Er warf einen Blick auf den Toten und spürte Übelkeit in sich aufsteigen. »Das hier war ein schrecklicher Unfall.«

Sie flüsterte: »Nein, es war kein Unfall. Wir müssen zur Polizei.«

»Auf keinen Fall.« Sein Ton war so barsch wie der seines Vaters, wenn er mit Untergebenen zu tun hatte. »Sie würden uns vor Gericht stellen. Ich habe keine Angst davor, aber würden Sie ein Kreuzverhör durchstehen? Wissen Sie, welche Strafe auf Mord steht? Die Guillotine. Was würde aus Ihrem Kind werden? Wir müssen eine andere Lösung finden. Eine Geschichte, die den Verdacht von uns beiden ablenkt. Ich werde abstreiten, dass ich hier gewesen bin.«

»Und mich für alles zahlen lassen?«

»Wir sagen, dass sich Ihr Mann hierher zurückgezogen hat, um ein Bild fertig zu malen. Das stimmt ja auch. Sie waren … Sie waren in der Küche und bereiteten das Abendessen zu, und die Tür war geschlossen. Sie haben nichts gesehen und nichts gehört. Meinen Namen werden Sie nicht erwähnen, niemals.«

Danielle Lutzman starrte ihn an, und ihre Lippen formten tonlos seine letzten Worte. Im Winterlicht wirkte sie jünger, als er sie zuvor eingeschätzt hatte. Unter ihrem zerlumpten Kleid verbarg sich ein geschmeidiger Körper, und ihr schwarzes, glänzendes Haar ringelte sich unter ihrem Kopftuch hervor. Lag hinter der Verzweiflung ein Hauch von Verständnis in ihren Augen? Eine Ewigkeit verging, bis sie endlich nickte. »Ich habe nichts gesehen und nichts gehört.«

»Halten Sie sich daran, Frau Lutzman, und ich erledige den Rest. Erzählen Sie keiner Menschenseele, wie es gewesen ist. Schwören Sie mir das?«

Sie nickte, und er sah die Gelegenheit gekommen zu verschwinden. Der Geruch von Tod und Lampenöl war nicht mehr länger zu ertragen. Aber irgendetwas hinderte ihn daran, den ersten Schritt zu tun. Dann schlug unten eine Tür zu. Von Panik ergriffen starrten sie sich an.

»Mama, ich bin zu Hause«, erklang eine zarte Kinderstimme.

Danielle Lutzman keuchte. »Das ist Mathilda, meine Tochter. Lassen Sie sie nicht hier heraufkommen! Ich will nicht, dass sie das hier … Bitte, halten Sie sie auf!«

Er konnte sich nicht von der Stelle rühren.

»Mama, Papa, wo seid ihr?« Hölzerne Sohlen klapperten die Treppe herauf. »Ich bin früher nach Hause gekommen. Wir haben schneefrei. Papa, ich will dir eine von meinen Zeichnungen zeigen!«

»Halten Sie sie auf«, flehte Danielle.

Als er sich endlich wieder unter Kontrolle hatte, war es schon zu spät. Die Tür flog auf, und eine kleine Gestalt mit bunten Haarbändern und hüpfenden Zöpfen platzte ins Atelier.

I

1

Paris, 1937

Mathildas Tochter verließ das Gebäude der Telefonvermittlungsstelle. Sie trug ein dunkelgrünes Kostüm, das in seiner Strenge nicht ganz zu ihrer Jugend passte.

Ihr schräg aufgesetzter Trilby-Hut und ihre schwarzen Glacélederschuhe deuteten an, dass sie eine vermögende Dame war, genau wie die Seidenstrümpfe, die ihre schmalen Waden und zarten Knöchel betonten. Sie trug eine schwarze Handtasche und dazu passende Handschuhe. Als sie mit eiligen Schritten die Rue du Louvre entlangging, erntete sie so manchen bewundernden Blick – und gelegentlich auch ein anzügliches Lächeln.

Alix Gower zwang sich dazu, nicht zu reagieren. Achtzehn Monate in dieser Stadt hatten sie gelehrt, dass eine Dame von Stil niemals ein Lächeln erwiderte. Eiskalte *Parisiennes* betrachteten Bewunderung nämlich als etwas, das ihnen ohne jeden Zweifel zustand. Alix lernte gerade, nicht zu viel von sich selbst und ihren Wurzeln preiszugeben. Die lagen in London, wo sie die ersten achtzehn Jahre ihres Lebens verbracht hatte.

Auch ihr Vater stammte aus London; ein Mann der Arbeiterklasse, der den Krieg überlebt hatte, um dann an Tuberkulose zu sterben. Ihre Mutter, die Alix nie kennengelernt hatte, war eine elsässische Jüdin gewesen. Das Elsass, ein Landstrich, um den sich

Frankreich und Deutschland seit Jahrhunderten stritten, brachte fatalistische Menschen hervor. Und Flüchtlinge.

Im Moment floh Alix gerade vor ihrer Schicht in der Vermittlungsstelle der Telefongesellschaft. Sie war im Begriff, etwas zu tun, das sie hinter Gitter bringen konnte, strahlte aber den Übermut einer Debütantin aus, die zur Bar des Ritz unterwegs war.

Auf der Rue Saint-Honoré ging sie etwas langsamer, denn sie liebte das schicke erste Arrondissement. Obwohl es schon Viertel vor fünf war und sie noch eine größere Strecke zurücklegen musste, betrachtete sie jedes einzelne Schaufenster, das auf dem Weg lag. Aber es waren nicht nur die Kleider, die sie so magisch anzogen. Ihr gefielen auch die Hoteleingänge mit den uniformierten Portiers, die gestutzten Bäumchen in ihren Töpfen, die kunstvollen Blumenarrangements. Und auch die Patisserien mit ihren glänzenden Tabletts voller Köstlichkeiten. Seit sie in Paris angekommen war, hatten sich ihre Sinne deutlich geschärft.

Es gab einen Laden an der Rue Staint-Honoré, dem sie einfach nicht widerstehen konnte. Die Patisserie Zollinger war ein Paradies aus edlen Pralinen; zu formvollendeten Pyramiden aufgetürmt standen sie im Fenster, gekrönt von Blattgold und kristallisierten Blumen. Am liebsten hatte sie die Pralinen mit Veilchencreme, denn das war die Lieblingssorte ihrer Mutter gewesen, und allein deswegen waren sie etwas ganz Besonderes.

Alles, was Alix über ihre Mutter wusste, hatte sie aus Erzählungen erfahren. Jedes einzelne Detail hatte sie sich gemerkt, und ob wirklich alles stimmte, war ihr dabei nicht so wichtig. Ganz sicher wusste sie jedenfalls, dass Mathilda mit neun Jahren nach London gekommen war und mit vierzehn die Schule verlassen hatte, um in einem Kaufhaus zu arbeiten, denn Alix besaß ihre Schulzeugnisse und ihre Abgangsbescheinigung. Und sie wusste auch, dass Mathilda im Krieg als Krankenschwester Dienst getan hatte.

Es gab da nämlich ein Foto und ein Lehrbuch der Krankenpflege, die das bewiesen. Vermuten konnte sie dagegen nur, dass Mathildas Taillenmaß kaum mehr als 46 Zentimeter betragen hatte, weil sie einen dünnen Unterrock geerbt hatte, dessen Bund auf diese unfassbar winzige Größe eingestellt war. Die Kondolenzbriefe und Schleifen, die Alix' Großmutter in einer Schachtel aufbewahrt hatte, verrieten ihr, dass Dutzende von Menschen Mathildas Beerdigung im Jahr 1916 beigewohnt hatten. Schließlich besaß sie noch das Hochzeitsfoto ihrer Eltern – ein Schnappschuss erstarrter Hoffnung. Den Rest hatte Alix sich einfach ausgedacht. Ihre Großmutter, die noch mehr Details zu der dürren Geschichte hätte beisteuern können, hüllte sich in Schweigen.

Alix zählte die Francs in ihrer Geldbörse und betrat die Patisserie. Nach einer am Umfang der Ausbeute gemessen absurd langen Zeit kam sie wieder heraus, in der Hand ein winziges Päckchen. Sie warf einen Blick auf die Uhr. Fünf nach fünf. Die Rue Saint-Honoré war lang, und sie hatte noch nicht einmal die noch exklusivere Rue du Faubourg Saint-Honoré erreicht. Dort befand sich nämlich ein selten wertvolles Stück in einem Schaufenster, und wenn sie sich nicht beeilte, hätte es vielleicht bereits jemand erstanden.

Den freien Nachmittag hatte sie sich teuer erkauft. »Mémé – ich meine, meine Großmutter – hat sich den Knöchel verstaucht und muss dringend zum Arzt«, hatte sie ihrer Vorgesetzten, Mademoiselle Boussac, erzählt. »Darf ich jetzt bitte freimachen, um sie zu begleiten?« Hinter dem Rücken hielt sie die Finger gekreuzt, um die Lüge abzumildern, aber die Vorgesetzte sah bloß ein bescheidenes, dunkelhaariges Mädchen, das demütig den Blick senkte. Ein Mädchen, das jünger wirkte als zwanzig, sich aber wie ein Mannequin kleidete und seine Arbeit ordentlich verrichtete. Das die englische Sprache beherrschte und deswegen für die Telefongesellschaft überaus wichtig war.

»Ich verstehe ja, wenn Sie jetzt Nein sagen …« Alix hob die dunklen Augen, in denen anscheinend die Verzweiflung geschrieben stand, denn Mademoiselle Boussac seufzte und sagte: »Na schön.« Alix durfte früher gehen, bekäme aber keinen Lohn für die Zeit, in der sie fehlte, und überhaupt dürfe so etwas nicht einreißen. »Die Firma kann nicht bei jedem Krankheitsfall in der Familie eine Ausnahme machen. Wenn Sie unzuverlässig werden, können wir Sie leicht ersetzen.«

Für Alix klang das wie ein Traum: Sie käme zur Arbeit, und in der Zwischenzeit hätte man sie ersetzt. Die heutige Erledigung war Teil eines Plans. Ein Schritt in eine Zukunft, in der es eine Wohnung an einem baumbestandenen Boulevard und die ungehinderte Verwirklichung ihrer eigenen Träume geben würde. Diese Träume waren schon einmal vorausgeflogen. Sie warteten auf sie im Haus Nummer 24 in der Rue du Faubourg Saint-Honoré.

»O nein!« Alix stampfte mit dem Fuß auf. Sie stand vor dem Haus mit der Nummer 24. Vor Hermès, dem Spezialisten für Leder und Seide. Das Objekt, für das sie gelogen und ihren kostbaren Lohn geopfert hatte, war noch immer am selben Platz – aber inzwischen durch den Henkel einer Handtasche gezogen worden, die wiederum an einem vorzüglich verarbeiteten Sattel lehnte. Sie musste es aber ausgebreitet sehen.

»Es« war ein Quadrat aus Seide, das erste Tuch, das aus der neuen Hermès-Fabrik in Lyon kam. Nun, soweit sie erkennen konnte, war es hauptsächlich weiß, und die Ränder waren von Hand gesäumt. Auf den Stoff waren Bäume gedruckt, oder vielleicht auch Büsche, und Wagenräder und Pferdeköpfe und vermutlich ein Mann mit Perücke. Sie sah an sich selbst herab. Würde sie es wagen, hineinzugehen und nach dem Tuch zu fragen?

Ihr Kostüm war zwar um Klassen besser als alles, was ihre Kolleginnen besaßen, aber es war noch lange nicht das, was man auf der Rue Faubourg Saint-Honoré trug. Was, wenn die Verkäuferin nur einen Blick auf sie warf und sie dann hinauskomplimentierte? Oder wenn sie gar ihre wahren Beweggründe erriet?

Das würde nicht passieren, versicherte sie sich selbst. Es war ja kein Verbrechen, etwas Neues und so Schönes anschauen zu wollen. Die Zeitschrift *Marie Claire,* deren neueste Ausgabe gerade erschienen war, verkündete, dass »das Selbstbewusstsein von innen kommt«. Leider galt das auch für Selbstzweifel und Magenbeschwerden.

Hinter ihr brummte ein Motor, und sie drehte sich um. Ein sandfarben glänzender Rolls-Royce hielt vor dem Geschäft. Ein Chauffeur stieg aus, zog sich die Lederhandschuhe glatt und öffnete die Fondtür.

Mit der Grazie einer Ballerina glitt eine Frau aus dem Auto. Keine Französin, befand Alix. Sie hatte schon viel über die gesellschaftlichen Regeln in Frankreich gelernt und wusste: Reiche Französinnen bändigten ihr Haar tagsüber. Aber die goldgelben Locken dieser Frau ringelten sich ungehindert unter ihrer Fuchspelzkappe hervor. Ihre Lippen waren nelkenrot, ihre Brauen geschwärzt. War sie ein Filmstar? Wer auch immer sie war – die Türen von Hermès öffneten sich bereits, als sie den Bürgersteig erst zur Hälfte überquert hatte.

Der Chauffeur zündete sich eine Zigarette an und blinzelte Alix zu. »Na Herzchen, machst du bloß einen Schaufensterbummel? Tja, ich auch.«

Alix warf ihm einen herablassenden Blick zu und folgte der Dame in den Laden.

»Mademoiselle?« Eine junge Verkäuferin – eine *vendeuse* – stellte sich ihr in den Weg. Alix spürte, wie das Mädchen im Geiste ihre Jacke auseinandernahm, den Schnitt beurteilte. Die Vendeuse suchte nach geheimen Zeichen des Wohlstands. Aber sie fand anscheinend keine, denn sie wiederholte in schärferem Tonfall: »Mademoiselle?«

»Handschuhe«, stieß Alix hervor. »Ich – ich hätte gern ein Paar Handschuhe.« Sie blickte in Richtung des Schaufensters, wagte aber nicht, sich dorthin zu bewegen.

»Handschuhe für das Frühjahr?«

»Äh, ja. Vielleicht in Braun?«

Braun fürs Frühjahr? Aber, aber. Die Vendeuse deutete auf einen Stuhl, der weit entfernt vom Schaufenster stand. »Wenn Mademoiselle mir bitte folgen würden.«

Die Dame aus dem Rolls-Royce wurde von einer älteren Vendeuse bedient. Alix hörte deutlich ihren amerikanischen Akzent, als sie auf Englisch ausrief: »Oho! Das ist also Mister Hermès' neues Baby? Danach werden alle ganz verrückt sein! Hat es auch einen Namen?«

Alix lauschte. Sie sprachen über *das* Tuch.

Die Vendeuse entgegnete: »Monsieur Hermès hat es *Jeu des omnibus et dames blanches* genannt.«

»Donnerwetter, das müssen Sie mir übersetzen.«

»Madame, der Name bezieht sich auf das *Omnibus*-Spiel, das man im achtzehnten Jahrhundert spielte. Und auch auf die *Dames Blanches,* das waren die Pferdekutschen für die Menschen in den Städten. Die nannte man auch *omnibus*. Es ist ein kleines Wortspiel.«

»Nun, das ist leider zu hoch für mich«, sagte die Dame und hielt das Seidenquadrat gegen das Licht. »Aber ich kann es gar nicht erwarten, mir das Tuch umzubinden. Ist es mir wohl gestattet, so eine kostbare Kleinigkeit zu besitzen?«

»Für uns bei Hermès ist es eine Ehre, Madame Kilpin zu bedienen.«

Alix beugte sich hinüber. »Madame Kilpin« war sicher kein Filmstar, denn die nannten sich immer »Miss«. Genauso wenig war sie eine Diplomatengattin. Aber was war das? Alix' Blick fiel auf eine flache Schachtel, die offen auf der Theke lag. Schlagartig wurde ihr klar, dass es noch mehr Exemplare des Tuchs gab. Natürlich gab es noch mehr! Sobald sich die Neuigkeit herumsprach, würden alle ein solches Tuch haben wollen. Umso wichtiger, dass sie sich jetzt alle Einzelheiten des Musters, alle Farben einprägte. Schwarz, dunkelorange, blau …

Das Motiv eines von Pferden gezogenen Omnibusses wiederholte sich in einem Doppelkreis. Alix zählte die Bilder und achtete auf deren Richtung. Im Zentrum befand sich ein umrahmtes Feld, in dem Damen und Herren des späten achtzehnten Jahrhunderts sich bei einem Spiel vergnügten. Sie zählte die Figuren und betrachtete deren Kleider und Frisuren. Ein sehr komplexes Muster.

»Und was wollen *Sie* von mir, Fräulein Stielauge?« Die Amerikanerin drehte sich zu Alix um. »Sie starren mich geradezu an.«

Alix stand auf. »Es tut mir leid, entschuldigen Sie bitte.« Sie floh aus dem Geschäft, hörte die Dame aber noch sagen: »Ich vermute, das war eine Journalistin, die den Zeitungen eine Geschichte über mich verkaufen will. Was für eine Dilettantin. Na ja, sie bekommt bestimmt ein Fleißkärtchen, weil sie sich solche Mühe gegeben hat.«

Die Sonne ging bereits unter, als Alix den Pont Marie über die Seine nahm und zum Quai d'Anjou hinunterging. Der befand sich auf der Île Saint-Louis, der kleineren der zwei Inseln, die das Zentrum des alten Paris gebildet hatten. Saint-Louis bestand aus herrschaftlichen Straßenzügen und bemoosten Ufern. Eines Tages würde sie in einer der baufälligen Villen hier wohnen, hatte Alix sich geschworen. Sie war schnell gelaufen, weil sie sich wegen des Vorfalls bei Hermès so schämte. *Ein Fleißkärtchen* …

Ihre Absätze klackten über das Kopfsteinpflaster, als sie auf einen rostigen holländischen Kahn zuging, der an einem Eisenring vertäut war. Das Boot hieß *Katrijn,* aber der Name war nach einer schon lange zurückliegenden Kollision nur noch bis zum »r« lesbar. Auf dem Boot wohnte ihr bester Freund. »Paul? Ich bin's, Alix. Bist du da?«, rief sie.

Zwei identische blonde Köpfe tauchten aus der Steuerhaustür auf, und dann flitzten zwei kleine Mädchen in einfachen Baumwollkleidern zum Heck. Eine der beiden hielt eine kleine Violine mit Bogen in der Hand.

Alix begrüßte die Mädchen. »Lala, Suzy, ist euer Bruder zu Hause? Darf ich an Bord kommen?«

Lala, diejenige mit der Violine, sagte: »Psst! Er schläft. Er war heute schon um vier auf dem Markt.«

»Wart ihr denn heute in der Schule?«

»Teilweise. Ich hatte meine Geigenstunde, und Suzy war bei ihrer Sprechdame.«

»Du meinst ihre Sprachtherapeutin?« Alix lachte. »Bekomme ich ein Glas Wein? Ich verspreche, ich wecke Paul nicht auf.« Ihr brannten die Füße, und sie musste sich hinsetzen, um die Eindrücke in ihrem Kopf verarbeiten zu können. Die Mädchen ließen eine schmale Planke herunter, auf die Querhölzer genagelt waren, damit man nicht ins Rutschen kam. Als Alix es betrat, ermahnte sie sich selbst, nicht nach unten zu sehen, tat es dann aber doch – wie immer. Das Schicksal schien es regelmäßig so einzurichten, dass genau dann ein anderes Boot vorbeituckerte und die *Katrijn* zum Schwanken brachte, wenn sie gerade mitten auf der Planke stand. Sie würde nasse Füße bekommen. Die Schuhe konnte sie ausziehen, aber die Strümpfe hatten sie einen halben Wochenlohn gekostet.

Als sie ein Lachen hörte, sah sie auf. Eine starke Hand streckte sich ihr entgegen. Der dazugehörige Arm war gebräunt und unbekleidet. Genau wie der Oberkörper, von dem der Arm ausging. »Paul, du bist ja nackt!«, rief sie.

»Das darf ich doch wohl auch«, sagte Paul le Gal lachend und zeigte dabei seine kräftigen, unregelmäßigen Zähne. »Bist du hier, weil du mit mir ins Bett willst?«

»Sch! Die Mädchen hören uns!«

»Nein. Hör doch.«

Aus der Kombüse drang Gesang: Suzy bat Lala, eine Flasche Wein zu holen, und Lala bat Suzy, Gläser zu suchen. Suzy sprach nie, sang aber oft. Vor einem Jahr hatten die beiden ihre Mutter unter furchtbaren Umständen verloren. Sie erinnerten Alix ein bisschen an Entenküken, die im Kielwasser der Tragödie herumdümpelten. Sie schwammen und schwammen, weil sie sonst untergehen würden.

Paul half ihr über das Schandeck, fing sie in seinen Armen auf und küsste sie, während sie sich den Rost aus dem Rock strich. »Lass das. Ich bin zum Arbeiten hier. Ich habe das Muster im Kopf, aber ich muss es zu Papier bringen.«

»Ich habe geschlafen, aber ich habe dich im Traum gehört«, murmelte Paul, dessen Lippen noch immer auf ihren lagen. Er war erst zweiundzwanzig und damit kaum älter als sie, aber die Muskeln, die er sich bei der Arbeit als Kistenträger auf dem Gemüsemarkt antrainiert hatte, und die vom Rauchen raue Stimme ließen ihn älter erscheinen. Alix ließ zu, dass er sie küsste, obwohl das ihrer Beziehung nicht dienlich war. Sie waren Freunde und Geschäftspartner, und heute Abend ging es ums Geschäft.

Resolut schob sie ihn von sich. »Ich muss mich setzen, sonst vergesse ich, was ich mir gemerkt habe.«

Ein runder Tisch mit vier bunt zusammengewürfelten Stühlen füllte den Bug aus. Paul zog Alix einen Stuhl heran, zündete ihr die Laterne an und sah zu, wie sie ihr Skizzenbuch und ihre Buntstifte aus der Tasche holte. Jetzt saß er ganz ruhig da, und sein

Gesicht wirkte direkt schön, trotz der Narben und der krummen, irgendwann einmal gebrochenen Nase. »Ich habe immer Angst, dass du bald einen reichen Mann findest und mich ganz vergisst«, sagte er.

»Vorhin habe ich eine reiche Frau gesehen«, erwiderte Alix. Suzy brachte mit unsicheren Schritten ein Tablett, das mit Weingläsern und einer Karaffe beladen war. »Sie trug Pelze, die farblich zu ihrem Auto passten.«

Mit der Ernsthaftigkeit eines Oberkellners schenkte Suzy den Wein aus, während Lala zwei Gläser Milch auf die alte Kabeltrommel stellte, die ihnen als Tisch diente. Paul, Lala und Suzy sahen schweigend zu, wie Alix zu skizzieren begann und dabei ein Blatt nach dem anderen verwarf. Sie versuchte, das Hermès-Tuch aus dem Gedächtnis nachzuzeichnen. Das Bild in ihrem Kopf war kristallklar, aber ihre Buntstifte wollten einfach nicht so wie sie. Langsam wurde es dunkel. Im Hôtel Lambert über ihnen gingen die Lichter an und projizierten goldene Spielkarten auf die Kaimauer. Am Ufer zur anderen Seite spiegelten sich die Lichter des Port de Célestins im Wasser. Alix' Zuschauer wurden langsam unruhig, aber das machte ihr nichts aus. Schließlich saßen sie im selben Boot. Sie alle waren Überlebende. Lala beschützte Suzy und übte auf der Violine, damit sie eines Tages Straßenmusik für die Touristen machen konnte. Suzy, die sich auf eine Kiste stellen musste, weil sie so klein war, schnippelte jeden Abend sorgfältig das Gemüse fürs Abendessen. Paul arbeitete beinahe rund um die Uhr, um für alle Essen auf den Tisch bringen und den Mädchen den Schulbesuch ermöglichen zu können. Alix konnte die Traurigkeit der Kinder gut verstehen, war ihre eigene Mutter doch bei ihrer Geburt gestorben. Der Verlust musste noch viel schlimmer sein, wenn man die Mutter verlor, nachdem man sie sein Leben lang um sich gehabt hatte.

»Ach, das hätte ich fast vergessen!« Sie griff in ihre Handtasche und zog das Päckchen von Zollinger heraus. »Eine für jede, Mädchen.« Lala und Suzy starrten die Pralinen an, bis Alix ihnen lachend erlaubte, das Einwickelpapier abzustreifen.

»Darf ich wenigstens am Papier riechen?«, fragte Paul.

»Vier konnte ich mir leider nicht leisten. Weißt du übrigens, dass die Verkäuferinnen jede einzelne Praline ganz kunstvoll einwickeln? Das ist wirklich faszinierend. Nur war ich leider so ungeduldig, dass ich von einem Fuß auf den anderen gehüpft bin.« Paul wollte ihr antworten, doch Alix bat ihn zu schweigen. »Ich muss weitermachen.«

Sie arbeitete mit der gleichen konzentrierten Hingabe, mit der sich die Zwillinge ihren wunderbaren Pralinen widmeten. »Ich werde dieses verdammte Tuch schon irgendwie hinkriegen, und dann bekommen wir endlich Geld. Ein Fleißkärtchen? Eines Tages werden alle pelzbehangenen Damen in mein Geschäft kommen und darum betteln, einen meiner Entwürfe kaufen zu dürfen!«

2

Es war schon fast neun Uhr, als Alix ihr Skizzenbuch endlich zuklappte. »Ich muss los!«

Paul fuhr sie mit dem Fahrrad nach Hause und ließ sie dabei vor sich auf der Querstange sitzen. Alix wohnte am linken Ufer, in der Rue Saint-Sulpice im sechsten Arrondissement. Nachdem sie die Seine am Pont de Sully überquert hatten, rauschten sie den Boulevard Saint-Germain hinunter – mitten auf der Straße. Alix erschrak, als sie bemerkte, dass ein Paar Scheinwerfer auf sie zugerast kam. Kurz bevor sie die Nerven verlor, bog Paul in eine Seitenstraße ab, und dann lagen auch schon die Turmspitzen der Saint-Sulpice-Kirche vor ihnen.

»Paul, du kannst … aua!« Er war über einen Kanaldeckel gefahren. »Das letzte Stück laufe ich lieber.«

»Möchtest du nicht, dass ich dich noch das Treppenhaus hochfahre?«

»Sehr witzig. Dann würde Madame Rey herauskommen und dir den Wischmopp um die Ohren hauen.« Die Concierge von Alix' Wohnhaus hielt eigentlich alles für eine Zumutung und benutzte ihren Mopp mehr zur Kriegsführung als zum Putzen. »Ich gehe lieber rauf, Mémé macht sich bestimmt schon Sorgen.« Sie trat einen Schritt zurück, weil sie ahnte, dass Paul sie umarmen wollte.

»Aber zwei Minuten mehr oder weniger machen doch keinen großen Unterschied.«

»Du kennst meine Großmutter nicht.«

Er stöhnte. »Warum darf ich mich nie richtig von dir verabschieden?«

Sie gab ihm einen flüchtigen Kuss auf die Wange. »Sagst du mir Bescheid wegen der Hermès-Zeichnung? Meinst du, du kannst sie verkaufen?«

»Ich lege sie meiner Kontaktperson vor und halte uns die Daumen.« Das sagte er immer. Er nannte keine Namen und machte ihr keine Versprechungen. »Also dann, gute Nacht.«

»Gute Nacht. Beeil dich, damit du bald wieder bei den Mädchen bist.«

Sie sah zu, wie er ein paar geparkte Autos umkurvte und dann im Schatten der riesigen Kirche verschwand.

Die Tür zum Innenhof stand offen. Alix schloss sie leise und nahm einen unangenehmen Geruch wahr. Urin. In letzter Zeit wurde es immer schlimmer.

Kürzlich waren neue Mieter in die ehemaligen Waschhäuser hinter Alix' Wohnhaus eingezogen. Manchmal versuchte sie, die Erwachsenen zu zählen. Es mussten mindestens fünf Familien sein, die sich in den Räumen drängten. Die anderen Bewohner beschwerten sich oft über die Essensgerüche und die klagenden Lieder der Neuankömmlinge. Alix fand sie interessant, hätte sich aber nie getraut, auf sie zuzugehen. Die Männer mit ihren Schnurrbärten betrachteten Alix fasziniert, und ihre schwarzhaarigen Frauen starrten sie unverhohlen an. Madame Rey bezeichnete sie als »ausländisches Ungeziefer«: »Die können nicht mal ein paar Worte auf Französisch, und sie geben sich auch nicht die geringste Mühe, etwas zu lernen.«

Alix beteiligte sich nie an diesen Lästereien. Wenn sie mit ihrer eigenen Familie nach Paris gekommen wäre, hätte sie ihr dürftiges Schulfranzösisch auch niemals verbessert. Nur, wenn man direkt ins kalte Wasser geworfen wurde, ohne einen einzigen Menschen, mit dem man sich in der Muttersprache unterhalten konnte, lernte man eine andere Sprache fließend sprechen. Für ihre Arbeit in der Telefonvermittlung musste sie korrekt Französisch sprechen; sie wusste nicht mehr, wann sie aufgehört hatte, herumzustottern und damit begonnen hatte, frei zu sprechen. Dank Paul hatte sie große Fortschritte gemacht, denn er verbesserte ihre Fehler, ohne sie zu tadeln, und er hatte ihr den Pariser Jargon und dazu noch einige Schimpfwörter beigebracht.

»Wenn du eine Sprache lernen willst, musst du dir einen Liebhaber zulegen.« Das war eins der ersten Dinge, die er zu ihr gesagt hatte – begleitet von einem schelmischen Grinsen.

Als Alix das Haus betrat, murmelte sie eine vertraute Beschwörungsformel: »Sechs Stockwerke Treppen, möge unsere nächste Wohnung einen Aufzug haben.« Vielleicht hatte die Großmutter ja noch gar nicht bemerkt, wie spät es war. Aber als Alix oben angekommen war, flog die Tür auf, und eine besorgte Stimme rief: »*Wey ist mir!* Aliki, hast du denn nicht bemerkt, dass die Sonne untergegangen ist und der Mond schon am Himmel steht? Ich habe mir Sorgen gemacht und gedacht, du bist umgebracht worden oder etwas noch Schlimmeres. Wo bist du gewesen?«

»Tut mir leid, Mémé. Ich habe die Zeit vergessen.« Zu Hause sprachen sie Englisch, oder eher das, was Alix als »Englisch à la Mémé« bezeichnete. Nur wenn die Großmutter aufgeregt war, verfiel sie manchmal ins Jiddsche.

»Setz dich an den Tisch. Ich bringe dir dein Essen. Du kannst mir erzählen, was dich aufgehalten hat, während du deine Suppe isst.«

In der kleinen Wohnung roch es überall nach Essen, wenn in der Küche gekocht wurde. Alix wusste daher sofort, dass es Zwiebelsuppe mit Thymian gab – aus Rinderbrühe gezaubert und mit einem Hauch Parmesan verfeinert.

Sie hängte ihre Sachen an die Garderobe und schlüpfte in eine dicke Strickjacke. In der Wohnung war es kühl. Die Kohle war im Mietpreis enthalten, und die zentrale Heizung sollte zweimal am Tag angefeuert werden, aber tatsächlich konnten sie froh sein, wenn das zweimal im Monat geschah. Im Winter mussten sie zusätzlich einen Petroleumofen benutzen, dem übel riechende Dämpfe entstiegen. Wenn sie sich über die Kälte beschwerten, behauptete Madame Rey immer, sie hätten die zugeteilte Menge an Kohle schon aufgebraucht, oder sie tat so, als spielte der Heizkessel verrückt. »Mein Sohn Fernand wird sich darum kümmern, wenn er kommt«, versprach sie jedes Mal. Doch Fernand ließ sich nie blicken. Sie betrog die Mieter, aber als Concierge hatte sie nun einmal die Macht im Haus. Sie war Auge und Ohr des Hausbesitzers.

Während Alix auf die Suppe wartete, blickte sie sich in der Wohnung um, und ihr wurde klar, dass die zehn Minuten bei Hermès ihre Vorstellung von Eleganz vollkommen umgekrempelt hatten. Die zweckdienliche Wohnstube wirkte auf einmal furchtbar trostlos. Das Linoleum war aufgeplatzt, und die Teppiche waren an manchen Stellen völlig durchgescheuert. Die Flecken an den Wänden erzählten traurige Geschichten vom Petroleum. Der einzige Lichtblick war eine kleine Sammlung von Gemälden des impressionistischen Malers Alfred Lutzman: Landschaften und Ansichten seines Heimatortes Kirchwiller im Elsass. Mémé hatte die Bilder aus der Zeit vor London gerettet. Lutzman war Mémés Ehemann gewesen – und Alix' Großvater.

Alix hätte gern mehr über ihre Elsässer Wurzeln erfahren, aber wenn das Gespräch darauf kam, reagierte ihre Großmutter empfindlich. Sie murmelte immer bloß: »Ach, das waren schlimme Zeiten.« Dann wechselte sie das Thema oder wies Alix irgendeine Aufgabe zu. Aber das stachelte Alix bloß noch mehr an, Antworten auf diese wichtigen Fragen zu finden: wer und was sie eigentlich war.

Im September 1935 waren sie in Paris angekommen; Ausländer in einer von Unruhen und Arbeitslosigkeit geplagten Stadt. Es herrschte große Nervosität, weil die Deutschen direkt hinter der Grenze ihre Armee wiederaufbauten. Unnzählige Male wurde Alix nach ihrer Nationalität gefragt. Darauf gab es nur eine richtige Antwort: »Französisch«.

Aber sie war natürlich Engländerin. Und elsässisch-deutsch. Jüdisch, wenn auch nicht im religiösen Sinn. Genau betrachtet war sie französischer Herkunft, denn die Franzosen hatten das Elsass 1918 zurückerobert. Eine bunte Mischung also, doch sie konnte nicht mit einer spannenden Geschichte dazu aufwarten. Paris hatte ihre Unwissenheit ans Licht gebracht, und da ihre Großmutter ihr nicht weiterhalf, wollte sie sich an jemand anders wenden, um ihre Wissenslücken zu füllen. Sie hatte sich auf die Suche nach Raphael Bonnet gemacht.

Raphael Bonnet war einer von Tausenden Malern, die in Paris lebten. In Alix' Augen war er jedoch etwas Besonderes, denn er war Schüler ihres Großvaters gewesen. Nach Alfred Lutzmans plötzlichem Tod hatte er Mémé und ihrer Tochter Mathilda bei ihrer Umsiedlung nach England geholfen – diese Episode in ihrem Leben bezeichnete Mémé immer als »Amputation ohne Betäubung«. Alix konnte sich vorstellen, wie wichtig Bonnet für einen so ängstlichen Menschen wie ihre Großmutter gewesen sein musste. Mémé sprach oft von ihm – dann kräuselte ein Lächeln ihre Lippen –, aber während der anderthalb Jahre, die sie nun schon in Paris wohnten, hatte sie sein Atelier im Montmartre noch nicht aufgesucht. Und Bonnet war auch nicht zu ihnen in die Wohnung gekommen.

Wenn Alix nach ihm fragte, erwiderte Mémé immer: »Er hat zu tun! Er arbeitet ständig an seiner nächsten Ausstellung – und wird natürlich nie fertig. Warum verschwendet er seine Zeit nicht mit uns?«

Ja, dachte Alix, *das sollte er wirklich.* Wenn Menschen sich gut verstanden, trafen sie sich zum Essen, gingen zusammen ins Museum oder spazierten durch den Park. Alix vermutete, dass Bonnet für ihre Großmutter einfach ein Stück Elsass war, das sie mit ins Exil nach England genommen hatte. Er war die Brücke zwischen der Heimat, die sie hatte aufgeben müssen, und dem neuen Ort, an dem sie immer eine Fremde bleiben würde. Als Bonnet zurück nach Frankreich ging, hatten sie die Freundschaft durch Briefe und Weihnachtskarten am Leben erhalten. Und als es in London langsam zu gefährlich wurde, orientierte Mémé sich als Erstes nach Paris, zu ihrem alten Freund. Wegen Bonnet war sie hergezogen, und jetzt ging sie ihm stur aus dem Weg. Vielleicht deswegen, weil so viele Jahre vergangen waren und sie sich beide verändert hatten?

Sie schrieben sich weiterhin Briefe. Mémé erlaubte Alix, seine Briefe zu lesen, was ihr dann jedes Mal große Lust machte, ihn kennenzulernen. Er klang respektlos und ein bisschen schelmisch. Wenn er die Leute aus seiner Umgebung beschrieb, war er sowohl erbarmungslos als auch sehr unterhaltsam. Außerdem machte er oft Andeutungen über die Vergangenheit im Elsass. Nur der Fluss und ein paar Arrondissements trennten sie voneinander. Und Paris war klein im Vergleich zu London. Es wäre geradezu fahrlässig, ihn nicht zu suchen, oder?

So überquerte Alix eines Nachmittags den Fluss und arbeitete sich nach Norden vor, entlang der großen Boulevards, bis die Straßen immer kleiner und enger wurden und bergauf führten: hinauf auf den Hügel, die Butte de Montmartre. In einem Tabakladen fragte sie nach Monsieur Bonnet, dem Künstler, und wurde zur Place du Tertre geschickt, zu einem Café im Schatten einer Akazie. Der Informant hatte gegrummelt: »Grauer Bart, Farbe auf der Jacke. Gehen Sie zur Bar. Da sitzt er und sichert dem Barkeeper sein Auskommen.«

Sie entdeckte einen stämmigen Mann mit Bart, auf den die Beschreibung passte. Als sie ihm ihren Namen nannte, blinzelte er ein paar Sekunden lang verwirrt und umarmte sie dann herzlich.

»Alix? Danielles Enkeltochter? Mathildas Mädchen? *Mon dieu*, wie könnte es anders sein? In Ihnen wird Mathilda wieder lebendig, und in Ihren Augen sehe ich den alten Mann!« Bonnet forderte erst seine Freunde, dann die ganze Bar dazu auf, Alix zu begrüßen. »Hört her! Alfred Lutzman hat in diesem wunderbaren Mädchen endlich seine spirituelle Heimat gefunden. Lasst uns auf dieses Wunder trinken!«

Ein Freund, eine Vergangenheit, eine Identität – alles auf einmal. Raphael Bonnet erzählte ihr in einer einzigen Stunde mehr über das Elsass und ihre Familie, als Mémé es je getan hatte. Aber er machte sie auch mit dem Rotwein bekannt, und mit einer munteren Truppe aus Künstlermodellen, Revuegirls, Musikern und jenen, die er als »Künstler des Glases« bezeichnete, den Trinkern. Bonnet erzählte, er habe sie in ihrer Wohnung in Saint-Sulpice besuchen wollen, doch Alix' Großmutter hätte es verboten. »Sie hält mich für keinen guten Umgang, und da hat sie wohl recht.« Er deutete auf eine Menschentraube, die sich um das Klavier gebildet hatte. Dort hämmerte ein Afrikaner gerade einen Jazzsong in die Tasten. »Meinen Geschmack findet sie schockierend, und meine Freunde sind zu laut. Außerdem weiß ich zu viel. Ihre Großmutter möchte die Vergangenheit ruhen lassen. Darum sollten wir uns jetzt vielleicht besser wieder voneinander verabschieden.«

Doch Alix wollte mit Bonnet befreundet sein. Sie wollte mehr als nur eine Kostprobe dieses berauschenden Künstlerlebens. »Jetzt, wo ich Sie gefunden habe, gebe ich Sie nicht mehr auf, Monsieur Bonnet«, hatte sie ihm gesagt. Sie trafen sich noch immer mindestens einmal im Monat. Mémé ahnte nichts davon, dafür sorgte Alix.

Je mehr Bonnet trank, desto mehr erzählte er ihr. Bei einer Karaffe Beaujolais erfuhr Alix, dass Alfred Lutzman nicht im Bett gestorben war – er war ermordet worden.

»Aber warum? Und von wem?«

Bonnet antwortete ausweichend. Es sei ein überraschender Angriff gewesen. Einbrecher seien in das Haus eingestiegen und vermutlich gestört worden. »Fragen Sie lieber nicht weiter nach. Das würde Ihrer Großmutter nicht gefallen.«

Nein, wahrscheinlich nicht – hatte Mémé doch immer behauptet, Alfred sei im Schlaf gestorben, an einem Herzinfarkt. Alix versuchte, mehr aus Bonnet herauszubekommen, aber es war schwierig, ihn bei einem Thema zu halten. Mit seinen Anekdoten, die manchmal auch etwas Zotiges hatten, schweifte er ständig ins Reich der Fantasie ab, und dieselbe Geschichte veränderte sich mit jedem erneuten Erzählen. Er sprang wild über die Jahrzehnte und ratterte immer neue Namen herunter. Nach ein oder zwei Flaschen versuchte Bonnet immer, Alix anzupumpen. Aber sie mochte ihn trotzdem gern. Er hörte ihr nämlich wirklich zu und tat nicht bloß so. Er war auch absolut ihrer Meinung, dass Alfred Lutzman, hätte er länger gelebt, einer der bedeutendsten Künstler seiner Generation geworden wäre. Bonnet behauptete, Lutzman sei der damals größte Meister in der Darstellung menschlicher Haut gewesen. Von den Gemälden in Alix' Wohnung zeigte nur eins ein menschliches Sujet, ein lächelndes Mädchen, dessen schwarze Zöpfe mit einer Haube aus steifer elsässischer Spitze gekrönt waren. Das Bild hieß *Mathilda* und war Alix das liebste von allen.

Mémé holte Alix aus ihrem Tagtraum, als sie eine dampfende Schüssel vor sie hinstellte und sich zu ihrer Enkelin an den Tisch setzte. Im Licht der Lampe über dem Esstisch sah Alix, dass ihrer Großmutter Tränen über die Wangen liefen. Fast hätte sie die Hand nach ihr ausgestreckt, doch sie beherrschte sich. Bei Mémé musste man den richtigen Moment abwarten, wenn man eine wichtige Frage stellen wollte. Mit einem Kopfnicken deutete sie auf den Arbeitstisch nebenan, auf dem hauchdünne Seide und Garnrollen lagen. »Ist das die Stickerei für Maison Javier? Die geben dir ja ständig neue Aufträge. Du musst ganz erschöpft sein.«

»Es ist harte Arbeit, aber ich kenne es ja nicht anders«, erwiderte Mémé. »Iss deine Suppe auf. Setz dich näher an den Tisch, oder willst du Flecken auf deinem Rock? Wie ist das Brot? Hart, oder?«

»Es schmeckt gut, wenn ich es eintunke. Schattenstickerei heißt das, wenn man auf der Rückseite des Stoffs arbeitet, nicht?« Alix legte den Löffel auf den Tisch. »Mémé?« Eine Träne kullerte der Großmutter aus dem Auge. Mémé puderte sich morgens und abends sorgfältig das Gesicht, um die Altersflecken abzudecken, aber jetzt war der Puder verschmiert, und die Narbe über ihrer linken Augenbraue stach weiß hervor. »Hast du dich so aufgeregt, weil ich nicht nach Hause gekommen bin?«

»Ich habe mir den ganzen Tag über Sorgen gemacht.«

»Meinetwegen?«

»Ich habe heute in der Zeitung gelesen, dass die Juden in Deutschland immer schlechter behandelt werden. Ich hatte Cousinen und Cousins dort. Was wird jetzt aus ihren Familien? Und dieser Bürgerkrieg in Spanien – wie viele Menschen müssen noch sterben, bis jemand eingreift? Und dann auch noch das mit dir. Den ganzen Abend über bist du nicht nach Hause gekommen. Bist du aufgehalten worden?«

Alix wollte gerade antworten, dass Mademoiselle Boussac sie gebeten hatte, ein neues Mädchen einzuarbeiten, aber da wurde ihr bewusst, dass sie schon zwanzig Jahre alt war, zu alt für Lügen oder Ausflüchte. »Ich habe mich mit Paul le Gal getroffen. Auf seinem Boot haben wir zusammen ein Glas Wein getrunken, da habe ich wohl einfach die Zeit vergessen.«

»Le Gal, der mit dieser schrecklichen Mutter? Du warst ganz allein mit diesem Schlachthauskerl?«

»Seine Schwestern waren auch dabei. Und er arbeitet nicht mehr im Schlachthaus, Großmutter.« Den Kosenamen »Mémé« brachte Alix in diesem Moment nicht über die Lippen. »Er arbeitet in Les Halles und lädt dort Obst und Gemüse ab.«

»So, so. Ganz allein mit einem Kistenträger, dessen Mutter ihren Lebensunterhalt auf der Straße verdient hat.«

»Das ist nicht wahr. Sylvie le Gal war niemals ... das, was du andeutest. Ihr Geschäft ist pleitegegangen, das ist alles.« Alix hielt immer fest zu Sylvie, die ihr mit ihrem Lächeln über die ersten harten Wochen der Unsicherheit in Paris hinweggeholfen hatte.

Alix war auf dem Weg zu einem Einstellungsgespräch auf dem Boulevard Haussmann gewesen und hatte die Métrolinien durcheinandergebracht. Darum war sie kilometerweit von ihrem Ziel entfernt gelandet, bei der Place de la Bastille. Sie war den Tränen nahe – es war schon das sechste fehlgeschlagene Einstellungsgespräch in jener Woche gewesen. Auf der Suche nach Orientierung lief sie die Avenue mit erhobenem Kopf entlang – irgendwo musste doch ein Straßenschild sein. Deswegen stolperte sie prompt über eine Werbetafel mit der Aufschrift: »Lernen Sie Tango tanzen in nur zehn Wochen«. Ein blonder Kopf tauchte aus einem Fenster über ihr auf. »Weil Sie über mein Schild gefallen sind, bekommen Sie die erste Stunde gratis!«

Wie Bonnet war Sylvie ein freier Geist gewesen. Ihre Röcke waren zu eng, ihre Ausschnitte zu tief, aber sie war einer der seltenen Menschen, die Männer und Frauen gleichermaßen liebten. Sie regte sich nie auf, wenn man die Tanzschritte vermasselte, sondern verlangsamte einfach das Tempo. Am Ende jedoch musste sie ihre Schule schließen. Sie hatte Schulden und musste zwei Mädchen durchbringen, darum nahm sie halbseidene Engagements als Tänzerin bei *balles musettes* und in den Nachtklubs von

Pigalle an. Paul erzählte, dass sie mit den Männern tanzte und manchmal auch … Schließlich sprang Sylvie von einer Brücke. Alix war bestürzt, weil die fröhliche Frau und ein Tod im eiskalten schwarzen Wasser in ihrem Kopf einfach nicht zusammenpassten. »Pauls Schwestern wollten, dass ich noch dableibe«, berichtete sie Mémé. »Sie vermissen ihre Mutter so sehr.«

Doch Danielle Lutzman war noch nicht bereit, klein beizugeben. »Was will dieser Paul denn machen, wenn die Mädchen erst größer sind und eine von beiden nicht spricht? Wie will er diesem Mädchen etwas über das Leben beibringen, wenn sie nicht redet?«

»Er wird es schon irgendwie schaffen. Die Leute sagen ihm dauernd, er soll die beiden ins Waisenhaus geben. Aber dann hätte der Fluss am Ende doch gewonnen.«

»Unsinn.« Mémé dehnte die Finger. Weil die feinen Näharbeiten ihre Spezialität waren, pflegte sie ihre Hände mit Paraffincreme und leistete sich von ihrem geringen Lohn eine Aufwartefrau, die in der Wohnung die groben Arbeiten erledigte. Und trotzdem sahen ihre Fingerknöchel aus, als wollten sie sich durch die Haut bohren. »Ich würde sie ja auch nicht zu den Nonnen geben«, räumte sie ein. »Als ich jung war, habe ich in der Spitzenfabrik in Straßburg gearbeitet. Dort besuchten uns die Nonnen ab und zu, aber nach den Jüdinnen haben sie nie gefragt. Sie haben sich immer bloß um die katholischen Jungfrauen gekümmert.« Mémé hielt kurz inne und fuhr dann fort: »Du hast eine gute Stellung in der Telefonvermittlung, du bekommst jeden Monat deinen Lohn. Vielleicht wirst du bald Dienstleiterin und findest einen Mann, der gute Anzüge zur Arbeit trägt und ein Haus in einem netten Vorort hat. Warum willst du dich bloß mit diesem Jungen vom Markt in Schwierigkeiten bringen?«

»Paul und ich sind doch nur befreundet.«

»So! Im Dunkeln zusammen Wein trinken, das macht man also, wenn man ›nur befreundet‹ ist?«

»Heute ist das anders als früher.«

»Manche Dinge ändern sich nie. Die Männer benehmen sich wie Schürzenjäger, die Mädchen geraten in andere Umstände, und dann ist das Leben ruiniert. Du bist alles, was ich habe, Aliki. Ich will, dass du gut auf dich aufpasst.«

Alix war kurz davor, ihrer Großmutter den Besuch bei Hermès zu gestehen. Im Kopf hatte sie sich schon die richtigen Worte zurechtgelegt: *Ich will mein Leben nicht bei der Telefonvermittlung verbringen. »Ich verbinde Sie, mein Herr, einen Augenblick, bitte.« Ich will keinen Mann im langweiligen Anzug heiraten. Ich will das Modehandwerk erlernen und mein eigenes Atelier gründen. Ich will die neue Chanel, Vionnet, Jeanne Lanvin werden und ein Geschäft im ersten Arrondissement eröffnen.* Doch ein Blick zum Nähtisch verriet ihr, dass ihre Worte auf taube Ohren stoßen würden. Deshalb sagte sie bloß: »Ich will ins Schneiderhandwerk.«

»So, so, du willst also sechzehn Stunden am Tag arbeiten und Hände wie Klauen bekommen?« Mémé hielt ihre krummen Finger in die Höhe. »Glaub mir, Aliki, wenn du dich für dieses Handwerk entscheidest, kannst du dein Leben gleich beim Roulette aufs Spiel setzen.«

3

Sie sollte auf sich aufpassen. Ach, Mémé hatte gut reden. Auf dem Weg zu Paul ging Alix durch den Jardin du Luxembourg und dachte über die Worte ihrer Großmutter nach. Sie hatte die Hände tief in den Taschen vergraben und hielt den Kopf gesenkt, um dem eisigen Wind nicht zu viel Angriffsfläche zu bieten. Als Mémé angekündigt hatte, dass sie nach Paris ziehen würden, hatte sie jedenfalls keine besondere Vorsicht an den Tag gelegt.

An einem Tag im Juli 1935 hatten sie am Küchentisch in ihrer Wohnung im Süden Londons gesessen. Es war drückend heiß, und durchs offene Fenster drang der Lärm der Straßenhändler. Alix genoss ihren einzigen freien Nachmittag im Monat; sie arbeitete im Kaufhaus Arding & Hobbs, wo sie gleich nach der Schule angefangen hatte. Eigentlich hatte sie vorgehabt, nach Clapham Common zu fahren und dort eine Skizze für ihre Mappe anzufertigen. Ihr geheimer Wunsch war damals nämlich, auf die Kunsthochschule zu gehen. Zuerst würde sie Abendkurse belegen und später auch tagsüber zeichnen – wenn sie es sich leisten konnte. Und dann würde ihr irgendwie der Sprung zur Modeschöpferin gelingen. Doch wie sollte sie das schaffen, wenn Mémé verlangte, dass sie an ihrem freien Nachmittag zu Hause blieb und einen Eimer Bohnen putzte?

Während Alix den Bohnen also die Fäden abzog und Mémé sie durchschnitt, verkündete die Großmutter: »Ich möchte, dass wir nach Paris ziehen.«

Alix lachte, ohne aufzusehen.

»Ich meine es ernst, Aliki. Ich kann London nicht mehr ertragen.«

»Warum ausgerechnet Paris?«

Mémé fuchtelte mit dem Gemüsemesser. »Neulich habe ich ein paar Spitzenkrägen in einen Laden am Portman Square gebracht. Stunden habe ich für die Arbeit gebraucht! Aber die Einkäuferin – so eine dumme Kuh – patscht an den Krägen herum, als hätte sie Salatköpfe in der Hand!«

»Was hat das denn mit Paris zu tun?«

»In Paris bekommen solche Mädchen keine Stellung als Einkäuferin. In Paris verkaufen solche Mädchen Salatköpfe. Ich weiß, dass ich in Paris glücklich sein werde.«

»Das glaube ich nicht. Da kennst du doch niemanden.«

»Doch, meinen Freund Bonnet.« Mémé verstummte plötzlich, wie überrascht von den eigenen Worten. Bevor Alix aber nachfragen konnte, setzte Mémé hinzu: »Er wohnt in einem schrecklichen Viertel und hat einen ganz anderen Tagesrhythmus, da werden wir ihn nicht treffen können. Ich wollte eigentlich sagen, dass das halbe Elsass in Paris lebt. Ich werde Leute kennenlernen, die aussehen und sprechen wie ich.«

»Aber ich werde keine Menschenseele kennen.«

»Was macht das denn für einen Unterschied? Hier kommen doch auch niemals Schulfreundinnen zu Besuch.«

»Weil sie alle aufs Internat in die Schweiz geschickt worden sind.« In Gedanken fügte Alix hinzu: *Ich hatte noch nie Schulfreundinnen, jedenfalls keine, die mich hier besuchen würden.* »Und was ist mit meiner Arbeit?«, fragte sie laut. »Letzten Monat habe ich eine gute Beurteilung bekommen, und in der Seidenabteilung wird bald eine interessante Stelle frei.«

»In Paris kannst du aus fünfzig Seidenabteilungen auswählen.«

Nach und nach kam dann die Wahrheit ans Licht: Mémés

Wunsch hatte rein gar nichts mit den dummen Kühen aus der Einkaufsabteilung zu tun. Sie hatte vielmehr Angst vor dem immer judenfeindlicheren Klima in London. Zu Alix sagte sie: »Während du weit weg auf deiner Landschule warst, haben Oswald Mosleys *blackshirts* Unterricht bei Hitler genommen. Im East End werden jetzt Juden überfallen. London ist nicht mehr sicher.«

»Diese Blackshirt-Faschisten unterstützt doch kein vernünftiger Mensch.«

Aber Mémé ließ sich nicht von ihrer Überzeugung abbringen. In ihrer Vorstellung war London zu einer Nazi-Brutstätte geworden, in der Scheiben eingeschlagen und Menschen überfallen wurden. Mémé war schon immer ein schmales Persönchen gewesen, aber als die Augusthitze kam, wurde sie geradezu dürr. Da gab Alix nach. Sie reichte ihre Kündigung ein und verbrachte den August damit, die nötigen Reisedokumente zu organisieren. Sie verkaufte die Möbel und besorgte sich in der französischen Botschaft die Adressen einiger Wohnungsvermittler. Als die Blätter von den Bäumen fielen, saßen sie im Zug nach Dover auf dem Weg zur Fähre, und ihre Haushaltsgegenstände reisten wohlverpackt als Fracht hinterher. Alix gewöhnte sich langsam an den Gedanken an die neue Zukunft.

In Paris bekam Mémé ab und zu Aufträge von einem Stickatelier, wurde aber schlechter bezahlt als in London. Das war ein Schock: wie wenig man verdiente, wenn man für die Pariser Luxusindustrie arbeitete. Ein weiterer Schock war die Erkenntnis, dass man sechs Monatsmieten im Voraus zahlen musste, für eine winzige Wohnung im sechsten Stock, ohne warmes Wasser. Alix lief sich die Schuhsohlen ab auf der Suche nach Arbeit, aber entweder fehlte es an der behördlichen Erlaubnis, oder ihr Französisch war nicht gut genug, oder sie stand ganz hinten in der Schlange, die für »französische Staatsbürger« reserviert war.

Als ihre finanzielle Lage schon fast katastrophal war, bekam

Alix die Stellung in der Telefonvermittlung. Auf diesen Glücksfall folgte ein weiterer, nämlich die Begegnung mit Sylvie le Gal und ihrem Sohn Paul. Sylvie lehrte Alix Foxtrott, Shimmy und Tango, und Paul führte sie in die Welt der Modepiraterie ein und verbesserte ihr Französisch. Jede Skizze, die Alix von einem Couture-Modell anfertigte, bevor es auf den Markt kam, verschaffte ihnen zweihundert Francs auf dem Schwarzmarkt. Sie und Paul teilten sich das Geld, und Alix hielt damit den Gerichtsvollzieher fern. Mémé jedoch ahnte nichts von alldem.

Wo war Paul bloß? Normalerweise verspätete er sich nicht. Alix nahm die verbotene Abkürzung über die Grasfläche. Wenn der Parkaufseher sie auf dem heiligen Rasen entdeckte, würde er in seine Trillerpfeife blasen. Paul wartete immer bei der Statue des Löwen, der seinen stolzen Bauch in den Rauch von Pauls Gauloises streckte. Fast eine Woche war vergangen, seit Alix auf der *Katrijn* vorbeigeschaut hatte – das bedeutete, er hatte länger gebraucht als üblich, um die Hermès-Skizze zu verkaufen. Das bereitete ihr Sorgen. Paris war voll von Frauen, die in jeder Saison um die aktuellen Kollektionen herumschwärmten und Zeichnungen davon anfertigten. Der März war ein ruhiger Monat, denn die Frühjahrs- und Sommerkollektionen waren bereits Geschichte. Im April gab es noch mal eine kurze Aufregung, wenn die Stücke der Zwischensaison lanciert wurden, und dann kam lange nichts, bis Ende Juli die Winterkollektionen gezeigt wurden und alle wieder verrücktspielten. Aber auch in ruhigeren Monaten durfte man nicht nachlassen. Wenn man es ernst meinte, musste man die Erste sein, die ihre Skizzen nach New York schickte.

Plötzlich tauchte die ihr bekannte Gestalt in einer Seemannsjacke hinter dem Sockel des Löwen auf. Alix rannte ihr entgegen. »Paul, du hast dich vor mir versteckt!«

»Ich bin bloß in Deckung gegangen, ich wusste nicht, dass du schon da bist. Du siehst aus wie eine frierende Prinzessin.« Sie tauschten Wangenküsse zur Begrüßung. »Dein Mantel gefällt mir.«

»Vom Flohmarkt«, entgegnete sie und drehte sich einmal um die eigene Achse, damit er die schwarzen Kaschmirschöße bewundern konnte. »Rue des Rosiers.« Vielleicht kein Original-Schiaparelli, aber eine gute Kopie eines bestimmten Stücks aus der Frühjahrskollektion der Italienerin. Der Mantel hatte einen Gürtel und war ursprünglich knöchellang gewesen, aber Alix hatte ihn gekürzt und Rosen auf den Kragen gestickt – jetzt war er ein Original von Alix Gower. »Sollen wir einen Kaffee trinken gehen?« Alix fand, dass Paul irgendwie angespannt aussah. »Hast du einen harten Tag gehabt?«

»Auch nicht härter als sonst.«

Sie bohrte nicht nach. »Wer passt auf die Mädchen auf?«

»Francine ist da. Komm, wir spazieren ein bisschen herum wie die Verliebten, die wir nicht sind. Hast du einen guten Arbeitstag gehabt?«

Im reinsten Englisch antwortete sie: »I'm sorry, sir, I cannot place your call as there is washing on the line.« Auf Französisch fuhr sie fort: »Was ist denn? Du bist ganz rot im Gesicht.«

»Ich verstehe diese verdammte Sprache einfach nicht. Das weißt du doch.« Seine grünen Augen flackerten ärgerlich. Paul war blond wie seine Schwestern und hatte ein typisch nordfranzösisches, grob geschnittenes Gesicht. Und er war sehr empfindlich.

»Ich hatte einfach Glück, dass mir jemand den Schulbesuch bezahlt hat«, sagte sie besänftigend. »Und du weißt, wie wichtig das Lernen ist, sonst würdest du dich nicht so abrackern, um deinen Schwestern Extraunterricht zu ermöglichen. Wenn Lala eines Tages in der Pariser Opéra oder der Mailänder Scala Violine spielt, ist das auch dein Verdienst.«

Sie schlenderten durch das menschenleere Quartier Latin. Im Park war es einsam, denn die Kinder und ihre Kindermädchen waren schon längst verschwunden. Die Schriftsteller und Studenten dagegen hielten sich in ihren Cafés auf. Einmal blieb Paul stehen, um sich eine Gauloise anzuzünden. Mit den Händen schützte er die Flamme, bis die Zigarette endlich brannte. Dann nahm er einen tiefen Zug, die Augen auf den Boden gerichtet.

»Jetzt sag's mir endlich, bevor ich vor Neugier platze«, forderte Alix. »Wie viel hast du für die Hermès-Zeichnung gekriegt?«

Paul stieß eine Rauchwolke aus. »Nichts. Meine Kontaktperson konnte nichts damit anfangen. Die Skizze war nicht detailliert genug.«

»Nicht detailliert genug?« Zu Alix' Enttäuschung gesellte sich die Angst. Wenn diese Einkommensquelle versiegen würde ... Sie wollte nicht daran denken. »Zeig mir irgendjemanden in Paris, der so ein gutes Gedächtnis für Einzelheiten hat wie ich!«

»Niemand zweifelt an dir, Alix. Ich jedenfalls nicht. Aber darum geht es nicht. Sie brauchen das Original.«

»Ein halber Tageslohn beim Teufel! Was erwartet deine Kontaktperson eigentlich? Wenn jemand mir das Geld gibt, kaufe ich das Tuch.«

»Da ist dir wahrscheinlich schon jemand zuvorgekommen. Und das gute Stück ist sicher schon auf dem Weg nach New York, wo es als Blaupause für zehntausend Fälschungen im Monat dient. Tut mir leid, Alix. Ich hätte das Geld auch gebraucht.«

»Sie hätten mit meiner Zeichnung gut arbeiten können.«

»Sie meinte, es geht nicht.«

»Sie? Deine Kontaktperson ist eine Frau?«

»Hör jetzt auf.« Er versuchte ein Lächeln, brachte aber nur eine Grimasse hervor. Er hielt Alix fern von seinen »Kontaktpersonen« und den Hinterzimmern der Bars, in denen er seine Geschäfte abwickelte. Paul hatte schon auf dem Schwarzmarkt gehandelt, als er gerade alt genug gewesen war, um vor Polizisten davonzulaufen, aber Alix war zu unschuldig für diese Welt, fand er. »Du lächelst Polizisten an«, hatte er sie geneckt. »Das ist das erste Zeichen des Wahnsinns.«

Jetzt aber zuckte er mit den Schultern. »So ist das Leben.« Als sie stehen blieb und ihn ansah, deutete er ihre Absicht falsch und zog sie zu sich heran. »Ich will nicht, dass du dein Leben mit Stehlen verschwendest.«

Ihre Lippen trafen sich in einem sanften Kuss. Alix legte den Kopf in den Nacken und erwiderte: »Ich stehle nicht.«

»Na schön, du zeichnest ab. Dank Menschen wie dir bekommen die New Yorker Damen die Pariser Originale zur selben Zeit wie die Französinnen. Du leistest einen Dienst an der Gesellschaft, stimmt's?«

»Stimmt. Jede Frau bekommt, was sie sich wünscht.«

»Bis auf die Modeschöpferinnen, die die Sachen entwerfen. Die würden dich am liebsten aufhängen.«

»Du hast mich da reingezogen«, erinnerte sie ihn. »Wir haben uns erst eine Woche gekannt, da hast du mich beim Pferderennen in Longchamps eingeschleust, damit ich mir die Kleider der feinen Damen einpräge. Du hast mir gesagt, du hättest einen Freund, der Zeichnungen an ein New Yorker Magazin verkauft, für einen Dollar pro Stück. Du hast mich verführt.«

»Ich weiß. Ach, Alix, ich wünschte, ich wäre nicht so abhängig von dir.« Paul küsste sie gierig, und Alix wand sich aus seiner Umarmung. Er hatte kein Recht dazu. Aber dann merkte sie, dass es ihr eigentlich doch gefiel. Sie mochte den leichten Druck seiner Lippen, das sanfte Kratzen seiner Bartstoppeln auf ihrer Haut. Selbst der Geschmack seiner Gauloises konnte dem guten Gefühl nichts anhaben.

»Willst du mir jetzt etwa sagen, wir können so nicht weitermachen?«

»Wer sorgt für meine Schwestern und für deine Großmutter,

wenn wir geschnappt werden?« Er seufzte. »Ja, das will ich damit sagen. Jetzt ist Schluss.«

»Aber du hast noch einen Auftrag in petto?«, riet sie. Paul konnte einfach nicht lügen.

Er stöhnte auf. »Du wirst mir den Kopf abreißen.«

Sie zog ihn am Ärmel, küsste ihn erst zurückhaltend, dann provozierend. »Sag mir, was es ist, dann entscheide ich, ob ich es mache.«

Und Paul erzählte es ihr.

Alix schwirrte der Kopf.

»Wir stehlen die Frühjahrs- und Sommerkollektion 1937 von Maison Javier, einem Modeatelier an der Rue de la Trémoille, ganz in der Nähe der Champs-Élysées. Wir stehlen von dem Haus, für das Mémé gerade arbeitet … die *gesamte* Kollektion?«

Paul nickte. »Meine Kontaktperson will alles, jede einzelne Rüsche und Schnalle.«

»Unmöglich.«

»Habe ich ihr auch gesagt.« Paul nahm ihr Handgelenk, um einen Blick auf ihre Armbanduhr zu werfen. Sie hatten sich in ein Café gesetzt und billigen Wein bestellt, waren aber beide unter Zeitdruck, weil zu Hause jemand auf sie wartete. »Die Leute in Amerika sind ganz verrückt nach diesem Javier. Das ist wegen dieser Amerikanerin, die mit dem englischen König geschlafen hat.«

»Mrs. Simpson trägt Javier?« Alix dachte einen Moment nach und nickte dann. »Vielleicht sieht sie deswegen auf allen Fotos so groß gewachsen aus. Javier streckt alle Frauen in die Länge, bis sie aussehen wie eine Zuckerstange.«

Paul zuckte ungeduldig mit den Schultern. »Ich weiß nur, dass die amerikanischen Frauen Schlange stehen, um ein kopiertes Kleid von ihm zu kaufen. Meine Kontaktperson möchte, dass jemand von uns seine Frühjahrsschau besucht und jedes einzelne Modell abzeichnet.«

»Richte deiner Kontaktperson aus, dass sie dafür zu spät dran ist.«

»Nein, ist sie nicht.« Paul beugte sich vor und schob dabei das Tischtuch zusammen. »Javier macht seine Schau im April.«

»Keiner macht seine Frühjahrs- und Sommerschau im April.«

Paul streckte die offene Handfläche aus. »Javier schon, jedenfalls dieses Jahr. Frag mich nicht, wieso.«

In Alix' Kopf wirbelten die Gedanken durcheinander. Die ganze Kollektion eines Hauses? »Dafür müsste man Zugang zum Atelier haben und alles mitnehmen können: Kleider, Skizzen, Muster … oder man müsste Javier selbst entführen.«

»Kannst du dich nicht ins Geschäft einschleichen und dir Notizen machen? Dort findet doch jeden Tag eine Modenschau statt, oder?«

»Nein, nicht bevor die Kollektion auf den Markt kommt. Normalerweise komme ich in eine Schau hinein, indem ich so tue, als wäre ich das Mädchen einer feinen Dame. Ich folge also einer gut angezogenen Frau hinein. Oder ich gebe die englische Adelstochter, die sich auf ihr erstes Pariser Modellkleid freut. ›Was für todschicke Sachen es hier doch gibt! Wie macht ihr Franzosen das bloß?‹ Darauf fallen sie immer rein. An einem guten Tag kann ich mir fünf oder sechs Modelle einprägen. Für eine ganze Kollektion bräuchte ich drei Gehirne oder eine Kamera.«

Ratlos rieb Paul sich die Nase. »Die Großhändler meiner Kontaktperson stehen schon in den Startlöchern. In New York haben sie riesige Nähstuben voller sogenannter ›Tischaffen‹ – das sind Leute, die Tag und Nacht nähen, um die Nachfrage zu befriedigen. Die amerikanischen Frauen wollen genau die Mode, die sie in den Zeitschriften sehen. Sie wollen Javier. Sie wollen das, was diese Mrs. …«

»Simpson.«

»Sie wollen das, was sie trägt, und am besten schon gestern.«

Alix schüttelte den Kopf. »Ich habe mich schon zu oft in die Modenschauen hineingeschlichen. Die Verkäuferinnen flattern aufgescheucht herum und stürzen sich auf jeden, der auch nur einen einzigen Bleistiftstrich macht. Paul, du hast recht gehabt, wir sollten damit aufhören.«

Paul betrachtete seine Finger. Die Haut um die Nägel herum war rissig von der harten Arbeit und vom Nägelkauen. »Ja, das mag sein, aber … weißt du, meine Kontaktperson kennt eine amerikanische Sprachtherapeutin an der Rue du Bac, die unglaubliche Erfolge vorweisen kann. Sie könnte Suzy wieder zum Sprechen bringen. Aber sie ist sehr teuer.«

Alix seufzte. »Jeder ist teuer, außer uns beiden.«

Paul trank sein Glas aus. »Jetzt schau nicht so unglücklich. Ich werde ihr sagen, dass die Sache eine Nummer zu groß für uns ist.«

»Nein. Paul, sag ihr … sag ihr, dass ich es mache.«

»Wirklich?«

Sie trank ihren Wein aus. »Ich muss bloß noch lernen, mich unsichtbar zu machen. Wie viel bekommen wir eigentlich dafür?«

Paul legte ein paar Münzen auf den Tisch und nannte eine Summe, die Alix erstarren ließ. »Ich weiß. Es ist, als würde man auf einen Außenseiter beim Prix de Diane setzen und dann ganz groß abräumen.«

4

Siebenhunderttausend Francs. Selbst durch zwei geteilt war das so viel, dass Paul die *Katrijn* in ein geeignetes Zuhause für die Kinder verwandeln und dazu noch ein ganzes Dutzend an Sprachtherapeutinnen engagieren konnte. Für Alix bedeutete so viel Geld das Ende ihrer quälenden Zeit in der Telefonvermittlung.

Auf ihrem Weg nach Hause war sie in Gedanken hin- und hergerissen. Sie wollte Paul so gern helfen. Und die Vorstellung, morgens ohne Geldsorgen aufzuwachen, war einfach verlockend. Auf der anderen Seite ernährte die Modeindustrie Tausende Frauen wie ihre Großmutter. Stahl man eine Kollektion, bestahl man Leute wie Mémé. Und doch … *siebenhunderttausend* Francs!

Aber was, wenn sie geschnappt wurden? Paul und sie erinnerten sich gegenseitig immer wieder an die Gefahren und machten sogar Witze darüber. Und wenn es tatsächlich einmal passierte? Wenn sie beim Zeichnen plötzlich eine feste Hand auf der Schulter spürte? Oder eine strenge Stimme hinter ihr rief: *Darf ich einmal in Ihre Handtasche sehen, Mademoiselle?* Paul war schon mehrfach verhaftet worden, und seine Erzählungen von fensterlosen, stinkenden Zellen machten Alix Angst. Sie nahmen einem die Schuhe und die Kleidung ab, und später bekam man sie völlig verlaust wieder zurück. Man wurde durchsucht bis auf die Unterwäsche. Frauen hatten normalerweise das Recht, von weiblichem

Personal durchsucht zu werden, aber das wurde oft nicht so genau genommen.

In der Eingangshalle ihres Hauses ging Alix an Madame Rey vorbei, so tief in Gedanken versunken, dass sie sie gar nicht wahrnahm.

»Na, Hummeln im Hintern?«

Alix fuhr herum. »Wie bitte?«

»Haben Sie sich wieder mit Ihrem hübschen Kerl getroffen?«

»Nein, das heißt, doch.« Alix eilte den ersten Treppenabsatz hinauf.

Die Concierge rief ihr nach: »Morgen kommt mein Fernand und bringt Kohle. Sie werden ihm doch ein Trinkgeld geben? Er opfert seine kostbare Zeit, und das ist harte Arbeit mit diesen schweren Säcken.«

Vor der Wohnungstür blieb Alix kurz stehen und setzte eine betont harmlose Miene auf. Mémé machte gerade Kartoffelpuffer. Ihre mageren Schultern hingen traurig herunter, und Alix begriff sofort, dass etwas nicht stimmte.

Als sie sich an den Tisch setzten, seufzte Mémé tief. »Die alte Schreckschraube hat mir gesagt, dass der Hausbesitzer die Miete erhöhen will.«

»Was? Warum denn gerade jetzt?«

»Im Juni eröffnet die Weltausstellung, und dann kommen Menschen aus jedem Teil der Erde. Das schreiben jedenfalls die Zeitungen. Und der Hausbesitzer glaubt wohl, dass diese Leute für immer bleiben. Ab dem nächsten Quartal will er tausend Francs im Monat mehr.«

Alix rechnete. Das waren noch ungefähr zwei Wochen. Sie fluchte und benutzte dabei ein Wort, das sie von Paul gelernt hatte und das Mémé zum Glück nicht verstand. »Na schön, dann suchen wir uns eine Wohnung beim Kanal oder draußen in La Villette. Da bezahlen wir nur die Hälfte von unserer jetzigen Miete.«

»Nein, Aliki. Eine gute Adresse ist mir wichtig. In meinem Alter ist einem so etwas nicht egal. Und wie soll ich neue Menschen kennenlernen, wenn wir am Kanal wohnen? Einen Umzug schaffe ich nicht mehr.« Mémé warf einen Blick auf ihren Arbeitstisch. »Ich kann meinen Fingern noch eine Stunde mehr pro Tag zumuten. Und die arme Brandel muss ich entlassen. Es ist sowieso absurd, dass wir eine Aufwartefrau haben. Wer sind wir denn, die Rockefellers?«

»Ich putze. Und …« Alix atmete tief durch. Jetzt oder nie. »Ich habe mir überlegt, dass ich mich bei Maison Javier bewerben werde, für Auftragsarbeiten. Also Näharbeiten, die ich zu Hause machen kann. Das beherrsche ich ja, und du könntest mich doch empfehlen. Und nach einer Weile …« In den Augen der Großmutter blitzte es warnend auf. »Nach einer Weile bekomme ich vielleicht eine feste Anstellung. Javier nimmt gerne Frauen, und irgendwann könnte ich sogar Première werden. Premières werden richtig gut bezahlt, wenn sie sich bewähren.« *Und bis es so weit ist,* dachte sie, *klaue ich Entwürfe für Paul und halte uns alle über Wasser.*

Danielle Lutzman zuckte mit dem Mund. Dann wurde sie wütend. »Ich sage dir gerade, dass ich noch sieben Stunden pro Woche länger schufte, und du erzählst mir, dass du deine gute Stellung bei der Telefongesellschaft aufgeben willst. Eine Stellung, die ich dir so mühsam besorgt habe?«

»Ich würde natürlich so lange bleiben, bis ich ganz sicher bin, dass …« Erst in diesem Moment wurde Alix die letzte Bemerkung ihrer Großmutter bewusst. »Was soll das heißen, du hast mir die Stellung mühsam besorgt? Die habe ich mir selbst verschafft!«

»Gerade dann, wenn ich dringend Sicherheit brauche, willst du die Arbeit aufgeben, die uns ein Dach über dem Kopf ermöglicht?« Alix nahm ihre knochige Hand.

»Aber nicht doch, Mémé! Ich wollte dir bestimmt keine Angst

machen. Ich werde bei der Telefongesellschaft bleiben. Und längere Schichten übernehmen.« In Gedanken setzte sie hinzu: *Ich tue alles, damit du dich sicher und geborgen fühlst.*

An diesen Moment dachte Alix später allerdings ganz anders zurück: Das war der Augenblick, in dem sie an den Rand der Klippe trat, nach unten in die Grube der Gefahren blickte – und sprang.

5

News Monitor
10. März 1937

V. Haviland, unser Korrespondent in Madrid, berichtet aus dem spanischen Bürgerkrieg

Ein Mann, der in der Gosse liegt, kann sich vielleicht trösten, indem er die Sterne betrachtet. Der Reporter, der in der Gosse in Madrid liegt, kann das leider nicht, weil eine dicke Staubschicht ihm die Sicht versperrt. Er liegt dort, wo er sich hingeworfen hat, als die Kampfflugzeuge über eine Straße mit Läden und Cafés hereingebrochen sind. Sie fliegen in Dreiecksformation – es sind Heinkel-Kampfflugzeuge der deutschen Legion Condor – und bombardieren die Straße mit Maschinengewehren, zerschießen die Fenster, schlagen riesige Stücke aus dem Asphalt. Der Krach ist ohrenbetäubend, die Menschen rennen panisch umher wie verschreckte Mäuse im Schatten von Raubvögeln.

Der Lärm wird unerträglich – und dann sind sie plötzlich wieder verschwunden. Inzwischen kommen sie nicht mehr bei Tageslicht, dank der Flugzeuge, die die Sowjetalliierten der linksgerichteten spanischen Regierung zur Verfügung gestellt haben –

Jean-Yves Comte de Charembourg blickte gereizt auf, als ihn ein dezentes Hüsteln von der Türschwelle in seiner Lektüre störte. Sein Sekretär stand dort, einen Brief in der Hand. Sein Gesichtsausdruck nahm den unangenehmen Inhalt des Schreibens vorweg.

»Das hier möchten Sie sicher sofort lesen, Monsieur le Comte.«

Jean-Yves faltete die Zeitung zusammen und nahm sich vor, den Artikel später zu Ende zu lesen. Dieser V. Haviland war anscheinend ein sehr intimer Kenner Spaniens. Den *News Monitor* hatte Jean-Yves schon täglich in London gelesen, und als er entdeckt hatte, dass man die Zeitung auch in Paris kaufen konnte, hatte er sich gefreut. Dass sie dann schon einen oder zwei Tage alt war, machte ihm nichts aus. Es gab auch eine französischsprachige Ausgabe, aber die fand selten klare Worte, wenn es um internationale Spannungen ging. Drei Jahrzehnte in London hatten den Comte de Charembourg zwar noch nicht zu einem Engländer gemacht, ihm aber den Wert einer Zeitung verdeutlicht, die für ihre Leser und nicht für die Mächtigen schrieb. »Ist der mit der zweiten Post angekommen, Ferryman?«, fragte er den Sekretär.

»Er ist gesondert zugestellt worden, Monsieur.« Jolyan Ferryman redete ihn immer mit »Mon-sjuur« an. Der Junge beherrschte zwar die Grammatik des Französischen, nicht aber die Aussprache – die war durchsetzt mit seinem starken englischen Akzent. Musste man Ferryman länger zuhören, war das eine schwere Geduldsprobe.

»Legen Sie ihn einfach auf meinen Schreibtisch. Von wem ist er?«

»Der Herr wollte seinen Namen nicht nennen, und es erschien mir unpassend, danach zu fragen. Es war jedenfalls ein Proletarier.«

Jean-Yves verstand die Anspielung. Sein vornehmer Sekretär

erledigte nicht gern Aufgaben, die besser zu einem Laufburschen gepasst hätten. Pech! Dieser Haushalt konnte sich nun mal keine Laufburschen leisten. Und wenn die Preise weiter so stiegen, konnte er sich bald auch keinen Sekretär mehr leisten, dachte Jean-Yves. Aber wie sollte er das seiner Frau beibringen? Rhona de Charembourg war an den gehobenen Lebensstandard ihrer Kindheit in England gewöhnt. Dort, auf Aisleby Park, hatte sie über fünfzig Bedienstete und einen enormen Landbesitz verfügt. Hätte sie geahnt, dass sie hier nur vier Angestellte und einen Teilzeitgärtner zu Diensten haben würde, hätte sie ihn wohl niemals geheiratet.

Jean-Yves entließ Ferryman und öffnete den Brief. Aus dem Umschlag fiel ein schmuddeliges Stück Papier, das nach Zigaretten roch. Ja, das war ganz sicher eine Arbeitermarke.

Plötzlich klapperte das Gartentor. Er ging zum Fenster und sah seine Frau mit den Töchtern das Haus verlassen. Alle drei trugen feine Kostüme im Prince-of-Wales-Muster. Die beiden Töchter hielten je einen weißen Zwergspitz an der Leine. Rhona, Christine und Ninette gingen mit Tosca und Figaro auf dem Boulevard Racan spazieren. Dieses lieb gewonnene Ritual würde bald ein Ende finden, denn Christine heiratete im Juni, und dann war die Familie nicht mehr vollständig.

Er wandte sich wieder dem Brief zu. Auf dem Umschlag stand DE CHAREMBOURG. Er begann zu lesen. Als er das Blatt kurz darauf sinken ließ, standen ihm Schweißperlen auf der Stirn.

Er musste sich hinsetzen und sich zwingen, gleichmäßig zu atmen. Im Krieg hatte er eine Lungenverletzung erlitten, was ihn manchmal wie ein geschundenes Kutschpferd keuchen ließ, obwohl er erst sechsundfünfzig war. Langsam las er den Brief noch einmal von vorn.

Am 21. Dezember 1903 haben Sie Alfred Lutzman umgebracht. Jetzt müssen Sie dafür bezahlen. Es gibt noch lebende Zeugen. Erfüllen Sie meine Forderungen, oder ich plaudere Ihr schmutziges Geheimnis aus.
Ich kann Ihren Lieben sehr wehtun.

Er blickte nach unten auf den Boulevard, wo die drei Frauen flanierten. Was sollte das heißen, *sehr wehtun?* Als das Telefon klingelte, riss er den Hörer von der Gabel. »De Charembourg. Wer ist da?«

»Sie haben meinen Brief bekommen, Monsieur le Comte?« Die Stimme war rau, der Akzent nur schwer einzuordnen. Kehlige Laute, vielleicht Pariser Jargon.

Jean-Yves antwortete instinktiv in seinem besten Hochfranzösisch. »Wer auch immer Sie sind, ich gehe davon aus, dass Sie Geld wollen. Ich fürchte, ich muss Sie enttäuschen. Ihre Anschuldigungen sind absurd und beleidigend.«

Es knackte in der Leitung. »Sie führen ein aufregendes Leben, Monsieur. So viele Freunde. Und so viele *Freundinnen* … Weiß Ihre Frau eigentlich, wie viele es genau sind? Ich bin mir sicher, das fände sie sehr interessant.«

»Wagen Sie es nicht, von meiner Frau zu sprechen.« Woher wusste dieser Kerl über sein Leben Bescheid? Und über seine diskreten Verabredungen? Er war doch immer so vorsichtig.

Der Anrufer lachte schallend. »Sie sind ein Kenner der weiblichen Schönheit, was ist daran denn so schlimm? Frauen und Mädchen, ach … sie sind so zart und verletzlich, nicht wahr? Ist es nicht unendlich tragisch, wenn ein junges Mädchen verletzt wird? Sie wollen doch nicht für die entstellende Gesichtsverletzung eines jungen Mädchens verantwortlich sein?«

»Gott, nein, natürlich nicht. Was …«

Die Stimme wurde sachlich, fast schon geschäftlich. »Fünfhunderttausend Francs, und niemand erfährt, was für ein Bastard

Sie sind. Ich weiß, was Sie Alfred Lutzman angetan haben.« Der Mann legte auf.

Jean-Yves bemerkte, dass sein Hemd durchgeschwitzt war. Jetzt war es also so weit. Nach all den Jahren war der Schrecken dieses Wintertags in Kirchwiller zurückgekehrt. Fünfhunderttausend Francs, das war ein Bruttojahreseinkommen. Wo sollte er so viel Geld hernehmen?

In London hatte er eine Führungsposition bei der Banque d'Alsace bekleidet und dann gekündigt, ausgestattet mit einem Aktienpaket, das sein jetziges, etwas bescheideneres Gehalt als Direktor einer Textilfabrik ausglich. Auch Rhona hatte Geld mit in die Ehe gebracht, aber das, was davon übrig war, hatte sie für die Zukunft der Töchter zurückgelegt. Es war allerdings viel weniger übrig, als Rhona sich vorstellen konnte. Früher, als sie noch Miss Aisleby hieß und Erbin ihres Großvaters gewesen war, hatte sie sich als das reichste Mädchen Nordenglands bezeichnen dürfen. Doch als sie schließlich erbte, waren die Kohlengruben ihres Großvaters erschöpft gewesen, und der Krieg hatte die Geldanlagen der Familie vernichtet. Die Schulden des Großvaters und die Nachlasssteuern verschlangen beinahe den Rest. Jean-Yves erklärte seiner Frau oft, dass nicht etwa Diebstahl, sondern Misswirtschaft und Sozialismus ihren Reichtum auf dem Gewissen hatten, aber Rhona glaubte nach wie vor, dass ihr Geld noch irgendwo existierte. Sie gab jedenfalls so viel aus, als wäre es noch da.

Er bemerkte, dass der Telefonhörer schweißnass war, und wischte ihn ab. Wem gehörte diese Stimme nur? Und wie konnte ein Fremder von Ereignissen wissen, die sich vor fast fünfunddreißig Jahren in einem kleinen Ort im Elsass zugetragen hatten? Es war doch alles so sorgfältig vertuscht worden.

Ihm fiel nur ein Mensch ein, der ihm weiterhelfen konnte. Er musste ein Tabu brechen und sie bitten, ihn zu treffen.

»Also gut, Paul, ich mache es. Ich stehle Javiers Frühjahrs- und Sommerkollektion, damit wir nie wieder Geldsorgen haben müssen. Ich schleiche mich verkleidet in die Modenschau ein und verstecke mein Skizzenbuch unter meinem Rock. Aber meine Großmutter darf niemals etwas davon erfahren.«

Alix stieß ihre Gabel in den Karottensalat. Sie hatte auch Radieschen auf dem Teller – außerdem kalte Bohnen, ein hartes Ei, Zwiebeln und ein paar Scheiben Saucisse de Toulouse. Das Café auf dem Montmartre-Hügel bot immer billige und herzhafte Gerichte an. Es war der 12. März, ein Freitag, und jetzt aß alle Welt zu Mittag. Auf der Place du Tertre schien die Sonne, und die Bäume bekamen erste zarte Blätter, aber noch immer wehte ein scharfer Wind. Alix hatte die Nachtschicht in der Telefonvermittlung absolviert und danach noch vier Stunden weitergearbeitet, um eine erkrankte Kollegin zu ersetzen. In ihrem Kopf drehte sich alles. »Das ist verrückt, eine ganze Kollektion stehlen zu wollen. Und eigentlich auch unmöglich, aber …« Paul schob Salzkörner auf einem Weinfleck zusammen.

»Esse ich hier denn alleine?«, fragte sie gereizt.

Er zog eine Grimasse. »Ich habe dir etwas zu sagen.«

O nein. Hatte seine Kontaktperson etwa jemand anders gefunden, der die Kollektion stehlen würde? Das durfte einfach nicht sein. Nicht, nachdem sie schlaflose Nächte mit der Frage verbracht hatte, wie sie das anstellen sollte, ohne nachts bei Javier einzubrechen und die Kleider mitzunehmen. Sie beobachtete, wie Paul ein Radieschen aufspießen wollte, das bei diesem ungeschickten Manöver allerdings vom Teller auf das Kopfsteinpflaster kullerte. »Wenn du schlechte Nachrichten hast, dann raus damit.« Als sie ihn näher betrachtete, entdeckte sie die dunklen Schatten unter seinen müden Augen. »Hast du auch nicht geschlafen?«

Paul verzog den Mund. »Ich habe Albträume. Jedes Mal, wenn

ich die Augen schließe, sehe ich die Leiche meiner Mutter vor mir.«

»O nein, das tut mir leid.«

»Außerdem ist die Polizei auf mein Boot gekommen.«

»Die Polizei?«

»Sie wollten die Genehmigung für den Liegeplatz sehen.«

»Du hast doch eine?«

Er sah sie an, als wollte er sagen: *Was denkst du denn?* »Alix, du redest doch immer davon, Modeschöpferin zu werden und ein Atelier zu eröffnen? Meine Kontaktperson hat ein Vorstellungsgespräch für dich arrangiert.«

Vor Aufregung blieb ihr fast das Herz stehen. »Wie bitte?«

»Bei Maison Javier. Dann müsstest du dich nämlich nicht in seine Schau einschleichen. Du wärst gleich mitten drin.«

»Ach.« Da war sie also, die Chance, von der sie immer geträumt hatte.

»Habe ich was Falsches gesagt?«

»Nein. Nicht direkt …« Es war so schwer zu erklären. Sie ließ ihren Blick über den Platz schweifen und deutete dann mit der Gabel auf einen Künstler, der gerade seine Staffelei aufstellte. »Siehst du den da, den mit den dicken Beinen? Mein Künstlerfreund Bonnet, der hier am Platz wohnt, hat mir erzählt, dass dieser Mann seit zwanzig Jahren Touristen porträtiert. Er glättet Falten und retuschiert Pickel. Und wenn er abends nach Hause geht, sieht man auf dem Pflaster, auf dem er den ganzen Tag über gestanden hat, seine Fußstapfen inmitten des Kreidestaubs. Für ihn zählt nur, dass er ein hübsches Bild gemalt hat und dafür bezahlt worden ist.«

Paul knurrte. »Du hast doch erzählt, dass in Bonnets Vorratsschränken gähnende Leere herrscht. Er sollte lieber selbst mal ein Bild verkaufen, anstatt andere zu kritisieren.«

Alix wollte Bonnet verteidigen. »Er würde lieber verhungern, als Auftragsarbeiten anzunehmen. Mein Großvater war genauso. Er fand, ein fertiggestelltes Bild hat keine Seele mehr.«

Paul versuchte, ein weiteres Radieschen aufzuspießen. »Woher weißt du das denn?«

»Mémé hat es mir gesagt. Großvater hat immer wieder dasselbe Motiv gemalt, um den perfekten Lichteinfall zu finden.« Als Paul nur schnaubte, wurde sie wütend. »Wenn du Zolas *L'Œuvre* gelesen hättest, würdest du das verstehen. Sein Held Claude Lantier kämpft gegen eine Gesellschaft, die nur an traditioneller Kunst interessiert ist. Sein ganzes Leben lang versucht er, ein großartiges Bild zu schaffen, das Natur und echte Leidenschaft vereinigt.«

»Und dann geht ihm die Farbe aus, und er stirbt?«

»Nein, er erhängt sich.«

»Ach.« Auch das zweite Radieschen sprang vom Teller – direkt in Alix' Schoß. »Es gibt immer einen Ausweg, oder?«

Alix wollte, dass Paul ihre Zerrissenheit verstand. Sie brauchte Geld, aber die Möglichkeit, die ihr geboten wurde, war nicht nur gefährlich, sondern auch unmoralisch. Für sie war Haute Couture eine Form der Kunst. Stahl man eine ganze Kollektion, dann nahm man damit dem Künstler das Genie, die Seele.

Paul fragte: »Willst du jetzt das Bewerbungsgespräch oder nicht? Das ist eine einmalige Gelegenheit.«

Es war ein Dilemma. Sie würde bei der Telefongesellschaft kündigen und Mémés Unmut aushalten müssen. Und was, wenn sie die Stellung bei Javier bekam und dann herausfand, dass es doch nicht so weit her war mit ihrem Talent? Man konnte Träume jahrelang mit sich herumtragen wie eine Traube Luftballons – und dann erkannte man, dass sie ebenso wie diese nur mit heißer Luft gefüllt waren. Sie deutete auf die Radieschen. »Nimm doch die Finger. Uns guckt ja niemand zu. Ach, ich glaube, ich werde doch keine Modeschöpferin. Bonnet hat mich gebeten, ihm

Modell zu sitzen. Nach dem Essen gehe ich zu ihm.« Sie hatte den Künstler auf dem Flohmarkt in der Rue des Rosiers getroffen, als sie gerade einen Tweedrock verkaufen wollte, der ihr nicht mehr gefiel.

Als sie ihm berichtet hatte, dass die Miete für ihre Wohnung erhöht wurde, hatte er nur gelacht. »Das Schicksal möchte Ihnen damit mitteilen, dass Sie mir endlich Modell sitzen sollen, *michou.* Ich kann Ihnen nicht viel bezahlen, aber Sie haben dann wenigstens etwas, um es Ihrem Vermieter in den Rachen zu werfen.« Er tippte sich auf die Nase. »Das ist unser kleines Geheimnis.«

Paul schenkte vom Wein nach. Es war die billige Sorte, die immer einen roten Rand im Glas hinterließ. »Jetzt, wo du jung bist, kannst du gut als Modell arbeiten. Aber möchtest du später einmal deine Falten an einer Galeriewand sehen? Dieses Vorstellungsgespräch bei Javier ist für einen Posten auf der alleruntersten Stufe, aber von dort aus kannst du es nach ganz oben schaffen, und das können Frauen sonst nirgends.«

Er verwendete ihr eigenes Argument gegen sie. »Du willst doch nur, dass ich es mache, damit ich dort die Kollektion stehlen kann.«

»Ich will auch, dass du dir deine Träume erfüllen kannst. Ein einziges Mal sollst du dort stehlen. Nur ein Mal! Alix, ich brauche das Geld so dringend!«

Alix nahm einen Schluck Wein. Er schmeckte herb. »Wann soll dieses Vorstellungsgespräch denn stattfinden?«

Paul nahm ihre Hand. »Morgen.«

So bald?

»Kann ich meiner Kontaktperson also ausrichten, dass du hingehst? Du nimmst die Stellung an und klaust die Kollektion? Ich schreibe dir alles auf, was du wissen musst.«

Mit einer Handbewegung signalisierte sie ihm, dass er leiser sprechen sollte. In seiner Aufregung hatte er seine Stimme erhoben. »Wenn ich es mache, dann heißt das nicht, dass ich Stehlen für ein Kavaliersdelikt halte. Ist das klar?« Er angelte nach einem Bleistift, darum wiederholte sie noch einmal: »Ich werde niemals so tun, als wäre es ein Kavaliersdelikt.«

»Es steht mir nicht zu, über dich zu richten.« Paul kritzelte etwas auf die Rückseite einer alten Rechnung und schob ihr den Zettel dann zu. Darauf stand: *Javier, Rue de la Trémoille. Sag, dass Madame Shone Dich geschickt hat, frag nach der Première Madame Frankel. 11:03.*

»Meinst du etwa, halb zwölf?«, fragte Alix.

»Ja, verbessere das.«

»Madame Shone … ist sie deine Kontaktperson?«

»Kann man so sagen. Denk dran, morgen ist der Termin. Du darfst nicht zu spät kommen.«

Nachdem sie die Rechnung bezahlt hatten, küsste sie Paul auf beide Wangen und eilte zu Bonnet. Er wohnte in einer Zweizimmerwohnung mit Blick auf den Platz. Im Treppenhaus tastete sie vergeblich nach dem Lichtschalter und musste schließlich nach oben rufen. Keine Antwort. Sie stieg die knarrenden Stufen hinauf und klopfte entschlossen an eine Tür, die sie im Dunkel gerade so eben ausmachen konnte.

»Nur herein!«

Sie stieß die Tür auf.

Bonnet stand mitten im Zimmer und strich Kleister auf eine Leinwand. Sie entschuldigte sich, da sie annahm, sie habe sich verspätet, aber er erwiderte ungerührt: »Ich dachte, ich arbeite inzwischen schon mal an einer anderen Sache weiter. Hätte ich lieber nicht machen sollen. Machen Sie sich schon mal fertig.«

Während sie sich hinter einem Paravent auszog, bemerkte sie einen fauligen Geruch, der immer stärker wurde. In einen Morgenmantel eingehüllt, trat sie hinter der Abschirmung hervor und schnupperte. Leinöl, Terpentin, Alkohol zum Putzen und zum Trinken … eben die normale Ausstattung eines Künstlers, aber da war eben noch ein anderer Geruch. »Bonnet, ist da irgendwo eine tote Ratte unter den Bodenbrettern?«

Bonnet fuchtelte mit seinem klebrigen Pinsel in ihre Richtung. Er war kaum größer als Alix, und sein Vollbart verdeckte seinen Hals fast vollständig. Er trug einen Overall aus Serge und ein kragenloses Hemd unter einem mottenzerfressenen Pullover. Sein wettergegerbtes Gesicht – die vielen Jahre des Malens in den elsässischen Bergen und den glühend heißen Feldern der Provence hatten ihre Spuren hinterlassen – verlieh ihm das Aussehen eines leidenschaftlichen Künstlers mit bäuerlichen Wurzeln. Im Montmartre verschaffte ihm sein Erscheinungsbild eine Art Status – im Gegensatz zu allen anderen Orten. »Das ist toter Hase«, sagte er missmutig. »Ich habe Kaninchenleim in bester Qualität gekauft, der sollte nicht stinken, jedenfalls nicht, wenn er richtig hergestellt wurde. Die Leute sagen dauernd, mein Werk sei widerwärtig.« Er betrachtete die klebrige Leinwand. »Jetzt haben sie tatsächlich recht damit. So. Haben Sie ein schönes Mittagessen mit Ihrem netten Verehrer gehabt, *michou?*« Er grinste und legte seinen Bart in Falten.

»Paul ist nicht mein Verehrer. Das habe ich Ihnen bestimmt schon mal gesagt.« Sie musste trotzdem lächeln. Bonnets Art tat ihr gut. Er machte wunderbaren Kaffee, und wenn es ganz kalt draußen war, gab er noch einen Schuss Kirsch dazu – echtes elsässisches Kirschwasser. »Sie sollten diesen Leim zurückbringen und sich das Geld dafür erstatten lassen. Sagen Sie einfach, Ihr Modell ist davon ohnmächtig geworden.«

»Bitte nicht.« Bonnet nahm seinen Platz hinter der zweiten Staffelei ein. »Wenn ich Sie in einer Schubkarre nach Hause fahren muss, wird Ihre Großmutter nur anfangen, Fragen zu stellen. Sie hat Sie nicht nach Paris gebracht, damit Sie Leute wie mich treffen. Schon gar nicht, nachdem der Comte de Charembourg Ihnen beigebracht hat, wie eine Dame sich zu verhalten hat.«

»Woher wissen Sie das?«

Bonnet zwinkerte ihr verschwörerisch zu. »Ich bin ein Mann, der alles und jeden kennt. Eines Tages werde ich Ihnen Geschichten über den Comte erzählen, die Sie schockieren werden. *Allons*, an die Arbeit.«

Alix streifte den Morgenmantel ab und nahm ihre Pose ein. Es war eine harmlose Stellung, so harmlos, wie sich ein Nacktmodell eben präsentieren konnte.

Nach einer Nacht voller unruhiger Träume stand sie am nächsten Tag vor Maison Javier, einem riesigen Gebäude an der Ecke Rue de la Trémoille und Rue du Boccador. Von der Avenue Montaigne und der Champs-Élysées, die ganz in der Nähe lagen, drang der Verkehrslärm herüber, aber die Trémoille selbst war leer bis auf einige Taxis und einen silbrig-blauen Tourenwagen mit einem Chauffeur hinter dem Steuer. Alix war froh darüber. Sie brauchte jetzt kein Publikum.

Noch einmal überflog sie Pauls Merkzettel. War sie am richtigen Ort? Natürlich war sie das. Eine Messingtafel neben einer übergroßen Tür verkündete: »Javier«. Gerade, als sie den Arm ausstreckte, um die Tür zu öffnen, hörte sie hinter sich das schnurrende Geräusch eines Automotors. Ein bordeauxfarbener Peugeot hielt am Bordstein gegenüber, und der Fahrer stieg aus. Der junge Mann trug ein schickes Jackett, weite Hosen und einen längs der Krone geknickten Homburger, der ihm schief auf dem Kopf saß. Er schlug eine Zeitung auf und lehnte sich lässig an die Motorhaube seines Autos. Er sah in Alix' Richtung, und sie spürte, dass er Routine darin hatte, das Aussehen von Frauen zu beurteilen. Er betrachtete ihr Haar, ihre Figur und den abgeschabten Korb, den sie in der Hand trug. Alix tastete ungeschickt an der Tür von Maison Javier herum und ließ dabei ihren Korb fallen. Leider fielen zwei in Zeitungspapier eingewickelte Fische heraus, gefolgt von dem Obst und Gemüse, das sie an jenem Morgen auf dem Markt erstanden hatte. Sie warf alles wieder zurück in den Korb und vernahm ein belustigtes Lachen von der Straßenseite gegenüber. Sie warf dem Peugeot-Fahrer einen giftigen Blick zu. Er war sicher nicht viel älter als sie selbst, benahm sich aber, als gehörte ihm die Welt. Sie atmete tief durch und betrat Maison Javier. Da stand sie nun – in einem gepflasterten Innenhof, so groß, dass eine Kutsche mit Gespann bequem darin hätte wenden können. Auf der anderen Hofseite befand sich eine weitere Tür, die ihr Zutritt zu einem opulenten Interieur gewährte.

Bis vor vierzig Minuten war sie fest entschlossen gewesen, sich nicht bei Javier vorzustellen. Sie hatte ein altes, schon ein wenig abgetragenes Kleid angezogen, um die Wochenendeinkäufe auf dem Markt zu erledigen. Sie war gerade auf der Rue Mouffetard gewesen und hatte die Fische gekauft, als es elf schlug. Paris war voller Kirchen und voller Glocken – warum ausgerechnet diese in ihren Ohren klang wie die Stimme der Vorsehung, konnte sie sich nicht erklären. Jeder einzelne Ton vermittelte ihr, dass sie im Begriff war, die Chance ihres Lebens wegzuwerfen. Mit hüpfendem Korb rannte sie zur nächsten Métrostation.

Javiers Vestibül duftete süßlich nach Orangenblütenöl, doch aus ihrem Korb gesellte sich eine weniger angenehme Note hinzu. Zum Glück war Samstag. Im Atelier würden Dutzende von Frauen sitzen und fieberhaft an den Bestellungen für die nahenden Osterfeiertage nähen. Aber die wohlhabenden Damen, für die hier so hart gearbeitet wurde, befanden sich zu Hause in ihren Salons oder auf ihren Landsitzen und entspannten sich. Das erklärte auch die merkwürdige Stille im Erdgeschoss. Erst als Alix die Treppe hinaufging, stieg der Lärmpegel an. Sie konnte allerdings nicht genau lokalisieren, wo gearbeitet wurde, was das Ganze noch unwirklicher erscheinen ließ.

Oben betrat sie einen Bereich, der mit honiggelben Teppichen ausgelegt und mit einer Theke aus glänzendem Ahorn ausgestattet war. Sie nannte der Empfangsdame ihren Namen. »Ich habe einen Termin.«

Die Empfangsdame streckte energisch den Arm aus, fast wie ein Verkehrspolizist. »Sie hätten nicht heraufkommen dürfen.« Sie beäugte zunächst Alix' nackte Beine und dann ihren Korb. »Wir haben einen getrennten Eingang für Vertreter.«

»Ich habe einen Termin bei der Première, Madame Frankel.«

Die Empfangsdame warf ihr einen feindseligen Blick zu und schlug ihr Terminbuch auf. *»Go – wère«*, murmelte sie und runzelte die Stirn. Sie wies Alix einen Stuhl in der Ecke zu. »Warten Sie hier. Ich hole die Directrice.«

»Ich habe aber einen Termin bei …«

Die Dame unterbrach sie. »Die Directrice empfängt jeden, der durch diese Tür hereinkommt.« Damit war die Unterhaltung offensichtlich beendet. Eilig verschwand sie durch eine Tür in einer mit Seidentapete bezogenen Wand.

Alix seufzte. Wenn dieses Gespräch ein Vorgeschmack darauf war, was gleich auf sie zukam, würde man sie mit Sicherheit vor die Tür setzen. Wenn sie jetzt aber ging, würde sie nie mehr den Mut aufbringen, noch einmal herzukommen. Zu ihrer Rechten befand sich ein Durchgang, der mit fast transparenten Gardinen abgetrennt war. Dahinter konnte sie goldene Sessel und edle Teppiche erkennen. Das musste der Salon sein, in dem jeden Nachmittag die Modenschauen vor einem erlesenen Publikum stattfanden. Vor reichen Damen, die Kleider für zehntausend Francs das Stück so unbekümmert kauften, wie Alix Karotten auf dem

Markt erstand. Der Salon war das Reich des Modeschöpfers und unterstand direkt der Directrice, der Herrin über alle Verkäuferinnen und Vorführmodelle. Diese Mädchen, die die Kleider vorführten, hießen Mannequins – nach den hölzernen Schneiderpuppen, an denen früher einmal die Kleider gezeigt worden waren. Eines Tages hatte Worth, der erste große Couturier, genug gehabt von den bewegungslosen Puppen und stattdessen hübsche Mädchen eingestellt. Aber der Name war geblieben. Mannequins waren Wesen wie von einem anderen Stern: Sie sahen einfach umwerfend aus. Darum zählten sie zu den begehrenswertesten Frauen von Paris und zierten die Titelseiten der Illustrierten. Bezahlt wurden sie »in Blumen und Komplimenten«, wie Mémé ihrer Enkeltochter irgendwann einmal erzählt hatte. »Und ausgehalten werden sie von ihren Liebhabern.«

Alix sah Menschen, die sich hinter den Vorhängen bewegten. Himmel – sie kamen direkt auf sie zu! Bevor sie von ihrem Stuhl verschwinden konnte, trat eine Frau durch die Gardinen. Sie trug ein feminin geschnittenes Kostüm – ein *tailleur* – und hatte das blonde Haar zu einem Knoten geschlungen. Als sie Alix entdeckte, räusperte sie vornehm. Die etwas ältere, schwarz gekleidete Dame, die ihr folgte, bedachte Alix mit einem giftigen Blick und fragte: »Was wollen Sie denn hier?«

Alix stotterte ihren Namen. Die blonde Frau atmete hörbar ein. Dann verschwanden die beiden die Stufen hinunter. Wenige Minuten später kam die Dame in Schwarz zurück, deutete auf Alix' Korb und fragte schneidend: »Was ist *das* denn?«

Noch während Alix sich mit einer Erklärung abmühte, erschien das Thekenfräulein. »Mademoiselle Lilliane! Hier sind Sie also. Diese junge Dame hat einen Termin …« Sie zeigte auf Alix.

Doch die schwarze Dame erwiderte entrüstet: »Und warum haben Sie sie hier hingesetzt, wo alle sie sehen können?«

»Weil ich losgelaufen bin, um nach Ihnen zu suchen. Ich dachte, Sie möchten sie sicherlich als Erste empfangen.«

»Ich möchte sie ganz und gar nicht empfangen. Muss ich Sie daran erinnern, dass die Dame, die ich gerade zum Auto gebracht habe, die Gattin des hochgeschätzten Comte de Charembourg war? Madame de la Comtesse wünscht nicht, über Gesindel mit Körben zu stolpern.«

Bei der Nennung dieses Namens zuckte Alix zusammen. Die Dame im feinen Kostüm – das war die Comtesse de Charembourg gewesen? Mémé hatte ein paarmal über Rhona de Charembourg gesprochen, allerdings nicht mit besonderer Herzlichkeit. Bestimmt war sie eine dieser lauten englischen Oberschichtdamen, aber sie war keine in Tweed gehüllte Vogelscheuche. Tatsächlich würde sie sich in der *Vogue* nicht schlecht machen, dachte Alix. Moment mal, wenn die Comtesse in Paris war, dann konnte doch auch ihr Mann nicht weit sein? Wie seltsam, das zu erfahren, wo doch Bonnet den Namen des Comte gerade erst erwähnt hatte. Ein merkwürdiger Zufall.

Jean-Yves Comte de Charembourg hatte im selben Regiment wie Alix' Vater gedient. Nach dem Tod ihres Vaters hatte er Verantwortung übernommen und – wie Bonnet es formulierte – Alix' Erziehung zur Dame finanziert. Alix hatte nie gefragt, ob die Frau des Comte diese Großzügigkeit mitgetragen hatte. Jetzt wurde ihr auch klar, warum die Frau vorhin so kalt reagiert hatte – sie musste genauso schockiert über die Begegnung gewesen sein wie Alix selbst. Wenn sie von dem Arrangement wusste, das Alix zum inoffiziellen Mündel ihres Mannes machte, gefiel es ihr anscheinend ganz und gar nicht.

Alix hatte jedoch keinen Grund zum Unmut. Sie liebte den Comte wie einen freundlichen Onkel, hatte ihn über die Jahre aber nur selten gesehen. Zu jedem Geburtstag hatte er ihr einen langen, lustigen Brief geschrieben und sie einmal im Jahr in der

Schule besucht. In den Ferien, wenn sie beide in London gewesen waren, hatte er sie manchmal in einem spritzigen kleinen Morgan-Dreirad abgeholt und sie zum Essen an die Themse ausgeführt. Als sie noch jünger gewesen war, hatte sie manchmal davon geträumt, dass er sie adoptieren würde, aber Mémé hatte ihr solche Flausen immer gleich ausgetrieben.

»Er hat eigene Töchter, um die er sich kümmern muss. Meinst du vielleicht, er will dich auch noch am Rockzipfel hängen haben, Aliki?« Mémé war der Meinung, die Wohltätigkeit des Comte entspringe einer Mischung aus Freundlichkeit und Pflichtgefühl. »Armeeoffiziere kümmern sich um ihre Männer, und im Fall deines Vaters gab es noch einen besonderen Grund für den Comte, dich unter seine Fittiche zu nehmen. Dein Vater hat ihm nämlich im Krieg das Leben gerettet. Aber das bedeutet nicht, dass du ihm lieb und teuer bist.«

Alix wusste, dass es doch so war: Sie war dem Comte wichtig. Dieses besondere Lächeln und das liebenswürdige Augenzwinkern konnten nicht gespielt sein. Sie vermisste ihn, und sie hatte schon befürchtet, dass sie sich durch den Umzug nach Paris aus den Augen verlieren würden. Was für ein Wunder, dass er jetzt in ihrer Nähe war! Wenn sie sich allerdings treffen würden, gäbe es noch mehr, das sie vor ihrer Großmutter verheimlichen musste.

Der Comte und Mémé stammten beide aus Kirchwiller im Elsass und hatten sich schon vor dem Krieg und dem Gefecht, in dem John Gower seinem Hauptmann das Leben rettete, gekannt. Mémé allerdings kam aus dem weniger schönen Impasse Demi-Jour im jüdischen Viertel, während de Charembourg auf dem Schloss geboren worden war. Sie waren sich also nicht bei gesellschaftlichen Anlässen über den Weg gelaufen. Eine Verbindung zwischen ihnen war aber Alfred Lutzman gewesen. Der Comte hatte sein Werk bewundert und einige seiner Gemälde gekauft.

Würde er sie wohl demnächst in Paris zum Essen ausführen? Es war eher unwahrscheinlich, dass die Comtesse ihrem Mann von der Begegnung berichtete, aber Alix wusste, dass sie seine Telefonnummer bei der Arbeit nachschlagen konnte. Würde sie sich wohl trauen, ihn anzurufen?

Unterdessen inspizierte Mademoiselle Lilliane Alix' Kleid: weißer Popelinstoff mit rosa Rosen. Der Rock war leider vom Sitzen in der Métro zerknittert. Die Augen der feinen Dame wanderten abwärts. Nackte Füße in Schlappen mit Hanfsohle! Sie zuckte zusammen. »Verschwinden Sie!«

Alix straffte den Rücken. Die Schule, die der Comte für sie ausgewählt und die sie bis zum achtzehnten Lebensjahr besucht hatte, hatte sie eins gelehrt: ihre Würde zu bewahren, selbst im Angesicht der Demütigung. Kingswood Place war eine Schule für die Töchter der oberen Mittelklasse. Dort hatte der Comte Alix aus gutem Grund angemeldet – anstatt eine Schule für die Spitzen der Gesellschaft auszusuchen. Er erklärte Alix: »Snobismus ist leider eine Art Sport in England.«

Alix' Stimme zitterte, als sie sich an die Directrice wandte: »Ich habe ein Vorstellungsgespräch. Bitte entschuldigen Sie meinen Korb und den Fisch. Sie haben mich hierher begleitet, aber wir kennen uns nicht.«

»Wer hat dieses angebliche Gespräch denn veranlasst?«

»Madame Shone.« Jetzt bewegte sie sich auf dünnem Eis. Paul hatte ja bloß ganz vage von ihr gesprochen. Ob es sie überhaupt gab? Alix blickte in den Salon, um der Directrice nicht in die Augen schauen zu müssen. »Sie meint, ich hätte das Zeug, um hier zu arbeiten.«

Mademoiselle Lilliane rief empört: »Sie hätten das Zeug, hier zu arbeiten? Sie haben wohl nicht einmal im Traum die richtigen Maße, um die Kleider von Monsieur Javier tragen zu können!«

Da wurde Alix klar, dass die Directrice ihren Blick falsch interpretiert hatte. Sie wollte doch keine Stellung als Mannequin! Nachdem sie versucht hatte, den Irrtum aufzuklären, begann Mademoiselle Lilliane eine Tirade, die sie nur unterbrach, als ein dunkelhaariger Mann aus dem Salon hereinkam.

»Ah, Mademoiselle, ich dachte doch, ich höre Ihre Stimme. Platze ich gerade in eine kleine Meinungsverschiedenheit?« Der Mann sprach mit ausländischem Akzent. Über dem weißen Kragen war seine Haut tiefbraun.

Sicher ein Schneider, dachte Alix, die das Bandmaß über den Schultern seiner perfekt sitzenden Jacke entdeckt hatte. Als gut aussehend konnte man den Endfünfziger nun wirklich nicht bezeichnen, aber in seinen Augen lag eine Freundlichkeit, die Alix sofort in seinen Bann schlug. Unter der Jacke trug er eine elfenbeinfarbene Weste, auf der eine Pfauenfeder eingestickt war.

»War Madame la Comtesse nicht zufrieden mit ihrer Anprobe? Das hoffe ich nicht, denn ihr neues Kleid ist der Ehrengast bei ihrer nächsten Dinnerparty.« Der Mann hüstelte, weil Mademoiselle Lilliane noch immer auf Alix einredete. »Ist diese junge Dame aus dem Haushalt von Milady?«

Mademoiselle Lilliane bellte: »Sie ist ein Niemand. Sie meint nur, sie hätte das Zeug zu einem Mannequin. Ein Irrtum, den ich mühsam korrigieren musste. Für ein Haus-Mannequin bei Javier braucht es …«

Mit einer höflichen Handbewegung bat der Mann um Ruhe. Er wandte sich Alix zu. »Sind Sie Mademoiselle Gower?«

Alix schluckte. »Ja, Monsieur.«

»Dann schulde ich Ihnen eine Erklärung. Meine Première hat Sie nicht vergessen, sie ist nur gerade beschäftigt. Sie bittet um Verzeihung, dass …«

Enttäuschung stieg in Alix auf. »Sie müssen stattdessen mit mir vorliebnehmen. Hat Madame Shone Sie empfohlen?«

»Ja, Madame Shone. Und ich möchte gar kein Mannequin werden. Deswegen bin ich nicht hier.«

»Lassen Sie uns in mein Zimmer gehen und diese Angelegenheit entwirren.« Als Alix ihm folgen wollte, deutete er mit dem Finger auf den Boden neben sie. »Dieses kleine Ding sollte auch mitkommen.«

Ihr Korb. Mit glühenden Wangen packte sie den Henkel und folgte dem Schneider durch einige Türen in ein Treppenhaus. Sie fuhr zusammen, als Mademoiselle Lillianes Stimme hinter ihnen herrief:

»Sie stinkt, Monsieur.«

»Darf ich fragen, wer Sie sind, Monsieur? Sind Sie wirklich bloß ein Schneider?«

»Nur ein Schneider?« Er bedeutete ihr, Platz an einem Zuschneidetisch zu nehmen. Der Tisch war leer bis auf eine Schale mit rosa Rosen. »Ein Schneider, das muss man sein, wenn man danach strebt, der Herr der Couture zu werden. Aber verschnaufen Sie doch erst einmal.«

Zügig hatten sie ein Gewirr von Korridoren durchquert und dann einen hydraulischen Aufzug nach ganz oben genommen. Was der Mann als sein »Zimmer« bezeichnet hatte, entpuppte sich jetzt als das gesamte Obergeschoss. Von ihrem Stuhl aus konnte Alix durch das Oberlicht in den Himmel sehen und die Wolken bei ihrem Treiben beobachten. Die eine Seite des Raums ging auf die Rue de la Trémoille hinaus, und die andere Seite, die sich dem Innenhof zuwandte, wurde von unzähligen Puppen in dünnen *toiles* geziert. *Toiles,* das war die Vorstufe der »richtigen« Couture-Kleider. Alix bestaunte die bauschigen Ärmel, die gewagten Dekolletés und die üppigen Rüschensäume. Das würden einmal wunderbare Abendkleider werden.

Plötzlich kam Mademoiselle Lilliane hereingestürmt. Entschieden stellte sie sich zwischen Alix und die Schneiderpuppen. »Monsieur, ist Ihnen schon der Gedanke gekommen, dass sie die Spionin eines anderen Hauses sein könnte?«

»Monsieur« zuckte nur mit den Achseln. »Sie dürfen hierbleiben, wenn Sie es wünschen. Aber Schluss mit der Verdrießlichkeit. Wütende Menschen bereiten mir Magenschmerzen.« Der Schneider klopfte sich auf den Bauch. »Nun, *petite*«, sagte er zu Alix. »Sie möchten also für Javier arbeiten. Was können Sie denn so?«

»Äh …« In der Métro hatte Alix ihren Text geübt, aber plötzlich war alles wie weggeblasen. »Ich … ich habe in der Schule nähen gelernt, und natürlich hat mir auch Memé, ich meine, meine Großmutter, viel beigebracht. Nach der Schule habe ich in der Maßschneiderei eines Londoner Kaufhauses gearbeitet, manchmal als Änderungsschneiderin, manchmal als Zuschneiderin.«

»Als Zuschneiderin? Was haben Sie dabei gelernt, Mademoiselle?«

»Dass Damen, deren Taillenumfang 92 Zentimeter beträgt, grundsätzlich glauben, das Bandmaß der Zuschneiderin sei nicht in Ordnung.«

Der Mann lächelte. »Wunderbar. Und was hat Sie das Leben noch so alles gelehrt?«

»Ähm … meine handwerklichen Fähigkeiten sind sehr gut. Ich beherrsche die verschiedenen Nähte und Knopflöcher, und außerdem alle Zierstiche. Ich kann Schattenstickerei, Ajourstickerei, Smokarbeit, Wattieren … und ich kann Spitze anfertigen, aber ehrlich gesagt, nicht besonders gut. Ich verstehe mich auch auf Lochstickerei und Schwarzstickerei.«

»Ah, Schwarzstickerei ist ein gutes Stichwort. So etwas gefällt einem Spanier natürlich. Haben Sie mir Arbeitsproben mitgebracht?«

»Nein, es tut mir leid.« Stattdessen hatte sie Fisch mitgebracht.

Jetzt platzte Mademoiselle Lilliane dazwischen. »Und woher wissen wir, dass sie nicht lügt?«

»Weil Madame Shone sie geschickt hat. *Petite,* zeigen Sie mir Ihre Hände!«

Alix streckte sie aus. Mademoiselle Lilliane kreischte: »Sehen Sie sich diese Nägel an! Stellen Sie sich vor, diese Hände würden eins Ihrer Kleider berühren.«

Eins *Ihrer* Kleider? In Alix' Ohren begann es zu rauschen.

Der Mann öffnete eine Schublade und holte eine kleine, mit Einlegearbeiten verzierte Schachtel heraus. »Das war das Nähkästchen meiner Mutter. Nehmen Sie sich, was Sie brauchen.« Er zog ein unberührtes Seidentaschentuch aus der Hosentasche. »Machen Sie etwas daraus.«

Alix dachte: *Paul, ich bringe dich um.*

Zitternd fädelte sie Nähseide durch ein Nadelöhr, spannte das Taschentuch auf einen Rahmen und begann konzentriert zu arbeiten, bis sie ihren Rhythmus gefunden hatte. Der Schneider zog sich in einen Nebenraum zurück, ließ die Tür aber angelehnt. Alix hörte, wie er zuerst auf Spanisch mit sich selbst redete, dann auf Französisch telefonierte. Die ganze Zeit über blieb Mademoiselle Lilliane am Tisch sitzen und beobachtete Alix misstrauisch. Nach ungefähr einer Stunde kam der Mann zurück. Alix reichte ihm ihr Werk: Nadelmalerei, französischer Knötchenstich. Er nickte und sagte: »Sie sagen also, sie stinkt, Mademoiselle Lilliane?« Wie gelähmt musste Alix über sich ergehen lassen, dass er ihre Hand nahm und intensiv an ihr schnupperte. »Forelle«, konstatierte er befriedigt.

Alix' Augen flackerten. »Woher wissen Sie das?«

Er tippte sich an die Nasenspitze. »Diese Nase hat aus fünfzig verschiedenen Zutaten *Ersa* komponiert – und damit ein Wunderwerk der Balance geschaffen.«

»*Ersa?*«

»Das Parfüm, das zu meinem Markenzeichen geworden ist. Riechen Sie es denn nicht? Orangenblüten, Mandelöl?«

Sie schnupperte. »Und Rosenöl?«

»Vielleicht. Ersa ist ein komplexer Duft. Nur ich kenne sein Geheimnis.«

»Sie sind es tatsächlich, Monsieur Javier, nicht wahr? Oje.«

»Oje«, ahmte er sie nach. Aber er lächelte freundlich.

Er reichte Alix' Werk an Mademoiselle Lilliane weiter, die bloß schnaubte. »Ganz schlechter Geschmack.«

»*Au contraire,* Mademoiselle. Das ist der am besten gearbeitete Fisch seit Langem. Die junge Dame weiß offensichtlich, dass man in unserem Geschäft Mut und auch Humor braucht.«

Als Alix ihrer Großmutter an jenem Abend die Neuigkeiten berichtete, versetzte die ihr eine Ohrfeige.

»Du bist jetzt die *midinette* eines Couturiers? Du spielst die Minna für ihn? Nach allem, was ich dir gesagt habe? Sie speisen dich mit einem Almosen ab und wollen dafür Blut sehen.«

Alix fasste sich an die Wange. »Javier bezahlt seine Mädchen gut. Einige der reichsten Frauen von Paris kaufen nur bei ihm. Du solltest stolz sein, dass er mir eine Stellung angeboten hat.«

»Ach, Alix, du hast ja keine Vorstellung, was ich auf mich genommen habe, um dir die Arbeit in der Telefonvermittlung zu besorgen. Ich bin zum Comte de Charembourg gegangen und habe ihn demütig angefleht, beim Direktor der Telefongesellschaft ein gutes Wort für dich einzulegen.«

»Du hast den Comte besucht? Hier in Paris?« Alix war verwirrt. »Wo hast du ihn getroffen? Und wann?«

»In seinem Haus im 16. Arrondissement. Als ich dort hingegangen bin, um ihn um Hilfe zu bitten, hat mich die Comtesse vor der Tür stehen lassen wie eine Hausiererin. Das war erniedrigend, aber für dich habe ich es ertragen.«

»Du hättest mir sagen sollen, dass er hier ist«, sagte Alix vorwurfsvoll. »Ich dachte, ich hätte die Stellung aus eigener Kraft bekommen.« Alix' Hochstimmung war verflogen. »Du bist immer so streng mit mir. Warum bestrafst du mich dafür, dass ich das Beste aus einem Leben mache, das ich niemals wollte?«

Als Mémé stumm blieb, gingen die Gefühle mit Alix durch. »Mein Vater wäre jetzt stolz auf mich, auch wenn du es nicht bist. Er hat immer gesagt, ich bin ein echtes Original.«

Mémé setzte sich hin und warf die Hände in die Luft. »Du warst gerade mal fünf Jahre alt, als dein Vater starb. Das wichtigste Gespräch, das du mit ihm geführt hast, drehte sich darum, mit welchem Löffel du dein Porridge essen solltest.« Sie deutete auf das Porträt von Mathilda. »Alle sind sie tot. Du hast nur noch mich.«

Alix wollte nichts mehr hören und stürmte aus dem Zimmer.

»Aliki!«

Aber sie ignorierte den Schmerz in der Stimme ihrer Großmutter und verließ die Wohnung. Den Rest des Tages würde sie bei Bonnet verbringen. Nachdem sie jedoch die Stufen der Métrostation Abbesses hochgestürmt war, musste sie feststellen, dass ihr Freund anscheinend andere Pläne hatte. Er und einige andere Männer standen auf dem Platz herum und amüsierten sich mit Würfelspielen. Auf einem Klapptisch standen Flaschen und Gläser.

»Reiner Männerklub«, brummte sie. »Dann gehe ich eben zu Paul.«

Doch am Quai d'Anjou lag die *Katrijn* nicht an ihrem üblichen Liegeplatz. Alix starrte auf die leere Stelle im Wasser und spürte, wie sich ein unbestimmter Kummer über sie legte. Paul war doch sonst immer da, wenn sie ihn brauchte.

Francine, die alte Frau vom Nachbarboot, lächelte von ihrem Deck herab. »Er kommt wieder. Er fährt mit seinen Schwestern den Kanal runter, um die letzte Verwandte zu besuchen, die noch am Leben ist.«

»Aber Francine, er hat doch gar keine Verwandten.«

»Doch. Eine Großtante in Bobigny, die schon vor Jahren nichts mehr mit Sylvie le Gal zu tun haben wollte. Weil sie die Tanzerei unanständig fand.« Francine wackelte mit den Hüften. »Paul hofft, die Mädchen erweichen das Herz der Alten, damit er sie bei ihr verstecken kann, wenn die Behörden irgendwann kommen, um sie zu holen. Ich hoffe nur, das Benzin war's wert. Er musste sich einen Kanister von mir leihen.« Sie lachte, als sie in Alix' ernstes Gesicht blickte. »Komm rauf und trink einen kleinen Pastis mit mir!«

Das wollte Alix eigentlich nicht, aber gegen Francines zahnloses Lächeln war sie machtlos. Aus dem einen kleinen Pastis wurden bald mehrere, und Alix torkelte erst von Deck, als es bereits dämmerte. Ihre Wange schmerzte noch immer von Mémés Hand, aber die vergangenen Stunden hatten ihre Wut abgemildert. Mémé war eine alte Frau und lebte in einer Welt, in der Näherinnen mit krummen, verbrauchten Fingern keine zweite Chance bekamen. Sie hatte Angst vor der Zukunft, vor den Deutschen, ja, vor allem.

Als Alix den Platz vor Saint-Sulpice überquerte und die Vibrationen der Orgel durch das Straßenpflaster in den Füßen spürte, fasste sie einen Entschluss. Sie würde die Stellung bei Javier nicht annehmen. Nicht einmal Paul zuliebe, und auch nicht Suzy zuliebe. Das war zu gefährlich, und diesem Druck konnte sie unmöglich standhalten.

Sie würde Paul auf andere Art helfen. Sie würde Überstunden in der Vermittlung machen, jede Nachtschicht annehmen, die sich ihr bot. Sie würde sich in eine zweite Mademoiselle Boussac verwandeln und Dienstleiterin werden. Der viel zitierte Mann im ordentlichen Anzug durfte sie heiraten und in einen Vorort verpflanzen – vorausgesetzt, dass er Mémé auch mitnahm.

Das war ein guter Plan. *Also warum weinst du?*, fragte sie sich selbst. *Die Hoffnung ist doch nicht gestorben.* Und doch fühlte es sich so an.

6

Die ganze folgende Woche über hielt sie sich an ihr Versprechen. Gerade ging eine weitere Nachtschicht – Samstag auf Sonntag – an der Rue du Louvre zu Ende. Als die Sonntagsdämmerung durch die Jalousien des Vermittlungsgebäudes schimmerte, setzte Alix die Kopfhörer ab und sehnte sich nach einer Tasse Kaffee. Süßen, starken Kaffee. Sie warf einen Blick auf ihre Armbanduhr. Ungefähr eine Stunde noch musste sie durchhalten. Aber wenigstens war sie beschäftigt. Normalerweise waren die Nachtschichten ruhig, doch heute hörte man von allen Plätzen ein dauerndes Schalterklicken und Gemurmel.

»Schlechtes Wetter über dem Ärmelkanal. Alle Fähren gestrichen«, hatte die Dienstleiterin verkündet. Ein Anrufer nach dem anderen musste vertröstet werden, denn es herrschten Wartezeiten von über einer Stunde, um seinen Angehörigen in Großbritannien mitteilen zu können, dass man in Frankreich festsaß. Alix drehte sich mit ihrem Stuhl von einer Seite zur anderen. Ihr Rücken schmerzte.

An ihrem Schaltpult blinkte ein Lämpchen auf. Sie steckte ein Verbindungskabel ein und setzte ihre Kopfhörer auf. »Welches Ziel, bitte?« Als die Antwort »London« kam, wollte sie dem Anrufer schon mitteilen, dass er sich noch gedulden müsse. Aber dazu kam sie nicht, weil der Mann sofort verlangte: »Geben Sie mir Abbey 2310. Ich brauche schnellstens eine Leitung!«

Er sprach Englisch. Das ärgerte sie, weil er damit zum Ausdruck brachte, dass ihr Französisch nicht gut genug war. In ihrem steifsten Englisch erwiderte sie: »Es tut mir leid, Sir, die Leitungen nach England sind alle besetzt. Die Wartezeit beträgt acht Stunden.«

Das Mädchen neben ihr blickte verdutzt drein und flüsterte: »Mademoiselle Dujardin hat gesagt, achtzig Minuten, Alix, nicht acht Stunden.«

Alix tat so, als hörte sie nichts.

Auch der Anrufer war perplex. »Da bin ich ja schneller in England, wenn ich schwimme.«

»Ich werde Sie benachrichtigen, sobald wir Ihren Anruf durchstellen können.«

»Sind Sie Engländerin?«

»Nein.« Jetzt, wo er sie nicht mehr herumkommandierte, klang seine Stimme ganz angenehm. Aber das machte sein Verhalten von vorhin nicht besser. »Ich bin nur zur Hälfte Engländerin.«

»Dann darf ich Ihrer englischen Hälfte zu ihrem hervorragenden Englisch gratulieren.«

»Deswegen arbeite ich ja hier.«

»Natürlich. Hören Sie, ich bin Journalist, und ich muss unbedingt meinen Londoner Redaktionsleiter sprechen, bevor er das Haus verlässt.«

»Ihr Name, bitte?«

»Verrian Haviland.« Er buchstabierte seinen Vor- und Nachnamen.

»Und der gewünschte Teilnehmer?«

»Jack Haviland. Abbey 2310.«

»Ich dachte, Sie wollten Ihren Redaktionsleiter sprechen.«

»Der ist zufällig auch mein Bruder.«

»Aha. Wo befinden Sie sich im Moment?«

»Hotel Laurentin bei der Gare du Nord, im Gang hinter der

Küche, unangenehm nah bei der Toilette, umgeben von klappernden Pfannen, versehen mit einem Telefonhörer, der nach Knoblauch und altem Tabak stinkt. Werden Sie mich jetzt durchstellen?«

Alix unterdrückte ein Kichern. Dann blickte sie über ihre Schulter. Die Dienstleiterin saß ein paar Meter hinter ihr und schrieb eifrig an einem Bericht. Vertraulichkeit, besonders Kichern, war streng verboten. »Ich muss jede Anfrage an eine andere Abteilung weiterleiten oder eine Dringlichkeitskarte ausfüllen. Ich kann die Vermittlung nicht beeinflussen«, erklärte Alix.

»Können Sie mich denn nicht schneller drannehmen?« Er klang, als rauchte er zu viel, machte aber einen kultivierten Eindruck. Alix fragte sich, was er wohl in jenem Küchenflur machte. Sie kannte die Lokale um die Gare du Nord herum. Sie öffneten schon bevor es hell wurde, damit die Bahnhofsdienstmänner, Straßenkehrer und müden Prostituierten eine Anlaufstelle hatten.

»Das geht leider nicht ohne die Zustimmung meiner Vorgesetzten.«

»Und das wäre wohl zu viel verlangt von einem sturen Telefonfräulein?«

Ihre Finger spielten mit dem Verbindungskabel. Wenn sie daran zog, wäre das Gespräch beendet. Doch dann hörte sie sich selbst freundlich sagen: »Ja, das wäre es. Aber ich bin nicht stur.«

In der Leitung war es kurz still. Dann redete der Mann weiter: »Es tut mir sehr leid. Ich habe eine schreckliche Woche hinter mir und muss wirklich dringend mit meinem Bruder reden. Von ihm hängt ein Menschenleben ab.«

Das hatte sie schon öfter gehört, seit sie in der Vermittlung arbeitete. Es ging anscheinend dauernd um Leben oder Tod, und alles hing davon ab, ob sie einen Anrufer vorzog oder nicht. Warum sollte sie diesem Mann glauben? Mademoiselle Dujardin hatte ihr Berichtsheft zugeklappt und ging aus dem Raum. Alix flüsterte in ihr Mikrofon: »Stimmt das wirklich? Steht ein Menschenleben auf dem Spiel?«

»Ja. Ein Mann sitzt in Spanien im Gefängnis. Da komme ich gerade her. Er ist in furchtbarem Zustand. Mein Bruder kennt Leute in der britischen Regierung, die vielleicht ein paar Strippen ziehen können. Es ist bloß ein Versuch, aber die Zeit drängt.«

Alix überlegte fieberhaft. »Geben Sie mir ein paar Minuten. Ich werde mein Bestes tun, auch wenn das gegen die Vorschriften verstößt.« Sie hörte einen erleichterten Seufzer am anderen Ende.

»Darf ich nach Ihrem Namen fragen?«

Alix' Kollegin lauschte interessiert, darum entgegnete sie: »Den darf ich Ihnen leider nicht sagen.«

»Vertraulichkeit ist wohl auch verboten. Noch eine letzte Frage: Wollen Sie mich heiraten?«

Da konnte Alix ihr Kichern nicht länger unterdrücken. »Vielleicht. Aber dieses Mal müssen Sie sich wirklich hinten in der Schlange anstellen.«

Alix setzte ihre Kopfhörer ab und murmelte ihrer Nachbarin zu: »Ich gehe mir mal schnell die Nase pudern.«

Die Kollegin protestierte, weil sie fand, dass Alix das auch nach dem Ende ihrer Schicht machen könnte, aber Alix setzte sich darüber hinweg und eilte einen Flur hinunter und in einen großen Raum, in dem Telefonistinnen zu beiden Seiten des Mittelgangs an Schaltpulten saßen. Hier hatte Mademoiselle Boussac heute Dienst. Sie stand gerade am Ende des Gangs und half einer Telefonistin bei der Lösung eines Problems. Offensichtlich hatte Alix einen günstigen Augenblick erwischt. Sie suchte die Reihen der Pulte nach dem Schild »London« ab.

Als sie die richtige Reihe gefunden hatte, wählte sie ein Mädchen in ihrem eigenen Alter aus und legte ihr eine Dringlichkeitskarte vor. Die hatte sie Mademoiselle Dujardin vom Tisch stibitzt und selbst ausgefüllt. »Das ist genehmigt worden«, sagte sie, während ihr Magen sich zusammenkrampfte. Sie riskierte ihre Stellung, und das für einen völlig Fremden.

Das Mädchen schaute unsicher drein. »Sollten wir nicht lieber noch mal nachfragen?«

Sie blickten zu Mademoiselle Boussac, die gerade mit einem Kabel beschäftigt war. »Sie hat zu tun«, flüsterte Alix.

In diesem Moment richtete sich Mademoiselle Boussac auf und sah direkt zu Alix hinüber. Dann rief eine andere Telefonistin nach der Vorgesetzten, weil ihr Schaltpult offensichtlich einen elektrischen Defekt aufwies.

»Sie sind neu, nicht wahr?«, fragte Alix das Mädchen und tippte gegen die Karte. »Das geht schon in Ordnung. Das ist das Ministerium.«

»Welches Ministerium?«

»*Das* Ministerium. Die haben immer Vorrang.«

Am nächsten Tag bekam Alix einen Tadel, weil sie die vorgeschriebene Reihenfolge der Kundengespräche missachtet hatte. Die Telefonistin, die neben ihr saß, hatte beobachtet, wie sie die Karte an sich genommen hatte, und alles der Vorgesetzten berichtet.

Alix bekam einen Tag vom Lohn abgezogen und die strikte Warnung, dass man ihr keinerlei Verstöße mehr durchgehen lassen würde.

Einen Tag später kam Mémé in höchster Not in die Telefonvermittlung gestürzt. Mademoiselle Boussac schickte eine Sekretärin aus, um Alix zu holen und ein Glas Wasser für Mémé zu organisieren.

Als Alix ins Büro kam, saß ihre Großmutter auf einem Stuhl und zitterte so heftig, dass das Wasser beinahe überschwappte. Alix nahm ihr das Glas aus der Hand. »Mémé, was ist denn los?«

»Die Deutschen versuchen, unsere Wohnung zu stürmen!«

»Die Deutschen sollen in Saint-Sulpice sein?«

»Den ganzen Morgen über höre ich dieses Geräusch: *klopf, klopf, klopf* …« Dann verfiel Mémé ins Jiddische, sodass Alix nichts mehr verstand – bis auf einen Namen.

»Hitler hat versucht, unsere Wohnungstür aufzubrechen?« Sie tauschte einen Blick mit Mademoiselle Boussac, die offensichtlich nicht recht wusste, ob sie lachen oder weinen sollte.

»Nicht die Tür, das Dach! Er nimmt die Schieferplatten ab, um von dort aus einzudringen!«

»Aber warum sollte er? Wie soll er da überhaupt raufgekommen sein?«

»Vielleicht ist er vom Dach des Nachbargebäudes auf unseres gesprungen.« Mémé wiegte den Oberkörper vor und zurück.

Sie hat Wahnvorstellungen, dachte Alix. Eine ganz neue Angst kroch in ihr hoch – dass ihre Großmutter geistig abbaute und bald Betreuung rund um die Uhr brauchen würde. Ein Vogel flog am Bürofenster vorbei und brachte Alix auf einen Gedanken. »Mémé, kann es sein, dass du Tauben gehört hast? Sie bauen sich gerade Nester und springen auf den Schornsteinen herum. Heute Morgen haben sie mich geweckt.«

Mémé runzelte die Stirn. »Tauben? Meinst du wirklich?«

»Der Frühling ist da, sie paaren sich jetzt. Und dabei machen sie einen ordentlichen Lärm.«

Mémé nickte zögerlich.

Alix stieß hervor: »Ach, Mémé, du hast dich wegen nichts und wieder nichts aufgeregt und bist den ganzen Weg gelaufen, und jetzt musst du alle Stufen wieder hochgehen.«

Mademoiselle Boussac warf einen Blick auf Danielles Füße. Ihre Miene verdüsterte sich. »Alix hat recht, Madame, vor allem, weil Sie sich doch erst vor Kurzem den Knöchel verstaucht haben. Was wird Ihr Arzt sagen, wenn er erfährt, dass Sie durch halb Paris gelaufen sind?«

Mémé, die nichts von der aufziehenden Gefahr ahnte, befühlte ihre Knöchel eingehend. »Habe ich mir den Knöchel verstaucht? Nein, ich glaube nicht. Ich bin doch robuster, als ich aussehe.«

Mademoiselle Boussac stellte Alix nicht sofort zur Rede. Erst als Mémé gegangen war, musste Alix beim Abteilungsleiter erscheinen. Während er ernst dreinblickte, wollte Mademoiselle Boussac von Alix wissen, ob sie gelogen habe. »Am vierten März haben Sie behauptet, Ihre Großmutter müsse zum Arzt, und deswegen bräuchten Sie einen freien Nachmittag.«

Alix bestätigte das.

»Sie wollten sich wohl mit einem jungen Mann treffen.« Mademoiselle Boussacs Wangen färbten sich rot vor Zorn.

Alix bejahte. Ja, es war ein junger Mann. Das war einfacher.

»Alix Gower, ich habe mich in Ihnen getäuscht. Die Firma mag einen Fehltritt verzeihen, aber ganz sicher nicht zwei.«

Der Abteilungsleiter konnte nur beipflichten. Alix musste ihren Mantel aus der Garderobe holen und das Gebäude verlassen.

Auf der Rue du Louvre blieb sie stehen und sah sich um. Sie legte eine Hand auf den Mund. Die Abgase standen in der Luft. Die Umrisse der Häuser schienen vor ihren Augen zu verschwimmen. Sie war gefeuert worden. Welches Gefühl stieg in ihr auf? War es … Erleichterung?

Maison Javier.

Da sie die eine Stellung verloren hatte, blieb ihr keine Wahl: Sie musste die andere annehmen. Als sie die Straße überquerte, fragte sie sich, ob der Engländer wohl seinen Bruder erreicht und seinen spanischen Freund gerettet hatte.

7

Er kam oft in die Kirche, um die Orgel zu hören und die berühmten Wandbilder von Delacroix zu bewundern. »Jakobs Kampf mit dem Engel« war ihm das liebste. Aber heute wollte er Jakob, den Mann, der einen aussichtslosen Kampf führte, nicht sehen. Er setzte sich auf einen Stuhl, ließ den Kopf sinken und betete, dass sie käme. Hatte sie seinen Brief, in dem er den Treffpunkt Saint-Sulpice vorschlug, überhaupt bekommen? Er hatte ihn der Concierge übergeben, die ihn in ihre zerlumpte Schürzentasche gesteckt und versprochen hatte, jemanden nach oben zu schicken.

Wie schön wäre es, wenn jetzt jemand auf der Orgel spielte, dachte er. Am liebsten Bach. Aber jetzt, mitten in der Woche, war es still, und angesichts des gewaltigen Innenraums fühlte er sich klein und verloren.

Sie würde nicht kommen. Er hätte die Kirche nicht als Treffpunkt vorschlagen sollen. Aber er hatte einen Ort gesucht, an dem sie flüstern konnten, ohne Aufsehen zu erregen.

»Immer, wenn ich hier bin, staune ich über das viele Geld, das ihr Katholiken ausgebt, um Gott eine angemessene Wohnstatt zu bauen. Ihr scheint ja wirklich an ihn zu glauben.«

Er fuhr herum und entdeckte Danielle Lutzman in der Bank hinter sich. Sie war furchtbar gealtert, seit er sie das letzte Mal gesehen hatte. War es tatsächlich schon ein Jahr her, dass sie in seiner Wohnung am Boulevard Racan vorbeigekommen war und ihn gebeten hatte, ihrer Enkeltochter eine Stellung zu verschaffen? Das einstmals so hübsche Gesicht war von tiefen Furchen durchzogen. Ein großer Hut verdüsterte es zusätzlich.

»Manchmal komme ich her, um der Orgel zu lauschen«, bemerkte sie. Offensichtlich hatte sie seine entsetzte Reaktion falsch interpretiert. »Eine Jüdin kann Bach oder Händel hören, ohne etwas zu nehmen, das ihr nicht zusteht. Näher kann ich Gott nicht kommen. Mein Vater und auch mein Mann hätten mich dafür sicher durchgeschüttelt, denn sie waren Bolschewisten bis ins Mark. Die einzige Melodie, die mein Vater gerne hörte, war das Getöse von fallenden Monarchien.«

»Wie hätte er diesen Ort wohl empfunden?«

Sie blickte nach oben. »Er hätte ihn sicher gern zu einem Getreidesilo umgebaut.« Sie setzte sich ihre Brille auf. »Ich habe Ihren Brief bekommen, aber in letzter Zeit ging es mir nicht besonders gut. Ich bin vielleicht ein bisschen übergeschnappt. Stellen Sie sich vor, neulich habe ich geglaubt, dieser dreckige Wurm Hitler wollte mich holen, dabei habe ich bloß die Tauben auf dem Dach gehört. In der Zeitung habe ich über die Gestapo gelesen, seitdem muss ich immer wieder an den Tag denken, an dem die Polizei mich zu Hause in Kirchwiller abgeholt hat. Ich habe solche Angst hier in Paris. Das hätte ich nicht für möglich gehalten.«

»Warum haben Sie London denn verlassen? Dort hatten Sie sich doch eine Existenz aufgebaut.«

Sie zuckte die Achseln. »Ach, die ewige Suche nach Sicherheit … und nach Sühne.« Ein nervöses Lächeln umspielte ihre Lippen. »Wenn mich die Polizei hier abholt, habe ich wenigstens Sie und meinen Freund Bonnet. Sie beide haben mir ja schon früher geholfen, nicht wahr?« Sie wartete auf seine stumme Bestätigung, dann fragte sie: »Was wollen Sie von mir?«

Dass sie so offen von ihrer Angst sprach, verstörte ihn, und als er antwortete, vergaß er alle Vorsicht. »Ich werde erpresst. Es hat mit dem Tod Ihres Mannes zu tun.« Er sah, wie sie die Narbe an ihrer Schläfe berührte. »Ja, der Tag ist nun also gekommen. Madame, Sie haben geschworen, keiner Menschenseele davon zu erzählen.«

»Ja, das habe ich geschworen.«

»Aber irgendjemand weiß davon. Jemand hat mich zu Hause angerufen, nur wenige Minuten, nachdem ich das hier bekommen hatte.« Er reichte ihr den schmuddeligen Brief, der ihn am Zwölften des Monats erreicht hatte. »Erkennen Sie die Handschrift?«

Sie studierte den Brief und gab ihn sofort wieder zurück. Ihre Hand zitterte. »Die Schrift habe ich noch nie gesehen. Dieser Mensch droht, die Wahrheit über Alfreds Tod zu enthüllen. Das ist Erpressung, Monsieur, aber der Erpresser ist sich seiner Sache nicht ganz sicher.«

»Woran sehen Sie das?«

»Er droht, einem Ihrer Lieben wehzutun, wenn Sie nicht bezahlen. Es reicht also nicht, die Wahrheit über den Mord aufzudecken – weil sich niemand mehr dafür interessiert. Die Leute dachten, *ich* hätte meinen Mann umgebracht.«

»Aber Sie sind doch bloß auf Verdacht festgenommen worden. Und man hat Sie sofort wieder freigelassen.«

»Ja, dank Ihnen. Aber um mich zu retten, haben Sie anderen Menschen unser Geheimnis offenbart. Vielleicht ist einer dieser Menschen jetzt unter seinem Stein hervorgekrochen, um Sie zu bedrohen.«

Er nickte. »Aber wer?«

»Kern vielleicht.«

»Der Inspektor, den meine Mutter damals bestochen hat? Er ist vor zehn Jahren gestorben und hatte keinen Grund zu plaudern. Immerhin haben wir ihn zu einem reichen Mann gemacht. Da wäre außerdem noch Célie Haupmann, die Haushälterin meiner

Mutter, aber die ist inzwischen sehr alt und gebrechlich, und außerdem hat sie immer fest zu meiner Mutter gehalten.«

»Zu Ihrer Mutter, aber nicht zu Ihnen. War es Haupmann, die mir warme Kleidung ins Gefängnis gebracht hat?« Er nickte, und Danielle strich sich die Ärmel glatt. »Sie hat mich nie gemocht. Und Sie genauso wenig, glaube ich. Sie ist also gebrechlich?«

»Sie wird bald sterben. Ich habe sie nicht im Verdacht.«

»Aber sie hat Menschen, die von ihr abhängen? Einen Sohn oder eine Tochter, die vielleicht Geld von ihr wollen?«

»Haupmann hat keine Kinder. Sie war immer extrem auf meine Familie angewiesen und wird bis zum letzten Atemzug zu uns halten. Aber könnte es denn sein, dass Sie vielleicht aus Versehen mit irgendjemandem über den Tod Ihres Mannes gesprochen haben? Vielleicht mit Raphael Bonnet?«

»Wir haben uns auf eine Geschichte geeinigt, die uns beide gerettet hat. Ich habe zu niemandem auch nur ein Sterbenswörtchen gesagt, nicht mal zu meinem Kind! Und das da« – sie deutete auf den Brief – »ist von einem Proleten geschrieben worden, der Pferdemist raucht. Mein alter Freund Bonnet war mir die ganze Zeit über treu ergeben. Was immer er über meine Fehler weiß – und ich habe viele –, würde er niemals zu Geld machen.« Sie verschränkte die Finger. »Wie viel verlangt Ihr dreckiger Erpresser?«

»Ziemlich viel, ich kann es kaum aufbringen. Er hat mir ganz genaue Anweisungen gegeben. Ich soll das Geld am Karfreitag – also übermorgen – hinter den Kiosk bei Notre-Dame-d'Auteuil legen.« Er verstummte, als eine Frau an ihnen vorbeiging. Sie war schlank und dunkelhaarig, und er musste an Alix denken. »Wie geht es unserer kleinen Aliki? Ich würde sie gern mal wieder sehen!«

Danielle stand abrupt auf. »Ich muss jetzt gehen.«

Jean-Yves folgte ihr aus der Kirche und nahm ihren Arm, als sie hinaus in den hellen Nachmittag stolperte. »Auf Ihren Wunsch hin habe ich keinen Kontakt zu Alix aufgenommen, aber ich möchte nicht länger so tun, als würden wir nicht in derselben Stadt wohnen. Wenn sie einen freundlichen Menschen braucht oder Geld für ein Studium oder ein Empfehlungsschreiben, dann werden Sie doch zu mir kommen?«

Danielle wies sein Angebot ab. »Sie haben ihr schon die Stellung bei der Telefonvermittlung verschafft, das ist genug. Sparen Sie sich Ihr Geld für Ihre Töchter auf. Sie müssen ja bald für eine Hochzeit aufkommen, nicht wahr? Ich habe in der Zeitung davon gelesen.«

Er seufzte. Er hatte keine öffentliche Ankündigung gewollt, weil er so viel Trara schlicht unangemessen fand. Aber Rhona hatte darauf bestanden.

Ohne es zu wissen, wiederholte Danielle Rhonas Argumente: »Warum sollten Sie Ihren großen Triumph vor der Welt verbergen?« Sie ratterte herunter: »›Marie Louise Alphonsine Rhona Christine, die älteste Tochter des Comte de Charembourg, wird am 15. Juni Guy Philippe Antoine, Duc de Brioude, auf dem Familiengut in Kirchwiller ehelichen.‹ Eine großartige Partie. Der Erpresser ist wirklich in einem schlechten Augenblick gekommen. Bezahlen Sie also nichts. Sagen Sie ihm, er soll Sie in Ruhe lassen!« Als er kritisch dreinblickte, hob sie einen Finger. »Wer einem Erpresser einmal Geld gibt, hat einen Erpresser fürs Leben gefunden!«

»Sie haben seinen Brief gelesen, aber Sie haben seine Stimme nicht gehört, Madame. Sie haben nicht gehört, wie hämisch er darüber gesprochen hat, das süße …« Er brach kurz ab, fing sich dann aber wieder. »Das süße Gesicht meiner Tochter zu zerstören. Ich weiß nicht, wie. Vielleicht verbrennen, verätzen oder zerschneiden … Ich weiß nur, dass ich ihm das Geld geben muss.«

»Melkt die Bauersfrau ihre Kuh vielleicht nur einmal?«

Darauf hatte er keine Antwort, und so verabschiedeten sie sich.

Er beobachtete, wie Danielle Lutzman über den Platz humpelte, nachdem sie sein Angebot, sie nach Hause zu bringen, ausgeschlagen hatte. Sie fand, dass man sie nicht zusammen sehen sollte. »Die Menschen tratschen nun mal, und so etwas würde Ihre Frau nur beunruhigen.«

Sie war weise und er ein Narr. Aber er war außerdem Vater, ein stolzer und liebevoller Vater. Er war Ehemann, Beschützer und – vielleicht verspätet – auch ein Mann von Ehre. Er musste das Geld auftreiben. Er hatte keine andere Wahl.

Ostern, 27. März

Seine Tochter Ninette behauptete immer, sie könne genau erkennen, wenn ein Anruf von Christines Verlobtem Philippe kam. »Selbst das Läuten klingt ganz schmalzig, wenn er es ist!«

»Mach dich nicht über deine Schwester lustig«, mahnte Jean-Yves. »Telefonapparate sind von Menschen gemacht, deswegen haben sie keine Fantasie.«

»Nein, Papa. Sie spiegeln uns unsere Gefühle wider.«

»Dann sei so gut und lass deiner Schwester die Gefühle, die dich nichts angehen, und freu dich darauf, dass eines Tages auch für dich ein liebendes Telefon klingeln wird.«

Als drei Tage nach dem Treffen mit Danielle in Saint-Sulpice das Telefon klingelte, spürte er am eigenen Leib, dass Ninettes Theorie gar nicht so abwegig war. Noch bevor er abnahm, wusste er, welche Stimme er gleich hören würde.

»Wo waren Sie gestern, an diesem besonders tristen Karfreitag? Sie haben kein Geld hinterlegt und damit unsere Abmachung nicht eingehalten.« Die Stimme wurde noch rauer. »Ich weiß, wie Ihre Lieben den Tag verbringen. Ich weiß, wo sie spazieren gehen, die jungen Damen, wo sie einkaufen und wo sie zu Mittag essen. Warten Sie nicht, bis die Hand, die mein Messer hält, unruhig wird.«

»Ich habe ja versucht, das Geld zu hinterlegen. Das schwöre ich. Hören Sie …« In dem Moment klopfte es an der Tür seines Arbeitszimmers, und Jean-Yves schrie ungehalten: »Verschwinden Sie!« Doch die Tür öffnete sich, und sein Sekretär trat ein, in der Hand ein Bündel Papiere. Jean-Yves ließ seinen Arm hinter den Schreibtisch sinken, um den Telefonhörer zu verstecken. »Nicht jetzt, Ferryman.«

»Diese Dokumente sind vom Anwalt des Duc de Brioude, Monsieur. Sie müssen sie unterschreiben.«

»Später, habe ich gesagt. Jetzt bin ich beschäftigt.«

Ferryman verbeugte sich unterwürfig und verließ den Raum.

Der kurze Dialog dauerte vielleicht fünfzehn Sekunden, aber das war offensichtlich zu lange für die Geduld des Anrufers. Die Leitung war tot. Jean-Yves legte den Hörer auf und wartete darauf, dass der Mann noch einmal anrief. Er stand auf und ging im Zimmer auf und ab, das Telefon nicht eine Sekunde aus den Augen lassend.

Als Ninette den Kopf durch den Türrahmen steckte und fragte, ob sie mit ihren Freunden zum Reiten in den Bois de Boulogne gehen dürfe, bellte er ein Nein.

Ratlos blinzelte sie ihn an. »Aber Papa, ich habe bloß gefragt, weil ich höflich sein wollte. Du sagst doch nie Nein.«

»Wer geht denn mit dir? Sind auch junge Männer dabei?«

»Ja, natürlich.« Sie zählte einige auf: alles Männer aus gutem Hause. Einer, der auf die Kavallerieschule in Saumur ging, war gerade auf Heimaturlaub in Paris. Einen besseren Begleiter für seine Tochter hätte er sich nicht wünschen können. Jean-Yves war starr vor Angst. Trotzdem war ihm klar, dass er seine Töchter nicht unter Hausarrest stellen konnte. Schweren Herzens erlaubte er Ninette also, zum Reiten zu gehen, ermahnte sie aber, sich auf gar keinen Fall von ihren Freunden zu entfernen. Er verfügte auch, dass der Chauffeur sie hinbringen und dass Ferryman sie begleiten und bei den Stallungen auf sie warten musste.

»Ferryman?« Der Schreck stand Ninette ins Gesicht geschrieben. »Papa, nein, das geht nicht! Er verbeugt sich dauernd wie ein Kellner … Das kannst du mir nicht antun.«

Auch darin gab er nach, denn er wusste, dass sie recht hatte, ohne die Tragweite der Angelegenheit zu erahnen. Das Leben musste normal weitergehen, auch wenn er an nichts anderes mehr denken konnte als an einen Erpresser mit einem Messer und einer unruhigen Hand.

Er addierte gerade zum dritten Mal den Wert seiner Banque-d'Alsace-Aktien – und bekam jedes Mal eine andere Summe heraus –, als es an der Tür klopfte. Es war Christine, seine ältere Tochter. In letzter Zeit war sie hauptsächlich mit ihrer Aussteuer beschäftigt gewesen; meist saß sie im Damenzimmer und stickte die ineinander verschlungenen Monogramme der de Charembourgs und Brioudes auf Leinenservietten.

Sie war für das Mittagessen zu Hause zurechtgemacht. Sein erster Gedanke war, dass ihr das kupfergrüne Schrägschnitt-Kleid nicht gut stand. Christine war groß, aber nicht besonders schlank, darum wäre eine Wiener Naht schmeichelhafter gewesen. Er küsste sie und schnupperte an ihr. »Schiaparellis Shocking? Ist das zufällig ein Ostergeschenk von Philippe?«

Sie kicherte. »Für einen Mann hast du wirklich eine gute Nase.«

»Für einen Mann? Die besten Parfümeure sind Männer. Und ebenso die besten Modeschöpfer und Köche.«

Christine runzelte die Stirn. Er nahm an, ihr weiblicher Stolz sei verletzt, aber sie sagte bloß: »Philippe isst heute Abend mit uns.«

»Gut. Ich mag deinen Verlobten. Mit ihm bekomme ich einen schlauen Sohn, ohne dass ich für seine Ausbildung aufkommen musste, das ist wunderbar.«

Christines Miene verdüsterte sich zusehends. Sie verstand seine Scherze meistens nicht. »Philippe wollte mich anrufen, um sich danach zu erkundigen, welche Blumen er für Maman mitbringen soll. Du weißt doch, es gefällt ihr, wenn Männer ihr passende Blumen zu ihrer Abendgarderobe schenken.«

»Ja, ich kenne diese charmante kleine Marotte deiner Mutter. Hat er denn noch nicht angerufen?«

»Doch, aber ich habe ihm zu Gardenien geraten, weil man mit Weiß eigentlich nichts verkehrt machen kann. Leider ist mir erst später eingefallen, dass Maman ihren Duft nicht ausstehen kann.«

»Dann ruf ihn eben an und sag ihm, er soll Rosen bringen.«

»Er ist aber weg und kommt den ganzen Tag nicht nach Hause, sagt sein Sekretär. Was soll ich jetzt machen?«

»Wie wär's, wenn du aufhören würdest, dich mit solchen Nichtigkeiten zu beschäftigen?« Kaum war ihm dieser Satz über die Lippen gekommen, bereute er ihn auch schon. Christine war verliebt, und deswegen waren ihr eben auch lächerliche Dinge wichtig. Sie hatte nicht das Selbstbewusstsein ihrer Schwester Ninette, und ihr ging auch deren spielerische Keckheit ab. Christine hatte ein herzförmiges Gesicht und schmale Augenbrauen – wie seine Mutter. Wie die verstorbene Marie-Christine de Charembourg so drückte auch Christine ihre Liebe zu einem anderen Menschen in Detailversessenheit und absoluter Treue aus – zwei Charakterzüge, die leicht ausgenutzt werden konnten. Geduldig sagte Jean-Yves darum: »Wir können die Situation retten, indem wir jetzt weiße Rosen besorgen. Ferryman soll dann in der Eingangshalle warten und die Rosen hinter seinem Rücken verstecken. Wenn Philippe kommt, gibt es einen kleinen Austausch, und *voilà*. Deine Mutter wird nichts merken.«

Sie lachte. »Du bist wunderbar. Sollen wir zum Mittagessen ausgehen?« Anstatt jedoch seine Antwort abzuwarten, fuhr sie fort: »Ich habe bloß deshalb weiße Blumen vorgeschlagen, weil ich keine Ahnung habe, was Maman heute Abend anziehen wird. Sie ist gerade zur Anprobe bei Maison Javier, für ihr Kleid für morgen Abend.«

In dem Moment klopfte es an der Tür, und Ferryman trat ein. Er brachte einen Brief, der erst wenige Minuten zuvor abgegeben worden war. Jean-Yves Herz raste, aber er gab sich nach außen ungerührt. Erleichtert atmete er auf, als er eine vertraute Unterschrift entdeckte. »Er ist vom Vorsitzenden der FTM. Ich soll zu einer Sitzung kommen«, sagte er.

Als Christine ihn verständnislos ansah, fügte er lakonisch hinzu. »FTM … das steht für Fabrication Textile Mulhouse – also die Leute, die mir das Gehalt bezahlen.« Er las den Brief noch einmal. »Oho. Ein Schweizer Geldsack ist in der Stadt und möchte die Firma kaufen. Wir treffen uns heute.«

»Ein geschäftlicher Termin am heiligen Samstag?« Christine konnte ihre Missbilligung nur mühsam verbergen. Das war eine weitere Eigenschaft, die sie mit ihrer Mutter gemeinsam hatte: die Religiosität. »Wer ist das denn, dieser Geldsack?«

»Er heißt Maurice Ralsberg. Bestimmt ein Heide.«

»Ralsberg … ach ja, den kenne ich von einem Benefizabend, zu dem Maman mich mitgenommen hat.« Christine lächelte. »Ich fand ihn sehr attraktiv, als er seine Brille abgesetzt hat. Maman übrigens auch. Er redete sie die ganze Zeit über mit Comtesse an, das gefällt ihr.«

»So, so, ein Emporkömmling. Soll ich den Preis meiner Aktien verdoppeln? Also, meine Liebe, wir gehen essen. Aber erst begleitest du mich in die Rue du Sentier. Du wirst an der Sitzung teilnehmen. Dabei kannst du einiges lernen.«

»Ich soll dich zu einem Geschäftstermin begleiten?«

»Auf jeden Fall. Du sollst den Geldsack bezirzen. Und da wir schon im Modezentrum sein werden, darfst du dir anschließend einen schönen Stoff für deine Hochzeitsreise aussuchen.«

»Javier macht meine Aussteuer«, erwiderte sie. »Maman wird es gar nicht gefallen, wenn ich dort ohne sie einkaufe.«

»Unsinn. Du suchst dir einen Stoff aus, der Philippe vom Stuhl reißen wird, und ich lasse ihn dir auf den Leib schneidern. Danach gehen wir in Ruhe essen.«

Nachdem er seine Tochter und Ferryman wieder weggeschickt hatte, vergewisserte er sich, dass niemand im Flur war, und nahm eine Ledertasche aus einer verschlossenen Schublade. Sorgfältig zählte er die mit Banderolen versehenen Geldscheinpakete. Fünfhunderttausend Francs – erstaunlich, wie wenig Platz eine derartige Summe beanspruchte. Er nahm den Telefonhörer, um seinen Börsenmakler anzurufen, der die Hälfte seiner Banque-d'Alsace-Aktien verkaufen sollte. Doch als er die Nummer wählte, fiel ihm ein, dass der Makler über Ostern nicht in der Stadt war. Es war absurd: Jean-Yves hatte doch versucht, den Erpresser zu bezahlen. Am Vortag hatte er den Übergabeort hinter dem Kiosk bei Notre-Dame-d'Auteuil aufgesucht – nur um festzustellen, dass es kein »dahinter« gab, nur ein Stück Straßenpflaster, das für alle Welt einsehbar war. Das war ihm zu gefährlich erschienen, und außerdem zu … amateurhaft. Darum war er weitergegangen, die Ledertasche fest an sich gepresst. Er konnte einfach nicht riskieren, dass so viel Geld in die falschen Hände geriet.

II

8

Am 31. März 1937 bombardierte die deutsche Legion Condor das Städtchen Durango im Baskenland. Am Markttag, mitten am Nachmittag.

Verrian Haviland wünschte sich inständig, er wäre dort gewesen. Stattdessen lag er in einem schmuddeligen Pariser Hotelbett und schwitzte sein Fieber aus. Der Zeitung, die das Zimmermädchen zusammen mit dem Kaffee gebracht hatte, entnahm er, dass der Krieg inzwischen weiter nach Norden gezogen war – genau das hatte er während seiner letzten Tage in Madrid schon vermutet. Die Faschisten hatten es nicht geschafft, Madrid einzunehmen, und konzentrierten sich stattdessen auf die spanischen Industriezentren. Aber warum dann Durango, ein kleines Kaff?

Seine strategischen Beobachtungen hatte er nach einem Angriff am 9. März niedergeschrieben und von Madrid aus spät am Abend an den *News Monitor* telegrafiert, in der Hoffnung, es damit noch in die Morgenausgabe zu schaffen. Nachdem der Redaktionsleiter – zufällig sein Bruder Jack – den Artikel in die Hand bekommen hatte, fügte er ihm noch einige eigene Akzente hinzu.

Drei Tage später war der Teufel los.

Verrian streckte den gebräunten Arm aus. Seine Narben waren noch nicht ganz verblasst, aber wenigstens taten sie nicht mehr weh. Und er konnte sowohl eine Faust machen als auch mit den

Fingern wackeln. Er sehnte sich nach einer Zigarette, ein sicheres Zeichen dafür, dass das Fieber gesunken war. Am Waschbecken in der Zimmerecke spritzte er sich Wasser ins Gesicht und suchte nach einem sauberen Hemd. Da fiel ihm ein, dass er nur jenes besaß, das er am Leib getragen hatte.

Bei diesem Gedanken wurde er plötzlich in einen Albtraum katapultiert, der wie in Zeitlupe vor seinem inneren Auge ablief. Er ließ sich auf das Bett sinken und sah erneut die Szene vor sich, wie ein republikanischer Polizist seinen Freund Miguel Rojas Ibarra gegen die Wand des Regierungsbüros schleuderte. Der Polizist packte Miguels Hand, riss ihn hoch … Das Geräusch, das darauf folgte, hatte sich so tief in Verrians Körper eingegraben wie die spitzen Putzbrocken, die aus der Wand platzten. Sie hatten Miguel weggebracht. Bald darauf waren sie zurückgekommen, um auch Verrian abzuholen. Aber er war ihnen entwischt, war durch ein Labyrinth von kleinen Gassen gerannt und hatte Schutz in einer Kirchenkrypta gefunden. Dort, in der feuchten Dunkelheit, hatte er die Ereignisse aufgeschrieben. Ganz sachlich hatte er seinen Artikel abgefasst und darauf geachtet, ihn an einem Abend nach London zu telegrafieren, an dem sein Bruder Jack Nachtdienst im Büro des *News Monitor* hatte. Jack allerdings hatte den Text an der ein oder anderen Stelle so geändert, dass er eher seinen eigenen politischen Vorstellungen entsprach. Die spanischen Behörden mussten um den 13. März davon Wind bekommen haben und reagierten unmittelbar.

Verrian hatte sich eine Woche lange in der Krypta versteckt und war nur herausgekommen, um ab und an eine kleine Mahlzeit in einem Café hinunterzuschlingen. Er konnte nicht riskieren, in sein Hotel zurückzukehren, denn es war gut möglich, dass die Polizei noch immer nach ihm suchte. Da er groß und blauäugig war, würde er in Madrid überall auffallen, erst recht mit seinem blutbespritzten Hemd.

Aber die Sorge um Miguel trieb ihn noch immer um. Also bezahlte er einem Taxifahrer sehr viel Geld, damit er ihn zum Flughafen brachte. An die Fahrt und die Stopps an den Kontrollstellen erinnerte er sich nicht mehr. Irgendwie musste es ihm gelungen sein, die Wachhabenden zu erweichen. Mit letzter Kraft war er über das Rollfeld des Aerodroms von Albacete gerannt und hatte eine Avro Anson erreicht, die gerade starten wollte. Und dann der Flug … Noch nie in seinem Leben hatte er sich so elend gefühlt. Seine Unterarme und Hände, mit denen er sein Gesicht vor den Gewehrstößen abgeschirmt hatte, waren wund und verbrannt, und in seinem Kopf sah er immer wieder dasselbe Bild: Miguel, zusammengekrümmt, die Papierstapel hinter ihm scharlachrot eingefärbt von seinem Blut. Sie hatten ihn in einer Abstellkammer erwischt. Verrian erinnerte sich allerdings noch gut an die Landung in Le Bourget und die Taxifahrt ins Hotel. Bald darauf hatte er in London angerufen und Jack angefleht, alle Hebel in Bewegung zu setzen, um Miguel zu helfen – denn all das war schließlich Jacks Schuld gewesen.

Er hatte sich bemüht, ganz ruhig zu bleiben. Am Anfang war ihm das gelungen. »Du hast doch meinen Artikel gebracht …«

»Unser Mann in der Gosse: Mäuse im Schatten von Raubvögeln.« Jack lachte. Ein Kompliment war das nicht. »Wolltest du dem Dichter Robert Burns Konkurrenz machen?«

Verrian schluckte eine ärgerliche Antwort hinunter. »Ich habe über den Bombenangriff geschrieben, den ich selbst miterlebt habe. Mein Schluss hieß: ›Wenn jetzt Madrid unter Feuer liegt, sind morgen dann vielleicht London, Oxford oder Paris an der Reihe?‹ Das hast du aber rausgenommen und stattdessen deine Faschistenpropaganda daruntergesetzt.«

»Faschistenpropaganda? Das musst du mir aber erklären.«

»Du hast hinzugefügt, dass die spanische Regierung Kirchen plündert, um Waffen aus Sowjetrussland zu kaufen.«

»Das stimmt ja auch«, gab Jack zurück. »Die spanischen Republikaner sind rot bis auf die Knochen. In Madrid kann man sich kaum umdrehen, ohne mit einem von diesen Kameraden zusammenzustoßen. Die müssen doch damit rechnen, dass die Opposition mit Bombenangriffen antwortet.«

»Ach ja, und das Leben an der Fleet Street und die Wochenenden mit den Hunden in den Sussex Downs machen dich wohl zu einem Experten in Sachen Brandbomben?«

Verrians Stimme schwoll an. »Ich habe zehn Monate lang von der Front in Madrid berichtet und dabei immer versucht, neutral zu bleiben. Ich habe mit Soldaten geredet, mir das Essen mit ihnen geteilt. Ich bin über Tote hinweggestiegen. Ich durfte mit aufs Schlachtfeld, weil die Republikaner mir vertraut haben. Sie haben mir vertraut! Und du hast alles ruiniert, durch diese eine dumme Zeile, die du hinzugefügt hast! Das Presseministerium hat die Zensoren dafür verantwortlich gemacht, und am Ende musste ein armes Schwein dafür bezahlen.«

Das »arme Schwein« war der Zensor Miguel Rojas Ibarra, mit dem Verrian sich angefreundet hatte. Über den Jazz und das Werk von Cervantes hatten sie zueinandergefunden. Verrian beschrieb seinem Bruder, was Miguel hatte erdulden müssen, obwohl Jack solche grausigen Details zur frühen Morgenstunde nicht gerne hören wollte. »Jack, du wirst alle Hebel in Bewegung setzen, um ihm zu helfen. Oder ich gehe zurück nach Madrid und schlage einen Mordskrach. Ich werde nicht zulassen, dass Miguel im Gefängnis an seinen Verletzungen stirbt.«

Jack warf Verrian vor, er sei zu weich, hätte sich emotional in die Angelegenheit hineinziehen lassen. Trotzdem versprach er zu tun, was er konnte. Er versprach außerdem, Verrian das ausstehende Honorar zu schicken, damit er in einem vernünftigen Hotel absteigen konnte. »Du brauchst sicher eine Rasur und ein Bad, wenn du eine Woche lang auf der Flucht gewesen bist. Bleib eine

Weile in Paris, gewöhn dich wieder an die Zivilisation, und ich melde mich bei dir, sobald ich etwas zu berichten habe. Du könntest mir übrigens auch einen Gefallen tun …«

Verrian erinnerte sich dunkel, eingewilligt zu haben, aber er wusste nicht mehr, um welche Art Gefallen es sich handelte. Er hatte den Telefonhörer einfach hängen lassen, als die Übelkeit ihn überfiel. Dann hatte er sich nach oben in sein Zimmer geschleppt, sich am Geländer festklammernd wie ein Ertrinkender. Unter Schmerzen war er auf das Bett gesunken. Stand seine Haut wirklich in Flammen, oder war es das Fieber? Hatte er dann geträumt, dass ihm jemand kalte Lappen auf die Stirn gelegt und ihm eine bittere Flüssigkeit eingeflößt hatte?

Er hatte keine Ahnung, ob Jack versucht hatte, ihn zu erreichen, während er schwitzend im Bett gelegen hatte. War Miguel inzwischen entlassen worden? Er musste sofort in London anrufen und sich danach erkundigen.

Ein Güterzug, der aus der Gare du Nord hinausratterte, ließ seinen Lampenschirm erzittern, und er beschloss, sich eine bessere Unterkunft zu suchen. So dankbar er Laurentin, dem Hotelbesitzer, auch war: Er wollte den Rest des erzwungenen Aufenthalts in Paris in einem komfortableren Zimmer verbringen. Es sah nämlich ganz danach aus, als würde er auf unbestimmte Zeit in Paris festsitzen, denn er hatte sowohl seinen Pass als auch den Presseausweis in Madrid gelassen. Es würde einige Zeit dauern, die beiden Dokumente neu zu beantragen.

Laurentin zuckte bloß mit den Schultern, als Verrian seinen Auszug verkündete. »Versuch es an der Butte de Montmartre, da gibt es keine Züge. Willst du einen Cognac, während ich deine Rechnung fertig mache? Ein Mittagessen? Soll ich dir ein Hemd leihen?«

Verrian nahm Essen und Hemd gern an, bat noch um eine Zigarette und die Erlaubnis, ein Auslandsgespräch führen zu dürfen.

Während er wählte, stieg die Erinnerung in ihm auf. Er hatte mit einer freundlichen Telefonistin geplaudert. Sie hatte zwischen Überlegenheit und Belustigung geschwankt, und irgendwie blitzte plötzlich die Gewissheit in ihm auf, dass er ihr einen Heiratsantrag gemacht hatte.

Dieses Mal war es eine ältere Telefonistin, die seinen Anruf weitervermittelte.

»Wo zum Teufel bist du gewesen?«, waren Jacks erste Worte. »Wir haben dich schon vor Tagen in der Rue du Boccador erwartet. Da haben wir dir ein Büro eingerichtet, komplett mit Personal. Alle standen bereit, nur du warst nicht da!«

Verrian brauchte einen Moment, um zu begreifen, was sein Bruder ihm mitteilte. Die französische Ausgabe des *News Monitor* hatte ihre Büros in der Rue du Boccador, nicht weit entfernt von den Champs-Élysées. Er musste sich bereit erklärt haben, für die Zeitung zu schreiben, solange er in Paris war – das musste die Gegenleistung für Jacks Bemühungen um die Freilassung von Miguel gewesen sein. Jack tat niemals etwas umsonst. »Hast du meinen Freund aus dem Gefängnis bekommen?«

»O ja. Ich gehe mal davon aus, dass du mir jetzt dankbar bist.«

Verrian ließ sich gegen die Wand sinken. *Gott sei Dank.* »Ja, ich bin dir wirklich dankbar. Ist Miguel noch in Spanien?«

»Nur, wenn er lebensmüde ist. Er hat genügend Gelegenheiten bekommen, zusammen mit seiner Familie auszureisen. Und jetzt wollen wir über dich reden. Du hast mir ja versprochen, dass du mein neuer politischer Korrespondent in Frankreich sein wirst.«

»Hör mal, Jack …« In der Leitung rauschte und knackte es, wie so häufig bei Auslandsgesprächen. »Ich fahre zurück nach Spanien, sobald ich kann. Ich bin Kriegsreporter. Hier fühle ich mich nicht wohl.«

Jacks Lachen klang metallisch, wie aus einem Jahrmarktsautomaten. »Du bist unser neuer Mann in Paris, Verrian. Du hast es mir versprochen, im Austausch gegen das Leben von diesem Miguel …«

Verrian hörte ein Klicken, dann war die Leitung tot.

Verrian studierte die Rechnung, die Laurentin neben seinen Aschenbecher gelegt hatte, und zählte die Tage, die seit seiner Ankunft vergangen waren. Du lieber Himmel, er hatte fast zwei Wochen im Bett gelegen! »Ja«, bestätigte Laurentin seine Gedanken, »du bist am frühen Morgen des 21. März hier angekommen. Was für ein Glück, dass ich für die Nachtarbeiter da bin, oder? Du hast ein Frühstück bekommen, noch einen Anruf gemacht, und dann bist du umgefallen. Ich wusste gar nicht, was ich mit dir machen sollte. Du hattest keine Papiere bei dir.«

»Ich bin dir wirklich dankbar, dass ich hierbleiben durfte.«

Mit einer Serviette fegte Laurentin einige Krümel von der Tischplatte. »Wir haben uns auf Französisch unterhalten, aber plötzlich hast du ins Spanische gewechselt. Der Arzt hier spricht Spanisch und sagte, du hättest einen Albtraum und würdest glauben, verbrennen zu müssen. Da kamen wir auf die Idee, dass es Malaria sein könnte, und haben dir Chinin gegeben. Marie, die Kellnerin, hat dir die Stirn abgetupft.«

Laurentin klemmte die Tür mit einem Keil fest und deckte die Tische auf dem Bürgersteig, denn es war fast schon Zeit fürs Mittagessen. Als sein Blick auf Verrians Zeitung fiel, die aufgeschlagen auf der Seite mit dem Bericht über das Durango-Bombardement dalag, seufzte er: »Dein Geist braucht Erholung. Paris ist genau das Richtige für dich.«

Freitag, 2. April

Christines zukünftige Schwiegermutter, die Duchesse de Brioude, war nach dem Gottesdienst am Ostersonntag am Boulevard Racan angekommen und wollte ungefähr eine Woche bleiben. Sie war eine freundliche, aber doch etwas anstrengende Frau, und ihre Ankunft hatte den Haushalt ziemlich durcheinandergewirbelt.

Rhona hatte zusätzliche Bedienstete eingestellt, die für noch mehr Unruhe sorgten, und das Haus mit Blumen angefüllt, die alle zum Niesen brachten. Weil die Duchesse offensichtlich kleine Hunde nicht mochte, hatte sie Tosca und Figaro in das Musikzimmer gesperrt, wo sie ohne Unterlass jaulten. Eines Morgens nahm Jean-Yves seine Frau beiseite und sagte: »Meine Liebe, wir haben so gut wie nichts, womit wir die Duchesse beeindrucken können, wie wäre es also, wenn wir uns einfach darauf konzentrieren würden, ihr einen schönen Aufenthalt zu bereiten?«

Das nahm Rhona ihm übel. Sie strafte ihn mit eisiger Sachlichkeit. Also zog er sich in sein Arbeitszimmer zurück, denn dort konnte er auch das Telefon im Auge behalten. Wenigstens musste er nicht auf die Haustür achten, um mögliche Briefe abzufangen – diese Aufgabe hatte Ferryman übernommen. Aus rein praktischen Gründen hatte Jean-Yves seinem Sekretär gegenüber angedeutet, dass er erpresst wurde, dabei aber keine Einzelheiten preisgegeben. Er hatte behauptet, ein »zwielichtiges Individuum« wolle eine gefälschte Rechnung bezahlt haben. »Ich soll die Reparatur einer Uhr bezahlen, die ich nie besessen habe.« Das komme häufig vor, erklärte er Ferryman, und Männer seines Standes gingen in der Regel auf die Forderungen ein, weil sie jedes Aufsehen vermeiden wollten. »Ich habe Sie informiert für den Fall, dass Sie diesem Gauner begegnen. Lassen Sie sich nicht auf ein Gespräch ein, schicken Sie ihn gleich zu mir. Ich muss wohl nicht betonen, dass Sie die Damen mit dieser unangenehmen Sache auf gar keinen Fall behelligen werden.«

Hatte Ferryman die Geschichte geschluckt? Er verbeugte sich auf die Art, die Ninette so verabscheute, und murmelte: »Sehr wohl, Monsieur.« Seitdem waren keine Anrufe mehr eingegangen und keine weiteren Briefe angekommen. Vielleicht hatte der Erpresser ja aufgegeben? Solche Leute waren oft Feiglinge oder Faulpelze. Wahrscheinlich hatte er sich auf die Suche nach leichterer Beute gemacht. Jean-Yves hatte zum ersten Mal seit Tagen die nötige Ruhe, um Briefe zu schreiben und die Zeitung zu lesen, ohne dauernd zum Telefon starren oder aus dem Fenster schauen zu müssen.

Seine gute Laune hielt bis Viertel vor zwölf, als Rhona das Zimmer betrat und ihn daran erinnerte, dass sie bald zu Mittag essen wollten – er dachte doch sicher nicht daran, sich in Gegenwart der Duchesse in seiner Hausjacke an den Esstisch zu setzen?

In London, wo sie den größten Teil ihres Ehelebens gewohnt hatten, war Rhona eine spröde, aber weltläufige Frau gewesen. Und sie hatte auch ihre charmanten Seiten gehabt. Das Haus war erfüllt gewesen von pulsierendem Leben, Klaviermusik und Gelächter. Aber seit dem Umzug nach Paris hatte Rhona geradezu eine Obsession mit ihrer äußeren Erscheinung entwickelt. Zuerst hatte er es auf ihr Heimweh zurückgeführt. Sie hatte schließlich die vertraute Umgebung verloren. Aber bald konnte er die Augen nicht mehr davor verschließen, dass seine Frau sich grundlegend verändert hatte. Schluss mit der Musik, Schluss mit dem Gelächter. Jetzt legte sie ihren ganzen Ehrgeiz in die Herausforderung, französischer als die Französinnen zu sein: Haute Couture und Reboux-Hüte, der »richtige« Freundeskreis, Dinieren in vornehmen Restaurants, Bewunderung des vorherrschenden Kunstgeschmacks. Sogar die Hunde ließ sie in Mäntelchen der Saisonfarben einkleiden und zum Waschen in die besten Hundesalons fahren.

Aber auch ihm gegenüber hatte sie sich verändert. Sie wünschte sich wohl, sie würden gemeinsam ausreiten, beide natürlich entsprechend korrekt gekleidet. Interessanterweise hatte er sich jedoch der Pariser Lebensart noch besser angepasst …

Er hatte sich eine Geliebte genommen. Hélène war die Ehefrau eines polnischen Grafen, der die meiste Zeit des Jahres allein in Cannes verbrachte. Bei ihren Treffen drei- bis viermal in der Woche gab sie Jean-Yves das, was er sich in sexueller und intellektueller Hinsicht von einer Frau wünschte, und ließ ihn ansonsten in Ruhe.

Er erhob sich hinter dem Schreibtisch und teilte Rhona mit, dass der Savile-Row-Anzug, den er am Leib trug, durchaus adäquat war für ein Mittagessen *en famille*. »Aber du siehst ja ganz verstört aus. Was ist denn los, Liebes?«

»Es gibt da etwas, das ich schon seit einem Monat mit dir besprechen will. Aber du schließt dich ja immer hier ein, sobald du nach Hause kommst – streite das bloß nicht ab, Jean-Yves.«

Er stritt es nicht ab. »Jetzt hast du mich ja für dich allein. Ich bin ganz Ohr.«

»Es war ein Samstag … ich weiß nicht mehr, welcher Samstag, aber ich war bei Maison Javier zu einer Anprobe, und da habe ich jemanden gesehen – ein ungepflegtes Mädchen mit einem Korb. Ich habe sie sofort erkannt. Es war dieses junge Ding, das du in London manchmal zum Essen ausgeführt hast.«

»Woher weißt du das?« Die Worte waren schon gesagt, bevor er sie zurückhalten konnte. Er räusperte sich. »Ich meine, ich habe in London doch viele Leute zum Essen ausgeführt.«

»Auch viele junge Dinger … tatsächlich?«

»Natürlich nicht. Vielleicht mal die Töchter von Freunden, die gerade in der Stadt waren. Worauf willst du hinaus, Rhona?«

»Dieses junge Ding … ist anders. Sie hatte einen schrecklich durchdringenden Blick, wie ein verhungernder Spaniel. Normalerweise würde ich mich nicht mit solchen Angelegenheiten abgeben, aber jetzt liegt die Sache anders. Bis Christine endgültig unter der Haube ist, muss unsere Familie sich tadellos benehmen. Du musst aufpassen, mit wem du dich triffst und wo du gesehen wirst. Unsere Familie wird sich mit dem Duc de Brioude verbinden, das heißt, wir stehen unter Beobachtung. Liebeleien oder sogar Abendessen mit bedürftigen Jüdinnen kommen also absolut nicht infrage.«

Sie wandte das Gesicht ab – das war ihre Art, ihm mitzuteilen, dass es nichts weiter zu bereden gab. Jean-Yves zitterte innerlich vor Ärger, doch er zählte im Stillen bis zehn, dann bis zwanzig. Als er sich wieder im Griff hatte, erzählte er Rhona, dass er für den kommenden Montag einen Tisch im Maxim's bestellt hatte. »Philippe isst zwar lieber zu Hause, aber ich finde, wir sollten ihn und die Duchesse an ihrem letzten Abend groß ausführen, meinst du nicht auch? Ich wollte dir rechtzeitig Bescheid sagen, falls du dir ein weiteres Kleid schneidern lassen musst.«

»Bis Montag?« Dann merkte sie, dass er einen Witz gemacht hatte, und nickte. »Da du den Tisch nun bestellt hast, müssen wir auch hingehen. Ich werde die Duchesse informieren.«

Rhona verließ das Zimmer. Während das Klacken ihrer Absätze immer leiser wurde, stieß er einen Seufzer aus. Rhona und Alix waren sich also über den Weg gelaufen. Es musste Alix gewesen sein – welche Frau sonst hatte Augen, die seine Frau zu solchen Eifersuchtsszenen hinrissen? Aber was sollte Alix zu Maison Javier geführt haben? Dazu noch in ungepflegtem Zustand … aber das bezweifelte er ohnehin. Für Rhona war jede Aufmachung außerhalb der Haute Couture ungepflegt. Aber woher wusste sie, dass es Alix war, sie hatten sich doch nie kennengelernt? Dafür hatte er jedenfalls gesorgt. Dieses neue Rätsel zog ihn völlig in seinen Bann, so sehr, dass er sogar den Erpresser darüber vergaß. Als dann das Telefon auf dem Schreibtisch schrillte, fuhr er zusammen. »Wer ist da?«

»Dürfte ich bitte Monsieur le Comte de Charembourg sprechen?« Aus dem Hörer drang eine junge, schüchterne Stimme.

»Am Apparat.«

»Monsieur, ich bin's, Alix Gower.«

»Alix?« War das eine Falle?

»Ich … ich hoffe, ich störe nicht, und es tut mir leid, dass ich Sie zu Hause anrufe. Ich weiß, das darf ich eigentlich nicht, aber ich muss Sie unbedingt sprechen. Ich … ich muss Ihnen leider etwas gestehen.«

9

Am Samstag, dem 3. April, fuhr Verrian Haviland mit der Seilbahn zur Sacré-Cœur-Basilika auf dem Montmartre, im Gepäck seine weltliche Habe in einer Gemüsekiste. Er folgte der Wegbeschreibung der Zimmervermittlung und fand sich auf einem viereckigen Platz wieder, auf dem es nur so wimmelte vor Künstlern und Touristen. Die wenigen Einheimischen erkannte man an der Art, wie sie es sich lässig in den Caféstühlen bequem machten. In aller Ruhe blickte er sich um. Kopfsteinpflaster, Jalousien, von denen die Farbe abblätterte, Bäume, die gerade frisches Grün ansetzten. Ja, die Place du Tertre wäre jetzt genau der richtige Ort für ihn.

Seine künftige Vermieterin hieß Madame Konstantiva. Das Mädchen in der Zimmervermittlung hatte ihm erzählt, dass sie »vor langer Zeit« bei den Ballets Russes getanzt hatte. Als ihm eine majestätisch wirkende Frau die Tür öffnete, sprach er sie in seinem besten Russisch an. Die Sprache hatte er während eines unbezahlten Praktikums in Moskau gelernt. Mit großer Geste bat ihn die Frau herein.

»Englisch oder Französisch, Herzchen, sonst musst du dir einen Dolmetscher suchen. Ich bin so russisch wie *fish and chips*. Du darfst mich Rosa nennen.« Sie beäugte die Gemüsekiste, die Verrian auf der Schulter trug. Auf dem Etikett stand: »1a Wirsingkohl«. »Na, wer bist du denn, der Erzherzog von Österreich? Wo ist dein Gefolge?«

Sie sprach Englisch, darum wechselte auch er in seine Muttersprache. »Das kommt bald nach. Ist noch mit meinen Staatsanzügen beschäftigt.« Sie starrte noch immer auf die Kiste, also fügte er hinzu: »Ich bin nicht so arm, wie ich aussehe. Wäre eine Monatsmiete im Voraus in Ordnung?«

»Aber ja, Herzchen. Komm rein. Pass auf den Teppich auf, der ist eine üble Stolperfalle. *C'était la guerre*. Du bist ein gut aussehender Bursche. Für einen Engländer aber ein bisschen zu dunkel. Waliser vielleicht?«

»Meine Mutter stammt aus Cornwall.«

Sie führte ihn nach oben und öffnete eine Tür. »Du kannst das Zimmer mit dem Doppelbett haben, für ein Einzelbett bist du ja zu lang. Ich vermiete nur zwei Zimmer, das ist das größere.« Im Raum roch es schwach nach Katze und dem Haarwasser des letzten Bewohners. »Die Aussicht auf den Platz kostet nichts extra, und vom Badezimmer aus kann man Sacré-Cœur sehen. Bleiben Sie lange, Monsieur … äh …?«

»Haviland. Vielleicht einen Monat.«

»Schriftsteller?«

»Kann man so sagen.«

»Dachte ich mir. Ist es Schriftstellern eigentlich verboten, sich ordentlich zu rasieren?«

Er grinste. »Verboten nicht, es wird aber nicht gern gesehen.«

»Also, so läuft's hier: Du kriegst einen eigenen Schlüssel. Wenn du nach zehn Uhr nach Hause kommst, gehst du auf Zehenspitzen, und ein Bad kostet zwanzig Francs. Keine Mädchen auf dem Zimmer, es sei denn, du kannst mir die Namen aller vier Großeltern herbeten. Tässchen Tee?«

»Aber gern.«

Zu Hause in Saint-Sulpice saß Alix auf dem Bett und rollte ihre Seidenstrümpfe hoch. Was sollte sie nur anziehen? Am Vortag hatte sie ihren ganzen Mut zusammengenommen und beim Comte de

Charembourg angerufen, und er war so freundlich gewesen, sie für heute zum Mittagessen einzuladen, hatte aber nicht gesagt, in welches Restaurant sie gehen würden. Alix öffnete das Fenster und streckte die Hand in die Luft. Es war warm, aber nicht sonnig. Wie hilfreich.

Sie überprüfte ihre Möglichkeiten. Ihre wenigen Kleider konnte man nun wirklich nicht als »Garderobe« bezeichnen. Einen richtigen Schrank dafür hatte sie auch nicht. Ihre Sachen hingen über einem Besenstiel, den sie an zwei Haken aufgehängt hatte.

Wie schön wäre es jetzt, etwas in weißem Leinen zu besitzen! Vielleicht kombiniert mit einem Kaschmir-Cardigan? Aber die Wirklichkeit sah anders aus. Sie würde das übliche rosa Kleid anziehen müssen, das in ihrem Kopf für immer mit dem Fisch und Mademoiselle Lilliane verknüpft sein würde. Das violette Kleid? Nein, das war zu frivol für einen Mann, der sie schon als kleines Kind gekannt hatte.

Sie nahm ein Etuikleid aus pergamentfarbener Crêpe Georgette und hielt es an sich. Sie hatte es im letzten Schuljahr genäht, die Idee dafür stammte vom Titelbild der *Vogue*. Vor der traditionellen Modenschau der Handarbeitsklasse am Ende des Sommerhalbjahrs hatte die Direktorin darauf bestanden, dass Alix das Kleid bügelte.

»Aber das ist *crêpe marocain,* Miss Peachman«, hatte Alix protestiert. Wie konnte man nur so ignorant sein? »Es soll doch zerknittert sein. Wenn ich Ihnen das Original von Vionnet zeigen könnte, würden Sie es verstehen.«

»Es wird gebügelt, oder ich konfisziere es.«

Das Kleid konnte man also nur misslungen nennen, aber heute war es die sicherste Wahl. Alix schlüpfte hinein und zog ihre Sandaletten an. Ihre Haare waren der Bobfrisur aus Schulzeiten längst entwachsen, darum bürstete sie sie auf die linke Seite und steckte sie fest. Ein paar einzelne Strähnen lockten sich über ihrem rechten Ohr. Seit sie die Amerikanerin bei Hermès gesehen hatte, zupfte sie sich die Augenbrauen noch ein wenig schmaler. Als sie sich so im Spiegel betrachtete, wurde ihr klar, dass sie nicht mehr aussah wie ein unbedarftes junges Ding – Paris hatte sie reifen lassen. Noch einen Spritzer Parfüm, einen Strohhut auf den Kopf … und dann nichts wie weg, bevor Mémé vom Markt zurückkam.

Der Comte holte sie vor dem Café Les Deux Magots am Boulevard Saint-Germain ab. Zur Begrüßung reichte er ihr ein Blumensträußchen: gelbe Narzissen, zusammengebunden mit einer blauen Schleife.

»Lanvin-Blau!«, rief sie erfreut.

»Das einzige Blau, das perfekt zu Gelb passt.« Als er ihr die Beifahrertür aufhielt, bemerkte Alix den eleganten Schnitt seines grauen Anzugs. Sie betrachtete den Comte etwas genauer, während er sich hinter das Steuer setzte. Seine Seidenkrawatte war anthrazitfarben mit kleinen gelben Einsprengseln. Das nahm sie als ein Kompliment. Er hatte ihr nämlich einmal erklärt: »Ein Gentleman sollte immer Grau tragen, um seiner Dame nicht die Schau zu stehlen.«

»Es sei denn, sie ist Nonne«, hatte sie damals trocken zurückgegeben. Er hatte gelacht und hinzugefügt: »In dem Fall wird sie ihm vergeben.«

Der Comte fuhr schnell, sogar noch schneller als früher in London. Über den Pont de l'Alma rauschten sie über die Seine, bogen in die Avenue Kléber ein und schossen in den Kreisverkehr um die Place de Étoile. Unter dem Gehupe der anderen Fahrer wechselte der Comte munter von einer Spur zur anderen und wieder zurück. Alix hielt den Atem an, bis sie am Boulevard Haussmann angekommen waren.

»Mein Chauffeur Pépin war früher Taxifahrer«, erklärte der

Comte, der ihre Aufregung für Angst hielt. »Er hat mir diese schlechten Angewohnheiten beigebracht, aber ich kann es einfach nicht leiden, durch den Pariser Verkehr zu schleichen. Die anderen Fahrer respektieren einen nicht, wenn man zu zaghaft ist.«

Alix fühlte sich sicher mit dem Comte, auch wenn er manchmal den Bordstein streifte. »Wo ist denn der Morgan?«, wollte sie wissen. »Der hat mir wirklich gefallen.«

»Wir mussten uns leider trennen. Er ist in London geblieben.«

Die Fahrt endete am Boulevard de Courcelles, einer langen Straße, die das achte vom siebzehnten Arrondissement trennte und den Parc Monceau durchschnitt. Der Comte warf einem Portier den Autoschlüssel zu und führte Alix in ein Hotel, in dem er offensichtlich Stammgast war. Der Speisesaal ging auf den Park hinaus, und Alix glaubte, das glitzernde Wasser und die Säulen der Naumachie dahinter erkennen zu können. Monsieur Javier hatte ihr erzählt, dass er in einer Hotelsuite am Boulevard Courcelles wohnte. Vielleicht ja in diesem Hotel?

»Also dann …« Der Comte lächelte, als sie an einem herrlich gedeckten Tisch Platz nahmen. »Was hast du ausgefressen, Alix? Raus damit.«

Sie berichtete von der Telefonvermittlung, wobei sie Mademoiselle Boussacs vernichtende Schelte geflissentlich überging, ihren eigenen heldenhaften Einsatz dafür hervorhob. »Sie haben mich auf der Stelle gefeuert. Ich hoffe, Sie sind mir nicht allzu böse.«

»Hast du gerne dort gearbeitet?«

»Ich habe es gehasst.«

»Na, dann ist doch alles gut.«

»Aber Sie haben mir die Stellung verschafft.«

»Nein, ich habe dich dort bloß einer Bekannten empfohlen. Die Stellung hast du dir selbst verschafft. Und was jetzt?«

Sie berichtete ihm von dem Angebot von Javier und von ihrem Treffen mit dem Meister persönlich.

Der Comte winkte den Kellner herbei und wies ihn an, ihr Weinglas zu füllen. »Lass uns auf deine Zukunft anstoßen. Dies ist ein Riesling Grand Cru, den sie hier im Keller für mich verstecken. Ist der dir recht? Du weißt ja, wir haben die Pflicht, Wein aus dem … Elsass zu trinken.«

Bei dem Wort »Elsass« hatten seine Augen geflackert, so kurz, dass sie es fast übersehen hätte. Warum bereitete ihm der Name Unbehagen? Der Riesling war so aromatisch und so perfekt gekühlt, dass sie am liebsten ein ganzes Fass davon getrunken hätte, und das sagte sie ihm auch.

Er lachte und stieß mit ihr an. »Auf Monsieur Javier und seinen gesunden Menschenverstand!« Dann klappte er die ledergebundene Speisekarte auf. »Darf ich etwas für dich auswählen? Wenn du das nicht möchtest, sag es nur. Aber ich kenne den Koch und finde sicher etwas, das dir mundet. Was magst du denn partout nicht?«

»Also, ich esse keine gekochten Sportschuhe, weil die im Internat geschmeckt haben wie Schweineleber mit Zwiebeln. Steckrüben esse ich nur, wenn ich muss. Ach ja, und keinen knallgelben Vanillepudding. Sonst mag ich alles. Ich kriege nie genug.«

Er lachte vor Vergnügen. »Das ist ja herrlich! Ein Mädchen, das nie genug vom Essen bekommt und trotzdem eine Wespentaille hat! Nun, Arnaud macht die besten Coquilles Saint-Jacques in ganz Paris, damit fangen wir an. Wie geht es deiner Großmutter? Hat sie noch Albträume von Hitler?«

Alix erstarrte. Woher wusste der Comte von Mémés Ängsten? Ihre Großmutter hatte ihren rasiermesserscharfen Verstand längst zurück, aber diese Geschichte war beunruhigend gewesen. Sie hatten niemandem davon erzählt.

In diesem Moment wurde Alix eins bewusst: Der Mann, der

mit dem Oberkellner gerade das Für und Wider von Entenbrust und Lamm diskutierte, war das einzige männliche Wesen, das sie begleitet hatte, seit sie ein kleines Kind gewesen war. Er hatte großen Anteil an ihrer Erziehung. Seine Zuwendung war essenziell für ihren Glauben an sich selbst. Der Besuch, den er ihr während ihres letzten Schuljahrs abgestattet hatte, war ein wesentlicher Augenblick ihrer Entwicklung gewesen. Er war gekommen, um ein Konzert zu erleben, für das sie die Kleider des ganzen Ensembles entworfen hatte. Als sie sich am Schluss verbeugte, sah sie an seinem Lächeln, dass sie sich seine Anerkennung verdient hatte. Sie konnte etwas! Dieses Lächeln ließ Jahre der Demütigung mit einem Schlag verblassen.

Aber wachte er auch hier in Paris über sie und ihre Großmutter? Hatte er Detektive angeheuert? Nein, das war ein lächerlicher Gedanke. Warum sollte er? Wenn er sich um Mémé kümmerte, dann natürlich aus reiner Freundlichkeit.

Der Comte sah sie irritiert an. Hatte er etwas Falsches gesagt? »Alix.«

»Sie haben sich nach meiner Großmutter erkundigt … und Hitler erwähnt.«

Er stöhnte. »Das ist ein Name, der einem heutzutage leider viel zu leicht über die Lippen kommt. Du hast recht, über solche Dinge sollte man nicht scherzen. Ich wollte bloß fragen, ob es Madame Lutzman gut geht.«

»Ja, danke.«

Und damit war das Thema erledigt. Während der Vorspeise sprachen sie über Mode, und der Comte erzählte ihr, was er über Javier wusste. Anscheinend recht viel, und dieses Wissen hatte er sicher nicht nur von seiner Frau, sondern auch von den Damen in seiner Bekanntschaft.

»Javier begann seine Karriere im House of Worth, fiel dort aber als zu radikal auf. Dann ging er zu Paul Poiret, mit dem er bald aneinandergeriet. Als er von dort wegging, glaubten viele, man würde nichts mehr von ihm hören. Aber er ist zäh. Als Spanier und Jude musste er kämpfen, um es ins *Syndicat* zu schaffen.«

»Finden Sie ihn sympathisch, Monsieur?«

»Ihm haben wir es zu verdanken, dass unsere Frauen fantastisch aussehen, und außerdem ist er einer der besten Schneider der Welt.«

Alix dachte an das Zentimetermaß, das Javier sich um den Hals gelegt hatte, und lächelte. Der »beste Schneider der Welt« hatte ihre Fähigkeiten gelobt. Während sie auf das Lamm warteten, fragte sie: »Monsieur, warum haben Sie mir mein ganzes Leben lang eine solche Freundlichkeit entgegengebracht?«

Der Comte antwortete unbeschwert: »Du kennst ja die Geschichte, dein Vater und ich waren zusammen im Krieg. Eines Tages hat er sich in den feindlichen Beschuss gewagt, um mich vor dem sicheren Tod zu retten. Das vergisst man nicht. Als er starb und ein kleines Mädchen hinterließ, habe ich meine Hilfe angeboten. Ich wollte, dass du eine Schulbildung erhältst, die dir eine Chance im Leben eröffnet. Deine Großmutter hat das nur widerstrebend akzeptiert, aber letztendlich glaubte sie, deine Eltern hätten es wohl so gewollt.«

Alix nickte und hob das Glas, das wie von Zauberhand neu gefüllt worden war. »Meine Mutter hätte so eine Schule für mich ausgesucht, das weiß ich. Haben Sie gewusst, dass sie Krankenschwester werden wollte, als der Krieg ausbrach? Sie hat die Behörden so lange genervt, bis sie sie genommen haben.«

Der Comte lächelte, sagte aber nichts.

»Meinen Vater hat sie kennengelernt, als sie gerade Enten in einem Londoner Park fütterte, ich weiß nicht, in welchem. Sie trug ihre Krankenschwesterntracht. Mein Vater hatte seine Uniform an, weil er auf seinen Truppentransport an die Front wartete. Sie haben sich sofort ineinander verliebt.« Mathilda war für

Alix eine reine Fantasiegestalt, aber an John Gower hatte sie echte Erinnerungen. Er war ihr groß wie ein Riese vorgekommen und hatte nach Maschinenöl gerochen, weil er nach dem Krieg bei der Eisenbahn gearbeitet hatte. Alix sah ihn noch vor sich, wie er von der Schicht nach Hause gekommen war, den Kragen ölverschmiert, das Gesicht von Anstrengung gezeichnet, aber immer mit einer kleinen Überraschung für seine Tochter in der Tasche.

An was erinnerte sie sich noch? An seine Armbanduhr auf dem Abtropfgestell neben einem Stück grüner Seife und an seine Hosenträger, die ihm beim Abwaschen an den Seiten herunterhingen. An seine Fröhlichkeit, wenn er sie in die Luft warf, manchmal bis zur Höhe des Lampenschirms. John Gower war unverletzt aus dem Krieg nach Hause gekommen und 1921 gestorben, an einer Lungenentzündung, die er sich in einem Militärkrankenhaus geholt hatte.

Sein früher Tod hatte ihnen beiden viele gemeinsame Stunden gestohlen. Von sich selbst hatte er so gut wie nichts hinterlassen – keine Briefe, keine Tagebücher, nur ein paar unscharfe Fotografien. Mémé hatte berichtet, dass er Londoner mit Vorfahren aus Irland oder Wales gewesen war, und wenn sie von ihm erzählte, klang ihre Stimme niemals warm oder freundlich. Und Jude war er auch nicht, nein, wirklich nicht. Er und Mathilda hatten im Winter 1915 in der Methodistenkirche in South Norwood geheiratet … oder war es Streatham? Es war jedenfalls kein besonders schöner Ort gewesen. Ende der Geschichte.

Der Comte konnte ihr mehr über die Militärzeit ihres Vaters erzählen, das wusste Alix, aber sie wusste nicht, wie sie das Thema ansprechen sollte. Männer, die das Grauen der Schützengräben überlebt hatten, sprachen nur selten darüber. Das heißt, alle außer Bonnet. Er erzählte einem sogar Dinge, die man gar nicht hören wollte. Also versuchte sie es mit einer anderen Frage.

»Haben Sie meine Mutter gekannt, Monsieur?«

»Danielles Tochter …« Alix hörte das Zögern in seiner Stimme. »Ich habe ihr eine Glückwunschkarte zur Hochzeit geschickt, aber zur Feier selbst konnte ich leider nicht kommen. Und bald danach war es zu spät. Was für ein trauriges Thema, Alix. Trink deinen Wein aus, zum Lamm gibt es Pinot Gris.«

»Haben Sie denn meinen Großvater kennengelernt? Tut mir leid, aber ich habe so viele Fragen über unsere Familie, und Mémé hat ein ganz schlechtes Gedächtnis.«

»Natürlich bist du neugierig auf deine Familiengeschichte. Welchen Großvater meinst du, John Gowers Vater?«

»Nein, den aus dem Elsass. Alfred Lutzman. Ich weiß, dass Sie und er und Mémé im selben Ort gewohnt haben und dass Sie der wichtigste Mann im Dorf waren.« Letzteres erwähnte sie, um zu betonen, dass sie nicht etwa glaubte, sie wären zusammen auf Picknicks gewesen.

»Ich weiß nicht, ob ich der wichtigste Mann war, der Bürgermeister und der Polizeichef sehen das sicher anders. Nun, wir sind uns nicht gerade oft über den Weg gelaufen. Aber ich kannte Lutz natürlich – also, deinen Großvater. Wie er Gesichter gemalt hat, das war atemberaubend, und seine Farbgebung war geradezu sensationell.« Er betrachtete die blassgelben Blumen neben Alix' Teller, zusammengehalten von der leuchtend blauen Schleife. »Meine Mutter hat seine Bilder von Anfang an gesammelt, ich habe sie geerbt und selbst auch ein oder zwei Bilder von ihm ergattern können.«

»Ich wusste doch, dass Sie welche haben! Ach, Monsieur, wann darf ich sie denn mal sehen?«

»Bald. Über die Jahre habe ich versucht, weitere zu erstehen, aber leider ohne großen Erfolg.«

Die Ober kreisten um ihren Tisch, brachten Teller mit silbernen Hauben, die sie mit eingeübter Grandezza lüfteten. Während serviert wurde, erzählte Jean-Yves von Arnaud, dem Chefkoch, der aus der Auvergne stammte, einem weit entfernten Landstrich, in dem die Männer alle Jäger waren. »Das nächste Mal probieren wir das Wildschwein. Noch etwas Sauce für dich?«

Alix spürte, dass der Comte das Thema wechseln wollte. Die Höflichkeit gebot, dass sie darauf einging, andererseits durfte sie diese seltene Gelegenheit nicht einfach verstreichen lassen. »Monsieur, warum haben Sie im Krieg für England gekämpft? Sie waren doch eigentlich Deutscher, nicht?«

Ein Schatten fiel über sein Gesicht. »Ich bin Franzose. Meine Mutter wurde in Paris geboren, und mein Vater hatte französische Vorfahren. Deutschland ist im Elsass eingefallen, und 1871 wurden wir eben Deutsche. Mein Vater wollte lieber unter deutscher Herrschaft leben als seine Güter aufzugeben, aber richtig deutsch haben wir uns nie gefühlt. Ich habe in England studiert, danach dort Arbeit bekommen, und als der Krieg ausbrach, habe ich mich einem englischen Regiment angeschlossen. Aber nicht, um für England zu kämpfen, sondern um für die Freiheit einzustehen. Aber jetzt genug der Fragen. Ich sitze hier einer schönen jungen Frau gegenüber, die mich ›interessant‹ findet – das ist recht aufregend.« Er lächelte charmant.

Alix schoss das Blut in die Wangen.

»Darf ich etwas bemerken? Das soll keine Kritik sein, aber du hast eine solche Intensität im Blick …«

»Starre ich Sie etwa an?«

»Deine Augen können einen Mann durchaus unsicher machen. Setz diese Gabe mit Vernunft ein.«

Sie spürte die Hitze im Gesicht.

Er tippte auf den Rand ihres Tellers. »So. Jetzt möchte ich den Beweis dafür sehen, dass du nie genug bekommst. Das kann ich nämlich nicht glauben. Du bist gertenschlank.«

»Nur noch eine Frage, bitte. Noch eine einzige?« Die hatte sich gerade erst ergeben. Sie betrachtete ihn durch ihre dichten

Wimpern. »Wenn mein Vater mich sehen könnte – ich bin ja nicht furchtbar schlau und auch nicht immer brav, und jetzt hat man mich auch noch gefeuert –, was würde er dann von mir denken? Sie sind der einzige Mensch, der ihn wirklich gekannt hat. Mémé ist ja nicht gut auf ihn zu sprechen. Ich glaube, sie hat es nie verwunden, dass meine Mutter ihn heiraten *musste*. Wenn sie noch länger gewartet hätten, hätte sie nicht mehr in ihr Hochzeitskleid gepasst. Monsieur, glauben Sie, er würde mich mögen?«

Jean-Yves nahm ihre Hand. »Ich kannte John Gower als Soldaten, nicht als Vater. Aber ich werde versuchen, dir diese Frage zu beantworten. Wenn er dich so sehen könnte, wäre er wohl ziemlich schockiert – du bist so modern und unabhängig. Denk dran, als er geboren wurde, regierte Queen Victoria die Welt, und die Damen trugen Korsetts, die ihre Taillen eng zusammenschnürten. Du hättest ihn bestimmt an Mathilda erinnert …«

»Dann kannten Sie also meine Mutter doch?«

Er drückte ihre Hand. »Ich bin mir sicher, dein Vater wäre ganz vernarrt in dich gewesen.« Er hob das Glas. »Auf deine Zukunft bei Javier. Möge dein Stern dort aufgehen. Aber treib es nicht zu bunt, meine kleine Alix!«

Nachdem der Comte bei der Métrostation Saint-Lazare angehalten hatte, öffnete er ihr die Autotür und ließ sie aussteigen.

»Es war ein wunderbarer Nachmittag, Alix. Vielen Dank.« Er reichte ihr eine Karte. »Das ist meine Büroadresse in der Rue du Sentier. Melde dich, wann immer du möchtest. Bist du sicher, dass ich dich nicht noch bis Montmarte bringen soll? Den größten Teil der Strecke kann ich mit dem Auto hineinfahren.«

Sie lehnte dankend ab und erklärte, sie werde ganz unkompliziert die Métro nach Abbesses nehmen. In Wirklichkeit aber wollte sie nicht, dass der Comte einen Einblick in ihr Leben an der Place du Tertre bekam. Sie hatte Bonnet versprochen, am selben Nachmittag für ihn Modell zu sitzen, ärgerte sich jetzt aber, weil sie einen Schwips hatte und außerdem nicht im eleganten Kleid in Bonnets Höhle erscheinen wollte. Aber sie konnte ihn auch nicht im Stich lassen. Und Bonnet redete ja nur mit sich selbst, wenn er malte, da konnte sie die Unterhaltung mit dem Comte in aller Ruhe noch einmal Revue passieren lassen.

Bonnets Jalousien waren heruntergelassen. An einem solch schönen Frühlingstag würde er doch nicht etwa schlafen! Vielleicht war er ja an den Kanal gegangen, um dort zu malen. Ohne große Hoffnung, ihn anzutreffen, stieg Alix die Treppe zum Atelier hinauf. Im Treppenhaus war es gerade hell genug, dass sie den Zettel an der Ateliertür entziffern konnte: »Bonnet ist abwesend« stand da in krakeligen Blockbuchstaben. Darunter war ein bärtiger Mann gezeichnet, der in einem Weinglas schlief. Typisch Bonnet, er hatte ihre Verabredung vergessen! Er schloss niemals ab, darum konnte Alix die Tür einfach aufstoßen. Sie rümpfte die Nase, als sie die Unordnung sah: leere Flaschen, Kaffeesatz und dieser fürchterliche Kaninchenleim. Sie schrieb ihm eine Nachricht und steckte sie an die Staffelei. Gerade, als sie die Tür hinter sich schließen wollte, hörte sie ein Knarren von der Treppe weiter unten. Im selben Moment sprang eine Gestalt auf sie zu, packte sie und stieß sie so heftig gegen die Tür, dass alle Luft aus ihrer Lunge entwich.

Sie wollte schreien, brachte aber keinen Ton heraus, weil der Angreifer gegen ihre Kehle drückte. Durch den Stoff ihres Kleides hindurch spürte sie kratzige Wolle und roch deren ölige Wärme. Ihre Hand war gefangen zwischen ihrem Brustkorb und dem Türblatt. Es war die Hand, die noch die Blumen hielt; ihr Duft stieg ihr in die Nase. Dann berührte etwas Eisiges ihren Hals – eine Klinge, so scharf, dass ihre Haut ohne jeden Druck aufgeschlitzt wurde.

Eine dunkle Stimme knurrte: »Hör mir zu. Keinen Laut. Klar?«

»Ja«, flüsterte sie zur Tür hin.

»Ich habe deinen hochnäsigen Comte gewarnt, dass ich jemandem, den er liebt, etwas antue, wenn er nicht bezahlt. Ich gehe mal davon aus, dass er dich liebt, oder?«

»Das – das weiß ich nicht.«

»Aber ich weiß es. Eigentlich wollte ich ihn glimpflich davonkommen lassen mit den fünfhunderttausend Francs, aber jetzt will ich eine Million, weil er versucht hat, mich reinzulegen. Wenn er bezahlt, passiert dir nichts. Klar?«

»Eine Million, dann passiert mir nichts.«

»Er kriegt einen Brief mit genauen Anweisungen. Wenn er sich nicht daran hält, dann ...« Die Klinge bewegte sich dicht unter ihrem Auge. »Wäre doch schade, wenn mir die Hand ausrutscht. Oder?«

»Ja«, schluchzte sie. Dann spürte sie einen Druck am Kopf. Er schnitt ihr ein Büschel Haare ab.

»Mach die Augen zu und zähl bis fünfzig. Und wehe, du drehst dich um, dann sorge ich dafür, dass dich niemals wieder jemand malen will.«

Als der Druck an ihrem Hals nachließ, sackte sie in sich zusammen. Sie hörte, wie der Mann die Treppe hinunterhetzte und dann die Tür zuschlug. Wenn sie jetzt zum Atelierfenster rannte, könnte sie ihn unten auf dem Platz sehen, aber sie traute sich nicht. Stattdessen zählte sie langsam: »Eins, zwei, drei ...« Ein Schluchzen stieg in ihre Kehle, aber sie zählte weiter. »Siebenundzwanzig, achtundzwanzig ...«

Bei »neunundvierzig« stolperte sie nach unten, öffnete die Haustür und rannte los ... so schnell, dass sie mit jemandem zusammenstieß und stürzte.

Eine Hand streckte sich ihr entgegen, um ihr aufzuhelfen. »Haben Sie sich verletzt?«

Ein Mann. Er wirkte neugierig und besorgt, aber Alix stöhnte nur: »Lassen Sie mich in Ruhe. Ich muss den Comte finden.«

»Ich verstehe.« Nichts verstand er. »Sie weinen ja.«

»Ich musste bis fünfzig zählen.«

»Und Sie haben Blut im Gesicht. Oje, Ihre Blumen. Mademoiselle, was ist passiert?«

Seine Besorgnis ließ ihre Tränen wieder sprudeln. Sie wollte nichts mit ihm zu tun haben, obwohl er so freundlich zu ihr war. Alles, was sie im Moment von dem Mann sehen konnte, waren seine Stiefel und seine Hosenaufschläge. Sie hob die Hand, und er half ihr auf. Er war groß und wirkte bedrohlich, trug einen beigen Fedora und einen zerknitterten Trenchcoat, den er nicht zugeknöpft hatte. Soweit sie in ihrem Schockzustand erkennen konnte, war er älter als Paul, jünger als der Comte und von ganz anderer Art als Bonnet. Er hatte eine angenehme Stimme, dennoch wünschte sie, er möge verschwinden.

»Sie müssen den Comte finden, haben Sie gesagt. Welchen Comte denn?«

»Ich weiß nicht … ich meine, ich weiß nicht, wo er ist. Er ist nach Hause gefahren, und dort darf ich mich nicht mit ihm treffen.«

»Aha. Wie wäre es dann mit einem Taxi zu Ihnen nach Hause? Ich fürchte, mein Auto steht zu weit entfernt.«

Plötzlich gaben ihre Knie nach – der Schock traf sie verspätet.

»Kommen Sie.« Der Mann stützte sie und schloss die Tür zum Nachbarhaus auf. Er führte sie hinein, entfernte einen Haufen Musiknoten von einem Stuhl und half ihr, sich hinzusetzen. »Wo wohnen Ihre Eltern?«

»Nirgends. Meine Großmutter … wir wohnen …« Sie hielt inne, weil sie tatsächlich ihre eigene Adresse vergessen hatte. Sie sah nur noch die braune Tür ihrer alten Wohnung in der Charlotte Road in Wandsworth vor sich. »Ich habe anscheinend das Gedächtnis verloren.«

»Ich mache Ihnen einen Vorschlag, wir gehen erst mal in Madame Konstantivas Wohnzimmer. Stützen Sie sich auf mich.«

Das Wohnzimmer schien nur aus Velours zu bestehen, und an der Wand stand ein Klavier. Alix betrachtete die kleinen Tänzerinnen auf dem Bücherregal und die Fotografien von Ballerinen mit stark geschminkten Augen. Als der Mann sie zu einem bequemen Sessel geleitete, ließ sie sich entkräftet hineinsinken. Aber was war das? Erneut fuhr ihr ein Schreck in die Glieder. Ach, nur eine Katze, die ihr auf den Schoß gesprungen war.

»Ich glaube, er heißt Percy, und meine Vermieterin hat das Haus von ihm nur geliehen.« Der Mann nahm ein Tuch von der Sessellehne. »Hier, legen Sie sich das auf den Schoß, oder werfen Sie ihn einfach runter. Er hat eine meiner Hosen ruiniert, während ich nur schnell eine Tasse Tee getrunken habe, darum sind wir nicht die besten Freunde, aber sonst ist er harmlos.« Als der Fremde ihr das Tuch auf die Knie legte, konnte Alix an seinem Haar riechen. Kernseife. Er war also arm. Sicher ein Poet. Bonnet sagte immer, wenn ein Maler einmal mit jemandem Mitleid haben wolle, solle er mit einem Dichter etwas trinken gehen.

»Ich mache Ihnen einen Tee. Meine Vermieterin ist nicht da, deswegen muss ich erst mal nach dem Tee suchen und rausfinden, wie der Herd funktioniert.«

Er verließ das Wohnzimmer, und kurz darauf hörte sie das Plätschern des Wasserhahns und das Ratschen eines Streichholzes, das angezündet wurde. Ein paar Minuten später kam er mit einem Tablett zurück. Darauf standen eine Teekanne mit gehäkeltem Überzug, hauchdünne Porzellantassen, ein Milchkännchen und eine Zuckerdose. Er hatte seinen Mantel ausgezogen, und selbst in ihrem desolaten Zustand konnte Alix es nicht lassen, seine Kleidung zu begutachten: sehr locker sitzende Hosen mit Rissen, die anscheinend von Katzenkrallen stammten, ein dunkelblauer Pullover, der an den Ellenbogen schon fast durchgescheuert war, darunter ein Hemd mit Kragen. Seine Stiefel waren einmal sehr hochwertig gewesen, aber man sah ihnen an, dass er viel darin gelaufen war. Oder vielleicht auch in einen Kampf geraten war. Unter seinen Augen lagen tiefe Schatten, und auf seinem Kinn erkannte sie mehrere fast verheilte Kratzer.

Er stellte zwei Tassen auf den Tisch. »Soll ich die Milch zuerst eingießen?«

»Ich … ich weiß nicht.«

»Ach, ist doch egal. Auf jeden Fall tut Ihnen jetzt jede Menge Zucker gut.«

Als sie die Tasse von ihm entgegennahm, klapperte sie gegen die Untertasse. Sofort streckte er die Hand aus, um ihr zu helfen. »Ganz ruhig, wir haben Zeit.«

»Aber Sie wollten doch gerade weggehen, als ich Ihnen in die Quere kam.«

»Ich wollte zur Arbeit, aber die läuft mir nicht weg.« Er lächelte. Plötzlich wurde ihr zweierlei klar: Sie hatten von Anfang an Englisch miteinander gesprochen. Und sie kannte seine Stimme.

Waren sie sich schon einmal begegnet? Er hatte ein kräftiges Gesicht, eine gerade Nase, dunkle Haare, dunkle Brauen und tiefblaue Augen. Nein, sie hatte ihn noch nie gesehen. Daran hätte sie sich erinnert.

Er hielt ihr die Tasse erneut hin, diesmal ohne Untertasse. »Trinken Sie nur. Das ist Englands Geheimwaffe. Können Sie mir sagen, was eigentlich passiert ist?«

Sie betrachtete die Blumen, die sie noch immer fest umklammert hielt und deren Köpfe jetzt traurig herunterhingen. »Ich war bei Bonnet, dem Künstler.«

»Ist das der Kerl von nebenan? Wir haben uns vor Kurzem unterhalten. Er war hier, um sich etwas Spiritus für seinen Kocher zu borgen.« Er wechselte ins Französische. »So wie er gerochen hat, dachte ich, er hätte seinen eigenen Vorrat zum Frühstück getrunken. Aber jetzt bin ich gemein. Sind Sie mit ihm verwandt?«

»Nein, ab und zu sitze ich ihm Modell. Wir waren eigentlich verabredet. Aber das vergisst er manchmal. Ich wollte ihm einen Zettel hinterlassen, da hat mich ein Mann überfallen und gegen die Tür geworfen. Er hat mir auch ein Büschel Haare abgeschnitten.« Sie deutete auf die Stelle. »Er hatte eine schreckliche Stimme, wie ein kaputtes Radio.«

»Hmm … Sie meinen, er hat sie absichtlich verstellt? Er glaubte also, dass Sie ihn vielleicht kennen?«

Sie starrte ihn entgeistert an. Woher sollte sie einen solchen Rohling kennen? »Er hat gedroht, zurückzukommen und mir wehzutun.« Sie berührte die Stelle unter dem Auge, an der er die Klinge angesetzt hatte. Tränen liefen ihr über den Finger, tropften in die Teetasse und auf Percys rotbraunes Fell.

»Sie sollten wirklich zur Polizei gehen.«

Sie schüttelte den Kopf bereits, als er erst die erste Silbe von »Polizei« hervorgebracht hatte. »Mémé hat Angst vor der Polizei. Fast so viel Angst wie vor den Nationalsozialisten in Deutschland.«

»Na, da hat sie auch recht. Mémé, ist das …?«

»Meine Großmutter.«

»Natürlich. Jetzt müssen Sie aber nach Hause, und ich werde Sie hinbringen.«

Sie protestierte augenblicklich, denn selbst in ihrem Schockzustand legte sie noch Wert auf Etikette. Sie würde ganz einfach die Métro nehmen. Der Weg würde ihr schon wieder einfallen, wenn sie erst einmal unterwegs war.

»Das kommt überhaupt nicht infrage, dass Sie alleine nach Hause gehen. Das ist gegen die Hausregeln des *News Monitor*.«

»*News Monitor?* Ist das nicht diese englische Zeitung? Arbeiten Sie da?«

»Ja. Im Pariser Büro an der Rue du Boccador. Ich gehe jetzt zum Postamt in Abbesses, da gibt es ein Telefon, und von dort bestelle ich Ihnen ein Taxi auf Firmenkosten. Keine Widerrede – das Firmenkonto muss für gewöhnlich viel schlimmeren Missbrauch aushalten. Eine Fahrt mehr oder weniger fällt da nicht ins Gewicht.«

Ohne es zu merken, war er wieder ins Englische zurückgefallen. In seinem Französisch war nichts Stockendes gewesen, dafür aber ein spanisch klingender Akzent, der darauf hindeutete, dass er die Sprache irgendwo in den Pyrenäen gelernt hatte. Sein Englisch dagegen war klar und deutlich. Oberschichtensprache. Er konnte kein verarmter Poet sein, so viel war Alix inzwischen klar. Seine abgetragenen Kleider mussten sicher eine andere Geschichte haben. »Rue Saint-Sulpice«, sagte sie ganz unvermittelt.

»Bitte?«

»Mir ist gerade wieder der Name der Straße eingefallen, in der ich wohne.«

»Wunderbar. Ich bin gleich wieder zurück. Sie warten hier bei Percy. Wenn Madame Konstantiva nach Hause kommt, sprechen Sie Englisch mit ihr. Sie sieht zwar russisch aus, aber nur, weil sie viele Jahre lang für Djagilew getanzt hat. Inzwischen hat sie ein großes Herz für Herumtreiber entwickelt – für streunende Katzen und Pensionsgäste. Wenn Sie sie sehen, sagen Sie ihr unbedingt die Namen Ihrer vier Großeltern.«

»Was? Alle vier? Aber die weiß ich doch gar nicht …«, stammelte sie. Aber da war er schon zur Tür hinaus.

10

Ein Tisch im Maxim's an der Rue Royal und die Gesellschaft der Duchesse de Brioude und ihres Sohnes, das versprach ein besonderer Abend zu werden, und Jean-Yves tat sein Bestes, den herzlichen Gastgeber zu spielen. Aber der Besuch der Duchesse hatte seine Nerven strapaziert. Dazu patrouillierte Rhona unablässig durch das Haus und erteilte den Dienstboten Befehle. Aber es war nicht allein Rhonas Schuld. Der Erpresser hatte sich zwar nicht wieder gemeldet, aber Jean-Yves fühlte sich wie jemand, der einsam auf einer Bergkuppe ohne Deckung herumwanderte, einem unsichtbaren Scharfschützen ausgeliefert. Jedes Klopfen an der Tür, jede Bewegung vor seinem Fenster ließ ihn vor Angst erstarren. Er hoffte inständig, dieses Abendessen zu überstehen, ohne die Kontrolle über sich zu verlieren.

Als die Hors d'œuvres serviert wurden, beugte sich der Kellner zu ihm herunter und flüsterte ihm ins Ohr, dass ein Paket für ihn abgegeben worden sei und sich jetzt in der Garderobe befinde.

Da erwachte die Angst, dieser schlafende Riese, mit aller Heftigkeit. Jean-Yves entschuldigte sich und stand vom Tisch auf. Der Kellner, bestens vertraut mit den Feinheiten männlicher Verschwörungen, führte ihn zur Herrentoilette und überreichte ihm ein braunes Päckchen. Es enthielt einen Zettel mit einigen handgeschriebenen Zeilen und eine Locke glänzenden Haars. Er wusste sofort, um wessen Handschrift und wessen Haare es sich handelte.

Als er zurück zum Tisch kam, wurde er mit fragenden Blicken empfangen. »Vor ungefähr einer Woche habe ich einen Manschettenknopf im Klub verloren«, log er hastig. »Den hätte ich aber auch einfach abholen können, sie hätten ihn mir nicht gleich hierherzuschicken brauchen.« Ihm war bewusst, wie unglaubwürdig die ganze Geschichte klang, aber das spielte jetzt keine Rolle. Alix steckte in Schwierigkeiten. Sollte er gleich losfahren und nach ihr sehen? Es waren ihre Haare, das wusste er genau, aber wie war der Schurke an sie herangekommen? Er hätte die Locke nach Blutspuren absuchen sollen. Jetzt ging das natürlich nicht mehr.

»Ich habe gar nicht mitbekommen, dass du einen Manschettenknopf verloren hast«, sagte Rhona. »Welchen denn?«

»Äh, einen, den ich noch aus dem College hatte … er hat bloß sentimentalen Wert für mich.« Er wusste, dass es Rhona durchaus einfallen konnte, den Manschettenknopf in Augenschein nehmen zu wollen. Er drehte sich zu seinem zukünftigen Schwiegersohn um. »Philippe, ich habe beschlossen, eine Sammlung einzelner Manschettenknöpfe aufzubauen, für Männer, die im Krieg einen Arm verloren haben. Das ist doch eine gute Idee, findest du nicht?«

Philippe de Brioude, der Jean-Yves verehrte, tauschte einen Blick mit Christine und stammelte: »Ich … ich bin mir nicht ganz sicher.«

Jean-Yves wandte sich an seine jüngere Tochter, die seinen schwarzen Humor meistens besser verstand. »Was meinst du, Ninette?«

»Es wäre weniger Arbeit, eine Sammlung für die Männer aufzubauen, die beide Arme verloren haben, Papa.« Über ihr Weinglas hinweg zwinkerte sie ihm zu. Ninette war achtzehn, blond und hübsch, und sie benutzte »Papa« gern als Übungsobjekt. Er wandte den Blick ab und verbot sich erfolglos, sie mit Alix zu vergleichen, deren natürlicher Charme ihn beinahe willenlos machte.

Vor zwei Tagen hatte er ihr beim Mittagessen gesagt: »Viele Männer werden entzückt sein von dir.« Im Geiste hatte er noch hinzugefügt: *Und deshalb werden viele Frauen alles daransetzen, dich fertigzumachen.*

Am Tisch war die Unterhaltung eingeschlafen. Die Duchesse füllte die Lücke, indem sie anmerkte: »Wenn ich alle jungen Männer in meiner Bekanntschaft aufzählen wollte, die in Verdun Arme oder Beine verloren haben, wäre ich noch nicht damit fertig, wenn der Käse kommt. Aber Ninette ist natürlich erst nach dem Krieg geboren, daher hat dieses Thema für sie eine andere Bedeutung.«

Rhona warf Jean-Yves quer über den Tisch einen Blick zu, der »Tu doch was!« bedeuten sollte. Er ignorierte sie. Typisch, sie erwartete von ihm, eine Konversation zu retten, die sie auf dem Gewissen hatte. Aber so war Rhona eben. Seine Mutter hatte ihn gewarnt: »Deine Rhona wird dir niemals eine gute Frau sein, denn sie sieht die Welt wie durch Scheuklappen. Das ist ein Charakterfehler, den sie nie ablegen wird. Aber wenn du mit Schönheit zufrieden bist …«

Das war er. Rhona stach aus jeder Gesellschaft heraus, sogar im Maxim's, wo nur die Reichen und Schönen verkehrten. Heute Abend überstrahlte sie ihre Töchter in einem roten Moiré-Kleid mit hoher Taille, das ihre Körpergröße betonte. Jetzt, da sie am Tisch saß, zog ihre Halskette mit dem Rubinanhänger alle Aufmerksamkeit auf sich. Atemberaubend, aber so viel Rot war zu viel für Jean-Yves, der plötzlich eine starke Sehnsucht nach ein paar einsamen Stunden in der Natur verspürte. Warum hatte Alix auch kein Telefon? Er hätte sie gern angerufen, um sich davon zu überzeugen, dass es ihr gut ging. Er würde ihr einen Brief schicken, sobald er wieder zu Hause war. Der Chauffeur konnte ihn nach Saint-Sulpice bringen.

Zu Hause angekommen, wollte sich der Comte in sein Arbeitszimmer zurückziehen, aber Rhona verstellte ihm den Weg. »Warum hast du nichts unternommen, als die Duchesse anfing, von der idiotischen Verlustliste von Verdun zu reden?«, fuhr sie ihn an. »Christine wollte heute Abend über ihre Hochzeitsreise sprechen. Sie möchte, dass Philippe mit ihr nach Italien oder in die Schweiz fährt. Hörst du mir überhaupt zu?«

Er hielt ein Glas Calvados in der Hand. Die andere Hand befühlte die Haarlocke in seiner Tasche. »Bitte, Alix, lass mich jetzt in Ruhe, ich bin müde.«

Totenstille. »Wie hast du mich gerade genannt?«

Er sah die Frau an – seine Frau –, deren Kleid ihn an das Höllenfeuer erinnerte. »Es tut mir leid. Ich bin angetrunken, dafür entschuldige ich mich in aller Form.« Um sich weitere Unannehmlichkeiten zu ersparen, folgte er ihr in den Salon.

Als endlich alle im Bett lagen, war es schon zwei Uhr nachts und damit zu spät, um einen Brief abzuschicken. Also ließ er am nächsten Morgen einfach das Frühstück im Familienkreis aus und schloss sich im Musikzimmer ein. Dort stand der große Bechstein-Flügel seiner Mutter, den er nach ihrem Tod hatte kommen lassen, damit seine Töchter darauf spielen konnten. Aber tatsächlich war er der Einzige, der sich regelmäßig an das Instrument setzte. Jetzt nutzte er ihn als Schreibtisch, um einige Worte an Alix zu richten. Dann schickte er seinen Chauffeur nach Saint-Sulpice, mit der Anweisung, auf eine Antwort zu warten und sie sofort zurückzubringen.

Ein Intermezzo von Brahms beruhigte ihn etwas. Darum spielte er weiter, bis Pépin zurückkehrte. Die Antwort, die er von Alix zurückbrachte, vertrieb seine Angst ein wenig, obwohl er die Handschrift eines eingeschüchterten Kindes vor sich auf dem Papier sah.

Monsieur, es geht mir gut, aber woher wussten Sie, was passiert ist? Ein Mann verlangt eine Million Francs von Ihnen. Das hätte ich Ihnen sagen müssen, aber ich wusste nicht, wie. Er droht, mir ernsthaft wehzutun, wenn Sie nicht bezahlen. Bitte erzählen Sie Mémé nichts davon, sie würde sich zu Tode ängstigen und mich daran hindern, die Wohnung zu verlassen. Ich habe ihr gesagt, dass ich beim Aussteigen aus einem Zug gestürzt bin.

Ihre AG

Das Telefon klingelte. Er stürmte in den Flur und riss den Hörer von der Gabel.

Da war sie wieder, die raue Stimme: »War's schön im Maxim's? Haben Sie mein kleines Päckchen bekommen?« Sein Gekicher endete abrupt. »Eine Million Francs, gebrauchte Scheine. Wieder am selben Kiosk, fünf nach sechs morgen Abend. Unauffällige Tüte. Lassen Sie sie dort liegen und gehen Sie …«

»Hören Sie zu, Sie Narr. Wenn ich die Tüte dort hinlege, nimmt sie irgendein Passant an sich. Ich werde sie in die Kirche legen, an die Säule rechts neben dem Altar. Eine Million, das ist völlig unmöglich. Sie kriegen fünfhunderttausend, fahren Sie zur Hölle damit. Und schwören Sie, Alix künftig in Ruhe zu lassen. Schwören Sie das gefälligst.«

»Ich wollte ihr doch bloß ein bisschen Angst einjagen.«

»Schwören Sie, oder Sie kriegen gar nichts.«

»Na schön. Fünfhunderttausend, und ich krümme dem Mädchen nie mehr ein Haar.«

»Wenn Sie es doch tun, werde ich Sie aufspüren und umbringen«, bellte Jean-Yves in den Hörer. »Das Wohlergehen von Alix Gower liegt mir sehr am Herzen. Wenn Sie ihr etwas antun, reiße ich Sie in Stücke.«

Plötzlich merkte er, dass Rhona am anderen Ende des marmornen Flurs stand und ihn ansah. Zuerst glaubte er, der blanke Zorn stünde ihr ins Gesicht geschrieben, aber als sie zu reden begann, spürte er noch eine andere Emotion, die viel tiefer lag.

»Das Wohlergehen von Alix Gower liegt dir am Herzen, wie edel von dir! Wie lange ist es her, dass du so etwas über mich gesagt hast, Jean-Yves? Hast du überhaupt schon einmal solche Worte über mich gesagt oder auch nur gedacht?« Sie trat auf ihn zu. »Warum kriegt dieses Mädchen alles, was ich von dir nie bekommen habe?«

Bevor er antworten konnte, drehte sie sich um und stürmte schluchzend die Treppe hinauf.

11

Als Alix Anfang April bei Maison Javier zu arbeiten anfing, fand sie kontrolliertes Chaos vor. Javier hatte seine verspätete Frühjahrs- und Sommerkollektion zwei Wochen früher als geplant auf den Markt gebracht, und die Bestellungen trudelten langsam ein.

Von der bebrillten Mademoiselle Lefoine, der Vorarbeiterin in dem Nähraum, in dem Alix ihre Lehre beginnen sollte, erfuhr sie, dass Javier bei der Rückkehr aus dem Weihnachtsurlaub in seltsamer Stimmung gewesen war. Im Februar, als die neue Kollektion gezeigt werden sollte, war er stattdessen weggefahren, um seine Schwestern zu besuchen. »Sie wohnen auf einer Insel irgendwo vor der spanischen Küste. Er wollte sie mit nach Frankreich bringen, kam aber allein zurück und schloss sich in sein Atelier ein. Nicht um zu arbeiten, sondern um traurige Lieder auf dem Grammofon zu spielen. Wir haben nicht damit gerechnet, dass er überhaupt eine Frühjahrs- und Sommerkollektion entwirft, und ganz im Vertrauen, das wäre auch besser gewesen. Alles muss jetzt ganz schnell gehen, die Arbeit von drei Monaten müssen wir in einem schaffen. Aus diesem Grund hat er Sie auch schon nach einem einzigen Gespräch eingestellt.« Sie betrachtete Alix ohne große Herzlichkeit. »Normalerweise müssen sich die neuen Mädchen eine Woche lang bewähren, bevor sie der Première vorgestellt werden, ganz zu schweigen von Javier selbst.«

An jenem ersten Tag bekam Alix eine Führung durch die Produktionsabteilung. Es gab zwölf Ateliers, und in jedem standen lange Tische, auf die viel Licht durch riesige Fenster fiel. Außerdem gab es Zuschneideräume und Materialräume, die vor lauter Stoff fast zu bersten schienen. Dann waren da noch die Bügelräume und die Zurichteräume, die Knopfabteilung, die Garnabteilung und schließlich noch das Lager, in dem die fertigen Kleidungsstücke auf die Auslieferung warteten. Bei deren Anblick musste Alix an einen gespenstischen Nonnenkonvent denken. Jedes Stück wurde von einer weißen Hülle geschützt, auf der der Name einer Kundin, einer Einkäuferin oder Exportagentur stand.

In einem stillen Raum befanden sich vier Nähmaschinen. Marcy Stein, die Assistentin, die Alix herumführte, erklärte: »Die werden nur für Vorhänge und Tischdecken benutzt. Monsieur Javier ist der Meinung, dass man mit der Maschine unmöglich die flachen, unsichtbaren Säume hinbekommt, für die unser Haus bekannt ist. Wir machen alles von Hand.« Marcy warf einen skeptischen Blick auf Alix' grünes Kostüm. »Bei der Arbeit werden Sie sich etwas Bequemeres anziehen wollen.«

»Ich bin doch kein Fabrikmädchen«, gab Alix zurück. »Ich ziehe mich gerne schick an.«

»Das ist Ihre Entscheidung.«

Am zweiten Tag bekam Alix eine Kostprobe der ungeschminkten Wirklichkeit: Sie belauschte ein Gespräch zwischen zwei ihrer Kolleginnen. Die erste brummte: »Wen will die eigentlich beeindrucken?«

Woraufhin die andere mit einem Kichern antwortete: »Ich warte nur darauf, dass sie mal über die Bank klettern muss. Und ich wette, ihre Strümpfe haben Laufmaschen, bevor wir Feierabend machen.«

Alix wurde rot, als sie ihren Rock leicht anhob, um sich hinter ihren Arbeitstisch zu setzen. Einige Couturiers ließen ihre Näherinnen bei schwacher Beleuchtung arbeiten, aber bei Maison Javier schien die gleißende Sonne herein. Alix schwitzte. Die Enge am Tisch machte ihre erste Aufgabe – das Umsäumen von Voile-Gardinen für den Salon – ziemlich unangenehm. Die Vorarbeiterin lehnte sich über sie und schnalzte missbilligend mit der Zunge. »Ich habe gehört, wie Sie damit geprahlt haben, wie schnell Sie nähen können. Tja, schneller als eine Schnecke sind Sie schon, das kann ich bestätigen.«

Und dann passierte noch etwas, das dem furchtbaren Tag die Krone aufsetzte: Als sie ihren Beinahe-Schiaparelli-Mantel in der Garderobe holen wollte, entdeckte sie, dass jemand unachtsam mit der Schneiderkreide umgegangen war. Die aufgestickten Rosen am Kragen lagen unter einer Schicht blauen Staubs.

Am nächsten Tag zog sie einen Rock an, den sie noch aus Schulzeiten besaß, eine Baumwollbluse, bequeme Unterwäsche und Baumwollstrümpfe. Mademoiselle Lefoine gab ihr zwei tabakbraune Kittel und trug ihr auf, sie tadellos sauber zu halten, ihren Namen auf die Brusttasche zu sticken und jeden Tag einen der Kittel zu tragen. Alix setzte sich still an ihren Platz und hoffte, ihre Feuertaufe bestanden zu haben. Heute wären die Kolleginnen sicher freundlicher zu ihr. Vielleicht würde eine ihr zulächeln oder sie sogar zum Mittagessen mitnehmen …

Doch das Getuschel ging weiter. Es war wie früher in der Schule. *»Wer ist sie?« »Sie heißt Gower.« »Das ist doch nicht französisch. Mademoiselle Lilliane meint, sie könnte Deutsche sein … Ausländerin jedenfalls.«* Wenn Mademoiselle Lilliane sie ausschickte, um Besorgungen zu erledigen, war Alix erleichtert.

Wenn sie keine Besorgungen erledigen musste, wurden ihr niedere Tätigkeiten zugeteilt: »Alix, nehmen Sie sich einen Besen und fegen Sie die Garnreste vom Boden.« Oder: »Alix, heben Sie die Nadeln auf. Von hier aus sehe ich mindestens ein Dutzend. Und nehmen Sie bloß keinen Magneten wie das letzte dumme Mädchen. Sie hat sich hier nicht lange gehalten.«

Alix sah ein, dass diese niederen Arbeiten nun einmal dazugehörten, wenn sie das Handwerk lernen wollte. Schließlich war Couture mindestens genauso sehr eine Geisteshaltung wie ein Beruf. Man arbeitete zügig, aber nicht gehetzt – und niemals schlampig, denn die Damen, die über das nötige Geld verfügten, um sich maßgeschneiderte Kleider von Häusern wie Chanel, Boulanger, Patou, Lanvin und Javier leisten zu können, hatten Adleraugen, was die Qualität anging. Und wenn nicht sie, dann eben ihre Ehegatten, Liebhaber oder Hausmädchen. Alix rief sich ins Gedächtnis, dass alle großen Couturiers einmal ganz unten angefangen hatten. Die weiblichen jedenfalls.

Und Alix' anderes Handwerk – der Diebstahl? Wann würde sie damit anfangen können, die Frühjahrs- und Sommerkollektion für Pauls Kontaktperson zu kopieren? Sie träumte noch immer von dem versprochenen Geld. Aber als sie kürzlich mit Paul in einem schrecklich teuren Café auf den Champs-Élysées gewesen war, hatte sie ihn schon vorgewarnt, dass sie kaum jemals ein fertiges Kleidungsstück zu sehen bekam.

»Die Directrice würde niemals und unter gar keinen Umständen eine Näherin ins Atelier lassen.«

Paul nahm einen Olivenstein aus dem Mund. Die Oliven kosteten nichts extra, sechs Stück waren in der kleinen Schüssel, so bekam jeder drei. »Du musst die Kleider einfach irgendwie zu sehen bekommen, oder wenigstens die Schnittmuster.«

»Maison Javier ist keine riesige Kleiderkiste.« Es war schon spät, und sie war müde. Der Schock von dem Überfall im Treppenhaus war noch nicht ganz verdaut, und die Feindseligkeit ihrer Kolleginnen – die sie anscheinend für eine Spionin Javiers hielten – schmerzte sie. »Es funktioniert so: Madame Soundso bestellt Modell Nummer zwanzig aus der Kollektion. Sagen wir mal, das ist ein azurblaues Tageskleid. Sie will aber einen etwas schwereren Stoff in Pfauenblau, und bei einer Anprobe bemühen sich eine Première und eine Zuschneiderin, den Schnitt der Figur der Kundin anzupassen. Die Vendeuse überredet sie, noch zwei weitere Kleider in anderen Stoffen zu nehmen, vielleicht noch ein Jäckchen dazu, und *voilà,* jetzt besitzt die Kundin mehrere Modelle von Javier, die noch dazu Unikate sind. Und die bekommt niemand zu sehen, solange sie sie nicht in der Öffentlichkeit trägt.« Diskret nahm sie einen Olivenstein aus dem Mund. »Aus Sicherheitsgründen lässt Javier niemals eine einzige Näherin ein ganzes Kleid herstellen. Meistens sind drei Nähzimmer mit einem Modell beschäftigt.«

Paul sah noch immer entschlossen drein. Alix seufzte. »Stell dir mal vor, du bist Pâtissier-Lehrling und hast noch nie im Leben eine Himbeer-Millefeuille gesehen. Der Chef gibt dir eine Zutatenliste und trägt dir auf, sofort eine zu machen, und zwar perfekt. Ungefähr das verlangst du gerade von mir.«

»Soll ich meiner Kontaktperson sagen, dass die Sache gelaufen ist?«

»Sag ihr, sie soll Geduld haben.«

Als sich die erste schreckliche Woche dem Ende zuneigte, trug man Alix wieder auf, die Nadeln vom Boden aufzusammeln. »Und lassen Sie bloß keine übrig«, wurde sie zusätzlich ermahnt.

Na schön, dann krieche ich eben unter den Tisch, auch wenn Janice und Séverine mich wieder treten, dachte Alix. Janice und Séverine waren beste Freundinnen, immer sehr aufwendig zurechtgemacht – und außerdem die Rädelsführerinnen in dem Komplott gegen Alix. Sie hörte sie schon wieder miteinander tuscheln. Aber was sie auch planten, sie konnten es nicht umsetzen, denn jetzt öffnete sich die Tür, und jemand trat ein. Jemand, der so wichtig war, dass alle aufstanden. Janice schaffte es trotz allem, Alix einen Tritt gegen den Knöchel zu verpassen.

»Bitte setzen Sie sich.«

Es war Madame Frankel, die Première von Maison Javier. Eine Première war genau das, wonach es klang: Pauline Frankel war nach Javier die zweitwichtigste Person des Hauses. Ihr Herrschaftsbereich waren die Nähräume, wo sie die Arbeiten beaufsichtigte, aber mindestens genauso viel Zeit verbrachte sie an der Seite Javiers. Sie war Expertin für Stoffe und verwandelte Javiers hochfliegende Ideen in etwas Tragbares. Ihre Welt mochte ein bisschen weniger glamourös sein als der Salon von Mademoiselle Lilliane, aber ohne Madame Frankel gab es keine Saisons, keine Kollektionen – kurz, kein Maison Javier. Sie war so etwas wie eine Heilige, und das zeigte sich auch darin, wie Mademoiselle Lefoine eilfertig auf sie zu trippelte und sich das Stück zeigen ließ, das sie mitgebracht hatte.

»Ein Rock, Madame«, hauchte Mademoiselle Lefoine.

»So ist es, und ich brauche ihn Montagnachmittag. Ja, ich weiß, Sie haben viel zu tun, aber Monsieur Javier hat den Rock fest zugesagt.«

Alix kroch unter dem Tisch hervor, die aufgesammelten Nadeln im Mund.

Als Madame Frankel sie erblickte, keuchte sie. *»Mon Dieu, petite!* Stecken Sie sich niemals, niemals Nadeln in den Mund! Stellen Sie sich vor, sie schlagen sich den Kopf an. Dann müssten wir Ihnen die Nadeln einzeln aus der Zunge pflücken!« Sie wandte sich an die Vorarbeiterin. »Können Sie für Alix keine bessere Arbeit finden? Monsieur Javier hat sie nicht eingestellt, damit sie den Boden sauber macht. Das wird ihn nicht freuen, so viel kann ich Ihnen versichern. Kann sie sich nicht um diesen Rock kümmern?«

Die Vorarbeiterin bedachte Alix mit einem unfreundlichen Blick. »Ich habe gedacht, der Rock sei wichtig, Madame.«

»So ist es«, gab Madame Frankel mit eisiger Höflichkeit zurück. »Und wenn wir Alix die Aufgabe übertragen, ist das Problem doch gelöst.«

Die Nähtische waren mit grünem Wollstoff bedeckt, der verhinderte, dass seidige Textilien zu Boden rutschten, und dessen olivfarbener Ton gleichzeitig angenehm für die Augen war. Der Stoff wurde jeden Tag erneuert, damit man teure Kleidungsstücke darauf ablegen konnte, ohne Fettflecken befürchten zu müssen. Madame Frankel breitete den Rock vor Alix aus. Sie bat die Mädchen am Tisch, einen Platz für sie frei zu machen, was zu unwilligem Gemurmel führte. »Dieser Rock ist ein Auftrag für eine äußerst wichtige Kundin, Alix. Zeigen Sie mir bitte Ihre Nadeln.«

Alix nestelte an ihrem Nadelbeutel herum. Sie hatte es inzwischen aufgegeben, um die Gunst ihrer Kolleginnen zu kämpfen, aber diesen Test wollte sie bestehen. Unbedingt! Ihre Hände fühlten sich an wie gefühllose Teigklumpen, und schließlich musste Madame Frankel ihr dabei helfen, den Beutel aufzuknoten. Alix bemerkte, dass sie glatte, unlackierte Nägel hatte und keinen Ehering trug.

»Gut, viel Auswahl«, murmelte die Première, als sie das Arsenal betrachtete, das Alix sich während der Zeit bei Arding & Hobbs zugelegt hatte. »Welche wollen Sie benutzen, um die Nähte zu heften? Ja, Sie dürfen den Stoff berühren. Sagen Sie mir, was Sie denken.«

Der Rock war aus Seide, und als Alix mit den Fingern über den Faserlauf fuhr, fiel ihr wieder ein, was sie zusammen mit Mémé in den Lagerhäusern des Londoner East End gesehen hatte. »Ist das Seide aus Lyon?«

»Ja.«

Der Stoff war ockergelb und hatte ein Gittermuster in einem etwas dunkleren Ton. Der Rock wies eine schmale Passform auf, war aber nicht im Schrägschnitt gearbeitet. Der Schrägschnitt war die charakteristische Technik des Jahrzehnts; dabei wurde der Stoff diagonal zur Webrichtung geschnitten, was dem fertigen Kleidungsstück einen besonders leichten Fall verlieh. Ein solcher

Schnitt verbrauchte allerdings riesige Mengen an Stoff und bedeutete eine besondere Herausforderung für die Näherin. Dieser Rock war jedoch ganz konventionell zugeschnitten. »Ich glaube nicht, dass diese Säume sich noch weiten, darum hefte ich mit einer langen, spitzen Nadel, und für den Saum selbst nehme ich eine Steppnadel.«

»Zeigen Sie mir die mal.«

Alix holte eine Nadel mit schlanker Spitze und kurzem Schaft hervor.

Madame Frankel nickte. »Kurz genug für die Feinarbeit, aber robust genug für den schweren Stoff. Sie nehmen doch Nähseide? Gut so.« Sie gab Alix ein Stoffmuster. »Das darf das Haus nicht verlassen. Wenn Sie fertig sind mit Heften, gehen Sie in den Garnraum und lassen sich dort von Madame Albert die richtige Nähseide aushändigen. Und achten Sie darauf, bei natürlichem Licht zu arbeiten. Was für eine Naht wollen Sie nähen?«

»Eine ... eine Flachnaht, aufgebügelt, wobei ich die ungesäumten Ränder umschlage und übernähe. Die Seide ist so stark, dass ich ohne *couture anglaise* auskomme, aber wir müssen mit einem leichten Ausfransen rechnen.«

Madame Frankel lächelte. »Viele Mädchen können nähen, haben aber überhaupt kein Gespür für den Stoff. Mademoiselle Lefoine hat an Ihrer bisherigen Näharbeit wohl nichts zu beanstanden gehabt?« Die letzte Bemerkung richtete sich an die Vorarbeiterin, die daraufhin einen unbestimmten Laut von sich gab. Ein Lob wäre doch nicht zu viel verlangt gewesen, jetzt, da Alix genug Vorhangstoff umsäumt hatte, um damit die ganze Straße auszulegen!

Als Madame Frankels Schritte sich hörbar entfernten, äffte eine der Kolleginnen ihre tiefe Stimme nach: »Viele Mädchen können nähen, aber Alix hat ein Gespür für den Stoff.«

»Tja, das wissen wir schon. Erinnert ihr euch noch an den

wunderschönen Mantel, den sie am ersten Tag anhatte? *Hatschi!* Oje, ich habe Puder in die Nase bekommen.«

Mademoiselle Lefoine bat sich Ruhe aus. »Macht weiter mit der Arbeit. Alix, warum starrst du Janice denn so an? Du siehst aus wie ein Fisch.«

»Wie eine Forelle«, warf jemand ein, und alle im Raum brachen in Kichern aus.

Im Garnraum trat Alix von einem Fuß auf den anderen, während eine Frau in weißer Schürze ein Stück Seidenripsband inspizierte und sich über die Färberinnen beschwerte, die einen Grünton nicht vom anderen unterscheiden konnten. Neben ihr stand eine junge Frau im braunen Hosenrock und nickte ungeduldig. Ihrer schlanken Figur nach zu urteilen war sie eins der Mädchen, die den ganzen Tag über durch das zweite Arrondissement liefen, vom Knopfgeschäft zum Spangenmacher, von da aus zum Bandspezialisten und wieder zurück zum Modeatelier. Die Tagesproduktion hing oft von der Schnelligkeit und dem guten Auge dieser Mädchen ab. Irrten sie sich allerdings in einem Farbton, mussten sie eine Standpauke über sich ergehen lassen. Bei Maison Javier schienen diese Standpauken nicht allzu heftig auszufallen, wie Alix feststellte.

»Ein Kohlkopf hat eine andere Farbe als ein Apfel, Suzanne, so ist es schon immer gewesen.«

»Ja, Madame Albert.«

»Wenn Sie mein Auge noch einmal beleidigen, werde ich ungehalten.«

»Es wird nicht wieder vorkommen, Madame Albert.«

»Madame?«, begann Alix, als das Mädchen mit dem falschen Seidenripsband verschwunden war. »Eine Kundin verlangt einen Rock bis Montagnachmittag. Ich brauche Nähseide.«

»Zeigen Sie her.« Die Frau streckte die Hand nach dem Muster aus und watschelte zu einem Schrank, der gut zwanzig Schubladen enthielt. Sie zog eine auf, und Alix sah Fächer voller Garnspulen, deren Farbtöne sich von Eierschale über Weizen und Mais bis hin zu Safran erstreckten. Eine ganze Lade mit verschiedenen Gelbtönen und ihren Zwischennuancen. Solche Schubladen gab es natürlich auch für Rot- und Blau- und alle anderen Farbtöne. *Was für ein wunderbarer Aufgabenbereich,* dachte Alix.

Madame Albert wählte vier Garne in Weizentönen aus und ging damit ans Fenster.

»Ich würde sagen, der hellste Ton passt, Madame.« Mit einem Blick hatte Alix erkannt, welche Farbe am besten geeignet war, aber die Frau betrachtete jede Spule einzeln. Alix spürte ihre eigene Ungeduld und sah aus dem Fenster. Es regnete. Und sie hatte doch bloß eine dünne Jacke angezogen! Sie würde klatschnass in der Wohnung ankommen. Sie brauchte einen Moment, bis sie begriffen hatte, dass das Fenster auf die Rue du Boccador hinausging und dass das graue Gebäude gegenüber das Büro des *News Monitor* war. Auf dem Weg zum Mittagessen war sie schon einmal daran vorbeigegangen und hatte das Messingschild studiert, auf dem »Calford Press« stand. Dort arbeitete der Mann von der Place du Tertre, der sie kürzlich nach Hause gebracht hatte.

Sie versuchte, sich sein Aussehen ins Gedächtnis zu rufen: Er war groß, hatte interessante Augen, wirkte wie ein Mann aus gutem Hause, aber doch ziemlich raubeinig. Über was hatten sie eigentlich gesprochen? Sie wusste noch, dass er den Begriff »Trauma« benutzt hatte, um ihren Zustand zu beschreiben. Sie schauderte. Der Angreifer hatte ihr Haar an den Comte de Charembourg geschickt. Das war wie aus einem schlechten Kriminalroman. Aber der Brief des Comte an sie hatte so freundlich geklungen.

An der Straßenseite gegenüber hielt ein Auto. Ein ganz gewöhnlicher Peugeot, obwohl dieser die Farbe von Rhône-Wein hatte. Sie sah genauer hin. War das nicht der Wagen, der gerade angekommen war, als sie mit klopfendem Herzen zum allerersten Mal Maison Javier betreten hatte? Natürlich, da stieg wieder der junge Mann aus, der diesen Anzug mit breitem Revers trug. Den Hut hatte er sich unter den Arm geklemmt, und als ihm der Regen auf den Kopf prasselte, glänzte sein Haar auffallend. Seine Haarfarbe wäre bei den hellsten Tönen der Garnsammlung Madame Alberts zu finden gewesen. Er setzte den Hut auf und blickte nach oben, als hätte er gespürt, dass ihn jemand beobachtete. Dann legte er die Finger zum Gruß an die Hutkrempe. Hatte er sie erkannt? Unmöglich, nicht auf diese Entfernung. Und nicht nach einer so kurzen Begegnung. Vielleicht hatte er einfach gute Manieren …

»Die hellste Farbe taugt nichts.«

Alix zuckte zusammen. Madame Albert streckte ihr eine Garnrolle entgegen. »Man nimmt immer einen dunkleren Farbton als den des Stoffs, nicht wahr?« Sie pikste Alix mit dem Zeigefinger, damit die auch aufpasste. »Nähseide fängt das Licht ein, und dadurch erscheint sie ein paar Nuancen heller. Sie werden glauben, dass ich Ihnen Unsinn erzähle, aber wenn Sie auf mich hören, werden Sie beim Nähen sehen, dass ich recht habe, und dann werden Sie sich bei mir bedanken, dass ich Ihnen erspart habe, alles wieder auftrennen zu müssen. *Bien?*« Die Frau lächelte und entblößte dabei ihre vorstehenden Zähne. Es war der freundlichste Gesichtsausdruck, den Alix die ganze Woche über gesehen hatte.

Madame Albert sah hinunter auf die Straße, wo sich der Mann gegen den Kotflügel seines Peugeot gelehnt hatte. »Da ist er, und wartet geduldig, bis seine Herzensdame herauskommt. Ach, wären Sie nicht auch gerne so schön, dass ein Mann im Regen auf Sie wartet?«

»Wer ist der Mann, Madame?«

»Ich glaube, er heißt Martel. Und wenn ich richtig informiert bin, gehört ihm eine Art Spelunke.«

»Eine Spelunke?«

»Ein Nachtklub. Eine Kaschemme … Schauen Sie denn keine amerikanischen Filme? Das Etablissement liegt im Pigalle, das ist ein Ort, den Ihre Mutter Ihnen verbieten würde.«

Alix nickte. Sie machte sich nicht die Mühe, der Frau zu erklären, dass sie keine Mutter hatte. Spelunke. Kaschemme. Noch mehr neue Wörter. Schweigend standen sie da und bewunderten den muskulösen Adonis, dessen Anzug sich vom strömenden Regen immer dunkler färbte.

»Er ist der neueste Verehrer von Solange Antonin«, berichtete Madame Albert. »Sie wissen doch, das dunkelhaarige Mannequin mit dem langen Hals, das Javier immer in Weiß oder Schwarz kleidet? Also, ich persönlich mag keine blonden Männer, mal abgesehen von Leslie Howard. Haben Sie *Das Scharlachrote Siegel* gesehen? Mein absoluter Lieblingsfilm.« Madame Albert seufzte und warf einen Blick auf die Uhr. »Sie machen sich lieber auf den Weg, sonst bekommen Sie Ärger mit Ihrer Vorarbeiterin.«

Mademoiselle Lefoine war gerade nicht im Zimmer, sodass Alix eine Standpauke erspart blieb. Sie setzte sich an ihren Tisch und machte sich wieder an die Arbeit. Kurz nach sechs kam die Vorarbeiterin herein, und Alix fragte, ob sie den Rock in den Bügelraum bringen dürfe.

»Sind Sie fertig?« Mademoiselle Lefoine blickte skeptisch drein.

»Ja, bis aufs Bügeln.«

»Lassen Sie mal sehen.« Sie hielt den Rock gegen das Licht. Dann warf sie Alix einen vernichtenden Blick zu und keuchte auf. »Sie dummes Mädchen, Sie furchtbar dummes Mädchen! Ich kann es nicht glauben!«

»Aber … ich habe doch nichts falsch gemacht? Ich habe mir solche Mühe gegeben«, stotterte Alix.

»Sie haben den Rock von links genäht!«, bellte Mademoiselle Lefoin. »Jetzt müssen Sie ihn wieder auftrennen, und wenn Sie den Stoff beschädigen, müssen Sie ihn bezahlen.«

Alix versuchte, sich zu verteidigen, obwohl sie wusste, dass die Vorarbeiterin recht hatte. Die »rechte« und die »linke« Seite waren bei Seidenstoffen fast identisch, aber eben nur fast. Wie hatte das nur passieren können? Sie hatte doch alles doppelt und dreifach kontrolliert, bevor sie weggegangen war, um die Nähseide zu holen. Dann bemerkte sie, dass Janice und Séverine die Köpfe zusammensteckten und kicherten. Jetzt wurde ihr alles klar: Während sie im Garnraum gewesen war, hatten flinke Hände die Heftnaht aufgetrennt und die Stücke falsch herum wieder zusammengeheftet.

Alix wollte in Tränen ausbrechen, nahm sich aber zusammen und sagte leise, aber trotzdem bestimmt: »Ich fange noch mal neu an und bleibe so lange, bis ich die Arbeit richtig erledigt habe.«

»Das werden Sie ganz sicher«, blaffte die Vorarbeiterin. »Tatsächlich werden heute alle eine Stunde länger arbeiten, weil dies einer der unproduktivsten Tage seit Ewigkeiten gewesen ist. Sie können sich bei Mademoiselle Gower bedanken. Und wenn Sie, Alix, mit dem Rock fertig sind, werden Sie noch den Boden fegen.«

Alix nähte weiter, während die Dämmerung hereinbrach und sich das Haus langsam leerte. Endlich war der Rock fertig für das erste Bügeln. Erschöpft wickelte sie ihn in Seidenpapier und hängte ihn in den Lagerraum. Dann fegte sie den Boden. Ihre Fingerknöchel waren geschwollen, ihre Nackenmuskeln brannten. *Mémé hat recht,* gestand Alix sich ein, *das ist wirklich hart.* Als sie fertig war, ging sie mit müden Schritten zur Tür. Sie war abgeschlossen.

Im gegenüberliegenden Gebäude saß Verrian Haviland gerade auf einer Ecke seines Schreibtischs und hielt den Telefonhörer in der Hand. Eine Stunde zuvor hatte er ein Telegramm von seinem Bruder bekommen: Neuigkeiten von Miguel. Jetzt sagte er Worte, von denen er nie geglaubt hatte, dass sie jemals über seine Lippen kämen. »Danke, aus tiefstem Herzen danke, Jack.«

»Schon gut. Dank angenommen.«

»In welches südamerikanische Land fährt er jetzt?«

»Erst mal nach Venezuela. Was danach passiert, hängt von ihm ab. Nach meinen Informationen geht es ihm und seiner Familie ganz prächtig.«

Verrian bezweifelte, dass Miguel sich »prächtig« fühlte, nach allem, was er hatte durchmachen müssen, aber wenigstens war er raus aus Spanien. Jack hatte sein Versprechen tatsächlich gehalten.

»Ich habe einen unvorstellbar öden Kerl aus dem Außenministerium zum Essen und zu einer Runde Golf eingeladen. Du stehst wirklich tief in meiner Schuld, und jetzt wäre es an der Zeit, dass du dich revanchierst. Vom Büro in Paris heißt es, du kommst und gehst, wie es dir gerade passt. Und wenn ich im Hotel eine Nachricht für dich hinterlassen will, gerate ich immer an so einen Trottel, der mich auslacht.«

»Das ist Laurentin. Er findet die Engländer zum Totlachen. Aber ich bin sowieso umgezogen, nach Montmartre, und da habe ich kein Telefon.«

Jack fluchte. »Ich habe dir doch gesagt, zieh in ein vernünftiges Hotel. Es muss ja nicht gleich das Ritz sein, aber für das Polonaise bist du doch wohl nicht zu proletarisch?«

Verrian atmete tief durch. »Ich ertrage keine Daunendecken und Seidentapeten. Es tut mir leid, Jack. Ich weiß, ich breche mein Wort, aber ich werde dir nie erklären können, was Spanien in mir ausgelöst hat.« Und was es ihn gekostet hatte … »Ich gehe zurück.«

Jack explodierte. »Aber nicht für unsere Zeitung! Das Außenministerium sagt, die spanische Polizei verhaftet dich, sobald du nur einen Fuß über die Grenze setzt. Verdammt, du hast einen Polizisten eine Treppe hinuntergestoßen!«

»Er wollte mir Handschellen anlegen.«

»Ich vermute mal, er wollte nur seine Arbeit machen. Wir schicken jemand anders nach Madrid, jemand, der emotional nicht so tief da drinhängt wie du.«

»Dann gehe ich eben auf eigene Rechnung, und zwar für die *Agence Espagne*.«

»Du hast keinen Pass, schon vergessen? Und auch keine Akkreditierung. Dank dieses kleinen Missverständnisses mit den Zensoren stehst du auf wirklich jeder schwarzen Liste. Also, hör mir gut zu.« Jack klang jetzt ein bisschen freundlicher. »Rate mal, wer nach Paris kommt? Mutter und Lucy. Vater möchte, dass du dich um sie kümmerst.«

»Ich bin jetzt nicht in der Lage, mich mit der Familie abzugeben. Wieso kommen sie überhaupt?«

»Warum fährt eine Frau wohl nach Paris? Um einzukaufen, mein Lieber. Das ist der erste Besuch deiner Schwester in dieser wunderbaren Stadt, und darum wirst du ihr auch die Sehenswürdigkeiten zeigen. Ich telegrafiere dir noch ihre Ankunftszeit.«

Alix rüttelte an der Tür. Sie hämmerte dagegen und schrie, bis sie heiser war. Hatten die Putzfrauen sie versehentlich eingeschlossen? Oder waren es wieder ihre Kolleginnen? Aber die würden sie doch wohl nicht die ganze Nacht über einsperren? Sie kletterte auf den Nähtisch und klopfte mit dem Besenstiel an die Decke. Doch nichts geschah; nur die Farbe an der Decke platzte ab und regnete in großen Flocken auf Alix hinunter. Es war Freitagabend und schon nach neun Uhr. Mémé würde sich fürchterliche Sorgen um sie machen und irgendwann aufbrechen, um nach ihr zu suchen. Alix öffnete ein Fenster und lehnte sich hinaus in die Dunkelheit. Es regnete noch immer, die Straße unter ihr glänzte wie ein Seelöwenfell. Sie musste einen freundlichen Menschen finden. Wenn nötig, einen Polizisten.

Die Polizei lief allerdings nur selten Streife in jenem feinen Bezirk, und Alix schaffte es nicht, Blickkontakt zu einem der vorbeieilenden Passanten herzustellen. Alles, was sie von oben sah, waren aufgespannte Regenschirme und Hüte.

»Hallo, helfen Sie mir bitte! Ich bin hier oben!«, rief sie immer wieder, aber die Leute blickten nur verwirrt zur Seite und konnten das Gehörte nicht zuordnen.

Dann muss ich wohl aus dem Fenster springen ... Sie lehnte sich über das Fensterbrett und wurde sofort von heftigem Schwindel erfasst. Springen? Nein. »Ich hasse diesen Ort!«, jammerte sie in die Dunkelheit hinaus. »Ich hasse Haute Couture. Ich hasse Paris!«

»Aber Mademoiselle, nicht doch.«

Alix blinzelte durch den schräg fallenden Regen hindurch, der von einem Paar Scheinwerfern erhellt wurde. Ein schwarzes Auto hatte unter ihr angehalten. Die Tür zum Fond war geöffnet, und ein Mann stand davor und blickte zu ihr hinauf. Er trug einen Trenchcoat und einen Hut und hatte die Arme vor der Brust verschränkt.

»Ich habe mein Taxi für Sie anhalten lassen, Mademoiselle. Ich dachte, Sie fallen aus dem Fenster.«

»Nein, rausfallen wollte ich eigentlich nicht.« Sie erkannte ihn am Fedora-Hut und an dem leichten spanischen Akzent wieder und wäre vor Scham am liebsten im Boden versunken. Musste er denn immer gerade dann auftauchen, wenn sie in einer verzwickten Situation steckte? »Ich habe nur geguckt, wie weit es zum Boden ist, dann ist mir schwindlig geworden, weil ich Höhenangst habe.«

Er stellte sich direkt unter ihr Fenster. Im Dunkeln und mit dem Lichtkegel im Rücken wirkte seine Gestalt beinahe scharfkantig. »Entschuldigen Sie meine Neugier, aber gibt es keine Treppe? Und auch keinen Aufzug? Bloß eine Frage.«

»Natürlich gibt es eine Treppe!« Der ganze Kummer des Tages legte sich jetzt in ihre Stimme. »Sind Sie noch nicht darauf gekommen, dass ich eingesperrt bin? Oder haben Sie gedacht, ich springe zum Spaß aus Fenstern?«

»Sie sind doch gar nicht gesprungen. Ich glaube, das wäre wirklich zu hoch. Gibt es denn keine bessere Lösung?«

»Natürlich gibt es eine. Finden Sie den, der den Schlüssel für dieses schreckliche Haus hat!« Alix versuchte, sich zu beherrschen. Sie durfte ihren ganzen Ärger nicht an dem einzigen Menschen auslassen, der ihr helfen konnte. Sie schluckte. »Würden Sie bitte den Hausmeister suchen?«

»Natürlich. Sagen Sie mir nur, wer er ist und wo ich ihn finden kann.«

Sie sank auf die Knie und legte den Kopf auf das Fensterbrett. Die ganze Woche über, praktisch seit sie über die Schwelle getreten war, hatte sie alle möglichen Fakten über Maison Javier eingesogen, aber wie das Haus abends abgeschlossen und wie es morgens wieder geöffnet wurde, hatte sie nicht mitbekommen.

Von unten kam ein Husten. »Ich bin immer noch bereit, Ihnen zu helfen, aber ich möchte nicht die ganze Zeit hier stehen, bis ich total durchnässt bin. Ich könnte ja versuchen, eine Leiter aufzutreiben.«

»Nein, das geht nicht. Ich habe nichts dagegen, auf einer Leiter zu stehen, aber ich schaffe es nicht, über das Fensterbrett zu klettern und auf die oberste Sprosse zu steigen. Da hätte ich furchtbare Angst.«

»Na gut. Dann kann ich nur die Feuerwehr rufen.«

»Nein!« Allein die Vorstellung, am Montag wieder zur Arbeit

zu kommen als das Mädchen, dessentwegen die *pompiers* mit Blaulicht und Sirene zu Maison Javier ausrücken mussten … »Ich klettere über das Fensterbrett und lasse mich fallen. Es ist ja nicht so hoch. Können Sie wohl unten stehen bleiben und aufpassen, dass mir nichts passiert?«

»Sie wollen also, dass ich Sie vom Boden abkratze? So ein Unsinn.« Jetzt klang er entschlossen. »Rühren Sie sich nicht von der Stelle, Mademoiselle.«

Er lief zurück zu seinem Taxi. Alix befürchtete schon, dass er einsteigen und abfahren würde, aber er signalisierte dem Fahrer, dass er die Scheibe herunterlassen sollte. Wie seltsam, hatte er sie wirklich nicht erkannt?

Da kam er schon zurück. »Trauen Sie sich, in meine Arme zu springen?«

»Wie bitte? Ich würde Sie doch umbringen. Ich bin nämlich ziemlich groß.«

»Ich meine ja nicht, aus dem zweiten Stock. Kein Mann kann eine Frau auffangen, die aus dieser Höhe fällt, außer vielleicht im Film. Also …« Was er jetzt sagte, ging im Motorengeräusch des anfahrenden Taxis unter, das genau unter ihr Fenster rollte. Der Fahrer rangierte sorgfältig, bis das Auto ganz nah an der Hauswand stand. Sollte sie sich etwa auf das Autodach fallen lassen? Würde sie das überhaupt schaffen, ohne eine Beule zu verursachen? Die Pariser Taxifahrer waren nicht gerade bekannt für ihre Nachsicht.

Ihr Retter zog seinen Mantel aus und breitete ihn auf dem Autodach aus. Dann kletterte er auf das Trittbrett, auf den Radlauf, die Motorhaube und schließlich aufs Dach. Dafür, dass er so groß war, bewegte er sich geschmeidig wie eine Katze. Dann begriff sie, dass der Mantel dazu gedacht war, ihn am Abrutschen zu hindern.

»Sie müssen sich rückwärts aus dem Fenster lehnen und sich

dann fallen lassen. Ich werde Sie auffangen. Es sind ja höchstens zwei Meter. Ziehen Sie die Knie an, und lassen Sie sich aufs Autodach fallen, nicht in die Lücke.«

»Das schaffe ich nicht«, jammerte sie.

»Na schön, dann übernachten Sie eben da drin. Soll ich vielleicht jemanden benachrichtigen?«

Alix stellte sich vor, wie dieser Mann ihrer verzweifelten Großmutter beibrachte, dass ihre Enkeltochter irgendwo im Zentrum von Paris in einem Haus eingesperrt war. »Nein, das geht auch nicht. Oje.«

»Tja. Wenn wir noch länger so weitermachen, versammelt sich eine Menschenmenge um uns. Und dann holt jemand die Polizei, und die ruft die Feuerwehr.«

»Na gut. Ich versuche es.«

»Denken Sie dran, die Knie anzuziehen, und vertrauen Sie mir.«

Das Letzte hörte sie nur noch halb, denn ihr war klar, dass sie jetzt nicht mehr zurückkonnte. »Sind Sie bereit?«, rief sie, und als er bejahte, nahm sie ihren ganzen Mut zusammen und ließ sich rückwärts in die Tiefe fallen.

Alix landete mit einem Plumps und einem Schrei. Sie hörte, wie ein Stück Stoff zerriss, dann fühlte sie zwei starke Arme, die sie packten. Doch kaum hatten ihre Beine das Autodach berührt, verlor sie die Balance und fand sich auf dem Rücken liegend wieder. Oje, sie würde jeden Augenblick vom Dach rutschen! Aber nein, im letzten Moment fand sie Halt, während ihre Beine schon vom Autodach baumelten. Was für eine Erleichterung! Die Menschen, die die Rettung beobachtet hatten, johlten und klatschten in die Hände.

»Bravo, Monsieur!«, rief eine Frau. »Wenn ich springe, fangen Sie mich dann auch auf?«

»Bleiben Sie ganz ruhig sitzen, ich klettere zuerst runter«, flüsterte er ihr ins Ohr. Einen Moment darauf streckte er ihr die Arme entgegen, und Alix sank langsam hinab. Als sie festen Boden unter den Füßen hatte, wurden ihr die Knie weich, und sie lehnte sich an ihren Retter.

»Na, Mädchen, wollen Sie ihn denn nicht küssen?«, fragte die Frau, die sich zuvor schon eingemischt hatte. »Er hat Ihnen das Leben gerettet und außerdem seinen schönen Mantel ruiniert!« Alix war peinlich berührt und verbarg das Gesicht an der Weste des Mannes. Plötzlich setzte ein heftiger Platzregen ein, und die Menschenansammlung löste sich auf. Der Mann hielt Alix in einer sehr nassen Umarmung fest. Er trug keine Jacke, und seine weißen Hemdsärmel klebten ihm an den muskulösen Armen. Sein Gesicht leuchtete weiß unter der Krempe seines Huts, und er schien darauf zu warten, dass sie etwas sagte. Vielleicht darauf, dass sie ihm dankte?

Aber sie wusste einfach nicht, was sie sagen sollte. Die durchnässte Bluse schmiegte sich an ihren Körper, und aus ihrem Haar tropfte das Wasser. Sie sah nach oben und entdeckte, dass sein Hemdkragen zerrissen war – das war auch ihre Schuld. Und dann, ehe sie wusste, wie ihr geschah, küsste er sie. Sie öffnete die Lippen, und der Kuss fing Feuer. An der Art, wie er ihr mit den Fingern durchs Haar strich, erkannte sie, dass sie etwas in ihm ausgelöst hatte. In diesem Moment war es vollkommen unwichtig, dass sie mitten auf einer Straße in Paris standen, während die Wasserströme durch den Rinnstein gurgelten und nach einem Ablauf suchten.

Vier Huptöne setzten dem Kuss ein Ende.

»Wie haben Sie den Taxifahrer dazu überredet, uns sein Auto zur Verfügung zu stellen?«, wollte sie wissen.

»Ich habe versprochen, ihn dafür zu bezahlen, und habe ihm auch gesagt, dass ich für mögliche Schäden aufkomme. Aber ich glaube kaum, dass es Beulen gegeben hat, Sie sind ja leicht wie eine Feder. Ist es eigentlich Ihr Hobby, sich immer wieder in schwierige Situationen zu bringen?«

»Sie haben mich wiedererkannt?«

»Aber natürlich. Haben Sie sich denn von dem Überfall neulich erholt?«

»Einigermaßen.«

»Und was ist heute Abend passiert?«

»Man hat mich eingeschlossen.«

»Sie sollten wirklich etwas vorsichtiger sein. Das ist Maison Javier, nicht wahr?« Er sah an der Fassade empor. »Sie haben mir erzählt, dass Sie hier arbeiten. Damals im Auto, als ich Sie nach Hause gebracht habe. Sind Sie Mannequin?«

»Ich? Nein. Ich bin bloß … Näherin. Eine *midinette*.«

»Sie zittern ja. Kommen Sie.« Er öffnete die Taxitür.

»Ihr Mantel liegt noch auf dem Dach.«

Er lachte. »Der ist nasser als ich. Steigen Sie ein.« Als sie im Auto saß, fragte er: »Haben Sie vielleicht Lust, mit mir essen zu gehen? Oder wollen Sie gleich nach Saint-Sulpice?«

»Nach Saint-Sulpice bitte«, antwortete sie widerwillig. Würde er wohl zu ihr einsteigen?

Nein. Er lehnte sich ans Fenster und sagte: »Wir wohnen auf verschiedenen Seiten des Flusses. Ich sage Ihnen jetzt Gute Nacht und gehe dann zu Fuß nach Hause.«

Alix hörte, wie er dem Fahrer Anweisungen gab, und sah, wie er ihm ein paar Scheine reichte. Da rief sie: »Aber Monsieur, das ist zu viel!«

Er kam zurück zu ihrem Fenster. »Dafür, dass er uns erlaubt hat, sein Taxi als Trampolin zu benutzen? Da kommen wir noch ziemlich billig davon, würde ich sagen.«

»Sind Sie sicher, dass Ihr Chef Ihnen das Geld erstatten wird?« Sie entdeckte die Andeutung eines Lächelns auf seinem Gesicht und wünschte sich, sie hätte den Mund gehalten. Leider war ihr nächster Versuch noch unbeholfener. »Ich muss Sie unbedingt wiedersehen …«

»Ja?«

»Ich meine, weil wir …«

»Weil wir?« Er legte den Kopf schief und wartete darauf, dass sie den Satz beendete.

»Ich meine, weil Sie mir schon zweimal geholfen haben und ich Ihnen das Geld für zwei Taxifahrten schulde.«

Er reichte ihr ein weißes Kärtchen. »Das ist meine Büronummer. Rufen Sie mich das nächste Mal an, wenn Sie wieder eingeschlossen sind.« Er trat zurück und klopfte zweimal mit der flachen Hand aufs Dach. Alix lehnte sich zurück. Das war eine klassische Abfuhr gewesen.

Zu schweigen war jetzt der einzige Weg, die Sache würdevoll zu beenden. Aber plötzlich fiel ihr ein, wo sie seine Stimme zum ersten Mal gehört hatte. Sie hatte gerade noch Zeit, ans Fenster zu rutschen und hinauszurufen: »Hat Ihr armer Freund eigentlich überlebt?«

Als das Taxi anfuhr, rief er zurück: »Kommen Sie morgen zur Teestunde ins Deux Magots, dann verrate ich es Ihnen!«

12

Als Verrian am nächsten Tag in der Métrolinie Nummer acht saß, wurde ihm klar, dass er einen Grund gefunden hatte, um in Paris zu bleiben. Eine süße, leicht heisere Stimme, die ihn vom ersten Moment an fasziniert hatte, auch wenn er einige Zeit gebraucht hatte, um das zu begreifen. Alix Gower war die körperlose Stimme aus der Telefonvermittlung gewesen. Wie erstaunlich, dass sie sich immer wieder über den Weg liefen; manche Leute hätten es vielleicht »Schicksal« genannt.

Während der Zug in die Station Bonne Nouvelle rumpelte, noch mehr Passagiere aufnahm und seine Türen wieder schloss, erforschte Verrian seine Seelenlage. Er fühlte sich körperlich von Alix angezogen, aber sie wirkte so jung. Als er sie am Abend zuvor geküsst hatte, war er einem unwiderstehlichen Impuls gefolgt; so verhielt sich kein verantwortungsvoller Erwachsener. Hätte ihn die Unterhaltung mit Jack kurz zuvor nicht so aufgewühlt, hätte er es bestimmt nicht getan. Das hoffte er jedenfalls.

Warum fühlte er sich so sehr von ihr angezogen? Bei ihrer ersten Begegnung war sie tränenüberströmt gewesen. Und gestern Abend total durchnässt. Aber diese Stimme … und diese Haare, und die beinahe schwarzen Augen.

Oder sah er eine andere Frau in ihr? Wollte er Alix, weil er sich nach einer anderen sehnte, die er schon verloren hatte?

»Einen Penny für deine Gedanken.«

»Tut mir leid, Krümel, aber ich habe an nichts Besonderes gedacht.« Er hatte die beiden Frauen, die ihm im Erste-Klasse-Wagen gegenübersaßen, ganz vergessen. Als er sie jetzt betrachtete, spürte er noch einmal dieselbe freudige Aufregung wie vor einer halben Stunde, als er sie auf dem Bahnsteig begrüßt hatte. Während er in Spanien gewesen war, hatte sich seine Schwester – zehn Jahre jünger als er und von ihm liebevoll »Krümel« genannt – von einem burschikosen Mädchen in Reithosen in eine hübsche junge Frau mit Dauerwelle und Kostüm verwandelt.

Auch seine Mutter hatte sich verändert. Noch vor anderthalb Jahren war sie eine selbstbewusste Frau gewesen, jetzt war sie zu einer nervösen Matrone geworden. Beide wiegten sich im Rhythmus des Zuges, beide hatten ihre Handtaschen vor sich auf den tweedbekleideten Knien liegen. Am Morgen war Jacks Telegramm angekommen. Nicht in Verrians Pension, sondern im Büro des *News Monitor*. *»Ma und Lucy auf dem Weg nach Paris, hol sie gegen elf an der Gare du Nord ab.«*

Zum Glück war die Sekretärin des *Monitor* so pflichtbewusst, dass sie auch am Samstag ins Büro kam. Sie hatte einen Laufburschen mit dem Telegramm an die Place du Tertre geschickt, und Verrians Tag hatte mit der Erkenntnis begonnen, dass seine Pflichten als Fremdenführer in genau drei Stunden begannen.

Jack, dieser Hund, musste doch schon am Abend zuvor gewusst haben, dass die beiden Frauen bereits in dem Zug zum Schiff waren. Verrian fragte sich, wie er seine Familie und Alix, mit der er am Nachmittag verabredet war, unter einen Hut bringen sollte.

Lucy war geübt darin, das Mienenspiel ihres Bruders zu deuten. Als der Zug an der Rue Montmartre hielt, sagte sie: »Wir haben uns dir aufgedrängt, aber mach dir keine Sorgen. Wir werden Stunden im Printemps verbringen und dann müde ins Bett fallen. Wenn du uns heute Abend nur irgendwo schön zum Essen ausführen könntest, wären wir zufrieden. Wir haben dich vermisst.«

»Geht's dem alten Mädchen gut?«, flüsterte er Lucy zu. Ihre Mutter starrte aus dem Fenster in die Schwärze, verloren in ihrer Gedankenwelt.

»Das hängt von dir ab und davon, was du ihr dieses Mal zumutest.«

Die Türen schlossen sich, der Zug rollte wieder los. Eine Erklärung war unmöglich.

Er führte sie ins Printemps, das berühmte Kaufhaus am Boulevard Haussmann, und aß mit ihnen im Café unter der Kuppel zu Mittag. Als er seine Mutter dabei beobachtete, wie sie ihr rosa gebratenes Steak sorgfältig umdrehte, um zu kontrollieren, ob es auf der anderen Seite besser durchgebraten war, dachte er nur: *einmal englischer Landadel, immer englischer Landadel.* Die Philosophie seiner Mutter war simpel: Alles, was sie während ihrer Kindheit im edwardianischen Zeitalter gelernt hatte, war die unverrückbare Wahrheit. Ob es nun um Essen, Politik oder die Ehe ging, bei allem gab es eine richtige und eine falsche Entscheidung. Und wenn man von einer guten Familie abstammte, wusste man ganz einfach, was die richtige Entscheidung war.

Lucy, der Verrians Gesichtsausdruck nicht entgangen war, imitierte die Familienköchin der Havilands: »Lassen Sie sich von den Franzmännern ja kein rohes Fleisch andrehen, Madam!«

Ihre Mutter sah auf, von diesem Kommentar anscheinend sehr überrascht. »Nicht ganz durchgebratenes Fleisch ist gefährlich, was du wüsstest, wärst du wie ich im Wohltätigkeitsverein des Schulbezirks Sussex. Die Hälfte der unterernährten Schulkinder, die wir zu sehen bekommen, verdankt ihren Zustand inneren Parasiten.«

»Mummy, bitte«, tadelte Lucy.

»Die Europäer auf dem Kontinent sind dagegen immun«, erklärte Verrian und tunkte ein Stück Fleisch in sein Salatöl. »Man braucht bloß die Schulköchinnen dazu zu bringen, ein bisschen Knoblauch an alles zu tun, und schon ist das Problem gelöst.«

»Ach, diese Drachen«, sagte die Mutter. Sie schnitt die durchgebratenen Stücke des Fleischs ab und schob die helleren Ecken an den Rand des Tellers.

Solche Verschwendung konnte Verrian nicht ausstehen. Die unterernährten Gören aus Sussex sahen bestimmt prima aus im Vergleich zu den Kindern, die er in Spanien gesehen hatte. In Madrid ging das Gerücht, dass Betrüger Katzen fingen und ihr Fleisch als Kaninchenfleisch verkauften. Jedes Mal, wenn er im Hotel *olla podrida* gegessen hatte, einen Fleischeintopf mit Rotkohl, hatte er sich deswegen ein bisschen unwohl gefühlt.

»Was habt ihr heute vor?«, fragte er.

»Ich brauche ein paar Kostüme für meinen Sekretärinnenkurs«, sagte Lucy, »und etwas Schickes für …« Sie beendete den Satz abrupt.

»Für?«

»Äh, für Feste und solche Sachen. Und die Dame hier …« Sie zwickte ihre Mutter in den Arm. »Sie hat auch nur noch altes Zeug. Die arme Frau trägt immer noch tiefe Taille!«

»Aber doch nur zum Gärtnern. Und du, mein Lieber …« Verrians Mutter tätschelte ihm die Hand. »Du möchtest vielleicht beim Herrenausstatter vorbeischauen?«

Schon bei ihrer ersten Begegnung auf dem Bahnsteig hatte sie missbilligend seine Jacke und sein krawattenloses Hemd taxiert. »Ich habe mir gerade erst drei Hemden, einen Anzug und eine Krawatte gekauft«, entgegnete er.

»Aber du trägst nichts davon.«

»Das stimmt.« Er hatte sich in aller Eile die Kleider vom gestrigen Tag übergestreift, da er die knappe Zeit bis zur Ankunft von Mutter und Schwester lieber für eine ordentliche Rasur hatte nutzen wollen. »Manche Frauen mögen den unkomplizierten Stil.« Wie aufs Stichwort schenkte ihm eine Afrikanerin, die das Restaurant durchquerte, ein strahlendes Lächeln. Er erwiderte es, und sie zwinkerte ihm zu. »Na, siehst du?«

Lucy kicherte. »Das ist schon die dritte Frau, mit der du flirtest, seit wir uns an den Tisch gesetzt haben.«

»Du hast mitgezählt?«

»Du bist doch ein alter Schwerenöter. Und ein Sozialromantiker. Weißt du noch, die arme Alte, die in der Bahnhofshalle gebettelt hat? Sie hatte den Rock in den Schlüpfer gesteckt, und du hast sie trotzdem ›Madame‹ genannt.«

»So trägt man den Schlüpfer in Paris dieses Jahr.«

»Genug«, sagte die Mutter. »Darüber will ich nicht beim Essen sprechen. Lucy, du solltest froh darüber sein, dass dein Bruder so gute Manieren hat. Und du, Verrian, pass auf, dass du nicht noch ganz zum Franzosen wirst.«

Verrian warf einen verstohlenen Blick auf die Uhr. Wenn er den Käse und den Kaffee übersprang, hätte er noch genug Zeit, um nach Hause zu gehen und sich umzuziehen, bevor er mit Alix verabredet war. Wenn sie überhaupt auftauchte.

Im Deux Magots setzte er sich an einen Tisch im Innenraum, weil der scharfe Wind auf der Terrasse das Zeitunglesen unmöglich machte. Er wollte nur rasch nachsehen, was die französische Presse über die Entwicklung in Spanien nach dem Bombardement von Durango schrieb. Vier Uhr, und keine Spur von Alix. Wie schade. Dann würde sie ihn ja gar nicht in seinem neuen steingrauen Anzug sehen. Das war der erste, den er einfach von der Stange gekauft hatte. Unter der Jacke trug er den Hemdkragen offen à la Rive Gauche – was in seiner Heimatstadt Heronhurst wohl einen mittleren Skandal ausgelöst hätte.

Er bestellte sich einen Kaffee, faltete die Zeitung etwas kompakter und versuchte zu lesen. Aber er konnte sich einfach nicht konzentrieren, darum betrachtete er die anderen Gäste. Das Deux Magots war das Café der Intellektuellen: Zigarettenrauch erfüllte die Luft, und überall saßen Männer und Frauen, die leidenschaftlich in ihre Notizblöcke kritzelten. Hier konnte man den ganzen Tag lang bei einer einzigen Tasse Kaffee sitzen, ohne dass man hinausgeworfen wurde. *Ja, bei den Franzosen kann sich das kulturelle Leben ungestört entfalten,* dachte er.

Der Kellner brachte ihm den Kaffee, aber nach zwei, drei Schluck merkte er, dass er davon Herzrasen bekam. Die Nerven konnten es nicht sein, denn er war ja nur mit einem unbedarften Mädchen im Alter seiner Schwester verabredet. Er redete sich ein, dass er so nervös war, weil er sich wegen seiner Fehleinschätzung schämte. Was ihm gestern Abend gut und richtig erschienen war, fühlte sich jetzt fürchterlich unbedacht an.

Ein Mann und eine Frau betraten das Café. Der Mann trug eine schiefe Baskenmütze und hatte eine Zigarette zwischen den Lippen. Wenn er redete, untermalte er seine Worte mit ausladenden Gesten. Seine Begleiterin, ein großes Mädchen, das viel zu hübsch für ihn war, ignorierte ihn weitgehend. Verrian beobachtete die beiden amüsiert, bis ihm klar wurde, wer die Frau war. Dann stand er so ungeschickt auf, dass seine Zeitung zu Boden fiel. Ein Kellner hob sie ihm wieder auf und stand ihm einen Moment lang im Weg, was ihm genug Zeit verschaffte, um sich zu beruhigen. Er rief ihren Namen.

Das war nicht das Mädchen, das aus einem Fenster heraus in seine Arme gesprungen war. Es war auch nicht das Mädchen, das er an der Place du Tertre gerettet hatte. Dieses Mädchen trug ein lila Kleid mit extremer Taillierung und hatte lange, lockige Haare, die sich unter einem todschicken Hut hervorwellten. Es war Alix Gower, und sie war wunderschön.

Sie schüttelte seine Hand mit einer Anmut, die die Aufmerksamkeit der anderen Gäste auf sich zog. Der Mann mit der Baskenmütze zuckte typisch französisch mit den Schultern und trottete zu seinem Tisch auf der Terrasse.

»Ich hoffe, ich komme nicht zu spät?«, fragte sie.

Doch, und ich bin sicher, das hast du absichtlich gemacht. »Die Teestunde wird in Paris sehr flexibel gehandhabt. Wie schön, dass Sie gekommen sind. Aber setzen Sie sich doch bitte.«

Sie nippte an ihrem Wasserglas, während sie auf den Kaffee wartete. Er redete über das Wetter, über die Aprilschauer, über die Touristen, die die Métro verstopften. »Sie sehen heute sehr hübsch aus, wenn Sie mir diese Bemerkung gestatten.«

»Sie meinen, gestern habe ich ausgesehen wie eine Vogelscheuche.« Ein Lächeln milderte den Vorwurf ein wenig ab. »Das war meine Arbeitskleidung. Und dies hier habe ich gekauft, weil mir die Farbe so gefällt.« Sie deutete auf ihr Kleid. Die Kragenpartie war schwarz, und eine lange Knopfreihe führte das Auge des Betrachters vom Kragen bis zur Taille.

Verrian trank gierig sein Wasser. »Tja, ich habe mir auch etwas Neues gekauft, um Sie zu beeindrucken.«

»Das habe ich schon bemerkt.« Sie inspizierte sein Revers und die Schulterpartie. »Das ist ein schöner Anzug. Ich hoffe, Sie halten die Katze von Madame Konstantiva davon fern.« Der Kaffee wurde gebracht. Er sah, dass sie viel Zucker in ihre Tasse schüttete, und dass sie länger rührte als notwendig.

»Wie geht es Ihnen eigentlich nach Ihrer schlimmen Erfahrung?«

»Sie meinen den Sprung aus dem Fenster? Ich war heute Morgen richtig wütend auf meine Kolleginnen, weil ich weiß, dass sie mich eingeschlossen haben. Ich hätte mich nicht dazu hinreißen lassen sollen, aber ich habe ihnen Nadeln auf die Stühle gelegt.«

»Mit der Spitze nach oben?«

»Na klar. Aber nur eine für jede«, fügte sie noch hinzu, als sie sah, dass er eine Braue hob.

»Ich meinte eigentlich Ihr schreckliches Erlebnis auf der Place du Tertre. Sie haben mir nie gesagt, wer Ihnen das angetan hat, und vor allem, warum.«

Sie zuckte mit den Achseln. »Ich weiß nicht mehr, was ich Ihnen gesagt habe. Wahrscheinlich habe ich einen Haufen Unsinn geplappert. Aber jetzt ist wieder alles in Ordnung, abgesehen davon.« Sie deutete auf eine Stelle über ihrem linken Ohr. »Diese Strähne steht ab wie das Grün einer Rübe.«

Verrian war froh, dass sie über sich selbst lachen konnte – das war eine seltene Eigenschaft bei schönen Frauen, aber ihre Unbekümmertheit nahm er ihr nicht ganz ab. »Im Auto haben Sie gesagt, der Kerl hätte viel Geld verlangt. Heißt das, er kommt zurück?«

»Ich weiß nicht. Nein, ich glaube nicht.«

»Sie haben auch gesagt, Sie müssten den Comte finden. Darf ich fragen, wer das ist? Ihr Vater vielleicht?«

»Nein, nur ein Freund der Familie. Eher ein Nachbar. Also, eine Art Vormund. Der Comte de Charembourg und meine Großmutter …«

Er beugte sich zu ihr vor. »Das ist ja hochspannend.«

Sie lachte. »Sie wohnten im selben Ort im Elsass. Dem Comte gehörte das Schloss und viel Land obendrein.«

Verrian sah den Comte im Geiste als den klassischen Schurken vor sich, komplett mit schwarzem Mantel und gezwirbeltem Schnurrbart. »Und was hat dieser mysteriöse Comte de Charembourg damit zu tun, dass Sie auf der Place du Tertre fast skalpiert wurden?«

Sie verzog das Gesicht, und er befürchtete, zu weit gegangen zu sein. Es war vielleicht noch etwas zu früh, sich nach den Männern in ihrem Leben zu erkundigen, aber er hatte einen Stich der Eifersucht verspürt, als sie den Namen zum ersten Mal genannt hatte. »Ich bin Journalist«, erklärte er. »Ich habe ständig Fragen, und wenn die nicht prompt beantwortet werden, macht mich das unruhig. Ich möchte wissen, warum eine junge Frau, die anscheinend besonnen und wohlerzogen ist, von einem Schläger im Montmartre überfallen wird. Ich habe kein Recht, das zu erfahren, aber glauben Sie mir, ich bin sehr verschwiegen.« Er nahm ihre Hand, weil sie unablässig in ihrem Kaffee rührte. »Ich bin außerdem ganz gut darin, Leuten, die es verdienen, eine zu verpassen. Mademoiselle, ich will damit sagen, wenn Sie sich jemandem anvertrauen möchten, wäre ich eine gute Wahl.«

»Nennen Sie mich Alix.«

»Also, Alix, ich helfe Ihnen gerne oder höre auch nur zu. Ich schulde Ihnen einen Gefallen.«

»Wirklich? Schulde ich Ihnen nicht eher einen Gefallen, weil Sie mich zweimal gerettet haben?«

»Sie haben gegen die Dienstvorschriften verstoßen, indem Sie mich nach London durchgestellt haben. Dieser Anruf war sehr wichtig. Moment mal, Sie arbeiten bei Javier … Heißt das, Sie sind gar nicht mehr in der Telefonvermittlung angestellt?«

»Unsere Wege haben sich getrennt.«

»Ich hoffe, das war nicht meine Schuld.«

Wieder verzog sie das Gesicht. Das sollte wohl »Vielleicht« heißen. »Was ist mit Ihrem Freund passiert?«

»Miguel? Er ist auf dem Weg in ein sicheres Land in Südamerika, und vielleicht höre ich nie wieder von ihm. Daran ist der Krieg schuld. Er schafft und zerstört Freundschaften. Ich erfahre erst mehr, wenn ich wieder in Spanien bin.« Er betrachtete ihre Hand. Was für eine zarte Hautfarbe. Dann sah er auf und blickte in ihr Gesicht. War sie traurig, dass er wieder wegfuhr? »Ich werde aber noch eine Weile hierbleiben«, fügte er hinzu. *Ist das denn zu fassen? Habe ich gerade meine Pläne wegen dieser Frau über den Haufen geworfen?*

»Waren Sie in Spanien, um über den Krieg zu berichten oder um darin zu kämpfen? Ihre Stiefel sehen aus wie die eines Soldaten.«

»Ich habe darüber berichtet. Ich bin – ich war der Madrider Korrespondent des *News Monitor*.«

»Sehr beeindruckend.«

»Ach, eigentlich nicht. Irgendwie hat es mich dorthin verschlagen. Vor achtzehn Monaten war ich in Abessinien, als die Italiener einmarschiert sind. Und als Francos Faschisten kurz darauf von Nordafrika aus nach Spanien vordrangen, war ich eben derjenige, der am nahesten dran war. Ich habe mich bei den Republikanern als Korrespondent akkreditiert.« Er verriet ihr damit, auf welcher Seite er stand, aber sie starrte ihn nur mit ausdrucksloser Miene an. Sprach er gerade von Dingen, die ihr zu hoch waren? Vermutlich. Die Katalanen, Basken und Kastilier stritten sich endlos über die Ursachen des Konflikts in ihrem Land und verloren dabei auch oft den Überblick. Warum sollte ausgerechnet sie dann verstehen, worum es ging?

»Ich war gerade in meinem Hotelzimmer in Madrid, als ich die Einladung bekam, mich mit einem der Propaganda-Männer der Regierung zu treffen. Ich dachte, ich bekäme eine einmalige Geschichte«, erzählte er. Jetzt sah sie ihn erwartungsvoll an. »Tatsächlich aber führte man mich in einen fensterlosen Raum, wo ein Mann namens Miguel in den Lauf einer Pistole blickte.« Er merkte, dass er sie schockiert hatte. »Er wurde nicht getötet. Es war eine Bestrafungsaktion, weil seine Chefs fanden, er hätte einen meiner Artikel zu zaghaft zensiert. Dabei stammte dieser Artikel noch nicht mal von mir, aber dazu später. Sie schossen ihm zwei Finger ab und schleiften ihn halb bewusstlos fort. Mich haben sie verhaftet, aber ich konnte fliehen.«

»Wie denn das?«

»Ich trat einem Polizisten auf den Fuß, auf den Spann, wo es am meisten wehtut, schubste ihn dann eine kleine Treppe hinunter und rannte los. Zum Glück konnte ich mich zum Aerodrom von Albacete durchschlagen, wo ein Freund von mir gerade nach Paris abheben wollte. Er hat mich mitgenommen, aber ich musste ständig an Miguel denken. Darum war Ihre Hilfe auch so wichtig für mich.«

»Und Sie wollen zurück nach Spanien? Das ist doch viel zu gefährlich.«

»Ich habe das Gefühl, durch meine Flucht einen Verrat begangen zu haben.«

»Ich lese nicht oft Zeitung, darum hatte ich noch nie von Ihnen gehört.«

Er fuhr mit dem Zeigefinger über ihre Hand und hob sie dann an seine Lippen. »Darüber bin ich ganz froh.« Gerade, als er feststellen wollte, ob ihre Haut nicht nur aussah wie Mandelcreme, sondern auch danach schmeckte, hörte er eine scharfe Ermahnung: »Aber Verrian, ich muss doch bitten!«

Lucy entschuldigte sich sofort. »Oje, ich benehme mich ja wie ein Anstandswauwau. Ich wollte nicht … also, ehrlich … ich dachte …«

Verrian stand auf und sagte: »Lucy, darf ich dir Mademoiselle Gower vorstellen. Alix, das ist meine Schwester, Lucinda Haviland.«

Alix streckte Lucy die Hand entgegen. Die aber war so nervös, dass ihr die Handtasche vom Arm rutschte und mit einem Plumps die Begrüßungsgeste beendete. »Oh, Himmel. Tut mir leid.«

»Kaffee?« Verrian zog ihr einen Stuhl heran. Im Sitzen würde seine Schwester sich bestimmt ein wenig entspannen.

»Na klar, aber ich brauche auch ein Schlückchen zur Stärkung in den Kaffee. In Paris einkaufen ist ja mörderisch. Die Verkäuferinnen sind wirklich gnadenlos. Als ich in den Umkleideraum ging, musste ich sofort an den Zustand meiner Unterwäsche denken.« Lucy warf einen verstohlenen Blick auf Alix und ihr Kleid und seufzte. »Meine Unaussprechlichen sind gerade einmal gut genug für die Damenabteilung von Grindle & Whiteleather. Das ist unser Geschäft in Heronhurst«, sagte sie an Alix gewandt. »Bei uns kaufen alle dort ihre Kleider.«

Alix erwiderte: »Die Vendeuses sehen jeden Tag mindestens fünfzig Damen in Unterwäsche. Nehmen Sie es sich nicht zu Herzen.«

»Tragen Sie ein Korsett?«

»Lucy!«, mischte Verrian sich ein. »Drei Minuten der Bekanntschaft sind zu wenig für solche Fragen.«

»Sorry«, murmelte Lucy.

»Nein, ich trage keins«, sagte Alix unbeirrt. »Ich finde die Vendeuses auch ziemlich furchterregend, aber genau das wollen sie auch erreichen.«

»Ihr Englisch ist ja schrecklich gut«, bemerkte Lucy.

»Ich bin Engländerin, jedenfalls zum Teil. Ich bin in Hampshire zur Schule gegangen.«

»Auf welche denn? War es die katholische? Ich kenne ein paar Mädchen von da.«

»Lucy.« Was Verrian eigentlich meinte, war: *Halt den Mund.*

»Nein«, sagte Alix bloß.

»Church of England?«

»Wie war das Einkaufen denn so?«, lenkte Verrian ab. »Ich sehe ja gar keine Hutschachteln.«

»Mummy hat sie mit dem Taxi mit ins Hotel genommen. Sie musste sich ein bisschen hinlegen. Sie hat ein schwarzes Abendkleid mit Spitzenärmeln gekauft, genauso eins wie letztes Jahr. Ich habe zwei Kostüme bekommen – ein graues und ein grau gestreiftes. Es gab noch ein kariertes, das ich ganz toll fand, aber Mutter sagte, es sieht aus wie ein Omnibussitz. Die Verkäuferinnen haben sich dann auf ihre Seite geschlagen.«

»Mit Grau fahren Sie gut«, sagte Alix. »Meiner Meinung nach ist Grau die einzige Farbe, die man sowohl im Frühjahr als auch im Herbst tragen kann.«

Verrian bemerkte, dass Alix' Stimme sich verändert hatte. Jetzt klang sie eher nachdenklich.

»Aber in der Schule habe ich jeden Tag Grau getragen.«

»Dann nehmen Sie doch einen bunten Schal dazu.«

»Das könnte ich eigentlich … Vielleicht einen roten, oder lieber einen malvenfarbenen wie Sie?«

»Hmmm.« Alix studierte Lucys Gesicht. »Ich würde Ihnen Gewürztöne empfehlen. Ingwer, dunkles Orange, vielleicht kombiniert mit Schieferblau. Wenn Sie noch Zeit haben, schauen Sie bei Hermès vorbei, dort haben sie etwas, das zu Ihnen passen würde.« Sie zog ein Bündel Buntstifte und ihr Skizzenbuch aus der Handtasche. Verrian sah zu, wie sie mit raschen Strichen eine Zeichnung auf das Papier zauberte. Sie riss die Seite heraus und gab sie Lucy. Die sagte überwältigt: »Oh, das sieht sehr professionell aus. Sind Sie Künstlerin?«

»Ich betrachte mich nicht als Künstlerin, aber mein Großvater war einer.«

»Oh, kennen wir ihn vielleicht?«

»Ich weiß nicht. Er hieß Lutzman. Aber er ist gestorben, bevor er seinen künstlerischen Höhepunkt erreicht hatte.«

»Woher wissen Sie das?«

Alix' Schweigen zeigte Verrian, dass Lucy nun doch bei ihr angeeckt war. »Indem sie sich mit der Entwicklung seines Werks befasst hat, Lucy, und weil sie Ahnung hat«, sagte er.

»Ja, aber jetzt wissen wir immer noch nicht, wer er war.«

»Er hieß Alfred Lutzman«, sagte Alix noch einmal.

»Ist das nicht ein deutscher Name?« Lucy spürte den tadelnden Blick ihres Bruders und errötete. Sie betrachtete Alix' Zeichnung und reichte sie an Verrian weiter.

Die Skizze nach Art der typischen stilisierten Modezeichungen zeigte den unteren Teil von Lucys Gesicht und erstreckte sich bis zu ihrer Hüfte, verschlankte ihre Silhouette aber deutlich. Alix hatte ein elegantes Kostüm für die Stadt skizziert und Lucys Gesichtsform perfekt eingefangen. An den Rand des Blattes hatte sie einige Farbproben gemalt, die sie zu Lucys Hautton passend fand.

»Das ist ja schrecklich raffiniert. Vielen Dank!«, rief Lucy begeistert.

»Gern geschehen. Vielleicht suchen sie Ihnen bei Grindle & Whiteleather ja die passenden Accessoires heraus.« Alix suchte ihre Stifte zusammen und streckte Verrian die Hand entgegen. »Danke für den Kaffee, aber jetzt muss ich los.«

Aus irgendeinem Grund kam er sich betrogen vor. Sein Zorn auf Lucy wuchs erneut. »Wirklich? Tja, dann besorge ich Ihnen ein Taxi.«

»Nein, nein, ich habe es nicht weit, ich gehe zu Fuß. Auf Wiedersehen, Miss Haviland.«

»Bitte nennen Sie mich Lucy.«

Verrian folgte Alix nach draußen. An ihrem Gang erkannte er, dass sie so schnell wie möglich fortwollte. »Ich fürchte, wir haben Sie verärgert. Das tut mir leid«, sagte er.

»Die Familie meiner Mutter ist jüdisch«, erklärte sie.

Er blinzelte. Das kam überraschend.

»Ihre Schwester wollte es ganz genau wissen. Richten Sie ihr aus, dass Lutzman ein jüdischer Name ist. Ich glaube, solche Sachen sind ihr wichtig. Sie ist genau wie viele Mädchen, mit denen ich zur Schule gegangen bin. Ich hatte geglaubt, in Paris müsste ich mich nicht ständig erklären.«

»Bitte gehen Sie nicht. Sonst weiß ich doch gar nicht, wann und wie wir uns wiedersehen werden.« Er hielt ihr die Hand hin, und schließlich ergriff sie sie. »Mir gegenüber müssen Sie sich niemals erklären.«

Am selben Abend aß Verrian mit seiner Mutter und Lucy im Restaurant ihres Hotels, dem Hôtel Polonaise an der Place Vendôme. Seine Wut auf Lucy war mittlerweile fast verraucht, aber seine Mutter fachte sie wieder an. »Lucy hat mir erzählt, dass sie dein Tête-à-Tête mit einem jüdischen Mädchen gestört hat.«

»Sie heißt Alix Gower. Und sie ist eine englische Jüdin, wenn das eine Rolle spielt.«

»Natürlich spielt das eine Rolle. Wo hast du sie denn aufgelesen?«

»Das ist beleidigend und unwürdig!«

Lucy berührte ihn am Arm. »Das ist nur meine Schuld.«

»Lucy, wer hat dir eigentlich beigebracht, andere Menschen über ihre Religion auszufragen?« Er hielt den Blick auf seine Mutter gerichtet, weil er ganz genau wusste, von wem Lucy den aggressiven Chauvinismus geerbt hatte. »Mutter, du hast Alix noch nicht einmal kennengelernt und sprichst trotzdem abwertend über sie, wahrscheinlich, weil sie keine Debütantin vom Grosvenor Square ist. Bist du jetzt schon genauso wie Vater?«

»Ich muss doch sehr bitten!« Peggy Haviland tupfte sich mit der Serviette nervös den Mund ab. »Das war unter der Gürtellinie, Verrian. Ich wollte deine Freundin nicht angreifen, aber als Lucy mir sagte, dass sie deine Liebelei mit angesehen hat, wo du uns doch erzählt hast, du würdest Arbeitskollegen treffen …«

»Das habe ich nie behauptet. Du hast einfach nur gehört, was du hören wolltest.«

»Schon wieder das nächste Mädchen, so bald, nachdem wir Gerüchte über das vorherige gehört haben.«

»Was für Gerüchte?« An seinem Ton merkten die beiden Frauen, dass sie sich auf dünnes Eis begeben hatten.

Peggy Haviland tupfte sich erneut die Lippen ab. »Gewisse Gerüchte, dass du eine Liebelei mit einem spanischen Mädchen hattest. Wir haben befürchtet, du würdest sie vielleicht mit nach Hause bringen.«

»Ihr habt befürchtet, ich würde eine Katholikin auf Heronhurst loslassen? Wie hättet ihr das bloß eurem Damenklub beigebracht?«

»Bitte nicht in diesem Ton, Verrian.«

Im Geiste zählte er bis zehn. »Es tut mir leid«, sagte er so ruhig er nur konnte. »Ich kann euch versichern, dass ich auf gar keinen Fall ein spanisches Mädchen mit nach England bringen werde. Mehr will ich dazu nicht sagen.«

»Das ist eine Erleichterung. Es kommt mir nämlich vor, als hätte ich dich an eine Welt verloren, die ich nicht verstehe.« Die Mutter kramte in ihrer Abendtasche, und Verrian fürchtete schon, sie suche nach einem Taschentuch. Aber sie zog ihre Lesebrille heraus und nahm sich die Speisekarte vor. »Ich könnte schwören, die Buchstaben werden immer kleiner.«

Ein alter Witz, aber Verrian tätschelte lächelnd ihre Hand. Waffenstillstand.

Um zehn Uhr wollte die Mutter zu Bett gehen. Lucy allerdings noch nicht, und so führte Verrian sie in einen recht harmlosen Nachtklub an der Place du Tertre. Sie bekamen einen Tisch in einer Ecke, und als er einen Cognac vor sich hatte und seine Schwester eine Crème de menthe, sagte er: »Krümel, einer von uns muss Mutter beibringen, dass ich nie der Mann sein werde, der den Morgenzug nach Waterloo nimmt.«

Lucy nahm einen Schluck ihres Drinks und verzog das Gesicht. »Puh, schmeckt ja wie Hustensaft. Ich hätte lieber einen Sherry bestellen sollen. Nein, du brauchst nicht dem Kellner zu winken, ich bin ja tapfer. Du willst also zurück nach Spanien? Aber Jack meint, die Republikaner würden dich erschießen.«

»Der gute alte Jack. Ein unerschütterlicher Optimist.«

»Er sagt, wenn die Republikaner dich nicht erschießen, werden die Faschisten dich für einen Spion halten, und wenn sie dich fangen, dann foltern und töten sie dich.« Durch ihre dichten, hellen Wimpern hindurch betrachtete sie ihn aufmerksam, und er glaubte, Tränen in ihren Augen zu sehen. »Es tut mir leid, dass ich mich mit Alix so dumm verhalten habe. Aber bitte fahr nicht nach Spanien, bloß um von mir wegzukommen. Ich weiß, dass ich anstrengend bin.«

»Ist schon in Ordnung, Krümel.«

»Ich hatte mich so auf Paris gefreut. Ich bin extra zu Grindle & Whiteleather gefahren, um mir neue Kleider für die Reise zu kaufen, aber als ich Alix gesehen habe …«

»Sie ist eben von der Natur bevorzugt worden.«

»Sie ist bestimmt sehr nett.«

»So genau kenne ich sie noch gar nicht.«

»Schau mal!« Lucy senkte die Stimme. »Ist das ein Clochard?«

Ein bärtiger Mann stolperte vorbei. Verrian erkannte ihn gleich. Das war kein Clochard, sondern sein Nachbar Bonnet. Verrian beobachtete, wie er zum Kassier ging, ein Bündel Scheine aus der Tasche zog und gegen Jetons eintauschte. Dann wankte er zum Roulettetisch, wo der Croupier gerade zum Einsatz aufforderte. Bonnet legte einen ganzen Stapel Jetons auf ein einziges Feld. Das Rad setzte sich in Bewegung, und die Kugel lief klappernd im Kreis herum. Bonnet faltete die Hände, sodass Verrian den Eindruck gewann, er bete zu einem hoffentlich gnädigen Gott.

»Du hörst mir ja gar nicht zu«, schalt Lucy. »Ich habe gesagt, du sollst ihr ausrichten, dass ich ihre Zeichnung zu Whiteleather's mitnehme.«

»Gut.«

»Und Mrs. Whiteleather wird die Schublade mit den Schals öffnen und sagen: ›Das ist alles, was wir haben. Stöbern Sie ruhig darin herum.‹ Ach, und jetzt muss ich es dir einfach sagen: Jack und Moira haben sich verlobt.« Das Letzte sprudelte aus ihr hervor, als hätte sie es lange unterdrücken müssen.

Er antwortete nicht sofort. Zunächst fragte er sich selbst, ob er schockiert war. Ob es ihm etwas ausmachte. Damals im Sommer 1935 hatte Verrian sich mit dem Nachbarmädchen Moira Durslop verlobt; sie war die Tochter des Parlamentsabgeordneten Sir Chester Durslop. Keine der beiden Familien war darüber in Jubel ausgebrochen. Moiras Eltern befanden, ein Journalist sei bei Weitem nicht gut genug für ihre Tochter. Sein eigener Vater, der auch keine hohe Meinung von ihm hatte, verkündete, er sei noch nicht reif für die Ehe. Und seine Mutter, die ihn mit liebevoller Nachsicht behandelte, fand Moira zu albern und eitel für *ihren Jungen*.

In gewisser Weise hatten seine Eltern beide recht behalten. Es war eine zerbrechliche Liaison gewesen, die stark auf die Probe gestellt wurde, als Verrian im Oktober 1935 nach Abessinien ging, um über die italienische Invasion zu berichten. Als er 1936 von dort aus direkt nach Spanien weitergereist war, um den faschistischen Putsch zu beobachten, war es mit Moiras Liebe nicht mehr weit her gewesen. Sie hatte ihm geschrieben, dass er ihren Verlobungsring auf dem Grund des Sees finden würde, an dem ihr Vater zu angeln pflegte. Und sie war schon dabei, nach einem Ehemann zu suchen, der kein ungesundes Interesse an den Kriegen anderer Leute hatte.

»Sie und Jack passen sicher gut zusammen«, sagte er langsam. »Schade nur, dass er es mir nicht persönlich gesagt hat.«

»Jack hat fürchterliche Angst davor, dass du nach Hause kommst und ihm eine verpasst. Deswegen will er dich unbedingt in Paris halten. Sir Chester wird ihm seinen Sitz im Parlament überlassen, wenn er sich nächstes Jahr zurückzieht.«

»Jack soll Parlamentsabgeordneter werden?« Ein ganz neuer Gedanke. »Nun, warum eigentlich nicht? Er ist der geborene Politiker.«

»Er wird immer schlimmer. Posiert den ganzen Tag vor dem

Spiegel und hält seinem Kleiderschrank große Reden. Moira und Jack wollen aber auch nicht, dass du nach Spanien zurückgehst. Als Moira mitbekommen hat, dass du eine spanische Freundin hast, hat sie schlimm über ›ausländische Flittchen‹ gelästert. Sie ist eifersüchtig und hat Angst davor, dass du eine Spanierin mit nach Hause bringst und alle dann sagen: ›Armer Verrian, muss sich mit einer anderen trösten, weil Moira ihn wegen seines älteren Bruders verlassen hat.‹«

»Das hat sie ja auch.«

»Wenn du Vater nur hören könntest, jedes Mal, wenn du dich in Gefahr begibst oder eine Liebelei anfängst. Und Mutter hat sich deswegen unheimlich gegrämt. Unter ihrer rauen Schale liegt nämlich ein weicher Kern. Also, pass auf, dass das mit dieser Alix nicht zu ernst wird. Kannst du dir vorstellen, wie Vater reagieren würde?«

Er brachte Lucy zurück ins Hôtel Polonaise und fuhr mit demselben Taxi weiter zu Laurentin, wo er einen dreifachen Cognac an der Bar nahm. Er holte eine Fotografie aus dem Geldbeutel und lehnte sie an sein Glas. Das Foto war im zerbombten Madrid aufgenommen worden. Es zeigte ein dunkelhaariges Mädchen, das in die Kamera blinzelte. Auf ihrem Kopf saß ein militärisches Barett, das ihr Gesicht zur Hälfte verdunkelte. Es war das einzige Foto, das er von Maria-Pilar besaß. Das einzige Erinnerungsstück an ihre grausam kurze Beziehung. Lucy hatte recht – es wäre der reine Wahnsinn, sich emotional an eine neue Frau zu binden. Er musste die Sache beenden. Er musste fort aus Paris.

13

Als Alix die erste Lohntüte von Javier bekommen hatte, war Mémé sofort aufgefallen, dass die Telefongesellschaft ihrer Enkelin nur ein Drittel so viel bezahlt hatte. Am 16. April, als es wieder Zeit für den Lohn war, sprach Mémé sie nochmals darauf an.

»Aber Aliki, warum bist du so unleidlich, wenn die Stellung bei Javier doch so wunderbar ist?«

»Ich bin müde.«

»Müde? Wenn du so viel genäht hast, dass du die Küste Frankreichs damit hättest umsäumen können, dann darfst du müde sein.«

Die Arbeit war hart, aber Alix' schlechte Laune hatte andere Ursachen. Verrian Haviland hatte sich nicht mehr gemeldet, seit sie sich vor fast einer Woche vor dem Café Les Deux Magots voneinander verabschiedet hatten.

Sie arbeitete inzwischen auch samstags, aber am Sonntag, ihrem freien Tag, ging sie Bonnet besuchen. Es war der erste Besuch in seinem Atelier, seit sie dort überfallen worden war. In einem Brief hatte sie Bonnet von dem Vorfall berichtet und versprochen, ihm wieder Modell zu sitzen, sobald sie sich davon erholt hatte. Er hatte geantwortet: »Meine Tür steht Ihnen immer offen.«

Von der Métro zum Atelier ging sie mit schnellen Schritten und achtete genau darauf, wer sie möglicherweise verfolgte. Aber sie blieb trotzdem einen Moment lang vor Verrians Pension stehen und fragte sich, ob das Fenster mit den grünen Läden wohl zu seinem Zimmer gehörte. Beim Abschied hatte sie das Gefühl gehabt, er wolle sie unbedingt wiedersehen. Sie hatte auf ihn gewartet. Und gewartet. Jetzt aber löste sie den Blick von den Fensterläden, betrat Bonnets Hausflur und rief nach oben.

Bonnet arbeitete gerade an einem Gemälde. Als er ihr sorgenvolles Gesicht sah, breitete er die Arme aus. »Lassen Sie sich umarmen. Und dann müssen Sie mir alles erzählen.«

»Haviland …« Bonnet studierte Verrians Visitenkarte. Sie hatte ihn um seine Einschätzung gebeten. Sollte sie ihren Stolz hinunterschlucken und nebenan vorbeischauen? Oder sich Verrian aus dem Kopf schlagen?

»Das ist nicht die Familie, die die Flugzeuge herstellt, die schreiben sich anders. Also, sollten Sie aufs Ganze gehen? Ein Journalist … hmmm. Tintenfinger und Drinks schon zum Mittagessen.«

»Das müssen Sie gerade sagen, Bonnet.« Alix nahm ihm die Karte aus der Hand und entdeckte einen blauen Daumenabdruck darauf.

»Wie alt ist er denn?«

»Das weiß ich nicht genau«, gestand sie. »Vielleicht Ende zwanzig. Oder auch dreißig. Er ist jedenfalls ein echter Gentleman.«

»Und als Gentleman wird ihm sicher auffallen, dass Sie noch ein Kind sind, nicht wahr?«

»Bonnet, ich bin fast einundzwanzig. Wie oft soll ich Ihnen das noch sagen?«

»*Pardon*. Sie wirken so unschuldig. Hat er Sie denn angerufen? Einen Brief geschickt? Oder Blumen?«

Alix schüttelte den Kopf, und Bonnet legte ihr den Arm um

die Schultern. »Von meiner ersten – und einzigen – Ehefrau habe ich gelernt, dass ein Mann, der schon am nächsten Tag anruft, einfach zu begierig ist. Wenn er aber mehr als drei Tage verstreichen lässt, ist es besser, ihn zu vergessen. Wie viele Tage sind es denn jetzt?«

»Acht, wenn man die Sonntage dazuzählt.«

»Die Sonntage zählen mit, glaube ich.«

»Bonnet, müssen wir heute denn arbeiten?« Obwohl es draußen angenehm warm war, herrschte eisige Kälte im Atelier.

»Natürlich nicht. Übrigens, wenn Sie gehofft haben, dass ich Sie heute fürs letzte Mal bezahle … Also, ich bin gerade etwas knapp bei Kasse.«

»Das ist schon in Ordnung.«

»Irgendso ein Bursche wollte meine Ansicht von Saint-Martin kaufen, schon gestern.« Bonnet deutete auf zwei Bilder, auf denen eine Brücke über den Kanal Saint-Martin zu sehen war. Dann seufzte er. »Nächste Woche bin ich hoffentlich wieder flüssig. Möchten Sie mich vielleicht auf ein Glas Wein begleiten?«

»Ich habe bloß ein paar Münzen in der Tasche.«

»Wir gehen zu Mutter Richelieu. Bei ihr kann ich anschreiben lassen.«

Bei einem Glas Wein stellte Alix dem Künstler die Frage, die sie schon seit dem Überfall quälte. »Dieser Verbrecher … glauben Sie, er hat mich durch ganz Paris verfolgt?«

»Möglich. Oder er hat einfach ein hübsches Mädchen in ein dunkles Haus gehen sehen und aus einem Impuls heraus gehandelt.«

»Nein, er kannte mich, und er wusste, was ich bei Ihnen wollte. Und er kannte den Comte de Charembourg und sein Verhältnis zu mir. Darum hat er mich ja überfallen, also, weil er den Comte treffen wollte. Die Vorstellung, dass so ein schrecklicher, wildfremder Mensch alles über mein Leben weiß, auch die allergeheimsten Dinge, macht mich ganz krank. Wer könnte er nur sein?«

Bonnet zuckte mit den Achseln. Sein erstes Glas Wein hatte er in einem Zug geleert; jetzt versuchte er, die Aufmerksamkeit der Wirtin auf sich zu lenken. »Mutter Richelieu, *attention,* mein Glas ist leer!« Die *patronne* schenkte ihm nach. »Ganz voll, Madame, ich bezahle nicht für Luft!«

»Sie bezahlen überhaupt nicht, Bonnet.«

Er lachte und gab der Frau einen Klaps auf das Hinterteil. Dann sagte er zu Alix: »Hoffentlich überfällt Sie nie jemand, um meine unbezahlten Rechnungen einzutreiben.«

»Das ist nicht lustig, Bonnet. Wie haben Sie eigentlich meine Familie kennengelernt? Ich weiß, dass Sie Schüler meines Großvaters waren, aber warum haben Sie sich nach seinem Tod keinen neuen Lehrmeister gesucht? Warum haben Sie all die Jahre lang Kontakt zu meiner Großmutter gehalten? Sie beide passen nicht gerade gut zusammen.«

Er zwickte sie in die Wange. »Ungleiche Paare sind oft die besten. Aber Sie wollen die Wahrheit wissen? Nach dem Tod Ihres Großvaters musste jemand dafür sorgen, dass Danielle und Mathilda aus Kirchwiller herauskamen. Der Ort war Ihrer Großmutter zur Hölle geworden. Sie konnte nicht mehr schlafen, nicht mehr essen … Und dann gab es ja auch noch die Leute, die sie für den Tod Ihres Großvaters verantwortlich machten.«

»Aber warum? Sie haben mir doch gesagt, dass Einbrecher ihn getötet haben.«

Bonnet ignorierte diesen Einwand. »Wir alle waren der Meinung, dass sie das Elsass verlassen musste, sofort, dass sie am besten in ein anderes Land gehen sollte. Ich habe dann London vorgeschlagen, weil Alfred in seiner Jugend dort studiert hat. Irgendjemand hat dann den Kontakt zu seinem früheren Lehrmeister in London hergestellt – ich glaube, es war die Comtesse de

Charembourg. Daraufhin kam bald das Angebot aus London, Danielle und Mathilda aufzunehmen. Man sammelte Geld für die Reise, aber mindestens die Hälfte gaben der Comte und seine Mutter.«

»Warum waren sie so großzügig?«

»Sie waren wichtige Persönlichkeiten in Kirchwiller. Damals gehörten ihnen ganze Straßenzüge, auch das Haus, in dem Ihre Großeltern lebten. Ich vermute, sie hielten sich an den Grundsatz: *Noblesse oblige*. Die einzige Frage war, wie Danielle und Mathilda die lange Reise überstehen sollten. Alleine konnten sie nicht fahren, deswegen habe ich mich als Begleiter angeboten. Oder wurde darum gebeten, das weiß ich nicht mehr so genau. Habe ich Ihre Frage damit beantwortet?«

»Zum Teil. Ich weiß jetzt, wie die Geschichte anfängt und wie sie endet. Nämlich hier in Paris. Aber was ist mit dem Mittelteil? Ich weiß, dass der Comte und mein Vater ins selbe Regiment kamen, als der Krieg ausbrach. Aber warum wohnte der Comte damals in London? Und wie kann es sein, dass er meine Mutter nie kennengelernt hat?«

»Was meinen Sie damit, er hat sie nie kennengelernt?«

»Das hat er mir so erzählt. Er hat sie nie getroffen.«

Bonnet gab ein abfälliges Geräusch von sich. »Dann ist er entweder diskret oder vergesslich. Ich habe Ihre Großmutter und Mutter im Winter 1904 nach London begleitet. Ich wollte sie zu ihren Freunden in London bringen und anschließend zurück ins Elsass fahren, aber dann merkte ich, dass England mir gefiel. Ich durfte bleiben und bekam ein Zimmer mit Atelier, wo ich einige Zeit verbrachte, jedenfalls lang genug, um mitzubekommen, wie der Comte de Charembourg in Oxford ankam, das ist nicht weit von London entfernt.«

Alix nickte. »Er hat an der Oxford University studiert, das hat er mir erzählt.«

»Nun, Danielle hatte bei dem Maler Martin Fressenden und seiner Frau Magdalen ein neues Zuhause gefunden, direkt an der Themse. Sie betrieben dort eine Kunstschule. Danielle musste sich erst einmal erholen, aber dann übernahm sie die Rolle der Haushälterin und Köchin. Damit ging es ihr gut. Im Zeichensaal, unter so vielen Menschen, die sich auf Englisch anbrüllten, fühlte sie sich unwohl. Nicht aber die kleine Mathilda, die die neue Sprache in nur einem Monat lernte und schnell zum Liebling aller wurde. Ungefähr einmal im Monat kam de Charembourg aus Oxford zu Besuch. Er schloss die Kleine sofort ins Herz und brachte ihr Geschenke: Puppen, Schokolade, einmal sogar ein Kätzchen. Er war wie ein großer Bruder für sie, und sie liebte ihn abgöttisch. Bis sie größer wurde und ihn in Uniform sah. Da veränderte sich ihr Verhältnis.«

»Sie haben sich also noch einmal wiedergetroffen ...«

»An der Front, als der Krieg gerade begonnen hatte. Er war Hauptmann, sie Krankenschwester.«

»Aber warum hat er dann so getan, als würde er sie gar nicht kennen?«

»Wer weiß. Vielleicht will er nichts mehr mit der Vergangenheit zu tun haben. Das trifft doch auf uns alle zu, jedenfalls mehr oder weniger ...« Bonnet brach ab, als zwei Männer hereinschlenderten. »Didiot, Ambrose, he! Kommt und trinkt ein Glas Wein mit uns. Ich unterhalte mich mit meiner hübschen kleinen Freundin gerade über das Leben und andere traurige Sachen.«

Da Alix ahnte, dass sie gleich von einer lauten Clique umgeben wären, stellte sie Bonnet noch die Frage, die ihr seit Monaten auf der Zunge brannte. »Bonnet, würden Sie mir bitte mehr darüber erzählen, wie mein Großvater gestorben ist? Was haben diese Einbrecher ihm angetan?«

Noch einmal erzählte ihr Bonnet die Geschichte von Alfreds Tod, es war die Gleiche wie immer, nur dass er dieses Mal ständig den Faden verlor. Inzwischen hatte er auch schon drei Karaffen Wein getrunken, und als er sich noch einen Cognac bestellte, gab Alix auf und fuhr nach Hause. Sie stieg aber schon ein paar Stationen früher aus der Métro aus, weil sie das letzte Stück zu Fuß gehen und dabei über Bonnets Geschichte nachdenken wollte.

Also hatte der Comte de Charembourg ihre Mutter gekannt. Zuerst war er dem kleinen Mädchen eine Art Bruder gewesen, und später hatten die beiden sich im Krieg wiedergetroffen. Da war Mathilda nur wenig älter gewesen als Alix jetzt. Hatten sie vielleicht eine verborgene Affäre miteinander gehabt? Als der Krieg im Jahr 1914 ausbrach, war der Comte verheiratet und Vater mindestens einer Tochter gewesen. Das konnte Alix sich zusammenreimen, obwohl sie ansonsten nicht viel über sein Familienleben wusste. War es das, was alle vor ihr geheim halten wollten? Es wäre jedenfalls eine Antwort auf die vielen Ungereimtheiten.

Gedankenverloren überquerte Alix die Place Saint-Sulpice. Da rief jemand ihren Namen. Mit kreischenden Bremsen hielt neben ihr ein Fahrrad.

»Paul!« Seine finstere Erscheinung bildete einen krassen Kontrast zum hellen Nachmittagslicht. Er blickte mürrisch drein. »Was machst du denn hier?«

»Ich warte schon seit einer Ewigkeit auf dich. Es geht um Suzy, sie ist krank. Deine dicke Concierge hat mir verraten, dass du nicht zu Hause bist. Warst du etwa in einer Bar?«

»Ich war mit Bonnet aus, was hast du denn gedacht?« Diese Entgegnung geriet ziemlich scharf, und Alix legte ihm sofort beschwichtigend die Hand auf die Schulter. Was sie für einen finsteren Blick gehalten hatte, war einfach nur große Müdigkeit. »Was hat Suzy denn?«

»Diphtherie. Gestern hat sie so furchtbar nach Luft geschnappt, dass ich sie zum Arzt gebracht habe. Er hat mir gesagt, unsere Lebensumstände seien daran schuld, und er würde etwas unternehmen, wenn sich daran nicht bald etwas ändert. Er meint das Waisenhaus.«

»Wir haben Honig zu Hause. Soll ich ihn holen? Oder soll ich auf Suzy aufpassen, damit du dich ein bisschen ausruhen kannst?«

»Dafür bist du zu beschwipst, und Honig habe ich mir schon organisiert. Alix, ich brauche Geld. Meine Großtante kann mir mit den Mädchen helfen, aber nur gegen Bezahlung. Und ich muss das Boot überholen lassen. Wirst du dein Versprechen halten? Madame Shone sitzt wie auf Kohlen, und ich muss sie immer mit irgendwelchen Ausreden abspeisen. Ich habe ihr gesagt, du musst dich bei Javier erst mal eingewöhnen, bevor du ihr die Zeichnungen beschaffen kannst, aber die Zeit vergeht, und bald ist es Ende April. Sie meint, New York ruft jeden Tag an. Lässt du uns etwa im Stich?«

»Natürlich nicht.« Auch Alix brauchte Geld. Die Arbeit war hart, und ihre Kolleginnen benahmen sich hässlich. Aber sie hatte sich in Maison Javier verliebt. Sie wollte keine Diebin sein, wusste aber, dass es nur eine Frage der Zeit wäre. »Komm, wir gehen in ein Café und besprechen die Sache noch einmal.«

Aber Paul musste los. »Bitte komm uns bald wieder besuchen, Alix. Versprich mir das.«

Sie gab ihm ihr Wort.

Im Hof wartete eine weitere Überraschung auf sie: Madame Rey schrubbte die Bodenplatten mit einem großen Besen; neben ihr stand ein Eimer mit dampfend heißem Wasser.

Die Concierge hielt inne. »Sehen Sie, wie ich mich um meine Mieter kümmere? Der Gestank nach Pisse hat mich ganz krank gemacht. Aber die da …« Mit dem Kopf deutete sie auf das Waschhaus. »Die wissen doch gar nicht, wo bei einem Besen oben und unten ist. Übrigens, einer Ihrer Verehrer hat nach Ihnen gefragt.«

»Ja, das war Paul. Ich habe ihn vor dem Haus getroffen.«

»Und ein Päckchen ist für Sie angekommen. Ein Laufbursche hat es gebracht.« Sie wühlte in der Brusttasche ihrer Schürze und zog ein kleines Paket hervor. »Sie haben doch nicht etwa Geburtstag?«

»Nein, erst im Juni. Danke, Madame.« Alix ging nach oben und riss noch im Treppenhaus das Packpapier auf. Als sie die blassblaue Schachtel öffnete, entdeckte sie eine silberne Stickschere und außerdem noch einen Brief:

Meine liebe Alix, bitte nimm dieses kleine Zeichen meiner Zuneigung an. Ich hoffe, die Schere wird Dir in Deinem neuen Beruf gute Dienste leisten. Sie ist aus bestem Sheffield-Stahl und sehr scharf!

Ich weiß genau, dass Du von jetzt an besser schlafen wirst.

Jean-Yves de Charembourg

Sie würde besser schlafen – das bedeutete, er hatte den Angreifer bezahlt, und sie brauchte keine Angst mehr auszustehen. Aber warum drückte er sich so vage aus? Aus allen Ecken bekam sie nur Halbwahrheiten zu hören. Mürrisch durchwühlte sie ihre Handtasche nach dem Wohnungsschlüssel, aber sie konnte ihn nicht finden. Sie leerte den Inhalt der Tasche auf den Boden aus und befühlte das Futter. Nein, er war wirklich nicht da. Bei Mutter Richelieu hatte sie die Tasche auf dem Boden abgestellt, was man im Montmartre niemals tun durfte. Ihr Portemonnaie war noch da. Vielleicht war der Schlüssel einfach herausgefallen? Sie klopfte, und Mémé ließ sie ein. Sie blickte ihre Enkeltochter missmutig an und kochte eine Kanne Kaffee.

Erst viel später fand Alix die Zeit, dem Comte einen kurzen Dankesbrief zu schreiben, den sie an die Adresse in der Rue du Sentier schickte. Sie unterschrieb spontan mit »Mathilda« – das war kindisch und provokativ, das wusste sie.

Der Montag kam, und Verrian hatte noch immer nichts von sich hören lassen. Da begriff Alix, dass Bonnet recht gehabt hatte. Verrian Haviland war ein Mann mit einiger Lebenserfahrung, und ein Kuss im Regen bedeutete ihm nicht viel. Aber als Pauline Frankel plötzlich an ihren Nähtisch trat und ihr sagte, dass im Salon jemand auf sie warte, machte ihr Herz trotz allem einen kleinen Hüpfer. Es konnte nur Verrian sein.

Warum hatte er sie nicht vorgewarnt? Wie schrecklich, sie trug ihren schäbigsten Rock und dazu auch noch flache Schuhe! Madame Frankel führte sie in einen der Anproberäume neben dem Salon und schärfte ihr ein, sich nicht von der Stelle zu rühren. »Sie dürfen den Salon auf keinen Fall betreten, ist das klar?« Alix nickte und setzte sich auf die Sofakante. Als sich die Tür öffnete, sprang sie auf. Aber es war nicht Verrian, der jetzt hereinkam, sondern eine Frau, deren kurvige Gestalt in einem beigen Kostüm steckte. Sie hatte einen weißen Hut auf und einen hellen Pelz über die Schulter drapiert. Du liebe Güte – es war die Amerikanerin von Hermès, die ihr ein Fleißkärtchen zugestanden hatte. Madame Frankel stellte sie einander vor. »Madame Kilpin, das ist Alix Gower. Alix, Madame Kilpin hat mich kürzlich angerufen und darum gebeten, das Mädchen kennenzulernen, das ihren Rock so schnell und so sorgfältig genäht hat. Ich bin ihrem Wunsch gerne nachgekommen, da es normalerweise ja immer die Verkäuferinnen und die Zuschneiderinnen sind, die das Lob der Kundinnen hören. Die Näherinnen gehen leer aus. Das weiß ich genau, ich war nämlich selbst mal Näherin. Madame Kilpin, bitte setzen Sie sich doch. Ach, wie schön, der Tee ist auch schon gekommen. Ich darf Ihnen doch ein Tässchen anbieten?«

Während Alix interessiert die Frau betrachtete, die sich jetzt auf dem cremefarbenen Sofa niederließ, stellte eine junge Verkäuferin Porzellantassen und einen Silberteller mit Zitronenscheiben auf den Tisch. Madame Frankel schenkte den Tee aus, und Madame Kilpin starrte Alix an.

»Na, Kleine, erkennen Sie den Rock?«

»Selbstverständlich, Madame, die Seide mit dem Gittermuster. Ich habe den Rock für Sie genäht.«

»Er ist gerade noch rechtzeitig angekommen, bevor ich zum Flughafen aufbrechen musste, um meinen Mann abzuholen. Ihm ist er allerdings gar nicht aufgefallen. Ich hätte auch einen Kartoffelsack anhaben können. Für mich war es aber wichtig, ein Ensemble zu tragen, das ich mir im Kopf genau so zusammengestellt hatte, das macht mich glücklich. Mir gefällt es, wenn meine Pläne aufgehen.« Madame Kilpins Französisch war voller Fehler, und ihre Aussprache war schrecklich, aber das schien sie überhaupt nicht zu kümmern. Warum auch? »Madame« musste niemandem gefallen. »Da habe ich also aufs richtige Pferd gesetzt, Mademoiselle Gower.«

»Pferd?«

»Ach, sie hat es noch nicht erraten. Madame Frankel, bitte klären Sie sie auf.« Die Amerikanerin führte ihre Tasse zum Mund.

»Madame Kilpin tritt manchmal unter einem anderen Namen auf, um sich einen Spaß zu erlauben. Nicht wahr?« Madame Frankel blickte den Gast fragend an.

»So ist es. Spaß muss sein.«

»Manchmal nennt sie sich … Madame Shone.«

»Shone – aha.« Das Blut strömte Alix in die Wangen. »Madame Shone« war es doch, die mit Paul zusammenarbeitete. Die Javiers Kollektion auf dem Silbertablett serviert bekommen wollte. Nein, das durfte nicht diese Frau sein, bitte nicht!

»Vor ihrer Heirat hat Madame Kilpin in New York Kleider entworfen. Sie hatte ihre eigene Firma.« Madame Frankels Lächeln war so nichtssagend, dass Alix daraus nicht ableiten konnte, was sie wirklich dachte.

»Eine sehr erfolgreiche Firma, das müssen Sie dazusagen. Ich habe mich ›Shone‹ genannt, weil es auf Englisch so ähnlich klingt wie das deutsche ›schön‹. ›Modelle von Madame Schön‹ … ich sage immer, man muss für sich selbst die Werbetrommel rühren, das nimmt einem niemand ab.«

»Nein, Madame«, murmelte Alix.

Madame Frankel runzelte die Stirn. »Alix, Madame Kilpin ist eine renommierte Expertin auf dem Gebiet der Haute Couture. Als sie mich im März darum bat, eine junge *protégée* zu einem Vorstellungsgespräch einzuladen, sagte ich sofort zu. Was meinen Sie denn, warum sich Javier persönlich mit Ihnen abgegeben hat? Glauben Sie, jedes Mädchen, das hier hereinspaziert, wird so empfangen?«

»Vermutlich nicht«, brachte Alix hervor. So wie es jetzt klang, hatte Madame Kilpin sämtliche Strippen gezogen. Aber was erwartete sie dafür als Gegenleistung?

»Ach, ich liebe Tee.« Die Amerikanerin trank ihre Tasse aus. »Ich bin wahrlich nicht anglophil – ich weiß, dass Sie eine halbe Britin sind, Alix, sehen Sie es mir bitte nach –, aber für ihren Tee bewundere ich die Engländer wirklich. Oje, das hätte ich fast vergessen!« Sie wandte sich an die Première. »Meine Vendeuse …« Bei ihr klang das Wort wie »Vaan-duus«. »Meine Vendeuse erwähnte, dass Javier auf den Herbst hin einen schottischen Tartan kreiert hat und dass die Farben mir schmeicheln würden. Würden Sie mir wohl ein Muster holen, liebe Madame Frankel? Mister Kilpin und ich werden im Herbst nach Schottland fahren, dafür brauche ich noch ein paar sportliche Kostüme. Alix wird mich in der Zwischenzeit unterhalten, nicht wahr?«

»Wie Sie wünschen, Madame.«

Kaum hatte Pauline Frankel das Zimmer verlassen, beugte Madame Kilpin sich zu Alix vor und sagte auf Englisch: »Wir haben fünf Minuten, um die Sache zu schaukeln.«

»Zu schaukeln?«

»Betreiben Sie keine Wortklauberei, Alix. Ich kenne Sie, und Sie kennen mich. Hier.« Sie wühlte in ihrer Wildledertasche herum und zog ein Stück Seide hervor, das sie Alix entgegenstreckte. »Nehmen Sie das. Ich schenke es Ihnen.«

Es war das Hermès-Tuch. Das Original. Alix schüttelte den Kopf.

»Sie können es ruhig annehmen.«

Alix lehnte sich zurück. Durch ihren Kopf rauschte ein lautes »Nein«.

Madame Kilpin seufzte. »Zu viel Stolz bringt einen Menschen nicht weiter im Leben. Aber schön. Ich werde Ihnen jetzt ein paar Dinge sagen. Erstens: Paul le Gal ist ein Schatz. Er ist hundertmal besser als jeder andere Mann, den Sie in den nächsten Jahren kennenlernen werden. Na ja, Sie müssen es wissen, aber der Junge liebt Sie wirklich. Zweitens, das Boot, auf dem er wohnt, ist eine schwimmende Schande.«

Alix nickte. Daran gab es nichts zu rütteln.

»Diese armen kleinen Mädchen. Was wird sie eher treffen, die Amöbenruhr oder das Waisenhaus? Drittens, er braucht Geld. Und ich brauche Geld.« Sie warf einen abschätzigen Blick auf Alix' braune Strümpfe und Schuhe. »Ich glaube, wir alle brauchen Geld.«

»Sie brauchen Geld, Madame? Das kann ich mir kaum vorstellen.«

»Sie können es mir durchaus glauben. Viertens …« Jetzt klang ihre Stimme so sanft wie fallende Schneeflocken. »Viertens, Sie sind nicht in der Lage, Javiers Frühjahrs- und Sommerkollektion zu stehlen. Paul hat mir erzählt, dass Sie noch nicht genug gesehen haben, um vernünftige Skizzen anzufertigen. Ich hasse es, auf Geld zu verzichten, aber ich sehe ein, dass Sie sich hier erst zurechtfinden mussten. Jetzt aber will ich die Kollektion zur Zwischensaison, die nächsten Monat herauskommt. Und später dann die Herbst- und Winterkollektion, die er Ende Juli, Anfang August zeigen wird. Er schickt übrigens auch ein Kleid zur Expo.«

»Zur Expo?«

»Das ist die Weltausstellung. Sie beginnt Ende nächsten Monats, falls die Pavillons rechtzeitig fertig werden. Ich will dieses Kleid.«

Alix schüttelte den Kopf. »Das kann ich nicht tun.«

»Herzchen, Sie können das, weil es tausend andere auch können. Glauben Sie etwa, Ihre lieben Kolleginnen zeichnen die Musselin-Toiles, die sie nähen, nicht ab? Glauben Sie vielleicht, sie werfen nicht ab und zu ein Muster aus dem Fenster, sodass eine Freundin es unten auffangen kann? Meinen Sie etwa, die Verkäuferinnen halten nicht die Hand auf? Denken Sie vielleicht, die Zuschneiderinnen zeichnen nicht verstohlen die Modelle ab? Glauben Sie, die Mannequins gehen abends nach Hause und vergessen die Kleider, die sie den ganzen Tag über getragen haben?«

»Vielleicht …«

Madame Kilpin hatte sich in Fahrt geredet. »Denken Sie, manche Kundinnen »verleihen« ihre gekauften Modelle nicht an Nachahmer, die davon billigere Kopien anfertigen? Mädchen, manche Frauen vermieten ihre neuen Kleider sogar an diese Nachahmer. Nur so lange, bis sie Schnittmuster hergestellt, ein Stoffmuster genommen, die Stickerei kopiert haben. Es ist ein einziges Haifischbecken da draußen. Ich habe die nötigen Kontakte, aber ich brauche auch ein schlaues Mädchen, das in einem Couture-Haus sitzt. Dieses Mädchen sind Sie, und wenn Sie die Nerven behalten, werden wir alle davon profitieren. Sie, Paul, ich – wir werden die drei Musketiere sein, einer für alle und alle für …« Zum Teetrinken hatte sie einen ihrer Häkelhandschuhe abgenommen. Jetzt zog sie eine Karte daraus hervor. »Rufen Sie mich an.«

Widerstrebend nahm Alix die Karte entgegen.

»Rufen Sie an, mein Hausmädchen wird Ihnen sagen, wann Sie vorbeikommen können.«

In dem Moment kam Madame Frankel zurück, mit dem gewünschten Muster in der Hand. »Ich fürchte, dieses Muster darf den Raum nicht verlassen. Es handelt sich um eine Sonderanfertigung.«

Madame Kilpin hielt den Tartan gegen das Licht. »Sehr hübsch. An das Black-Watch-Muster angelehnt. Interessantes Unterkaro … Sand, Rostrot, Safran, Rostrot, Sand. Schauen Sie, Alix. Die rostroten Doppellinien wiederholen sich nach Schema einfach, doppelt, einfach, doppelt-doppelt und wieder einfach, was den Tartan kompliziert wirken lässt. Tatsächlich aber besteht er aus nur drei Farben.«

»Ich staune«, sagte Pauline Frankel.

»Darüber, dass ich einen Tartan lesen kann? Mein Mann ist Schotte und bestand darauf, dass wir auf unserer Hochzeitsreise eine Weberei besichtigen. Er hat einen Tartan für uns entwerfen lassen, dessen Herstellung ich genau beobachtet habe.« Plötzlich zog Madame Kilpin ein schiefes Gesicht und fasste sich an den Hinterkopf. »O nein, der Wind hat mir wieder die Frisur zerzaust.« Sie holte einen kleinen Spiegel aus der Handtasche und nahm ihren Hut ab. »Madame Frankel, es ist mir etwas unangenehm, aber würden Sie mir wohl die Frisur am Hinterkopf richten? Hier, ich habe einen Kamm.«

Alix unterdrückte ein aufgeregtes Keuchen. Während Madame Frankel pflichtbewusst ihrer Kundin half, benutzte die ihre Hutnadel, um den Tartan aufzutrennen. Mit einer Geschicklichkeit, die auf einige Übung hindeutete, ließ sie einen Faden jeder Farbe in ihre Handtasche fallen. Das alles, ohne dass die Première den geringsten Verdacht schöpfte.

»Sind Sie fertig?« Madame Kilpin lächelte Pauline Frankel

unschuldig an. »Es tut mir wirklich leid, Ihnen solche Umstände gemacht zu haben.«

»Aber nicht doch, Madame.«

»Nun, jetzt muss ich wieder zu meiner Vendeuse. Aber lassen Sie bitte die junge Dame in Ruhe ihren Tee austrinken.« Madame Kilpin lächelte Alix an und steckte sich den Hut wieder fest. »Sie muss doch bei Kräften bleiben.«

Am Tag nach dem Treffen im Salon verließ Alix das Haus durch den Nebeneingang. Es war zwölf Uhr, *midi,* die Stunde, der die Näherinnen den Namen »midinettes« verdankten. Denn um diese Uhrzeit saßen sie alle in billigen Cafés und schlangen ihr Mittagessen hinunter.

Plötzlich hörte Alix einen Schrei.

»Sie da – halt!«

Sie drehte sich um. O nein, was hatte sie jetzt wieder falsch gemacht? Aber es war Solange Antonin, das Mannequin, von dem Madame Albert gesprochen hatte. Jetzt kam Solange auf Alix zu, mit kleinen Trippelschritten, weil ihr Rock so eng war. Die beiden hatten den Vormittag zusammen verbracht. Javier arbeitete nämlich an dem Kleid, das er bei der Expo zu zeigen gedachte. Inzwischen hatte Alix eine Vorstellung davon bekommen, was diese Ausstellung bedeutete, und genoss insgeheim sogar die Heimlichtuerei, die damit einherging. Tausende von Besuchern würden auf die Expo strömen, und die ganze Welt würde sich für die Pariser Couture interessieren. Javier schneiderte sein Kleid Solange direkt auf den Leib, und Alix, die erst kürzlich so viel Lob von Madame Kilpin bekommen hatte, durfte den Toile nähen. Mittlerweile war Javier beim dritten Anlauf angelangt, nachdem er den ganzen Vormittag lang meterweise Stoff zerrissen und versucht hatte, ihn seinen Vorstellungen gemäß an Solange zu drapieren. Auch Madame Frankel war mit von der Partie und stand

Javier beratend zur Seite. Obwohl das Temperament oft mit ihm durchgegangen war, hatte Solange die Sitzung mit Gleichmut ertragen. Jetzt, da sie Alix eine edle weiße Karte überreichte, war ihr Gesichtsausdruck ebenso reglos.

Alix nahm die Karte und las:

Die Besitzer des Cabaret Rose Noire laden

Mademoiselle Gower und Begleitung

herzlich zum Gala-Eröffnungsabend
am **29. April 1937** ein.

Es spielen Frazer Hoskins und seine Smooth Envoys;
es singt Lenice Leflore.

Um Abendgarderobe wird gebeten.

»Was ist denn das Rose Noire?«, fragte Alix.

»Das ist der Nachtklub meines Verehrers, und er wollte, dass Sie auch kommen.«

Alix betrachtete die Karte noch einmal. Solanges Verehrer also … der Mann mit dem weinroten Peugeot. Der im Regen auf sie wartete.

Vor ein paar Tagen war Alix ihm wiederbegegnet, als sie gerade nach Hause gehen wollte. Sie hatte versehentlich ihre Tasche fallen lassen, und er hatte sie aufgehoben und sie ihr unerreichbar über den Kopf gehalten, so wie es früher die älteren Schüler immer mit den jüngeren gemacht hatten. »Sie bekommen sie nur zurück, wenn Sie mit mir etwas trinken gehen«, lachte er.

Da erinnerte sie ihn daran, dass er gerade auf sein Mädchen wartete.

»Ja, das stimmt.« Er gab ihr die Tasche zurück, ohne den Blick von ihr abzuwenden. »Wenn Sie einer guten Fee begegnen, werden Sie vielleicht auch mal das hübscheste Mädchen von Paris.«

Das fand sie überhaupt nicht nett. Behauptete er etwa, sie sei nicht hübsch? Nun, er gefiel ihr auch nicht. Er war stämmig und trug die hellen Haare über der breiten Stirn zurückgekämmt. Seine Augen besaßen einen sehr ungewöhnlichen Farbton – fast wie Gin on the rocks –, und seine Wimpern waren strohblond. Alles an ihm wirkte teuer: sein Anzug, seine Armbanduhr, sein Auto. Aber für ihren Geschmack war sein Jackett an den Schultern zu dick gepolstert und an der Taille zu schmal geschnitten. Sie fand, er sah aus wie ein Gangster – oder vielleicht eher wie ein Arbeiterjunge, der sich aufspielte. Als sie ihn stehen ließ, schickte er ihr ein Lachen hinterher.

Warum in aller Welt war es ihm wichtig gewesen, sie in seinen Nachtklub einzuladen?

Solange teilte ihren Gedanken anscheinend. »Auf der Einladung steht ›Abendgarderobe‹, und das ist ein absolutes Muss. Aber Sie haben ja gar nichts anzuziehen, und außerdem können Sie auch nicht mit einem Begleiter aufwarten, der Smoking trägt und weiß, aus welchem Glas er trinken darf. Woher sollten Sie solche Männer auch kennen?«

»Vielleicht kenne ich ja doch welche.« Plötzlich wollte Alix unbedingt zu diesem Galaabend kommen. Rose Noire – Schwarze Rose. Das klang aufregend. Eine Spelunke? Eine Kaschemme? Eine erstklassige amerikanische Jazzband hatte sie auch noch nie erlebt. Sie warf einen Blick auf das Datum. Bis zum 29. war es noch eine Woche hin. »Wo ist denn dieser Klub?«

Solange zeigte ihre Verachtung ganz offen. »Wenn Sie das nicht wissen, gehören Sie dort auch nicht hin.«

Am selben Abend klärte Paul sie auf. »Das ist im Pigalle.« Er drehte die Einladungskarte um. »Auf dem Boulevard de Clichy, das ist die allerschlimmste Ecke. Rose Noire, meine Güte, das klingt ja gefährlich. Die Polizei hatte diesen Laden dichtgemacht, weil dort geschmuggelter Alkohol aufgetaucht war, und über den neuen Besitzer hört man auch nur Übles.«

»Er ist jedenfalls kein Geizkragen.« Alix nahm ihm die Karte wieder aus der Hand. »Von Hand gedruckt. Ganz schön edel.«

Alix und Paul saßen in ihrem Stammcafé in der Nähe des Jardin du Luxembourg. Dort nannte die Wirtin sie immer liebevoll »meine Turteltauben« und füllte ihnen die Karaffen randvoll.

»Ich bin froh, dass du mit Una gesprochen hast«, sagte Paul.

»Mit wem?«

»Mit Madame Shone. Also, Kilpin.« Paul nahm einen Zug von seiner Zigarette. »Wenn wir unter uns sind, darf ich sie beim Vornamen nennen.«

»Woher kennst du sie überhaupt?«

»Keine Fragen bitte, jedenfalls nicht heute.« Er hatte Suzy die ganze Nacht über auf dem Schoß gehalten, damit sie besser Luft bekam. Heute ging es ihr nicht mehr gar so schlecht, sodass Paul es verantworten konnte, sie ein paar Stunden lang in Francines Obhut zu lassen. Wenigstens hatte Lala sich noch nicht angesteckt. »Dieses Mal schaffen wir es, aber wenn der Winter kommt …« Als er merkte, dass Alix sich nicht von der Einladungskarte lösen konnte, fragte er bissig: »Soll ich dir vielleicht verraten, was ich über den Besitzer des Rose Noire weiß?«

»Wenn's sein muss.«

»Wenn er in einen Kampf gerät, benutzt er kein Messer.«

»Ist doch gut.«

»Er benutzt stattdessen seine Zähne. Aber mit wem willst du überhaupt hingehen. Da steht doch ›und Begleitung‹. Alleine kannst du da nicht hin.«

»Mit dir?«, fragte sie hoffnungsvoll.

»Alix, das passt mir leider gar nicht. Weißt du denn, ob es Tanzmädchen geben wird? Solche, die für einen Dollar mit jedem tanzen? Vielleicht wirst du ja den ganzen Abend begrapscht und kriegst bloß ein Glas schlechten Champagner dafür.« Alix zog eine Grimasse. »Lass das. Außerdem habe ich keinen Anzug.«

»Aber Paul, würdest du nicht gern mal wieder auf einer richtigen Tanzfläche tanzen? Mit mir?«

Er sah bedrückt aus. »Doch, natürlich. Bis zum Umfallen. Aber wenn ich die Musik höre, sehe ich meine Mutter vor mir. An jenem Abend, an dem sie sich umgebracht hat, hat sie auch für Geld getanzt. Im Polizeibericht wurde sie als Prostituierte bezeichnet.«

»Du weißt, das war eine Lüge.«

»Jedenfalls hat ihr so ein Bastard übel mitgespielt und ihr das ganze Geld abgenommen. Vielleicht dachte sie ja, wenn sie von der Brücke springt, kann sie sich reinwaschen.«

Alix wollte sich nicht vorstellen, wie Sylvie le Gal ausgesehen hatte, als man sie eine Woche nach ihrem Tod aus dem Fluss gefischt hatte. Sie ließ sich von Paul eine Zigarette anzünden und blies einen Rauchkringel. »Deine Mutter war der erste Mensch in Paris, der mich wie eine Freundin behandelt hat. Sie hat nicht über mich gelacht, weil ich gerade mal den Walzer halbwegs hinbekam. Sie hat mit mir geübt, bis ich den Tango perfekt beherrscht habe.«

Jetzt blies auch Paul einen Rauchkringel, der sich neben ihren legte. »Sie konnte einem Elefanten in zehn Stunden den Tango beibringen.«

»He, ich habe elf gebraucht.«

Er lächelte traurig. »Manchmal laufe ich abends über den Boulevard de Clichy, weil ich nach ihr suche. Darum weiß ich, was in Läden wie dem Rose Noire vor sich geht und was für Leute dort verkehren. Ganz zwielichtige Gestalten.« Dann lenkte Paul die Unterhaltung wieder auf das übliche Thema: Alix' Versprechen, die Kollektion zu stehlen.

Nein, ein Versprechen war es nicht, das betonte Alix jedenfalls.

»Deine Madame Kilpin – oder meinetwegen auch Madame Shone – ist ja dreister als eine Fassadenkletterin. Stiehlt ein Muster unter den Augen der Première.«

»Sie wollte dich schockieren«, erklärte Paul. »Und dich daran erinnern, warum wir dir die Stellung überhaupt verschafft haben. Du *hast* es uns versprochen, Alix. Auf der Place du Tertre hast du gesagt, du würdest die Sachen stehlen, solange du nicht so tun müsstest, als wäre es ein Kavaliersdelikt. Das verlangt niemand von dir. Aber ich brauche das Geld dringend. Hör endlich auf, mich hinzuhalten, Alix.«

Am Tag nach jener Unterhaltung verließ Alix abends Maison Javier mit dem Gedanken: *Heute Morgen war ich noch unschuldig. Jetzt bin ich eine Kriminelle.*

In aller Herrgottsfrühe war sie zur Arbeit erschienen – und hatte Javier und Madame Frankel angetroffen, die bereits an dem Kleid für die Weltausstellung werkelten. Ihrem zerzausten Äußeren nach hatten sie die ganze Nacht durchgearbeitet. Am Tag zuvor hatte Javier gesagt: »Ich kann nicht noch mehr Musselin verschwenden. Wie viel Zeit haben wir noch, zwei Wochen? Madame Frankel, lassen Sie uns endlich eine Entscheidung treffen und ans Werk gehen.«

Als Alix das riesige Atelier betrat, blieb ihr vor Staunen der Mund offen stehen. An einer hölzernen Kleiderpuppe drapiert befand sich ein Ballkleid aus goldener Dupionseide. So viel Gold an einem einzigen Kleid hatte Alix noch nie gesehen. Während sie geschlafen hatte, musste eine Näherin eine Nachtschicht eingelegt haben. Langsam bewegte Alix sich um die Kleiderpuppe, betrachtete die enge Taille und den üppigen, in abgestuften Rüschen fallenden Rock der Robe. Der Halsausschnitt erinnerte sie an ein Renaissancegemälde. Javiers Vision war, dass das Kleid fallen sollte »wie Kaskaden aus flüssigem Gold«.

Ein Blick auf Javiers Gesicht verriet Alix, dass dieser Traum für ihn bis jetzt noch nicht Wirklichkeit geworden war.

Er und Madame Frankel hatten versucht, die Rüschen mit Drahtbügeln zu formen, dadurch stand der Rock jedoch geradezu grotesk ab und wirkte wie ein Zelt. Auch die Idee, ein Versteifungsvlies zu benutzen, war fehlgeschlagen, weil der Stoff danach als Ganzes immer nur in eine Richtung schwang, wie bei einer Glocke. »Alix, heute besteht Ihre Aufgabe darin, alle Rüschen von ihren Drahtbügeln zu befreien und sie mit gestärktem Tüll zu unterfüttern. Wenn das auch nicht funktioniert, reiße ich mir alle Haare aus, die können sie dann statt des Tülls nehmen«, seufzte die Première.

»Das Kleid heißt *Gold,* auf Spanisch: *Oro*«, erklärte Javier.

»Vielleicht sollte es besser *Burro* heißen«, seufzte Madame Frankel. »Weil es genauso widerspenstig wie ein Esel ist.«

Javier lachte und rief nach seinem persönlichen Mädchen. »Ana-Sofia, bringen Sie uns bitte frischen Kaffee!«

Während Alix sich an die Arbeit machte, wandten Madame Frankel und die Assistentinnen sich anderen Aufgaben zu. Da Javier aus Zeitmangel sämtliche Abendkleider aus der Frühjahrs- und Sommerkollektion gestrichen hatte, würde die verspätete Kollektion zur Zwischensaison nur aus Ballkleidern bestehen. Das war ein Bruch mit der Tradition und außerdem ein wirtschaftliches Risiko. Aber Javier genoss es, Regeln zu brechen. Tradition war seiner Meinung nach etwas für Matronen und Hofschranzen.

Gegen Mittag streckte Madame Frankel ihre schmerzenden Glieder und sagte: »Javier, es wäre schön, wenn Sie unsere Saisonplanung in Zukunft weniger nach Ihren Launen gestalten würden. Vierzehn Ballkleider, das schaffe ich einfach nicht, das ist unmöglich.«

Javier sah von einem Ballen Stoff auf, der gerade angeliefert worden war. »Launen sind die Schmetterlinge der Kreativität.«

»Dann hätte ich gern eine Fliegenklatsche«, gab Pauline Frankel trocken zurück.

»Madame braucht mehr Kaffee«, rief Javier in den Raum hinein. »Zehn Minuten Pause für alle, danach mit frischer Kraft ans Werk.«

Jetzt oder nie, dachte Alix. Es gab keine Ausreden mehr. Sie rannte nach unten zu den Waschräumen und schloss sich in eine Toilettenkabine ein. Dann zog sie ihren linken Schuh aus und holte ein Stück gefaltetes Papier heraus. Am Morgen hatte sie einen Bleistift hinter der Toilette versteckt. Ja, er war noch da. Sie setzte sich auf den Klodeckel und zeichnete aus dem Gedächtnis das Kleid, an dem Madame Frankel den ganzen Vormittag über gearbeitet hatte. Das war ganz leicht. Sie hatte die Entwurfszeichnungen gesehen – Vorder- und Hinteransicht – und auch den Stoff begutachtet. Wenn sie später die Gelegenheit bekam, würde sie heimlich ein winziges Eckchen abschneiden.

Als Nächstes skizzierte sie das Kleid *Oro,* immer angespannt nach Schritten lauschend. Niemand würde sich darüber wundern, dass sie so schnell weggerannt war, denn sie hatte gut fünf Stunden am Stück gearbeitet. In ihrer Vorstellung prangte trotzdem das Wort »Diebin« in roten Lettern an der Toilettentür. Nur der Gedanke an Paul und Suzy trieb Alix an.

Als sie gegen zwei Uhr Mittagspause machten – Javiers Tagesrhythmus war ziemlich unkonventionell –, eilte Alix in ihr Stammcafé, um dort wie immer eine Zwiebelsuppe mit Brot zu essen. Sie kaufte Jetons für den Telefonapparat und wählte die Nummer, die auf Madame Kilpins Karte stand. Eine Frau meldete sich und stellte sich als Madame Kilpins Mädchen vor. Widerstrebend erklärte Alix, worum es ging. Das Mädchen erwiderte, man habe bereits mit ihrem Anruf gerechnet.

»Madame Kilpin hofft, Sie kommen heute Abend zu ihr nach Hause in die Avenue Foch, um alle Einzelheiten zu besprechen.«

Das Mädchen beschrieb ihr den Weg. »Kommen Sie um sieben. Madame wird Ihnen ein Taxi für acht Uhr bestellen, da sie dann anderweitige Verpflichtungen hat. Erwähnen Sie Madames Namen niemandem gegenüber, weder bei der Arbeit noch zu Hause.«

»Soll ich mir vielleicht auch noch einen falschen Schnurrbart ankleben?«, knurrte Alix und legte auf. Jetzt steckte sie mittendrin in dem schmutzigen Geschäft. Bei dem Gedanken wurde ihr furchtbar übel.

14

Es war der 29. April, der Abend der großen Gala im Rose Noire, und sie hatte noch immer keinen Begleiter aufgetrieben. Ein Kleid allerdings hatte sie, und was für eins! Sie konnte es kaum erwarten, in dieser atemberaubenden Kreation zu tanzen.

Wie verabredet war sie am Freitag nach der Arbeit in die Avenue Foch gefahren. Das schwarze Mädchen hatte sie über eine Hintertreppe in ein kleines Büro geführt, das Madame Kilpin anscheinend als Schuhzimmer diente. An den Wänden standen Regale, die mit den verschiedensten Modellen angefüllt waren: unzählige Schuhe aus hellem Wildleder, Ziegenleder und Glacé. Das Treffen selbst war kurz gewesen, und geredet hatte eigentlich nur Una Kilpin. Alix sollte eine ganze Reihe an Zeichnungen anfertigen, die der amerikanischen Kontaktperson Madame Kilpins übermittelt würden. Diese würde sich dann um die Massenproduktion in Amerika kümmern. Alix sollte auf jedes einzelne Detail achten, denn Genauigkeit war ganz besonders wichtig. Mit den Worten »Gehen Sie an die Arbeit und lassen Sie sich nicht erwischen« hatte sie Alix verabschiedet.

Bevor sie Madame Kilpin verlassen hatte, war allerdings noch etwas Erstaunliches passiert. Als Alix beiläufig das Rose Noire erwähnte – und die Tatsache, dass sie nichts anzuziehen hatte für jenen Abend –,hatte Madame Kilpin gekichert: »Armes Aschenputtel. Kommen Sie mal mit.«

Sie führte Alix in ihre privaten Räume, die hinter einer verborgenen Tür in einer verspiegelten Wand lagen. Als Alix durch diese Tür trat, weiteten sich ihre Augen vor Staunen beim Anblick von Madame Kilpins gesammelter Kollektion von Abendkleidern. Dann sagte die Herrin des Hauses etwas so Wunderbares, dass Alix kaum ihren Ohren traute: »Schauen Sie sich nur um, und wenn Ihnen eins gefällt, dann nehmen Sie es sich. Aber machen Sie schnell, Mädchen, ich habe einen Termin.«

Nach dieser Begegnung hatte Alix lange gebraucht, um sich wieder einigermaßen zu beruhigen. Den ganzen Tag lang hatte sie wie auf Kohlen gesessen; sie wollte endlich Feierabend machen und einen letzten Versuch wagen, Paul doch noch zum Mitkommen zu bewegen. Ohne einen männlichen Begleiter konnte sie den Galaabend im Rose Noire nämlich vergessen. Doch die Minuten dehnten sich wie Kaugummi und wollten einfach nicht vergehen. Dann aber, nachdem Alix ihre Schere zum fünften Mal hatte fallen lassen, schickte Madame Frankel sie nach Hause. Sie behauptete, Alix sehe fiebrig aus.

Das ließ Alix sich nicht zweimal sagen. Sie hatte eine brillante Idee ausgebrütet: Sie würde einen Smoking für Paul ausleihen und Madame Brandel, Mémés frühere Aufwartefrau, dafür bezahlen, auf Lala und Suzy aufzupassen. Jetzt gab es keine Ausrede mehr für Paul. Wenn er sich immer noch weigerte, würde sie ihm entgegenhalten, dass er sie doch wohl zum Tanzen ausführen musste, wenn sie schon Entwürfe für ihn stahl. Bei der Station Pont Marie stieg sie aus der Métro aus und rannte zum Quai d'Anjou.

Die *Katrijn* war fort. Enttäuscht ließ sich Alix auf eine Parkbank sinken. Das konnte doch nicht wahr sein! Sie hatte es sich in den Kopf gesetzt, in einem aufregenden Nachtklub zu einer Jazzband zu tanzen. Das bedeutete, sie hatte noch genau fünf Stunden, um einen Mann zu finden …

Im Büro des *News Monitor* an der Rue du Boccador erfuhr sie, dass »Mister Haviland« auf Dienstreise in Deutschland war und frühestens für den kommenden Abend zurückerwartet wurde. Das hatte ihr die Empfangsdame nur widerstrebend verraten. Aber wenigstens eine Nachricht wollte sie Verrian freundlicherweise übergeben, und so kritzelte Alix eben ein paar Zeilen auf einen Zettel. Sie hatte sich sehr überwinden müssen, das Büro überhaupt aufzusuchen. Jetzt konnte sie nur noch zum Quai d'Anjou zurückfahren. Zu allem Übel brauchte sie auch noch gut zwei Stunden für den Weg, weil es bei Châtelet eine Zugstörung gegeben hatte. Den Tränen nahe, stolperte sie über den Pont Marie und die Stufen zur Anlegestelle hinunter. Dort war die *Katrijn!* Alix rannte auf das Boot zu und rief Pauls Namen so laut, dass ein Angler sie wütend um Ruhe bat. Sie nahm einen kleinen Kieselstein und warf ihn gegen das Kajütenfenster.

Da bewegte sich eine Gardine. »Paul, beeil dich.« Auf dem Nachbarboot goss Francine gerade ihre Blumen. Sie grinste breit und entblößte dabei ihr Zahnfleisch. »Nur mit der Ruhe. Er muss sich erst eine Hose überstreifen.«

Hatte Paul etwa Nachtschicht gearbeitet? Hatte sie ihn aus dem Tiefschlaf geweckt? Sie würde an Bord gehen, beschloss Alix, und an Deck auf ihn warten. Die Planke mit den Querhölzern lag schon bereit. Es war ein neues, breiteres Brett, auf dem man besseren Halt hatte. Paul musste sich ihre ständigen Klagen zu Herzen genommen haben. Zum Dank würde sie ihm einen Kuss geben. Aber erst, wenn er versprochen hatte, sie ins Rose Noire zu begleiten. Schuldbewusst dachte sie an den Brief, den sie Verrian hinterlassen hatte. Vielleicht würde er ihn ja nicht mehr rechtzeitig bekommen – wenn überhaupt. Das Mädchen am Empfang hatte keinen sehr gewissenhaften Eindruck auf Alix gemacht.

Sie betrat die fensterlose Kombüse, die von einer Öllampe

erleuchtet wurde, und bemerkte die Reste vom Mittagessen: Käserinde, Brotkanten, Oliven. Vielleicht hatte Paul mit den Mädchen ja ein Picknick am Fluss gemacht. Aber wo waren die Mädchen überhaupt?

»Paul?«

Sie hörte ein Flüstern. Dann öffnete sich die Kajütentür, und Paul stand im Türrahmen, mit nacktem Oberkörper. Er legte sich gerade seinen Gürtel um. Errötete er etwa? Ja, kein Zweifel. Auf seinem Gesicht zeigte sich auch nicht das gewohnte Lächeln, mit dem er sie sonst immer begrüßte.

»Alix, was machst du denn hier?« »Ich war vorhin schon einmal da, aber du warst weg.« Die Angst verlieh ihrer Stimme einen scharfen Klang. »Wo bist du denn gewesen?«

Bevor er antworten konnte, drang eine weibliche Stimme aus der Kajüte. »Liebling, wer ist denn da?« Dann sah Alix einen Wirbel blonder Haare und ein entschlossenes Kinn, das nun auf Pauls Schulter ruhte. Ein besitzergreifender Arm schlang sich um seine Taille.

»Seien Sie gegrüßt«, sagte die Frau.

Vor Entsetzen krallten sich Alix' Hände in den Stoff ihres Kleides. »Paul? Was ist hier los? Bitte erklär es mir.«

Paul sah zu Boden.

Madame Kilpin tauchte unter seinem Arm hindurch. Sie hatte sich in einen Bettbezug gewickelt und machte einen zerzausten, aber befriedigten Eindruck. Ihr Gesicht zeigte keine Spur von Scham. »Alix, dieses Boot ist zu klein für einen Streit um einen Mann.«

»Was … was …«

»Was ich hier mache? Nun, ich streiche weder die Decke noch gieße ich die Begonien. Sagen wir, ich bin hier, um die erste feierliche Sitzung des Klubs der ›Drei Musketiere‹ zu eröffnen.« Madame Kilpin nahm die Lampe von ihrem Haken. »Kommen Sie, wir setzen uns aufs Deck. Wenn zwei Menschen ein Liebespaar sind, dann sind drei wohl eine Party. *Poulbot,* mein Schatz …«

Poulbot. Alix schäumte vor Wut. Sie hatte also schon einen Kosenamen für ihn.

»*Poulbot,* mein Schatz, hol doch schon mal den Wein. Wir brauchen jetzt wahrlich einen Schluck zu trinken.«

Die Dämmerung war über den Fluss hereingebrochen. Die beiden Frauen betrachteten einander über den improvisierten Tisch hinweg, während die Lampe alle Motten und Mücken in der Umgebung anzog. Madame Kilpin trug noch immer den Bettbezug, hatte sich inzwischen aber noch einen Fischerpullover übergezogen. Pauls Pullover. Den durfte außer Paul nur sie selbst anziehen, fand Alix.

Paul, der an der Bugreling stand, um eine Zigarette zu rauchen, schaute angespannt zu ihnen herüber. Aber wenigstens der Wein war gut, stellte Alix fest. Ein rubinroter Pinot noir – ein solcher Tropfen war unerschwinglich für Paul.

»Sie dürfen mich Una nennen«, sagte Madame Kilpin und umfasste ihr Weinglas. Ein quadratischer Diamant glitzerte an ihrem Finger. »Wir sind ja alle Freunde, nicht wahr?« Als sie keine Antwort erhielt, seufzte sie auf. »Paul, was du getan hast, würde jeder normale junge Mann tun. Alix, neiden Sie mir vielleicht das, was Sie selbst nicht wollten?«

Das war zu viel. »Sie sind eine verheiratete Frau und dazu noch älter als Paul. Viel, viel älter.«

»Tja. Werden Sie es Mister Kilpin verraten?«

»Vielleicht.« Alix funkelte Paul böse an und richtete den Blick dann wieder auf Una. »Nein. Ich kenne ihn ja gar nicht. Er ist mir egal.«

»Darauf trinke ich«, sagte Una. »Übrigens, ich bin nicht alt genug, um Pauls Mutter sein zu können, nicht mal entfernt. Ich bin froh, dass Sie uns erwischt haben, ich mag keine Geheimniskrämereien.«

»Ja, die alte Hexe von nebenan wusste genau, was hier vorging.«

Una lachte und warf den Kopf in den Nacken. »Wussten Sie, dass sie früher im Folies Bergère getanzt hat, in einem Rock aus aufgefädelten Korken? Paul, Liebling, ich könnte eine Zigarette gebrauchen, und Alix auch. Dann lassen uns wenigstens die Mücken in Ruhe.«

Paul steckte sich zwei Gauloises in den Mund und zündete beide gleichzeitig an. Dann gab er jeder Frau eine, steckte sich selbst noch eine an, leerte ein Glas Wein und sagte müde: »Ich ertrage das alles nicht mehr.«

Una ging in die Kajüte und kam mit einem zerbrochenen Stück Holz zurück, das sie vor Alix auf den Tisch legte. »Wenn Sie noch eine Motivation für unsere kleine Unternehmung brauchen, hilft Ihnen das hier vielleicht.«

Es war der Hals einer Kindergeige. »Himmel, was ist denn da passiert?«, fragte Alix.

»Neulich ist Paul von der Schicht zurückgekommen. Vierundzwanzig Stunden am Stück. Erst die ganze Nacht in Les Halles, danach ein Tag auf dem Gelände der Weltausstellung, zum Aufbauen. Dort gibt es genügend Arbeitsvermittler, die es nicht so genau damit nehmen, ob jemand in der Gewerkschaft ist oder nicht. Die gute Francine hat derweil auf die Kinder aufgepasst.« Mit dem Daumen zeigte Una auf das Nachbarboot. »Ein Wachhund hätte es vielleicht besser gemacht. Als Paul nach Hause kam, zeigte sie den Mädchen gerade den Hula, der sie damals zur Attraktion des Pigalle gemacht hatte. Leider ist sie dabei auf die Geige getreten, und die Mädchen haben geheult wie die Schlosshunde.«

»Wo sind sie überhaupt?« Alix legte Paul eine Hand auf die Schulter und spürte, wie er zurückzuckte.

»Bei meiner Großtante Gilberte. Heute Nachmittag haben wir sie zu ihr gebracht. Sie ist bereit, die beiden so lange zu behalten, bis ich mich um die feuchten Stellen auf dem Boot kümmern kann.«

Una zündete sich die mittlerweile erloschene Zigarette an der Kerze wieder an. »Ich habe Paul etwas Geld geliehen, damit er seiner Großtante den Unterhalt für die Mädchen bezahlen konnte, aber ewig können sie dort nicht bleiben.« Sie lächelte spöttisch. »Alix, meine Liebe, Ihr Gesichtsausdruck spricht Bände. Ja, ich habe ihm das Geld nur geliehen. Er muss es mir zurückzahlen, weil ich genauso knapp bei Kasse bin wie Sie, das können Sie mir glauben. Mister Kilpin kontrolliert alles, was ich ausgebe, und wenn ihm etwas nicht passt, gibt es ein Donnerwetter. O ja, es gibt tatsächlich reiche Männer, die ihre Frauen ziemlich knapp halten. Mein Mann hat einen Buchhalter, einen Erbsenzähler namens Pusey, der meine Ausgaben minutiös durchgeht, sogar, wenn es sich um Unterwäsche handelt.«

»Du solltest dich scheiden lassen«, sagte Paul entrüstet.

»Das geht nicht. Meine Firma in New York ist in Konkurs gegangen und hat einen Haufen Schulden hinterlassen. Mein Mann hält meiner Familie in Texas die Geldeintreiber vom Hals. Als Gegenleistung sehe ich hübsch aus und mache, was er sagt. Alix, Sie sind vielleicht nicht ganz so schlimm dran wie Paul und ich, aber wir nehmen Sie trotzdem in unseren Klub auf.« Una schenkte ihnen vom Wein nach. »Auf die ›Drei Musketiere‹, die sich Wohlstand, Gesundheit und Glück erkämpfen werden. He, was ist das denn?«

Alix hatte die Einladungskarte für das Rose Noire herausgeholt und hielt sie in die Kerzenflamme, um sie zu verbrennen. Aber Una riss sie ihr aus der Hand, blies die Flamme aus und studierte das Stück Papier aufmerksam.

»Galaabend, na das klingt ja toll. Kommt, wir laufen zu dritt dort auf und feiern die ganze Nacht. Und Mister Kilpin nehmen wir auch mit, einer muss ja unsere Drinks bezahlen. Na, was meint ihr?« Sie streckte ihr Glas empor und wartete, bis die anderen ihre zögernd hoben und ihr zuprosteten.

15

Genau in diesem Moment schloss Verrian im zweiten Stock des *News Monitor* die Fahrstuhltür und lauschte dem Klappern einer einzelnen Schreibmaschine. Er folgte dem Geräusch und steckte den Kopf in die Tür eines verglasten Büros. »'n Abend, Beryl.«

Beryl Theakston, die treue und loyale Redaktionssekretärin des *News Monitor,* hielt im Tippen inne, doch statt wie üblich mit einem Lächeln empfing sie ihn mit den Worten: »Sie sind früh zurück! Am besten gehen Sie direkt ins Sitzungszimmer. Oje, bin ich froh, nicht in Ihrer Haut zu stecken!«

»Das klingt ja sehr ermutigend, Beryl. Was ist denn los?«

»Das wissen Sie doch sicher selbst, oder? Hat Mr. Chelsey Sie vor Ihrem Aufbruch nach Deutschland denn nicht informiert?«

»Derek Chelsey sagt mir nichts. Das gehört zur Strategie der Chefetage – sag einem kleinen Reporter niemals etwas Verwertbares oder Freundliches. Also, was ist los, Beryl?«

»Lord Calford ist da. Er ist vor einer Stunde schlecht gelaunt hier eingetroffen. Hm, um genau zu sein« – sie senkte die Stimme – »geradezu fürchterlich schlecht gelaunt. Haben Sie nicht gewusst, dass er in Paris ist?«

»Nein, sonst wäre ich nicht wieder hergekommen. Ist Sturridge oben im Fotostudio?«

»Es ist helllichter Tag, Mr. Haviland, und soweit ich weiß,

tobt auch kein Orkan. Natürlich ist unser Bildredakteur im Studio.«

Es kam selten vor, dass Beryl falschlag, doch Verrian fand das Fotostudio verlassen vor, und die Tür zur Dunkelkammer stand halb offen. Er zog mehrere Filmdosen aus der Tasche. Als er von Mulhouse über die Grenze nach Köln gefahren war, hatten Militärtransporte die deutschen Straßen verstopft. Ganze Kolonnen waren unterwegs nach Westen. Das hatte ihm klargemacht, in welchem Ausmaß in Deutschland aufgerüstet worden war. Nachdem er seinen Leihwagen wieder in Mulhouse abgegeben hatte, war er mit dem schnellsten Zug zurück nach Paris gefahren. Er hatte einen Artikel verfasst und brauchte seine Bilder spätestens am nächsten Morgen. Da seine Rufe nach Sturridge unerwidert blieben, fand er sich damit ab, dass er warten musste, und nahm die Regale an den Wänden des Studios in Augenschein.

Die Fotografie mochte Sturridges Leidenschaft sein, doch von französischer Malerei war er geradezu besessen. Er arbeitete an einer Enzyklopädie mit dem Titel *Im Licht der Impressionisten* und lagerte sein Forschungsmaterial im Studio. Verrian zog einen mit »M« beschrifteten Ordner aus dem Regal, der handgeschriebene Notizen, Zeitungsausschnitte, Postkarten und Fotos von Claude Monet enthielt. Nachdem er ihn durchgeblättert hatte, stellte er ihn wieder zurück und suchte nach einem Ordner mit dem Buchstaben »L«. Aber zwischen »K« und »M« klaffte eine Lücke. *Gut so,* dachte er. Er wollte den Nachmittag schließlich nicht mit der Lektüre von Texten über Alfred Lutzman verbringen. Dann hörte er ein gedämpftes Husten.

»Sturridge, bist du das?«

Im nächsten Augenblick tauchte ein drahtiger Mann in Hemd und Kakishorts aus einem Nebenraum auf. Er trug ein Gerät aus Metall. Seinem Schnaufen nach zu urteilen, war es ziemlich schwer.

Verrian packte mit an und half, den Apparat auf den Tisch zu wuchten. »Was zum Teufel ist das?«

»Der technische Fachbegriff ist ›Lupe‹, mein Freund, aber ganz unter uns ist es ein Vergrößerungsglas.« Sturridge rieb sich die Handinnenflächen, in denen die Kanten der Lupe ihre Spuren hinterlassen hatten, und schüttelte Verrians Hand. »Das Ding hilft mir beim Deuten unscharfer Stellen auf Fotos. Ich habe neulich einen ehrbaren französischen Politiker geknipst, der sich zusammen mit einer Frau das Gebäude der Weltausstellung angesehen hat. Ich war mir bloß nicht sicher, ob es seine Ehefrau oder jemand anders war. So was sollte man wissen. Der *Monitor* will keine Skandale. Zu viel Kritik von der Botschaft und vom Außenministerium.«

»Klar.« Verrian hatte in der Vergangenheit Handlupen verwendet, aber niemals ein solches Trumm.

»Zehnfache Vergrößerung«, erklärte Sturridge stolz. »Du kannst noch aus der verschwommensten Masse Gesichter herausfiltern. Die Lupe – Feind aller Ehebrecher. Wenn du willst, können wir die Bogen deiner Fingerabdrücke zählen.«

Verrian wies auf seine Filmrollen. »Mir wäre es lieber, du würdest die für mich entwickeln. Ich schulde dir ein Abendessen.«

»Aber gerne. Wie ich gehört habe, warst du in Deutschland. Spaß gehabt?«

»Nein, es war …« Verrian hielt inne, als sein Blick auf einen kleinen Tisch fiel. Dort lag ein Ordner mit der Aufschrift »L«. Er schlug ihn auf und sah Sturridge fragend an. Konnte dieses Universalgenie etwa auch Gedanken lesen? »Der Künstler Lutzman – du kennst ihn?«

Sturridge gesellte sich zu Verrian an den Tisch. »Ah, der letzte von den L's. Dieser Ordner ist leider fast leer. Wenn ich mit ihm durch bin, steht die Hälfte des Rohentwurfs für mein Buch.«

»Erzähl mir was über Lutzman.«

»Ein elsässischer Maler.« Sturridge blätterte eine Seite um. Eine sepiafarbene Fotografie, die einen bärtigen Mann um die fünfundvierzig oder fünfzig zeigte, kam zum Vorschein. Der Blick des Mannes ließ darauf schließen, dass er kurzsichtig war, und seine obsidianschwarzen Augen verrieten Verrian, dass er Alix' Großvater vor sich hatte. Hatte sie dieses Bild je gesehen?

»Die da sind charakteristisch für sein Spätwerk.« Sturridge zeigte ihm eine Sammlung von Farbpostkarten. Es waren Reproduktionen von Landschaftsgemälden im typischen Stil des französischen Impressionismus. Als diese Richtung in Mode gekommen war, musste Lutzman ein junger Mann gewesen sein.

»Hat er in Frankreich studiert?«

»Keine Chance«, antwortete Sturridge. »Als er den Kinderschuhen entwachsen war, hatten die Boches seine Heimat besetzt. Viele gebürtige Elsässer flohen nach Frankreich, doch die Lutzmans blieben, wo sie waren. Malausflüge über die Grenze waren nicht denkbar. In den 1870er-Jahren hatte man in Deutschland wenig übrig für radikale Kunst, und der Impressionismus war in seinen Anfängen ziemlich radikal. Lutzman stand unter Beobachtung. Er war Jude, und seine Familie sympathisierte mit den Bolschewiken.«

Verrian nickte. »Wie ist sein Leben verlaufen?«

»Er war der Sohn einfacher Tabakpfeifenhersteller. Stieg in das Familienunternehmen ein. Doch schon mit zwanzig lebte er in Deptford in einem riesigen Herrenhaus an der Themse, das dem englischen Impressionisten Martin Fressenden gehörte.«

London. Die Dinge begannen sich zu fügen. »Fressenden?«

Sturridge zog einen weiteren Ordner aus dem Regal. »Ein Maler, der in der spätviktorianischen Zeit in Mode war und dank einer privaten Kunstschule, die wohl eher seine Frau führte, seiner Leidenschaft frönen konnte. Lutzman hat dort studiert.«

In den Reproduktionen von Fressendens Arbeiten entdeckte

Verrian eine Verwandtschaft zwischen Meister und Schüler. Der Schüler erschien ihm allerdings wesentlich interessanter, insbesondere was den Umgang mit Farbe anging. Ihm fiel wieder ein, wie Alix versucht hatte, seiner Schwester Lucy Farbtöne schmackhaft zu machen, die diese in hundert Jahren nicht kombiniert hätte. »Ich gestehe, dass ich von keinem der beiden je gehört habe.«

»Da bist du nicht der Einzige. Beide waren interessante Künstler, doch die Mode ändert sich. In meinen Augen war Fressenden einer von denen, die mehr Charme und Entschlossenheit als Talent besaßen, aber lange von diesem Talent zehrten. Lutzman hingegen hatte großes Talent, ging aber an seinem eigenwilligen Charakter zugrunde. Ein schwieriger Mensch – sehr eigenbrötlerisch und unwillig oder unfähig, sein Werk zu vollenden. Wieso interessiert er dich?«

»Eine Freundin hat ihn kürzlich erwähnt. Auch sie sagte, er sei als Künstler nicht zur Vollendung gelangt.« Auf dem Boulevard Saint-Germain hatte er zu Alix gesagt: *Mir gegenüber müssen Sie sich niemals erklären*. Warum also durchforstete er ihr Leben nach biografischen Hinweisen?

»Die meisten Aufzeichnungen verschwanden, als Deutschland nach dem Krieg das Elsass wieder an Frankreich abtrat. Ganze Archive gingen verloren – Lutzmans Gemälde offenbar auch. Was ich weiß, verdanke ich zu einem großen Teil seinem früheren Schüler Raphael Bonnet – er ist selbst ein recht talentierter Maler.«

»Ich kenne ihn«, sagte Verrian. »Er ist mein Nachbar.«

»Du meine Güte. Dann weißt du auch, warum Bonnets Genie nie zur Entfaltung kommen wird.« Sturridge mimte einen Mann, der ein Glas Wein hinunterkippte. »Tu ihm einen Gefallen, und schließ seinen Korkenzieher weg.«

»Ist Lutzman auch am Alkohol zugrunde gegangen?«

»Nicht an etwas so Langweiligem, Haviland. Lutzman wurde ermordet.«

»Mr. Haviland?«, flüsterte Beryl Theakston durch die offene Tür. »Lord Calford weiß, dass Sie hier sind. Bitte kommen Sie runter, ehe er explodiert.«

Lord Calford war Herausgeber und Hauptaktionär der Londoner und Pariser Ausgaben des *Monitor*. Er war ein großer Mann mit hochrotem Gesicht, und wenn er wütend war, fürchteten selbst gestandene Männer seine Ausbrüche. Er empfing Verrian mit den Worten: »Wie spät ist es deiner Meinung nach?«, und fuhr fort: »Chelsey ist raus; du übernimmst als Chefredakteur.«

Verrian ließ sich am Tisch des Sitzungszimmers nieder und sagte: »Wie du meinst, Vater. Übrigens, schön, dich zu sehen.«

Das war auch schon alles; die Besprechung war beendet. Verrian wechselte ein paar Worte mit dem aufgebrachten Derek Chelsey und erfuhr, dass es bei der Auseinandersetzung um einen Artikel gegangen war, in dem der Chefredakteur den britischen Pavillon der Weltausstellung als »absolut nichtssagend« bezeichnet hatte. Weiterhin hatte er behauptet, dass Großbritannien der Welt Tennisschläger und Teeservices präsentierte, während andere Nationen zu Frieden und Krieg Stellung nahmen.

»Ich stehe zu jedem einzelnen Wort«, donnerte Chelsey.

»Das ist auch dein gutes Recht«, antwortete Verrian. »Wir sehen uns morgen hier.«

Beryl Theakston folgte ihm vor die Tür und tippte ihm auf den Arm, während er ein Taxi heranwinkte. »Mr. Haviland, vorhin ist ein Brief für Sie gekommen. Er wurde an der Rezeption abgegeben.«

Verrian schob den Brief in seine Tasche, ohne einen Blick darauf zu werfen. Sein Vater stieg mit ihm zusammen ins Taxi.

»Von mir aus kann Chelsey zu jedem einzelnen Wort stehen«,

brüllte Lord Calford. Er hatte den Fahrer angewiesen, sie zum Hôtel Polonaise an der Place Vendôme zu fahren. »Ich bin nach Paris gekommen, um die britischen Aussteller zu loben, und jetzt muss ich feststellen, dass der Mann sich in meinem Namen über sie lustig macht. Verdammter Idiot.« Lord Calford zog eine Zigarrenkiste aus der Tasche und entnahm ihr eine dicke Havanna, mit der er Verrian anstupste. »Was zum Teufel hattest du bei den Krauts zu tun? Wer hat dir erlaubt, dorthin zu fahren? Wann hast du dir das letzte Mal die Haare schneiden lassen? Wieso musst du aussehen wie ein spanischer Anarchist?«

Verrian ignorierte die Fragen. »Chelsey hat sich nicht in deinem Namen ›lustig gemacht‹«, sagte er. »Dir gehört zwar die Hälfte der Aktien, aber nicht die ganze Zeitung. Sollte sich das je ändern, ist sie erledigt. Deshalb hast du Leute wie Chelsey.«

»Chelsey ist nicht mehr an Bord!« Lord Calford kramte einen goldenen Zigarrenschneider aus der Tasche und schnitt genüsslich das Ende der Zigarre an. »Du bist jetzt der Chef in Paris.«

»Auch ich werde dir nicht nach dem Mund reden, du hast also nichts gewonnen.« Verrian ließ den Kopf nach hinten ins Sitzpolster sinken, während sein Vater die Havanna anzündete. »Lass mich an der nächsten Métrostation raus. Ich hatte einen langen Tag.«

»Deine Mutter will dich sehen – sie ist im Polonaise. Ich habe versprochen, dich mitzubringen.«

»Mutter ist hier? Was hat sie so schnell wieder hierhergeführt?«

»Ihr hat die Garderobe, die sie sich neulich zugelegt hat, nicht gefallen. Sie braucht etwas Besonderes, und da ist nur Paris gut genug.«

»Etwas für Jacks und Moiras Hochzeit vielleicht?«

Lord Calford kniff die Augen zusammen. »Ich bin froh, dass du es weißt. Verdammter Chelsey – seine Bemerkung ist einfach unpatriotisch.«

Irgendjemand hatte einmal bemerkt, dass die Havilands sich rein äußerlich zwei Lagern zuordnen ließen. Lord Calford, Jack und Lucy sahen aus wie Nordlichter: graue Augen und Sommersprossen. Diese bleichgesichtigen Havilands verfärbten sich rosa, wenn sie tranken oder wütend wurden, und bekamen sofort einen Sonnenbrand. Verrian dagegen hatte die dunklen Haare seiner Mutter, dazu meerblaue Augen, und wurde schnell braun. Er hatte sich oft gefragt, ob es an seiner dunkleren Hautfarbe lag, dass er die Liebe seines Vaters nicht gewinnen konnte.

Im Hôtel Polonaise, wo Lord Calford zwei Suiten gemietet hatte, bedrängte Verrians Mutter ihren Sohn, zum Abendessen zu bleiben. Er lehnte ab mit der Begründung, dass er nichts zum Anziehen habe … nur um feststellen zu müssen, dass seine Mutter einen Koffer mit seinen Kleidern mitgebracht hatte.

»Einschließlich deiner Abendgarderobe, mein Lieber.«

»Deshalb bist du also zurückgekommen.« Er umarmte sie. »Du hättest dich nicht darum kümmern müssen.«

»Solange du keine Ehefrau hast, werde ich mich darum kümmern.«

Als es acht Uhr schlug, hatte er den Luxus eines großen Badezimmers und fließend warmen Wassers wieder zu schätzen gelernt. In Abendgarderobe saß er in einem Salon und lauschte einem Pianisten, der Chopin spielte. Doch der Mensch, mit dem er einen solchen Abend am liebsten geteilt hätte, war nicht da.

Als seine Mutter den Salon betrat, stand er auf, um sie zu begrüßen. Er kannte ihr Abendkleid aus grüner Seide mit einem Volant aus perlenbesetzter Gaze, ein Entwurf von Molyneux. Es war etwa sieben Jahre alt. Seit ihrer letzten Begegnung hatte sie sich die Haare schneiden und in modische Wasserwellen legen lassen. Er machte ihr ein Kompliment, und sie gab es ihm zurück.

»Sehr adrett, mein Lieber. Bestimmt wirst du dir auch bald die Haare schneiden lassen.«

»Ganz bestimmt, Mutter.«

»Nun. Lucy lässt dich herzlich grüßen und entschuldigt sich für ihr ›Schandmaul‹. Wo sie solche Ausdrücke bloß herhat …«

Verrian bestellte Cocktails und ließ seine Mutter plaudern. Sie erzählte ihm von den Proben für das sommerliche Historienspiel des Damenklubs, vom Hexenschuss des Kochs und von dem Spätfrost, der an den Knospen der Aprikosenbäume genagt habe. Dann sagte sie unvermittelt: »Dein Vater hat mir erzählt, dass er dich zum Pariser Chef ernannt hat.« Sie studierte seinen Gesichtsausdruck.

»Warte nur ab, spätestens morgen bin ich es nicht mehr.«

»Ich wünschte, du hättest mehr Ehrgeiz«, sagte sie. »Du bist Quentin Thomas Verrians wahrer Erbe, nicht Jack.« Sie nannte ihren Vater immer bei seinem vollen Namen und betonte dabei jede einzelne Silbe. »Er hat den *Monitor* als Sprachrohr der Liberalen gegründet, und nur du hast das begriffen. Sogar Jack sagt, du gehörst zu den wenigen Journalisten, die den Bewohnern Mittelenglands den Sozialismus erklären können, ohne ihnen einen Heidenschrecken einzujagen. Ich habe noch die Hälfte der Aktien meines Vaters, und da ich vorhabe, sie dir zu hinterlassen …«

»Jack und ich sind kein gutes Team«, unterbrach er sie. »Außerdem arbeite ich nicht Seite an Seite mit dem Bruder, der mir meine Verlobte ausgespannt hat, während ich im Ausland war.«

»Das leuchtet mir ein. Ich fürchte, ich war ziemlich giftig zu Moira, als sie es mir erzählt hat. Aber … hat es dir denn nicht das Herz gebrochen?«

»Mein Herz ist wie der Frack eines Aushilfsgeigers, durchgescheuert und schlecht geflickt, aber es wird schon durchhalten.«

»Und deine Wohnung? Wohnst du noch im Montmartre bei dieser …« Lady Calford räusperte sich. »Bei dieser russischen Tänzerin?«

»Sie ist achtundfünfzig, Mutter. Heute lebt sie von ihrer Rente und vermietet ein paar Zimmer.«

Lady Calford wirkte sehr erleichtert. Dann sah sie ihren Mann durch den Türbogen am Eingang kommen und stand auf. »Clarence, mein Lieber, wo willst du sitzen? Verrian, rück ein Stück zur Seite, dein Vater sitzt nicht gerne mit dem Rücken zur Tür.«

Das sollte er auch nicht, dachte Verrian, gab es doch mindestens sechs ehemalige Redakteure des *News Monitor,* die Lord Calford gerne ein Messer zwischen die Schulterblätter gerammt hätten. Verrian hoffte, dass seine Geduld ausreichen würde, drei Menügänge zu überstehen, und erhob sich.

Seine Mutter zog sich nach dem Essen zurück. Auch Verrian machte Anstalten, sich zu entschuldigen, doch Lord Calford bemerkte, dass er ihm ruhig eine Stunde seiner kostbaren Zeit schenken könne, und bestellte Cognac. Sie zogen sich ins Herrenzimmer zurück, und sein Vater rauchte, während er sich über Politik, die bevorstehende Weltausstellung, die baldige Hochzeit des früheren Königs Edward VIII. in Frankreich sowie über Redakteure ausließ, die er allesamt für Betrüger hielt – außer Jack natürlich. Jack hatte das Format eines Haviland.

»Wie viele Skandalgeschichten hat der *Monitor* über diese amerikanische Abenteurerin Mrs. Simpson gedruckt, die uns unseren König gestohlen hat?«, fragte Lord Calford.

Als Verrian antwortete: »Meines Wissens keine«, knurrte sein Vater triumphierend.

»Genau! Wir haben die Abdankungskrise mit beispielloser Diskretion behandelt. Hat dir deine Mutter erzählt, dass ich einen Brief vom Premierminister bekommen habe, der meine patriotische Zurückhaltung gelobt hat?« Lord Calford zog an seiner Zigarre. »Auf uns Havilands ist absolut Verlass, private

Informationen sind bei uns sicher. Ich würde eine Ernennung zum Viscount nicht ausschließen. Viscount Calford. Na, klingt das gut?«

»Da ich der jüngere Sohn bin, versetzt mich das kaum in Aufregung.« Irgendwann hatte Verrian herausgefunden, wie er Lord Calford bei Auseinandersetzungen schlagen konnte. Nicht mit Sarkasmus und nicht mit Humor. Sondern mit einschmeichelnder Brutalität. »Also, Vater«, begann er. »Soll ich morgen in mein Stammcafé frühstücken gehen oder mit Wischmopp und Eimer im Redaktionsbüro aufkreuzen? Ohne Derek Chelsey wird es ein Blutbad geben.«

Sein Vater brauste sofort auf. »Warum kannst du nicht ein einziges Mal eine einfache Frage stellen?« Vor sich hin knurrend, zündete er sich die Zigarre wieder an, die zwischenzeitlich ausgegangen war. »Ich verstehe dich einfach nicht. Da biete ich dir eine Suite im Polonaise, und du trabst in irgendein Wohnheim mit Bettwanzen zurück.«

»Bei Rosa gibt es keine Wanzen, und in meiner letzten Bleibe gab es auch keine. Ich bin nur umgezogen, um ruhiger schlafen zu können. Montmarte passt zu mir.«

»Da kannst du dich mit Künstlern und Linken herumtreiben«, grunzte Lord Calford. »Ich nehme an, du fühlst dich dort zu Hause. Als du zweiundzwanzig warst, habe ich dir eine erstklassige Stelle beim *Monitor* angeboten, und du bist nach Russland gegangen, um für ein bolschewistisches Revolverblatt Artikel zu schreiben. Es heißt, du wärst Kommunist gewesen und seist es immer noch.«

Verrian hob sein Glas. »Wenn wir die Welt des Kommunismus verstehen wollen, müssen wir sie von innen heraus betrachten, alles andere ist nichts als Spekulation.«

Sein Vater inhalierte den Rauch und atmete ihn wieder aus. »Nun, du hast die Chance, jemals einer vernünftigen britischen

Zeitung vorzustehen, vertan. Genauso wie du deine Chance mit Moira verspielt hast. Ich habe dich davor gewarnt, sie zu vernachlässigen.«

Verrian zuckte mit den Schultern. »Sie hätte warten oder mitkommen können.«

»Sir Chester Durslops Tochter soll in Spanien herumlaufen, während ihr die Kugeln um die Ohren fliegen?«

»Sie hätte einen unerschrockenen Begleiter gehabt. Doch es ist nicht weiter schlimm, dass sie nicht mitgekommen ist, denn ich habe mich in jemand anders verliebt. Eine Liebe von Dauer, nicht die englische Salonvariante.« Verrian sah seinem Vater direkt in die Augen, und als dieser nicht antwortete, kippte er den Rest des Branntweins hinunter. »Ich schicke den beiden zwei Porzellanpudel und halte mich von der Hochzeit fern, damit sie nicht erröten müssen. Und jetzt entschuldige mich bitte, Vater, ich gehe nach Hause.«

Lord Calford folgte ihm ins Hotelfoyer. »Ich werde nicht dulden, dass die Familie sich zerstreitet, hörst du? Und ich dulde es ebenfalls nicht, dass du ein hergelaufenes ausländisches Flittchen mit nach Hause bringst. Lucy hat dich mit irgendso einem jüdischen Ladenmädchen gesehen. Wenn du mit der bei uns auftauchst, verbarrikadiere ich sämtliche Türen.« Lord Calfords Empörung landete in Form einer Rauchwolke direkt im Gesicht seines Sohnes.

Verrian wandte sich wortlos ab und verließ das Hotel.

Als er gegen Mitternacht zu Hause seine Jacke auszog, sah er etwas Weißes aus der Tasche hervorlugen. Es war der Brief, den Beryl ihm gegeben hatte.

Lieber Mr. Haviland, ich habe eine Einladung zur Eröffnung des Rose Noire, eines neuen Nachtklubs, am 29. April erhalten und möchte Sie fragen, ob Sie mich begleiten wollen. Ich hoffe, Sie hal-

ten mich nicht für aufdringlich, doch ich kenne nur wenige Männer in Paris. Wenn Sie nicht können oder mögen, ist das aber nicht weiter schlimm. Ihre –

»O Alix«, seufzte er. Heute war der Neunundzwanzigste. Er sollte es bleiben lassen. Erstens war er in seiner üblichen Nach-Vatergespräch-Stimmung. Zweitens hatte er beschlossen, ihre Freundschaft um ihrer beider willen zu beenden. Und drittens, viertens, fünftens und sechstens. Andererseits …

16

Die Musiker schwangen ihre Instrumente, wirbelten durch einen Nebel aus Klang und Licht. Frazer Hoskins und seine Smooth Envoys. Alix fuhr sich über den bloßen Unterarm und dachte sehnsüchtig: *Ich will tanzen.* Sie betrachtete ihre drei Begleiter, die alle völlig von der Musik eingenommen waren. *Kann mich nicht endlich jemand auffordern?*

Sie hatte geglaubt, das einzig Wichtige sei, heute Abend hier zu sein, aber sie merkte schnell, dass das nicht stimmte. Sie hatte Paul zum Mitkommen bewegt, aber eben auch Una. Und Gregory Kilpin obendrein, der den ganzen Abend lang noch nicht ein einziges Mal gelächelt hatte.

Wie hatte Paul sich doch verändert! Der einfache Arbeiter steckte in einem weißen Smokingjackett mit schwarzer Fliege – Leihgaben aus der Garderobe von Unas Ehemann. Pauls strohblonder Strubbelkopf war mit Pomade gebändigt und glänzte jetzt honigfarben. Im Taxi auf dem Weg zum Rose Noire war er freundlich zu Alix gewesen, hatte ihr aber nicht mehr das gewohnte Gefühl vermittelt, etwas Besonderes für ihn zu sein.

Alix beobachtete Paul dabei, wie er Unas Zigarette anzündete. *Kann mich bitte, bitte endlich jemand auffordern!*

»Frazer Hoskins sollte seine Smooth Envoys mal ein bisschen besser zusammenhalten«, bemerkte Una und blies Zigarettenrauch quer über den Tisch. Ein Kleid aus Seidenjersey umschmeichelte ihre Kurven. Alix hatte es für ein Original gehalten, aber Una hatte klargestellt: »Es ist eine Kopie, aber eine so gute, dass sogar ich manchmal vergesse, dass es nicht echt ist.« Jetzt sagte sie gerade zu Paul: »Ich habe noch nie gehört, dass man Swing mit Geige und Gitarre spielen kann.«

»Das ist eben Paris.« Paul berührte Una zärtlich am Handgelenk, und Alix zuckte zusammen. Hatten sie etwa Gregory Kilpin vergessen, der nur Zentimeter entfernt von ihnen saß? »Der Bandleader stammt sicher aus New Orleans.« Mit der Zigarettenspitze deutete Una auf einen schwarzen Trompeter. »Vielleicht auch die anderen Bläser, aber der Rest der Mannschaft ist in Toulouse von Bord gegangen, da wette ich einen Hunderter.«

»Ich hoffe, das meinst du nicht ernst, Una, sonst muss ich dich wohl noch etwas knapper halten.«

Alix fragte sich, ob Gregory Kilpin einen Witz gemacht hatte, aber seinem Gesichtsausdruck nach scherzte er nicht. Unas Ehemann hatte kleine, wache Augen und ein teigiges Gesicht. Una hatte einmal erzählt, er sei in einem Slum in Glasgow zur Welt gekommen.

Der Ober brachte Champagner und steckte die Rechnung in ein ledernes Etui, das neben Kilpins Ellenbogen lag. »Ich bezahle dann heute wohl für euch Hübschen«, knurrte er.

»Natürlich«, gab Una zurück. »Du bist ja der Einzige am Tisch, dem eine Reederei gehört. Ach, hör doch, sie spielen ›Autumn in New York‹.« Sie streckte Paul eine Hand hin, und der führte sie auf die Tanzfläche. Alix folgte den beiden mit den Augen. Una tanzte ganz lässig, und Paul war ihr ein souveräner Partner.

Gregory Kilpin beugte sich zu Alix vor. »Ich weiß, dass Sie etwas mit dieser Exportgeschichte zu tun haben. Ich warne Sie, hören Sie auf, meine Frau zu bedrängen!«

Aber es ist doch genau andersherum, wollte Alix ihm entgegenhalten. Doch in Kilpins Gegenwart fühlte sie sich so unwohl, dass sie die Worte nicht herausbrachte. Sie nahm ihr Champagnerglas und versuchte, sich zu entspannen. Dabei blickte sie sich prüfend um. Keine Spur von jenen Dollar-Mädchen, die Paul erwähnt hatte. Nichts deutete darauf hin, dass das Rose Noire die Art von Spelunke war, vor der man sie gewarnt hatte. War Solange Antonins Verehrer wirklich der Besitzer dieses Nachtklubs? Die Leute erzählten sich ja so vieles, das sich am Ende als Gerücht herausstellte …

Alix strich sich über den Rock. Aus Unas Garderobe hatte sie sich eine andere Lelong-Kopie ausgesucht, ein karamellfarbenes Kleid, das eine Schulter freiließ. Es enthüllte nicht viel, war aber trotzdem eine Offenbarung. Und erst der Stoff! Langsam kam Alix auf den Geschmack von Seidenjersey. Und auf den von Lanson-Champagner.

Am Nebentisch saßen sechs Javier-Mannequins mit ihren Begleitern. Eine bückte sich gerade nach ihrer Abendtasche und gab den Blick frei auf Solange, deren Kopf auf der Schulter eines Mannes im weißen Smoking ruhte. Jetzt standen alle auf und gingen zur Tanzfläche. Am Ende der Saison schenkten die meisten Ateliers ihren Mannequins eins der Kleider, die sie vorgeführt hatten; so auch Javier. Alix hätte sich genau das Kleid ausgesucht, das Solange heute Abend trug. Es hatte ein enges Oberteil und einen Rock aus unendlich vielen schwarzen Organzastücken, und auf jedem einzelnen prangte genau eine Paillette. Anmutig folgte Solange ihrem Partner aufs Parkett und tanzte einen Foxtrott mit ihm. Bei ihrem Anblick schnürte sich Alix' Kehle vor lauter Neid zu.

Da gibt es nichts zu beschönigen, dachte sie, *der Abend ist eine Katastrophe*. Alle anderen dagegen amüsierten sich prächtig. Eine Sängerin trat vor das Mikrofon. »Konnten die denn keine weiße Sängerin auftreiben?«, grummelte Kilpin.

Lenice Leflore war Kreolin. Ihr schwarzes Haar hatte sie sich zu einem Knoten gebunden und mit einer Lilie geschmückt. Als sie »These Foolish Things« anstimmte, verschlechterte sich Alix' Laune zusehends. »Ich brauche frische Luft«, keuchte sie und sprang auf, ohne zu wissen, wohin sie eigentlich lief. Vielleicht auf die Damentoilette? Aber wo war die nur? Plötzlich wurde sie am Arm gepackt. »Ich habe Ihnen doch gesagt, dass Sie mal das hübscheste Mädchen von Paris sein werden. Na los, wir tanzen!«

Sie blinzelte verwirrt. Der Mann trug einen weißen Smoking mit einer dunkelroten Rose im Knopfloch und lächelte sie selbstsicher an.

»Ich kann nicht mit Ihnen tanzen. Sie sind doch Solanges …« Das Wort »Liebhaber« brachte sie nicht über die Lippen. »Sie sind doch Solanges Freund.«

»Wenn Sie meinen.« Seinen Akzent konnte sie nicht einordnen. Ein wenig Paris, ein wenig Amerika. Sie blickte sich nach Paul um, entdeckte statt seiner aber nur Solange, die wütend die Fäuste ballte. »Ich spanne anderen Frauen nicht die Männer aus«, sagte Alix streng.

»Sie können nicht ablehnen. Anweisung des Klubbesitzers!«

Sie verstand ihn absichtlich falsch. »Ist mir egal, was der Klubbesitzer sagt! Ich lasse mir nicht gern vorschreiben, was ich zu tun habe.«

Er umfasste ihre Unterarme, um sie zu sich heranzuziehen. »Ich bin Serge Martel. Mir gehört das Rose Noire. Mein Vater war der Mitbesitzer, aber er ist vor ein paar Wochen gestorben.«

»Das tut mir leid.«

»Es ist schwer für mich. Lebt Ihr Vater noch?«

»Nein. Er ist schon vor vielen Jahren gestorben.«

»Dann wissen Sie ja, wie sich das anfühlt. Aber Tanzen hilft, oder? Die Musik spült die Traurigkeit einfach weg. Nicht jeder versteht das.« Mit jedem Wort zog er sie näher zum Parkett, wo die vielen Paare zu »My Blue Heaven« tanzten. Alix spürte Solanges Zorn im Nacken, aber Serge Martel war plötzlich ein wenig menschlicher geworden. Vielleicht war das in seinen Augen überhaupt keine Kälte, sondern Trauer.

»Ich kann gar nicht glauben, dass Ihnen der Klub gehört. Sie sind viel zu jung.« Er konnte nicht älter als fünfundzwanzig sein.

»Denken Sie vielleicht, ich lüge Sie an?« Er stürmte über die Tanzfläche, sprang auf die Bühne und tippte dem Bandleader auf die Schulter. Der Mann ließ seine Trompete sinken, und einen Moment später verstummte die Musik. Nur die Sängerin hatte nicht aufgepasst und ließ ihren Ton noch länger ausklingen.

Dann bahnte Serge sich den Weg zurück zu Alix wie ein Windstoß, der durch ein Weizenfeld fegt. Er nahm sie in die Arme, und der Bandleader zählte vor: »Und eins und zwei.« Der Schlagzeuger spielte sein Intro, der Bandleader ließ sein Motiv erklingen, und schon war das Ensemble zurück in »My Blue Heaven«.

»Ich kann es nicht leiden, einen Tanz mitten im Song zu beginnen. Sei ganz locker, Baby, und hör endlich auf, dich zu wehren. Am Ende finden wir zwei doch zusammen.«

Verrian entdeckte Alix auf der Tanzfläche, als er gerade die Treppe hinunterging. Ein grobschlächtiger Mann führte sie übers Parkett. *Jetzt kann ich verstehen, wie manche Morde passieren,* dachte er.

17

Verrian ging an die Bar, um seine unguten Gefühle unter Kontrolle zu bringen. Es gab ja einen wichtigen Grund für seine Anwesenheit heute Abend. Er hatte ein Bild von Alix' Großvater gesehen, etwas über seine Jugendjahre erfahren – und über sein allzu frühes Ende. Wenn Alix nichts darüber wusste, musste sie es erfahren. Er kramte nach seinen Zigaretten und zog eine Schachtel Navy Cut aus der Tasche. Nun, es war nicht gerade ein fröhliches Thema.

Als die Sängerin beim musikalischen Höhepunkt des Songs angekommen war, gingen plötzlich die Lichter aus. Aber der allgemeine Schock war schnell vorbei, denn ein einzelner Scheinwerfer verwandelte die Bühne in eine glitzernde Meeresbucht, und die Menschen johlten vor Begeisterung. Verrian bahnte sich einen Weg durch die Massen und stand schließlich vor Alix.

Als er sie berührte, zuckte sie zusammen und sah ihn fragend an.

»Ich nehme Sie jetzt mit.« Er führte sie von der Tanzfläche herunter, indem er sich an der Barbeleuchtung orientierte.

Sie wehrte sich. »Das geht nicht. Ich muss hierbleiben.«

»Wieso?«

»Mein Wohnungsschlüssel ist in meiner Abendtasche. Ich will ihn nicht schon wieder verlieren.«

»Na, dann holen wir eben Ihre Tasche.«

»Nein.« Jetzt gingen die Lichter wieder an, eins nach dem anderen. »Ich kann nicht einfach gehen, ohne ein Wort zu sagen.«

»Warum denn nicht?« Verrian spürte, dass etwas ganz zart seine Schulter berührte, und eine Sekunde lang war er irritiert. Aber dann sah er, dass es Rosenblätter regnete. Rote Blütenblätter rieselten auf die Köpfe und Schultern der Tanzenden herab. Der Mann, der mit Alix getanzt hatte, blickte suchend zu den Tischen.

Verrian nahm Alix' Tasche und Jacke an sich, dann führte er sie die Treppe hoch und sagte: »Ich zeige Ihnen jetzt einen Klub, in dem es weniger künstlich zugeht. Vorausgesetzt, Sie mögen Jazz.« Auf der Straße vor dem Rose Noire hielt Verrian ein Taxi an und half Alix auf den Rücksitz. Er rutschte neben sie und wies den Fahrer an: »Rue Pigalle, zum Bricktop, aber nehmen Sie den langen Weg.«

Ihre Zurückhaltung war noch immer spürbar, als sie die Place Pigalle überquerten und am Moulin Rouge vorbeifuhren. Erst an der Kreuzung Rochechouart lehnte sie sich mit einem Seufzer ganz leicht an Verrians Schulter. Ihr Haar duftete nach Mandeln, und er war erstaunt, wie fragil sie plötzlich wirkte. Er wollte sie beschützen – vor Heuchlern wie seinem Vater und vor Raubtieren wie dem hellblonden Mann im weißen Smoking. Als sie über den Boulevard Magenta rauschten, dachte Verrian an Hotelzimmer und Betten mit seidenen Laken. Alix und er würden Zeit brauchen. Er spürte ihren Atem sanft an seiner Wange.

»Ich glaube, wir haben Serge Martel ziemlich verärgert.«

»Macht Ihnen das was aus?«

Sie zögerte. »Er weiß, wo ich arbeite.«

»Wenn er Sie belästigt, sagen Sie mir Bescheid. Aber Sie sind doch nicht offiziell ein Paar?«

»Nein, nein, er ist mit Solange zusammen. Sie ist Mannequin

und furchtbar hübsch, aber ich glaube, er macht sich nicht viel aus ihr.«

»Sie sieht das sicher anders. Sie wird ihm für heute Abend eine Ohrfeige verpassen und ihn einen Casanova schimpfen, und morgen verbringen sie den ganzen Tag zusammen im Bett.«

»Das will ich nicht hoffen. Morgen um drei findet unsere Modenschau statt.«

»Bis dahin hat er sowieso alles vergessen.«

Alix antwortete nicht, und der Fahrer bog in die Rue La Fayette ein. Jetzt ging es durch kleinere Straßen dem Ziel entgegen. »Vergessen Männer Demütigungen denn so schnell?«, fragte sie.

Die Antwort hieß natürlich Nein. Er legte den Arm um ihre Schulter und drückte sie an sich. Sie sah zu ihm auf, und in ihren Augen spiegelten sich die sündigen Lichter der Rue Pigalle. Er wollte sie gerade küssen, als das Taxi vor einem Eingang hielt und der Fahrer rief: »Bricktop!«

In diesem Klub spielte ein Quartett heißen Gypsy – mit einer Leidenschaft, die Frazer Hoskins' Band im Vergleich wie ein Kammerorchester wirken ließ. Verrian musste Alix direkt ins Ohr sprechen. »Einen Drink oder lieber gleich einen Tanz?«

»Einen Tanz.«

Auf dem Parkett drängten sich die Menschen. Dennoch hatte Alix das Gefühl, ganz allein mit Verrian zu sein. Sie schlang die Arme um seine Schultern, und er legte ihr die Hände um die Taille. Als sich ihre Lippen berührten, geschah das mit derselben spontanen Leidenschaft wie damals im strömenden Regen. Er zog sie so heftig zu sich heran, dass sie jeden Muskel an seinem Körper spürte. Sein Rasierwasser roch nach Zitrus und Bergamotte. Sie erschnupperte es an seiner Kieferpartie und an seinem Kragen, als sie sich zehn, zwanzig Herzschläge lang küssten und sich dann langsam wieder voneinander lösten. Sie tanzten und tanzten, während ein Lied in ein anderes überging, und küssten sich immer wieder. Schließlich fragte Verrian: »Möchtest du jetzt einen Drink?«

»Nein. Na ja, einen Kaffee vielleicht.«

Sie setzten sich an einen Tisch und warteten Händchen haltend auf den Kaffee. Als er kam, lösten sie sich nicht voneinander und hielten ihre Tassen mit nur einer Hand fest.

»Warum hast du vorhin mit Martel getanzt?«

»Er hat mich aufgefordert. Sonst wollte keiner mit mir tanzen.«

»Du hättest doch auf mich warten können.«

»Du hast meinen Brief nicht beantwortet.«

»Ich habe ihn erst vor drei Stunden bekommen. Du musst ein bisschen Vertrauen in mich haben, Alix.«

»Warum sollte ich?«

Er lachte, und sie spürte, wie seine Energie durch ihren Körper strömte.

»Auf dem Boulevard Saint-Germain bist du mir hinterhergerannt, weil du nicht wolltest, dass wir im Streit auseinandergehen. Aber dann kam nichts mehr von dir. Kein Wort. Du hast mich einfach vergessen«, sagte sie.

»Von wegen. Ich konnte an nichts anderes als an dich denken. Aber ich musste einfach weg. Du verdienst einen Besseren als mich.«

Seine Eindringlichkeit verstörte sie. Genau wie der Schmerz in seinen Augen. »Einen Besseren?« Sie legte den Kopf schief. »Ja, wahrscheinlich.«

Es war fast drei Uhr morgens. Sie warteten auf ein Taxi. Verrian hatte ihr seine Jacke gegeben, weil sie in ihrer eigenen dünnen Jacke fror. Während die anderen Gäste hinter ihnen vorbeigingen, schmiegte sie sich an ihn. Die Nacht fühlte sich unwirklich an. Leise sagte Verrian: »Dann bringe ich dich jetzt wohl nach Hause.«

»Ja.« War das der exakte Augenblick, in dem sie sich verliebte? Sie sah auf zu Verrian, aber er hatte ein Taxi entdeckt und winkte dem Fahrer.

Vor ihrem Wohnhaus ließ Verrian das Taxi anhalten. Er stieg aus und hielt ihr die Tür auf. »Gib mir deinen Schlüssel.« Er öffnete die Hoftür und folgte ihr hinein. Dann wartete er, während sie die Haustür aufschloss. »Ich begleite dich noch nach oben.«

Als sie vor der Wohnungstür angekommen waren, gab sie ihm seine Jacke zurück, und er küsste sie. Nicht auf den Mund, sondern mitten auf die Stirn. Sie mussten sich jetzt trennen, es hatte keinen Sinn, den Abschied weiter hinauszuzögern. »Gute Nacht.«

Wer von beiden war schwach geworden? Plötzlich lag sie wieder in seinen Armen, und er hörte sich selbst sagen: »Ich muss dich morgen sehen. Wann machst du Feierabend?«

»Um sieben, aber ich habe danach noch einen Termin.« Am Abend hatte Una ihr ein Versprechen abgepresst. *Unser Musketier-Unternehmen beginnt morgen, Alix, jetzt gibt es kein Zurück mehr.*

»Was denn für einen Termin?«

»Ach, das ist nicht so wichtig.«

»Liebe Alix, wenn du einem Journalisten sagst, dass etwas Bestimmtes ihn nichts angeht, kannst du ihm auch gleich eine offizielle Einladung überreichen. Morgen um sieben warte ich vor meinem Büro auf dich. Du kannst mich ja ignorieren, wenn du dich traust.«

18

Am nächsten Morgen hastete Alix die Treppe hinunter, das Lelong-Kleid in seiner Hülle über dem Arm. Ihre nur mit dem Nötigsten vollgestopfte Handtasche schlug gegen die Wand, als sie die letzten vier Stufen hinuntersprang. Sie hatte verschlafen.

»Spät geworden gestern Abend?« Mit ihrem Mopp bugsierte Madame Rey den Wischeimer in Alix' Weg. »Ich hab gehört, dass Sie erst gegen Morgen heimgekommen sind.«

Alix fixierte den Ausgang. »Tut mir leid, wenn ich Sie geweckt habe.«

»Nein. Ich schlafe eh nicht gut, bin ständig halb wach. Ein neuer Begleiter, oder?«

Alix lächelte verkrampft. »Ja.«

»Der Stimme nach zu urteilen etwas älter als Sie. Eine angenehme Stimme.«

»Ja, er hat eine sehr angenehme Stimme. Entschuldigung, ich muss …«

»Er hat Sie nach oben begleitet, nicht wahr? Ein wahrer Gentleman! Meine Mutter hat immer gesagt, wenn ein Mann dich nicht bis zur Haustür bringt, kannst du ihn vergessen.«

»Sehr weise, Madame. Jetzt muss ich aber wirklich …«

»Warten Sie mal, meine Liebe, ich habe Zeitungen für Ihre Großmutter. Ich gehe sie kurz holen.«

Alix beugte sich nach vorne. In ein oder zwei Tagen würde sie ihre Periode bekommen, und sie hatte das Gefühl, ihre Eingeweide würden sich schmerzhaft verknoten. Als Madame Rey schließlich mit ein paar Ausgaben des *Petit Parisien* zurückkam, sagte Alix: »Ich deponiere sie auf der untersten Stufe und nehme sie mit nach oben, wenn ich heute Abend nach Hause komme.«

»Das geht nicht, Liebes. Diese Rowdys von gegenüber werden sie mitnehmen. Ich habe ein paar von den kleinen Mistkerlen gestern hier drinnen ertappt, aber sie sind mir entwischt. Wie auch immer – ich bin sicher, dass Madame Lutzman die Zeitungen beim Frühstück lesen möchte, aber ich schaffe diese Treppe höchstens einmal pro Tag.«

Leise vor sich hin fluchend, hastete Alix die Treppe hoch. *Er hat eine angenehme Stimme …* Wie dicht hatte diese schmierige Alte letzte Nacht hinter der Tür gestanden?

Die lebhafte Erinnerung daran, wie Verrians Arme sie umschlungen hatten, ließ ihr Herz Saltos schlagen. Aber sie hatte leider keine Zeit zum Träumen.

»Alix, haben Sie wieder Fieber?«

»Nein, Madame Frankel.«

»Nur weil Sie so spät dran sind und jetzt genauso vor sich hin starren wie Javier, wenn er Migräne hat.«

Alix beschwichtigte die Première, und die antwortete: »Gut, denn wir brauchen jede Unterstützung, und ich weiß immer noch nicht, wie wir die Ballkleider für die Schau in zwei Wochen fertigbekommen sollen. Alles, was wir gestern an *Oro* gemacht haben, ist gerade im Mülleimer gelandet. Ich wünschte, dieses Jahr finge noch mal von vorne an.«

»Das sagt sie immer«, flüsterte Alix' Kollegin Marcy später. Sie waren zu einem von Javiers Assistenten hinuntergeschickt worden, einem stämmigen jungen Mann namens Simon Norbert, der sie zwanzig Minuten lang keines Blickes würdigte. Sie konnten hören, wie er sich in seinem Büro lauthals bei einem Anrufer beklagte: »Erst acht von vierzehn fertig, und am 12. Mai ist die Modenschau. Und was tut Monsieur? Nichts, außer auf Spanisch herumzulamentieren. Außerdem habe ich von Anfang an gesagt, dass ein Stützrock bei *Oro* nie und nimmer funktioniert. Mit Tüll lässt sich einfach nicht viel machen. Draht! Ich habe gesagt, es ginge nur mit Draht, habe Monsieur aber auch gewarnt, dass der Rock dann wie ein Lampenschirm aussehen, aber ganz bestimmt nicht federleicht schwingen wird.«

Alix, die sich bereits in *Oro* verliebt hatte, obwohl das Kleid noch nicht fertig war, setzte vollkommenes Vertrauen in Javier und Madame Frankel. Sie war schockiert von Norberts Illoyalität, aber Marcy zeigte Verständnis: »Norbert hat nicht ganz unrecht, weißt du«, sagte sie, als sie sich davonschlichen. »Monsieur Javier kreiert ein Modell und beauftragt Madame Frankel mit der technischen Umsetzung. Norberts Leute sitzen zwischen allen Stühlen, und Javier putzt sie herunter, wenn sie seine Idee nicht perfekt realisieren. Wir sollten besser zu Madame Frankel zurückgehen.«

Alix und Marcy arbeiteten zusammen in einer Funktion, die keinen Namen hatte. Wenn sie überhaupt als irgendetwas bezeichnet wurden, dachte Alix, dann als »Packesel«. Sie holten Stoffe aus den Lagern und trugen halbfertige Kleider von einem Atelier zum anderen. Dabei mussten sie sich das Lamentieren gestresster Schneidermeisterinnen anhören, die nicht einsahen, dass das Kürzen eines Saums um eine weitere Haaresbreite irgendeine Verbesserung darstellte. Sie übergaben den Laufmädchen kleinere Stoffreste, was Alix die Chance eröffnete, sich schmale Stoffstreifen abzuschneiden. Inzwischen war sie im Besitz sowohl einer Sammlung von Stoffmustern als auch fünf detaillierter Zeichnungen von Modellen der Zwischensaison-Kollektion, die sie am Abend an Una Kilpin und deren New Yorker Geschäftspartnerin weiterreichen würde. Jenen beiden Frauen, die aus den gestohlenen Skizzen »echte« Kopien herstellen würden.

»Mögen Sie solchen Trubel?«, fragte Madame Albert, als Alix in den Garnraum geschickt wurde, um eine Dose Spulen mit weißem Nähgarn zu holen.

Ja, sie mochte den Trubel. Sie erlernte einen Beruf, den sie liebte. Und in Marcy Stein, einem netten Mädchen aus dem Außenbezirk Batignolles, hatte sie ihre erste Freundin bei Javier gefunden. Doch an diesem Abend, den sie so viel lieber mit Verrian verbracht hätte, würde sie sich einen weiteren Schritt in eine Welt hineinbegeben müssen, die sie niemals hätte betreten sollen.

»Alix? Sie haben zehn Minuten gebraucht, um die Spulen zu holen. Ich hatte gesagt, dass ich sie sofort brauche.« Auf Pauline Frankels Gesicht zeichnete sich zum ersten Mal Ärger ab. »Wenn Sie diese Chance nicht ergreifen wollen, können Sie an Ihren Nähtisch zurückgehen.«

»Es tut mir leid, Madame. Es ist …« Sie blickte sich um, um sich zu vergewissern, dass kein Mann in der Nähe war. »Es ist meine Periode. Ich fühle mich furchtbar.«

Pauline Frankels Züge entspannten sich. »Ach so. Das verstehe ich gut. Wenn Sie sich hinlegen wollen …«

»Ich arbeite lieber, das lenkt mich ab.«

»Sehr gut. Sehen Sie doch mal nach, ob Javier Sie braucht. Aber bitte ohne Leidensmiene. Er hat den ganzen Tüll, den Sie unter den Rock von *Oro* genäht haben, wieder raustrennen lassen, und ich konnte ihn gerade noch davon abhalten, das Kleid aus dem Fenster zu werfen. Wir können uns kein Drama erlauben. Wir brauchen fertige Kleider. Wir brauchen Geld, und wir brauchen Kundschaft.«

Im Dachgeschossatelier posierte Solange Antonin in einem Kleid, das die Nummer 14 der Zwischensaison-Kollektion werden sollte. *Lune de Minuit* – Mitternachtsmond. Das Oberteil war aus schwarzem Samt mit abwechselnd elfenbeinfarbenen und schwarzen Spitzenvolants. Während seiner Spanienreise hatte Javier Flamencotänzerinnen gesehen, und in seiner Zwischensaison-Kollektion spiegelten sich seine Eindrücke wider. Die Kleider waren schulterfrei; die Mieder mit Stäbchen verstärkt, die Röcke bauschten sich in Schwalbenschwänzen. Alix fand sie hinreißend. Doch wie bei *Oro* schien auch an diesem Kleid irgendetwas nicht zu stimmen.

Ohne Unterrock glich das bedauernswerte *Oro*-Modell einem Ballon, aus dem man die Luft herausgelassen hatte. Simon Norbert, sinnierte Alix, hatte insofern recht, als dass Draht das falsche Mittel wäre. Das Kleid musste mit etwas gestützt werden, das so stark wie Draht und gleichzeitig so leicht wie Seide war. Ein Material, das sich mitbewegte. Etwas Lebendiges … Sie starrte das Kleid an, bis es vor ihrem inneren Auge in Flammen aufging, und schrie: »Ich hab's!«

Eine Assistentin bedeutete ihr zu schweigen und nickte in Richtung Javier, der mit dem Kinn in die Hand gestützt dastand. Simon Norbert sog heftig die Luft ein, um seinen Ärger im Zaum zu halten. Solange auf dem Podest war anzusehen, dass sie sehr spät ins Bett gekommen war. Bei Alix' Anblick zuckte sie zusammen, als hätte ein elektrischer Schlag sie getroffen.

»Stillstehen«, schnauzte Javier. »Wie soll ich ein Kleid beurteilen, wenn Sie so herumhampeln?«

Solange warf Alix einen hasserfüllten Blick zu, und Javier sagte müde: »Ich sehe, dass Sie da sind, Kleines. Was wollen Sie?«

»Madame Frankel hat mich geschickt. Ich soll fragen, ob ich mich irgendwie nützlich machen kann.«

Simon Norbert zog eine Augenbraue hoch. »Höchst unwahrscheinlich.«

Javier breitete die Arme aus. »Schwenken Sie einen Zauberstab, bringen Sie mich dazu, meine Kollektion zu lieben.« Seine Hände vollführten einen Tanz. »Ich, der ich einst aus einem Betttuch ein Gedicht zaubern konnte, habe meine Gabe verloren. Wir können ebenso gut schließen. Ich bin ausgebrannt.«

»Monsieur, ich habe eine Idee, wie man *Oro* mehr Schwung verleihen könnte.«

Simon Norbert schnaubte.

»Diese Kratzbürste von einem Kleid.« Javier schüttelte sich. »Es hat mich besiegt. Ich gebe auf. Stattdessen quäle ich mich jetzt mit Minuit herum. Das ist das Schicksal des Couturiers, Alix: Diejenigen, die man liebt, rammen einem das Messer ins Herz.«

Alix spürte die Verzweiflung unter all der Melodramatik. Sie machte ein paar Schritte auf Solange zu, ging wieder fünf Schritte zurück und kniff die Augen zusammen. An jedem anderen Tag hätte sie den Mund gehalten, aber dies war nicht irgendein Tag. Am Abend zuvor im Rose Noire hatte Serge Martel zu ihr gesagt: »Am Ende finden wir zwei doch zusammen.« Minuten später hatte ein anderer Mann sie Martel entrissen. Ein Mann, bei dessen Berührung ihr schwindlig wurde und sie sich vergaß.

Sie sagte: »An Ihren Kleidern gibt es nichts auszusetzen. Ihre Kollektion ist ein Triumph der Anmut.«

»Was für ein Jammer, dass Ihre Meinung hier am allerwenigsten zählt«, murmelte Norbert.

»Es sind die Puppen, Monsieur Javier.« Alix zeigte auf die hölzernen Kleiderpuppen, die als stumme Zeuginnen in einiger Entfernung an einer Wand standen. »Sie betrachten Ihre Kleider an Puppen. Das ist völlig falsch.«

Norbert tobte. »Was maßen Sie sich an? Sie haben kein Recht auf einen eigenen Standpunkt.«

»Sie meinen …« Javier sah sie herausfordernd an. »Sie meinen, ich mache Entwürfe für Holzpuppen, nicht für Frauen?«

Wie eine waghalsige Roulettespielerin, die alles auf eine Zahl setzt, beschloss Alix fortzufahren. »Haben Sie ein Grammofon?«

Javier blinzelte. »Ja.«

»Lassen Sie es von Monsieur Norbert holen. Er soll auch ein paar Schallplatten mitbringen. Liebeslieder. Haben Sie irgendwas von Hildegarde oder Lucienne Boyer?« Sie wandte sich an Norbert. »Könnten Sie die Platten mitbringen?«

»Nein, Sie dreistes Ding.«

Javier erteilte Norbert eine formelle Anweisung, und dieser stolzierte beleidigt von dannen.

»Ich weiß, was Sie vorhaben, *petite,* und ich lasse Sie gewähren. Aber wenn Sie mich zum Affen machen, werfe ich Sie mitsamt dem Grammofon aus dem Fenster.«

»Die Mannequins sind doch um zwei Uhr hier? Mit Ihrer Erlaubnis sage ich Mademoiselle Lilliane, sie soll sie heraufschicken. Sie sollten sich darauf einstellen, dass jede von ihnen ein Kleid tragen wird. Auch würde ich gerne einen Freund mit dem Taxi abholen lassen. Und eines der Laufmädchen zu mir nach Hause schicken.«

»Warum?«

»Darf ich Ihnen das später erklären?«

Sie zog die Vorhänge zu, ließ Kerzen bringen und rückte mit Marcys Hilfe die Möbel an die Wand. Javier sah zu und mischte sich nicht ein, denn er saß in der Patsche. Und da ein Mann, der in der Patsche sitzt, auf jede Hilfe angewiesen ist, akzeptierte er Alix' Unterstützung. Jedes Mal, wenn jemand hereinkam, glitt ihr Blick suchend zur Tür. Doch meist handelte es sich um Botinnen Mademoiselle Lillianes, die fragen ließ, ob das Entwurfsatelier noch immer die Absicht hatte, »den Zeitplan für den Nachmittag zu ruinieren«.

Alix zog das Grammofon auf und wählte eine Platte aus. Das erste Mannequin tauchte auf und fragte: »Gibt es eine Modenschau außer der Reihe? Wer kommt?« Zwei weitere Mannequins lachten beim Hereinkommen wie Schulmädchen, die unverhofft freibekommen hatten. Weitere Mädchen schlenderten herein, unverhohlen ihre Neugier zeigend. Alle trugen Schuhe und Abendhandschuhe und hatten jeweils eine Ankleiderin mit einer Leinentasche im Schlepptau, die aussah wie ein gigantischer Bovist.

»Die Modenschau im Salon beginnt pünktlich um drei, und die Mädchen müssen sich unten noch umziehen.« Javier warf einen Blick auf seine Taschenuhr. »Zehn nach zwei. Alix, was sollen wir tun?«

Das Laufmädchen kam zurück und überreichte Alix ein Päckchen. »Ihre Großmutter lässt ausrichten, dass sie wochenlang daran gearbeitet hat, bis ihre Finger ganz taub waren, und dass sie morgens beim Aufwachen immer noch Schmerzen hat.«

Danke, Mémé. Alix sandte ihrer Großmutter eine stumme Botschaft.

Kurz bevor es losgehen konnte, dachte Alix an den Joker, auf den sie gesetzt hatte, und es sah ganz so aus, als hätte sie ihr Glück überstrapaziert … bis Marcy, gefolgt von einem Mann, ins Atelier eilte. Alix rannte zur Tür. »Paul, da bist du ja. Oh …« Paul trug ein altes Hemd und eine Arbeitshose. »Hast du meine Nachricht nicht bekommen? Abendanzug mit Fliege. Wie gestern Abend.«

»Du weißt doch, dass mir der Smoking nicht gehört hat.« Paul sah sich leicht pikiert um. Eines der Mannequins kicherte, und sein Mund verzog sich trotzig. »Du hast mich geweckt, Alix. Was willst du?«

»Dass du mir eine Stunde deiner Zeit schenkst. Aber du musst passend angezogen sein.« Sie blickte zu Javier, der eine Augenbraue hochzog.

»Mich brauchen Sie nicht zu fragen. Mein Smoking würde ihm mit Sicherheit nicht passen.«

Sie wandte sich in stummer Bitte an Norbert. Er tat so, als

habe er ihren Blick nicht bemerkt, und schnaubte schließlich: »Ich habe keinen Smoking hier.«

»Doch, Sie haben einen, Monsieur Norbert«, sagte Marcy. »In Ihrem Büro hängt immer ein Anzug. Wie oft haben Sie mich schon gebeten, Ihr Jackett abzubürsten und Ihr Hemd zu bügeln. Soll ich ihn holen?«

»Wie Sie wollen.« Norbert stampfte zwar nicht auf, hieb die Ferse aber mit einem vernehmlichen Knall auf den Boden.

Der Smoking saß ziemlich schlecht. Für die Hose musste ein Gürtel aufgetrieben werden, und das Jackett war viel zu eng. Die Mannequins, die ihre Kleider inzwischen angezogen hatten, versuchten zu helfen. Überall wurde eifrig geschnattert.

»Ich kann dieses Jackett nicht tragen«, sagte Paul zu Alix, »versuch nicht länger, mich hineinzuquetschen. Ich tanze in Hemd und Weste.«

Das entlockte den Mädchen ein anerkennendes »Ooh«. Nur Solange ließ sich nicht von der allgemeinen Heiterkeit anstecken. Sie saß abgesondert von den anderen da und ließ Alix kaum aus den Augen.

Schließlich zog Paul eine Weste über sein weißes Rüschenhemd. Javier zückte seine Taschenuhr und schwenkte sie vor Alix hin und her. »Die Zeit läuft.«

»Heloïse?« Alix winkte ein Mädchen mit tizianrotem Haar herbei, dessen blendende Schönheit den Meister zu einem elfenbeinfarbenen Samtkleid mit Chiffonüberrock inspiriert hatte. »Hier ist Ihr Tanzpartner. Paul, das Zauberwort lautet: weich, flüssig und romantisch.«

»Das sind drei Wörter.«

»Tanz einfach.« Sie setzte das Grammofon in Gang, und Lucienne Boyers »Parlez-moi d'amour« ergoss sich in den Raum.

Was immer er tagsüber sein mochte – auf dem Tanzparkett war Paul in seinem Element, und Heloïse lag wie eine Verliebte in seinen Armen. Ihr Abendkleid *Seguidilla* saß wie angegossen, der Rock flatterte, und der Überrock breitete sich wie ein spanischer Fächer aus. Schattenstickerei – mit Sicherheit Mémés Werk – blitzte im Licht. Sie tanzten noch einmal, und dann war Marie-Josèphe an der Reihe, danach Arlette, dann Claudette, dann Nelly, zuletzt Zinaida. Alix hoffte, dass Javier dasselbe sah, was sie sah: dass seine Entwürfe das Licht in sich aufsogen und mit der Bewegung zum Leben erwachten.

Die Uhr zeigte fünf vor drei. Die Mädchen zogen sich um und wurden nach unten geschickt. Alle Kleider waren vorgeführt worden – außer einem.

»Solange?« Javier klatschte in die Hände. »Sie sind noch nicht fertig.« Solange hatte *Lune de Minuit* ausgezogen und einen Morgenrock übergeworfen. Sie sagte: »Ich habe Kopfschmerzen. Ich kann nicht tanzen.«

»Dann nehmen Sie ein Taxi, und fahren Sie nach Hause! Warum haben Sie nichts gesagt?« In Javiers Ton schwang eine leichte Schärfe mit. Solange wandte sich schulterzuckend ab. »Wo ist *Minuit?*«, fragte Javier. »Zinaida«, winkte er das schlanke griechische Mädchen herbei. »Ich muss *Lune de Minuit* tanzen sehen.«

»Ich bin zu klein«, protestierte Zinaida. »Ich werde auf den Saum treten.«

»*Mais oui,* ich vergesse ständig, wie klein Sie sind, meine Liebe. Wer hat Solanges Größe? Puh, so ein launisches Mädchen. Ich bin hier der Exzentriker, und es ist kein Platz für zwei von der Sorte. Schicken Sie Nelly zurück.« Eine Ankleiderin marschierte los, verkündete aber bei ihrer Rückkehr, dass Nelly sich gerade für die Nachmittagsmodenschau umziehe, bereits ihr maßgeschneidertes Kleid trage und der Hut schon festgesteckt sei.

Alix flüsterte gerade mit Paul, als sie eine Hand auf ihrem Arm spürte. »Sie«, sagte Javier. »Ziehen Sie das Kleid an. Können Sie tanzen?«

Paul antwortete an ihrer Stelle. »Ich hab's ihr beigebracht. Natürlich kann sie tanzen.«

Noch bevor sie sich in eine Entschuldigung flüchten konnte, war Alix von einer Ankleiderin hinter einen Wandschirm gezogen worden. Das Mädchen drängelte sie, sich so schnell wie möglich bis auf die Unterwäsche auszuziehen, und sagte: »Wenn *Minuit* nicht in fünfzehn Minuten im Salon präsentiert werden kann, schneidet Mademoiselle Lilliane Ihnen die Ohren ab.«

Alix zitterte. Nicht vor Kälte, sondern weil ihr Blick auf die wunderbare Musselinunterwäsche der Mannequins fiel und sie selbst in Alltags-BH und Schlüpfer dastand. Die Ankleiderin hielt ihr das Kleid hin, und sie stieg hinein.

»Marcy, machen Sie die Haken zu. Du lieber Himmel, Sie haben Turnschuhe an – und Sie tragen keine trägerlose Brassière.«

»Alix hat Turnschuhe an, weil sie den ganzen Tag auf den Beinen ist«, sagte Marcy. »Und die Riemen der Brassière stopfe ich unter die Schulterpartie. So … fertig. Sie kann meine Schuhe haben.« Marcy schlüpfte aus ihren flachen Pumps.

»Mon Dieu!«, rief die Ankleiderin beim Anblick von Alix' Socken.

»Zieh sie aus, Alix«, befahl Marcy. »Ob deine Beine nackt sind, spielt bei dem Kleid keine Rolle.« Sie gab Alix einen Klaps auf die Hüfte. »Deine Taille ist schmaler als Solanges.«

»Sagen Sie das bloß nicht zu laut«, brummte die Ankleiderin. »Diese Zicke nimmt alles übel. Sie macht uns andauernd Schwierigkeiten. Gut, Alix, tanzen Sie. Wenn Sie das Kleid beschädigen, lasse ich mir aus Ihrer Haut eine Handtasche nähen.«

Während sie sich in Pauls Arme sinken ließ, kam Alix in den

Sinn, dass man ihr in den letzten zwei Stunden damit gedroht hatte, sie aus dem Fenster zu werfen, ihr die Ohren abzuschneiden und sie zu häuten. Sollte sie mit ihrem kühnen Plan scheitern, müsste sie vermutlich kündigen. Was im Grunde gar nicht so schlimm wäre, auch wenn sie nicht wusste, wie sie es Paul beibringen sollte …

»Entspann dich«, brummte Paul. »Es fühlt sich an, als würde ich mit einem Koffer tanzen. Hier geht es doch wohl darum, das Kleid zu präsentieren. Dann lass es sich zeigen. Schließ die Augen, und überlass dich meiner Führung.«

Alix versuchte sich vorzustellen, sie und Paul gäben vor einem begeisterten Publikum eine Vorstellung. »Hast du bemerkt, dass ich das Rose Noire gestern früh verlassen habe?«, flüsterte sie.

»Ob ich es bemerkt habe? Als Serge Martel feststellte, dass du weg warst, stand er unter Unmengen roter Rosenblütenblätter und nahm langsam die gleiche Farbe an.«

»Das trägt nicht zu meiner Entspannung bei.«

»Am Ende hat er sich mit einem Lachen darüber hinweggesetzt. Kam rüber, spendierte uns Champagner und stellte mich Solanges Freundinnen vor, weil sie mit mir tanzen wollten.«

»Mit mir hast du nicht getanzt. Warum hast du mich kein einziges Mal aufgefordert?«

Eine Pause. »Ich glaube, ich habe lange genug auf dich gewartet, Alix.«

»Das tut mir leid.« Es war das Einzige, was ihr einfiel. »Dies ist Javiers Lieblingskleid, bitte hilf mir, dass ich nicht wie ein Koffer tanze.«

»Dann stell dir vor, du bist in mich verliebt, und wir tanzen unter dem Sternenhimmel, der Mond über uns wie eine milchige Sichel. Ich habe dich auf meine hochseetaugliche Jacht gebracht, und wir fahren nach … nach …«

Die Musik erstarb, und jemand – vielleicht Simon Norbert, der sie zu überrumpeln hoffte – wechselte die Platte. Carlos Gardel stimmte »Mi Buenos Aires Querido« an. Alix und Paul stürzten sich in einen Tango. Alix vergaß, dass sie ein mehrere Tausend Francs teures Couture-Wunder trug und folgte Paul bei einer Reihe von Drehungen, ließ sich mit geschlossenen Augen in seinen Armen tief nach hinten sinken und spürte das eng anliegende Samtoberteil in der Taille kneifen. Als sie die Augen wieder öffnete, sah sie Paul mit solcher Glut im Blick auf sie herabschauen, dass das Auseinanderdriften ihrer Köpfe geradezu eine Erleichterung war. Das Lied wurde langsamer. Ihre Kehle und Brust darbietend, warf Alix Kopf und Oberkörper zurück. Paul richtete sie wieder auf und fragte sie, ohne sie aus seiner Umarmung zu entlassen: »Werde ich hierfür bezahlt?«

»Natürlich. O Paul, hör nur.«

»Was denn?«

»Diese Stille.«

Just in diesem Moment hob Simon Norbert den Tonarm mit einem unangenehmen Kratzen von der Platte. Marcy scheuchte Alix hinter den Wandschirm. »Du hättest dieses Kleid schon vor fünf Minuten ausziehen müssen.«

Paul wartete im Atelier auf Alix. Er trug wieder seine Arbeitshose und die Seemannsjacke. »Ich habe noch eine Schicht auf der Baustelle vor mir, und wenn ich mich vorher nicht noch ein bisschen ausruhe, wird sie mich umbringen.«

Alix bat ihn, im Flur zu warten, und ging zu Javier, der in Gedanken versunken am Fenster stand. Es dauerte eine halbe Minute, bis er Alix und das Päckchen in ihrer Hand bemerkte.

Er nahm es an sich. »Und das ist …?«

»Spitze aus Rosshaar, Monsieur. Meine Großmutter hat sie gemacht. Die Elsässerinnen haben früher ihre Hauben damit geschmückt. Heute Morgen musste ich noch mal hoch in unsere Wohnung und sah, wie meine Großmutter auf eines unserer Bilder starrte. Es zeigt ein Mädchen mit Schmetterlingsflügeln aus Spitze auf dem Kopf.«

Javier zog die Stickerei durch die Finger. »Bei Ballkleidern und im Theater wird so etwas manchmal verwendet … Sie denken doch nicht …«

»*Oro*. Fühlen Sie, wie leicht sie ist. Aber steif genug, um ein schwereres Gewebe zu stützen. Unter *Oros* Volants würde sie sich gut machen.«

»Und wo soll ich vierzig Meter davon herbekommen? Und zu welchem Preis?«

»Hm. Aus dem Elsass, denke ich.« Dann kam ihr ein Gedanke. »Von FTM, der Fabrication Textile Mulhouse in der Rue du Sentier. Monsieur le Comte de Charembourg ist einer der Direktoren, und er stammt aus dem Elsass. Er wird wissen, was Sie brauchen.«

»Ah, der Gatte der Comtesse. Gut, gut. Ich schicke ein paar Boten in die Rue du Sentier. Und in der Zwischenzeit hüpft Ihr junger Mann hier von einem Fuß auf den anderen.«

Alix brachte Paul schnell hinaus auf die Straße und sagte: »Ich spreche Madame Frankel später auf die Bezahlung an. Was meinst du – waren sie beeindruckt?«

»Alix, ich kenne diese Leute nicht. Dem älteren Mann – ist das Javier? – hat es gefallen, aber der jüngere …«

»Simon Norbert? Der hat nichts zu sagen.«

Paul legte Alix die Hände auf die Arme. »Du kannst dir keine Feinde leisten. Wer hat dich gestern Nacht eigentlich nach Hause gebracht?«

»Ein Bekannter. Ich hatte sowieso gehen wollen.«

»Hör mal, was mich und Una betrifft … Es ist einfach passiert. Sie ist eines Abends mit einer Flasche eisgekühltem Gin und einer Flasche Martini auf der *Katrijn* aufgetaucht. In ihrem Pelz sah sie aus wie eine russische Zarin.«

»Gin und Martini helfen immer.«

»Ich bin ihre Zerstreuung. Es ist für sie eine Möglichkeit, ihren Mann zu bestrafen. Aber ich mag sie«, sagte er, wie um sich zu verteidigen. »Und sie hat mir noch mehr Geld geliehen. Sie hat ein paar Juwelen verkauft, sodass ich die Mädchen erst mal bei Tante Gilberte lassen kann.«

»Una kann also vorbeikommen, wann immer sie Lust hat. Keine störenden Kinder, die auf dem Schiff herumlaufen.«

»Das ist nicht fair. Una ist eine gute Seele, und du hast mich nicht gewollt, wie sie ganz richtig bemerkt hat. Was also geht es dich an? Und bald werden wir alle viel Geld verdienen. Wie war das noch mit den drei Musketieren?«

»Pst, nicht hier. Geh nach Hause und schlaf ein bisschen.«

Als Paul um die Ecke gebogen war, tauchte ein weinroter Peugeot auf. Der Fahrer stieg aus, gähnte und reckte sich. Wie auf Kommando erschien Solange auf der Bildfläche. Ihr Haar war offen, und sie trug einen der Arbeitskittel der Zuschneiderinnen. Sie sah blass und müde aus. Alix wollte nicht, dass sie oder Serge sie sahen. Nicht, nachdem sie ihn in seinem Klub so bloßgestellt hatte. Sie schlich auf den Lieferanteneingang zu, als jemand ihren Namen rief.

Es war Paul, der zu ihr zurückspurtete. »Ich habe vergessen, das Hemd zu wechseln«, keuchte er und zeigte auf die Rüschen in seinem Nacken.

Alix seufzte. »Wieso hast du das nicht früher bemerkt?« Solange und Serge starrten in ihre Richtung. »Simon Norbert wird mich wieder anschreien.«

»Das ist doch nichts im Vergleich zu dem, was mir widerfährt, wenn ich in einem Rüschenhemd auf der Baustelle auftauche.«

»Ach, komm schon.« Sie betraten Maison Javier durch den Lieferanteneingang. Serge tippte an seinen Hut, als Alix vorbeiging. Nichts ließ darauf schließen, dass er wütend war, doch sein fixierender Blick gab ihr zu verstehen, dass er ein Spiel mit ihr spielte, das gerade erst begonnen hatte. Er war noch nicht fertig mit ihr.

Madame Frankel war auf der Suche nach Alix. Sie hatte sie angewiesen, sämtliche Rüschen von *Oro* abzutrennen, um sie mit Rosshaarspitze unterlegen zu können. Javier hatte mit FTM telefoniert und die Adresse eines Lieferanten in Mulhouse erhalten. Innerhalb einer halben Stunde war eine Bestellung aufgegeben worden, die mit dem Zug nach Paris geliefert werden würde. »Wenn Sie die Rüschen abgetrennt haben, bringen Sie sie zusammen mit einem Stoffmuster ins Bügelzimmer, damit die Damen eine Bügelprobe machen können. Und, Alix …«

»Madame?«

»Wenn Sie eine Tablette gegen Ihre Menstruationsbeschwerden brauchen, begeben Sie sich auf die Krankenstation. Wenn irgendjemand fragen sollte, sagen Sie, Sie hätten meine Erlaubnis.«

Nachdem sie eine Stunde lang Nähte an goldfarbener Dupionseide aufgetrennt hatte, befolgte Alix Madame Frankels Rat. Die Krankenstation befand sich außerhalb des Salons und stand sowohl Kundinnen als auch Bediensteten offen. Es kam nämlich öfter vor, dass Kundinnen nach mehreren Stunden der Anprobe ohnmächtig zusammenbrachen. Die Krankenschwester bestand darauf, dass Alix sich auf die Bettkante setzte, während sie den Puls fühlte und Temperatur maß und penetrante Fragen zu männlichen Freunden und »Romanzen« stellte. Alix wurde klar, dass die Frau herausfinden wollte, ob sie schwanger war, und antwortete, dass alles in Ordnung sei.

»Das ist gut, meine Liebe«, sagte die Krankenschwester. »Sie werden überrascht sein, bei wie vielen jungen Frauen das nicht der Fall ist, und ich bin oft die Erste, der sie es erzählen können.« Sie sah zu, wie Alix ein Glas Wasser mit einer Brausetablette leerte, und entließ sie anschließend wieder aus der Krankenstation.

Als Alix im Empfangsbereich angelangt war, wo sie damals mit ihrem Korb auf den Beginn ihres Vorstellungsgesprächs gewartet hatte, sah sie dort einen einzelnen Mann sitzen. Eine Zeitung verdeckte sein Gesicht, doch er musste sie gehört haben, denn er ließ sie sinken, als sie näher kam. Es war der Comte de Charembourg. Er stand auf, streckte die Hand aus und zog angesichts ihres braunen Arbeitskittels eine Augenbraue hoch. »Warum musst du dich wie eine Büßerin kleiden?«

Seine Handfläche fühlte sich trocken und heiß an.

»Zum Schutz der Kleider …« Sie hielt sich nicht weiter mit Höflichkeiten auf. »Monsieur, Sie sehen krank aus.«

»Ach, das sind nur alte Zipperlein.« Er berührte sein Revers in der Herzgegend und küsste sie dann auf die Wange. »Du hingegen …« Er verstummte, und Alix dämmerte, dass er nervös war. Vielleicht dachte er daran, was ihr nach ihrem letzten gemeinsamen Mittagessen im März passiert war. Aber nein, er schien Angst vor ihr zu haben. Zweifellos hatte sie ins Schwarze getroffen, als sie ihren Dankesbrief mit »Mathilda« unterschrieben hatte.

»Vielen Dank noch mal für die Schere«, sagte sie. Sie hing an einem Band um ihren Nacken.

»Ich hoffe, ich habe die richtige ausgesucht. Ich habe gerätselt, welche wohl am praktischsten ist. Ist sie nicht zu fein?«

»Sie ist perfekt. Monsieur …«, sagte sie im gleichen Augenblick, als er mit »Alix …« herausplatzte.

Sie bedeutete ihm fortzufahren.

»Es tut mir so leid, dass du an diesem schrecklichen Tag solche Angst ausstehen musstest.« Er streckte die Hand aus, um ihr Haar zu berühren. »Es war ein Missverständnis. Ich habe offensichtlich eine Rechnung übersehen …«

»Monsieur, Sie werden erpresst. Der Mann hat es mir gesagt.«

»Aha.« Er legte sich die Hand auf die Stirn, als wolle er einen dahinter pochenden Schmerz besänftigen. »Alix, ich versuche dich zu beschützen. Das ist alles, worum es mir je ging, dich und … und meine Töchter vor Leid zu bewahren. Wenn ich dir mehr sagen könnte, würde ich es tun.«

Tatsächlich?, fragte sie sich. »Haben Sie gezahlt, Monsieur? Haben Sie diesem abscheulichen Mann eine Million Francs gezahlt?«

»Nicht so viel, um Himmels willen, nein.« Er räusperte sich und reckte angespannt den Hals. Alix hielt seinem Blick stand, bis er sagte: »Ich habe nur die Hälfte bezahlt. Wer der Erpresser auch sein mag, er hat eine praktische Ader. Er glaubte mir, als ich sagte, ich könne keine Million aufbringen, also haben wir eine Vereinbarung getroffen. Ich kann nur beten, dass ich genug getan habe. Jetzt verzeih mir bitte, ich muss gehen – die Pflicht ruft. Madame la Comtesse und meine ältere Tochter sind irgendwo da drin.«

»Im Salon?«

»In einem der Ankleidezimmer. Javier schneidert Christines Brautkleid.«

Davon hatte Alix schon gehört. Die Comtesse hatte sich als Albtraum entpuppt und sowohl die Zuschneiderin als auch ihre Tochter zum Weinen gebracht. »Legt Ihre Tochter Wert auf Ihre Meinung?«

»Hm. Ich denke, junge Frauen nehmen ihre Väter auf sehr spezielle Weise in Anspruch. Ihre Brieftasche spielt da sicher eine größere Rolle als ihr Sinn für Mode. Meinst du nicht auch?« Als er ihre Reaktion sah, wurde ihm bewusst, was er gesagt hatte. »Oh, es tut mir leid. Das war in höchstem Maße taktlos.«

Alix hatte Angst, in Tränen auszubrechen, und sprach betont langsam: »Wie konnten ausgerechnet Sie vergessen, dass ich keinen Vater habe?«

»Alix, ich wollte … Verzeih mir.«

»Er hat Ihnen das Leben gerettet.«

Der Comte wandte sich zum Gehen, doch sie ergriff seinen Arm. Sie sahen einander tief in die Augen, und beide spürten die Wucht des Augenblicks. »Sie stimmt gar nicht, diese Geschichte, dass mein Vater Sie aus dem Beschuss geholt hat, oder?«

»Würde irgendjemand bei so etwas lügen?«

»Vielleicht, wenn er versuchen würde, ein schlimmes Geheimnis zu verbergen. Was ist mit meiner Mutter? Wann haben Sie sie zum letzten Mal gesehen?«

Er zuckte zusammen. »Nicht hier, Alix, bitte.«

Sie vergewisserte sich mit einem prüfenden Blick, dass sie noch immer alleine waren. »Ich weiß, dass Sie Mathilda mehrmals getroffen haben. Bonnet sagte, Sie seien wie ein großer Bruder für sie gewesen und hätten sie später im Krieg wiedergetroffen. Da war sie eine junge Frau. Bonnet hat angedeutet, dass sie Gefühle für Sie hegte. Haben Sie sie geliebt? Haben Sie ihr eine Ausbildung ermöglicht, so wie mir? Nein, antworten Sie nicht«, sagte sie, als sie sein aschfahles Gesicht sah. »Es ist besser zu schweigen als zu lügen.«

»Alix, ich wünschte, die Dinge lägen anders. Glaub mir, Falschheit ist nicht meine Art.«

»Wissen Sie überhaupt, wo mein Vater begraben ist?«

Keine Antwort. Der Mann, zu dem sie als Freund und Mentor aufgeblickt hatte, wand sich. Es lag auf der Hand, dass der Comte de Charembourg nicht die geringste Ahnung hatte, wo sich die letzte Ruhestätte seines »Freundes« John Gower befand.

»Monsieur, wenn Sie mich ansehen, was sehen Sie?«

Er berührte vorsichtig ihre Schulter. »Was ich sehe, wenn ich dich anschaue? Wenn du lächelst, sehe ich ein reines, unbeschriebenes Blatt. Deshalb lächle bitte immer für mich.«

19

Als Alix endlich Feierabend machte, tat ihr der Rücken weh – genau wie das Herz. Welche anderen Lügen hatte ihr der Comte de Charembourg wohl noch aufgetischt? Dass er sie gernhatte? Dass er sie hübsch und talentiert fand? Hieß das am Ende vielleicht, dass sie in Wahrheit überhaupt nichts zu bieten hatte?

Auf der Rue du Boccador hielt Verrian sie an. »Ignorierst du mich etwa?«

»Ich habe keine Zeit, ich komme zu spät.«

»Wohin?« Er passte sich ihrem Tempo an.

»Zu meiner anderen Stellung. Ich fange bei so einer Art Modeatelier an. Als Aushilfe.«

»Nach einem vollen Arbeitstag bei Javier? Und wohin gehst du danach noch?«

»Nach Hause. Meine Großmutter wartet mit dem Essen auf mich.«

An der Kreuzung Avenue Montaigne musste Alix einen Moment verschnaufen.

Verrian packte sie am Arm. »Wie kommst du denn nach Hause?«

»Mit der Métro oder dem Bus.«

»Ich werde dich abholen, heute und bis auf Weiteres. Wir trinken ein Glas Wein zusammen, unterhalten uns nett, und dann fahre ich dich nach Hause.«

»Aber du hast doch gar kein Auto.«

»Das stimmt, aber ich besorge mir eins.«

Sie sah ihn zweifelnd an. »Fahr nach Billancourt und kauf dir einen kleinen Renault.«

»Das ist eine gute Idee. Also, bist du einverstanden?« Gemeinsam überquerten sie die Straße. »Darf ich dich jeden Tag abholen?«

»Ich kann mir nicht vorstellen, jemanden jeden Tag zu sehen, außer meiner Großmutter. Wir geraten uns vielleicht in die Haare.«

»Vielleicht, aber ...« Er blieb stehen. »Alix, du humpelst ja. Hast du ein Steinchen im Schuh?«

»Nein.« Die Antwort kam ein bisschen zu schnell.

»Jedenfalls kommst du mir heute so verändert vor. Willst du mir vielleicht irgendwas sagen?«

»Bloß, dass du mich irgendwann langweilig finden wirst. Oder albern.«

»Deine Albernheit gefällt mir. Und nichts wird mich davon abhalten, dich zu bewundern, außer ...«

»Aha, es gibt wohl immer ein ›außer‹.«

»Außer Krieg oder Tod. Na, wie klingt das? Wann bist du also fertig heute Abend?«

»Gegen neun.«

»Wo soll ich auf dich warten?«

»Auf den Champs-Élysées, am Concorde-Ende. Ich sehe dich dann schon.« Alix brauchte eine Weile, bis sie die unauffällige grüne Tür neben der Schneiderei auf den Champs-Élysées gefunden hatte, in der Unas Partnerin arbeitete. Als sie klopfen wollte, hörte sie von innen eine bekannte Stimme.

»Oje, du siehst ja aus, als hättest du den ganzen Tag lang im Bergwerk geschuftet. Aber jetzt ist leider keine Zeit für lange Reden.« Una Kilpin gab ihrem Fahrer ein Signal, und der Rolls-

Royce, der sie hergebracht hatte, verschwand im dichten Verkehr. »Ist das mein Lelong-Kleid?« Sie deutete auf den Kleidersack, der über Alix' Arm hing. »Du bist so schnell aufgebrochen gestern Abend. Kenne ich ihn vielleicht?«

Alix murmelte etwas, und Una klopfte dreimal leise und einmal etwas lauter an die Tür. »Hör zu, Alix, die Dame, die wir jetzt treffen werden, kennt jeden Fabrikanten in New York, den man kennen muss. Ich warne dich, sie ist knallhart.« Eine Frauenstimme hinter der Tür fragte, wer da sei. »Das Talent, Schätzchen«, rief Una.

Das Mädchen öffnete die Tür und wollte das Codewort wissen. »Mariette«, erwiderte Una. »Mariette, ich sage es gleich doppelt, falls ich es beim nächsten Mal vergessen haben sollte.« Sie stiegen die Treppe hinauf und standen vor einer Tür mit großem Spion. Eine Messingtafel verkündete: »Maison Godnosc«. Das Mädchen schloss die Tür auf, und Alix fragte sich, wie viele Male am Tag sie diesen Handgriff wohl ausführte.

Dann verschwand sie in einen Nebenraum, und Alix folgte Una in ein großes Zimmer, in dem die Jalousien heruntergelassen waren. Plötzlich stürzte eine Frau herbei und rief: »Ist sie das?« Sie war dünn wie ein Strich und hatte üppiges Haar, dessen Farbe an einen brennenden Busch erinnerte. Ihr Alter war nur schwer einzuschätzen.

Una übernahm die Vorstellung. »Alix, das ist meine Geschäftspartnerin Mabel Godnosc, und diese Räume kann man durchaus als amerikanischen Boden betrachten. Soll heißen, hier küsst man sich nicht, sondern gibt sich die Hand.«

Mabel Godnosc demonstrierte das sofort, indem sie Alix' Hand nahm und kräftig schüttelte. Durch die klimpernden Armbänder an ihrem Handgelenk fiel die Begrüßung ziemlich laut aus. »Wie mein Tag war?«, sagte sie, obwohl keiner danach gefragt hatte. »Drei Lanvin-Bestellungen und eine noch unsichere Patou-

Bestellung. Keine der Kundinnen hatte einen Termin, darum haben wir ihnen erst mal unsere Hausmodelle gezeigt, bis klar war, wie viel sie lockermachen würden. Versteht die Kleine mich überhaupt? Hast du ihr gesagt, dass wir hier nur Englisch sprechen?«

»Ich verstehe Sie ganz wunderbar«, entgegnete Alix. Mit »Hausmodellen« meinte Mabel wohl die Kleider, die sie vorhielt, um den Anschein zu erwecken, sie führe ein ganz normales Modeatelier. Als sie einen Hauch von Interesse bei Alix bemerkte, sagte sie sofort: »Nur fünfundvierzig Dollar, Waschanleitung und Geschenkverpackung inklusive. Na, ist das ein Angebot?«

Da begriff Alix, dass bei Maison Godnosc nur in Dollars gerechnet wurde.

Während die beiden anderen Frauen das Wortgeplänkel fortsetzten, begann Alix mit der Arbeit. Je früher sie anfing, desto früher war sie auch damit fertig. Sie sehnte sich nach Verrian.

Sie setzte sich an den Tisch, zog sich einen Schuh aus und holte das zusammengefaltete, wild bekritzelte Papier heraus. Mabel sah ihr neugierig über die Schulter.

»Diese Kringel, das sollen Kleider sein?«

»Ich musste mich beeilen, Madame. Ich werde Ihnen die Kringel jetzt übersetzen.«

Mabel wandte sich an Una. »Habe ich sie vielleicht beleidigt?«

»Aber nein, Madame«, antwortete Alix. Sie wollte endlich anfangen. »Würden Sie mir bitte Papier und Buntstifte bringen?«

»Haben Sie kein eigenes Material dabei?«

»Bei der Arbeit kann ich keine Buntstifte in der Tasche haben. Die müssen Sie stellen.« Langsam verlor Alix die Geduld. Una nickte Mabel zu, und die rannte aus dem Zimmer, um wenig später mit dem Gewünschten zurückzukommen.

»Also, Schätzchen, wie viele haben Sie heute für mich?«

»Fünf Modelle, Madame Godnosc.«

»Nur fünf?«

Da schaltete Una sich ein. »Mabel, sie hat fünf Modelle, und zwar bis ins kleinste Detail. Könnte dein Mädchen mir einen Gin Alexander machen? Alix nimmt einen Tee.«

»Das Mädchen kann keinen Tee machen, du brauchst sie gar nicht zu fragen. Hier trinken wir nur Gin.«

»Dann nimmt Alix eben ein Glas Milch.«

Fünf Modelle, bis ins kleinste Detail … Während Una und Mabel mit ihren Gin-Gläsern anstießen, skizzierte Alix zuerst das Modell *Oro* und danach die Abendroben Nummer eins bis vier aus der Kollektion zur Zwischensaison. Im Gegensatz zu den spanisch angehauchten Kleidern, die den Höhepunkt der Schau bildeten, waren die Modelle eins bis vier für Abende in Cannes oder am Cap d'Antibes gedacht. Für solche Abende also, an denen man mit einem Cocktailglas in der Hand an der Reling einer Jacht stand und den Sonnenuntergang bewunderte. Die Kleider waren aus einem Seiden-Leinen-Mischgewebe und besaßen ein Muster aus maurischen Elementen und Orangenblüten. Ein Fabrikant aus Lyon hatte den Stoff Javier zuliebe in kürzester Zeit hergestellt – er war ein absolutes Unikat. Im Lager hatte Alix ein Muster davon gestohlen. Sie hatte es ganz gerade vom Ballen abgeschnitten, damit niemand etwas merkte. Aber während der Aktion hatte sie bestimmt ein Kilo abgenommen, weil sie so nervös war!

Sie zeichnete jeweils die Vorder-, Rück- und Seitenansicht der Kleider und fertigte zusätzlich kleine Darstellungen der Details an: ein Gürtel aus demselben Stoff mit einer Schnalle in Form eines Orangenblatts, Puffärmel mit quadratischem Abschluss und ein breiter Kragen mit schlichtem Revers. Morgen würde sie die Modelle *Lune de Minuit* und *Seguidilla* abliefern. Sie würde die gesamte Kollektion abliefern, Naht für Naht. Und wenn sie das Geld dafür in den Händen hielt, würde sie es nie wieder tun.

Mabel Godnosc beugte sich über die Zeichungen. »Wie haben Sie das geschafft? Haben Sie heimlich in Javiers Skizzenbuch geschaut?«

»Nein, nie. Nur die Gestalter und die Premières dürfen alleine im Atelier sein, und nur sie bekommen die gesamte Kollektion zu sehen, bevor sie gezeigt wird.«

»Alix hat einfach einen ganz besonderen Blick«, sagte Una. Sie saß auf einer Tischplatte und streckte ihre schlanken Beine aus. »Das wusste ich schon, als ich sie kennengelernt habe.«

Mabel Godnosc dachte laut nach: »Wenn Javiers Zwischensaison Mitte Mai anfängt, hätten wir eigentlich schon letzte Woche die Skizzen und Muster gebraucht.«

Una und Mabel begannen eine Diskussion über Daten und Zeitpläne. Alix hörte ungeduldig zu und unterbrach die beiden dann: »Moment mal! Wir dürfen nichts vor dem 12. Mai herausgeben, das ist der Tag der Vorpremiere. Ist das klar?« Sie ließ den Bleistift sinken, um zu zeigen, dass sie es ernst meinte. »Diese Zeichnungen dürfen nicht weggeschickt werden, bevor Javier die Originale in Paris gezeigt hat.«

Una zuckte halb zustimmend mit den Achseln und sah Mabel an. Die sagte: »Keine Sorge, Schätzchen. Das geht klar. Übrigens, weiß man schon, ob Madame X kommen wird?«

Alix begann wieder zu zeichnen. »Wer bitte?«

»Mrs. Simpson. Die zukünftige Königin.«

»Der König hat abgedankt. Sie wird nicht Königin werden.«

»Dann eben die künftige Herzogin, die Königin sein sollte. Wissen diese Engländer denn gar nicht zu schätzen, wie hart sie an sich arbeitet, um so auszusehen? Diese schmalen Hüften!«

»Sie hat ein paar Sachen bei Javier gekauft, aber sie mag Mainbocher am liebsten«, berichtete Alix.

»Vielleicht kommt sie ja zum Seiteneingang rein, wenn sie sich unbeobachtet fühlt.«

»Mabel, lass Alix in Ruhe arbeiten«, bat Una.

»Na schön, aber hört mal zu«, fuhr Mabel unbeirrt fort. »Wenn Javier ihr Hochzeitskleid anfertigen würde und wir es zwei Wochen früher bekämen, hätten wir die Lizenz zum Gelddrucken. Wenn sie ein Kleid von Javier tragen würde, wenn sie den König heiratet ...«

»Sie heiratet aber nicht den König«, blaffte Alix. »Sie heiratet den Exkönig.«

»Ist sie immer so kratzbürstig, Una?«

»Immer, Mabel, und eben darum wirst du deine Kollektion bekommen. Jetzt lass sie endlich in Ruhe.«

Nicht die gesamte Kollektion, beschloss Alix in diesem Moment. *Seguidilla* bekamen sie nicht, weil Alix ihnen Mémés Schattenstickerei nicht überlassen würde. Genauso wenig würde Alix ihnen *Lune de Minuit* beschaffen, denn darin hatte sie mit Paul getanzt. Jetzt war sie mit dem letzten Detail fertig und konnte endlich zu Verrian fahren.

Doch Mabel hatte andere Vorstellungen. Sie packte Alix beim Arm. »Könnten Sie mir nicht ein schönes Original entwerfen? Wir müssen ja den Anschein erwecken, ein echtes Atelier zu sein, und ich bin einfach nicht gut genug im Entwerfen. Bisher hat mir meine Nichte geholfen, aber sie ist jetzt wieder in New York. Ich habe versucht, jemand anderen zu finden, aber Sie wissen ja, wie schwierig so etwas ist ...«

»Nur zu, Alix«, rief Una, die inzwischen beim dritten Gin angelangt war. »Du willst Modeschöpferin werden, hier ist deine Gelegenheit. Mabel wird dich an jedem verkauften Kleid beteiligen, nicht wahr?«

Mabel zog die Brauen über der Nase zusammen. »Warum nicht? Wenn Sie mir ein schönes Tageskleid entwerfen, das ich eine Million Mal verkaufen kann ... Nur ein einziges, bitte!«

Wey ist mir, hätte Mémé jetzt gesagt. Alix starrte auf das leere Blatt vor sich auf dem Tisch, dann auf die Uhr. Verrian Haviland musste sich noch etwas gedulden.

Alix brauchte eine gute Idee für das Millionenmodell, aber alles, was sie vor ihrem inneren Auge sah, war ein langweiliges Schlauchkleid. Sie verpasste ihm einen Wickelausschnitt. Oje, das war genau das, was Madame Rey trug, weil ihre Brüste darin vorteilhaft wirkten. Alix fügte noch Knöpfe hinzu. Jetzt erinnerte das Modell an den Hauswirtschaftsunterricht in der Schule. Neues Blatt, noch einmal ganz von vorne. Kühne Puffärmel à la Javier und ein Stehkragen mit auffälligem Innenfutter. Ein rautenförmiges Oberteil, das den Rumpf betonte, darunter ein Rock, der weit von der Taille fiel. Das war schon besser. Jahrelang hatte man den Taillenbereich eher gerade gehalten; erst im Laufe der Dreißigerjahre bekamen die Frauen ihre Kurven zurück. Der vorherrschende Look war jedoch noch immer eher kurvenarm, im Großen und Ganzen betonte man lieber die Schultern. Die rautenförmige Taille, die Alix gerade gezeichnet hatte, war allerdings ziemlich unkonventionell. Zu radikal? Vielleicht, aber es war schon zwanzig nach neun.

Welchen Stoff sollte sie wählen? Sie blieb auf der sicheren Seite und entschied sich für schwarzen Crêpe, mit Kragen und Bündchen in Kontrastfarbe, vielleicht in Nelkenrot mit handgedrucktem schwarzem Muster. Ein Blumenmuster, mit Pugin-Rosen wie die, die sie auf ihren »Schiaparelli«-Mantel gestickt hatte. So, fertig. Sie zeichnete noch die Rückansicht und vier kleinere Darstellungen der Details, setzte ihre Anmerkungen dazu und sagte zu Madame Godnosc: »Ich muss los.«

Una griff nach den Zeichnungen. »Man muss ja ständig Gymnastik machen, um da reinzupassen. Nun, du hast ja keine Figurprobleme, Alix. Aber die Farben musst du wohl noch ändern.«

»Die Farben *sind* das Kleid«, erwiderte Alix.

»Aber nicht, wenn ich an dem Geschäft beteiligt bin. Schwarz wie ein Straßenköter und rot wie Blut? Wie soll das Kleid denn überhaupt heißen?«

»Ich weiß nicht.« Jetzt war es schon nach halb zehn. »Oder doch: Es soll *Rose Noire* heißen.«

20

Alix brauchte nur einige Minuten, um Verrian zu finden, aber sein Gesichtsausdruck verriet ihr sofort, dass er es überhaupt nicht schätzte, wenn er warten musste. Er hatte sich für einen Tisch auf der Terrasse entschieden, in einem Café an der Place de la Concorde. Als Alix sich ihm näherte, stolzierten gerade zwei Frauen davon, nicht ohne einen Blick zurück über die Schulter zu werfen. »Sind das Freundinnen von dir?«, fragte sie, während er ihr einen Stuhl heranzog.

»Nein, und das weißt du genau.« Verrian hatte ein Glas Bier vor sich stehen und eine Zeitung dagegengelehnt. »Möchtest du auch eins?«, fragte er.

»Nein, lieber einen Rotwein. Warum tragen diese Mädchen ihre Hüte so schief auf dem Kopf?«

»Das ist eine diskrete Art der Werbung. Und einfacher, als ein Banner vor sich herzutragen. Sie haben sich verspätet, Miss Gower.«

»Ich bin nicht früher losgekommen.«

»Das macht nichts.«

»Deinem Gesichtsausdruck nach macht es doch was.«

Er nickte. »Es ist nicht deine Schuld. Ich habe mir diese Zeitung gekauft, sie ist drei Tage alt. Wenn ich mal eine Pause vom Nachrichtengeschehen mache, passiert gleich etwas Schreckliches. In Nordspanien ist schon wieder ein Dorf bombardiert worden.

Es heißt Guernica und liegt im Baskenland. Ich habe – ich hatte Freunde dort.«

»Ich hasse Zeitungen«, sagte Alix heftig. »Wenn ich eine lese, habe ich immer das Gefühl, die Welt ist ein furchtbarer Ort.«

»Manchmal ist sie das wirklich.« Er nahm ihre Hand.

Alix spürte, dass sich seine Laune verdüsterte. Um ihn auf ein anderes Thema zu lenken, erzählte sie ihm von ihrem Treffen mit dem Comte de Charembourg. »Er hat dasselbe gesagt wie du neulich.«

»Was denn?«

»Dass ich ein unbeschriebenes Blatt bin. Bin ich das wirklich? Ein Stück weißes Papier, auf das die Leute ihre Meinung schreiben können?«

»Vielleicht.« Er warf die Zeitung – es war die *Times* – auf einen freien Stuhl. »Wahrscheinlich, weil uns dein unerschütterlicher Wille daran erinnert, dass alles möglich ist, wenn man nur hart genug arbeitet. So formuliert klingt es doch ganz gut, oder?«

Der Ober brachte den Wein, etwas Brot und eine Schale mit Oliven. Sie stürzte sich sofort darauf. »Tut mir leid, aber ich kriege immer solchen Hunger von der Arbeit.« *Und da heißt es immer, Kleider sind unwichtig,* dachte sie. Damals im Deux Magots und am Abend zuvor in Unas Lelong-Kleid hatte sie sich ihm ebenbürtig gefühlt. Heute Abend jedoch, in ihren Arbeitskleidern, kam sie sich vor wie einer der Spatzen, die zwischen den Stühlen der Boulevard-Cafés herumhüpften. Verrian dagegen wirkte in seinem breitschultrigen Mantel wie ein Riese.

»Alix, neulich hast du deinen Großvater erwähnt …«

Sie hielt in ihrer Bewegung inne. »Ja, und?«

»Er scheint immer wieder unerwartet aufzutauchen. So wie du.«

»Ich wohne hier«, gab sie zurück. »Du bist es, der immer wieder unerwartet auftaucht.«

»Du hast recht.« Er lächelte. »Meine Schwester Lucy, die jedes Buch des Handlesers Cheiro besitzt, würde jetzt sagen, es ist vorherbestimmt, dass sich unsere Lebenswege so oft kreuzen. Und weil ich jetzt mit dir verbunden bin, habe ich etwas gemacht, das mich eigentlich nichts angeht. Ich habe einen Freund nach Alfred Lutzman gefragt.«

»Aber wir haben uns gestern Abend doch gesehen. Warum hast du da nichts gesagt?«

»Weil ich gestern wichtigere Dinge im Kopf hatte als deinen Großvater. Aber jetzt will ich über ihn reden. Du hast einmal gesagt, er ist gestorben, bevor sich sein Talent entfalten konnte …«

Er nahm sich eine Olive, und Alix rief: »Du brauchst nicht um den heißen Brei herumzureden. Ich weiß ein paar üble Sachen über meinen Großvater.«

»Dann mal raus damit.«

»Er ist zum Studium nach England gegangen und hat seinen Vater mit dem Geschäft alleinegelassen. Er hat seinen Angehörigen erst geschrieben, als er in London war, und sie hatten schon geglaubt, er wäre verhaftet worden. Seine Mutter hat schwer darunter gelitten. Er hat Versprechen gebrochen. Und war ein ziemlich fieser Mensch.«

»War Geld ein schwieriges Thema?«

»Es war kaum welches da. Er hatte Mémé – also meiner Großmutter – versprochen, ihr ein Hochzeitskleid zu kaufen, darum ließ sie sich eins schneidern. Aber dann wollte er nicht auf die Bank gehen, darum musste sie es selbst abzahlen, wochenlang. Sie musste Näharbeiten annehmen, um es irgendwie hinzukriegen, und als es geschafft war, wollte er, dass sie weiterarbeitete. Er ließ lieber seine Tochter hungrig zu Bett gehen, als dass er ein Bild verkaufte. Wenn Mémé von ihm spricht, spüre ich, dass es sie innerlich schmerzt. Aber das alles heißt nicht, dass er ein schlechter Maler war.«

»War der Comte de Charembourg ein Gönner deines Großvaters?«

»Ich glaube nicht. Er hat ihm ein paar Bilder abgekauft, aber damals war er noch jung. Und junge Männer interessieren sich eher für Mädchen als für Kunst«, sagte sie herablassend.

Er drückte ihre Hand. »Da ist noch etwas. Ich möchte mit dir darüber sprechen, wie der Comte zu dir steht. Weshalb er dich unterstützt hat.«

»Wegen des Elsass, wegen des Kriegs. Mein Vater war zusammen mit ihm im Krieg. Sie haben sich gemeinsam der London Rifle Brigade angeschlossen. Einmal während eines Gefechts – bei Arras, glaube ich – ist der Comte unter Feuer genommen worden, und mein Vater ist zu ihm gerannt und hat ihn gerettet.« Sie geriet ins Stocken. Nach ihrer Unterhaltung mit Bonnet konnte sie sich diese heldenhafte Aktion nicht mehr so klar vorstellen wie zuvor. »Als der Comte mitbekam, dass meine Eltern beide nicht mehr lebten, griff er meiner Großmutter finanziell unter die Arme.«

»Das Elsass, die Kunst, London, der Krieg … so vieles verbindet euch.«

Sie zog ihre Hand aus seiner. »Willst du am Ende bloß über den Comte reden?«

»Nein, über dich.« Er rückte mit seinem Stuhl näher an ihren heran, sodass ihre Knie sich berührten. Als er sah, dass sie fror, legte er ihr seinen Mantel um die Schultern.

Sie hätte sich gerne an ihn geschmiegt, aber seine bohrenden Fragen verunsicherten sie. »Weil du Journalist bist, kannst du einfach nicht anders, als den Menschen ihre Geheimnisse zu entreißen?«

»Stimmt.«

»Dann kann ich dir viel Mühe ersparen. Der Comte ist nicht mein Vater, falls du das vermutet hast. Die Leute glauben das oft, weil er so großzügig zu mir gewesen ist.« Sie griff nach ihrem Weinglas und wollte es zügig austrinken, stieß es dabei aber um und tastete nach der Serviette. »Das haben sie mir in der Schule immer nachgerufen, wenn sie mich ärgern wollten. Ich habe mal Mémé darauf angesprochen, als sie schon einiges getrunken hatte, und sie meinte, ich solle mir das aus dem Kopf schlagen. Sie sagte, dass ich meinem Vater sehr ähnlich sehe. Keiner, der ein Foto von John Gower gesehen hätte, würde daran zweifeln, dass ich seine Tochter bin. Und jetzt musst du alles wieder aufwühlen.«

Er breitete eine Serviette über dem Weinfleck auf dem Tisch aus und bat den Ober, das Glas wiederaufzufüllen. »Ich habe dir schon einmal gesagt, du brauchst dich mir gegenüber nicht zu erklären.«

»Du vermittelst mir aber das Gefühl, ich müsste mich mir selbst gegenüber erklären.«

»Das tut mir leid.« Er strich ihr über das Haar. »Ich hoffe, niemand hat versucht, noch mehr deiner Locken zu stehlen?«

Er wollte die Wogen glätten, aber sie kam sich idiotisch vor, weil der Wein vom Tisch auf ihren Schuh tropfte. Die Leute, die vorbeigingen, würden denken, sie sei seine kleine Schwester. »Ich werde mir eine Kurzhaarfrisur schneiden lassen.« Sie wusste, dass dieses Thema für Männer oft schwierig war. »Ganz kurz, aber erst, wenn Bonnet mit mir fertig ist.«

»Bonnet?«

»Ich habe dir doch erzählt, dass ich ihm Modell sitze. Das Licht, das auf mein Haar fällt, ist ein wichtiger Teil seiner Bildkomposition. Ansonsten hätte er mich gebeten, die Haare hochzustecken, sagt er.« Aha, sie hatte ihn aus der Reserve gelockt. Kein Zweifel. Sie hieb noch einmal in die Kerbe. »Bonnet war Schüler meines Großvaters. Hast du das auch herausbekommen? Darum ist er ein Meister in der Darstellung von Frauenhaut, genau wie mein Großvater. Er arbeitet langsam und muss immer wieder dazu gebracht werden, seine Bilder zu vollenden. Ich friere oft, wenn ich ihm Modell sitze.« So, das saß.

»Alix, kannst du dir vorstellen, wie ich mich fühle, wenn du mir erzählst, dass du einem anderen Mann nackt Modell sitzt? Wenn wir jetzt zusammen in einem Hotelbett liegen würden, wäre das etwas anderes. Dann würde mir die Unterhaltung vielleicht sogar gefallen. Weil der Abend dann ganz andere Möglichkeiten bieten würde …«

Sie sah zur Seite. Weil ihr keine geistreiche Erwiderung einfiel, sagte sie nur schnippisch: »Ich habe dir doch gesagt, dass wir uns streiten werden.«

»Du hast angefangen.«

Er griff nach seiner *Times* und begann zu lesen. Sein Gesichtsausdruck war undurchdringlich. Anscheinend war ihm das Bombardement eines weit entfernten Dorfes wichtiger als sie. Natürlich war es das. Ihre Naivität würde sicher jeden Mann langweilen. Und hinter Verrians unbeschwerter Art verbarg sich ein ernster Charakter. Um ihn von seiner Lektüre abzulenken, hob sie das Glas und brachte einen Toast aus. »Auf deine Gesundheit.«

Er nickte. »Und auf deine. Aber du solltest aufhören, nackt in Dachkammern im Montmarte herumzusitzen, wenn du Wert auf deine Gesundheit legst.« Er faltete die Zeitung zusammen und erhob sich. »Es ist schon spät, ich bringe dich nach Hause.«

Sie erlaubte ihm nicht, ihr Wohnhaus zu betreten. »Unsere Concierge schnüffelt allen hinterher.«

»Machst du dann wenigstens oben Licht, damit ich sehe, dass du gut angekommen bist?«

Sie versprach, die Wohnungstür offen zu lassen und das Licht in der Diele einzuschalten. Die Lampen im Treppenhaus waren nach monatelanger Dunkelheit ersetzt worden, hatten inzwischen aber schon wieder den Geist aufgegeben. »Genau da wird es gleich hell«, sagte sie und deutete auf das Mansardendach.

»Ich werde darauf warten. Übers Wochenende muss ich arbeiten, aber am Montag können wir uns sehen. Im selben Café?«

»Ja, gern.«

Er wartete, bis Alix das oberste Stockwerk erreicht hatte, und wurde mit einem Lichtschimmer belohnt. Mit der *Times* unter dem Arm wandte er sich seufzend ab. Es war ein langer Tag gewesen, aber ins Bett wollte er noch nicht. Ach, er machte einfach alles falsch. Das Problem bestand darin, dass es so viele verschiedene Versionen von Alix Gower gab und er nie wusste, mit welcher er es zu tun bekommen würde. Er war frustriert. Die Frau, die ihn im Deux Magots verzaubert hatte, war nicht das Biest von heute, das ihn fast in die Verzweiflung trieb.

In einer Seitenstraße des Boulevard Saint-Germain betrat er das Restaurant L'Arancia, das sich im Gewölbe eines alten Gebäudes befand und von Sorbonne-Studenten und den Mitarbeitern des *News Monitor* frequentiert wurde. Er brauchte Gesellschaft. Das heißt, er wollte eigentlich keine, wusste aber, dass er sich in seinem Zustand lieber unter Menschen begeben sollte. Er nickte dem Patron zu, einem Italiener namens Visconti, dessen baskische Frau Arantxa sehr niedergeschlagen wirkte. Verrian nahm an, sie hatte vom Bombardement auf Guernica erfahren.

Derek Chelsey saß an seinem üblichen Ecktisch, zusammen mit der Redaktionssekretärin Beryl Theakston, die einen auffälligen Samthut trug, und drei anderen Journalisten.

»Haviland, seien Sie gegrüßt, mein Freund«, grölte Chelsey. »Heute essen wir keine Ihrer geliebten Langustenschwänze, sondern Rindseintopf.«

Wie erwartet war Chelsey wieder zum Chefredakteur der französischen Ausgabe des *News Monitor* ernannt worden, denn Lord Calford hatte sehr bald genug gehabt von Verrians sarkastischem Stil.

»Arantxa, mein Engel, hol dem guten Mann einen Stuhl. Her damit – beim Essen wird nicht gearbeitet.« Chelsey streckte die Hand nach Verrians Zeitung aus und schnaubte verächtlich, als er den Schriftzug erkannte. »So, Sie lesen also die Konkurrenz? Na, ein einziges Mal sei Ihnen das verziehen. Wir haben gerade darüber gesprochen, über diese ›Tragödie von Guernica‹. Aber keiner dieser hellen Köpfe wusste, wo Guernica liegt.« Chelsey deutete auf die Kollegen. »Jetzt wissen sie immerhin, dass es zerbombt ist bis auf die Grundmauern. Und Sie sind hier, gerade, wo wir Sie in Spanien brauchen könnten.«

»Dieser Krieg ist so schrecklich.« Beryl schüttelte den Kopf so heftig, dass ihr Hut erzitterte. »Die deutschen Piloten schießen auf flüchtende Menschen. Das ist so niederträchtig – Bombenflugzeuge auf Kinder anzusetzen.«

»Keine Bomber«, korrigierte Verrian. »Es sind Kampfflugzeuge.« Glaubte man dem Korrespondenten der *Times,* so hatten die Angriffe damit begonnen, dass Bomber ihre explosive Fracht auf das baskische Städtchen abwarfen – auf den Marktplatz, auf die Kirchen, ja sogar auf ein Krankenhaus. Danach erst waren die Kampfflugzeuge gekommen und hatten die verängstigten Überlebenden im Tiefflug unter Feuer genommen. »Das ist kein Krieg, Beryl, sondern Mord. Sie haben sogar Bauernhöfe auf dem Land bombardiert.«

Der Artikel in der *Times* hatte Erinnerungen in Verrian aufgewühlt, die er tief in seinem Inneren verschlossen geglaubt hatte. Er sah immer wieder dasselbe Bild vor sich: ein Auto, aufgeschlitzt wie eine Konservendose; gelbe Flammen, als der Benzintank explodierte. Die Begegnung mit Alix hatte diese Erinnerungen zeitweise unterdrückt. Er brauchte sie. Da, jetzt hatte er es zugegeben. Ohne sie blieb ihm nur der Alkohol, um sich zu trösten.

»Ein verdammt guter Artikel, das muss ich allerdings einräumen.

Von wem ist der?« Chelsey füllte ein frisches Glas mit Wein aus der Karaffe.

»Steer, würde ich sagen.«

»Ich mag es überhaupt nicht, wenn der *Monitor* bei solchen Geschichten das Nachsehen hat. In Spanien müsste man jetzt sein.«

»Ja, dort passiert gerade so einiges. Gestern ist ein anderes Dorf bombardiert worden, als wir gerade Tee getrunken haben.«

»Oh, Mr. Haviland, bitte ersparen Sie mir das.« Beryl erschauderte.

Derek Chelsey schenkte allen vom Wein nach. »In Spanien herrscht Krieg, Haviland. Wenn Sie so viel darüber wissen, was machen Sie dann noch hier?«

Bevor Verrian ins Bett kroch, schrieb er noch einen Brief an einen Freund in London, der im Kriegsministerium arbeitete. Alix' Bemerkungen über den Comte de Charembourg hatten seine Neugier geweckt. Waren sie wirklich Waffenbrüder gewesen, der Aristokrat und ihr Vater? Sogar Alix schien an dieser Geschichte zu zweifeln. Bei Verrian mochte es eher der berufsbedingte Zynismus sein, aber auch er glaubte nicht so recht daran. »Beide Männer dienten anscheinend bei den London Rifles«, schrieb er. »Über John Gower weiß ich nicht viel, nur, dass er eine Ausländerin heiratete und eine Tochter mit ihr hatte.« Er klebte den Brief zu, schrieb eine Adresse in Whitehall darauf und legte ihn sich gut sichtbar zurecht, damit er ihn am nächsten Tag nicht vergaß.

Dann ging er zu Bett und dachte über Chelseys abschließende Worte nach. Warum verschwendete er seine Zeit hier in Paris, anstatt das Leid der Opfer in Spanien zu teilen?

Auch für Jean-Yves de Charembourg war es ein niederschmetternder Tag gewesen. Im Schlafgemach seiner Geliebten an der Avenue Montaigne hatte er vom Schicksal des Dorfes Guernica gelesen. Als er jedoch hörte, wie das Badschränkchen zufiel, legte er die Zeitung weg, denn Politik war ein Thema, das er und Hélène sich nach Einbruch der Dunkelheit verboten hatten. Er schlug sich schlecht an diesem Abend, und obwohl Hélène sehr verständnisvoll reagierte, fühlte er sich unzulänglich. Nun, der Geist konnte schlechte Nachrichten vielleicht erfolgreich verdrängen, aber den Körper konnte man nicht betrügen. Die Begegnung mit Alix – war das wirklich erst heute Nachmittag gewesen? – hatte ihn seelisch mitgenommen. Sie hatte ihn beschuldigt, sie hintergangen zu haben. *Sie haben gelogen*. Wenn er und Danielle Lutzmann ihr doch nur von Anfang an die Wahrheit gesagt hätten! Wenn Danielle ihm erlaubt hätte, über seine Liebe zu Mathilda und ihre erste Begegnung zu sprechen, hätten sie allen Beteiligten ein Leben voller Lügen erspart. Doch als Alix noch klein gewesen war, hatte sich alles noch ganz richtig angefühlt. Niemand hätte ahnen können, dass sie all die Fragen in sich trug. Sie war ungerecht gewesen in ihrer Anklage, aber sie konnte wohl kaum ihre Großmutter konfrontieren. Die alte Danielle war doch alles, was sie hatte.

Und dann hatte sich auch noch dieser Erpresser wieder gemeldet. Ninette hatte das Gespräch entgegengenommen und ihm völlig verwirrt eine kryptische Nachricht überbracht. Er sollte weitere fünfhunderttausend Francs hinter den Pfeiler in Notre-Dame d'Auteil legen.

»Papa?«, hatte Ninette gefragt. »Ist es wahr, dass du jemandem so viel Geld schuldest? Er sagte etwas über einen Mord in Kirchwiller und dass er weiß, wer es getan hat. Er hat mir die Namen aller diktiert, die sonst noch davon wissen.« Sie zeigte ihm die Liste. »Du, irgendjemand namens Lutzman, ach, und die arme Madame Haupmann. Aber was soll denn Großmutters alte Haushälterin damit zu tun haben? Die ist doch steinalt! Er behauptete, Großmutter wüsste auch alles, aber das ist doch irrwitzig. Und dann hat er noch was gesagt, was mich fürchterlich erschreckt hat. Er meinte, wenn du nicht bezahlst, tut er einem hübschen Mädchen weh … doch nicht etwa mir, Papa?«

Gott sei Dank hatte er Ninette einreden können, dass es sich nur um einen schlechten Scherz handelte. Dieses Schwein wollte das Geld schon Ende der Woche haben.

Wer einem Erpresser einmal Geld gibt, hat einen Erpresser fürs Leben gefunden! Aber wie sollte er ihn überhaupt bezahlen? Er hatte kein Geld mehr flüssig, und den Rest der Aktien konnte er nicht verkaufen, ohne die Aufmerksamkeit der Finanzwelt zu erregen. Man musste vorsichtig sein, um seine Kreditwürdigkeit nicht zu gefährden. Er würde irgendein Besitztum verkaufen müssen. Das Auto – den Panhard? Aber wie denn, bis zum Ende der Woche?

Hélène kam ins Schlafzimmer, eingehüllt in eine Wolke aus Chanel No. 5. »Bist du wach, Jeannot?«, flüsterte sie.

Er tat, als würde er schlafen.

21

»Alix, Monsieur braucht Sie im Atelier, sofort.«

Alix nahm den Aufzug und folgte dann dem Kaffeeduft. Es war noch früh an diesem Montagmorgen, und sie hatte ohne Frühstück das Haus verlassen, weil sie nicht noch einmal zu spät kommen wollte. Das Wochenende hatte sich hingeschleppt, weil Verrian zu beschäftigt gewesen war, um sich mit ihr zu treffen. Oder war er einfach auf Distanz gegangen? Ein paar Schritte vor Javiers Ateliertür hielt sie inne und biss sich auf die Unterlippe. Warum ließ Javier sie rufen? War sie auf dem Weg zu Mrs. Godnosc vielleicht beschattet worden? Hatte jemand sie beim Entwenden von Stoffmustern beobachtet? Oder einen ihrer Schuhe inspiziert? Nein, das war jetzt wirklich lächerlich. Sie klopfte an die Tür.

Javier war nicht allein. Seine spanische Hausangestellte, eine ältere Frau mit einem straff geschlungenen Knoten, goss ihm gerade Kaffee ein. Der Kaffee war so stark, dass sein Aroma den Duft des hauseigenen Parfüms *Ersa* überlagerte, das jeden Morgen im Raum versprüht wurde. Die Hausangestellte gab Javier zu verstehen, dass seine Tasse gefüllt sei.

»Sí, sí«, antwortete er, ohne hinzuschauen. Dutzende von Musterbüchern voller Zeichnungen, Stoff- und Stickereiproben waren auf seinem Schreibtisch ausgebreitet – die Entwürfe eines ganzen Berufslebens. Javiers Archiv. »Nehmen Sie Platz«, sagte er zu Alix. »Kaffee?«

»Ja, bitte.« Alix setzte sich stocksteif hin.

»Ana-Sofia …« Javier erteilte seiner Angestellten in schnellem Spanisch eine Anweisung, und diese holte eine weitere Tasse und einen Krug mit heißer, schäumender Milch. Zuerst wurde die Milch eingegossen, dann der Kaffee, der so schwarz war wie Maschinenöl.

»Als ich ein kleiner Junge war«, sagte Javier und hob seine Tasse, »hatten meine Eltern es morgens immer schrecklich eilig, deshalb musste meine ältere Schwester Abigaíl den Kaffee aufbrühen. Man konnte ihn fast mit dem Messer schneiden. Er kühlte zwar mit der Zeit ab, aber die Milch war immer kochend heiß. Ich bin so daran gewöhnt, dass ich Kaffee nicht anders trinken kann, auch wenn es den Franzosen dabei einen Schauer über den Rücken jagt. Die Macht der Gewohnheit.«

Er schob Alex ein in braunes Papier gewickeltes Päckchen hin. »Öffnen Sie es.«

Sie schnitt die Schnur mit der Schere durch, und das Papier fiel auseinander. Eine straff gewickelte Spule mit heller Rosshaarspitze kam zum Vorschein. »Mein Gott, das müssen ja Kilometer sein.«

Javier lächelte. »Ich habe Ihre Spitze an *Oro* getestet – Sie erlauben mir, Ihre Großmutter für das Muster zu bezahlen –, und das Problem ist gelöst. Alix, ich verneige mich vor Ihrem Instinkt.«

»Ich nehme an, die Spitze war teuer?«

»Sündhaft teuer, aber das spielt keine Rolle – ich habe da eine besondere Bitte an Sie.« Javier öffnete eine Schublade und zog eine Zeitung heraus. »Von meiner Familie sind mir nur meine Schwestern Abigaíl und Carmen geblieben. Ich habe versucht, sie von unserer Insel wegzubringen, aber sie wollen einfach nicht gehen. Niemand kann einschätzen, welches Schicksal den spanischen Juden widerfahren wird, wenn die Faschisten den Bürgerkrieg gewinnen, aber meine Schwestern weigern sich, nach Frankreich zu kommen.« Javier versenkte langsam einen Würfel Zucker im Kaffee, damit die kostbaren Bücher um ihn herum nicht bespritzt wurden. »Alix, was würden Sie den beiden Frauen sagen, wenn es Ihre Schwestern wären?«

»Hm …« Zwar hatte Alix schon vor ihrer Bekanntschaft mit Verrian vom spanischen Bürgerkrieg gehört, hielt die politischen Ereignisse aber für zu komplex, um auch nur den Versuch zu unternehmen, sie zu verstehen. »Haben … hm, haben die spanischen Juden Grund zur Furcht?«

Javier blinzelte, und sie fuhr fort: »Ich meine, sind sie in der gleichen Situation wie die deutschen Juden? Meine Großmutter liest die *Humanité,* und die Berichte über die Notlage der Juden regen sie schrecklich auf.« Javier sah sie an und wartete geduldig auf ihre weiteren Ausführungen. »Großmutter graut vor den Nazis. Sie fürchtet, dass sie eines Tages Frankreich besetzen werden. Ich denke lieber gar nicht erst darüber nach. Sie werden mich für außerordentlich dumm halten, doch ich bin immer davon ausgegangen, dass Politik an der jeweiligen Landesgrenze endet, so wie die Sprache oder die Schilder auch. So war es zumindest in England.«

Javier nickte ernst und wechselte dann unvermittelt das Thema. »*Petite,* vor ein paar Tagen wurden Sie abends in einem sehr schönen Lelong-Kleid gesehen. Haben Sie es selbst gekauft?«

Sie wurde rot. Stammelnd gab sie zu, dass sie es von Madame Kilpin geliehen hatte. Es hatte keinen Sinn zu lügen. Dass Una Kilpin bei der Galaeröffnung des Rose Noire zugegen gewesen war, konnte niemandem entgangen sein. »Sie hat mich zu sich eingeladen und mir ihre Kleiderschränke gezeigt.«

»Wie wunderbar. Haben Sie viele Plagiate unter den Kleidern entdeckt?«

»Ich – ich weiß nicht. Ihr Boudoir ist mit einem weißen Teppich ausgelegt – er ist dick wie ein Bärenfell –, und die Wände glänzen so sehr, dass man sich fast in ihnen spiegeln kann. Auch die Kleiderschranktüren sind verspiegelt. Als sie sie öffnete …« Alix war sich sicher, dass Javier ihr mit dem Wort »Plagiat« einen Schrecken hatte einjagen wollen. Das Letzte, was sie wollte, war, mit Raubkopien in Verbindung gebracht zu werden – oder schlimmer noch, gestehen zu müssen, dass sie in die Sache verwickelt war. »Ich habe noch nie im Leben so viel Gold und Beige gesehen. Wussten Sie, dass sie sich auch Kleider in anderen Farben kauft, aber nie trägt?«

»Außergewöhnlich. Da verstehe einer die Millionäre. In Wahrheit …« Die Hausangestellte tauchte mit frischem Kaffee auf, aber Javier herrschte sie an, sie solle verschwinden.

Alix sah ihn erschrocken an. So unwirsch hatte sie ihn noch nie erlebt. Das war's dann wohl. Er würde sie damit konfrontieren, dass sie gestohlen hatte. Sie riss sich zusammen und betete, dass sie das drohende Gewitter mit Würde und Anstand ertrug. »In Wahrheit, Monsieur?«

»… haben sie Angst, ihre Katzen und das Grab unserer Eltern im Stich zu lassen.«

»Bitte?«

»Abigaíl und Carmen. Sie sagten, sie würden mit mir kommen, packten ihre Koffer und verschenkten den Inhalt ihrer Speisekammern. Der Wagen kam, wir beluden ihn, doch am Ende stiegen sie nicht ein. Ich half ihnen, alles wieder ins Haus zu tragen, und fuhr ab. Kam nach Hause und zeichnete weiter Entwürfe für Kleider. Meine Modenschauen müssen weitergehen, nicht wahr?«

Alix nickte. »Sicher.«

»Ich nehme an, Sie haben Ihre Kindheit in England verbracht?«

»Ich bin dort geboren und zur Schule gegangen.«

»Ihr Vater war Engländer?«

»Londoner, Eisenbahningenieur.«

»Ah.« Javier drohte spielerisch mit dem Finger. »Sie haben seinen Sachverstand geerbt. Sie können beurteilen, wie viel Gewicht eine Spitze tragen kann.«

Als sie erleichtert auflachte, schob Javier ihr seine Zeitung hin. Die *Times* vom 28. April, die, in der Verrian gelesen hatte. »Bitte, lesen Sie mir die Spalte über die Zerstörung einer Stadt bei einem Luftangriff vor. Ich hatte nicht den Mut, sie selbst zu lesen. Sprechen Sie leise – ich möchte nicht, dass Ana-Sofia mithört.«

Beim Vorlesen des Augenzeugenberichts war Alix bewusst, dass sie schreckliche Nachrichten überbrachte. Javier musste von den Angriffen gehört haben, kannte aber keine Einzelheiten. »*… um 4.30 Uhr läutete die Kirchenglocke … und die Bevölkerung suchte Zuflucht in den Kellern … Fünf Minuten später kreiste ein einzelner deutscher Bomber dicht über dem Ort und ließ dann sechs riesige Bomben fallen … Von da an wurde die Bombardierung immer heftiger. Sie endete erst mit Herannahen der Abenddämmerung.*« Sie sah auf. Javier fixierte einen Punkt hinter ihrem Kopf. *»Die ganze Stadt … langsam und systematisch in Schutt und Asche gelegt …* Es tut mir leid, Monsieur, es tut mir so leid.«

Er streckte die Hand in ihre Richtung, und sie nahm an, dass sie gehen sollte und er sich, höflich bis zum bitteren Ende, per Handschlag von ihr verabschieden wollte. Doch er wollte die Zeitung, trug sie zu einem Papierkorb und stopfte sie hinein. Dort blieb er stehen, während Alix um Worte rang. Als er zu seinem Schreibtisch zurückkehrte, verriet sein Gesicht, wie aufgewühlt er innerlich war, doch er hatte sich unter Kontrolle. »Danke. Bitte gehen Sie jetzt ins Atelier zurück.«

»Ins Nähzimmer?«, fragte sie ungläubig. »Sie schicken mich zu dieser Arbeit zurück?«

Er nickte. »Letzte Woche haben Sie mir gezeigt, wie schön

meine Kleider beim Tanzen im Kerzenlicht zur Geltung kommen. Sie haben Modellen, denen jede Vitalität abhandengekommen war, wieder Leben eingehaucht. Sie und Ihr charmanter Freund haben ein bisschen gezaubert.«

»Sind Sie böse?«

»Sie haben mir einen Spiegel vorgehalten. Nur ist mir dadurch klar geworden, dass es mit dieser Zwischensaison-Kollektion nicht weitergehen kann.«

»Nicht weitergehen?« Sie stand so abrupt auf, dass ihr Stuhl umfiel.

»In dieser Zeit voller Schmerz und Trauer kann ich keine Ballkleider herausbringen. Nicht, während Spanien sich am Boden krümmt und die freie Welt einfach wegschaut. Es ist vorbei.«

»Die gesamte Kollektion für die Zwischensaison gestrichen? Sämtliche Ballkleider? Einfach … gestrichen?«

Alix sackte auf ihrem Stuhl zusammen. Dank Unas Wutanfall wurden ihre ohnehin schon starken Kopfschmerzen geradezu unerträglich. Sie flüsterte: »Er hat mich an den Nähtisch zurückgeschickt.«

»Tatsächlich?«, knurrte Una. »Was ist nur in den Mann gefahren? Niemand sagt eine fast fertige Kollektion ab, es sei denn, er ist tot oder völlig geistesgestört.«

»Madame Frankel ist sprachlos«, sagte Alix und massierte sich die Schläfen. »Sie glaubt, dass die Firma bankrottgeht. Der Verkauf der Kollektion hält das Haus im Sommer über Wasser. All die Zeichnungen, die ich für Sie gemacht habe …« Jetzt wandte sie sich an Mabel Godnosc, der der Schock ins Gesicht geschrieben stand. »Am besten verbrennen Sie sie.«

»Verbrennen?« Una blieb dicht vor Alix stehen. »Geld aus dem Fenster werfen, weil dein Chef den Verstand verloren hat und dir die Nerven durchgehen? Wir werden diese verdammten Kleider verkaufen, weil wir sonst nicht bezahlt werden.«

Mabel jammerte: »Die Hälfte der Großhändler auf der Seventh Avenue hat sich darauf eingestellt, in der dritten Maiwoche Javier-Modelle auszuliefern. Sie beliefern einige der Nobelboutiquen in der Fifth und Sixth Avenue. Presseagenten sind dabei, Artikel für die Modeseiten zu verfassen. Die Kunden geben am Telefon ihre Bestellungen auf, ohne dass sie auch nur einen einzigen Faden zu Gesicht bekommen haben. Hunderte von Kleidungsstücken, unbesehen eingekauft.«

»Dann fahren Sie nach Hause und machen Sie alles wieder rückgängig«, stöhnte Alix.

»Fahren? Selbst wenn man mich mit einer Kanone direkt nach Cape Cod schießen würde, käme ich zu spät. Jede Ihrer Skizzen ist entweder schon in Produktion oder geht in Produktion, sobald der Stoff vom Webstuhl abgenommen ist.«

»Wie bitte?« Erschrocken ging Alix auf Mabel zu. Ein neues Horrorszenario tat sich auf – wie Javier beim Durchblättern der New Yorker Modemagazine auf seine eigenen Kleider stieß, die zum Verkauf standen, obwohl sie sein Atelier nie verlassen hatten. »Wir waren uns einig, bis nach der Schau zu warten. Sie haben es mir versprochen!« Sie war davon ausgegangen, dass Javiers Kollektion – so wie die gestohlenen Modelle aller anderen wichtigen Pariser Modeschöpfer auch – gegen Ende Mai in den Läden der Fifth Avenue auftauchen würde. »Er wird wissen, dass ihn jemand bestohlen hat … und die Polizei einschalten.«

»Wer nicht wagt, der nicht gewinnt, Süße«, sagte Una. »Dafür bist du bezahlt worden.«

»Ich bin nicht bezahlt worden! Und welches Risiko trägst du denn?« Alix packte Unas Ärmel und ignorierte deren Protestgeschrei. »Was geschieht dir schon, wenn wir auffliegen? Du hast immer noch deine Wohnung, dein Auto, deinen Chauffeur, deine tausend Kleider und deine Hausangestellte. Für dich ist es einfach, die Unerschütterliche zu spielen, du hast schließlich nichts zu verlieren.«

Una riss sich los und glättete wütend ihren Ärmel.

»Du wirst nicht von den Herstellern verklagt wie Madame Godnosc«, fuhr Alix fort. »Du arbeitest nicht den ganzen Tag für einen Hungerlohn. Du hast keine Großmutter, die an Arthritis leidet und in einer kalten Wohnung sitzt, und keine kleinen Schwestern mit Krupphusten.«

Una öffnete den Mund, um zu antworten, doch Alix war schneller. »Du hast keine Kinder, du hast nicht einmal eine Katze. Du bist eine verwöhnte, gierige, dumme Frau, die das Werk eines Genies stiehlt, weil sie selbst in seinem Metier gescheitert ist. Du verdienst nicht einfach nur Geld, du …« – Alix suchte nach dem passenden Wort – »… prostituierst dich.«

»Wie bitte?«

»Und es ist nicht meine Schuld, dass die Deutschen Javiers Heimatland bombardiert haben!«

Una lachte höhnisch auf. »Ich könnte dir jetzt mit ein paar wohlgesetzten Worten zum Thema ›sich prostituieren‹ kommen, Alix Gower, aber ich werde es nicht tun. Nur so viel: Nicht nur du hast Träume, Wünsche und Bedürfnisse.«

»Bitte Ruhe, meine Damen«, bat Mabel, »die da unten kommen gleich hoch.«

Una erwiderte eisig: »Versuchen wir also – in gedämpfter Lautstärke – zu überlegen, wie wir aus diesem Desaster, das Alix uns eingebrockt hat, noch etwas herausschlagen können.«

»Wir blasen das Ganze ab«, sagte Alix. »Jede Javier-Kopie, alles, was in New York gerade produziert wird, muss vernichtet werden.« Sie sprach so ruhig und bestimmt wie möglich. »Javier hat der Presse bereits mitgeteilt, dass er seine Kollektion storniert. Wenn wir mit einer Kopie davon weitermachen – nun, dann können wir auch gleich Fahndungsplakate mit unseren Gesichtern in ganz Paris verteilen.«

»Die Flinte ins Korn werfen?« Una hatte sich langsam wieder unter Kontrolle. »Unmöglich. Was ist mit den Medikamenten für deine Großmutter? Was ist mit Paul, der von Tag zu Tag tiefer sinkt? Frag dich lieber, was die New Yorker Damen dazu bringt, für Javier-Kopien zehn Häuserblöcke weit Schlange zu stehen.«

»Wie wäre es mit ›Weil alle anderen leer ausgehen‹?«, schlug Mabel vor. »Exklusivität.«

Alix stampfte mit dem Fuß auf, um nicht loszuschreien. »Das Spiel ist aus! Wenn man mir auf die Schliche kommt, werde ich gefeuert. Für Sie, Mabel, wird es schlimmer ausgehen: Man wird Sie verhaften.« Alix wollte nur noch weg; sie wollte wissen, ob Verrian auf sie wartete oder ob ihr spontanes Geständnis, dass sie Bonnet nackt Modell saß, sein Interesse zum Erlöschen gebracht hatte. Doch vorher musste sie diesen Frauen die Gefahr, in der sie alle schwebten, unmissverständlich klarmachen.

Una hatte einen Stift in die Luft geworfen, der klappernd zu Boden fiel. »Alix, lass uns dein Treffen mit Javier noch mal rekapitulieren. Vielleicht war es nur ein Tobsuchtsanfall, und mit der Kollektion geht es morgen schon wieder weiter.«

Alix schloss die Augen. »Es war kein Anfall; er grämt sich. Er bat mich, ihm einen Artikel aus der *Times* vorzulesen.« Sie berichtete im Einzelnen über die Bombardierung Guernicas. Mabel Godnosc flüsterte: »Großer Gott«, und sogar Una sah zu Boden. »Sein Heimatland geht vor die Hunde, und ihm ist nicht mehr nach Kleiderentwerfen zumute.« Sie beschrieb, wie sie in der vorangegangenen Woche versucht hatte, seine zunehmende Niedergeschlagenheit zu vertreiben. »Ich habe dafür gesorgt, dass er seine Kleider in Bewegung sah. Mit Musik und Tanz.«

Una hob den Kopf. »Du hast für ihn getanzt?«

»Ich ließ die Mannequins hochkommen, und alle haben mit Paul getanzt, eine nach der anderen …«

»Sie haben mit Paul getanzt? Meinem Paul?«

»Den Tango.« Alix hielt dem Sturm in Unas Augen stand und dachte: *Du denkst vielleicht, dass alle Menschen dir gehören. Tja, da liegst du schief. Paul wird dir niemals auf die gleiche Art und Weise in die Augen sehen wie mir.* »Wir haben zu ›Mi Buenos Aires Querido‹ getanzt, und unsere Körper verschmolzen dabei im Kerzenlicht.«

»Erspar mir den Rest.«

»Wie hat Javier reagiert?« Mabel Godnosc rutschte auf ihrem Sitz nach vorne.

»Er sagte zu mir, ich hätte ihm den Zauber seiner Kleider offenbart, wie es noch nie jemand getan hätte.«

»Und war so beeindruckt«, gab Una zurück, »dass er dir einen Klaps auf den Po gab und dich wieder Knopflöcher nähen schickte. Herzchen, du hast deinen Sexappeal an den Falschen verschwendet.«

Mrs. Godnosc kreischte auf. »Das ist es! Seien Sie still«, fuhr sie Alix an, als diese zum verbalen Gegenschlag in Richtung Una ausholte. »Das ist der Clou, der Schlüssel zum Erfolg! Das ist köstlich. Es ist, verzeihen Sie mir, geradezu orgasmisch. Ich muss meinen Presseagenten anrufen.«

»Bitte? Nein!«, schrie Alix. »Ich habe Ihnen gesagt, dass die Kollektion nicht in den Läden auftauchen darf. Wenn Sie nicht ins Gefängnis wollen, darf sie nicht in den Verkauf.«

»Sicher, sicher.« Mrs. Godnosc trippelte zur Tür. »Gehen Sie beide nach Hause. Ich habe für heute genug.«

Verrian saß im Café an einem rechteckigen Tisch und winkte, seine weißen Hemdsärmel schimmerten im gelblichen Licht der Natriumdampflampe. Alix verbarg die Freude, ihn zu sehen, hinter einem reservierten Lächeln.

»Du wirkst ausgelaugt. Hattest du einen langen Tag?«, fragte er. Hinter ihnen an der Kreuzung vor der Place de la Concorde ertönte ein ohrenbetäubendes Hupkonzert. »Wenn ich in Paris das Sagen hätte, würde ich das Hupen verbieten.«

»Woher sollten die Fußgänger dann wissen, dass sie gleich umgefahren werden?«, antwortete Alix und setzte sich neben ihn.

»Das ist ein Argument.« Er sah auf seine Armbanduhr. »Sollen wir uns ein ruhigeres Plätzchen suchen?«

»Sehr gern. Ich muss heute nicht so früh zu Hause sein. Mémé geht aus. Sie nimmt einen Kuchen mit ins Café gegenüber, und dann spielen die alten Damen bis gegen elf Karten.«

»Ich führe dich zum Abendessen aus. Und du siehst gut aus«, fügte er hinzu, als er bemerkte, dass sie prüfend an sich hinabsah.

Im selben Moment, als Alix sich in einem Café auf den Champs-Élysées von ihrem Stuhl erhob, setzte Jean-Yves sich an einem anderen Ort hin. Danielle hatte ihm die Tür geöffnet und ihn ins Wohnzimmer gebeten, doch er hatte auf einen Stuhl neben einem Flurtisch gezeigt. Die sechs Treppen hatten sein Herz in Aufruhr versetzt, und er musste erst wieder zu Atem kommen. Wie auch immer – es war offensichtlich, dass Danielle im Aufbruch begriffen war. Sie trug glänzende Stiefeletten und einen schwarzen Hut mit Netz. An der Tür stand ein Korb mit einer Kuchenform und einem Brillenetui. »Ich möchte Sie nicht aufhalten«, begann er.

»Ich gehe bloß über die Straße. Was kann ich für Sie tun?«

Er versuchte, ruhig zu atmen. »Am Freitag hat eine meiner Töchter einen Telefonanruf von meinem Erpresser entgegengenommen. Er verlangt mehr Geld. Ja, ja, ich weiß, was Sie mir gesagt haben. Ich hätte auf Sie hören sollen. Aber …« – er holte tief Luft – » … er *weiß*, was in Kirchwiller passiert ist. Er kennt Details, die nur Sie und ich kennen sollten. Er diktierte meiner Tochter Namen, unter anderem den meiner Mutter und den ihrer alten Haushälterin Célie Haupmann. Madame, wer außer Ihnen oder mir könnte so genau über den Tod Ihres Mannes Bescheid wissen?«

Danielle lehnte sich gegen die Wand, antwortete aber nicht.

Darauf wartend, dass die Stille ihrer Erinnerung auf die Sprünge half, nahm er eine gerahmte Fotografie vom Tisch. Ein Hochzeitsbild, das er präzise datieren konnte. John und Mathilda, getraut am 18. Dezember 1915. Das Haar der Braut war kurz geschnitten, und der Bräutigam trug eine Kakiuniform. Unter Mathildas langem Kleid lugten weiße Strümpfe und Schuhe mit T-Steg hervor. Ihre Zehen mussten sich wie Eiszapfen angefühlt haben, denn der Boden war schneebedeckt. Auch auf dem Dach der Kapelle hinter ihnen lag Schnee. Der Zustand der Braut konnte eine Erklärung für den großen Strauß künstlicher Blumen sein, den sie sich vor den Bauch hielt. Und vielleicht auch für das angespannte Lächeln des Bräutigams.

»Sie haben geheiratet, bevor John nach Frankreich aufgebrochen ist«, sagte Danielle, die ihm über die Schulter schaute, um zu sehen, was seine Aufmerksamkeit fesselte. »Ich war wütend, meine Tochter in anderen Umständen, und ihre Laufbahn als Krankenschwester hatte sie abgebrochen. Es hat ihr den Hochzeitstag verdorben, dass ich mich so schämte. Er gab sein Bestes, dieser John Gower. Er hat das Richtige getan. Hätte ich gewusst, dass mein armes Mädchen so bald tot sein würde …«

Ein kleineres Bild war umgefallen. Jean-Yves hob es hoch und war wie vom Donner gerührt: Mathilda in der Uniform einer Krankenschwester der Voluntary Aid Detachment – einer britischen Freiwilligen-Hilfstruppe. Ihr Gesicht wirkte ernst unter der weißen Haube, doch wenn man genau hinsah, erkannte man dieses typische spitzbübische Blitzen in ihren Augen. Auf ihrer gestärkten Schürze prangte ein Kreuz, das in ihm die Erinnerung an seinen mehrwöchigen Aufenthalt in einem französischen Feldlazarett wachrief. Sommer 1915. Wie gelähmt vom Geschützfeuer hatte er mit durchlöcherter Lunge wer weiß wie lange im Graben und dann im Feldlazarett gelegen. Doch an die Krankenschwestern konnte er sich erinnern. »Wir liebten diese Mädchen«, sagte er. »Man lag im Bett und wartete darauf, dass eine von ihnen vorüberging. Wenn sie ans Bett traten, um einem Wasser zu bringen oder das Kissen aufzuschütteln, war man der glücklichste Mann auf Erden. Ein seltsamer Ort für das Erblühen der Liebe.« Er versuchte die kleine Fotografie wieder zurückzustellen, doch seine Hand zitterte.

»Ich habe neulich bei Maison Javier mit Alix gesprochen.«

»Ich habe sie angefleht, nicht dort zu arbeiten«, sagte Danielle seufzend.

»Sie hatte Fragen zu ihrem Vater, zu ihrer Mutter, wollte wissen, wie gut ich sie kannte. Ein anderes Mal hat sie mich über ihren Großvater ausgefragt. Sie ist eine erwachsene Frau, Madame, und es wird Zeit, ihr die Wahrheit zu sagen.«

»Nie im Leben! Ihre Mutter starb, aber er ...« Danielle zeigte auf John Gower in Uniform. »Er lebte lange genug, um ihr Flausen in den Kopf zu setzen. Er nannte sie gerne seine Prinzessin. Prinzessin, in der Tat! Ich habe ihm gesagt, dass er einem Mädchen aus der Gosse damit keinen Gefallen tut.«

Der versteckte Vorwurf ließ Jean-Yves aufbrausen. »Wieso aus der Gosse? Zum Teufel, Danielle Lutzman, ich bin Ihnen nach London gefolgt, um für Sie zu sorgen. Sie hätten alles haben können, einschließlich einer vernünftigen Wohnung und einer Geburtshelferin für Ihre Tochter. Mathilda hätte bei der Entbindung nicht sterben müssen.«

»Es reicht.«

»Ich habe Ihnen Schecks geschickt, die Sie zerrissen haben.«

»Ich hatte kein Konto.«

»Sie und Ihr halsstarriger falscher Stolz! Sie würden diejenigen, die Ihnen nahestehen, lieber sterben lassen, anstatt Hilfe von mir anzunehmen.«

Hinter dem Halbschleier schleuderten ihre Augen wütende Blitze in seine Richtung. »Ich habe getan, was Sie verlangt haben. Der Polizei von Kirchwiller Lügen aufgetischt, mein Zuhause für ein fremdes Land und eine neue Sprache aufgegeben. Ich habe mein einziges Kind verloren. Sie beschuldigen mich? Sie, der Sie mir alles, was ich geliebt habe, genommen haben? Sie denken, ich werde Sie um Geld bitten? Nur, wenn ich keine andere Wahl habe, und dann auch nur mit Abscheu vor mir selbst.«

Ohne an ihren Korb zu denken, humpelte sie zur Tür. Er hob ihn auf und folgte ihr, die Tür hinter sich zuziehend. Obwohl die Luft zwischen ihnen zum Schneiden war, nahm er ihren Arm. Wenn sie die Treppe hinunterstürzte, würde sie sich jeden einzelnen Knochen brechen. Im Gleichschritt stiegen sie nach unten, als wären sie für immer und ewig aneinandergekettet. Im Erdgeschoss empfing sie ein pikanter Duft.

»Hase in Rotwein«, sagte er.

»Die Concierge isst mit ihrem Sohn zu Abend. Wahrscheinlich hat sie unsere Kohlen zum Kochen verwendet.«

Jean-Yves nahm das Friedensangebot an. Sie konnten nicht riskieren, als Feinde auseinanderzugehen. »Sie werden Ihre Tür doch stets verriegeln, Madame?«

»Ja, das werde ich. Werden Sie diesen Dreckskerl, der Sie bedroht, bezahlen?«

»Ich muss. Ich kann nicht riskieren, dass …« Fast hätte er gesagt, »dass Alix noch einmal Schmerz zugefügt wird«, doch im letzten Moment fiel ihm wieder ein, dass Danielle nichts von der Demütigung ihrer Enkelin auf dem Montmartre wusste.

»Ich liebe sie, Madame. Ich wollte immer nur, dass sie glücklich ist.«

»Dann sprechen Sie nicht mit ihr über den Tod ihres Großvaters oder Ihre Kriegsromanze mit meiner Tochter. Warum sollte Alix an beschämenden Ereignissen teilhaben, die mit der Zeit in Vergessenheit geraten werden?«

»In Vergessenheit geraten?«, seufzte er. »Wenn Sie und ich das Zeitliche segnen – ist es das, was Sie meinen?«

»Und wenn die alte Célie Haupmann stirbt. Ist sie nicht sogar noch älter als ich? Sie muss eine der letzten Zeitzeuginnen sein. Schließlich hat sie für Ihre Mutter als Botin gearbeitet und Nachrichten zwischen dem Schloss und dem Gefängnis übermittelt.« Danielle lachte tonlos. »Mit welchem Widerwillen sie einer wie mir geholfen hat. Sie hat jedem klargemacht, dass sie es nur tat, um ihrer Herrin einen Gefallen zu tun.«

»Am Ende sterben wir alle, und unsere jämmerlichen Sünden sterben mit uns.«

Danielle gab ein missbilligendes Geräusch von sich. »Das Leben ist nicht so ordentlich, wie man es gern hätte. Doch lassen Sie uns schweigen, damit Alix ihr Leben leben kann – ohne sich mit unseren Fehlern belasten zu müssen.«

»Ich glaube, ich habe noch nie so viel gegessen. Arantxa ist wirklich eine wunderbare Köchin.« Das gute Essen und Verrians Gesellschaft hatten Alix' Kopfweh verfliegen lassen.

»Ihr Mann steht in der Küche.«

»So eine glückliche Frau.«

Sie tranken Kaffee, und zwischen ihnen stand ein Teller mit unwiderstehlichen *oreillettes,* mit Zucker bestäubten Vanillekrapfen. Im flackernden Licht einer roten, langsam im eigenen Wachs ertrinkenden Kerze saßen sie ganz für sich in einer Ecknische des Arancia. Verrian stibitzte eine frische Kerze vom Nachbartisch und entzündete sie an der ersterbenden Flamme. »Alix, ich weiß nicht, ob dies ein guter Zeitpunkt ist, aber ich muss dir sagen, was ich über deinen Großvater weiß.«

»Du wirst mir sagen, dass er ermordet wurde.« Sie griff nach einer *oreillette* und biss hinein.

Er räusperte sich. »Gibt es einen Grund dafür, dass du das nicht früher erwähnt hast?«

»Würdest du denn so etwas ausposaunen? Bonnet hat mir erzählt, dass Großpapa in seinem Atelier erschlagen wurde.«

»Weiß Bonnet, wer es getan hat?«

»Die Täter wurden nie gefasst.«

»Sie?«

»Hausierer, Vagabunden, wie immer du sie nennen willst. Sie arbeiteten immer nach demselben Prinzip und zu zweit, ein Junge und eine Frau. Die Frau hängte sich Küchenutensilien um den Hals, um einen Grund zum Anklopfen zu haben. Während sie der Dame des Hauses ihre Waren präsentierte, stahl sich der Junge nach oben, um Wertgegenstände zu rauben. Danach verschwanden sie im Wald. Der Wald von Kirchwiller ist von Pfaden durchzogen, die nur Jäger und Zigeuner kennen.«

Verrian runzelte die Stirn. »Ist das die Version der Behörden? Vagabundierende Diebe?«

»Es ist das, was Bonnet sagt. Er war dabei.« Verrian sah sie an. »In der Nähe«, verbesserte sie sich, »in seiner Wohnung. Mémé rannte zu ihm, um ihn zu holen, nachdem sie Großvaters Leichnam entdeckt hatte. Bonnet war bei ihr, als sie von der Polizei abgeführt wurde.« Als Alix sah, dass Verrians Augen immer größer wurden, fügte sie hastig hinzu: »Es war ein schreckliches Durcheinander, und ein begriffsstutziger Polizist wurde misstrauisch, weil Mémé Blut an ihren Kleidern hatte.«

»Das Blut deines Großvaters?«

»Sie hatte versucht, ihn wiederzubeleben und die Blutung zu stillen. Aber man glaubte ihr nicht, und sie wurde abgeführt. Die Behörden ließen Bonnet nicht zu ihr, deshalb wandte sie sich Hilfe suchend an den Comte. Dessen Mutter, Madame de Charembourg, marschierte im Pelzmantel ins Gefängnis und verlangte den Chefinspektor zu sprechen. Damals hatte der Landadel noch Macht.«

»Sie scheint eine herzensgute Frau gewesen zu sein.«

»Sie erkannte, dass es sich um einen Justizirrtum handelte. Sie sorgte dafür, dass Mémé genug zu essen und warme Kleidung bekam, und schaffte es, sie nach ein paar Tagen rauszuholen. Niemand hat Mémé je für schuldig gehalten. Nur sie selbst. Manchmal höre ich sie vor sich hin murmeln, es sei ihr Fehler gewesen.«

»Und die Vagabunden … du sagtest, sie seien nie gefasst worden.«

»Nein.«

»Also hat ein Junge deinen Großvater getötet. Muss ein ziemlich abgebrühter Bursche gewesen sein.« Verrian nahm ihre Hände; jetzt lagen sie im Kerzenschein. Ihr Blick fiel auf ein Detail, das jeden Gedanken an Mörder und Vagabunden aus ihrem Kopf verscheuchte. Sie hielt die Luft an.

Verrians Haut glänzte im Licht der Flamme, die Sonne hatte den Flaum auf seinen Handgelenken bronzefarben getönt. Verblasste Schrammen überzogen seine Handrücken, und an seinem linken Ringfinger zeichnete sich geisterhaft eine kreisförmige Spur ab. Er hatte für Paris einen Ehering abgelegt.

Er musste bemerkt haben, dass sie schockiert war und innerlich auf Distanz ging, denn er verlangte die Rechnung. Sie gingen die kurze Strecke bis zur Rue Saint-Sulpice zu Fuß. Vor dem Haus nahm Verrian Alix' Gesicht in seine Hände, und sie spürte, wie Leidenschaft ihn durchflutete. Er seufzte leise und beugte den Kopf zu ihr hinunter. Eine züchtige Berührung, bis sie die Hände nach oben streckte und ihm zärtlich über den Nacken strich. »Verrian, bist du verheiratet?«

Ihre Fingerspitzen verrieten ihr die Antwort. Er zuckte zusammen. »Ich war es, kurz.«

»Wie heißt sie?«

»Nein, Alix.« Und dann presste er seinen Mund auf ihren, fordernd und hart. Sie schmeckte Wein und Kaffee und fühlte die Stoppeln an seinem Kinn, die Haarlocke, die ihm über die Braue fiel und ihren Nasenrücken kitzelte. Das alles wurde ihr immer vertrauter. Ein Hauch von Eau de Cologne und Tabak und frisch gewaschener Baumwolle. Als sie die Lippen öffnete, spürte sie etwas in ihm bersten. Er hatte Feuer gefangen – das war schon vorher vorgekommen, doch diesmal forderte er etwas zurück. Sein Körper teilte ihr mit, dass es mit dem Flirten vorbei war.

»Wenn deine Großmutter nicht auf dich warten würde, würdest du dann mit mir in ein Hotel gehen?«

Würde sie? Sie zögerte. Sie wusste, dass Mémé sowohl Verrians Frage als auch ihre zögerliche Antwort mit Entsetzen quittiert hätte. »Ich weiß es nicht.«

»Aber ich weiß es. Ich bring dich rein.«

»Du bist wütend. Es tut mir leid … Ich gehe allein nach oben.«

»Jetzt mach dich doch nicht lächerlich.« Er griff unsanft nach ihrer Hand. Die Haustür war nicht eingerastet. Die Concierge wurde nachlässig, dachte Alix, oder Mémé hatte vergessen, die Tür hinter sich zuzumachen. »Komm nicht mit rauf«, sagte sie. »Meine Großmutter ist vielleicht im Nachthemd, und ich stelle sie dir lieber bei Tag vor, wie es sich gehört.« *Wenn du mich wiedersehen willst,* fügte sie stumm hinzu.

»Ich warte draußen, bis ich oben Licht sehe«, sagte Verrian.

Als Alix oben ankam, war es dunkel, denn die Treppenhausbeleuchtung hatte wieder einmal versagt. Sie hielt den Wohnungsschlüssel griffbereit, doch als sie ihn ins Schloss stecken wollte, sprang ächzend die Tür auf. Im Wohnungsflur war es dunkel.

»Mémé?«, rief Alix leise. Sie sog die Luft ein. Ein beißender Geruch nach verbrannter Milch. Mémé bereitete sich oft heiße

Milch mit Zimt zu, ehe sie zu Bett ging. Vielleicht hatte sie, müde vom Kartenspielen, den Topf auf dem Herd stehen lassen. Vielleicht war sie sogar beschwipst. Alix tastete nach dem Lichtschalter, suchte die Stelle, wo die Tapete glattgerieben war. Das Zuschnappen einer Tür ließ sie innehalten. »Mémé? Es tut mir leid, dass ich so spät bin, ich …«

Eilige Schritte waren die einzige Antwort. Und heftiges Atmen. Sie dachte: *Das ist nicht Mémé.* Als ein Körper sich auf sie warf und sie niederschlug, blieb ihr ein Schrei in der Kehle stecken. Noch ehe sie nach Luft schnappen konnte, presste sich eine Hand auf ihren Mund. Sie schmeckte Schweiß und Dreck. Wer immer es war, er stank nach Knoblauch, Tabak und noch etwas anderem. Etwas Fauligem. Und er trug einen groben Wollpullover, der sein Gesicht verhüllte. Dann lösten sich alle Einzelheiten auf – er hielt ihr die Nase zu und stopfte ihr einen schmierigen Lappen in den Mund.

22

Alix benutzte die einzige Waffe, die sie hatte: die Schere am Band. Sie nestelte sie hervor und stach zu. Dabei musste sie eine Gürtelschnalle oder etwas Ähnliches getroffen haben, denn die Schere prallte ab. Der Mann knurrte, nannte sie »dreckiges Biest«. Doch sie hatte sich ein wenig Spielraum verschafft, Platz genug, um das Knie nach oben zu rammen. Ihr Angreifer atmete scharf ein. Sie versuchte es noch einmal mit der Schere, doch er bekam sie zu fassen, zog das Band stramm und zwirbelte es zusammen, bis es ihr die Kehle zuschnürte. In diesem Moment spürte sie ein Messer im Nacken. Die Klinge bohrte sich in ihre Haut, und ein heißes Rinnsal lief ihr den Hals hinab zur Schulter. Dieselbe Klinge, derselbe Geschmack, derselbe Angreifer wie in Bonnets Atelier. Sie zog sich den Stoffknebel aus dem Mund und schrie.

Die Wohnungstür wurde krachend aufgestoßen, und sie hörte jemand ihren Namen rufen. Der Druck in ihrem Nacken ließ nach, und sie fiel zu Boden. Sie rollte sich zu einer Kugel zusammen, denn wer immer da gerufen hatte, war in sie hineingerannt und ihr auf Haare und Schulter getreten. Über ihrem Kopf tobte ein Kampf. Sie versuchte »Messer!« zu rufen, doch ein Stiefel traf ihren Kiefer, und sie brachte nur noch ein Stöhnen heraus. Männer fluchten und ächzten. Sie hörte Schuhsohlen auf Linoleum quietschen und dann ein schmerzerfülltes »Verdammter Mist!«.

Er drehte das Licht an, und sein Herzschlag setzte einen Moment aus, als er Alix der Länge nach auf dem Boden liegen sah. Gerahmte Fotos lagen zerschmettert auf dem Linoleum. Die Wohnungstür stand offen. Verrian konnte den Angreifer in wilder Flucht davonstürzen hören – er war bereits zwei Treppen weiter unten. Es war zu riskant, ihm hinterherzujagen, womöglich hatte er einen Komplizen. Alix versuchte sich aufzurichten. Ihr Rock war an einer Seite hochgerutscht, und sie zog heftig daran.

Verrian reichte ihr die Hand. »Du hast einen Schnitt im Nacken. Lass mal sehen.«

»Er ist nicht tief. Ich muss Mémé finden – o Gott, Verrian, dein Hemd ist voller Blut … es ist überall.«

»Er hat mir in die Hand geschnitten.« Genauer gesagt, zwischen Mittel- und Zeigefinger der linken Hand, wie Verrian bei genauerer Betrachtung feststellte.

Alix ergriff sein Handgelenk. »Wir müssen das Blut stillen. Im Küchenschrank ist Verbandszeug. Wo kann nur Mémé sein? Ob sie noch beim Kartenspielen ist?«

Sie hielten sich nicht damit auf, die Wohnzimmerleuchten einzuschalten, denn die Küchentür stand offen, und der Schein einer Gasflamme wies ihnen den Weg. In der Küche fanden sie ein unbeschreibliches Chaos vor. Und Mémé.

Sie lag auf dem Boden, und zuerst dachte Verrian, das scharlachrote Etwas unter ihrem Kopf sei ein Schal. Doch allmählich dämmerte ihm, was wirklich los war. In ihrem Schädel klaffte ein Loch, ihre Kleidung war in Unordnung, als wäre sie in einen Kampf verwickelt gewesen. Der Boden war übersät mit zerbrochenem Geschirr. Ein Topf mit eingebrannter Milch war die Erklärung dafür, warum es so stank. Verrian drehte die Gasflamme aus, während Alix mit einem Klagelaut, der ihm ins Innerste drang, zu Boden sank.

»Sie ist tot.«

Er kauerte sich hin und presste der alten Frau die Finger gegen die dünne Haut unterhalb des Ohrs. Ein schwacher Puls. »Nein, sie lebt noch. Gibt es ein Telefon im Haus?« Alix schüttelte den Kopf. Sie stand unter Schock und klammerte sich an ihm fest, um nicht selbst zusammenzubrechen. »Alix – das nächste Restaurant mit einem Telefon!«

»Chez ... Chez Jacques«, stammelte sie, »gegenüber, ein bisschen weiter unten in Richtung ... Ich kann mich nicht erinnern.«

»Ich werde es schon finden. Kannst du hier alleine die Stellung halten?«

Die Frage erübrigte sich, als Nachbarn aus den anderen Stockwerken auftauchten. Sie kamen alle auf einmal und überboten einander in der Schilderung des Geschreis und der dumpfen Schläge, die sie gehört hatten. Zuerst wollte Verrian fragen, wieso zum Teufel sie nicht früher gekommen waren, doch dann wurde ihm klar, dass es sich ausschließlich um ältere Frauen handelte. Ein paar von ihnen starrten misstrauisch auf seine blutige Hand, bis ein Schrei aus dem Hintergrund ihre Aufmerksamkeit fesselte.

»*Mon Dieu,* schaut euch dieses Zimmer an. Komplett durchwühlt!«

Im Wohnzimmer waren Sessel umgestoßen, Schubladen herausgezogen, Mémés Nähkasten geöffnet worden. Gemälde lagen aufeinandergestapelt in der Mitte des Raums. Verrian drehte das oberste um, das Porträt eines lächelnden Mädchens. Es schien unbeschädigt.

Verrian schickte die Concierge zu Chez Jacques, damit sie die Ambulanz rief. Ein paar andere Frauen wies er an, Handtücher und warmes Wasser herbeizuschaffen, und die restlichen Plappermäuler schickte er nach Hause. Alix riss sich aus ihrer Benommenheit und legte Danielle ein zusammengefaltetes Handtuch unter den Kopf. Nachdem Verrian der alten Dame noch einmal den Puls gefühlt und seinen Mantel über sie gebreitet hatte, ließ er zu, dass Alix seine Hand verband.

»Sie blutet nicht mehr; das ist ein gutes Zeichen«, sagte er. Doch weder bewegte Danielle sich noch war sie ansprechbar.

»Es war derselbe Mann, der mich schon einmal angegriffen hat. Er muss auf mich gewartet haben«, flüsterte Alix. »Warum war ich bloß nicht hier?«

Da die Anwort auf diese Frage auf der Hand lag, ging Verrian nicht darauf ein, sondern erklärte: »Manchmal, wenn der Täter gestört wird, nimmt ein Einbruch ein gewalttätiges Ende. Deine Großmutter hat vielleicht gar nicht gemerkt, dass er in der Wohnung ist. Hast du von dem Mann irgendetwas sehen können?«

»Es war stockdunkel. Aber ich habe ihn gespürt. Er hatte große Stiefel an ... Er könnte Fischer oder Jäger sein.«

»Weiter.«

»Er trug einen Pullover, wie Naturburschen ihn tragen, um sich vor Regen zu schützen. Ich weiß, dass es derselbe Mann war; ich kenne diesen Pullover. Er hatte ihn übers Gesicht gezogen.« Sie fing wieder an zu weinen. »Ich hätte sie niemals um diese Uhrzeit alleine lassen dürfen. Es ist alles meine Schuld.«

Die Ambulanz kam, und Mémé wurde auf einer Trage abtransportiert. Einer der Sanitäter sprach Alix darauf an, dass der Atem der alten Dame leicht nach Alkohol roch. »Ist sie vielleicht umgekippt?«

»Sie war Karten spielen«, erklärte Alix. »Sie war nicht betrunken, wenn Sie das meinen.«

Die Polizei kam, Madame Rey und ihren Sohn Fernand im Schlepptau. Fernand fixierte Mémés Nähkasten und die Ölgemälde mit unverhohlenem Interesse. Als Verrian darauf aufmerksam wurde, zählte er die Bilder demonstrativ vor den Polizisten durch. Im Umdrehen sah er Madame Rey in die Küche gehen –

zu spät, um sie vom Spülen der schwarzen Eisenpfanne abzuhalten, die er als wahrscheinliche Tatwaffe ausgemacht hatte.

»Ich frage mich, ob Madame Lutzman nicht einfach gestolpert und hingefallen ist«, sagte die Concierge, als Verrian in der Tür stand. »Das Linoleum ist überall lose. Ich bin mit dem Absatz schon darin hängen geblieben.«

Verrian antwortete: »Dann wäre es angebracht, den Vermieter darüber zu informieren. Madame, könnte Ihr Sohn bitte eine neue Glühbirne im Treppenhaus einschrauben? Die Sanitäter mussten sich im Stockdunkeln zurechtfinden.«

»Fernand hat erst heute Morgen die Birne ausgetauscht«, sagte Madame Rey widerstrebend.

»Nun, dann ist sie wohl durchgebrannt.«

Die Polizisten schauten sich überall um. Einer von ihnen befragte Verrian wegen seiner blutbefleckten Hand und beobachtete dabei verstohlen, wie Alix schluchzend die Bilder wieder aufhängte. *Sie tun das Ganze als Familienstreit ab,* dachte Verrian. *Sie halten das hier für ein Irrenhaus und uns alle für betrunken.*

Einer der Polizisten rief ein Taxi, und Verrian setzte sich mit Alix auf die Rückbank. Im Krankenhaus reinigte eine Krankenschwester Verrians Hand und legte ihm einen frischen Verband an.

Danach nahm Verrian Alix mit zu sich nach Hause und schilderte Rosa Konstantiva in groben Zügen, was geschehen war. Rosa, die gerade im Begriff war, sich schlafen zu legen, bot sofort an, frisches Bettzeug zu holen und Alix ein Lager zurechtzumachen.

»Genügt ihr das Sofa?«

Alix könne sein Zimmer haben, sagte er, er würde anderswo unterkommen. Er hatte keine Bedenken, Alix in Rosas Obhut zu lassen. Rosa war eine von Natur aus großherzige Frau und nahm orientierungslose Menschen und verwaiste Katzenkinder ohne Zögern auf.

Er ging nach nebenan zu Bonnet. Die Eingangstür war angelehnt. Im Dunkeln stieg er die Stufen hinauf, und als er das Atelier betrat, sah er den Künstler fieberhaft malen. Er arbeitete im Licht zweier Sturmlaternen. Da er nicht mit einer Störung rechnete, pinselte Bonnet geräuschvoll durch den Bart pfeifend und ganz in sich selbst versunken weiter. Verrian pochte an die Wand und sagte: »Guten Abend.«

Bonnets Arm verharrte mitten in der Bewegung.

Verrian ließ die Tür zufallen. Sie gab ein quietschendes Geräusch von sich. »Ich bin Haviland, Ihr Nachbar, und Alix' Freund. Es gibt etwas, das Sie wissen sollten.«

Als er Bonnets Wohnung verließ, war es zwei Uhr nachts. Im Montmartre war noch keine Ruhe eingekehrt, die Lichter brannten, und das Varietépublikum drängte sich durch die geöffneten Türen nach draußen. *Kein Wunder, dass dieses Viertel so ausgelaugt wirkt,* dachte Verrian. *Es kommt einfach niemals zur Ruhe*. Verrian rief ein Taxi und nannte dem Fahrer das Ziel: »Boccador, Ecke Trémoille.« Er hätte sich ins Polonaise bringen lassen und in einem riesigen Bett schlafen oder Laurentin nach seinem alten Zimmer fragen können, doch weder Unterwürfigkeit noch Jovialiät konnte er jetzt ertragen. Erschöpft ließ er den Kopf gegen die Lehne sinken und gab sich dem Pulsieren seiner verletzten Hand hin.

Als er Bonnet die Neuigkeiten zu Danielle Lutzman überbracht hatte, hatte dieser zu schwanken begonnen. Verrian führte ihn zu einem Armstuhl und entfernte eine leere Tabakdose voller Zigarettenkippen vom Sitz. Die Kippen sahen aus, als habe Bonnet sie irgendwo aufgesammelt – an manchen haftete Lippenstift. Der Maler musste wirklich am Ende sein.

»Ich muss heute Nacht fertig werden«, stöhnte er.

Als Verrian klar wurde, dass Bonnet sein Bild meinte, dachte er: *Nach alldem, was ich dir erzählt habe, kannst du noch ans Malen denken?* »Ist es ein Auftrag?«

»Es ist Geld, mein Freund. Geld, das ich brauche. Danielle – wird sie sterben?«

»Ich bin kein Arzt. Sie hat einen heftigen Schlag abbekommen … das heißt zwei.«

»Zwei Schläge! Wie schlimm ist es?«

»Alix kann es Ihnen morgen erzählen. Sie wird gleich in der Frühe ins Krankenhaus gehen und mit dem Chirurgen sprechen.«

»Arme, arme Alix. Wie geht es ihr?«

»Sie steht unter Schock und ist völlig verzweifelt. Sie denkt, es sei ihr Fehler gewesen.«

»Nein, das ist es sicher nicht.« Bonnet starrte ihn wütend an. »Wo zur Hölle waren Sie eigentlich, als es passierte?«

»Unten vorm Haus. Ich habe gewartet, dass das Licht angeht. Gott sei Dank war ich da.«

Bonnet bombardierte ihn weiter mit Fragen. Konnte Danielle ihren Angreifer beschreiben? Wurde sie … auf irgendeine Weise erniedrigt? Zum Schluss fragte er: »Der Mann, der das getan hat – hat er Fußabdrücke hinterlassen?«

»Nicht, dass ich wüsste. Bei all den Leuten, die dort ein und aus gingen, waren am Ende alle Spuren verwischt.«

Bonnet beugte sich nach vorne und nuschelte etwas über das Böse in der Welt in seinen Bart. »*Ma pauvre chou,* ich werde nach ihr sehen. Wie ich es bei Danielle und Mathilda getan habe – ich gehe ins Krankenhaus und setze mich zu ihr. Ja, das werde ich tun. Es waren diese Herumtreiber vom Hof. Dreckige Schmarotzer, sickern durch alle Ritzen.«

Verrian war überrascht, eine solche Bemerkung aus Bonnets Mund zu hören. Er hatte immer angenommen, dass Künstler die Welt aus einem umfassenderen Blickwinkel sahen. »Ich werde Alix morgen ins Krankenhaus bringen«, sagte er, als Bonnet zu einer Werkbank ging und zwischen den Gefäßen herumstöberte.

»Überlassen Sie Alix mir.« Bonnet kam mit einem Dekanter zurück und goss zwei Gläser bernsteinfarbenen Cognac ein, von denen er eins Verrian gab. »Die Wahrheit ist …« Er nahm einen Schluck. »Die Wahrheit ist, dass ich der einzige Mann in Alix' Leben bin, der ihr nicht das Herz brechen wird.« Er winkte Verrian in eine Ecke des Ateliers und enthüllte mit großer Geste ein riesiges Gemälde. Verrian zuckte innerlich zusammen.

Alix, nackt. Es war das Bild, mit dem sie ihn geneckt hatte und das ihm am Wochenende den Schlaf geraubt hatte. Sein erster Eindruck war, dass Bonnet tatsächlich ein großartiger »Hautmaler« war. Sein zweiter, dass er, Verrian, grundlos zwei Nächte wach gelegen hatte.

Paris würde sich nicht an Alix Gowers unverhüllter Sinnlichkeit ergötzen. Bonnet schien der Darstellung ihrer Gelenke genauso viel Interesse entgegenzubringen wie der Wiedergabe ihrer runden Brüste, ihrer langen Oberschenkel und der Andeutung eines Schattens dazwischen. Das Haar hing ihr ins Gesicht und rahmte einen Blick, der auf eine weit entfernte Welt gerichtet schien.

Hinter ihm murmelte Bonnet: »Schon bei der Geburt wurde ihr das Herz gebrochen. Und noch einmal, als ihr Vater starb; da war sie noch nicht einmal alt genug, um zu verstehen, was Tod überhaupt bedeutet. Dann in der Schule, als das erste garstige Mädchen sie als dreckige Deutsche oder Jüdin beschimpfte. Anschließend von diesem Bastard de Charembourg, der sie herumschubst, wie es ihm gefällt. Und jetzt ist da dieser Javier, der angeblich mit einer goldenen Schere Engelskleider schneidert … Er wird sie zerstören. Danielle wurde zusammengeschlagen – lieber Gott. Doch ich werde für Alix sorgen. Wer sonst sollte es tun? Auch Sie haben sie im Stich gelassen, Haviland. Haben ihr Ihre Karte gegeben wie ein Versicherungsvertreter und sind davongelaufen. Wenn Sie auch nur einen Funken Anstand haben, machen Sie es jetzt wieder so. Verschwinden Sie.«

Verrian stieß die Tür des Calford-Press-Gebäudes auf. Erst nach drei Versuchen war es ihm gelungen, den Schlüssel ins Schloss zu stecken. Seine Hände zitterten, und durch den Blutverlust war er wacklig auf den Beinen. Im ersten Stock sperrte er mit einem zweiten Schlüssel Lord Calfords Privatbüro auf. Er genehmigte sich ein großes Glas Sodawasser aus der Siphonflasche, denn Bonnets Cognac hatte seine Kehle ausgedörrt.

Er schaltete die Leselampe ein, ließ sich in einen Ledersessel sinken und dachte: *Ich hasse diesen Bastard, denn er hat recht. Wenn Alix' Herz gebrochen ist, bin ich kaum derjenige, der es wieder heilen kann.* Er zog eine Fotografie aus seiner Brieftasche und sagte zu der jungen Frau mit Baskenmütze: »Ich habe auch bei dir versagt, Maria-Pilar. Meine arme Frau. Ich habe zugelassen, dass du dich in Gefahr begibst, und konnte dich nicht retten.«

Das Klingeln des Telefons riss ihn aus dem Schlaf. Als ihm dämmerte, wo er sich befand, folgte er dem Läuten nach unten zum Empfangstresen. Im Gehen schielte er auf seine Uhr. Es war sechs Uhr morgens. Welcher Tag war heute … Montag? Nein, Dienstag. »Hallo. *News Monitor?*«

Ein spanischer Redeschwall ließ sein Herz höher schlagen, und ohne nachzudenken, sagte er: »Maria-Pilar?«

»Maria no soy. Escúcheme …« Die Frau sprach so schnell, dass er kein Wort verstand.

»Señora, langsam bitte. Ihren Namen, langsam.« Er wiederholte, was sie sagte: »García …« Señora García y Rojas war die Frau seines Freundes Miguel. »Woher rufen Sie an? Wo ist Miguel?«

»Kein Miguel!«, rief sie. Sie war in Frankreich, saß ohne einen Centime in der Tasche allein mit ihrem kleinen Sohn, der vor Hunger schrie, in Marseille an der Küste fest. Es gab niemanden, an den sie sich wenden konnte, außer Verrian. Wenn er ein Herz habe, müsse er ihr helfen – wenn nicht, würde sie sich mit ihrem Sohn im Hafen ertränken.

Als Verrian im klaren Licht des frühen Morgens am Flughafen Le Bourget ankam, traf er seinen Freund Ron Phipps beim Kaffeetrinken in der Pilotenkantine an. Er stopfte gerade einen Croque Monsieur in sich hinein. Es war Phipps gewesen, der Verrian in Albacete nach seiner Flucht vor der Madrider Polizei gerettet hatte. Phipps verdiente seinen spärlichen Lebensunterhalt mit Transitflügen zwischen London und der spanischen Bürgerkriegszone. Er transportierte auch Filmrollen von Journalisten, die keine Möglichkeit hatten, ihre Bilder selbst zu entwickeln.

»Ich soll dich nach Marseille bringen?« Phipps kratzte sich am Kopf, als Verrian ihm erklärte, in welchem Dilemma er steckte. »Kann ich machen, aber ich starte erst in ein paar Stunden. Am liebsten fliege ich nachts über die Hügel.« So nannte er die Pyrenäen. »Wenn die Kerle von der Flugabwehr schlafen. Außerdem will ich nicht ins Visier der deutschen Luftwaffe geraten. Wir fliegen immer über Pamplona. Wir kennen die Orientierungspunkte, weißt du.«

Mit »wir« meinte Phipps sich selbst und seine geliebte Avro Anson, die sechs Passagieren Platz bot und für die fast tausend Kilometer nach Madrid noch betankt werden musste. Das Versprechen, ihm eine weitere Tankfüllung zu spendieren, und ein Appell an seine Gutmütigkeit überzeugten Phipps schließlich davon, Verrian in Marseille abzusetzen und über Andorra weiterzufliegen. Sie unterhielten sich eine Zeit lang über das Abenteuer Spanien, doch angesichts der Tatsache, dass ein langer Tag und eine lange Nacht vor ihnen lagen, streckten sie sich schließlich auf den Kantinenstühlen aus und schlossen die Augen.

Noch am selben Tag – es war Dienstag, der 4. Mai – landeten sie bei Sonnenuntergang in Marseille-Marignane. Verrian gab Phipps den größten Teil seiner Francs und vereinbarte mit ihm, dass er zwei Tage später zurückkommen und vier Passagiere abholen würde.

»Vier?«

»Eine Frau, einen Jungen, den Ehemann der Frau – so Gott will – und mich. Mich kannst du in Paris absetzen; die anderen nimmst du mit nach Croydon und setzt sie in ein Taxi nach London.« Wo Jack seinen Elfenbeinturm verlassen und ihnen Visa aushändigen sollte. Er selbst musste im Chaos des Marseiller Hafens jetzt nur noch eine spanische Flüchtlingsfrau und ein Kind finden.

Er brauchte sechs Stunden dafür. Celestia García y Rojas stand im Eingang eines übel riechenden Mietshauses und starrte ihn an, dann brach sie in Tränen aus. Ihr Baumwollkleid hing in Fetzen, nur notdürftig bedeckt von einer schmutzigen Jacke. Beine und Füße waren nackt, das Haar zu einem strähnigen Pferdeschwanz gebunden. Zuerst dachte Verrian, er habe sich geirrt. War das wirklich die Dame von Welt, die er vor noch nicht allzu langer Zeit in Madrid getroffen hatte? Zögernd fragte er: »Wo ist Miguel?«

»Nicht hier.« Mit dem Jackenärmel erstickte sie ihre Schluchzer, bis das Wehklagen eines Kindes hinter ihr ihre Aufmerksamkeit beanspruchte.

Verrian folgte ihr in einen schmutzigen Raum, der spärlich mit einer Matratze und zwei Kisten möbliert war. Da es nichts zu essen gab, machte er sich noch einmal auf den Weg und fand schließlich ein Café, das ihm eine Schachtel mit Plunderstückchen und Brot aushändigte und ihm einen mit Kaffee gefüllten Krug auslieh. Sie aßen schweigend, dann begann Celestia zu erzählen. Miguel sei nach der Bestrafungsaktion in ein Gefängnis in einem Außenbezirk Madrids gebracht worden. Die Behörden hätten jeden Kontakt untersagt. Ein paar Wochen später wurde er plötzlich entlassen. Alle drei erhielten freies Geleit nach Frankreich und etwas Geld, um in Marseille ein Schiff nach Südamerika zu besteigen. Die Grenze nach Frankreich zu passieren sei einfacher, als sich durch das Bürgerkriegsgebiet bis zur Atlantikküste durchzuschlagen, hatte man ihnen gesagt.

So weit hatte Jack also Wort gehalten, dachte Verrian.

Obwohl Miguel aufgrund seiner Verletzungen fieberte, brachen sie guten Mutes auf. Achtzig Kilometer vor der Grenze weigerte er sich plötzlich weiterzufahren, und sagte, er würde Spanien nicht wie ein Feigling verlassen. Stattdessen würde er ins Baskenland, die Heimat seiner Mutter, zurückkehren und für die Republikaner – für ein unabhängiges País Vasco – kämpfen. Celestia solle sich mit dem Kind nach Marseille durchschlagen und ihre Tickets einlösen. Er würde später nachkommen.

»Ich wusste, dass wir ihn nie wiedersehen würden, wenn wir nach Südamerika gingen«, erklärte Celestia in ihrem schnellen Spanisch. Sie beschlossen also zusammenzubleiben. Zufällig stießen sie auf einen verlassenen Lastwagen, den Celestia auf mit Bombenkratern übersäten Straßen nach Norden lenkte. Sie wussten, dass hinter jeder Kurve ein Hinterhalt lauern, hinter jeder Wolke ein Kampfflugzeug hervorschießen konnte. Miguel lag, mit Aspirin verarztet, schwitzend und stöhnend auf der Ladefläche. An der Grenze zum Baskenland explodierte der Motor. »Wir fuhren per Anhalter weiter und erreichten nach ein paar Tagen den Ort, in dem Miguel geboren ist.«

Guernica.

Miguel hatte starkes Fieber und wurde ins städtische Krankenhaus eingeliefert. Celestia gab ihre letzten Peseten für ein billiges Hotelzimmer aus. Am Nachmittag darauf kam die Legion Condor.

Sie beendeten ihr Frühstück. Celestia hatte gesehen, wie sehr die Handwunde Verrian behinderte, und half ihm, den festen

Verband abzunehmen. Der kleine Pepe beobachtete sie stumm und ertrug den Anblick der blutigen Binde und der schartigen, klaffenden Wunde, ohne mit der Wimper zu zucken.

»Sie haben sich an derselben Stelle verletzt wie Miguel«, sagte Celestia zu Verrian. »Sie haben ihm zwei Finger der linken Hand abgeschossen. Die Hand, mit der er den Zensurstempel hielt. Sie sagten, er billige die Lügen der Journalisten.«

»Ich war dabei, Señora.«

Sie strich sich eine Haarsträhne aus dem Gesicht, kramte eine fleckige Tasche hervor und entnahm ihr ein Taschentuch, das sie in Streifen riss, um Verrian die Hand frisch zu verbinden. »Das ist ein Zeichen. Sie, derselbe Ort, die gleiche Hand.«

»Nur dass ich Rechtshänder bin.«

Sie wechselte das Thema: »Die Mädchen von unten haben mir etwas zu essen gegeben und diese Strickjacke. Seltsam – da muss ich erst in einem Elendsviertel landen, um etwas Menschlichkeit zu erfahren. Als ich in Guernica ins Krankenhaus rannte, um nach Miguel zu suchen, waren die Flugzeuge dicht über mir. Ich hatte Pepe allein im Hotel zurückgelassen. Ein Flugzeug flog so tief über meinem Kopf, dass ich sehen konnte, wie …« Sie fuchtelte mit der Hand, rang nach Worten. »… Wie die Gewehre weißes Feuer auf die Straße spuckten. Alle kamen um – sie haben alles ausgelöscht. *Infierno.* Dieser furchtbare Lärm …« Sie hielt sich die Ohren zu, um ihre Worte zu unterstreichen oder, weil die Erinnerung sie überwältigte. »Ich konnte weder vor noch zurück. Nur Rauch, Feuer und sterbende Menschen – auf dem Boden … in den Kellern, in Schutzräumen. Und im Krankenhaus. Ich weinte um meinen Mann, denn ich wusste, dass er tot war. Dann machte ich kehrt und suchte mein Kind.«

Sie schluchzte minutenlang. Verrian starrte auf seine Hand, wohl wissend, wie es sich anfühlte, immer wieder von seinen schlimmsten Albträumen heimgesucht zu werden. Celestias Albtraum blieb ihm verschlossen, doch seinen eigenen durchlebte er stets von Neuem: ein kakigrünes Auto inmitten eines Feuerballs, aus dessen Mitte Schreie drangen.

Er fragte, wie sie die gut fünfhundert Kilometer bis Marseille überhaupt bewältigt habe. Ein Trupp Freiheitskämpfer habe sie im Laster nach Pamplona mitgenommen, erzählte sie. Dann habe jemand einen französischen Lkw angehalten, der nach Marseille unterwegs gewesen sei. Sie sei entschlossen gewesen, das Schiff nach Venezuela zu besteigen. Doch nach ihrer Ankunft im Hafen musste sie feststellen, dass es bereits ausgelaufen war.

»Ich habe die Jungfrau Maria um Hilfe angefleht. Dann lernte ich eine Frau kennen, die vormittags ab und zu in einer Villa arbeitet. Ganz früh am Morgen geht sie los, um die Wäsche zu machen. Sie ließ mich rein, als die Hausherrin noch im Bett lag, und ich durfte einen Anruf tätigen. Beim Wählen habe ich gebetet, dass Sie noch in Paris sind und dass Sie kommen werden.«

Er nickte. »Señora, haben Sie Miguels Papiere? Sein Visum, seinen Pass?«

Ihre Augen funkelten, als sie begriff. »Sie lieben Spanien so sehr, Señor?«

»Nein, ich glaube nicht. Nicht mehr.« Er räusperte sich. »Aber es gibt ein Lied, das wir gerne gesungen haben: ›Lady of Spain‹. Ich habe eine spanische Lady geliebt.«

»Wie hieß sie?«

»Mrs. Haviland, aber leider nur für sehr kurze Zeit.«

Am Abend des 6. Mai setzte Verrian Celestia und Pepe in die Avro Anson. Pepe trug einen neuen Cordanzug und einen Pullover. Für Celestia hatte Verrian einen Mantel, einen Hut, Handschuhe und vernünftige Schuhe gekauft – nicht aus Mitleid, sondern, um sie zu stärken und zu ermutigen, denn seiner Meinung nach mussten Flüchtlinge einem neuen Land auf Augenhöhe begegnen können. Sie hatte sich geweigert, nach London zu gehen. »Ich spreche so schlecht Englisch, und außerdem ist England ein Land der Heiden, oder?« Sie würde in Paris bleiben. In Paris gab es katholische Kirchen. Paris hatte mehr mit Spanien gemeinsam.

Ron Phipps, der eine lose sitzende Lammfelljacke trug, grinste unter seinem Fliegerhelm hervor und flüsterte: »Hübsches Schätzchen. Traurige Geschichte?«

»Furchtbar. Phipps, wenn ihr in Le Bourget gelandet seid, bleib bei ihnen, bis sie sicher im Taxi sitzen.« Er gab seinem Freund einen Brief. Er war für Laurentin bestimmt, den Hotelbesitzer, der Verrian beigestanden hatte, als er vom Fieber geschüttelt wurde, und enthielt Verrians letzte größere Banknote. Mit dem Geld würden Celestia und Pepe ein paar Wochen über die Runden kommen. Danach sollte Laurentin sich an »Madame Theakston vom *News Monitor*« wenden; sie würde ihnen aushelfen, bis er zurückkam. Falls er zurückkam. Verrian händigte Phipps noch einen zweiten Brief aus. »Übergib den Beryl Theakston persönlich. Sie muss ihn zu Maison Javier bringen. Er ist für Alix Gower – groß, dunkelhaarig, schlank. Kannst du dir das merken?«

Phipps warf einen kurzen Blick auf die Briefe und sah Verrian an. »Du kommst nicht mit mir nach Paris?«

»Nein.«

Als er Verrian genauer betrachtete, bemerkte Phipps, dass er einen Trenchcoat über seinen Koffer geworfen hatte und dass ihm ein Bart spross. »Was geht hier vor, alter Freund?«

»Ich gehe zurück.«

»Nach Spanien?« Phipps blickte zum Cockpit der Avro auf, aus dem ein Kindergesicht hervorlugte. »Du bist da rausgeflogen, schon vergessen? Wiedereinreise strikt verboten. Du hast dich danebenbenommen.«

»Ich kehre nicht als Journalist zurück. Ich schließe mich den Internationalen Brigaden an. Ich ziehe in den Kampf.«

Phipps starrte ihn fassungslos an. »Hör mal, die Franzosen werden dich nicht durchlassen. Sie schicken sämtliche verblendeten Weltverbesserer wieder zurück, weil sie nicht wollen, dass ihr Land zur Mobilmachung missbraucht wird. Zum Teufel, Verrian, steig ein!«

»Ich lasse mich nicht aufhalten.« Verrian zog einen Pass aus der Tasche und klappte ihn auf. Das Foto des Inhabers verschwand zum Teil unter dem offiziellen Stempel des País Vasco und zeigte einen Mann, der vielleicht fünf Jahre älter war als Verrian. Hervortretende Wangenknochen und ein Bart verliehen ihm das Aussehen eines Gelehrten.

Phipps stöhnte auf, als ihm ein Licht aufging. »Du ziehst als Miguel Rojas Ibarra in den Kampf. Warum?«

»Das scheint mir nur fair. Jemand, den ich sehr gernhatte, ist in Spanien verbrannt. Das lässt sich nicht ändern, doch ich muss meine Schuld begleichen. Vorher bin ich nicht frei für eine andere Frau.«

»Ich hoffe, es gibt etwas, für das es sich zu überleben lohnt.«

Verrian antwortete: »Wenn ich überlebe, dann finde ich sie in Paris.«

23

Elsass, Ostfrankreich. Samstag, 22. Mai

Jean-Yves betrachtete die Landschaft. Fast eine Stunde lang waren sie durch einen dichten Buchenwald gefahren, der immer wieder von Sonnenstrahlen durchbohrt wurde. Es war ein beinahe hypnotisches Erlebnis. Die Stoßdämpfer des Panhard-Levassor schluckten die Schlaglöcher und nahmen auch die Haarnadelkurven mit Leichtigkeit. Gerade hatten sie den Fluss überquert, der sie jetzt den ganzen Weg bis nach Kirchwiller begleiten würde.

Er war auf dem Weg nach Hause. Um Christines Hochzeit vorzubereiten und um sicherzustellen, dass sein Schloss bereit war für den Herzog und die Herzogin. Und auch, um mit seinem Gutsverwalter über den Verkauf eines Stück Lands zu sprechen, das seiner Familie einst als Jagdrevier gedient hatte.

Das Schwierigste, was ihm bevorstand, war allerdings die Begegnung mit einer sterbenden Frau. Sein Verwalter hatte ihm geschrieben, dass die frühere Haushälterin seiner Mutter das Ende der Woche vielleicht nicht mehr erleben würde. Jean-Yves wusste, dass er Célie Haupmann eine bestimmte Frage stellen musste, bevor es für immer zu spät sein würde.

Die Straße wurde steiler, und bald kurvten sie durch Obstplantagen, in denen die Sonne auf die schwarzen Baumstämme schien. In einer Woche wären die Bäume voll mit tiefroten Kirschen und die Hänge bevölkert von Erntehelfern mit Körben. Die herrlichen Kirschen würden den ganzen Juni und Juli über auf den Märkten verkauft werden, und das was übrig blieb, würde man für die Spezialität der Region, das Kirschwasser, verwenden. Den ganzen Sommer lang würde bittere Süße in der Luft liegen.

Trotz all der Schönheit um ihn herum konnte Jean-Yves die Fahrt von Paris aus nicht genießen. Sein Fehler war gewesen, Ninette und Jolyan Ferryman mitzunehmen. Seine ständig schnatternde Tochter und sein penetranter Sekretär störten ihn beim Denken. Ferryman saß vorne neben dem Chauffeur, und Jean-Yves konnte den Anblick seines Hinterkopfes nicht mehr ertragen. Der Junge benutzte so viel Haaröl, dass sich die Spuren des Kamms gut sichtbar abzeichneten.

Sie erreichten die Stelle, an der der Fluss in eine Schlucht stürzte, die dicht mit Fichten und Ebereschen bewachsen war. Aus dem dunklen Wald erhob sich ein Plateau, auf dem Kirchwiller lag, gekrönt von seinem Schloss. »Die Fenster meines Schlosses zeigen nach Frankreich, die Schießscharten nach Deutschland«, sagte Jean-Yves mehr zu sich selbst. Dann wandte er sich an Ninette, die seit einiger Zeit schmollte, weil er ihr nicht erlaubt hatte, Pepin am Steuer abzulösen. »Stell dir nur mal vor, wie deine Vorfahren das letzte Stück zum Schloss geritten sind und ihren Stammsitz vor sich aufragen sahen.«

An ihrer Stelle antwortete Ferryman. »Sie sind sicher stolz auf diesen Ort, nicht wahr, Monsieur?«

»Stolz auf das Land und die Wälder von Kirchwiller zu sein, das ist unser Recht. Mein Vater hat die Nationalität gewechselt, um seinen Besitz zu behalten. Ich bin in den Krieg gezogen, um ihn zurückzuholen.« Im Geiste fügte er noch hinzu: *Und wenn ich die Antworten auf meine Fragen nicht bald bekomme, wird ihn mir ein Erpresser rauben.*

Am selben Abend – Ferryman und Ninette spielten Schach im Salon – machte Jean-Yves sich auf den Weg, um das zu erledigen, was keinen Aufschub duldete.

Célie Haupmann hatte den Großteil ihres Lebens in Kirchwiller verbracht. Als Küchenmädchen war sie gekommen und später zur rechten Hand seiner Mutter aufgestiegen. Als Marie-Christine de Charembourg vor drei Jahren gestorben war, hatte Célie eine Wohnung im Pförtnerhaus bezogen. Sie trug noch immer die Bezeichnung »Haushälterin«, aber das war eher ein Zugeständnis an alte Zeiten.

Jean-Yves klopfte an die Tür ihrer Wohnung und wurde von einer Schwester in grauem Habit und weißer Haube eingelassen, die wohl aus dem benachbarten Kloster gekommen war. Sie empfing ihn mit den Worten, dass Frau Haupmann ihn schon erwarte, vielleicht aber eingenickt sei, und dass Erfrischungen bereitstünden. Sie führte ihn in eine Wohnstube und zog sich dann zurück.

Jean-Yves sah sich in dem Raum um. Mit Erleichterung stellte er fest, dass sein Verwalter der alten Frau eine komfortable Unterkunft zugewiesen hatte. Sie hatte anscheinend eine Schwäche für Nippes; er entdeckte Kerzenhalter, Uhren und Porzellantiere, von denen einige seiner Mutter gehört hatten. Alles war hübsch zurechtgemacht und in bestem Zustand – im Unterschied zu Célie Haupmann selbst.

Völlig entkräftet lag sie in einem Ohrensessel, und der gelbliche Ton ihrer Haut deutete darauf hin, dass ihre inneren Organe bald den Dienst versagen würden. Als er sich höflich räusperte, öffnete sie die Augen und murmelte etwas auf Elsässisch.

Jean-Yves begrüßte sie auf Französisch und wartete auf eine barsche Replik. Sie hatte ihn gemocht, als er ein Kind gewesen war, hatte sich aber von ihm abgewandt, als er größer wurde und seine pausbäckige Niedlichkeit verlor. Er nahm an, sie habe ihm einfach nie verziehen, dass er »zum Feind« übergelaufen war – dass er ein Mann geworden war. Oder vielleicht war sie eifersüchtig gewesen, weil seine Mutter ihn so abgöttisch liebte. Die Begegnungen mit Célie Haupmann waren jedenfalls immer ein wenig anstrengend gewesen.

Heute bekam er keine schroffe Antwort. Stattdessen versuchte sie, ihm die kraftlose Hand entgegenzustrecken. Sie wies ihm einen Stuhl an und deutete auf den gedeckten Tisch, auf dem sich einige Stücke Gugelhupf – eine weitere Spezialität der Region – und eine Karaffe mit Kirschwasser befanden. Ob er ihnen vielleicht einschenken könnte? Und war die liebe Christine auch gekommen?

Nein, die zukünftige Herzogin war bei ihrer Mutter in Paris geblieben, wo sie darauf wartete, dass ihr Kleid und ihre Aussteuer genäht wurden.

Aber natürlich. Wie sah das Kleid denn aus?

»Man hat mir nicht erlaubt, es zu sehen, Madame.«

War der Bräutigam stattlich? Und wo lagen seine Landgüter? Im Haute-Loire? Meine Güte ... So weit gereist war sie nie in ihrem ganzen Leben.

Jean-Yves schenkte ihnen vom Kirsch ein und beantwortete ihre Fragen. Wenn sie das Bedürfnis nach harmloser Unterhaltung hatte, konnte er ihr das bieten. Wahrscheinlich bekam sie nicht viel Besuch. Erst, als der Kuckuck aus der Uhr gestürzt kam, um die volle Stunde anzukündigen, rang er sich endlich dazu durch, ihr jene Frage zu stellen. »Madame, hat irgendjemand Sie in den letzten Monaten auf den Tod des Künstlers Alfred Lutzman angesprochen?«

Da schoss etwas Farbe in Célie Haupmanns Wangen. Die alte Feindseligkeit war zurückgekehrt. »Warum müssen Sie das Thema wieder aufwühlen? Das gehört sich nicht.«

»Als meine Mutter noch lebte, habe ich die Sache nie angesprochen, aber wir können doch offen miteinander reden. Haben Sie mit irgendjemandem darüber gesprochen? Oder einen Brief bekommen?«

In ihrem Blick lag Verachtung. »So viel Gewese um einen dummen Juden. Wen kümmert es schon, ob es einen mehr oder weniger gibt in Kirchwiller? Sie nehmen uns unsere Arbeit weg, werden dabei reich und geben ihr Geld woanders aus. Sie bringen es auf die Bank nach Deutschland, während wir hungern.«

Célie Haupmann wirkte nicht, als müsse sie hungern, dachte Jean-Yves. »Sie waren die rechte Hand meiner Mutter. Ihnen hat sie Dinge anvertraut, die sie sonst nur ihrem Beichtvater gesagt hat.« Er rückte mit dem Stuhl näher an sie heran, um eine Art Intimität herzustellen. »Wenn Sie mir verraten, was an jenem Tag im Dezember 1903 geschehen ist, werde ich Ihnen nicht böse sein, das versichere ich Ihnen. Ich muss es einfach wissen.«

Mit zitternden Händen hob Célie ihr Glas. »Ihre Mutter hat die ganze Zeit über von Ihnen geredet. Sie hat immer beteuert, wie sehr sie ihr einziges Kind vermisst – das Kind, das sie im Stich gelassen hat.«

»Das erzählen Sie mir jedes Mal, obwohl sie es war, die darauf bestand, dass ich von hier wegging. Meine Mutter hatte nur ihren Frieden, wenn ich im Ausland war. Sie hatte immer Angst, meine Vergangenheit würde mich einholen.«

»Unfug! Sie hat niemals in Frieden gelebt. Ihre Ehe war ein einziges Elend. Jeden Morgen habe ich neue blaue Flecken an ihr entdeckt.«

Er erhob sich und drehte ihr den Rücken zu. Langsam zählte er von zehn abwärts, um seinen plötzlichen Ärger zu ersticken. Célie Haupmann hatte auf die Verletzungen angespielt, die seine Mutter täglich hatte erleiden müssen. Erst 1902, als sein Vater starb, hatte es damit ein Ende gehabt. Auch Jean-Yves war ein Opfer seines gewalttätigen Vaters gewesen, hatte aber schon in jungen

Jahren gelernt, dass dieses Thema niemals angesprochen werden durfte. Er und seine Mutter hatten sich mit vielsagenden Blicken und Umarmungen verständigt. »Sie vergessen, wer Sie sind«, sagte er kalt zu Célie.

»Ich sterbe. Das gibt mir das Recht dazu. Ihr Vater war ein Rohling. Sein größtes Vergnügen war, Ihre Mutter zu schlagen. Und Sie haben nichs unternommen.«

»Aber Madame! Glauben Sie vielleicht, ich hätte ihn daran hindern können? Ich war ein Kind.«

»Sie waren nicht die ganze Zeit über ein Kind, aber jetzt ist es ohnehin vorbei. Sie hat ihren Frieden, und er brät hoffentlich in der Hölle. Man kann nur dafür beten, dass Ihre Töchter anständige Männer heiraten, nicht wahr?« Célie legte den Kopf schief und erzwang mit dieser Geste eine letzte Vertrautheit zwischen ihnen. »Und was Ihre Frage betrifft: Ich habe niemandem gesagt, was Sie mit diesem Juden gemacht haben. Warum sollte ich? Je weniger von denen, desto besser.«

24

Paris, 28. Mai

Geblümter Chiffon über Seidensatin, sechs strahlenförmige Abnäher zwischen Halsausschnitt und Brust, mittelalterlich anmutende Ärmel. Alix dachte an die unzähligen Details für Christine de Charembourgs Hochzeitskleid. Gestern oder vorgestern – vor Erschöpfung war ihr jedes Zeitgefühl abhandengekommen – hatte sie Hunderte von Bleikügelchen in den Rocksaum eingenäht, damit sich der Rock bei Wind nicht heben würde.

Sie waren in Javiers Salon. Christine stand auf einer niedrigen Holzbühne, Alix kniete vor ihr und arbeitete an den cremefarbenen Röcken. Es war das erste Mal, dass das Kleid vorgeführt wurde. Anschließend würde es sorgfältig verpackt und für die gut zwei Wochen später anberaumte Hochzeit ins Elsass gebracht werden. Eine Träne kullerte über Alix' Wange. Sie wischte sie weg und ärgerte sich über ihre eigene Dummheit. Der Chiffon in ihrer Hand rief ihr Verrians Stimme ins Gedächtnis: *»Ich bin dabei, mich in dich zu verlieben …«* Doch dann hatte er es sich offensichtlich anders überlegt. Er war schon seit über drei Wochen verschwunden, und nicht einmal die Zeitungsredaktion wusste, wo er sich aufhielt. Rosa, bei der Alix inzwischen dauerhaft wohnte, beharrte darauf, dass er zurückkommen würde. »Ich kenne die Männer, Schätzchen, er ist nicht der Typ, der davonläuft.«

Alix wünschte sich, sie könnte Rosas Zuversicht teilen.

»Runder, Alix.« Pauline Frankel prüfte die Silhouette des Hochzeitskleids aus der Distanz. »Fächern Sie den Rock ein bisschen auf; die Schleppe muss aussehen wie gemalt.«

Bald würde ein Fotograf kommen, um das traditionelle Familienbild – die Braut mit ihren Eltern – zu schießen. Der Termin war bereits einmal verschoben worden, weil der Comte länger als erwartet im Elsass geblieben war. Er fühle sich nicht wohl, wurde gemunkelt. Herzbeschwerden.

Alix wünschte, Christine de Charembourg würde sich gerader halten. Sie schien ein bisschen niedergeschlagen zu sein. Machte sie sich Sorgen um ihren Vater? Oder hing es damit zusammen, dass ihre Mutter sie ununterbrochen tyrannisierte? Die Comtesse schritt im Raum umher wie eine Plantagenaufseherin, hatte an allem etwas auszusetzen. Ein Dutzend Veränderungen an dem Kleid hatte sie bereits durchgesetzt. Ursprünglich war ein quadratischer Halsausschnitt vorgesehen gewesen, der den Familienschmuck schön zur Geltung gebracht hätte, doch eine Woche später hatte sie es sich anders überlegt. »Christine wird die Perlen überhaupt nicht tragen.«

Diese letzte Äußerung hatte bei Javier ein emotionales Erdbeben ausgelöst. Er sei nicht irgendein dahergelaufener Schneider, hatte er geschrien. In einem hochgeschlossenen Kleid würde das Mädchen wie ein Kamel aussehen, und er, Javier, sei noch nicht tief genug gesunken, um Kamele einzukleiden.

Madame Frankel hatte ihn beschwichtigt. »Es ist nicht die Schuld des Mädchens, dass die Perlen weg sind oder sich auf einmal als unecht entpuppt haben oder was auch immer. Sie werden eine Lösung finden, und sie wird grandios sein.«

Und so war es. Javier entwarf ein Oberteil, das Christine schlanker machte und von ihrem kantigen Kiefer ablenkte. Alix war für die Anprobe und die Näharbeiten herangezogen worden, nachdem eine frühere Assistentin mit der Comtesse aneinandergeraten war. Für Alix war es *die* Chance gewesen, dem Nähtisch zu entkommen, und sie hatte sie ergriffen. Sie war voller Sorge um Mémé, die noch immer bewusstlos im Krankenhaus lag, todunglücklich wegen Verrian, und sie trauerte der Wohnung in der Rue Saint-Sulpice nach, in die sie sich nicht mehr zurücktraute. Sie brauchte eine Beschäftigung, die sie ablenkte. Doch auf die Sticheleien der Brautmutter hätte sie gut verzichten können.

Viele vornehme Damen hatten eine spitze Zunge, doch offensichtlich reizte schon allein Alix' Anwesenheit Rhona de Charembourg zu boshaften Tiraden. Erst an diesem Morgen hatte sie mit einer ausholenden Geste dafür gesorgt, dass ihr Rubinring Alix' Lippen streifte, und beim Anblick des hervorquellenden Blutes geschrien: »Weg von der Schleppe meiner Tochter! Weg, oder sie wird dieses Kleid nicht tragen!«

Pauline Frankel hatte Alix zur Krankenstation geschickt. Auf dem Weg nach draußen hörte Alix Christine de Charembourg sagen: »Maman, das hast du absichtlich gemacht, ich habe es gesehen.«

Um Punkt elf Uhr erschien der Fotograf, nicht aber der Comte de Charembourg. Der Termin wurde auf den nächsten Tag verschoben. Im Gehen sagte Rhona de Charembourg zu Madame Frankel, dass sie das »dunkle Mädchen, diese Gower«, nicht mehr im Salon zu sehen wünsche. Sie werde nicht dulden, dass eine Jüdin sich am Kleid ihrer Tochter zu schaffen mache.

Madame Frankel antwortete: »Da dies auch mich ausschließt, hoffe ich für Madame la Comtesse, dass sie eine andere Schneiderin finden wird.«

Die Comtesse war konsterniert. Im nächsten Moment erklärte sie mit einem aufgesetzten Lächeln, sie habe niemanden verletzen wollen. Vielmehr vertraue sie darauf, dass das Kleid ihrer Tochter zum vereinbarten Datum fertig werde, damit die Familie es mit ins Elsass nehmen könne.

»Es wird fertig werden, wenn Sie keine Änderungen mehr verlangen, Madame. Und das schließt Änderungen in Bezug auf meine Assistentinnen ein.«

»Javier sagt, das Gesicht dieser Frau habe sich wie Säure in sein Herz gefressen«, bemerkte Pauline Frankel später halblaut zu Alix. »Auf jeden Fall hält sie mich davon ab, mich um die Herbst-Winter-Kollektion zu kümmern. Viel Zeit bleibt nicht mehr bis dahin. Es war schwer genug, Javier davon zu überzeugen, mit der Kollektion für die Zwischensaison innerlich abzuschließen und mit neuen Entwürfen zu beginnen.«

Alix nickte. Die Modepresse hatte Javier in der Luft zerrissen, nachdem er sich erlaubt hatte, die Kollektion abzusagen – war er doch bereits mit der Vorgängerkollektion spät dran gewesen. Manche stellten seine Genialität infrage und meinten, es werde auf ihn zurückfallen, dass er die Welt der Mode zum zweiten Mal innerhalb eines Jahres verprellt hatte. Ein rechtslastiges Magazin ging mit einer Karikatur sogar noch weiter: Sie unterstellte, Maison Javier gründe lediglich auf jüdischem Kapital, nicht auf Talent. Alix wusste, worauf Madame Frankel anspielte: Es bestand die Gefahr, dass die Tiraden der Comtesse das Fass zum Überlaufen brachten und Javier erneut in Schwermut versank, und das konnten sie sich nicht leisten. Sie sagte: »Wenigstens *Oro* ist fertig.«

Am nächsten Tag, als der Fotograf seine Kamera aufbaute und ein Hausdiener die Bühne ein letztes Mal wienerte, betete Alix, dass sie sowohl Christines Brautkleid als auch die Comtesse nie wiedersehen würde. »Im Auto gab's Tränen«, flüsterte eine Zuschneiderin Alix zu, als Rhona in einem lilafarbenen Kostüm erschien. Ihre jüngere Tochter und die Braut trotteten hinter ihr her. »Armes Ding – wir hätten das Kleid aus Löschpapier machen sollen.«

Der Comte, der etwas später eintraf, war die Liebenswürdigkeit in Person. »Ich habe Ihre Geduld auf die Probe gestellt, Mesdames. Im Elsass ging es mir nicht gut. Die Ärzte haben mich länger als nötig und länger, als ich wollte, unter Beobachtung gehalten.«

Alix war entschlossen, seinen Blick zu meiden, doch während Christine angekleidet wurde kam er auf sie zu und murmelte: »Wie geht es deiner Großmutter?«

»Sie liegt im Koma«, antwortete sie barsch. »Sie blinzelt, aber ich glaube nicht, dass sie irgendetwas wahrnimmt.«

»Es tut mir so leid. Danke, dass du mich informiert hast und mir den Brief ins Büro geschickt hast.«

»Ich dachte, Sie wüssten vielleicht gerne Bescheid.«

»Als ich den Brief hatte, bin ich sofort zu eurer Wohnung in der Rue Saint-Sulpice gefahren, doch du warst nicht mehr da, und niemand schien zu wissen, wo du dich aufhältst.«

»Ich konnte da nicht bleiben. Nicht nach dem, was passiert ist.«

»Natürlich. Sag mir, wo du jetzt wohnst und ob ich dir irgendwie helfen …« Er brach ab.

Alix' Augen folgten seinem Blick. Sie fielen auf Rhona de Charembourg, die sie durchdringend musterte. »Ich will Ihre Hilfe nicht«, zischte Alix. »Ich will überhaupt nichts von einer Familie, die Juden hasst.«

Er zuckte zusammen. »Ich teile die Ansichten meiner Frau nicht. Ich bin nicht einmal sicher, dass sie wirklich so denkt – sie verkehrt mit Leuten, die es schick finden, Hitler zu bewundern. Eine Modeerscheinung, die bald vorübergehen wird.«

Sie sah die Falten um seinen Mund, die weißen Fäden in seinem grauen Haar, und empfand ein schmerzliches Gefühl des Verlusts.

Noch immer hoffte sie, dass sie zu ihrer ehemaligen Vertrautheit zurückfinden würden, doch diese Hoffnung war vielleicht vergebens. »Solange ich mich erinnern kann, Monsieur, sind Sie in meinem Leben ein und aus gegangen, und ich habe mir den Kopf zerbrochen, warum das so ist. Immer wieder sehe ich meinen Großvater auf dem Dachboden vor mir, wie er, einen Schal um den Hals und fingerlose Handschuhe an den Händen, um das eine geniale Werk ringt. Er hat es nie vollenden können …«

»Alix, können wir ein anderes Mal darüber sprechen?«

Wäre sie noch die Alte gewesen, hätte Alix sich gefügt, doch sie war so erschöpft, so gereizt, dass die Grenzen des Anstands sich auflösten. Rosa, die sich nach Mémés Unfall um Alix gekümmert hatte wie eine Mutter, behauptete, sie stünde noch immer unter dem Schock, den der Anblick ihrer in einer Blutlache liegenden Großmutter ausgelöst habe. Wen der Schock im Griff habe, der sehe die Welt wie durch eine dicke Glasscheibe. Was Rosa nicht wusste, war, dass der Schock einen auch manches klarer sehen ließ.

»Nachdem meine Großmutter und meine Mutter nach London zu den Fressendens gezogen waren, sind Sie ihnen gefolgt und wurden zu einem Teil ihres Freundeskreises. Mémé zog schließlich in die Innenstadt, und Sie nahmen sich ein Haus in einem nahe gelegenen Bezirk. Sie hatten ein Auge auf sie.«

»Soweit deine Großmutter das zugelassen hat.«

»Aber ging es Ihnen wirklich um Mémé? Ich habe Sie einmal gefragt, was Sie sehen, wenn Sie mich anschauen. Sie sagten ›unbeschriebenes Blatt‹. Zeichnen Sie im Geiste ein Gesicht auf das Blatt? Sehen Sie Mathilda?«

»Ich sehe dich, Alix.«

»Nicht das Kind, das Mathilda umgebracht hat? Sie wissen, dass ich zwei Wochen zu spät zur Welt kam. Wäre ich rechtzeitig geboren worden, hätte meine Mutter vielleicht überlebt, und

Sie wären nicht gezwungen gewesen, ihrem Begräbnis fernzubleiben.«

»Es reicht, Liebes.« Er ergriff ihren Arm. »Lass nicht zu, dass die Grausamkeit von dir Besitz ergreift.«

Eine gekränkte Stimme unterbrach sie. »Warum geht es bei allem, was mit dem Heiraten zu tun hat, so langsam zu? Ich jedenfalls werde durchbrennen, wenn ich an der Reihe bin.« Jean-Yves zuckte zusammen, als seine jüngere Tochter sich bei ihm einhakte. »Papa, was habt ihr denn zu besprechen?«

»Geh zu deiner Mutter, Ninette.«

Doch Rhona de Charembourg kam bereits angriffslustig auf sie zumarschiert. Madame Frankel rettete Alix, indem sie Rhona hinterherrief, dass die Braut jeden Moment aus dem Ankleideraum käme.

»Gehen Sie zu Javier«, sagte die Première und ergriff Alix' Arm. »Dort wartet ein Pressefotograf, der *Oro* fotografieren will, ehe das Kleid zur Expo geht, und Solange ist noch nicht da. Machen Sie sich das Haar, und vergessen Sie, was Sie soeben gehört haben. O nein, die Braut weint schon wieder.«

Javier zog eine Augenbraue hoch, als Alix in der Tür stehen blieb. »Sie werden nicht als Mannequin auftreten können, wenn Sie nicht selbstbewusster gehen können.«

Ich will gar kein Mannequin sein, dachte Alix. *Ich will sehen, wie Mémé sich im Bett aufsetzt. Ich will wissen, warum Verrian weggefahren ist. Ich will, dass Rhona de Charembourg in einen Gully fällt.*

Javier scheuchte sie in die Umkleide. »Machen Sie sich frisch, entledigen Sie sich dieses nicht sehr anmutigen Kittels, und ziehen Sie *Oro* an.« Er schickte Marcy Strümpfe kaufen und befahl Alix, sich Schuhe und Mieder aus den Sachen der Mannequins herauszusuchen.

»Ihr Taillenumfang?«, fragte er, als Alix, gewaschen und in einen seidenen Morgenrock gehüllt, zurückkam.

»Vierundfünfzig Zentimeter.«

»Sie haben abgenommen. Wie Solange. Was ist bloß mit euch Mädchen los? Ist es wegen der Verehrer?«

»Ich habe keine Verehrer, Monsieur.«

»Keine Verehrer, bloß Kummer. Na schön, Kummer ist gut für die Figur. Und nur Kummer kann uns lehren, was Glück ist. Da Sie mein Expo-Kleid präsentieren, werden Sie eine Brassière und weitere Unterwäsche bekommen, inklusive eines Mieders, das Ihre Taille um weitere fünf Zentimeter verschmälert. Essen Sie von jetzt an Brot und Kuchen nur noch mit Bedacht, denn wenn ich das Kleid erst einmal auf Ihre Maße geändert habe, möchte ich nicht irgendwann feststellen müssen, dass Sie zugenommen haben. Im Übrigen fühlt sich eine eingeschnürte Taille sehr unangenehm an, wenn man Kuchen gegessen hat.« Er klopfte sich auf den Bauch und lachte.

»Monsieur, bitten Sie mich etwa, Ihre Kleider vorzuführen? Ich meine, nicht nur heute Abend?«

»Ich denke schon. Ich habe Sie gerne um mich, Alix, und Sie haben eine schöne Figur. Ich habe Sie bestraft, als ich Sie zurück an den Nähtisch geschickt habe, und jetzt hole ich Sie da wieder weg. Sie verstehen etwas von der Kunst des Schneiderns und haben keinen Freund – eine hervorragende Ausgangsposition für ein Mannequin, wie das Schicksal der armen Solange zeigen wird.«

»Ihr Schicksal?«

»Sie ist ihre Arbeit los, *petite*. Heute Abend hätte sie in einem Kleid fotografiert werden sollen, das Tausende von Menschen in einer Woche auf der Weltausstellung sehen werden. Stattdessen ist sie … *pouff*.« Er entließ einen unsichtbaren Schmetterling in die Luft. »Madame Kilpin hat mir gesagt, dass Sie das Zeug zu einem Mannequin hätten.«

»Hat sie das?«

»Sie verfügt über ein bemerkenswert sicheres Urteil, sowohl im Hinblick auf das, was zu ihr passt, als auch im Hinblick darauf, was zu meinen Kleidern passt. Sie ist nicht die ergebenste, aber eine überaus geschätzte Kundin. Ach …« Er hob einen Finger. »Noch etwas: Ich habe munkeln hören, dass Sie eine zweite Arbeit haben.«

»Äh, wie bitte …?« Jetzt kam also doch heraus, dass sie Schnittmuster kopierte.

»Mir wurde gesagt, dass Sie in einem Atelier auf dem Montmartre, auf der Place du Tertre, ein und aus gehen.«

Alix überlief ein Schauer der Erleichterung. »Ja, manchmal sitze ich einem Künstler Modell. Es ist eher eine Gefälligkeit als eine Arbeit, obwohl er sehr talentiert ist. Sein Name ist Raphael Bonnet.«

»Ich kenne ihn – ein guter Maler und berühmt für seine Aktbilder. Wenn er Sie auf diese Art malt …« Javier bedeutete ihr mit erhobener Hand, ihn nicht zu unterbrechen. »Ich muss das nicht wissen. Aber wenn Sie meine Kleider tragen, ist so etwas unstatthaft. Ein Javier-Mannequin bewundert man für seinen Stil und seine Schönheit – seine reizende Figur, seine geheimnisvolle Ausstrahlung, seine kühle Unnahbarkeit. Das alles trägt zur Javier-Legende bei, während das Porträt eines Malers die menschliche Wahrheit enthüllt. Beides passt schlecht zusammen. Verstehen Sie? Sie werden Bonnet nicht länger Modell sitzen.«

»Ja, Monsieur Javier. Ich meine, nein.«

»Gut. Jetzt gehen Sie, und schließen Sie Freundschaft mit *Oro*.«

Als Alix sich zwanzig Minuten später in einem Ganzkörperspiegel anschaute, machte sie große Augen. Wer war diese Frau? Sie fühlte sich fünf Zentimeter größer. *Oro* ließ die geschwungene Linie ihrer Schultern hervortreten, und die Ankleiderin hatte ihr das Haar hochgesteckt, sodass ihr Hals fast genauso schwanengleich wirkte wie Solanges. Nelly, eines der anderen Mannequins, hatte ihr dunkle Augenbrauen und einen purpurfarbenen Mund geschminkt. »Wir machen die Augen wie bei Bette Davis«, sagte sie und hielt eine Untertasse über eine Kerzenflamme. Den sich absetzenden Ruß mischte sie mit Babyöl, und mit der entstandenen Mixtur dunkelte sie Alix' Lider ab. »So. Jetzt glühen deine Augen.«

»Gefällt *Oro* Ihnen?«, fragte Javier, als Alix im Salon erschien. Beflügelt von dem Erfolg mit der Rosshaarspitze, hatte er die Dupionrüschen mit Goldsplittern geschmückt, die das Licht reflektierten.

»Ich fühle mich wie Kaiserin Eugénie.«

»Bewegen Sie sich, drehen Sie sich. Lassen Sie das Kleid tanzen.« Javier griff nach schwarzen Abendhandschuhen. Alix musste sie tragen, weil ihre Fingernägel zu kurz waren.

»Lassen Sie sie wachsen, und kauen Sie nicht daran herum, *petite.*«

Sie posierte im Profil auf der Bühne, auf der kurz zuvor Christine de Charembourg gestanden hatte. Rhonas Parfüm hing noch in der Luft. Javier hieß Alix, sich auf die oberste Stufe zu setzen und die Hände in einer dramatischen Geste auszustrecken. Eine Assistentin arrangierte die goldenen Röcke. Die Lichter wurden gedämpft, und der Fotograf bat Alix, vollkommen stillzusitzen.

Zwei Stunden später war Javier zufrieden, und sie durfte sich wieder umziehen.

Tränen liefen Alix über die Wangen, als sie auf die Rue de la Trémoille hinaustrat. Es war acht Uhr, und die Sonne senkte sich über die Dächer. Marcy ging mit Leichenbittermiene neben ihr her, doch auf sie wartete ein schönes Zuhause in Batignolles. Alix war auf dem Weg zu ihrer Großmutter und würde danach in ihr

Zimmer zurückkehren. Vor dem Zubettgehen würde sie mit Rosa noch ein Glas Sherry trinken und sich anschließend, wenn sie Glück hatte, ein paar Stunden dem Vergessen hingeben können.

Sie hatte dem Comte nicht erzählt, dass Mémé eine Woche zuvor vom Lariboisière-Krankenhaus in die Klinik Le Cloître verlegt worden war, die eine Zugstunde von Paris entfernt lag. Die Ärzte hatten ihr erklärt, das volle Ausmaß von Madame Lutzmans Hirnverletzung sei schwierig zu beurteilen. Es könne sein, dass sie wieder gesund werde, doch Alix müsse realistisch bleiben. In der Zwischenzeit sei die Patientin am besten in einer auf Kopfverletzungen spezialisierten Klinik aufgehoben. Die Behandlung in Le Cloître kostete sie nichts, doch Alix musste für die Bettwäsche und das Essen aufkommen. Die Rechnungen und Zugfahrkarten gingen ins Geld, und bald musste Alix das Futter ihres Mantels nach Münzen absuchen, um sich etwas zu essen kaufen zu können. Sie wusste, dass der Comte – wäre er informiert – ihr Geld anbieten würde, doch gerade von ihm wollte sie auf keinen Fall etwas annehmen.

Kummer, Sorge und das Gefühl der Demütigung wechselten sich ab. Dass sie sich gedemütigt fühlte, war Verrians Schuld. Nachdem Mémé überfallen worden war, hatte Alix die ganze Nacht und den folgenden Tag im Krankenhaus auf ihn gewartet.

Als er nicht kam, hatte sie, aus Angst, seine Wunde habe sich vielleicht entzündet, beim *News Monitor* angerufen und dort erfahren, dass Mr. Haviland nicht da sei. Die gleiche Antwort hatte sie vom Hôtel Polonaise erhalten. Nach dem Krankenbesuch bei ihrer Großmutter ging sie in ihr Café auf den Champs-Élysées, in der Hoffnung, er würde dort auftauchen. Drei Abende hintereinander saß sie bis Mitternacht an ihrem Stammtisch, musterte jeden Mann, der vorüberging, und ertrug das Mitleid der Kellner. Sie wartete auf einen Brief, und als keiner kam, legte sie sich Gründe für sein Ausbleiben zurecht. Vielleicht war Verrian wieder nach Deutschland gefahren oder nach London zurückbeordert worden. Die Familie steckte in einer Krise. Er war krank geworden, hatte einen Unfall gehabt. Als sie schließlich beim *Monitor* aufkreuzte, sagte ihr das patente Mädchen an der Rezeption, dass Mr. Haviland »vorläufig nicht zu erreichen« sei.

»Wann kommt er zurück?«

»Das wissen wir nicht.« Die Rezeptionistin schenkte ihr ein zuckersüßes Lächeln. »Und ganz nebenbei, meine Liebe, Sie wissen schon, um wen es sich handelt?!«

»Selbstverständlich!« Alix fühlte sich in die Defensive gedrängt und fauchte zurück. Sie war in ihrer Arbeitskleidung gekommen. Hätte sie ein Kostüm getragen, wäre man ihr respektvoller begegnet.

»Er ist Reporter.«

»Was ich meine, Süße, ist, dass er der Sohn vom Chef ist.«

»Vom Chef?«

»Lord Calford ...« Das Mädchen erhob die Stimme. »Lord Calford ist Herausgeber und Eigentümer dieser Zeitung, und Mr. Haviland ist sein Sohn. Der *ehrenwerte* Mr. Haviland.«

Alix machte große Augen. Die Information selbst verblüffte sie weniger als das offensichtliche Bedürfnis des Mädchens, sie loszuwerden. »Und?«, konterte sie. »Ich bin die *ehrenwerte* Alix Gower, ob es Ihnen passt oder nicht.«

Rosa hatte vermutet, dass Verrian in sein altes Zimmer bei Laurentin, in der Nähe der Gare du Nord, zurückgezogen war. Eines Abends hatte Alix sich auf den Weg gemacht – und sich schließlich vor einem grell erleuchteten Hotel wiedergefunden.

»Monsieur Haviland?« Laurentin zuckte die Schultern. »Tut mir leid, Kleine, hab ihn nicht gesehen. Hat seine Rechnung schon vor einer Ewigkeit bezahlt und ist zu den sonnigen Hängen des Montmartre weitergezogen.« Laurentin musterte sie von oben bis unten, und ein halb mitleidiger, halb verlegener Ausdruck huschte über sein Gesicht. »Führt ein kompliziertes Leben, unser Freund. Hat oft mit dem Ausland telefoniert. Nicht weinen, Kleine, andere Mütter haben auch schöne Söhne. Bleiben Sie hier, und trinken Sie etwas. Für so ein hübsches Ding wie Sie hätte ich Arbeit.«

Sie schaute sich in der Bar um, sah die Mädchen an den Tischen und gab ihm eine Ohrfeige.

Wieso ließ jeder, den sie liebte, sie im Stich? Veränderte sich, starb oder ging fort? Marcy, die Alix' Tränen sah und sie falsch deutete, legte ihr einen Arm um die Schultern und sagte: »Es ist ein hartes Geschäft, aber denk dran, Alix, du bist jetzt ein Mannequin. Du wirst als diejenige bekannt werden, die *Oro* zu Glanz verholfen hat.«

»Die anderen Mädchen werden mich hassen.«

Marcy lachte. »Nicht alle – dazu sind sie zu faul. Nelly sicherlich …« Sie brach ab, als ein Taxi vor ihnen bremste und eine große Frau herauskletterte. Es war Madame Markova, die Javiers *cabine* vorstand, dem Raum, in dem die Mannequins für Modenschauen zurechtgemacht wurden.

Als Madame Markova die beiden erkannte, watschelte sie auf sie zu und rief: »Mädchen, wisst ihr, ob Monsieur noch bei der Arbeit ist?« Sie hatte eine zusammengerollte Zeitung bei sich.

Marcy war sich sicher, dass Javier in seinem Atelier war. Er würde dort bleiben, bis Madame Frankel ein Taxi rief und ihn zwang, nach Hause zu fahren. »Was ist denn passiert?«

»Das da!« Madame Markova schlug die Zeitung auf und zerriss dabei vor lauter Hektik das Papier. Alix wusste augenblicklich, um welche Zeitung es sich handelte: Es war die *New York Fashion Daily*, Mabel Godnoscs Bibel. »Ich habe eine Freundin im Ritz getroffen, und ein paar Amerikanerinnen haben die Zeitung auf dem Sitz liegen lassen. Ich kann kein Englisch, aber ich habe Augen im Kopf.« Madame Markova schlug die Mittelseite auf. »Ich glaube, ich kriege einen Herzinfarkt.«

»Alix wird uns den Artikel vorlesen«, sagte Marcy.

Alix nahm die Zeitung; laut Datum war sie zwei Wochen alt. Sie las: »Kollektion zu sexy für Paris«. Ein unangenehmer Geschmack breitete sich auf ihrer Zunge aus, und sie übersetzte: »Statt Paris nur die Fifth Avenue, statt fünfzigtausend Francs bloß einhundert Dollar, und das innerhalb von zwei Wochen – Javier erobert New York mit einer Kollektion, die einfach *oh, là, là* ist.«

»Was?« Marcy rümpfte die Nase. »Javier verkauft nicht nach New York, höchstens an ausgewählte Kunden, und niemals für einhundert Dollar.«

»Er wird explodieren«, prophezeite Madame Markova.

Der Artikel bestand überwiegend aus Fotos, auf denen über einer Bildunterschrift jeweils ein Mädchen in einem Kleid zu sehen war. »Das figurnahe Samtkleid für heiße Señoritas … Diese wogende Seide wird den Mann an der Seite Ihrer Kundin durcheinanderbringen … Lieb? Und ob! Teuer? Kaum: zu haben für nur 75,50 Dollar.«

Es handelte sich ausnahmslos um Kopien von Javiers abgesagter Zwischensaison-Kollektion. Also hatte Mabel die Kleider nicht nur in den Handel gebracht, sondern auch noch Werbung dafür gemacht. War sie lebensmüde?

Marcy war der Ansicht, Javier solle es am besten sofort erfahren. Alix flüchtete sich in eine Entschuldigung: Sie müsse Mémé besuchen.

»Natürlich, du armes Ding.« Marcy umarmte sie. »Ich begleite Madame Markova.«

Als sie sich trennten, hörte Alix Madame Markova verbittert sagen: »Diebe. Piraten. Sie sollen in der Hölle schmoren!«

Es war schon spät, doch Alix' letzter Besuch bei Mémé lag bereits drei Tage zurück. Ständig machte sie sich Sorgen, eine entscheidende Veränderung von Mémés Zustand zu verpassen. Es veränderte sich nie etwas, doch die Krankenschwestern sagten, die Besuche täten ihrer Großmutter gut. Alix bekam dann jedes Mal eine Rechnung für zusätzliche Dienstleistungen überreicht. Hätte sie Blumen und Papierservietten selbst besorgt, wäre sie billiger davongekommen, doch dafür fehlte ihr die Zeit. Von den Blumen profitierten ohnehin nur die Krankenschwestern und der Komposthaufen hinter der Klinik. Als Alix auf dem Weg zur Métro das Gebäude des *News Monitor* passierte, schreckte eine Hupe sie auf.

Serge Martel kurbelte das Fenster herunter und sagte: »Guten Abend, meine Schöne. Ich möchte Sie zum Abendessen ausführen.« Er hatte eine Rose im Knopfloch, und sie erinnerte sich, dass Blütenblätter auf ihn herabgeregnet waren, als sie ihn das letzte Mal gesehen hatte.

Er stieg aus dem Auto, und in ihrem Kopf spukten immer wieder die gleichen Bilder von Javier herum, wie er die *New York Fashion Daily* durch sein Atelier schleuderte. Zum Abendessen ausgehen? Vielleicht war es das, was sie brauchte: ein paar Stunden in der Gesellschaft eines Menschen, den sie kaum kannte und der sie amüsieren und ablenken würde. Doch sie mochte diesen Mann nicht; außerdem musste sie Mémé besuchen. Sie wollte gerade ablehnen, als Serge Martel eine Hand ausstreckte und sie Kratzer darauf entdeckte, die nur von Fingernägeln stammen konnten. Als sie aufsah, entdeckte sie ähnliche Spuren auf seiner Wange.

Er nickte. »Solange. Ich wollte sie wie üblich abholen und musste dann feststellen, dass ich eine spuckende Wildkatze ins Auto gelassen hatte. Sie ist gefeuert worden. Haben Sie das Blut auf dem Bürgersteig gesehen? Es ist meins! Unter der Oberfläche sind wir eben doch alle Tiere. Also, gehen wir zum Abendessen?«

»Sollten Sie nicht lieber Solange trösten?«

Er schüttelte den Kopf. »Ich weiß nicht, was sie will, aber mich will sie nicht. Also …?«

»Ich kann nicht. Ich muss meine Großmutter besuchen. Sie liegt im Krankenhaus, das ist ziemlich weit weg, und ich bin spät dran.«

»Dann steigen Sie ein, ich bringe Sie hin. Brauchen Sie etwa eine Erlaubnis, wenn Sie abends einmal ausgehen wollen?«

Sie dachte darüber nach. Mémé war immer zu Hause gewesen und hatte sich geärgert, wenn sie zu spät kam. Immer hatte sie sich gleich das Schlimmste ausgemalt. Doch jetzt wartete niemand auf sie. Sie antwortete: »Ich kann tun, was ich will.«

Die Klinik Le Cloître lag im Westen; sie fuhren also in den Sonnenuntergang hinein. Alix konnte mit der Karte, die Serge ihr gegeben hatte, so gut wie nichts anfangen. Erst nach einer Stunde wurde ihr klar, dass das Lesen einer Straßenkarte nicht das Gleiche war wie das Lesen eines Schnittmusters. Sie hatte sie in die Irre gelotst und musste eingestehen, dass sie der Klinik noch kein Stück näher gekommen waren. Serge amüsierte sich königlich und fragte in einem Bauernhaus nach dem Weg. Eine Stunde später bogen sie in die Einfahrt von Le Cloître ein. Alle Fenster waren dunkel, und Alix hätte am liebsten geschrien. Die Besuchszeit war vorbei.

Serge löste eine Hand vom Lenkrad und streichelte ihr Knie. »Jetzt machen Sie sich mal keine Sorgen. Das kriege ich schon hin.«

Ein paar Worte an der Rezeption genügten, und die Oberschwester, die das Krankenhaus mit einem desinfizierten Eisenzepter regierte, geleitete sie die Flure hinunter, als gehörten sie zum diplomatischen Korps. Während Alix die verwelkten Blumen auf dem Nachttisch ersetzte, zog Serge einen Stuhl heran und begann eine einseitige Unterhaltung mit der Patientin zu führen.

Er erzählte Danielle alles über seine »Lieblingsoma«, die ihn praktisch aufgezogen hatte. Eine wunderbare Köchin – sie sei berühmt gewesen für ihr Entenkeulen-Confit mit Flageoletbohnen und grünen Bohnen, geräuchertem Knoblauch, Petersilie und Schinkenwürfeln, zubereitet nach einem Geheimrezept und abgeschmeckt mit dem besten Wein aus Épernay. *Ein bisschen viel für Mémés Magen,* dachte Alix. Auch hätte ihre Großmutter sich kaum für Schinkenwürfel begeistert, doch Serges liebevoller Umgang mit ihr sorgte dafür, dass sie nachsichtig mit ihm war.

Die Besuchsstunde, die normalerweise so trostlos verlief, verging wie im Flug, und die Oberschwester eskortierte sie persönlich wieder nach draußen. Alix, die die Nachhut bildete, hörte Serge sagen: »Bekommen Sie Unterstützung, Madame Angèle? Ich spreche von Geld – Ihren laufenden Kosten. Können Sie die Hilfe eines schlechten Mannes aus Paris gebrauchen, der ein wenig Gutes tun will?«

»Güte können wir immer gebrauchen«, gab die Oberschwester lächelnd zurück. »Und mein Name ist Schwester Marie-Andrée.«

»Für mich Angèle.«

Von der Tür aus sah Alix, wie Serge die sehnigen Fingerknöchel der Schwester an die Lippen führte, und fragte sich, ob sie je wieder einen Rüffel bekommen würde, wenn sie zu spät kam.

Er fuhr mit ihr zu einer direkt an der Straße gelegenen Gaststätte, die einfaches, gutes Essen servierte, und sie ließ ihn reden. Sie erfuhr, dass er aus der Champagne stammte und in der Nähe von Épernay geboren war, weshalb er gerne Champagner trank und warum er den Nachtklub eines Cousins übernommen hatte.

»Sie haben mir erzählt, es sei der Klub Ihres Vaters.«

»Und der meines Cousins. Denken Sie nur, Alix, jeden Abend ein Fest bei sich zu Hause, die Leute haben Spaß, vergessen ihre Sorgen, und das alles Ihretwegen. Sollen wir jetzt Champagner trinken?«

»Ich lieber nicht, nicht, solange Mémé in diesem Zustand ist.«

»Sagen Sie niemals Nein zu Champagner.« Er schnippte nach der Bedienung.

»Wo ist Solange jetzt?« Die Frage musste einfach heraus.

»Ach … arme Gigi – so nenne ich sie. Auf dem Heimweg nach Korsika.« Er berührte seine Wange. »Ich hoffe, mit geschnittenen Fingernägeln.« Dann hob er sein Glas. »Auf Sie, aufgehender Stern. Bleiben wir heute Nacht zusammen?«

Sie verschluckte sich fast an ihrem Getränk. »Ich bin … kein …« Sie musste wieder festen Boden unter die Füße bekommen. »Ich bin kein aufgehender Stern; ich bin nur ich. Ich möchte Schneiderin werden, nicht Mannequin. Ich habe das Kleid sehr gern getragen, doch morgen werde ich Monsieur Javier sagen, dass ich weiter lernen will.«

»Sie werden nicht bei Javier bleiben. Er ist für Sie nicht berühmt genug.«

»Es ist wohl eher so, dass ich nicht berühmt genug für ihn bin.«

»Ich meine, was ich sage. Sie haben das goldene Los gezogen – jedes Pariser Mädchen würde dafür sein Leben geben.« Er beugte sich zu ihr. »Und wir werden das Paar sein, das die Pariser um jeden Preis kennenlernen wollen.«

Serge schien sie tatsächlich besser kennenlernen zu wollen, und zwar schnell. Am nächsten Tag, einem Samstag, hatte sie frei, und er nahm sie mit in den Bois de Boulogne im Westen von Paris, wo sie in einer Kutsche zwischen den Bäumen hindurchfuhren. Alix hatte das dringende Bedürfnis nach Ablenkung, doch weder Serges unaufhörliches Gerede noch das Ruckeln des Wagens oder das Vogelgezwitscher schafften es, die Schatten, die der kommende Montagmorgen vorauswarf, zu vertreiben. Als Serge sie im Schatten eines Baumes küsste, war sie in Gedanken halb bei Javier und ihrer Arbeit. Inzwischen hatte Javier vielleicht herausgefunden, wer seine Entwürfe nach Amerika verkauft hatte. Womöglich plante er, ihr einen denkwürdigen Empfang in der Rue de la Trémoille zu bereiten – und die Polizei wäre auch eingeladen.

Den Sonntag verbrachte sie allein, auf der Place du Tertre, wo sie einen Skizzenblock mit Porträts und Modezeichnungen füllte, damit ihre Hände beschäftigt waren, während sie die Damen Godnosc und Kilpin im Geiste einen langsamen Tod sterben ließ. Sie hatten ihre Warnungen in den Wind geschlagen, zugelassen, dass Javiers Kollektion in New York einschlug wie eine Bombe, und sie auch noch in einem Massenblatt publik gemacht.

Am Montag ging sie zu Fuß zur Arbeit, um ihre Nervosität loszuwerden. In der Garderobe des zweiten Stocks traf sie auf Marcy, die an ihrem Arbeitskittel herumzupfte. Sie erzählte Alix mit gedämpfter Stimme, wie Javier auf den Artikel in der *New York Fashion Daily* reagiert hatte.

Offensichtlich hatte er kein Sterbenswörtchen dazu gesagt. Eine halbe Minute lang hatte er die Bilder betrachtet und die Zeitung anschließend in Richtung Mülleimer geworfen. Dann hatte er für Marcy ein Taxi gerufen, weil er sich Sorgen machte, sie würde zu spät zum Abendessen kommen.

»Das war's – sonst nichts?« Alix konnte es nicht glauben.

»Ich weiß nicht, was er zu Madame Markova gesagt hat, nachdem ich gegangen war. Er will dich aber trotzdem sehen. Eine seiner Assistentinnen war schon unten, um dich zu suchen, du gehst also besser gleich hinauf.«

Als Alix das Atelier betrat, begrüßte Javier sie mit einer Verbeugung. »Wie geht es meinem neuen Lieblingsmannequin?«

Noch bevor sie antworten konnte, marschierte Simon Norbert herein und schnaubte: »Mein Liebling ist sie ganz und gar nicht, immerhin hat sie eine unserer besten Kundinnen verärgert.«

»Mein lieber Freund meint damit, dass Sie am Freitag im Atelier beschimpft wurden, wofür ich mich entschuldige.«

Alix suchte Javiers Gesicht nach Anzeichen für eine drohende Vergeltungsmaßnahme ab. Da sein Blick aber nichts Drohendes verhieß, konzentrierte sie sich auf seine Worte. »Beschimpft … ja. Von Madame de Charembourg.«

Er legte einen Finger auf die Lippen. »Keine Namen, *petite*. Es ist nicht das erste Mal, dass diese Dame meine Angestellten wegen ihrer Religion oder ihrer Herkunft beleidigt hat oder einfach auf sie losgegangen ist, weil sie schlechte Laune hatte und sich gestört fühlte. Doch es ist das letzte Mal gewesen.«

Norbert deutete auf Alix. »*Sie* hat es provoziert, indem sie mit dem Ehemann der Comtesse vertraulich geplaudert hat. Ich durfte auch schon einmal eine Kostprobe ihrer Unverschämtheit genießen. Sie hat dann einen Gesichtsausdruck …«

»Habe ich nicht!«, brauste Alix auf.

»Seid still, alle beide«, antwortete Javier. »In der heutigen Welt gibt es viel Böses, und die Vorurteile mancher Menschen machen einem das schmerzlich bewusst. Manchmal muss man Widerstand leisten. Als sie am Samstag zur Anprobe kam, habe ich meine weißen Handschuhe angezogen.« Javier streckte die Hände aus, wohl um zu demonstrieren, bis wohin die Handschuhe reichten. »Ich habe mich verbeugt und gesagt: ›Madame la Comtesse, Sie würden mir einen Gefallen erweisen, wenn Sie mein Geschäft verließen.‹ Du meine Güte. Sie stand mit offenem Mund da, vollkommen schockiert. Ich erklärte, dass alle Bestellungen wie versprochen geliefert würden, ich aber nicht davon ausgehen würde, sie selbst je wiederzusehen. Ich bot ihr meinen Arm und geleitete sie hinaus.«

»Damit haben Sie sich die Dame zur Feindin fürs Leben gemacht.«

Javier nickte. »Wie ich schon sagte, Monsieur Norbert, manchmal hat man nur die Wahl zwischen Pest und Cholera. Und jetzt werde ich Ihnen erzählen, warum ich Sie habe rufen lassen, Alix. Ich habe gehört, dass Ihre Großmutter schwer krank ist. Möchten Sie ein paar Tage freihaben?«

»O nein, Monsieur. Das kann ich mir nicht leisten. Ich möchte Ihnen lieber weiter assistieren, weiter lernen.«

»Anstatt als Mannequin zu arbeiten?«

»Wenn möglich, würde ich gern beides machen.«

Javier stand eine Weile schweigend da. »Das wäre höchst ungewöhnlich – morgens Lehrling und mittags Mannequin.«

»Ich würde das nicht zulassen«, mischte sich Norbert ein. »So hat das Mädchen in jeder Herstellungsphase Zugang zu den Kleidern. Was uns das bringt, haben wir ja gesehen, nicht wahr?«

»Ah, die New Yorker Enthüllungsgeschichte. Die Kollektion, die für Paris ›zu sexy‹ ist.« Javier bleckte die Zähne. »War der Schreiberling je in Paris?«

»Wissen Sie, wer …?«, fragte Alix und wünschte, sie wäre eine bessere Schauspielerin.

»… meine Arbeit gestohlen hat?« Javier nickte. »Eine Person, die Zugang zu meinen Entwürfen hat und sich in schlechter Gesellschaft herumtreibt. Eine Person, die tagtäglich anwesend, aber nie in Verdacht geraten ist. Sie ahnen es nicht? Sie schütteln den Kopf, Alix. Sie werden bleich. Solange natürlich.« Javier fasste sich an die Brust. »Sie hat zu viel oder zu wenig Herz und einen Freund, der sie unglücklich macht.«

Komme ich wirklich so glimpflich davon?, dachte Alix. »Werden Sie Klage einreichen?«

Javier zuckte die Achseln. »Eine Fachzeitschrift verklagen, die nicht dem französischen Recht unterliegt? Oder die kleine New Yorker Tippse, die meint, für neunundsiebzig Dollar fünfzig ein Kleid von Javier ergattert zu haben?«

»Das macht mich krank«, zischte Norbert.

»So Alix, Sie möchten mich bei meiner nächsten Kollektion unterstützen? Die Tage werden lang werden. Ihre Fingernägel allerdings nicht.«

»Im Salon trage ich Handschuhe. Und dass es spät wird, macht mir nichts aus.«

Javier seufzte. »Sie erwarten sicher, dass ich Ihnen den doppelten Lohn zahle.«

Simon Norberts Protest ignorierend, sagte Alix: »Eine kleine Gehaltserhöhung wäre jedenfalls schön. Ich werde sie mir verdienen, versprochen.«

25

Ein herrlicher Junitag. Von der Seine zog eine Brise herüber und ließ die Markisen flattern. Die Luft war angefüllt mit winzigen Wassertröpfchen aus den zahlreichen Springbrunnen. Die »Weltausstellung«, deren Gelände sicher einige Hektar umfasste, war in vollem Gange.

Das Gelände war allerdings noch nicht komplett fertiggestellt. Aber das hatte eigentlich auch niemand erwartet, und die Menschenmassen wollten nicht klagen, sondern einen schönen Tag verbringen. Als Alix den düsteren Adler auf dem deutschen und die Figuren mit der Sichel auf dem russischen Pavillon entdeckte, hörte sie im Geiste schon Mémé jammern: *Wey ist mir*. Ihr kam auch in Erinnerung, was Verrian gesagt hatte: »Diese Weltausstellung ist der letzte Versuch, den Frieden zwischen Ländern zu erhalten, die sich schon auf den Krieg vorbereitet haben.«

Aber dann wurde sie aus ihren Gedanken gerissen. Serge, bei dem sie sich untergehakt hatte, gab laufend seine Kommentare zu allem ab. Besonders an den Ausländern ließ er kein gutes Haar, nur die Amerikaner mit ihren dicken Kameras hatten es ihm angetan. Sein Verhalten war Alix peinlich, denn er senkte niemals die Stimme, und in den zwölf Tagen ihrer Bekanntschaft hatte sie festgestellt, dass er jeden Gedanken spontan laut aussprach. Der Wind wickelte Alix den Rock um die Beine. Sie trug *Rose Noire*, ihren eigenen Entwurf. Mabel Godnosc hatte ihr das fertige Kleid vor einigen Tagen stolz vorgeführt. Auch Una war dabei gewesen – es war das erste Treffen, seit Alix Mabel vergeblich davor gewarnt hatte, Javiers Zwischensaison-Kollektion zu kopieren. Una hatte die fragliche Ausgabe der *New York Fashion Daily* mitgebracht und mit einem nervösen Lachen gesagt: »Ich habe nicht im Traum daran gedacht, dass wir es auf die Mittelseite schaffen.« Dann, wie um einen Schlussstrich unter die Sache zu ziehen: »Geh und probier das süße Kleidchen an, das Mabel freundlicherweise für dich gezaubert hat.«

Das »süße Kleidchen« war gut fünf Zentimeter kürzer, als Alix es entworfen hatte. Am Rücken spannte es, und der Kragen hing durch. Außerdem war es aus synthetischer Seide und nicht aus Crêpe, wie Alix vorgegeben hatte. »Das kann ich nicht tragen«, sagte sie.

»Verflixt, was erwartest du denn für fünfzehn Dollar? Das Tanzkleid von Ginger Rogers?«, erwiderte Mabel ungehalten.

Dann hieß es, wieder an die Arbeit zu gehen. Zurück zum Raubkopieren, denn sie waren – wie Una betonte – noch immer arm und noch immer die »Drei Musketiere«. Vier, wenn man Mabel dazurechnete.

Am gestrigen Tag hatte Mabel Alix ein Päckchen in die Hand gedrückt. »Ein Friedensangebot. Machen Sie es nicht jetzt auf – Ihre Freudentränen wären zu viel für mich.« Das Päckchen enthielt *Rose Noire,* und zwar genau so, wie Alix es sich gedacht hatte: tiefschwarzer Crêpe mit handgedruckten Details, so nah an ihrem Entwurf, dass Una bestimmt ganz Paris nach einem geeigneten Stoff abgeklappert hatte.

Alix starrte in den Sprühnebel eines Springbrunnens. Die Tröpfchen auf Hals und Gesicht taten gut. Meistens hasste und verachtete sie Una. Dennoch brachte sie Alix immer wieder zum Lachen oder zeigte ihr ihre Großzügigkeit, und in solchen Momenten konnte Alix sie beinahe gernhaben.

Serge zog sie am Arm. »Komm, wir gehen zurück in den Pavillon d'Élégance. Ich will dich neben *Oro* sehen. Vielleicht erkennt dich ja jemand.«

Sie stöhnte auf. »Ich kann es nicht leiden, wenn die Leute mich anglotzen und sich gegenseitig anstoßen.«

»Aber ich. Du bist berühmt. Weil du in der Expo-Ausgabe der *Marie Claire* das Modell *Oro* vorführst.«

»Es ist doch bloß eine Zeichnung.«

»Aber eine treffende. Die Leute erkennen dich immer noch.«

»Sie wollen das Kleid sehen und nicht mich.« Die *Marie Claire* hatte *Oro* beschrieben als »eine Kollision zwischen einem Stern und einem Kometen«, und Serge genoss Alix' plötzliche Bekanntheit ungemein. »Na gut, wir schauen kurz vorbei, wenn wir danach in den spanischen Pavillon gehen«, schlug Alix vor.

»Wir gehen hin und trinken danach einen Kaffee. Ich interessiere mich nicht für spanisches Zeugs«, gab Serge zurück.

»Serge, ich möchte aber den spanischen Pavillon sehen. Dort hängt ein Gemälde.«

»Was für ein Gemälde?«

»Eins von Picasso. Ein mehrteiliges Bild. Bonnet hat mir davon erzählt.«

Serge verzog den Mund. »Picasso malt Frauen, die wie Pferde aussehen. Sie haben die Nase an der Seite des Kopfes und zwei Augen, die einen gleichzeitig anstarren. Grauenhaft. Wer ist dieser Bonnet überhaupt? Wie kommt er dazu, dir zu sagen, was du dir ansehen sollst?«

»Bonnet ist mein Freund. Ich gehe jetzt, lass bitte meinen Arm los.«

Er entließ sie aus seinem Griff, gab ihr aber noch einen feuchten Kuss auf den Nacken. »Na schön, aber dafür musst du heute Abend sehr nett zu mir sein. Heute will ich mehr als Küssen und Kuscheln.«

»Ich muss arbeiten, das habe ich dir doch schon gesagt.«

»Wo?«

Alix holte tief Luft. »Bei meiner anderen Anstellung in Maison Godnosc.«

»Du brauchst nicht zu arbeiten. Du bist mein Mädchen. Aber vielleicht willst du ja nicht mein Mädchen sein.«

»Danach komme ich in den Nachtklub, und wir essen irgendwo zusammen. Du darfst bestimmen, wo. Können wir jetzt in den spanischen Pavillon gehen?«

»Aber zuerst in den Pavillon d'Élégance«, forderte er. Weil er sie zum Mittagessen ausgeführt und ihr an einem Kunsthandwerksstand eine Schmetterlingsbrosche gekauft hatte, willigte sie ein.

Der Pavillon d'Élégance war eine rosafarbene Gipsgrotte unter einem azurblauen Zelthimmel und zeigte die erlesensten Stücke der Pariser Couture. Alix hatte angenommen, es gäbe tägliche Modenschauen zu sehen, in denen Mannequins der verschiedenen Ateliers die schicksten Kreationen vorführten, aber sie hatte sich geirrt. Die Kleider wurden an riesigen gesichtslosen Gipspuppen gezeigt. Elsa Schiaparelli hatte sich geweigert, dabei mitzumachen, und ihre Ausstellungsfläche stattdessen mit Blumen angefüllt. Alix zollte ihr stillen Respekt dafür. Diese schrecklichen Vogelscheuchen!

Trotz allem war sie neugierig auf die Entwürfe von Chanel, Patou und Lucien Lelong, aber Serge zog sie immer wieder zurück zu *Oro*. Er war so versessen darauf, mit »seinem Mädchen« zu prahlen, dass er sie zwei Frauen, die gerade das Kleid bewunderten, einfach vor die Nase schob. Alix erkannte die beiden wieder: Es waren zwei Premières von der Konkurrenz, die sie auf der Eröffnungsparty der Expo kennengelernt hatte. Sie bemerkte deren Erstaunen und die verstohlenen Blicke auf Serges Anzug. Und sie hörte, wie eine der beiden der anderen zuflüsterte: »Das trägt man wohl gerade in Chicago.«

Als Serge ihr von hinten den Arm um die Schulter legte, zuckte sie zusammen.

»Na, meinst du, du kannst dir das goldene Kleid mal ausborgen? Dann könnten wir uns einen tollen Abend im Klub machen und die ganze Nacht tanzen. Und danach schlafe ich mit dir, während du es noch trägst.«

»Gehen wir nach Hause, bevor du noch mehr wahnsinnigen Ideen ausbrütest.«

Während der Pavillon d'Élégance ein Ort der stillen Bewunderung war, herrschte im spanischen Pavillon dichtes Gedränge. Alle wollten das berühmte Bild sehen, ein ausdrucksvolles Gemälde, das in einer einzigen Farbe gehalten war. Pablo Picasso hatte *Guernica* in den Wochen nach der Bombardierung der Stadt geschaffen. Jetzt zog das Bild die trauernden Spanier und Basken von Paris an wie ein Magnet. Aber auch Künstler aller Nationalitäten, Männer und Frauen, die wild über Komposition und Aussage des Gemäldes debattierten.

Bonnet hatte Alix erklärt, sie müsse *Guernica* einfach sehen. Javier hatte dasselbe gesagt. Der wichtigste Grund für Alix aber war, dass Verrian, wäre er in Paris gewesen, ganz sicher mit ihr hingegangen wäre. Eines Tages würde er sie vielleicht nach ihrer Meinung zu dem Bild fragen, und dann musste sie eine Antwort parat haben. Aber Moment mal – warum war sie so felsenfest davon überzeugt, dass Verrian zu ihr zurückkam?

Es dauerte einige Minuten, bis sie sich zu dem Gemälde vorgearbeitet hatten. Serge warf einen kurzen Blick darauf und bemerkte spöttisch, dass selbst ein zweijähriges Kind ein solches Bild hätte malen können. Ein einziges Durcheinander. Warum hieß es überhaupt Guernica? Was war ein Guernica?

»Ein Ort in Spanien, aber hier ist eher ein Ereignis gemeint. Ein Bombardement.«

»Sieht mir nicht nach einem Bombardement aus. Sieht eher aus, als wäre jemand in einem Schlachthaus ausgerastet. Was soll das Auge denn da? Ich mag den Surrealismus, wenn er lustig ist, aber das da ist überhaupt nicht lustig.«

Serge hatte irgendwie recht, dachte Alix. Es war wirklich ein einziges Durcheinander. Aber ein Durcheinander, das aus Zorn geboren war. Sie erkannte den Versuch eines Mannes, die Gräueltaten eines Nachmittags in einfache Formen zu bringen. Ein Stier, ein verendendes Pferd, eine Frau mit einem sterbenden Kind, eine Taube, ein brennendes Auge ... oder war es eine explodierende Bombe, oder gar das Auge Gottes? Picasso hatte den Moment eingefangen, in dem alle Hoffnungen auf Frieden zerplatzten und die Menschlichkeit unterging.

Der schwache Duft von Bergamotte stieg ihr in die Nase, und als sie weiter auf das Bild starrte, sah sie plötzlich ein Gesicht vor sich. Ausdrucksvolle Züge, Bart, Augen voller Schmerz ... Sie begann zu schwanken.

Jemand, der hinter ihr gestanden hatte, fing sie auf. Eine väterliche Stimme sagte in ihr Ohr: »Ich glaube, Sie haben vergessen zu atmen. Das überrascht mich nicht. Kommen Sie, wir gehen hinaus an die frische Luft.«

»Monsieur Javier! Was machen Sie denn hier?«

»Finden Sie etwa, ich sollte bei den Kleidern bleiben?«

»Nein. Sie sind ein Künstler. Sie müssen dieses Gemälde sehen.«

»*Muy cierto*. Ich war schon mehrmals hier und entdecke jedes Mal etwas Neues. Aber Sie sind schrecklich blass, Alix. Soll ich Ihnen ein Glas Wasser holen?«

»Lassen Sie sie in Ruhe.« Serge baute sich vor Javier auf. »Wir brauchen Ihre Hilfe nicht. Verschwinden Sie!«

»Aber Serge!« Alix keuchte vor Entsetzen. »Das ist Monsieur Javier. *Der* Monsieur Javier. Der Schöpfer von *Oro* und außerdem mein Arbeitgeber.«

»Oh.« Serge fuhr sich mit der Handfläche über die Nase. »Entschuldigen Sie bitte. Ich war schon ein Dutzend Mal in Ihrem Salon und habe die hübschen Mädchen bei der Modenschau bewundert, aber Sie habe ich dort noch nie gesehen.«

Javier betrachtete ihn fragend. »Ich sehe mir jede Schau an, aber immer versteckt hinter einer Säule, damit ich die jungen Damen nicht ablenke. Sie kommen mir bekannt vor. Haben Sie nicht Mademoiselle Antonin öfter abgeholt?«

»Vielleicht ein- oder zweimal. Jetzt kümmere ich mich um Alix. Es geht ihr gut, aber da drin sind einfach zu viele Spanier. Vorhin haben wir Ihr Kleid bewundert. Das goldene. Monsieur, Sie können wirklich was.«

»Sie sind zu gütig.« Javier verneigte sich formvollendet und zog sich zurück.

Alix erschrak, als Mabel Godnosc ihr Fotos von der Mainbocher-Robe zeigte, in der Wallis Simpson ihren Edward am 3. Juni 1937 geheiratet hatte. Sie sah ein eng anliegendes Kleid an einer Frau ohne Hüften. Eckige Schultern und eine Knopfleiste unter der Brust, die die Körpermitte betonte. Dieses Element erinnerte stark an *Rose Noire*.

»Halb New York trägt bereits das Wally-Kleid, und du hattest es schon entworfen, bevor sie es anhatte«, schwärmte Mabel. »Also, was meinst du, steht das gute alte Korsett vor einem Comeback?«

Das wusste Alix auch nicht. Aber vielleicht besaß sie ja tatsächlich die Gabe einer Modeschöpferin, sich über das Alltägliche hinwegzusetzen und stattdessen einen Hauch von Zukunft einzufangen.

Una holte sie zurück auf den Boden. »Hör auf zu träumen, Alix. In der Modepiraterie liegt das Geld.«

»Ich hasse sie«, erwiderte Alix. »Jedes Mal, wenn ich hierherkomme, verrate ich einen Mann, den ich überaus schätze. Wenn es nicht um meine Großmutter ginge, würde ich auf der Stelle verschwinden.«

Rosa hatte ihr Verrians altes Zimmer zu einem Freundschaftspreis überlassen; die Miete würde sie schon irgendwie aufbringen. Doch vor einer Woche hatte ihr der Vermieter der alten Wohnung eine Rechnung für die »Abnutzung« seines Eigentums geschickt. Angeblich waren die Wände der Wohnung durch die Petroleumdämpfe und das »unerlaubte Aufhängen von Bildern« beschädigt worden. Er verlangte drei Monatsmieten für die Beseitigung der Schäden. Als wären Mémés Krankenhausrechnungen für Essen und Wäsche noch nicht genug! Jetzt wusste sie, warum Paul immer so abgekämpft aussah. Kaum hatte man ein bisschen Geld gespart, war es auch schon wieder weg.

Dank der »Kollektion Oh là là« hatte Alix endlich Geld für die gestohlenen Entwürfe bekommen. Nachdem Mabel und Una ihren jeweiligen Anteil abgezogen hatten, erhielt sie dreißigtausend Francs, die sie mit Paul teilen musste. Das war lange nicht so viel, wie sie sich damals im Jardin du Luxembourg erträumt hatten. Alix' Anteil ging komplett für Rechnungen drauf. Pauls Boot leckte noch immer, und Suzy ging noch immer einmal im Monat zu einer Sprachtherapeutin, die aus Barmherzigkeit keine Bezahlung verlangte. Alix nahm ihr Glas und leerte es in einem Zug. In letzter Zeit hatte sie Unas Gin Alexander schätzen gelernt. Am Anfang hatte sie den Cocktail schrecklich gefunden, aber inzwischen sehnte sie sich manchmal schon geradezu nach dem bitteren Geschmack.

Heute skizzierte Alix die schottisch angehauchten Kostüme aus der Herbst-Winter-Kollektion. Sie bewegte den Bleistift so schnell über das Papier, dass man der Bewegung kaum mit Blicken folgen konnte. Seltsam, je mehr sie sich gegen die Sache sträubte, desto besser wurde sie darin. Nach einer Stunde rief sie: »Ich bin fertig für heute.«

Wie immer nahm Mabel die Skizzen an sich und schloss sie weg. Am nächsten Morgen würden sie per Kurier nach Cherbourg oder Le Havre geschickt werden und von dort mit dem schnellsten Ozeanriesen nach New York reisen. Javiers Herbst-Winter-Schau war für den 29. Juli angesetzt, bis dahin waren es noch ganze sieben Wochen. Mabel hatte Alix beim Leben ihrer Neffen und Nichten geschworen, dass bis mindestens Mitte August keine Raubkopien zum Verkauf in New York freigegeben würden.

Um Mabel daran zu erinnern, hatte Alix den 15. August 1937, einen Sonntag, auf dem Kalender eingekreist. »Vorher wird kein einziger Saum genäht, ist das klar?«

»Pfadfinderehrenwort.« Mabel hatte grinsend vor ihr salutiert.

Auf der Bühne des Rose Noire sang Lenice Leflore »Body and Soul«, und sämtliche Unterhaltungen erstarben. Zigarettenspitzen verharrten in der Luft, und Alix schloss die Augen. Heute Abend wollte Serge nicht tanzen. Er musste zuerst mit einigen Männern über ein Geschäft sprechen. »Geschäft« war das Codewort für schwarzgebrannten Absinth aus Spanien, das hatte Alix inzwischen gelernt.

Serge hatte sie abgeholt und in sein Lieblingsrestaurant im Pigalle zum Essen ausgeführt. Pâté d'Ardenne, danach geschmortes Hühnchen. Er hatte für sie bestellt, wie er es so gerne tat … wie Jean-Yves es so gerne getan hatte. *Jean-Yves*. An dem Tag, als das Familienfoto mit Christine im Hochzeitskleid zwischen ihren Eltern aufgenommen wurde, hatte Alix ihm einen vernichtenden Blick zugeworfen. Sie hatte ihm ihre neue Adresse nicht verraten, und jetzt, da seine Frau Hausverbot bei Javier hatte, gab es keine Gelegenheit mehr, sich zufällig zu treffen. Die Familie musste sich ohnehin gerade im Elsass aufhalten, denn Christines Hochzeit stand ja bevor.

Alix trank ihren Champagner aus und sah sich nach einem

Kellner um. Nach dem Essen hatte Serge sie in den Klub gefahren und ihr die ganze Zeit über die Hand auf das Knie gelegt. Er wollte mit ihr schlafen, sobald sie im Klub waren – er hätte sie auch auf dem Teppich im Foyer genommen, wären nicht andauernd Angestellte auf dem Weg zur Arbeit vorbeigelaufen. Sie war nach oben gerannt, hatte sich eingeschlossen und ein Abendkleid angezogen.

Heute hatte sie sich für ein gefälschtes schwarzes Chanel-Kleid mit einem runden Rückenausschnitt entschieden. Mabel hatte es ihr billig überlassen, da eine Kundin es getragen zurückgebracht hatte. Alix fühlte sich in dem Kleid, als wäre sie über Nacht erwachsen geworden. Sie saß allein an Serges Tisch in der Nähe der Tanzfläche. Dieser Tisch wurde nie vergeben, egal wie voll es im Klub wurde. Saß man dort, fühlte man sich wie eine Königin – wie eine ziemlich einsame Königin allerdings.

Ein Kellner kam und füllte ihr Glas wortlos auf. Keiner vom Personal ließ sich jemals auf eine nette Plauderei mit Serges Mädchen ein. Nun, sie hatte sich nicht bewusst dafür entschieden, Serges Mädchen zu werden. Er ging einfach davon aus, dass sie es war, und übernahm die Kontrolle über ihr Leben. So weit spielte sie mit, seinen sexuellen Avancen aber hatte sie noch nicht nachgegeben. Das sollte tatsächlich ihre Entscheidung sein und nicht seine. Aber eigentlich gab es keinen Grund, noch länger zu warten, oder? Sie beobachtete, wie Serge seine Besucher empfing. Sie gaben sich die Hand und klopften sich gegenseitig auf die Schultern. Die Leute mochten Serge. Und die Frauen waren verrückt nach ihm. Alix hatte erlebt, dass sie vor Leidenschaft buchstäblich zitterten, wenn er an ihnen vorbeiging. Manche behaupteten, es sei sein Ruf als gewalttätiger Kerl, der ihn so aufregend wirken ließ. Von irgendeiner Neigung zu Gewalttätigkeit hatte Alix allerdings noch nichts bemerkt. Zugegeben, er mochte keine betrunkenen Gäste. Er ließ sie von den Türstehern auf die Straße setzen, und einmal war es vorgekommen, dass ein Dieb mit dem Kopf gegen die Bar geschlagen worden war, bis seine Nase blutete. Aber Alix hatte noch nie gesehen, dass Serge selbst handgreiflich wurde.

Würde Verrian jemals wieder ins Rose Noire kommen? Himmel, wo kam dieser Gedanke jetzt her? Aber die Frage blieb: Würde er wieder herkommen? Mit diesem schiefen, rätselhaften Lächeln auf sie zugehen? Sie stellte sich vor, wie er sie auf die Tanzfläche führte und ihr erklärte, was ihn einen ganzen Monat lang beschäftigt hatte. Dann würde es einen kurzen Moment der Stille geben, bevor die Band »My Blue Heaven« spielte. Ihr Lied, ihr Universum. Die Tanzfläche wäre ein Meer aus Seide und Lamé, aus Pailletten und Satin, und sie würde verliebt dahinschmelzen.

Alix trank ihren Champagner aus. Sie verzog das Gesicht, weil ihr die Bläschen in die Nase gestiegen waren. Heute war ein besonderer Tag, nämlich der 11. Juni. Ihr einundzwanzigster Geburtstag.

Sie hatte mehrfach angedeutet, dass ihr Geburtstag bevorstand. Aber offensichtlich nicht klar genug. Serge saß noch immer mit seinen Schwarzmarktfreunden an der Bar und sah noch nicht einmal in ihre Richtung. Die Band spielte »C'est à Robinson«, ein lebhaftes Lied, das ihr ans Herz ging. Dann erloschen die Lichter, begleitet vom Lachen und Kreischen der Gäste. Obwohl dieser Gag regelmäßig zum Einsatz kam, schien er den Leuten noch immer Freude zu bereiten. Wenn die Lichter wieder angingen, fielen Ballons von der Decke … oder Blütenblätter, oder Federn. Alix rutschte unruhig auf ihrem Platz hin und her. Sie hörte das Quietschen eines Servierwagens. Ein Flüstern. Sie sah eine Kerzenflamme. Dann noch eine und noch eine. Männer in weißen Kellnerjacken kamen auf sie zu. Jeder einzelne trug eine Kerze …

Sie umringten sie. Es fühlte sich an wie ein heidnisches Ritual.

Dann begannen sie plötzlich, mehrstimmig zu singen: »Bon anniversaire, nos vœux les plus sincères …« Danach, in entsetzlich schlechtem Englisch: »Happy birthday to you …«

Applaus brandete auf, dann wurde es wieder hell, und sie sah, dass ein Servierwagen mitten auf die Tanzfläche gerollt worden war. Darauf thronte eine sechsstöckige Pyramide aus Champagnergläsern. Serge stand auf einer Leiter und goss Champagner in das oberste Glas, das bald überlief und die Etage darunter füllte. Nach und nach füllten sich auch die unteren Etagen, während Serge sich immer weitere Flaschen reichen ließ. Es war ihre Geburtstagsüberraschung. Die Leute verließen ihre Tische und betrachteten klatschend das Spektakel. Sie bildeten eine Gasse für Alix, doch die stand wie angewurzelt da, vollkommen überwältigt.

Schließlich nahm Serge das oberste Glas von der Pyramide und kletterte damit die Leiter wieder herunter. Er überreichte es Alix, aber bevor sie es an die Lippen führen konnte, zog er sie an sich und küsste sie leidenschaftlich. Mit dem randvollen Glas in der Hand konnte sie nichts tun, als alles über sich ergehen zu lassen. Die Band spielte »Rendez-vous sous la pluie«, und die Menschen johlten. Dann löste sich die Menge auf, um sich am Champagner zu bedienen, und Serge tanzte mit Alix. Die Musiker spielten schneller. Alix wusste, dass Serge sie gleich herumwirbeln würde, und trank ihr Glas in einem Zug aus. »Fang auf, Félix!«, rief sie dem Chefsommelier zu und warf das Glas über die Schulter nach hinten. Félix bekam es tatsächlich zu fassen, und die Menge applaudierte anerkennend.

Serge begann laut zu lachen und steckte Alix damit an. Sie wirbelten ausgelassen über die Tanzfläche, während die Band »Rendezvous« beendete und zu »St. Louis Blues« und »Sweet Georgia Brown« überging.

Als er sie später in sein Schlafzimmer führte, war sie sturzbetrunken. So betrunken, dass das edle Himmelbett keine geraden

Linien mehr hatte. Und was war das für ein Ding auf dem Nachttisch? Eine blaue Glasflasche mit Schläuchen daran …

Serge fluchte, als er hinter ihr über die Schwelle trat. Er schaltete das Deckenlicht aus und knipste eine Stehlampe mit Seidenschirm an, die das Zimmer in einen rosafarbenen Schimmer tauchte. Sie drückte den Rücken durch, als er sie von hinten umarmte, ihr über Bauch, Hüften und Brüste strich. Warum hatte sie sich vorher bloß so viele Gedanken über diesen Moment gemacht? Sie war bereit. Oder etwa doch nicht? Es wäre jedenfalls leichter, wenn sich das Zimmer nicht mehr so schnell drehen würde. Sie schmolz dahin, als Serge sie zärtlich berührte und überall dort küsste, wo er nackte Haut fand. Doch plötzlich schien der Boden unter ihr nachzugeben, und ihr wurde für einen kurzen Moment schwarz vor Augen.

Das Geräusch von zerreißendem Stoff ließ sie wieder zu sich kommen. Ihr Kleid war in höchster Gefahr. Sie schüttelte Serge ab, setzte sich auf das Bett, schleuderte die Schuhe von den Füßen und beugte sich vor, damit er den Verschluss ihres Kleides öffnen konnte. »Ganz, ganz vorsichtig«, bat sie. »Ich mag dieses Kleid nämlich sehr.«

Er zog ihr das Kleidungsstück über den Kopf, was ihr keine andere Wahl ließ, als die Arme nach oben zu strecken. Als es auf den Boden fiel, beschwerte sie sich leise, aber er bekam es gar nicht mit. Sein Atem ging stoßweise, und seine Hände griffen gierig nach ihr. Das war nicht der Serge, der sie lachend nach oben geführt hatte. Der neue Serge schubste sie in die Bettmitte, wo sie erneut für einen kurzen Moment ohnmächtig wurde. Als sie wieder zu sich kam, zog Serge ihr gerade den Schlüpfer aus. Jetzt hatte sie bloß noch den Unterrock, ihren Hüfthalter und die Strümpfe an – und fühlte sich schrecklich nackt. »Vorsichtig«, flüsterte sie und meinte damit: Sei vorsichtig mit mir. Sie erinnerte sich dunkel an die verstohlenen Unterhaltungen im Schulflur über das »erste Mal«. Bei Arding & Hobbs hatte sie dann mitbekommen, wie junge Verkäuferinnen darüber tuschelten, mit ihren Verehrern bereits »bis zum Letzten« gegangen zu sein – und dass man dabei sehr vorsichtig sein musste. Sie versuchte, ihre Bedenken zu formulieren, aber Serge lag schon auf ihr und bedeckte ihren Mund mit seinem. Er nestelte an der Knopfleiste seiner Hose herum und blies ihr seinen heißen Atem ins Gesicht. Sie hätte ihn gerne umarmt und dabei beruhigende Worte von ihm gehört, aber sie bekam ihre Arme nicht frei. Sie fühlte sich wie gefangen.

Panik stieg in ihr auf. Als sie dieses entsetzliche Gefühl zum letzten Mal verspürt hatte, lag sie mit einem dreckigen Lappen im Mund auf dem Boden der Wohnung in Saint-Sulpice. Sie strampelte, während Serge ihr die Beine auseinanderzwang. Abwechselnd küsste er sie und murmelte ihr unverständliche Worte ins Ohr. Sie spürte etwas Hartes zwischen den Schenkeln. Einen kurzen Augenblick war sie überrascht – dann folgte der heftigste Schmerz, den sie jemals empfunden hatte. Sie hätte aufgeschrien, wenn sie den Mund hätte öffnen können. Jeder Muskel in ihrem Körper spannte sich abwehrend an, aber er war schon in ihr und stieß kraftvoll immer wieder von Neuem zu. Der Schmerz wuchs ins Unerträgliche, und ihre Augen füllten sich mit Tränen. Sie ballte die Hände zu Fäusten. Sie würde sterben.

Schließlich fuhr ein wildes Zucken durch seinen Körper, und er brüllte irgendwas Unverständliches in ihren Haarschopf. Eine Sekunde später sackte er völlig erschöpft auf ihr zusammen.

Alix lag da wie gelähmt. Zwischen ihren Beinen pochte heftiger Schmerz, ihre Brüste fühlten sich an wie gequetscht, und die zarte Haut am Hals, wo sein stoppeliges Kinn gelegen hatte, brannte wie Feuer. Schlimmer als all das aber war das Gefühl des Verlustes. Etwas war ihr genommen worden. Das sollte die Liebe sein? War es am Ende doch nicht so, dass man in einen Rausch der Glückseligkeit katapultiert wurde? Anscheinend nicht. Offensichtlich nur eine infame Lüge, um die armen Frauen herumzukriegen.

Vielleicht hatte Serge gemerkt, wie brutal er sie behandelt hatte, denn er rollte von ihr herunter und griff nach ihrer Hand. »Das erste Mal ist immer schlimm, man bringt es am besten so schnell wie möglich hinter sich. Du lernst schon noch, was du tun musst, mach dir also keine Gedanken. Ach so, es ist natürlich deine Schuld.«

»Meine Schuld?«

Er beugte sich zu ihr hin und knabberte an ihrer Nasenspitze. »Dein Körper ist so sexy, dass ich mich einfach nicht beherrschen konnte. Das war das erste Mal, dass Serge Martel der Erste war, du bist jetzt also was Besonderes.«

Die Matratze quietschte, als er aufstand, und sie hörte, wie er seine restlichen Kleider ablegte. Zwei dumpfe Schläge – er hatte die Schuhe auf den Boden fallen lassen.

Während ihr die Tränen über die Wangen liefen, sagte sie sich, dass er wohl nur deswegen so wild gewesen war, weil sie ihn zu lange abgewiesen hatte. Dann kam er zurück ins Bett und hob das Laken, damit sie zu ihm hinüberschlüpfen konnte. Aber sie wollte erst ins Badezimmer und sich das Klebrige zwischen ihren Beinen abwaschen. Und den abgestandenen Geschmack des Champagners aus dem Mund bekommen.

26

Jetzt war alles vorbei: die standesamtliche Trauung, die kirchliche Zeremonie und auch das Fest, das zwei Tage gedauert hatte. Christine war nun die Herzogin von Brioude und befand sich mit ihrem Ehemann auf Hochzeitsreise am Genfer See. Das war sein Geschenk. Rhona hatte sich gewünscht, dass die Frischvermählten nach London fahren sollten. Und die Mutter des Herzogs wollte das Paar auf ihr Schloss im Haute-Loire einladen. Dass Jean-Yves das junge Paar in seinen Plänen unterstützte, hatte beide Frauen verärgert, aber Christines Dankbarkeit war es ihm wert.

Und sie war in Sicherheit. Wer auch immer ihm schaden wollte, konnte wenigstens ihr nichts antun.

»Papa, warte. Ich komme mit dir.«

Ninette beeilte sich, um ihn noch auf dem Fußweg zum Fluss einzuholen, einem steilen Pfad, der aus jahrhundertealten Resten von Mauerwerk gebaut war. Jean-Yves wollte am Fluss entlang nach Kirchwiller laufen und hatte nicht damit gerechnet, dass jemand ihn begleiten wollte. Die Damen der Familie pflegten nämlich eher auf Boulevards zu flanieren und besaßen kein festes Schuhwerk.

»Meine Liebe, du wirst dir den Knöchel verstauchen. Wenn du ein bisschen Luft schnappen möchtest, kannst du Pépin bitten, dich in den öffentlichen Park zu fahren. Dort würde es deiner Mutter auch gefallen. Ferryman soll dich begleiten.«

Ninette trat von einem Fuß auf den anderen, wie ein Kind. »Papa, was ist eigentlich mit Großmutters Perlenkette? Warum hat Christine sie bei ihrer Hochzeit nicht getragen?«

Diese Frage hatte sie schon beim Frühstück gestellt, und er war ihr ausgewichen. Nun, jetzt würde er ihr antworten müssen. »Ich habe sie verkauft.«

Ninette sah so schockiert aus, dass er seine Antwort kurz bereute. Er betrachtete den Fluss, der sich durch die eisenroten Felsen schlängelte, und sagte dann: »Das waren schöne Perlen, und jetzt haben sie Christines Hochzeit finanziert. Hätte ich sie nicht verkauft, hätte sie ein gebrauchtes Kleid tragen und auf dem Fahrrad in ihre Hochzeitsreise aufbrechen müssen. Ich hoffe, wir können einen anderen Wertgegenstand auftreiben, wenn du an der Reihe bist.«

»Aber die Perlen waren doch ein Erbstück!«, rief Ninette entsetzt. *Sie ist Rhona so ähnlich geworden,* dachte er. *Wo ist meine Lieblingstochter Ninette geblieben, die noch vor Kurzem gelacht und vorgeschlagen hätte: Dann lass uns doch das Schloss verkaufen, Papa!* Aber er hatte ihr nicht die Wahrheit gesagt. Um die Hochzeit bezahlen zu können, hatte er den Großteil der verbliebenen Aktien der Banque d'Alsace verkauft. Die Perlen hatte er benutzt, um den Kredit bedienen zu können, den er hatte aufnehmen müssen, um die jüngste Forderung des Erpressers zu bezahlen. Wenn das Schwein noch mehr haben wollte … tja, es war nichts mehr da. Er konnte vielleicht noch ein Stück Land in Kirchwiller verkaufen, aber sein Verwalter hatte ihm schon zu verstehen gegeben, dass er keine Reichtümer dafür erwarten konnte. Die Preise in der Region waren gefallen, denn die Menschen hatten Angst vor dem, was hinter der Grenze in Deutschland passierte. Die heimischen Landbesitzer verkauften ihre Grundstücke und legten den Erlös in Gold an.

Jean-Yves ermahnte Ninette, beim Rückweg in den Garten

vorsichtig zu sein – das war seine Art, ihr höflich mitzuteilen, dass er sie nicht dabeihaben wollte. Dann machte er sich auf den Weg und folgte dem Fluss bis zu der Stelle, an der er unter einer mittelalterlichen Brücke hindurchfloss. Dort stieg er den steilen Weg hinauf zur Rue du Pont, der Hauptstraße von Kirchwiller.

Vor dreißig Jahren hatte sie Brückenstraße geheißen. Immerhin war das Kopfsteinpflaster noch dasselbe wie früher, und die Läden und Fachwerkhäuschen hatten sich auch nicht verändert, abgesehen davon, dass sie mittlerweile recht verwittert aussahen. Auf so gut wie jedem Dach befand sich ein Storchennest mit frisch geschlüpften Küken. Störche brachten Glück, hieß es, aber die Störche von Kirchwiller schienen ihrer Aufgabe nicht besonders gut nachzukommen. Eine Veränderung fiel Jean-Yves allerdings auf: Zu Jahrhundertbeginn hatten seine Eltern das einzige Kraftfahrzeug im Ort besessen. Heute gab es anscheinend mindestens ein Dutzend.

Jean-Yves nahm die Rue des Avocats und bog dann in die schattige Rue des Ecrivains ein. Am Eingang einer Sackgasse blieb er stehen.

Als er die ersten Schritte in die enge Gasse machte, spürte er Schmerzen im Bein. Das war der alte Granatsplitter im Oberschenkelknochen, der sich immer bemerkbar machte, wenn Jean-Yves längere Zeit stehen musste, und das war in den letzten Tagen mehrmals der Fall gewesen. Er zählte die Türen an der rechten Seite der Gasse und blieb vor einer stehen, die mit einem rostigen Guckloch versehen war. Dann steckte er einen Schlüssel ins Schlüsselloch und öffnete die Tür.

In dem leeren Dachzimmer, das Alfred Lutzman als Atelier gedient hatte, lehnte er sich gegen den Ofen, um wieder zu Atem zu kommen. Plötzlich fuhr er zusammen. Genau hier war Lutzman zu Boden gestürzt.

An seinem Todestag, dem 21. Dezember 1903, war Jean-Yves hergekommen, um ein Porträt abzuholen, das er in Auftrag gegeben hatte. Er verspätete sich, weil so viel Schnee gefallen war und er den Chauffeur erst hatte überzeugen müssen, ihm den Mercedes zu überlassen. Es war so kalt, dass das Auto erst nach unzähligen Umdrehungen der Kurbel ansprang. Schlotternd war Jean-Yves im Atelier angekommen, voller Mitgefühl für Lutzman. Wie konnte ein Künstler bei solchen Temperaturen bloß arbeiten? Ihm fror sicher die Farbe ein, und an Modellsitzen war bei solchen Zuständen gar nicht zu denken. Die Sitzungen für Jean-Yves' Porträt waren am Kamin im Schloss erfolgt, und danach hatte Lutzman das Bild in sein Atelier mitgenommen, um es fertigzustellen.

Die Menschen im Dorf glaubten, Lutzman sei verrückt, weil er in wilden, durcheinanderwirbelnden Farben malte. Menschliche Haut stellte er nicht mit einer einzigen Farbe dar, sondern mit winzigen Flecken in Scharlachrot, Grün und Blau. Manche Leute bezeichneten das sogar als Sünde, aber was verstanden die satten Spießer von Kirchwiller schon von Kunst? Wenn ein Bild nicht so aussah wie die in der Kirche oder jene auf den Schokoladentafeln, dann musste es direkt vom Teufel kommen.

Jean-Yves hatte sein Porträt bei Lutzman in Auftrag gegeben, eben weil er so radikal war. Das Bild wollte er seiner Mutter als Überraschung zu Weihnachten schenken – seine erste wirklich unabhängige Tat, seit er im Jahr zuvor den Titel des Comte geerbt hatte. Célie Haupmann hatte natürlich alles darangesetzt, ihm die Überraschung zu verderben. Sie hatte sich schon immer in das Verhältnis zwischen Jean-Yves und seiner Mutter eingemischt, ihre ruhigen Momente gestört und Unwahrheiten verbreitet. An jenem Nachmittag war es nicht anders gewesen. Als er im großen Saal darauf wartete, dass der Chauffeur den Kampf mit der Kurbel gewann, hatte sie grinsend bemerkt: »Na, holen

Sie das geheime Bild ab? Ich glaube, Ihre Mutter weiß schon, was sie zu Weihnachten von Ihnen bekommt.«

»Weil Sie es ihr verraten haben.«

»Wir könnten ja ein Spiel veranstalten, in dem jeder raten muss, was auf dem Bild dargestellt ist. Dieses Porträt, das Ihr Freund Lutzman vom Bürgermeister gemalt hat, sieht eher nach einem zerknautschten Affen aus.«

»Das liegt daran, dass der Bürgermeister aussieht wie ein zerknautschter Affe.«

Sie folgte ihm hinaus in den Schnee, wütend, weil er sich nicht von ihr aus der Reserve locken ließ. »Sie wird es schrecklich finden. Madame la Comtesse hasst moderne Kunst.«

Er erklärte ihr, dass sie in diesem Fall unrecht hatte. Wenn sie sich die Mühe machen würde, sich im Arbeitszimmer ihrer Herrin umzusehen, so würde sie dort mehrere Landschaftsbilder von Lutzman an den Wänden entdecken. Dann ließ er sie stehen und ging in die Garage, wo der Chauffeur den Mercedes endlich zum Laufen gebracht hatte.

Haupmann rief ihm hinterher: »Hat Ihr feiner Maler denn keinen Jungen, der dieses Machwerk überbringen kann? Seit wann sind Sie ein Laufbursche, der einem Juden den Weg durch den Schnee erspart?«

Lutzman hatte in der Tat einen Assistenten, einen gedrungenen, fröhlichen jungen Mann, der ihm dabei half, seine Staffeleien und die Utensilien zum Schloss zu schleppen. Raphael Bonnet sah dem Meister bei der Arbeit zu, mischte ihm die Farben, wusch ihm die Pinsel aus und durfte manchmal sogar ein kleines Detail ausmalen. Bonnet hätte das fertige Bild tatsächlich überbringen sollen, war aber nie erschienen. In drei Tagen allerdings war Heiligabend, und Jean-Yves verlor langsam die Geduld.

Célie Haupmanns Worte klangen noch in ihm nach, als er

das Atelier betrat. Der Künstler arbeitete gerade an einem Landschaftsbild. Das Porträt stand auf einer anderen Staffelei, ungerahmt – und noch längst nicht zur Abholung bereit. Die Farbe war noch nass. Auf keinen Fall würde sie rechtzeitig trocknen. Vor Wut und Enttäuschung brüllte Jean-Yves den Maler an: »Sind Sie nicht mal in der Lage, einen einfachen Auftrag pünktlich auszuführen, Mann?«

Lutzman hatte bloß verwirrt gezwinkert und ganz ruhig erwidert: »Mein Herr, dies ist ein Porträt und kein Kuchen. Es ist fertig, wenn es fertig ist.« War das etwa Triumph, der da in seinen Augen aufblitzte? Sie schienen zu sagen: *Ich habe das, was Sie brauchen, darum habe ich jetzt ein einziges Mal Macht über Sie.*

Da war Jean-Yves endgültig der Geduldsfaden gerissen. »Haben Sie noch nie von Weihnachten gehört, Sie verdammter Jude?«

Schlimme Worte. Verbitterte Worte, denn er wusste, dass Hauptmann ihn auslachte, wenn er mit leeren Händen nach Hause kam. Was dann passierte, veränderte sein ganzes Leben.

Fünfunddreißig Jahre später wollte er endlich ein Geständnis ablegen. Er kniete sich unter dem Oberlicht auf den Boden. Die Sonne strahlte ihn unbarmherzig an. »Ich habe einen Mann getötet und versucht, es wiedergutzumachen. Ich habe mein ganzes Leben lang versucht, Sühne zu leisten. Bitte vergib mir.« Er hielt die Augen geschlossen und tastete in der Stille nach einer Antwort. Nach Absolution. »Bitte beende meine Strafe.«

Unten schlug eine Tür zu. Fußstapfen, dann eine hohe Stimme: »Papa, ich bin's! Bist du da drin?«

Sein Herz schlug schneller. Mit zitternden Beinen sprang er auf und lehnte sich gegen die Wand, um nicht hinzufallen.

»Papa?«

Ein Mädchen, das auf der Suche nach dem Vater nach oben rannte. Sie würde eine Leiche vorfinden. Er musste sie zurückhalten … Sein Traumbild löste sich auf. Jeder Muskel in seiner Brust zuckte, und er sank wieder auf die Knie.

»Papa? O Gott …« Ninette kauerte neben ihm.

Er hörte eine männliche Stimme und begriff, dass Ferryman nach ihr die Treppe hinaufkam. Mit krächzender Stimme wies er seinen Sekretär an, ihm ein Glas Wasser zu holen. Nachdem Ferryman mit einem alten Blechbecher zurückgekommen war, löste sich der Krampf in seiner Brust allmählich. Das Wasser schmeckte faulig.

»Was für ein Glück, dass wir Sie gefunden haben, Monsieur«, bemerkte Ferryman, als er Jean-Yves die Treppe hinunterhalf. »Ein Nachbar hat beobachtet, wie Sie das Haus betreten haben. Wir sind gekommen, um Ihnen von einem Notfall auf dem Schloss zu berichten.«

Jetzt redete Ninette. »Madame Haupmann hat versucht, aus dem Bett aufzustehen, und ist dabei gestürzt. Die Schwester konnte sie nicht heben und rief nach dem Arzt. Die Haupmann murmelte irgendetwas davon, du seist ein …« Sie lachte auf. »Du seist ein Mörder.« Sie verschluckte sich beinahe an ihrem Lachen. »Tut mir leid, aber du hättest ihre Gesichter sehen sollen.«

Der Arzt bezweifelte, dass Célie Haupmann die Nacht überleben würde, und schlug vor, sie ins Krankenhaus zu bringen. »Es wäre das Einfachste. Und Madame de Charembourg wünscht es so.«

»Sie haben mit meiner Frau gesprochen?« Rhona war Célie Haupmann nicht begegnet, seit sie zum Anlass der Hochzeitsfeierlichkeiten eingetroffen war.

Der Arzt wirkte peinlich berührt. »Das habe ich, Monsieur. Madame hat nach mir rufen lassen, während man Sie geholt hat. Sie wünscht nicht, dass ein Mensch hier stirbt, so kurz nach der Hochzeit. Das fände sie …«

»Unpassend? Ich fände es grausam, Madame Haupmann jetzt

von zu Hause wegzubringen. Im Krankenhaus ist sie von Fremden umgeben. Lassen Sie sie hier sterben, begleitet von der Schwester.« Jean-Yves brachte den Arzt hinaus. Dann forderte er die Schwester dazu auf, sich ein wenig auszuruhen. Er versicherte ihr, er würde die nächste Stunde lang auf die alte Dame aufpassen.

Jean-Yves hielt der Sterbenden ein Glas Wasser an die Lippen und sagte: »Madame Haupmann, heute bin ich in Lutzmans Atelier gegangen und habe Gott um Vergebung gebeten.«

Die Schwester hatte Haupmann einen Rosenkranz in die Hand gelegt. Seine Perlen klickerten unablässig, während die alte Haushälterin seine Worte in sich aufnahm. »Sie waren mit der Miete im Rückstand. Seine Frau hatte gehofft, Sie würden ein Auge zudrücken, wenn Ihnen das Bild gefiele. Aber so denken die Juden – nur ans Geld und an ihren eigenen Vorteil.«

Er erhob sich und ging auf die andere Seite des Zimmers. Ihre hasserfüllten Worte stellten die Grenzen seiner Nächstenliebe auf den Prüfstein. Er betrachtete einen gerahmten Druck der Jungfrau mit Kind, der seine Laune weiter verschlechterte. Maria sah eher aus wie eine Schweizer Melkerin denn wie ein Mädchen aus Nazareth. Er rückte den Rahmen gerade und sagte: »Drei Jahrzehnte habe ich von Gott getrennt gelebt, weil ich ein Verbrechen begangen habe. Bevor ich damals zu Lutzman gefahren bin, haben Ihre giftigen Worte meinen Stolz verletzt. Sie müssen zugeben, dass Sie einen Anteil an der Geschichte haben.«

Die Stille, die nur vom Klicken der Perlen unterbrochen wurde, löste etwas aus in Jean-Yves. Er stürzte auf das Bett zu und riss Haupmann den Rosenkranz aus der Hand. Er riss ihn auseinander, und die Perlen ergossen sich auf den Boden. »Sie haben niemals einen Menschen getötet, nicht wahr, Madame? Aber Ihr Hass und Ihre Vorurteile haben andere angestachelt. Ihr ganzes Leben lang haben Sie Ihre Mitmenschen manipuliert, um dann mit Befriedigung die Konsequenzen zu beobachten. Geben Sie das endlich zu.«

»Ich wüsste nicht, warum ich irgendetwas zugeben sollte.«

»Meine Mutter hat Ihnen Geld gegeben, um damit den Polizeiinspektor zu bestechen – einen Mann namens Kern. Sie haben ihn aufgefordert, alle Spuren meines Besuchs bei Lutzman zu beseitigen. Er ist sehr sorgfältig vorgegangen und ließ Danielle Lutzman sogar verhaften und in eine Einzelzelle stecken, damit sie mich nicht beschuldigen konnte. Sie ist fast verrückt geworden, weil man sie von ihrem Kind getrennt hat. Und später schrieb Kern in einem Bericht, durchreisende Einbrecher hätten die Tat begangen. Die Sache war hieb- und stichfest, aber für alles im Leben ist ein Preis zu bezahlen. Kern bekam Hunderttausende Francs von uns, er kaufte sich dafür ein schnelles Auto und krachte damit gegen einen Baum neben dem Fluss.«

»Ich kannte Kern nicht.«

»Er und seine Frau kamen einmal im Monat zum Abendessen hierher, bis der Krieg ausbrach. Spielen Sie mir doch nichts vor, geben Sie es endlich zu.«

Haupmann war so schwach, dass sie kaum noch sprechen konnte. »Ihre Mutter hat Sie so geliebt.«

»Ich weiß. Sie hat mir geholfen, das Verbrechen von mir abzuwaschen, aber ich wünschte, ich hätte den Mut gehabt, mich der Sache zu stellen.« Eine Bewegung im Raum ließ ihn herumschnellen. »Rhona? Wie lange stehst du schon dort?«

»Lange genug. Ist es vorbei?«

»Wir sollten nach dem Pfarrer schicken.«

Rhona hob eine Braue. »Damit sie dem Abbé alles noch einmal erzählt? Das halte ich für keine gute Idee.« Sie stellte sich neben ihn. »Was du gerade gesagt hast …«

»Nicht hier«, unterbrach er.

»Das hier ist vermutlich der sicherste Ort für ein solches Thema.

Habe ich das richtig verstanden, du hast eine Todsünde begangen?« Sie stellte die Frage in einem Ton, der auch für ein Gespräch über das Wetter oder das Frühstück angemessen gewesen wäre.

Er bückte sich nach den verstreuten Perlen des Rosenkranzes, um nicht antworten zu müssen. Dann hörte er ein leises Knarren – Rhona hatte sich in den Schaukelstuhl neben dem Kamin gesetzt. Sie schaukelte mit halb geschlossenen Augen, und er betrachtete sie. Auf dem Land legte sie keinen Wert auf den Pariser Schick und bevorzugte Tweed und Pullover mit Zopfmuster. Sie wirkte weniger zerbrechlich als in der Stadt.

Sie gähnte. »Sind deine Schuldgefühle der Grund dafür, dass du so ein Theater um das kleine Flittchen machst, das für Javier arbeitet? Ich weiß, dass sie etwas mit diesem Ort und den Geschehnissen hier zu tun hat.«

»Ich will nicht darüber reden, und ich will auch keinen Streit. Die arme Madame Haupmann ist gezwungen, uns zuzuhören.«

»Ich glaube kaum, dass sie es weitertragen wird, Jean-Yves.« Der Stuhl knarrte, als sie vor und zurück schaukelte. »Na schön.« Rhona seufzte. »Da du ja nicht mit mir reden willst, werde ich dir jetzt sagen, was ich weiß. Ungefähr ein Jahr nach Kriegsende habe ich unseren Londoner Chauffeur angewiesen, dir auf einem deiner Ausflüge zu folgen. Du hast immer so getan, als würdest du zu deinem Klub in die Stadt fahren, bist dann aber jedes Mal in die falsche Richtung aufgebrochen. Darum habe ich dich verfolgen lassen. Ich dachte nämlich, du hättest eine Geliebte. Wir waren ja schon zehn Jahre verheiratet, da wäre das durchaus möglich gewesen.

Der Chauffeur folgte dir in eine armselige kleine Straße nach Wandsworth. Dorthin fuhr ich ein paar Tage später und klopfte an die Tür eines kleinen Hauses. Ich behauptete, ich sei von der Gesundheitsfürsorge, und die dumme Frau, die dort wohnte, ließ mich tatsächlich herein, obwohl ich weder Ausweis noch Tasche dabeihatte. Sie stellte sich als Madame Lutzman vor. Ich fragte, ob sie mit dem Künstler gleichen Namens verwandt sei, und sagte, wir hätten ein paar Bilder von ihm zu Hause. Sie fand mich anscheinend vertrauenswürdig, und so erzählte sie mir ihre ganze Lebensgeschichte. Auch dein Name ist gefallen. Sie gab zu, dass sie hin und wieder Geld von dir bekam. Hinterher meinte sie, sie hätte noch nie so viel von sich preisgegeben.« Rhona imitierte eine hohe Stimme mit deutschem Akzent. *»Ich sage ihm immer, dass Mathilda und ich nichts brauchen, aber wenn er wieder gegangen ist, finde ich Geld in einer Schublade oder auf dem Tisch. Er ist das Gegenteil eines Diebs.«* Diese Formulierung habe ich mir gemerkt – *das Gegenteil eines Diebs*. Du bist ein geheimer Wohltäter, mein edler Mann.«

Rhona verstummte, und Jean-Yves vermutete, sie sah im Geiste Danielles enge Wohnstube in London vor sich. Tatsächlich – sie fuhr fort: »Da war eine kleine Göre im Zimmer. Sie hat am Daumen genuckelt und mich angestarrt. Ich habe mich die ganze Zeit über gefragt, ob es dein Kind war. Ich fragte die Frau nach Mathilda, und sie begann zu weinen. Daraus schloss ich, dass Mathilda wohl bei der Geburt gestorben war. Dieses Gör ist von dir, nicht? Du hast ihm den Schulbesuch bezahlt.«

»Ja, ich habe Alix' Schulausbildung finanziert. Wer hat dir das gesagt?«

»Nun …« Rhona schloss die Augen und tat, als dachte sie nach. »Da waren die Quittungen in deiner Schreibtischschublade. Dreißig Pfund pro Halbjahr für Kingswood Place, Hampshire. Stell dir mal vor, wie ich mich gefühlt habe. Mein Ehemann hat einer Bettlerin den Schulbesuch bezahlt, während seinen eigenen Töchtern so vieles versagt bleiben musste.«

Er starrte sie an. Ihre letzte Bemerkung konnte nur als Scherz gemeint sein. Aber nein, sie schien es tatsächlich ernst gemeint zu haben. »Ich habe Christine und Ninette nie etwas versagt. Sie waren auf den besten Schulen, bekamen Unterricht im Reiten, in

Musik, Italienisch und Benehmen, und jetzt nehmen sie auch noch Fahrstunden. Was soll ich ihnen verweigert haben?«

Aber Rhona hörte gar nicht zu. »Also, ist Alix deine Tochter?«

Er überlegte einen Moment, bevor er antwortete. »Sie braucht dich nicht zu kümmern.«

»Ist das die vornehme Art zu sagen, dass sie dein Bastard ist? Ich will es wissen, Jean-Yves.«

»Nur ein einziger Mensch hat das Recht, diese Frage zu stellen, und das ist Alix. Bis es so weit ist, werde ich nichts dazu sagen.«

Rhona hatte aufgehört zu schaukeln und zuckte trotzig mit den Schultern. »Du und die Mutter dieses Mädchens, ihr wart also ein Liebespaar? Wie lange ist das so gegangen? Wo habt ihr euch kennengelernt?«

Er seufzte. Normalerweise versuchte er solche Unterhaltungen zu vermeiden, aber warum sollte er es abstreiten? »Ich kannte Mathilda, seit sie klein war. Ich habe sie zum ersten Mal im Atelier ihres Vaters in Kirchwiller gesehen.« *Über die Leiche ihres Vaters gebeugt,* aber das sprach er nicht aus. »Ich habe ihr und ihrer Mutter geholfen, nach London umzusiedeln, und der Kontakt blieb erhalten. Ja, ich habe ihnen auch finanziell unter die Arme gegriffen. Mathilda hat mich bezaubert, aber ich versichere dir, meine Gefühle für sie waren rein brüderlich, und während ihrer Kindheit habe ich sie ohnehin nicht oft zu Gesicht bekommen. Dann brach der Krieg aus. Ich ahnte nicht, dass sie sich als Krankenschwester gemeldet hatte, und so trafen wir uns an der Front in Frankreich wieder, wo sie im Lazarett bei Arras arbeitete, genau dort, wo ich mich von meinen Verletzungen erholte. Sie war zweiundzwanzig.«

»Und das geschah alles ganz zufällig, vermute ich?«

»Du glaubst doch wohl nicht, dass in diesem Chaos jemand Einfluss auf Stationierungen nehmen konnte? Eines Tages wachte ich aus meinem Morphinschlaf auf, und sie beugte sich lächelnd über mich.«

»Und du hast ihr Lächeln erwidert, obwohl du schon mit mir verheiratet warst? Obwohl ich zu Hause auf dich wartete und vor Sorge um dich beinahe verging?«

Jean-Yves spürte plötzlich Mitgefühl für seine Frau. Rhona, die jetzt wieder angefangen hatte zu schaukeln, war einmal sein Ein und Alles gewesen. »Ja, ich habe ihr Lächeln erwidert, und wir haben uns noch einmal getroffen, nachdem man mich nach London ins Sanatorium verlegt hatte. Sie war versetzt worden und arbeitete inzwischen dort.«

»Was für ein glücklicher Zufall. Und ihr hattet dann eine Affäre?«

»Eine sehr kurze. Noch im selben Jahr heiratete sie einen anderen, und schon bald danach starb sie. Das ist alles.«

»Das soll alles sein?« Rhona erhob sich so schnell, dass der Schaukelstuhl nach hinten wegrutschte. »Du hast mich betrogen und weißt nicht mehr zu sagen als: Das ist alles?« Sie schlug ihm mit beiden Händen gegen die Brust, und er ließ die aufgesammelten Perlen wieder fallen.

Rhonas Stimme wurde schrill. »Wie konnte eine solche Frau mich ausstechen? Eine Bettlerin! Ausländerin noch dazu! War sie so schön oder bloß eine clevere Schlampe?«

»Sie war schön, und sie war keine Schlampe.«

»Ach nein? Obwohl sie mit dir, einem verheirateten Mann, ins Bett gegangen ist?«

»Das verstehst du nicht, aber ich habe Mathilda vom ersten Moment an geliebt. Sie war sehr bedürftig, und ich war der einzige Mensch, der ihr helfen konnte. Ich hatte keine Vorstellung, wie tief meine Gefühle für sie waren – bis zu jenem Moment im Lazarett von Arras, als ich meine Augen öffnete. Da wurde mir klar, dass …«

»Was?«

Da wurde mir klar, dass ich mit dem Heiraten noch warten und sie zur Frau hätten nehmen sollen. Er schob Rhona von sich und trat einen Schritt zurück, dabei stieß er an Célie Haupmanns Bett. »Wir sollten daran denken, wo wir uns befinden«, mahnte er.

Aber Rhona hörte nicht auf ihn. Sie drängte sich an ihm vorbei und beugte sich über Célie Haupmann, die nervös mit den Lidern zuckte. »Hier hat alles angefangen, nicht wahr? Ich habe genau gehört, was du zu dieser alten Hexe gesagt hast. Du hast Lutzman umgebracht, und sie wusste davon. Darum hast du sie auch all die Jahre hierbehalten und voll bezahlt. Du wolltest sie bei Laune halten. Sie ruhigstellen. Habe ich nicht recht, Haupmann?«

Einen kurzen Moment lang glaubte Jean-Yves, Rhona wolle der alten Frau die Bettdecke wegreißen. Er packte sie am Ellenbogen. »Nimm dich zusammen!«

»Sie wusste, dass du ein Mörder bist. Darum hast du dich die meiste Zeit über von ihr ferngehalten. Tja, ich könnte zur Polizei gehen. Ich weiß genug, um dich verhaften zu lassen.«

»Das wagst du nicht.« Er zog sie vom Bett weg und führte sie zur Tür. »Du hast mehr zu verlieren als ich. Jetzt geh endlich. Schick die Schwester her und lass den Pfarrer holen.«

Ihre Stimme klang trotzig. »Unsere Ehe ist vorbei, Jean-Yves. Keine Sorge, wir werden zusammenbleiben. Glaub bloß nicht, dass ich dich freigebe. Aber von jetzt an werde ich mir auch meine Freiheiten nehmen. Und was dieses Mädchen angeht, Mathildas Gör …«

»Lass Alix aus dem Spiel. Sie kann nichts dafür.«

Rhona lachte auf. »Sie ist eine dreckige kleine Näherin, die schon gelernt hat, wie gefährlich es ist, sich mir in den Weg zu stellen und sich in meine Familienangelegenheiten einzumischen. Sie wird für das bezahlen, was du mir angetan hast.«

27

Paris, 3. Juli

Alix schlug die Augen auf und stellte fest, dass das Badewasser inzwischen kalt war. Es klopfte an der Tür.

»Alles klar, Schätzchen? Du hast dich nicht etwa durch den Abfluss verdrückt?«

Sie stieg aus der Wanne, griff nach einem Handtuch und schloss die Tür auf. »Ich bin eingeschlafen.« Sie grinste Rosa an.

»Das solltest du dir abgewöhnen. Meiner Ansicht nach ist man entweder eine Eule oder eine Lerche, aber nicht beides gleichzeitig. In fünf Minuten steht der Tee auf dem Tisch.«

Alix rubbelte sich trocken und massierte ihren Körper mit einer Mischung aus Kokos-, Jasmin- und Glycerinöl. Es war Samstag, und samstagabends war das Rose Noire Treffpunkt der Hautevolee. Alix fühlte sich besser an ihrem Einzeltisch, wenn sie tadellos gepflegt war. Rosa hatte trotzdem recht; sie betrieb Raubbau an ihrer Gesundheit. Schneidern, Kopieren, als Mannequin arbeiten, Serge bei Laune halten … jede einzelne dieser Aufgaben hätte einen normalen Menschen schon genug auf Trab gehalten. Als sie das Öl in ihre Beine einmassierte, spürte sie ein leichtes erotisches Kribbeln. Serge hatte recht gehabt – nach dem schrecklichen ersten Mal an ihrem Geburtstag hatte der Schmerz nachgelassen. Nach drei Wochen tat ihr nichts mehr weh, doch Vergnügen bereitete ihr das Ganze auch nicht. Offenbar lag es daran, dass sie sich nicht gehen lassen konnte. Sosehr sie sich auch bemühte, Teile ihres Körpers sperrten sich einfach dagegen.

Nach jener ersten Nacht hatte Serge ihr Rosen geschickt, einundzwanzig schwarzrote Rosen. Rosa, die den Strauß entgegengenommen hatte, überreichte ihn ihr mit einer hochgezogenen Augenbraue und dem Kommentar: »Ich stelle keine Fragen, aber ich hoffe, er passt auf dich auf.«

»Natürlich«, murmelte Alix.

Rosa wurde deutlicher. »Ich meine, was ich sage. Entweder ist er von der Sorte, die gleich heiraten will, oder er spielt den Gentleman. Er soll Pariser benutzen oder bei Fratton die Kurve kratzen.«

»Wo? Wie bitte?«

»Eine Haltestelle vor der Endstation aussteigen. Jetzt schau sich einer diese Unschuldsmiene an! Du bist eine erwachsene Frau und steuerst direkt auf Ehe und Mutterschaft zu – oder auf eine Abtreibung in einem Hinterhof. Besorg dir Gummis.«

Als Alix Serge stammelnd und mit rotem Kopf darauf ansprach, wurde der zum ersten Mal richtig wütend. »Ich ziehe diese Dinger nicht über, ich habe keine Syphilis, und ich bin keine Schwuchtel.«

»Serge, ich möchte nicht … ich will bloß nicht schwanger werden. Du musst … ich meine, *wir* … Wir müssen vorsichtig sein.«

Sie waren unterwegs zu Mémé. Alix musterte Serge von der Seite und dachte: *Gleich wird er mich daran erinnern, wie viel Benzin er für mich opfert. Oder er wird lächeln und mein Knie streicheln.* Serges Launen glichen einer Billardkugel, die mit einem verbogenen Queue angestoßen wurde. Ihre Laufrichtung ließ sich nicht voraussagen. Jetzt stieg er voll in die Bremsen. Alix wurde nach vorne katapultiert und stieß sich den Kopf am Armaturenbrett.

Serge sah zu, wie sie sich wieder aufrappelte, und sagte dann: »Du machst dir wegen allem und jedem Sorgen, das ist dein Problem. Deshalb bist du so verkrampft. Und ich bin es allmählich leid, immer wieder auf Granit zu beißen.«

Ein paar Kilometer weiter tätschelte er ihr das Knie. »Ich werde dir ein Medikament besorgen müssen. Tut mir leid wegen des Aufpralls vorhin. Direkt vor uns ist ein Reh auf die Straße gesprungen – hast du es denn nicht gesehen?«

Samstagabend ... Alix sah auf die Uhr. In sechs Stunden erwartete man sie im Rose Noire. Sie beschloss, sich die Haare einzudrehen und in einem alten Kleid herumzulümmeln, bis es Zeit war, sich umzuziehen. Serge war in den letzten Tagen nicht vorbeigekommen; er hatte sich mit Geschäftspartnern in Le Havre in der Normandie getroffen. Derweil war ihr Ärger über sein Benehmen verraucht. Er hatte ja recht: Sie machte sich zu viele Sorgen, denn die Hälfte der Zeit saß sie in Gedanken an Mémés Bett. Sie beschloss, bei seiner Rückkehr an diesem Abend lockerer zu sein. Sie würde lächeln und ihm zeigen, wie sehr sie es genoss, seine Tischdame zu sein, mit ihm zu tanzen – und Champagner zu trinken. Nach drei Tagen der Abstinenz war sie reizbar geworden.

Rosa, die im Salon den Tee servierte, betrachtete Alix' Löckchen, die mit Haarnadeln und einem verknoteten Schal fixiert waren. »Es gab eine Zeit, in der ich mich auch so ins Zeug gelegt habe. Tja, ich könnte dir sagen, an welchem Mann du hättest festhalten sollen.«

»Er hat mich verlassen, Rosa.«

»Mr. Haviland war ein Gentleman, kein Blender. Das hatte er gar nicht nötig – er hatte es im Blut. Was meinen Sie, Toinette?«

Rosas Hausmädchen, das aus dem Fenster schaute und die Flaneure beobachtete, die an diesem Sommerabend unterwegs waren, sagte: »Alix, ist das nicht Ihr netter Freund, der da gerade über den Platz kommt? Der junge Mann, der Ihnen geholfen hat, Ihre Sachen hierherzuschaffen? Der mit den kleinen Mädchen?«

»Paul ist hier?« Alix stellte sich neben Toinette ans Fenster und warf einen Blick hinaus. Das Herz wurde ihr schwer. Es war tatsächlich Paul, und Lala und Suzy hüpften neben ihm her. Sie hatte ihn seit Beginn ihrer Affäre mit Serge nur noch selten gesehen. Zunächst hatte Paul nichts davon gewusst, es dann aber irgendwie herausgefunden. Vielleicht über Bonnet, der Serge und ihr eines Nachts auf der Place Pigalle in die Arme gelaufen war. Es war nach Mitternacht gewesen, und sie wollten zu einem neuen Jazzklub. Alix war vorausgegangen, während Serge das Auto einparkte, und die Nachtluft strich sanft über ihre Schultern. Auf einmal sah sie eine Gestalt aus einem Kellervarieté kommen. Sie wusste, dass es ein Spielklub war, und erkannte Bonnet. Als er sie erspähte, kam er mit ausgestreckten Armen auf sie zugelaufen. Er sah aus, als hätte er sich schon ewig nicht mehr gewaschen. Da Alix wusste, dass Serge ihn für einen Landstreicher halten würde, lächelte sie ihm nur freundlich zu und ging weiter. Bonnet, schwer von Begriff, packte sie am Arm und brabbelte, er habe die Miete für den nächsten Monat verspielt, und wenn Alix eine wahre Freundin sei …

Serge hatte zu ihnen aufgeschlossen, Bonnet lauthals bedroht, und der war schließlich davongestolpert. Seither schien jeder zu wissen, dass sie Serges neueste Flamme war. Bei ihrem letzten Treffen war Paul distanziert gewesen, und als er Alix als Serges »Puppe« bezeichnet hatte, war es zum Streit gekommen …

Diesmal verhielt er sich korrekt. Um ihre Unsicherheit zu kaschieren, machte Alix viel Aufhebens um Lala und Suzy, doch als Toinette Kuchen und frischen Tee in den Salon brachte, entfernte sie sich mit der Entschuldigung, dass sie sich zu Ende frisieren müsse. Paul folgte ihr nach oben.

Im Türrahmen ihres Zimmers stehend sagte er: »Una sagt, dass du mit den Skizzen trödelst. Du hast zu viel um die Ohren. Du kannst nicht auf allen Hochzeiten gleichzeitig tanzen, sagt sie.«

Alix nahm den Schal von ihrem Lockenkopf. »Doch, das kann ich, wenn mir die Puste nicht ausgeht. Hör mal, ich liefere ihr eine Zeichnung nach der anderen, und mehr kann ich nicht tun. Mehr will ich nicht tun. Wie oft soll ich das noch sagen?«

»Wir bekommen erst wieder Geld, wenn die Herbst-Winter-Kollektion in Produktion gegangen ist, und ich sitze in der Klemme, Alix. Ich musste schon wieder eine Buße für illegales Ankern zahlen. Außerdem gibt meine Antriebswelle den Geist auf – das findest du komisch?«

Sie hatte nicht lachen wollen. Sie übernahm Serges schlechte Angewohnheiten. »Es ist nicht komisch, aber ich bin keine Maschine.« Sie zupfte an einem Löckchen, um zu sehen, ob es trocken war. »New York geht Mitte August in Produktion, und es ist erst Juli.«

Normalerweise ließ Paul sich von ihren Argumenten beruhigen, doch jetzt sah sie seinen starren Blick und blaffte: »Was hast du denn jetzt noch für ein Problem?«

»Du bist das Problem. Seitdem du Mannequin bist und mit diesem Gangster ausgehst, trägst du die Nase sehr hoch. Du hast gar keine Zeit mehr für deine Freunde.«

»Wie kannst du es wagen?«

»Stimmt doch. Erst hast du Bonnet abserviert, und jetzt bin ich an der Reihe.«

Sie fühlte sich ertappt. Von Bonnet hatte sie sich in jener Nacht abgestoßen gefühlt. Paul dagegen war ihr immer noch lieb, doch seine Affäre mit Una und der unablässige Druck, dem Alix ausgesetzt war, hatten ihrer Freundschaft alles Zwanglose und Unschuldige genommen. Was sie Javier antat, brach ihr das Herz, aber Paul schien das nicht zu verstehen. Das löste in ihr irgendwie den

Wunsch aus, grausam zu ihm zu sein. »Ja, du hast recht. Ich bin wählerischer geworden. Ich meine … Serge hinterlässt keine Kreidespuren auf dem Boden.« Sie warf einen vielsagenden Blick auf die Dielenbretter. »Ich werde mit dem Auto herumkutschiert, trinke Champagner und schlafe in seidener Bettwäsche …« Sie hielt inne, als sie Pauls veränderten Gesichtsausdruck sah.

»Ist es das, was du immer wolltest?«, fragte er ruhig. »Autos? Abende in halbseidenen Bars? Warum hast du das nicht früher gesagt? Dann hätte ich nicht die ganze Zeit gehofft und gewartet. Als ich erfahren habe, dass du mit Martel zusammen bist …« Er schluckte. »Da dachte ich: Warum er und nicht ich? Warum, wo ich Alix doch mit so viel Liebe begegnet bin, mich ihr nie aufgedrängt habe … Warum geht sie mit so einem Schwein wie Serge Martel?«

Sie griff nach ihrer Bürste und warf sie gezielt an ihm vorbei, denn trotz aller Wut wollte sie ihn nicht noch mehr verletzen. »Er ist kein Schwein!«

»Nein, Schweine sind intelligent und gutmütig.« Er ging auf sie zu und nahm ihre Hand, die im Begriff war, nach der Puderdose zu greifen. »Wieso nicht ich?«, murmelte er in ihr Haar. »Vielleicht, weil du an meinem selbst gebastelten Tisch nur billigen Wein bekommst? Weil ich dich auf der Fahrradstange mitnehme und nicht im Peugeot herumkutschiere? O Alix, ich hätte dich geliebt wie ein König. Im Bett hättest du dich niemals für mich schämen müssen.«

Ein trockenes Hüsteln ließ ihn innehalten. Von der obersten Treppenstufe aus sagte Rosa: »Kommt runter, wenn ihr noch was von dem Kuchen wollt. Und hört freundlicherweise auf damit, Sachen an meine Tapeten zu werfen.«

Im Hinausgehen sagte Paul zu Alix: »Es ist Gips, keine Kreide – das an meinen Stiefeln. Ich schiebe immer noch Schichten auf dem Ausstellungsgelände und rühre da den Gips an. Damit ist erst Schluss, wenn die Ausstellung schließt.«

»Was ist los?«, fragte Rosa, als sich die Tür hinter Paul und den Mädchen geschlossen hatte. Nach einigen gezielten Fragen war Alix so weit, dass sie in ihre Serviette schluchzte.

»Ich verstehe ihn nicht. Er hat doch Una, die bestimmt viel erfahrener ist als ich. Warum beschimpft er mich dann dafür, dass ich auch jemanden habe?«

»Weil er ein Mann ist und Männer nicht rational denken, sondern mit dem Unterleib. Wenn ein Mann eine Frau so sehr begehrt, dass es schmerzt, kann man sein Hirn gegen einen Kohlkopf eintauschen, und keiner merkt den Unterschied.«

»Ich war grausam.«

»Früher oder später musste es so kommen, Liebes.«

29. Juli 1937

In der Kabine der Mannequins herrschte brütende Hitze. Nicht nur, weil sich zwölf junge Frauen und ihre Ankleiderinnen darin drängelten, sondern auch wegen der Büglerinnen. In der Kabine waren keine Elektrokabel erlaubt. Die Frauen mussten ihre Bügeleisen also immer wieder auf einem speziellen Ofen aufheizen, um die richtige Temperatur zu halten. Ihre Gesichter glänzten vor Schweiß.

»Noch fünf Minuten, Mädchen«, schrie Madame Markova. Als Chef de Cabine bestimmte sie, wann welches Mädchen vor den Vorhang treten würde. »Aufstellen für *Waverley, Falcon, Lomond* und *Wild Heather.*«

Klingt wie die Stationen einer schottischen Bahnlinie, dachte Alix, die gerade Talkumpuder auf ihren Unterarmen verteilte. Weil sie schrecklich nervös war, landete etwas davon auf ihren Füßen, und der Gardenienduft mischte sich mit den Blumen-

und Moschusdüften. Ein Königreich für eine kühle Brise! Draußen schwitzten die Pariser Bürger, und in den Wolken brütete der Donner. Ihre Gedanken wanderten zum Seineufer, den Springbrunnen und Wäldern bei Versailles, wo sie mit Serge eines Abends herumspaziert war, nachdem sie ihre Großmutter besucht hatte.

Sie stieg in einen mit Seide gefütterten Tweedrock. Heute brachte Javier seine Herbst-Winter-Kollektion heraus, die erste, bei der sie als professionelles Mannequin auftrat. Alix, das Mädchen, das Javier im Nähzimmer aufgelesen hatte, hatte sich in »Aliki« verwandelt, denn sie wollte aller Welt zeigen, dass sie eine andere geworden war – eine stille, gertenschlanke junge Dame, deren rätselhafte Aura den Kleidern, die sie trug, etwas ganz Besonderes verlieh. Heute hatte sie die Ehre, Kleider zu zeigen, an deren Herstellung sie beteiligt gewesen war. Eines Tages, vielleicht in ein oder zwei Jahren, würde sie womöglich Kleider präsentieren, die sie mit entworfen hatte.

Sie trat an ihre Frisierkommode. *Klopf auf Holz!* Dann überprüfte sie ihre Accessoires und vergewisserte sich, dass ihr Auftrittsplan am Spiegelrahmen befestigt war. Auf der anderen Seite des Vorhangs stieg der Lärmpegel, als Einkäufer, Kundinnen und Journalisten ihre Plätze einnahmen.

Zwei wichtige Menschen fehlten allerdings – Serge und Mémé. Hätte sie einen von beiden da draußen den Hals recken sehen, hätte sie das beruhigt. Doch Serge war im Rose Noire, wo eine neue Jazzband vorspielte, und Mémé lag immer noch im Koma.

Alix knöpfte ihre Bluse zu und schlüpfte in eine aus speziellem Tartan gefertigte Jacke, die ihr ihre Ankleiderin hinhielt. Zum Schluss setzte sie eine Schottenmütze auf und steckte sie schief in ihrem Haar fest. Wildlederhandschuhe und ein Zweig weißes Heidekraut am Ärmelbündchen gaben *Lomond* den letzten Schliff. Ihr war schlecht, doch viel Zeit zu leiden blieb ihr nicht, denn schon nach wenigen Minuten legte Madame Markova ihr mütterlich die Hände auf die Schultern und sagte: »Genießen Sie es, und fallen Sie nicht hin.«

Alix folgte Zinaida, Nelly und Claudette in die Arena, die nur aus Gesichtern zu bestehen schien.

Sie sollte einen erhöhten Laufsteg entlanggehen, am Ende eine Pose einnehmen, sich umdrehen und entspannt zurückschlendern. Doch es ging alles viel zu schnell. Alles, was sie wahrnahm, war das Geraschel von Programmheften, ein vereinzeltes Hüsteln. Una Kilpins Zwinkern. Dann war es auch schon vorbei – sie wurde blitzschnell entkleidet und dachte: *Gott sei Dank bin ich nicht gestolpert.*

Marcy formte mit den Lippen die Worte »Gut gemacht«, und Alix stieg in ein Nachmittagskleid aus Javiers *Duenna*-Linie. Dieses Modell aus schimmerndem Samt griff das Flamencothema der Zwischensaison-Kollektion wieder auf, interpretierte es aber, der Jahreszeit angemessen, auf eine weniger lebhafte Weise. *Ich werde ersticken,* dachte Alix. Sie musste die Schuhe wechseln und in enge, bis zu den Ellenbogen reichende Handschuhe schlüpfen. Das Haar zum Knoten schlingen. Ohrringe anstecken, einen Kamm aus Markasit ins Haar, etwas Gesichtspuder.

Als sie schließlich ein seidenes Abendkleid namens *L'Arabie* vorführte, bekam sie langsam Spaß an der Sache. Die Leute schauten tatsächlich auf die Kleider, nicht auf sie. Solange sie ihre Schritte abzählte und nicht mit einem anderen Mädchen zusammenstieß, war alles ganz einfach. Sie war gerade dabei, am Ende des Laufstegs ihre Pose einzunehmen, als eine schrille Stimme das Flüstern und Rascheln durchbrach.

»Jetzt habe ich aber genug. Nicht eines der Modelle, die Sie heute gezeigt haben, Monsieur Javier, ist ein Original. Diese Kollektion ist gestohlen!«

Totenstille – und dann ein einziges hundertfaches Ausatmen.

Hektische Versuche, die Zwischenruferin zu identifizieren. Alix konnte sie von ihrem erhöhten Standpunkt aus sehen, doch sie kannte sie nicht. Mittleres Alter, schwarzer Hut, weißes Baumwollkostüm.

Mademoiselle Lilliane betrat den Laufsteg, und ihre angriffslustig hochgezogenen Augenbrauen verhießen nichts Gutes.

Die Zwischenruferin sah die Directrice ruhig an. »Wenn Sie möchten, wiederhole ich gerne, was ich soeben gesagt habe.« Der Akzent war nordamerikanisch.

Alix suchte Una Kilpins Blick, doch die flüsterte mit ihrer Nachbarin. Dann war Javier bei ihnen und wandte sich mit beherrschter Stimme an die Frau. »Madame? Würden Sie mir den Gefallen erweisen, mir zu erklären, was genau Sie meinen? Ich bin mir sicher, dass Sie Ihre Worte anschließend zurücknehmen werden. Ich bin in meinem Leben schon oft beleidigt worden, doch des Plagiats hat mich noch niemand beschuldigt.«

»Es tut mir aufrichtig leid, dass ich es als Erste tue. Ich bin Gladys Fisk-Castelman und arbeite als Modejournalistin.« Die Frau nannte ein führendes New Yorker Modemagazin. »Ich habe diese Kollektion am 16. Juli in New York gesehen, einen Tag bevor ich nach Europa aufgebrochen bin.«

Alix' und Unas beunruhigte Blicke trafen sich.

»Madame«, Javier verbeugte sich auf seine überaus respektvolle Weise, »diese Kollektion wurde in meinem Modehaus entworfen. Sie kann gar nicht in New York aufgetaucht sein.«

Mrs. Fisk-Castelman schien es überhaupt nichts auszumachen, im Mittelpunkt der Aufmerksamkeit zu stehen. »Verzeihung« und »Vorsicht, Ihre Knie« murmelnd, quetschte sie sich durch ihre Stuhlreihe und stieg neben Alix auf den Laufsteg. Dann knöpfte sie ihre Jacke auf und ließ sie zu Boden fallen.

Sie trug eine eng anliegende Bluse aus beigefarbener Seide mit Perlmuttknöpfen, Hemdkragen und Schluppe. Es handelte sich um die gleiche Bluse, die Alix zu *Lomond* getragen hatte. Auf der anderen Seite war sie so schlicht, wie eine Bluse nur sein konnte – und damit nicht unverwechselbar. Javier hatte den gleichen Gedanken.

»Ich stimme Ihnen zu, Madame – es könnte sich um die gleiche Bluse handeln wie die, die ich für meine schottischen *tailleurs* entworfen habe. Oder um eine Bluse, die ich für meine Frühjahrskollektion 1935 konzipiert habe. Sie werden in dieser Saison bei drei oder vier anderen Modehäusern ganz ähnliche Blusen finden. Manchmal dient eine Bluse einfach als Basis für eine Jacke.«

Im Publikum begann jemand zu klatschen. Ein anderer rief: »Los, weiter mit der Modenschau! Wir wollen einer alten Schachtel nicht beim Ausziehen zusehen.«

Mrs. Fisk-Castelman knirschte mit den Zähnen. »Es tut mir leid, meine Damen und Herren, aber ich habe jedes einzelne Teil dieser Kollektion bereits bei einer Präsentation gesehen, die eine Freundin von mir organisiert hat.« Ihre Finger fuhren die Konturen von Alix' Kleid in der Luft nach. »*L'Arabie?* Schon gesehen. Längst anprobiert. Fragen Sie Yetta Flatmeyer, oder besser noch, statten Sie ihrer Boutique in der East 49th Street einen Besuch ab. Sie hat sich auf erstklassige Prêt-à-porter-Mode spezialisiert. Ich weiß, von welchem Grossisten sie das Kleid bekommen hat, und ich weiß, dass sie knapp neunzig Dollar dafür bezahlt hat. Jenes Kleid und das Kleid, das diese junge Dame hier trägt, könnten nicht mal Sie auseinanderhalten.«

»Nein, das ist nicht möglich.« Zum ersten Mal verlor Javier in Alix' Beisein die Fassung. »Das kann nicht sein!«

»Was halten Sie von einem Experiment, Monsieur? Soll ich Ihnen das Kleid, das den Höhepunkt dieser Modenschau bilden soll, auf ein Blatt Papier zeichnen? Das großartige Kleid, das den Vogel abschießen wird?«

Javier schaute drein, als hätte er ein Nadelkissen verschluckt. Alix war zum Weinen zumute, als er Mademoiselle Lilliane heranwinkte: »Tun Sie der Dame bitte den Gefallen.«

Mit einer Würde, die Alix nur bewundern konnte, überreichte Lilliane Mrs. Fisk-Castelman Klemmbrett und Stift. Während im Hintergrund feindseliges Gemurmel aufbrandete, riss die Amerikanerin ein Blatt ab und begann zu zeichnen. Alix wünschte mit jeder Faser ihres Herzens, der Stift möge ihr zerbrechen.

Tatsächlich waren ihr Mrs. Fisk-Castelmans Behauptungen fast genauso rätselhaft wie allen anderen. Javier hatte *L'Arabie* am ersten Juliwochenende vollendet, und Alix hatte es um den siebten, achten herum für Mabel Godnosc kopiert. Das Kleid, das den Höhepunkt der Modenschau bilden sollte, ein Ballkleid namens *Duquesa de la Noche,* war erst am neunten Juli fertig geworden. Die Zeichnung davon hatte Alix knapp eine Woche später, am vierzehnten Juli, an Mabel übergeben. Das Datum hatte sich ihr eingebrannt, weil sie sich auf den Champs-Élysées mühsam den Weg durch die Feiernden hatte bahnen müssen. Angesichts der Tatsache, dass selbst die *Normandie,* das schnellste Schiff, das zwischen Frankreich und den Vereinigten Staaten verkehrte, für die Überquerung des Atlantiks fünf Tage brauchte, konnte Mrs. Fisk-Castelman das Kleid am sechzehnten Juli nicht in New York gesehen haben. Es sei denn, Mabel Godnosc hatte einen Pakt mit dem Teufel geschlossen.

Als die Journalistin Javier ihre Zeichnung überreichte, starrte er sie an, als lese er gerade sein eigenes Todesurteil. »Das ist es. Dieses Kleid ist der Glanzpunkt meiner Modenschau. Wie kann das sein?«

Alix konnte nicht mehr hinsehen. Am liebsten hätte sie Una Kilpin vom Stuhl gezerrt und zur Rede gestellt. Wie hatte diese Katastrophe nur passieren können?

Zwei Tage lang ging Alix dem allgegenwärtigen Klatsch bei Maison Javier aus dem Weg. Sie war so nervös, dass Madame Frankel sie wieder einmal zur Krankenstation schickte. Die Krankenschwester diagnostizierte eine beginnende Sommergrippe und schickte sie nach Hause. Alix schloss die Jalousien und legte sich ins Bett. Sie hatte furchtbare Angst.

Drei Tage später bekam sie Besuch von Marcy. Sie überreichte Alix eine Schachtel mit Marzipankonfekt und überbrachte ihr die Neuigkeit, dass Javier die Polizei eingeschaltet habe. Sobald sie wieder alleine war, stand Alix aus dem Bett auf, begab sich zum Postamt bei der Métrostation Abbesses und versuchte von dort aus, Una Kilpin anzurufen. Sie probierte es wieder und wieder – vergeblich. Entweder ging niemand ans Telefon oder das Dienstmädchen wimmelte sie mit den Worten ab, »Madame« fühle sich unwohl.

Wenigstens die Nächte waren sorglos. Champagner, Musik und die Befriedigung ihrer Gelüste füllten die Stunden, in denen sie keinen Schlaf fand. Serge amüsierte sich darüber, dass sie ein paar Abende zuvor in einem Jazzklub im Pigalle unwissentlich eine Haschischzigarette geraucht hatte. Mezz – der Leiter des Klubs – sei ein Heiliger, schrie er. »Er sieht es nicht gerne, wenn eine Dame bedrückt wirkt, und hat immer die richtige Medizin parat.« Nach jenem Abend trug Serge dafür Sorge, dass die Drogenhändler, die im Rose Noire verkehrten, Alix nicht auf dem Trockenen sitzen ließen. Ihre Tage vergingen im Dämmerzustand, bis sie eines Nachmittags vollständig angekleidet mit hämmernden Kopfschmerzen auf Serges Bett erwachte. Eine Fliege, die sich in einer Falte des Fensternetzes verfangen hatte, brummte wütend vor sich hin. Auf dem Weg ins Badezimmer murmelte Alix: »Verdammt. Wenn ich ins Gefängnis muss, ist Una auch dran.«

Eine Stunde später stand sie vor Maison Godnosc auf den Champs-Élysées und hämmerte an die Tür.

Mabel und Una standen an einem mit Stoffmustern übersäten Tisch. Sie schienen sich gerade gestritten zu haben und schwiegen sich feindselig an. Mabel hielt mit prüfendem Blick ein Kleid ins Licht. Es war eines von denen, die Alix entworfen hatte, und wurde Kundinnen angeboten, denen Mabel nicht traute. Das grüne Kleid schien die Stimmung im Raum aufgenommen zu haben und wirkte geradezu trostlos. An diesem Abend würde sie auf Gincocktails verzichten, beschloss Alix, ehe sie Una beschuldigte, sich vor ihr zu verstecken.

»Nein, ich war wirklich krank«, verteidigte Una sich. So sah sie tatsächlich auch aus. Selbst Mabel wirkte ausgemergelt. Alix ging trotzdem zum Angriff über.

»Was habt ihr nur für eine Dummheit gemacht! Javier hat die Polizei eingeschaltet.«

Una nickte. »Ich habe Gladys Fisk-Castelman zum Mittagessen eingeladen, sozusagen von Exilantin zu Exilantin, und sie sagte mir, dass Javiers Herbst-Winter-Kollektion überall in New York zu haben ist und der große Meister einen Prozess anstrengen wird, wenn er den Mumm dazu hat.« Ihre letzten Worte richteten sich an Mabel, die ihr Gesicht in dem grünen Stoff verbarg.

Alix schnappte sich das Kleid und warf es wütend auf den Tisch: »Schon wieder! Sie haben eine Kollektion nach New York weitergegeben, ehe sie in Paris gezeigt wurde.«

Mabel zuckte mit den Schultern. »Ich bin bloß die Mittelsperson. Soll ich zu einem Grossisten wie Samuels oder Weinstock etwa sagen: Beginnt mit der Herstellung, aber haltet die Ware bis zu diesem oder jenem Zeitpunkt unter Verschluss?«

»Wir waren uns einig, bis Mitte August zu warten. Das wären nur ein paar Wochen gewesen, und dann hätte es nicht nur eine Verdächtige – nämlich mich –, sondern fünfhundert gegeben.«

»Die Großhändler arbeiten mit uns, weil wir ihnen die Designs sozusagen taufrisch liefern. Das ist unser Wettbewerbsvorteil. Und unser Risiko.«

»Tja, nun sind wir erledigt.« Alix drehte sich zu Una um und ließ ihrem Ärger freien Lauf. »Jetzt reicht es mir! Außerdem weiß ich, dass bei Javier außer mir noch jemand für Sie arbeitet, es kann gar nicht anders sein. Meine letzten Skizzen sind nie und nimmer so zeitig in New York eingetroffen, dass man sie hätte umsetzen und Javiers Schau zuvorkommen können.«

Una leugnete. »Du bist die Einzige, Baby, ich schwöre.«

Diese ironische Bemerkung brachte das Fass zum Überlaufen. Alix nahm einen Stuhl und ging damit aufs Fenster zu. »Ich werfe diesen Stuhl auf die Champs-Élysées und jedes nachgemachte Kleid hinterher. Dann schreie ich, bis die Polizei kommt. Ich zähle jetzt bis drei – so lange habt ihr Zeit, mir die Wahrheit zu sagen.« Sie positionierte sich mit dem Stuhl mitten vor dem Fenster.

»In Ordnung, Mädel. Stell die Waffe ab, und setz dich drauf, ich erzähle es dir.«

Alix setzte sich hin, Una faltete die Hände, und Mabel klapperte mit ihren Armreifen.

»Belinograph«, sagte Una.

»Bell-was?«, fragte Alix.

»Mr. Kilpins neuestes Spielzeug. Ein Apparat, mit dem sich über ein Kabel Bilder übertragen lassen. Statt tagelang mit dem Schiff unterwegs zu sein, sausen sie innerhalb von Minuten über den Atlantik. Ein Wunder der Technik.«

Alix kniff die Augen zusammen. Wollte Una sie foppen? »Wenn es ein Überseekabel gäbe, würden die Schiffe darin hängen bleiben.«

»Du lieber Gott, das Kabel liegt natürlich auf dem Meeresgrund. Das Ganze funktioniert wie bei der Telegrafie, nur dass die Zeichnungen in eine Folge von Piepsern umgewandelt werden … Auch wenn du es nicht verstehst, nimm es einfach hin: Solange es einen Mr. Kilpin gibt, muss niemand mehr Bilder per Schiff versenden.

Er hat den Apparat gekauft, um Wetter- und Marinekarten rund um die Welt zu schicken. Ich benutze ihn manchmal; sein Sekretär drückt ein Auge zu.«

»Du hast meine Skizzen über dieses Ding verschickt? Wussten Sie das, Madame Godnosc?«

Mabel verzog das Gesicht. »Wenn es eine neue Technik gibt, wird sie auch genutzt. Das ist eben der Fortschritt.«

Alix wandte sich wieder an Una: »Alle für einen und einer für alle?«

Una zuckte nervös. »Ich habe Mabel gesagt, sie soll noch warten, doch die New Yorker Unternehmer lassen sich kaum kontrollieren.« Sie tätschelte Alix' Wange. »Kopf hoch, Mädel, das wird schon.«

Alix schrie: »Du kannst hier seelenruhig abwarten, dir wird nichts passieren.«

»Ach ja? Wenn mein Ehemann herausfindet, dass wir die Daten von seinem Büro aus übermittelt haben, reicht er die Scheidung ein. Und du hast schließlich Geld dafür bekommen. Oder etwa nicht?«

»Man hat mich mit ein bisschen Geld und einem Versprechen abgespeist, und alles ist für den Klinikaufenthalt meiner Großmutter draufgegangen.«

»Es tut mir leid, dass du solche Probleme hast, aber wie Mabel schon gesagt hat …« Una hielt inne. Sie vernahmen Männerstimmen und hörten die Empfangsdame protestieren. Dann näherten sich Fußstapfen.

Drei Männer in eleganten Anzügen betraten den Raum. Der Älteste sagte höflich: »Madame Godnosc?«

»Nein.« Una wies zögernd auf Mabel, die sich räusperte und »O Gott« flüsterte.

»Madame, wir gehen Hinweisen des Couturiers Javier nach, die besagen, dass Sie in das illegale Kopieren und Übermitteln von Entwürfen verwickelt sind. Ihm liegen Beweise vor, dass Entwürfe aus seinen Geschäftsräumen entwendet und im Ausland kopiert wurden. Desweiteren untersuchen wir, ob seine Behauptung zutrifft, dass Sie die Entwürfe weiterer führender Couturiers gestohlen haben. Wir beabsichtigen, dieses Büro zu durchsuchen, und werden alles konfiszieren, was uns verdächtig erscheint.« Der Mann sprach natürlich Französisch, und da Mabel vollkommen verständnislos dreinblickte, wandte er sich an Una. »Im Zusammenhang mit derselben Straftat suchen wir auch nach einer Madame Kilpin.«

»Die haben Sie gefunden, mein Freund.« Una lächelte tapfer.

»Mademoiselle?« Einer der Männer blickte Alix an.

»Die da?« Una schnappte sich ein Blatt braunes Schnittmusterpapier vom Tisch und packte das grüne Kleid notdürftig ein. Das Päckchen warf sie Alix zu, die es auffing. »Engländerin, spricht kein Wort Französisch, aber selbst die dümmsten Gänse wollen sich schick anziehen, also tun wir unser Bestes.« Sie scheuchte Alix zur Tür. »Au revoir, Mademoiselle … Garland.« Sie schubste Alix in den Flur und zischte: »Bring mir Trauben mit, wenn du mich im Gefängnis besuchst.«

Als Alix am nächsten Morgen zu Maison Javier kam, lag etwas in der Luft. Kaum hatte sie die Koffertasche, die ihre Mannequin-Accessoires und ihre Schminkutensilien enthielt, abgestellt, kam Madame Markova auf sie zu und sagte: »Monsieur bittet Sie in sein Atelier.«

Simon Norbert und Mademoiselle Lilliane hatten sich rechts und links von Javier aufgebaut wie zwei Leibwächter. Ihre Mienen waren ausdruckslos. In einem anderen Büro klingelten Telefone. Die Person, die die Anrufe entgegennahm, war damit offensichtlich überfordert. Javier wies Alix an, sich hinzusetzen. Neben seinen Ellenbogen türmten sich seine Skizzenbücher auf. Eines war aufgeschlagen und wurde mit einem Briefbeschwerer offen gehalten.

Eine Weile lang sagte Javier nichts, und als er schließlich das Wort ergriff, ließ die Anspannung ihren Puls in die Höhe schnellen. »Ich glaube, ich erlebe gerade die schwärzeste Zeit meines Lebens, Alix. Der Schaden, der meinem Ruf zugefügt wurde …« Er schüttelte den Kopf. »Noch eine Kollektion ruiniert. Der Spott der Journaille hat sich als berechtigt erwiesen. Zwanzig Jahre Arbeit beim Teufel. Wissen Sie, dass Madame Kilpin wegen Modepiraterie verhaftet worden ist?«

Alix räusperte sich. »Ich – ähm – habe davon gehört.«

»Aber ob sie angeklagt wird …?« Javier zuckte mit den Schultern. »Ihr Mann ist so reich und einflussreich. Ich erwähne das, weil sie gewissermaßen Ihre Gönnerin ist. Sie sind schließlich aufgrund ihrer Empfehlung hier.«

Ein Fünkchen Hoffnung. Vielleicht hatte Unas Geistesblitz sie gerettet. Alix wusste, dass sie es nicht verdiente, ungeschoren davonzukommen, doch plötzlich zählte für sie nur noch Javiers Zuneigung. Und dass sie ihre Arbeit behielt. Sie wusste genau, am wievielten des Monats ihr das Geld für die Bezahlung von Mémés Rechungen ausgehen würde.

»Sagen Sie mir, was Sie von der Sache halten.« Javier drehte das aufgeschlagene Skizzenbuch zu ihr um und entfernte den Briefbeschwerer. Das Blatt zeigte eine Frau in einem mittelalterlich anmutenden Kleid. Alix erkannte die Inspirationsquelle: ein Wandteppich im Museum von Cluny, auf dem eine Jungfrau mit einem Einhorn dargestellt war. Die Ärmel des Kleides glichen den Ärmeln von Christine des Charembourgs Hochzeitskleid. Ebenso wie der weite Halsausschnitt, der den Familienschmuck der de Charembourgs hatte zur Geltung bringen sollen. Warum zeigte Javier ihr das?

Das Kleid prangte mitten auf der Seite; in den Ecken fanden

sich kleine Ausschnittzeichnungen, und auch zu diesen entdeckte man wiederum Details oder Stoffideen. Das Blatt als Ganzes war so symmetrisch gestaltet wie eine maurische Kachel. Javier hielt seine Ideen immer auf diese Weise fest. In Alix' Augen waren seine Skizzenbücher allesamt Miniaturkunstwerke.

»Ich erinnere mich nicht, dass Sie je so etwas gemacht hätten, Monsieur.«

»Nein«, stimmte er zu. »Das Mittelaltermotiv erinnert zu sehr an *Arts and Crafts* und ist eigentlich noch nicht lange genug aus der Mode, um in diesen härteren Zeiten eine Neuauflage riskieren zu können.« Er legte ein Blatt aus einem Skizzenblock auf das Buch.

Alix stammelte: »Oh, ich …«

Es war ihre Skizze von *Rose Noire,* dem Kleid, das sie in einer Nacht, in der sie Kopfschmerzen gehabt und sich nach Verrian gesehnt hatte, für Mabel Godnosc entworfen hatte.

»Ich finde es interessant, Alix, wie Sie meine Art, Ideen zu präsentieren, aufgesogen haben. Sie sind eine gute Schülerin. Lassen Sie mich darlegen, was ich über dieses Kleid weiß. Es wurde für Madame Kilpin entworfen, die es als Teil der Sommerkollektion an einen amerikanischen Grossisten verkaufen wollte. Das macht mir nichts aus – sie hat das Recht, mit Kleidern zu handeln, wenn sie möchte. Doch sie wollte auch, dass einige Muster für sie selbst und für ihre Freundinnen in Paris gefertigt werden. Wegen des Stoffs wandte sie sich an einen Freund meines treuen Adjutanten hier.« Simon Norbert trat vor. »Sie wurden ein bisschen misstrauisch, *mon ami,* als Ihr Freund Ihnen diese Zeichnung zeigte?«

Simon Norbert spitzte die Lippen, doch zum ersten Mal sah er beinahe glücklich aus.

»Sehr misstrauisch. Zuerst dachte ich, es sei eine Ihrer Zeichnungen, Monsieur, doch als ich sie genauer betrachtete, wurde mir klar, dass viele Ihrer Ideen in sie eingeflossen sind. Der Kragen mit dem kontrastierenden Revers, nun, das war Frühling-Sommer 1934, und den rautenförmigen Tailleneinsatz haben wir letzten Winter diskutiert, ehe sie hier auftauchte.« Er warf Alix einen giftigen Blick zu. »Es gibt einige Zeichnungen davon. Sie muss Ihre Skizzenbücher durchgeblättert und die Bilder gesehen haben.«

»Nein!«, schrie Alix. »Das habe ich nicht getan!«

»Danke.« In Javiers Blick lag abgrundtiefe Traurigkeit. »Alix, dachten Sie etwa, Sie hätten sich etwas besonders Originelles ausgedacht?« Er schüttelte den Kopf. »Es gibt nur wenig wirklich Originelles auf dieser Welt, doch ich muss Sie loben. Die Idee ist frisch, sie hat Schwung, und ich hatte das Vergnügen, das Kleid im spanischen Pavillon der Weltausstellung sehen zu können. Ich erinnere mich, dass ich gedacht habe: *Selbst wenn das Böse die Welt heimsucht, kann doch die schlichte Freude, die ein schönes Mädchen bereitet, niemals schwinden.* Bitte treten Sie vor, Mademoiselle Lilliane.«

Alix wäre am liebsten in Ohnmacht gefallen. Sie hätte alles gegeben, um der bevorstehenden Demütigung zu entgehen.

»Sie haben mich davor gewarnt, diese junge Frau einzustellen«, sagte Javier.

»Das habe ich, Monsieur.«

»Ich habe Ihren Rat in den Wind geschlagen und bitte Sie jetzt förmlich um Entschuldigung. Die ganze Sache hier lehrt mich, dass meine Instinkte, auf die ich mich bisher immer gut verlassen konnte, mich auch in die Irre führen können.«

»Sie haben es gut gemeint«, sagte Mademoiselle Lilliane. »Es tut mir nur leid, dass Ihre guten Absichten vergebens waren. Genauso wie es mir leidtut, dass wir Solange für eine Diebin gehalten haben.«

»Arme Solange, in der Tat. Gehen Sie nun bitte. Beide.« Monsieur Norbert und Mademoiselle Lilliane verließen das Atelier, doch Alix wusste, dass sie sich nicht weit entfernten. Sie konnte sie auf dem Flur hören.

»Nun …« Javier hob die Hände. »Ich weiß jetzt, dass Sie Madame Kilpins Spionin waren, dass Sie dieses wunderbare Gewächs, das ich mein Modehaus nenne, von innen angenagt haben. Alles Wertvolle haben Sie aufgesogen und an sie weitergegeben. Geben Sie es zu?«

»Ja.«

Sein Schweigen war wie Folter. Schließlich sagte er: »Haben Sie es getan, weil Ihre Großmutter so krank ist?«

Alix war fast blind vor Tränen. Sie flossen, als würden sie nie wieder versiegen. Javier hielt ihr ein Taschentuch hin, und sie griff danach. Sie versuchte ihm zu erklären, wie sehr sie sich schämte und wie alles begonnen hatte – fast wie ein Spiel, das ihr ermöglicht habe, sich Kleider zu kaufen und Geld für sich und ihre Großmutter zu verdienen. Wie sie sehr bald unter Druck gesetzt worden sei, ganze Kollektionen zu stehlen. Seine Kollektionen. Wie angewidert sie von Beginn an gewesen sei, wie sie versucht habe aufzuhören. »Doch dann wurde meine Großmutter überfallen, und außer mir hat sie niemanden, weil meine Mutter bei meiner Geburt gestorben ist, und ich hatte Krankenhausrechnungen zu bezahlen und sah keinen Ausweg mehr.«

Javiers Stimme war sanft. »Spezialisten sind so teuer, und Sie haben weder einen Vater noch eine Familie, von denen Sie Unterstützung bekommen. Sie haben alles auf sich genommen, Alix. Sie stehlen, weil andere durchschauen, dass sie Sie benutzen können.« Seine Stimme wurde hart. »Sie bieten Ihnen Geld. Sie können es nicht ablehnen. Auf gewisse Weise stehlen Sie aus Liebe.«

»Aus Liebe?« Sie schaute ihm in die Augen und sah durch den Tränenschleier hindurch, dass ihm die Schlechtigkeit der Menschen nicht fremd war. Für Javier war es wichtig, an ihre Rechtschaffenheit zu glauben, und sie wünschte, sie könnte etwas sagen, das sein Vertrauen in sie wiederherstellen würde. Doch was sollte das sein, wo doch die Konsequenzen ihres Verhaltens so klar auf der Hand lagen? Wo sie sein Lebenswerk zerstört hatte? »Seien Sie nicht freundlich zu mir«, schluchzte sie. »Versuchen Sie nicht, das Gute in mir zu sehen. Doch bitte glauben Sie mir, dass ich Sie respektiere und dass ich Sie gernhabe und mich so sehr schäme, dass ich den Rest meines Lebens umsonst für Sie arbeiten würde.«

»Ach.« Er spreizte die Hände in hilflosem Bedauern. »Das wäre wohl illegal, und zwar zu Recht. Kommen Sie, ich bringe Sie nach unten.«

Monsieur Javier geleitete sie nach draußen, als wäre sie eine geschätzte Kundin. Er ließ ihre Tasche holen und übergab sie ihr, als sie auf die Rückbank eines Taxis kletterte, das wie aus dem Nichts aufgetaucht war. Jemand musste es gerufen haben. Also wussten alle Bescheid. Marcy, Pauline Frankel, Madame Albert mit ihren Spulenschubladen, die nette Madame Markova …

Während das Taxi sich im Schritttempo durch die verstopften Straßen von Paris bis zum Boulevard de Magenta quälte, fühlte Alix das Elend eines ganzen Lebens in sich aufsteigen. Sie konnte nur noch eines denken: *Jetzt weiß ich, wie Sylvie le Gal sich gefühlt hat. Ich hasse mein Leben. Am liebsten würde ich sterben.*

28

Ein Monat zuvor – Juni 1937.
Villanueva del Pardillo, westlich von Madrid

Er lag lang ausgestreckt auf dem Boden. Als er den Kopf hob, pfiff eine Kugel knapp darüber hinweg. Einen Augenblick später explodierte eine Granate über der flachen Senke, in der er Schutz gesucht hatte. Mehrere Splitter trafen ihn am Rücken, und er tastete mit den Fingern an seiner Jacke nach durchsickerndem Blut. Aber es waren nur Steine und Erdklumpen gewesen, wie ihm schnell klar wurde. Er hatte Glück gehabt. Etwas weiter unten in der Senke lagen zwei seiner Kameraden tot auf dem Boden.

Seit mittlerweile gut sechs Stunden hielten sie die Stellung, und er wusste noch immer nicht genau, was seine Kommandeure eigentlich vorhatten. Aber er wusste ohnehin nicht viel. Das unablässige Krachen der Granaten und das Dauerfeuer aus Villanueva hatten sein Hirn in eine schmerzende Masse verwandelt. Die Fliegen ließen nicht von ihm ab, krabbelten ihm in den Hemdkragen und über seinen Handrücken. Es herrschten beinahe vierzig Grad, und es gab kein Wasser. Immer wieder erklang eine Pfeife, dann rückte seine Einheit weiter vor. Sie robbten über den lehmigen Boden und schossen noch aus dieser Vorwärtsbewegung heraus. Aber immer, wenn sie dem Feind – und dem versprochenen Straßenkampf – ein wenig näher kamen, wurden sie vom Granatenbeschuss wieder zurückgedrängt. Dabei war die Straße nie mehr als 400 Meter entfernt.

Bei jedem Vorstoß fielen weitere Kameraden. Die anmutige Hügellandschaft war inzwischen geradezu übersät von Leichen. Da explodierte wieder eine Granate, und auf Verrian prasselte erneut ein Regen aus Erdklumpen herab. Als er sich von dem Schreck erholt hatte, krachte schon wieder Gewehrfeuer über den Hügel. Männer riefen sich auf Englisch etwas zu. Ein neuer Vorstoß stand unmittelbar bevor – er musste dabei sein. Er hatte Schutz gesucht, um seinen Gewehrlauf, der vom Dauerfeuer zu zerbersten drohte, etwas abkühlen zu lassen. Aber dann war ein Kamerad getroffen worden, und er hatte versucht zu helfen – vergeblich. Ein zweiter Mann in der Nähe hatte einen Treffer abbekommen – ein Waliser, der gerade lange genug überlebte, um ein paar Worte mit Verrian zu wechseln.

»Du klingst viel zu vornehm, um auf unserer Seite zu sein«, hatte der Sterbende gekrächzt. »Bist du etwa ein verdammter Tory?«

»Ich glaube nicht an Politik. Ich bin Reporter und gehöre zu keiner Partei.«

»Reporter? Du hättest mal schön in deiner Redaktionsstube bleiben sollen. Und ich hätte einfach weiter den *Socialist Worker* in Merthyr austragen sollen. Warum bist du hier?«

»Weil ich mich schuldig fühle.«

»Weswegen?«

»Ich habe einen Mann und ein Mädchen auf dem Gewissen.«

»Das klingt schon besser. War sie hübsch?«

»Sehr. Sie hieß Maria-Pilar.«

»Spanierin?«

»Sie stammte aus Guernica, aber wir haben uns in Madrid kennengelernt. Bist du verheiratet?«

»Ja. Sie heißt auch Mary. Wir haben vier Kinder, und sie wird mich umbringen, wenn ich nach Hause komme.« Der Waliser versuchte zu lachen, brachte aber nur ein entsetzliches Gurglen hervor. »In meiner Tasche ist ein Brief. Würdest du …«

»Ich werde ihn für dich abschicken. Und deiner Mary schreiben, was passiert ist.«

Verrian durchsuchte die Taschen des Mannes und fand einen Brief mit der Adresse Queen's Road, Merthyr, und Ausweise, die er ebenfalls an sich nahm. Wenn es Zeit wurde, dieses geschundene Land zu verlassen, wäre es sicher einfacher, unter dem Namen des Walisers zu reisen anstatt als Baske Miguel Rojas Ibarra. Das hieß, wenn ihn nicht vorher eine Granate, eine Kugel oder der Durst umbrachte. In diesem Augenblick hätte er seine Seele für ein Glas kalten Wassers verkauft. Seine *Seele?* Hatte der Krieg ihn etwa zu einem religiösen Mann gemacht?

»Du hast keine Religion und kein Gebet. Das Sakrament der Ehe ist für dich nicht heilig. Gibt es überhaupt Hoffnung in deinem Leben, wenn es keinen Gott für dich gibt?«, hatte Maria-Pilar ihn ein paar Tage nach der Hochzeit gefragt, als sie endgültig begriffen hatte, dass er kein Katholik werden würde.

Doch, es gab Hoffnung. Bei den Mitgliedern der Internationalen Brigaden stand Gott zwar nicht besonders hoch im Kurs, aber jeder Mann glaubte an ein Ideal, das so stark war wie eine Religion: an das Recht jedes Menschen, frei von Unterdrückung zu leben. Das hatte er auch in dem Brief geschrieben, den er Ron Phipps mit der Bitte übergeben hatte, ihn Alix zu überbringen. Aber schon beim Schreiben hatte er die Ironie darin gespürt. Er glaubte an die Freiheit und bat ein Mädchen, das er kaum kannte, auf ihn zu warten, falls er das Glück hatte, lebend aus diesem Krieg zurückzukommen. Eines Tages wollte er Alix erzählen, dass die Hoffnung, sie bald wiederzusehen, seine Erlösung aus dieser Hölle auf Erden gewesen war.

Ein Pfeifton erklang. Er schob sein Gewehr über den Rand

des Grabens und kletterte hinaus. In der Hoffnung darauf, dass alles gut gehen würde, eilte er im Zick-Zack-Kurs auf das besetzte Villanueva zu.

III

29

Zum ersten Mal nahm die Pariser Haute Couture die junge Engländerin bei den Zwischensaison-Schauen im November 1937 zur Kenntnis. Sie ging von Modehaus zu Modehaus und sah sich die Kollektionen an, und auf ihrer Visitenkarte stand, sie sei Einkäuferin für ein exklusives Kaufhaus im englischen Manchester. Als der Winter kam, verschwand sie. Mit den Frühjahrsschauen im Februar 1938 tauchte sie wieder auf. Die Vendeuses stießen sich gegenseitig mit den Ellenbogen an und flüsterten: »Wie kann eine solche Frau nur in der Modebranche arbeiten?«

Dorothy M. Sprat hatte breite Hüften und eine gewaltige Oberweite. Hinter dicken Brillengläsern lugten von buschigen schwarzen Brauen fast erdrückte Augen hervor, und ihr Haar war unvorteilhaft über den Ohren zu Zöpfen geflochten. An diesem Februartag, einem Tag feuchter Schultern und umgestülpter Regenschirme, bahnte sich Dorothy M. Sprat mithilfe ihrer Handtasche einen Weg durch die Menschenmenge in das Modehaus Chanel. Dankend nahm sie von der Vendeuse ein Programm entgegen, in dem die Modelle aufgeführt waren, die an diesem Tag gezeigt wurden.

Im Verlauf der Modenschau tippte sie mit ihrem Bleistift mehrfach auf das Programm. Diejenigen, die hinter ihr saßen, konnten sehen, dass sie etwas unterstrich oder ein Fragezeichen malte. Miss Sprat versuchte nie, einen Entwurf abzuzeichnen oder sich

Notizen zu einem Schnitt oder Stoff zu machen. Wenn sie etwas kaufte, was nicht oft geschah, zahlte sie bar.

Nach der Modenschau verließ sie die Rue Cambon und nahm die Métro zum Pont Neuf. Sie überquerte den Fluss und ging am rechten Seineufer die Rue Jacob entlang. Nach der Hälfte der Straße bog sie in einen gepflasterten Hof ein, der so versteckt lag, dass sich darin noch der Morgenfrost hielt. Sie blieb einen Moment lang voller Bewunderung vor einem Hortensienstrauch mit glitzernden Kugelblüten stehen und schloss dann, nachdem sie das beschlagene Namensschild abgewischt hatte, eine gelbe Tür auf.

Auf dem Schild stand »Modes Lutzman«.

Dem Buchhalter, der auch als Concierge fungierte, rief sie zu: »Ich bin's nur, Hubert. Ist jemand gekommen?« Als ihr aus der Tiefe des Sessels nur ein herzhafter Schnarchton antwortete, klopfte sie mit ihrer Schirmspitze auf den Fußboden. »Aufwachen, Monsieur Hubert! Sie sollen doch auf das Haus aufpassen!«

Eine tiefe Stimme brummelte etwas von »absolut wach«. Mademoiselle müsse sich nicht gar so militärisch aufführen, er habe sich nur ein Momentchen ausgeruht.

Miss Sprat reichte ihm eine Rolle Quittungen. »Tragen Sie die in die Bücher ein und richten Sie sich bitte ein bisschen her. Denken Sie daran: Sie sind der Erste, den die Kundinnen zu Gesicht bekommen.«

»So viel zahlen Sie mir nicht, dass ich mich schick machen könnte.«

»Aber ich bezahle Sie, und ich gewähre Ihnen eine zweistündige Mittagspause.« Miss Sprat ging nach oben. Die Tür am Ende der Treppe schwang auf, bevor sie sie erreicht hatte. Offenbar hatte Hubert genug Energie aufgebracht, um die elektrische Klingel neben seinem Stuhl viermal zu drücken, was »echter Besuch« bedeutete.

»Wie war es?«, fragte die Empfangsdame.

»Fantastisch. Ist jemand hier?«

»Eine englische Dame, Neukundin. Sie kommt zur Anprobe.«

Miss Sprat ging den Flur entlang und klopfte viermal an die hinterste Tür. Sie wurde von einer älteren Frau mit rabenschwarzen Augenbrauen geöffnet, die ihr graues Haar zu einem Knoten geschlungen trug.

»Ah, Mademoiselle Sprat.« Sie sprach ein lupenreines BBC-Englisch, als würde sie jeden Tag Zungenbrecher üben. Sie deutete auf eine ausladende Dame, die in Unterrock und Strumpfhose mitten im Zimmer stand. »Darf ich Ihnen Mrs. Hawkesley vorstellen? Sie kommt aus Manchester und wurde freundlicherweise von Madame Kilpin an uns verwiesen.«

Die Damen begrüßten sich. Mrs. Hawkesley, deren Maße von einer Zuschneiderin aufgenommen wurden, erklärte, sie hätte nie von der Existenz dieses Hauses erfahren, wenn nicht »die liebe Mrs. K« ihr den Weg beschrieben und eine Karte gezeichnet hätte. »Rue Jacob ist ein klitzekleines bisschen abgelegen.«

»Das ist richtig, aber Madame Kilpin schickt uns viele Kundinnen«, sagte die Frau mit dem Haarknoten. »Marguerite wird nun noch die restlichen Maße nehmen, Mrs. Hawkesley. Danach wird Ihnen unser Hausmannequin die neueste Kollektion vorführen. Dürfen wir Madame Tee und Kekse anbieten?«

Nach dem Austausch der Höflichkeiten gingen sie und Miss Sprat durch ein Labyrinth von Fluren und schlossen die Tür zu einer Eisentreppe auf, die das Hauptgebäude – das früher einmal einem reichen Kaufmann gehört hatte – mit einem Mietshaus verband, in dem vor Zeiten die Diener des Kaufmanns und dessen Stallungen untergebracht waren. Das kleinere Gebäude mit seinen froststarren Kletterpflanzen strahlte einen heruntergekommenen Charme aus. Die beiden Frauen schwiegen, bis sie den ehemaligen Stall erreicht hatten und die Tür hinter ihnen ins Schloss gefallen war.

»Heiliges Kanonenrohr, wir haben ganze zwei Maßbänder für ihr Hinterteil gebraucht – und die Klappe konnte sie auch nicht halten! Dass ihr Mann der Bürgermeister von diesem blöden Salford ist, hat sie mir bestimmt zehnmal unter die Nase gerieben! Sie sehen aus, als könnten Sie eine kleine Stärkung in Ihrem Tee vertragen, Miss Sprat.« Rosa Konstantiva ging an den Ofen und drehte das Gas an. »Wir war es?«

»Die Chanel-Kollektion? Wunderschön, aber ich habe irgendwie das Gefühl, sie verschießen ihr ganzes Pulver auf einmal. Wissen die mehr als wir? Und anschließend haben sich die Leute aufgeführt wie kreischende Hyänen. Manche von diesen Einkäuferinnen würden ohne Skrupel Menschenfleisch fressen, um an die begehrten Modelle heranzukommen.«

»War es nützlich?«

»Ja. Ich muss mir diese Modenschauen ansehen, Rosa, damit ich mich daran erinnere, warum ich überhaupt Mode machen will.« Miss Sprat setzte sich an einen Frisiertisch und rückte Porzellanschüsseln und einen hölzernen Perückenständer zu sich heran. Sie nahm die Brille ab und ermutigte ihr Spiegelbild mit den Worten: »Auf geht's, Spratty.« Dann packte sie eine Ecke der buschigen Augenbraue und zog sie mit einem lauten »Autsch« ab. Das Gleiche wiederholte sie auf der anderen Seite.

»Erinnert mich daran, wie ich den Feuervogel getanzt habe«, sagte Rosa, die hinter ihr stand. »Rote Federn, angeklebt mit Gummi arabicum. Wenn man sie abriss, war es, als ob man gerupft würde. Und niemand hat dich erkannt?«

»Ich habe mich ja selbst nicht mehr erkannt.« Haarnadeln fielen klimpernd in eine Porzellanschüssel. Miss Sprat neigte den Kopf, und Sekunden später hingen die bäuerlichen Zöpfe über dem Perückenständer. Alix fuhr sich mit den Fingern durch ihre eigenen, frisch geschnittenen Locken und zupfte sie zurecht. So kurz hatte sie ihre Haare zuletzt als kleines Mädchen getragen. Sie wusste noch nicht recht, ob ihr die Frisur gefiel, aber lange Haare juckten nun mal fürchterlich unter der Perücke. Sie strich sich die Augenbrauen glatt und schlüpfte erleichtert aus dem biederen Kostüm. Während Rosa Tee kochte, entfernte sie die Polster von den Brüsten, dem Bauch und den Hüften. Schließlich rollte sie ihre dicken englischen Strümpfe herunter. »Ich werde froh sein, wenn diese Modenschauen vorbei sind. Miss Sprat wird mir langsam lästig.«

»Eines Tages wirst du die Modenschauen ohne Verkleidung besuchen können.«

»Vielleicht. Aber wenn ich es jetzt versuchen würde, bekäme ich einen Tritt in den Hintern.« Alix ließ sich auf einen Stuhl sinken und massierte sich die schmerzenden Füße. »Muss ich Mrs. Hawkesley wirklich Kleider vorführen?«

»Ich kann's nicht machen, Herzchen.« Rosa stellte eine dampfende Tasse auf die Frisierkommode. »Gehst du heute noch ins Rose Noire?«

»Mhmm.« Alix schlürfte genüsslich ihren Tee. »Der Nachtklub ist Serges Ein und Alles.«

»Ich wünschte, du würdest ihn verlassen, Herzchen. Du hast dich im letzten Jahr ziemlich verändert. Du hast abgenommen und lachst gar nicht mehr so oft.«

Das liegt daran, dass ich mein eigenes Unternehmen führe, dachte Alix, während sie sich eine Seidenschärpe um die Taille schlang. Aus Javiers peinlichem Rauswurf war etwas entstanden, das ihr das Leben gerettet hatte: Modes Lutzman. Sie war stolz auf ihr Geschäft, aber die Leitung eines Unternehmens in Kombination mit den Abenden im Rose Noire zehrte an ihren Kräften.

Nach der Razzia in den Geschäftsräumen an den Champs-Élysées hatten Una und Mabel mehrere Tage in Polizeigewahrsam verbracht. Am Ende war es zu keiner Anklage gekommen, weil kein Belastungsmaterial gefunden worden war. Mabel war so vorsichtig gewesen, nie über Nacht Zeichnungen im Büro zu lassen, und zu jener Zeit waren dort auch keine von Javier gestohlenen Modelle gelagert worden. Bei der Polizeirazzia waren ein paar gefälschte Chanels und Lanvins aufgetaucht, aber ohne den Beweis, dass sie im Haus entstanden waren, gab es nichts, worauf sich eine Anklage stützen konnte. Und außerdem hatte Unas Mann ein paar Kontakte spielen lassen. Mabel, die eine Abschiebung gefürchtet hatte, wurde ohne jeden Makel im Lebenslauf entlassen. Aber die Erfahrung hatte sie tief erschüttert, und sie fuhr schließlich mit dem Schiff wieder nach Hause. Als Alix ihr Geschäft eröffnete, wurde sie eine wertvolle Kundin. Durch Mabel lieferte Modes Lutzman Pariser Originalmodelle an New Yorker Geschäfte. Keine Kopien. Nie wieder würde Alix Modepiraterie betreiben. Aber weil sie mit ihren eigenen Kreationen noch nicht überleben konnte, bot sie Kleider »im Stil« führender Couturiers an. Daran war nichts auszusetzen, denn in allem, was die Ateliers verließ, prangte ein Modes-Lutzman-Etikett. Das Theater mit Dorothy M. Sprat war vorläufig notwendig, weil Alix bereits in der ersten Woche nach der Eröffnung verschiedenen Angriffen ausgesetzt gewesen war. Das Wort *salope* – Schlampe – prangte auf einmal an ihrer Hauswand. Dann hatte jemand Hundekot in ihren Briefkasten gedrückt. Und auf der Rue du Faubourg Saint-Honoré wurde aus einem fahrenden Auto eine Tüte Mehl auf sie geschleudert. Sie erfuhr nie, wer hinter alldem steckte, und es hätte ihr auch nicht viel genützt. Die Täter wurden mit Sicherheit von anderen bezahlt, die ihr übelwollten.

Auch Una hatte unangenehme Blicke und Geflüster ertragen müssen. In dem Gefühl, dass Paris eine Pause brauchte, um sie danach besser schätzen zu können, war sie ihrem Mann nach England gefolgt. »Ausgerechnet Manchester, stell dir vor!«

Una schickte Alix Kundinnen und nahm dafür eine Vermittlungsgebühr. Nach jenem furchtbaren Tag bei Javier, an dem sie in Ungnade gefallen war, hatte Alix sich geschworen, nie wieder ein Wort mit dieser Frau zu wechseln. Das neue Geschäft würde ihr ganz allein gehören – keine Una mehr, die sie dazu verleitete, ihren Prinzipien untreu zu werden. Doch kurz bevor die Kilpins Paris verließen, hatte Una ihr einen Wagen geschickt, der Alix in die Avenue Foch holen sollte. Der Chauffeur hatte Alix eine Nachricht überreicht: *Steig einfach ein. Lass uns als Freundinnen auseinandergehen.*

Als sie die Wohnung betrat, saß Gregory Kilpin mit einem Glas Whisky in der Hand auf einem weißen Sofa. Alix erbleichte. Sie machte sich auf Vorwürfe gefasst, sie habe Schande über seine Frau gebracht, und Kilpins erste Worte waren auch nicht gerade ermutigend.

»Na, Mädchen, wie ich höre, haben Sie Ihren Job verloren, aber Sie versuchen es gleich wieder. Sie sind entweder mutig oder verrückt. Whisky mit Eis?«

»Nein danke.« Alix schaute sich um, unwillkürlich beeindruckt, obwohl sie entschlossen gewesen war, es bei kühler Höflichkeit zu belassen. Die Wände im Salon der Kilpins waren in dezentem Beige gehalten. Ein genauerer Blick verriet, dass sie mit Chamoisleder bezogen waren … Chamoisleder an den Wänden? Das erklärte das Fehlen von Bildern. Die einzige Dekoration bestand in modernen Bronzeskulpturen auf dem Fußboden. Umwerfend avantgardistisch. Alix sagte: »Ich hätte gerne einen Gin.«

»Ah, ja? Dann sollte sich Una besser darum kümmern.«

Wie auf ein Stichwort erschien Una und mixte für sie beide Gin Alexander. »Entspann dich, Mädel. Ich bin froh, dass du da bist.«

Als Alix sich auf das Sofa setzte, versank sie so tief in den Polstern, dass sie es nicht mehr schaffte, sich vorzubeugen und das Glas auf dem Couchtisch abzustellen. Andererseits war die mit

Hirschfell bezogene Platte vermutlich auch nicht als Ablagefläche für Gläser gedacht.

»Sehen Sie mal her.« Vor ihrem erstaunten Blick drehte Gregory Kilpin mithilfe einer hydraulischen Vorrichtung die Tischplatte, sodass die Unterseite aus poliertem Kupfer zum Vorschein kam, an die eine Zigarettenbox und ein Feuerzeug angeschweißt waren. Und noch ein drittes, glänzendes Objekt – ein Goldbarren, den Alix als vergoldeten Backstein erkannte und der wohl demonstrieren sollte, wie weit Kilpin es im Leben gebracht hatte.

»Ich hasse Unordnung«, sagte er, während er sich eine Zigarette anzündete. »Und, wie sieht's aus – bringt diese Kopiererei denn Geld?«

Una schob nervös die Finger unter ihre Perlenkette und ließ sie anschließend klickend auf ihr Dekolleté zurückfallen. »In den richtigen Händen durchaus …«

Sofort argwöhnisch geworden, unterbrach Alix sie: »Das ist kein Hobby für Gesellschaftsdamen, und es kann sehr viel Unheil anrichten.«

»Und wie wollen Sie jetzt Ihr Geld verdienen?«, fragte Kilpin und blies Rauch gegen die Decke.

»Ich habe vor, ein seriöses Unternehmen aufzubauen, das Kleider an Fachgeschäfte in London und New York liefert – wenn ich die entsprechenden Kontakte knüpfen kann. Ich werde Lizenzen für meine Entwürfe an Großhändler vergeben. Statt sie mühsam zu stehlen, können sie ebenso gut eine kleine Summe bezahlen.«

»So jung und schon so ironisch«, bemerkte Kilpin. »Una sagte schon, Sie seien ein kluges Kind. Sprechen Sie weiter.«

Alix zögerte. Gregory Kilpin in der Rolle des Bewunderers? Das war neu. »Ich glaube, dass man mit Maßanfertigungen, die nicht das Preisschild großer Couturiers tragen, gut ins Geschäft kommen könnte.«

»Wie bekommen Sie Qualität zum kleinen Preis?«

»Indem ich das Geschäft klein halte und viel selbst erledige. Indem ich in einem preiswerten Stadtteil Räume anmiete. Aber die Qualität muss stimmen, und das heißt, man muss erfahrene Näherinnen anstellen, ein Gebäude finden und bei den Stoffherstellern Kundenkonten eröffnen.«

»Das bedeutet Kapital«, knurrte Kilpin.

»Bezahlung im Voraus«, übersetzte Una.

Alix nickte. »Die Stoffhersteller werden mir keine Kredite gewähren. Und ein Mietvertrag bedeutet sechs Monate Miete im Voraus.«

Gregory Kilpin unterschrieb den Mietvertrag für die Rue Jacob und lieh ihr das Startkapital, mit dem sie Modes Lutzman auf ein Jahr finanzieren konnte. Er schenkte ihr nichts, er verlangte Zinsen und wollte das Kapital zurück. Er würde Alix' Karriere sehr genau im Auge behalten.

Alix vermutete, dass Una hinter dieser untypischen Großzügigkeit steckte. Sie hatte ihren Mann dazu überredet, Alix zu unterstützen, weil sie sich auf diesem Umweg bei ihr entschuldigen wollte.

In der Rue Jacob hatte Alix Räumlichkeiten gefunden, die nicht nur ihr Unternehmen beherbergten – ein Salon im ersten Stockwerk, Zeichenstudio und Nähateliers darüber –, sondern mit dem Stallgebäude auch eine bescheidene Wohnmöglichkeit boten. Rosa hatte sich bereiterklärt, »für ein, zwei Wochen« als Verkäuferin bei ihr zu arbeiten, weil Alix sich nicht auch noch eine Zuschneiderin und eine Vendeuse leisten konnte. Aus zwei Wochen wurden drei, und dann hatte Rosa entdeckt, dass es mehr Spaß machte, Kleider zu verkaufen als zu Hause zu sitzen und dem Hausmädchen halbherzig Befehle zu erteilen. Rosa, die inzwischen zu einem festen Bestandteil von Modes Lutzman geworden war, bereute nur eines: Nachdem sie einmal mit ihrem vornehmen Näseln angefangen hatte, konnte sie es nun nicht mehr aufgeben. In nur sechs Monaten war Modes Lutzman so stark gewachsen, dass es zehn Mitarbeiterinnen beschäftigte, darunter eine Zuschneiderin, eine Empfangsdame und eine Première.

Etwas Lippenstift vervollständigte Alix' Verwandlung von Sprat zu Gower. Sie trank einen Schluck Tee und verkündete: »Aliki erhebt sich aus der Asche.« Auf dem Rückweg ins Hauptgebäude blieb sie stehen und rümpfte die Nase. Tabakrauch. Noch so eine unerwartete Entwicklung – neuerdings wohnte Bonnet hier bei ihnen. Nachdem man ihn aus seinem Atelier geworfen hatte, weil er seine Miete nicht mehr bezahlen konnte, war er in die alte Remise unter Alix' Wohnung eingezogen. »Nur für ein, zwei Wochen«, hatte er versprochen. Vier Monate später machte er immer noch keine Anstalten, sich eine andere Bleibe zu suchen. Aber Alix hatte gerne einen Mann im Haus. Und das galt auch für …

Ich könnte aus meinem Leben nie ein Theaterstück machen, dachte sie. *Man würde es unglaubwürdig finden.* Zwei Tage nach ihrem unrühmlichen Abgang bei Javier war ein Brief aus Le Cloître eingetroffen, sie möge doch bitte dringend kommen. Serge war wie ein Verrückter gefahren, ausnahmsweise einmal schweigend, weil Alix so heftig weinte. Sie fürchtete sich so sehr vor dem Moment, in dem sie von ihrer Großmutter Abschied nehmen musste.

Aber dann hatte die Oberschwester ihnen die Tür geöffnet und in ernstem Ton erklärt: »Sie sollten gleich Bescheid wissen – Madame Lutzman sitzt im Bett und beschuldigt die Pflegerinnen, ihr die Brille gestohlen zu haben.«

Mémé hatte Bonnet gerne um sich. Ihre alte Missbilligung war verschwunden. Bonnet war wieder der liebenswürdige junge Mann, der ihrem Mann einst die Farben gemischt hatte. Sie hielt ihn oft für ihren toten Alfred, was nicht verwunderte, denn Bonnet malte mit neu erwachter Intensität und erzählte von Kirchwiller, während Mémé neben ihm im Ohrensessel vor sich hin döste.

In einem Ankleideraum zog Alix Seidenstrümpfe und einen Unterrock über, danach knöpfte ihr Rosa das toffeefarbene Kaschmirkleid zu. Das Modell hieß schlicht *Nummer 1*. Bei Modes Lutzman gab es keine hochtrabenden Namen. Das Kleid war wadenlang und wurde an der Taille mit einem schmalen Kaschmirgürtel zusammengehalten. Das einzig dramatische Element war eine Stickbordüre am Dekolleté, die Alix sich von einer afrikanischen Halskette aus dem neu eröffneten »Musée de l'Homme« abgeschaut hatte. Die erste Kollektion umfasste dreißig Modelle, attraktive, aber eher konservative »Selbstläufer«, denn immer wenn Alix etwas Gewagteres vorschwebte, tauchte vor ihrem inneren Auge das Gesicht Gregory Kilpins auf.

Sie führte das Modell Mrs. Hawkesley vor und zeigte anschließend weitere Tageskleider, Kostüme und Abendroben.

»Alles ganz wunderbar«, befand Mrs. Hawkesley, als Alix sich ein letztes Mal in einem bodenlangen Mantel aus Ecru-Seide über einem Abendkleid aus Moiré vor ihr drehte. »Die gute Mrs. Kilpin – so reizend, dass sie mich hergeschickt hat. Ich könnte dieses hübsche Kleid bei unserem nächsten Empfang tragen. Habe ich erwähnt, dass mein Gatte der Bürgermeister von Salford ist? Nur« – sie beäugte Alix' schlanke Figur – »würde ich da nie reinpassen.«

Rosa trat vor und verkündete in ihrem besten Näselton: »Modes Lutzman wird ein Modell anfertigen, das Madames Maßen ungemein schmeichelt und nebenbei auch noch den Bürgermeister sprachlos macht.«

Der Sommer 1938 kündigte sich mit drückender Hitze an. Im Rose Noire wurde »Tiptoe Through the Tulips« mit der Eleganz einer Büffel-Stampede gespielt. Frazer Hoskins hatte gekündigt, nachdem Serge ohne Rücksprache mit ihm seine kreolische Sängerin hinausgeworfen hatte. Seine Smooth Envoys waren ihm gefolgt. Ihr Ersatz, die Roistering Rex's Regents of Rhythm, wussten nicht, von welcher Seite sie in ihre Instrumente blasen sollten.

Der junge Engländer neben Alix stieß eine Wolke Zigarettenrauch aus und sagte: »Warten Sie ab, es wird noch schlimmer, wenn Miss Dulcie L'Amour die Bühne betritt. Das Rose Noire ist auf dem absteigenden Ast.«

»Dann suchen Sie sich einen anderen Klub, in dem man Ihnen umsonst Champagner serviert.« Ein vernichtender Blick begleitete Alix' Worte. Sie wusste, warum Jolyan Ferryman kam – es lag nicht nur daran, dass Serge ihm Champagner und Zigaretten spendierte. Er kam als Rhona de Charembourgs Begleiter und vermutlich auch als ihr Spion. Die Comtesse de Charembourg besuchte den Klub seit einigen Monaten regelmäßig. Paris leerte sich, weil die Reichen in die Sommerferien fuhren, doch sie kam auch weiterhin. Immer mit denselben Freunden, darunter ein Schweizer Geschäftsmann namens Maurice Ralsberg. Und sie stolzierte nie an Alix' Tisch vorbei, ohne ihr einen zornigen Blick zuzuwerfen.

Rhona und Ralsberg tanzten so eng umschlungen, dass sich Alix der Gedanke aufdrängte, die anderen Freunde seien womöglich nur Tarnung und Jolyans Anwesenheit diene dazu, die wahren Tatsachen zu verschleiern. Da man ihn als Sekretär des Comte de Charembourg kannte, legte seine Gegenwart nahe, dass Rhona mit der Zustimmung ihres Mannes unterwegs war.

Heute schimmerte Rhonas Kleid im rosigen Licht wie ein metallischer Regenbogen. Zehntausend *paillettes* auf Tüll ... das kostete ein Vermögen, denn jedes Scheibchen musste von Hand aufgenäht werden. Alix erschauerte. Das Kleid hatte etwas Schlangenartiges an sich. Ralsberg konnte die Hände nicht stillhalten –

er streichelte anscheinend gern Schuppen. Ein solches Kleid trug man für einen Liebhaber, nicht für einen Ehemann.

Obwohl Roistering Rex und seine Band Abend für Abend das Jazz-Repertoire malträtierten, war das Rose Noire immer noch ein begehrter Klub. Immer noch *der* Ort für erotisch aufgeladene Tänze. Aber nicht der Ort, an dem man einen Langweiler wie Jolyan vermutete.

Er hatte sich vor einigen Wochen einfach zu Alix an ihren Einzeltisch gesetzt, ihr Stirnrunzeln ignoriert und ihr eine Zigarette angeboten. »Black Russian. So etwas haben Sie bestimmt noch nie geraucht.«

»Stellen Sie sich vor, ich habe. Meine Vermieterin raucht sie.«

Er gab ihr Feuer. »Sie sind Miss Gower und Engländerin, heißt es. Lassen Sie uns plaudern – auf Englisch. Ich fange schon an, auf Französisch zu träumen, und das ist für einen Jungen aus Tunbridge Wells weiß Gott mehr als besorgniserregend.«

»Ich spreche hier kein Englisch«, erwiderte sie kurz angebunden und sah sich um, ob Serge den Fremden an ihrer Seite bemerkt hatte. Serge hatte unterschiedliche Strategien für den Umgang mit Rivalen; sie hingen von seiner Stimmung und dem Status des Nebenbuhlers ab. Manchmal setzte er sich dazu und verwickelte den Fremden in ein Gespräch, in dessen Verlauf er ihn irgendwann mit einer vernichtenden Bemerkung zu Fall brachte. Manchmal stellte er sich neben Alix und verbreitete eine bedrohliche Aura. Wenn er keine Lust hatte, schickte er einen Handlanger, der ihm die Mühe abnahm. Ja, Serge hatte sie gesehen. Alix bekam Gänsehaut auf den Armen, als sie sah, wie er einen vierschrötigen Kellner zu sich winkte. Eine Minute später stand eine Flasche Champagner auf ihrem Tisch.

Serge erklärte später: »Der Kerl mag vorläufig noch der Laufbursche der Comtesse sein, aber ich habe beobachtet, wie er sich die Gunst von Maurice Ralsberg erschlichen hat. Nicht lange und er ist Ralsbergs rechte Hand. Speichellecker wie er sind nützlich. Besonders, wenn sie Geheimnisse haben.«

Als Alix Ferryman verstohlen betrachtete, musste sie zugeben, dass der Engländer zumindest *ein* Geheimnis mit sich trug – seine Einkommensquelle. Sein Abendanzug war neu. Die Goldfilter-Sobranies, die er rauchte, steckte er in eine Zigarettenspitze aus mit Intarsien verziertem Ebenholz. Er duftete nach einem Eau de Toilette, das das Budget eines einfachen Sekretärs bei Weitem überstieg. Ganz offensichtlich zahlte es sich aus, den Anstandswauwau der Comtesse de Charembourg zu spielen.

Am meisten widerte sie Ferrymans Haar an. Es war derart mit Öl getränkt, dass die ganze Frisur ins Wanken geraten wäre, wenn man nur eine einzige Strähne bewegt hätte.

Er fing ihren starren Blick auf und schenkte ihr ein rasiermesserscharfes Lächeln. »Wollen Sie den Namen meines Barbiers wissen, Miss Gower?«

»Hören Sie auf, mich Miss Gower zu nennen. Alix oder Mademoiselle. ›Miss‹ ist angeberisch.«

»Warum? Aber wo wir schon von Angabe sprechen …« Er hob die Champagnerflasche aus dem Eiskübel und füllte ihre beiden Gläser nach. »Was sagen Sie zu Serge und dem Familiensitz in Épernay? Er redet ununterbrochen über das Schloss und das einzigartige *terroir,* die liebevoll gehegten Hänge und doch … und doch …«

»Er redet darüber. Warum auch nicht?«

»Die Champagner-Anbaugebiete von Cuvée Martel …« Er hielt die Flasche schräg ins Licht, damit er das Etikett besser lesen konnte. »Und doch lässt er Lanson servieren. Waren Sie schon dort?«

»Noch nicht, es ist zu weit. Wir hatten zu viel zu tun. Seien Sie still und lassen Sie mich der Band zuhören.«

»Sie wollen zuhören? Ich würde sagen, die armen Tulpen, die sie da besingen, sind bei dem Klang längst verwelkt.«

»Rex und seine Band sind neu. Geben Sie ihnen eine Chance – oder gehen Sie in einen anderen Klub und verbreiten Sie dort schlechte Laune.« Alix war nicht in der Stimmung für Geplänkel. Sie hatte sich am Abend mit Serge gestritten. Bei ihrer Ankunft im Klub hatte das Kleid in der Julihitze an ihrer Haut geklebt, und beim ersten Blick auf das schweißtreibende Gedränge auf der Tanzfläche überfiel sie ein dringendes Bedürfnis nach einer kühlen Dusche und Musselinlaken. Serge hatte sie am Arm gepackt und kurzerhand an ihren Tisch geführt. Er schäumte, weil er einen Wagen in die Rue Jacob geschickt hatte und Alix ihn zwei Stunden hatte warten lassen.

Sie hatte versucht zu erklären, dass kurz vor Geschäftsschluss Kundinnen gekommen waren, die sich die Kollektion ansehen wollten. Die Besucherinnen hatten sich alles zweimal vorführen lassen und dann am Ende doch nichts gekauft. Als Serge bloß die Achseln zuckte, hatte sie ihn angeschrien, sie habe schließlich keinen Fahrplan wie ein Pariser Bus. Entweder er sei netter zu ihr oder sie ginge nach Hause. Und zwar zu Fuß. Auf seinen großartigen Wagen könne sie verzichten.

Daraufhin hatte er ihr vorgeworfen, sie werde immer mehr wie Solange, genauso zänkisch.

Verdammte Kerle. Aber Alix wusste, wie sie sich wieder beruhigen konnte. Ein paar Krümel Haschisch mit Tabak vermischt und in ihrer eigenen Spitze aus 22-karätigem Gold geraucht. Sie wandte sich von Ferryman ab, konzentrierte sich auf eine attraktive Frau auf der Tanzfläche und kleidete sie im Geist in ein Lutzman-Originalmodell. Heute Abend sah sie neue Belege für den Trend »Zurück zur Romantik«. Die Weidenruten-Anatomie wurde von dekorativen Draperien abgelöst. Die Röcke wurden üppiger. Die Taillen schärfer konturiert. Ärmel bauschten sich oder waren ausgestellt. Javier hatte das schon vor gut einem Jahr vorausgesehen. Sie selbst hatte – verdammte Vorsicht – in ihrer Frühjahr-Sommer-Kollektion von 1938 den Trend nicht berücksichtigt, weil sie annahm, die Welt würde weder freundlicher noch reicher werden. Würden die Menschen tatsächlich nach Romantik verlangen, wenn die Presse nur noch von Unruhen und Aufrüstung berichtete? Die Antwort lautete: offensichtlich ja.

Mode kann man einfach nicht voraussagen, dachte Alix. Sie war ein Zusammenspiel von Technologie, Träumen und Stimmungen. Um zu wissen, was im nächsten Jahr aktuell sein würde, brauchte man das, was Rosa »einen Riecher« nannte. Die Herbst-Winter-Kollektion, die Alix für den kommenden August plante, war ein riskantes Unternehmen. Sie hatte ihr Darlehen von Gregory schwer strapaziert und Hunderte Meter Seidenjacquard und Seidensamt, Vliesstoffe und sogar Rosshaarspitze bestellt. Da sie zu wenig Geld hatte, um eigene Textilien in Auftrag zu geben, hatte sie alles ungemustert gekauft. Sie würde Stickerei und Borten hinzufügen, aber das Risiko lag in den Formen, die sie kreierte. »Riechen Sie die Gosse?«, murmelte Ferryman ihr ins Ohr und riss sie damit abrupt aus ihren Tagträumen. Er grinste. »Sie haben die Stirn gerunzelt. Wir wissen beide, dass wir uns hier unters gemeine Volk mischen.« Seine Geste umfasste die Tanzfläche, die rosaroten runden Deckenlichter, die schwarzen Lacktische und Stühle, die lange Theke mit ihren metallglänzenden Art-déco-Verzierungen. »Das Rose Noire ist eine Hure – außen Seide und Pelz, aber innen drin verdorben.«

»Jolyan, warum kommen Sie überhaupt her? Sitzen Sie nur an diesem Tisch, um Ihre sehr wenigen Freunde zu beeindrucken?«

Nach einem kurzen Moment der Verärgerung, den er nicht unterdrücken konnte, sagte Ferryman: »Mich lockt die bezaubernde Dulcie L'Amour.« Er deutete mit der Zigarettenspitze zur

Bühne. »Was sie an Musikalität vermissen lässt, macht sie durch Kondition wett. Ich bewundere es, wenn ein Mädchen nach einem sportlichen Nachmittag mit Serge und den Jungs die ganze Nacht über die Bühne wirbeln kann.«

»Nach einem was?«

»Sie hat ihren Auftritt geprobt, meine Teure. Was dachten Sie denn, was ich meinte?«

Alix zog hektisch an ihrer Haschisch-Zigarette. Ihr war bereits aufgefallen, welche Blicke Serge Dulcie zuwarf. Dulcie war eine amerikanische Blondine, die so wild die Hüften schwenkte und mit dem Hintern wackelte, dass man ganz vergaß, dass sie nicht singen konnte. Jedenfalls, wenn man ein Mann war. Alix wusste auch ohne Ferrymans spitze Bemerkung, dass Serge sich für andere Frauen interessierte. Er umgab sich mit Menschen, die er kontrollieren konnte und die ihm schmeichelten. Und er entledigte sich der Menschen, die ihm Paroli boten. Wie lange würde er sie noch begehren? Sie war kein glamouröses Mannequin mehr. Und auch kein unerfahrenes Mädchen, das sich von seinem männlichen Selbstvertrauen beeindrucken ließ. Sie war eine Geschäftsfrau geworden, die sich Sorgen um den Umsatz machte und vor Erschöpfung in der Badewanne einschlief. Trotzdem traf sie der Gedanke, dass sie Serge verlieren könnte, überraschend tief. Ebenso wie das Haschisch verlieh er ihrem Alltag eine weichere Kontur. Sie liebte ihn nicht wirklich – im Grunde mochte sie ihn nicht einmal besonders. Manchmal machte er ihr Angst, und es gab selten einen Tag, an dem sie sich nicht über ihn ärgerte, denn er war eitel und manipulativ. Aber die Tatsache, dass er sie begehrte, war ihr ungeheuer wichtig. Das Gefühl, gebraucht zu werden, war unentbehrlich. Er milderte den Schmerz über Verrians Ablehnung, Javiers Empörung, Jean-Yves' Unehrlichkeit. Als eine Platte mit herzförmig angeordneten Austern an ihren Tisch gebracht wurde und die Kellner Schüsselchen mit

Mignonette-Sauce und Zitronen dazustellten, wusste Alix nicht, ob sie lachen oder das Ganze vom Tisch fegen sollte.

Das war Serges Art, sich für seine Unbeherrschtheit zu entschuldigen. Aber warum kam er nicht und setzte sich zu ihr? Nahm ihre Hand? Tanzte mit ihr?

Jolyan missverstand ihr Kopfschütteln. »Kann Ihr Stolz diesen Austern widerstehen, Miss Gower? Frisch von der Île de Ré, animalisch roh. Ich wette, Sie werden ihnen verfallen. Wollen wir sie uns teilen?«

»Essen Sie alle.«

»Mögen Sie keine Austern?«

»Ich mag keine Bestechung, weder mit Meeresfrüchten noch mit Francs. Das überlasse ich Ihnen.«

»Wie hässlich.«

Kurz danach lag auch noch ein Rosenstrauß auf ihrem ohnehin schon übervollen Tisch. Ohne eine Nachricht. Ihre Farbe sprach für sich.

»Warum sind rote Rosen eigentlich die allgemeingültige Form der Entschuldigung?« Jolyan schluckte ungerührt eine ganze Auster.

Alix wandte den Kopf ab, aber Jolyan fuhr ungerührt fort.

»Sie haben sich an einen Mann gekettet, der billige Blumen mag und nicht den Mut hat, ganz für Sie da zu sein. Männer wie Serge Martel begreifen nie den Wert dessen, was sie haben. Sie nehmen in Besitz, was andere Menschen sich wünschen. Dann werden sie es leid, zerstören es und stürzen sich in die Fantasie einer neuen Eroberung. Was ich an Ihnen bewundere, Miss Gower, ist Ihre geradezu bäuerliche Sturheit. Sie haben Stehvermögen. Bedauerlicherweise hängen Sie an Martel fest.«

»Sie finden, ich sollte ihn verlassen?«

»Gott, nein.« Jolyan tat, als hätte er sich an einer Auster verschluckt. »Wer weiß, wozu unser Freund imstande ist, wenn er glaubt, dass Sie ihn abservieren wollen. Sie haben noch eine lange Zeit als Fußabtreter vor sich, bevor er Sie satthat.«

Alix schloss die Augen, während Roistering Rex seine Männer zu einer schauerlich verstümmelten Version von »Take the ›A‹ Train« antrieb.

In den frühen Morgenstunden kleidete sie sich langsam aus. Serge sah ihr vom Bett aus zu. Das Zimmer roch nach Shisha-Tabak, und der Stärke des Geruchs nach zu urteilen, hatte Serge noch ein paar Haschischstückchen beigemischt, um »die Mischung aufzupeppen«, wie er es nannte, obwohl dies gewöhnlich eher die gegenteilige Wirkung hatte. Er rauchte aus der Wasserpfeife neben seinem Bett, einer blauen Glasflasche mit geschlängeltem Schlauch.

Alix zog sich bis auf die Unterwäsche aus, wie Serge es mochte. Das Satinkorselett mit den leichten Fischbeinstäben und die Seidenstrümpfe behielt sie an. Als sie neben ihn ins Bett schlüpfte, streckte er die Arme aus und zog sie auf sich. Er hatte jenen abwesenden Blick, der bedeutete, dass er sie langsam und träge lieben würde, aber sie wusste auch, dass er nicht ganz bei der Sache wäre. Er bot ihr den Shisha-Schlauch an, aber sie lehnte ab.

»Nicht noch mehr. Ich habe zu viel getrunken. Ich wollte Ferryman vergessen.«

»Ich habe dir doch gesagt, du sollst nett zu ihm sein und dich bei ihm lieb Kind machen.«

»Ich bin kein liebes Kind – nein, und rauchen will ich auch nicht.« Serge versuchte, ihr das Mundstück zwischen die Lippen zu schieben.

»Doch, du willst. Du bist heute so stachelig. Entspann dich mal ein bisschen, Alix.« Er bedeckte die Schüssel der Wasserpfeife mit dem Boden eines Champagnerglases, damit sich Rauch bildete. »Komm schon, hübsch langsam. Verschwende ihn nicht.«

Als Serge sie aufs Bett drückte, fühlte sie sich bleiern und schläfrig. Er legte sich schwer auf sie, bis sie kaum noch Luft bekam, denn das erregte ihn. Er drang in sie ein und stieß schnell und wütend zu, bis sie ihn keuchend wegdrückte: »Nicht so heftig, Serge.«

Aber er hörte nicht auf sie. Bevor er kam, rollte er mit einem Seufzer von ihr herunter. »Jetzt du.«

Unbefriedigt und frustriert kniete sie sich neben ihn und nahm mit geschlossenen Augen seinen erigierten Penis zwischen die Lippen. Er stöhnte, während sie sich mit der Hand auf seinem Bauch abstützte, denn einmal hatte er sie so fest am Hinterkopf gepackt, dass sie fast erstickt wäre. Mit ihrer freien Hand streichelte sie ihn an seinen intimsten Stellen, bis er sich unter ihr wand. Dann hob sie den Kopf und brachte ihn mit der Hand zum Orgasmus. Sie hatte bei Serge so einige Tricks gelernt … Während sich Serge ausruhte, kamen Alix Ferrymans Worte wieder in den Sinn.

War sie wirklich ein Fußabtreter? Obwohl sie den Ehrentisch an der Tanzfläche bekam und so viel Champagner und Haschisch, wie sie nur wollte? Serge musste doch etwas für sie empfinden. Die vielen Autofahrten nach Le Cloître, als sie ihn gebraucht hatte … er war nett zu ihr gewesen. Er hatte ihr eine goldene Zigarettenspitze gekauft und eine Menge Schmuck.

Alix Gower, Mätresse.

Sie schlüpfte aus dem Bett und betrachtete sich in einem langen Wandspiegel. Rosa hatte recht, sie war dünn geworden. Alix Gower, ein veraltetes Modell. Sie trat ans Bett und starrte auf Serge hinunter, der bereits tief und fest schlief. Im Geist hörte sie Jolyan Ferryman kichern: ›Sie haben noch eine lange Zeit als Fußabtreter vor sich, bevor er Sie satthat.‹

Schnell streifte sie Kleid und Schuhe über. Auf einem Fuß balancierend, verlor sie das Gleichgewicht und polterte leise fluchend zu Boden, aber Serge rührte sich nicht. Verdammter Kerl, der sie auf halbem Weg zum Höhepunkt hatte hängen lassen, frustriert, ungeliebt. Den ganzen Abend hatte er sie allein gelassen, dann hatte er sich ins Bett geworfen und sich zugekifft und erwartet, dass sie ihm zu Diensten war wie eine …

»Zur Hölle damit!« Sie packte die Wasserpfeife, als wolle sie sie an Serges Schädel zerschmettern, drehte sich dann aber um und warf sie gegen die Wand. Blaues Glas zersplitterte.

Mit dem Lippenstift schrieb sie *Es ist vorbei, adieu* auf den Spiegel der Frisierkommode und ging. Serge schlief weiter.

Der Juli 1938 schleppte sich schwül und stickig dahin. Alix, die befürchtet hatte, dass Serge kommen und Erklärungen verlangen würde, war erstaunt, als erst eine und dann eine weitere Woche ohne ein Wort von ihm verging. Vielleicht war er zu sehr mit sich selbst beschäftigt, um rachsüchtig zu sein? Als es August wurde und sie immer noch nichts von ihm gehört hatte, verfestigte sich diese Annahme.

An die abrupte Änderung ihrer nächtlichen Routine musste sie sich erst gewöhnen. So viele freie Stunden … Aber sie stellte sich darauf ein und füllte sie mit der Arbeit an ihrer Kollektion.

Alix verbrachte den Vormittag des 10. August mit ihrer Première und probierte verschiedene Futterstoffe für die Stoffe aus, die sie für ihre maßgeschneiderten Modelle verwenden wollte. Nachdem sie ein Muster genäht hatte, um zu beweisen, dass die von ihr ausgesuchte Kunstseide am geeignetsten war, beauftragte sie Madame LeVert, einen Ballen zu ordern und sich ans Zuschneiden zu machen, und ging dann hoch in ihre Wohnung, wo sie ihr Mittagessen einnahm, das aus grünem Salat und Gurke bestand. In acht Tagen sollte ihre Herbst-Winter-Schau stattfinden, und ihr war jetzt schon schlecht vor Nervosität.

An jenem Nachmittag übernahm sie wieder die Rolle des

Mannequins und führte ihre Modelle einigen Engländerinnen vor, die sich unablässig Luft zufächelten und fragten, ob man die Fenster nicht weiter öffnen könnte. Als sie endlich weg waren, konnte sich Alix kaum noch auf den Beinen halten. »Wir sollten die Siesta einführen wie die Spanier«, sagte sie seufzend zu Rosa. »Am Nachmittag schlafen und um sechs wieder anfangen.«

Rosa riet ihr, sich ein wenig hinzulegen. »Eine Stunde können wir dich entbehren.«

Alix zählte gerade alle Gründe auf, warum das nicht infrage kam, als drei lange Klingeltöne ihren Puls beschleunigten. »Du meine Güte!« Drei Klingeltöne waren Monsieur Huberts Code für eine Polizeirazzia. Sie hatten dieses Signal in der Anfangszeit des Unternehmens vereinbart, als Alix davon überzeugt war, dass die Modepolizei ihr auf den Fersen wäre.

Marguerite, die Zuschneiderin, stürzte ins Zimmer, und alle starrten sie angstvoll an.

»Gut«, sagte Alix. »Es hat keinen Sinn, dass ich hier auf sie warte.« Sie ging nach unten, Rosa und Marguerite folgten ihr. Aus dem Erdgeschoss drang ein rasselndes Geräusch: Monsieur Hubert war in seinem Sessel eingeschlafen, und sein Kopf mit dem verrutschten Toupet drückte auf den Klingelknopf.

Am Ende rissen sie Witze darüber, aber noch Stunden später fuhr Alix bei jedem Geräusch zusammen. Mit ihrer fast fertigen neuen Kollektion fühlte sie sich verwundbar. Es gab Leute in der eifersüchtigen Modewelt, die ihr ein Scheitern wünschten. Simon Norbert und Mademoiselle Lilliane hatten sie angeschwärzt, das hatte sie von Marcy Stein erfahren, die sie beim Knöpfekaufen in der Rue Saint-Denis getroffen hatte.

Als Alix an jenem Abend in ihrer Wohnung Brot schnitt, klopfte ein zerknirschter Monsieur Hubert an die Tür, den Arm voller Rosen. »Die sind gekommen, als ich gerade abschließen wollte.«

Seufzend nahm Alix den Strauß entgegen und legte ihn ins Spülbecken. Vierundzwanzig rote Rosen. Bonnet, der mehrmals die Woche bei Alix und Mémé aß, hielt sich eine an die Nase: »Er will Sie offensichtlich zurückhaben, obwohl er so wütend war, als Sie ihn verlassen haben.«

»Woher wissen Sie denn, dass Serge wütend war?«

»Weil ich ab und zu bei meinen alten Stammkneipen am Montmartre vorbeischaue, und die Geschichte von Serge Martels rasendem Zorn Gesprächsstoff in allen Cafés war. Jeder wollte meine Meinung hören, weil ich doch Ihr Busenfreund bin.« Während er einer Rose den Kopf abriss und sie in das ausgefranste Knopfloch seines Overalls steckte, beschrieb er, wie Serge einen Schuh gegen den Spiegel geschleudert hatte, auf den Alix mit Lippenstift ihr Lebewohl geschrieben hatte. Das Glas war zerbrochen und Serge hatte sich übel geschnitten. Die Putzfrau, die den Wutausbruch miterlebt hatte, war auf der Stelle gefeuert worden. »Und später bewarf er den Kellner, der ihm nicht schnell genug ein Glas brachte, mit einer Weinflasche. Aber das macht er wohl häufiger. Ein paar Tage später hatte sich der Sturm gelegt.« Bonnet hob die Schultern. »Dinge enden nun mal, und das weiß er auch.«

Nun saß Dulcie L'Amour am Ehrentisch, nippte Lanson-Champagner und aß herzförmig angeordnete Austern – wenn sie nicht auf der Bühne stand, mit den Hüften wackelte und gurrte.

Alix geriet ins Grübeln. Serge mochte sie so sehr, dass er wütend geworden war und sich wehgetan hatte. Aber dann hatte er sie so schnell ersetzt. Warum also die Rosen? Wollte er ihr damit zu verstehen geben, dass sie ihn zurückhaben konnte, wenn sie wollte?

Ein nächtliches Gewitter brachte wenig Erleichterung. Am nächsten Morgen stieg Alix in ihr Atelier hinauf und sah, dass die Mädchen sich bis auf ihre Unterröcke ausgezogen hatten. Von Una wusste sie, dass es in amerikanischen Kaufhäusern etwas gab, das sich »Klimaanlage« nannte, Hitze und Feuchtigkeit aus den Räumen saugte und sogar mitten im Sommer für angenehm frische Temperaturen sorgte. Eines Tages, versprach sie sich. Eines Tages …

»Mademoiselle Gower?« Marguerites Kopf erschien in der Tür zum Atelier. »Eine Besucherin. Ich habe sie in den Salon geführt.«

Alix versprach, umgehend zu kommen. Sie wandte sich an die Première, die ihr ein Stück Musselin hinhielt, prüfte es und nickte zustimmend. »Sehr gut, Madame LeVert, schneiden Sie den Stoff zu. Wir haben schon so viele Toiles gemacht und können es uns nicht leisten, noch mehr Zeit zu vergeuden.« Es war stets ein heikler Moment, wenn die Schere in die teure Ware fuhr. Alix schob ihn immer viel zu lange auf, aber das hatte auch Javier getan.

Alix verdrückte sich schuldbewusst, aber erleichtert, ins untere Stockwerk. Bei jedem Schritt spürte sie, dass es kühler wurde. Die Wände des Salons waren eisgrau gestrichen. Da sie sich keine Teppiche leisten konnte, hatte sie die Dielen weiß lackiert. Die Stuckarbeiten und die Deckenrose aus dem 18. Jahrhundert hatte sie kalken lassen, und der Effekt war ein wenig geisterhaft und erinnerte an Javiers Salon, durch die Gardinen betrachtet. Das einzige extravagante Element waren Tischlampen und elegante Sofas. Ihre Kundinnen fragten sich vielleicht beim Hinaufgehen, in welches kuriose Hinterhofmilieu sie da geraten waren, aber sobald sie sich setzten, fühlten sie sich wie zu Hause.

Als Alix eintrat, erhob sich eine langbeinige junge Frau. An ihren Bewegungen identifizierte Alix sie sofort als Mannequin. Es dauerte ein paar Sekunden, bis sie unter dem hellen Strohhut Javiers Nelly erkannte. Zuletzt hatte sie sie bei Javiers missglückter Modenschau im vergangenen Juli gesehen. Sie zögerte, aber Nelly umarmte sie und zeigte mit einer weit ausholenden Geste in den Salon. »Feierst du hier Partys?«

Alix brachte eiskaltes Wasser mit Zitrone und setzte sich, um herauszufinden, was Nelly von ihr wollte. Das dauerte seine Zeit, denn erst wollte Nelly ihr von ihrer Verlobung mit einem Theaterproduzenten und der für den September geplanten Hochzeit erzählen, für die Javier ihr das Brautkleid schneiderte. Doch schließlich sagte sie: »Ich will schon seit Tagen herkommen. Vor einer Weile habe ich Serge Martel in einem Nachtklub getroffen. Er kam zu mir und hat dich erwähnt.«

»Wir sind nicht mehr zusammen«, erwiderte Alix rasch.

»Hmm. Das hat er so nicht ausgedrückt. Er glaubt, dass du zu ihm zurückkommst, wenn du lange genug geschmollt hast.«

Dann hatte Bonnet also unrecht. Serge hatte das Ende der Affäre nicht akzeptiert. »Da kann er lange warten, Nelly.«

»Da bin ich aber froh. Du solltest nämlich wissen, was mit Solange passiert ist. Ich will nicht, dass dir dasselbe zustößt.« Nelly wurde ernst. »Weißt du noch, damals, als Solange sich so unmöglich aufgeführt hat? Und rausgestürmt ist? Nur ein paar von uns wussten, dass sie schwanger war.«

»Ich hatte keine Ahnung«, flüsterte Alix. »War es …?«

»Von Serge. Solange dachte, er würde sie heiraten. Das hat er auch behauptet, aber dann …« Nelly rümpfte die Nase. »Dann hat er dich kennengelernt.«

»Er hat sie meinetwegen verlassen?«

»Schlimmer. Er hat Tabletten besorgt.« Nelly blickte sich um und senkte die Stimme. »Sie haben eine Fehlgeburt ausgelöst. Es ging schief, und Solange ist dabei fast gestorben. Sie musste zu ihren Eltern zurück.«

»Nach Korsika?«

»Korsika? Nein. Ihre Familie lebt in Le Havre. Jedenfalls sah sie furchtbar aus, als ich sie danach traf. Sie trug einen Hut wie ein Schulmädchen. Sie sagte, sie bliebe noch eine Weile dort und käme langsam über alles hinweg, aber … Alix, am Ende hat sie es mir gezeigt. Sie ist – entstellt.«

Alix runzelte die Stirn. »Durch die Fehlgeburt?«

»Nein. Wegen Serge. Solanges Eltern hatten damit gedroht, wegen der Pillen zur Polizei zu gehen. Serge war bereit, Solange eine Entschädigung zu zahlen, aber dann kam es zum Streit, und er hat sie gebissen.«

»Gebissen? Wie?«

»In die Wange. Und er hat dabei ihr Ohr eingerissen.« Nelly griff nach ihrer Tasche. »Hör mal, ich muss los. Ich treffe meinen Verlobten im Crillon. Aber ich wollte, dass du es erfährst, Alix.«

»Moment. Serge ist nicht gewalttätig, nicht Frauen gegenüber.« Alix folgte Nelly zur Tür. »Er ist egoistisch, aber er hat mich nie verletzt.«

»Dann gib ihm jetzt keine Chance dazu. Damit es dir nicht so geht wie Solange.«

Alix konnte Nelly nicht gehen lassen, ohne nach Javier zu fragen. Die junge Frau war einen Moment lang still. »Du bekommst anscheinend in letzter Zeit nicht viel mit. Er hat geschlossen. Nach dem Fiasko vom letzten Sommer hat er versucht weiterzumachen und im Februar eine fantastische Kollektion herausgebracht.«

»Ich weiß, ich habe die Bilder gesehen.«

Nellys Blick brachte sie zum Schweigen. »Dann wollten alle Stoffhersteller gleichzeitig ihr Geld. Ein ausländischer Geschäftsmann namens Maurice Ralsberg hat alle kleineren Unternehmen aufgekauft. Er bewirkte eine Zwangsversteigerung. Javier hat versucht, Geldgeber zu finden, aber die Schulden waren einfach zu hoch. Eines Nachmittags, als er und Madame Frankel gerade Ideen für den Juli besprachen, warf er den Stift hin und sagte, es sei vorbei. Geh in die Rue de la Trémoille, du wirst die zugenagelten Fenster sehen.«

Als Nelly gegangen war, saß Alix da und starrte vor sich hin, bis Rosa ins Zimmer kam.

»Was ist denn los mit dir? Hubert hat doch nicht wieder geklingelt?«

»Ach, Rosa. Ich habe gerade zwei schreckliche Dinge erfahren.«

»Zwei? Das heißt, Nummer drei ist auch nicht weit. Können wir schließen? Alle sind müde, und es ist schon nach sieben.«

Nummer drei kam eine Stunde später.

Alix gönnte sich immer zwei Stunden für das Abendessen. Mémé kochte nicht mehr. Seit dem Überfall war ihr Gleichgewichtssinn gestört, und obwohl sie zwischendurch klar denken konnte, beeinträchtigten die Pülverchen, die sie gegen die ständigen Kopfschmerzen einnahm, ihr Gedächtnis und ihre Konzentration. Ein Großteil ihres Lebens in London und Paris lag hinter einem Nebelschleier verborgen, an ihre Jugend jedoch konnte sie sich mit absoluter Klarheit erinnern.

Alix bereitete einen Kartoffelsalat mit gepökeltem Rindfleisch zu, deckte den Tisch und füllte Gläser mit Wasser. Zu dieser Uhrzeit bekam sie immer Lust auf Champagner und wurde von dem nagenden Bedürfnis gequält, feine Perlen aufsteigen zu sehen und ein beschlagenes Glas in der Hand zu halten. Wassertrinken half, sich beschäftigen auch. Sie ging die Stufen zu Bonnets Atelier hinunter, wo ihr der vertraute Kaffeeduft in die Nase stieg, aber daneben auch noch etwas anderes, ein ekelhafter Gestank, der verriet, dass ihr Freund eine Leinwand grundierte.

»Grundierleim aus Kaninchen«, sagte sie. »Sie kaufen immer noch das billige Zeug.«

»Nein«, sagte Bonnet, ohne den Pinsel abzusetzen. »Ich kaufe das teure Zeug, und der Mistkerl, der es herstellt, tauscht es gegen billiges aus.«

»Bringen Sie es zurück.«

»Die Fabrik liegt weit draußen in La Villette. Ihre Großmutter ist im Garten. Sie müssen sich einen Weg durch das Gerümpel bahnen.«

Ein paar Sekunden später kam Mémé herein. Sie nahm den Arm ihrer Enkelin und lehnte sich an sie. Sichtlich fasziniert beobachtete sie, wie sich Bonnets Pinsel auf und ab bewegte.

»Schrecklicher Geruch, Raphael Bonnet, ich erkenne ihn wieder. Ich habe ihn gerochen, als mir jemand auf den Kopf geschlagen hat.«

Bonnet hielt inne und drehte sich langsam um.

»Ich wusste bis jetzt nicht, warum mir der Kopf so wehtat und weshalb ich aus meiner Wohnung in Saint-Sulpice ausziehen musste«, fuhr Mémé fort. »Jetzt weiß ich es wieder.«

»Grandmère, willst du damit sagen, du weißt, wer dich angegriffen hat?«

»Der Mann, der wie Bonnets Pinsel riecht.«

Alix starrte Bonnet an, der nicht weniger verblüfft wirkte.

»Ich war Kartenspielen und bin nach Hause gegangen«, sagte Mémé. »Es war dunkel. Die Wohnungstür stand auf, und ich dachte, du wärst zu Hause. Ich habe ›Aliki?‹ gerufen. Keine Antwort, deshalb dachte ich, du wärst schon im Bett. Ich bin in die Küche gegangen, um mir eine heiße Milch zu machen. Ich habe gehört, wie eine Tür aufging, und gerufen ›Kommst du jetzt erst nach Hause?‹. Ich habe mich umgedreht, aber da hast nicht du gestanden, sondern er.«

»Wer, Mémé?«

»Der Mann, der wie Bonnets Pinsel riecht«, wiederholte Danielle Lutzman geduldig. »Sein Gesicht konnte ich nicht sehen. Als er ›Sie sind zu früh zurück‹ gesagt hat, habe ich die eiserne Bratpfanne gepackt, aber sie war zu schwer, ich konnte sie nicht hochheben.« Mémé hob die Hände, um ihre zerbrechlichen Handgelenke zu zeigen. »Er nahm sie mir aus der Hand und schlug mir sehr fest damit auf den Kopf.« Sie berührte die Stelle. »Ich fiel hin, und ich weiß noch genau, wie er stank, als er sich neben mich hinkniete.«

Alix musste daran denken, wie jemand sie ins Dunkel geschleudert hatte. Ein stinkender Lappen im Mund, ein Männergesicht unter einem Netz öliger Wolle. Sie hob Bonnets Leimdose hoch und schnupperte daran. »Es ist derselbe Geruch, du hast recht.«

Ihre Großmutter sah sie aus Kinderaugen an. »Sollen wir der Polizei erzählen, dass ich jetzt weiß, wie der böse Mann gestunken hat?«

Ein Geruch als Beweismittel?, dachte Alix. Die Polizisten würden sich schieflachen. Außerdem hatte sie keine Lust, auch nur in die Nähe der Polizei zu kommen.

Beim Abendessen bestärkte Bonnet sie in ihrer Meinung. »Halten Sie sich von diesen Bullenschweinen fern. Sie würden Danielle nur zwingen, den Überfall wieder und wieder zu schildern, bis sie noch verwirrter ist.« Er nahm sich eine zweite Portion Fleisch. »Dass Sie von Saint-Sulpice weggezogen sind, war goldrichtig. Ich treffe ab und zu Fernand Rey, den Sohn der Concierge, er hat einen Stand am Marché Mouffetard. Er hat so eine Ahnung, wer der Täter sein könnte. In jener Nacht hat er Ihren Freund de Charembourg in der Wohnung gesehen.«

»Das ist unmöglich. Der Comte hätte etwas gesagt. Das hätte er doch, oder?«

»Vielleicht.« Bonnet warf einen Blick zu Mémé hinüber, die das Rindfleisch kaute, das Alix für sie in kleine Rechtecke geschnitten hatte. »Vielleicht hielt er es für taktlos, davon zu sprechen. Aber da ist noch etwas anderes. Erinnern Sie sich an die Zigeuner, die im Hof wohnten?«

»Natürlich. Sie verdächtigen sie doch nicht?«

»Fernand Rey tut es, und es ist gar nicht so abwegig, wissen

Sie. Nicht nach dem, was Ihre Großmutter gerade gesagt hat. Der Gestank … Die Zigeuner verdienen ihr Geld damit, dass sie im Bois de Boulogne Kaninchen fangen. Sie verkaufen das Fleisch und legen das Fell in Urin ein. Deshalb hat Ihr Hof auch so danach gestunken.«

30

Am nächsten Tag gingen Alix Bonnets Worte weiter durch den Kopf. Fernand Rey hatte vielleicht recht, und einer der Zigeuner war in die Wohnung eingebrochen und hatte versucht, Mémé zum Schweigen zu bringen. Aber so ganz konnte sie nicht daran glauben. Alix hatte sich vor den Fremden immer in Acht genommen, aber nie Angst vor ihnen gehabt. Andererseits erinnerte sie sich genau daran, wie Fernand Rey zusammen mit seiner Mutter in die Wohnung gekommen war. Er hatte Alix dabei zugesehen, wie sie die Bilder ihres Großvaters umhängte, und sie hatte das Gefühl gehabt, er taxiere die Werke.

Während sie über Fernand Rey und seine Gründe, den Verdacht auf Außenstehende zu lenken, nachdachte, beobachtete sie die Zuschneiderin Marguerite und die Première dabei, die Maße einer neuen Kundin aufzunehmen. Die beiden machten Vorschläge, welcher Stil am besten zur adretten Figur der Dame passen würde, und weil Alix ihre Ideen guthieß, beteiligte sie sich nicht an der Unterhaltung. Fernand Rey war in ihrem Kopf gerade wichtiger als Abnäher, aufgesetzte Taschen und U-Ausschnitte.

Die Kundin entdeckte Alix, die im Türrahmen stand, und stellte sich als Adèle Charboneau vor. »Madame Kilpin hat Ihren Namen erwähnt. Wir waren früher Nachbarinnen an der Avenue Foch. Ich hoffe, Sie schneidern mir ein wunderschönes dunkelrotes Kostüm. Ich weiß schon genau, was ich will.« Sie malte einen Umriss in die Luft. »Mit Rüschen an den Bündchen und am Halsausschnitt.«

Als die Unterhaltung fortschritt, wurde Alix klar, dass die Kundin sich eine exakte Kopie eines kürzlich herausgekommenen Chanel-Kostüms wünschte. Da erklärte sie der Dame höflich, dass man bei Modes Lutzman keine Kopien anfertige. »Aber wir zeigen Ihnen gerne unsere eigenen Entwürfe.«

Plötzlich begann die Frau zu weinen. In abgehackten Sätzen berichtete sie, dass ihr Verlobter, der im Ausland arbeitete, ihr Geld für ein Chanel-Kostüm geschickt hatte, damit sie auf der Schiffsreise zu ihm etwas zum Anziehen hatte. Aber: »Mit dem Geld habe ich meiner Mutter einen Urlaub in Deauville ermöglicht. Sie hat so wenig Schönes im Leben … und das waren unsere letzten Wochen zusammen. Und jetzt muss ich meinem Verlobten alles gestehen. Er mag meine Mutter nicht. Oh, er wird so wütend sein.« Tränende Augen sahen Alix bittend an. »Ich habe gehofft, Sie könnten mir eine Kopie anfertigen, damit er es nicht merkt.« Sie gab Alix eine Visitenkarte, auf der eine Adresse an der Avenue Foch stand. »Das ist nicht meine Wohnung. Ich bin bloß die Haushälterin. Ich könnte mir nicht mal ein echtes Chanel-Modell leisten, wenn ich zehn Jahre lang darauf sparen würde.«

Die Frau tat Alix leid, aber sie blieb hart. »Würde Ihr Verlobter denn etwas merken, wenn wir Ihnen ein wunderbares Maßkostüm anfertigten?«

»Könnten Sie ein Chanel-Etikett einnähen?«

»Auf keinen Fall.«

Adèle Charboneau biss sich auf die Lippe. Als Alix ihr jedoch erklärte, dass die wenigsten Männer ein Chanel-Kostüm erkennen würden, heiterte sich ihre Miene auf. »Sie haben recht. Schneidern Sie mir eins Ihrer Modelle.«

An jenem Tag und auch am nächsten, der ein Sonntag, aber kein Ruhetag war, dachte Alix nicht mehr an Mademoiselle Charboneau. Ihre Herbst-Winter-Schau sollte in vier Tagen stattfinden, und sie wusste vor lauter Arbeit nicht mehr, wo ihr der Kopf stand. Die Kleider dieser Saison waren Alix und vier kurzfristig eingestellten Mannequins auf den Leib geschneidert worden und einfach atemberaubend. Nun, Alix jedenfalls raubten sie den Atem.

Die Abendkleider besaßen Überröcke aus besticktem Netzstoff und Chiffon. Die Kostüme dagegen hatten schlichte, ja schon beinahe militärisch strenge Schnitte, und die Tageskleider waren aus einfarbiger Seide gefertigt. Alix wusste, dass die Leute zu ihrer Schau strömen würden, schon allein aus Neugier. Sie hatte eine Werbefachfrau angeheuert, die für ihr »kleines schwarzes Buch« bekannt war – eine Liste aller Damen, die gern und oft Couture-Kleider kauften. Diese Werbeexpertin hatte den Reichsten von ihnen Einladungen geschickt, und auch den Einkäuferinnen für die großen Warenhäuser, den Boutiquenbesitzerinnen und Modejournalistinnen. Alix hatte auch eine Dekorateurin damit beauftragt, den Salon herauszuputzen, und schon am Tag zuvor waren zweihundert Programmhefte aus der Druckerei gekommen, auf deren Titelseite es hieß: »Heute, am 18. August 1938, präsentieren Modes Lutzman …«

Sie und die Mannequins würden die Kleider vorführen. Der Star des Abends war ein Kleid aus goldenem Seidensamt mit einem Taillenband aus Satin, präsentiert von Alix persönlich. Es bestand aus herrlichen Stoffen, die auch für eine Königin angemessen gewesen wären. Der Rock – mindestens so ausladend wie die Röcke, die Javier im Sommer zuvor entworfen hatte – war mit fliegenden Vögeln geschmückt. Sah man nur flüchtig hin, glaubte man, sie seien in den Stoff eingewebt; betrachtete man den Rock aber genauer, so erkannte man, dass der Flor des Samtes abrasiert worden war. Alix hatte eigens Schablonen angefertigt und damit den Flor mühsam abgetragen. Viele Abende lang hatte sie daran gearbeitet und immer wieder niesen müssen, wenn ihr die umherfliegenden Samtfasern in die Nase gerieten. Sie hatte dem Kleid natürlich einen Namen gegeben: *Ma Fuite*. Meine Flucht.

Nicht jede Idee hatte sich als Erfolg erwiesen. Da war zum Beispiel das zum Scheitern verurteilte Kleid *Nummer 10*. Alix hatte einen Ballen kaffeefarbene Viskose gekauft – ein moderner Stoff, wie gemacht für weich fallende Kleider – und eine anschmiegsame Abendrobe mit V-Ausschnitt im Rücken entworfen. Ihren Vorstellungen nach sollten Bänder mit Seidenfransen spiralförmig um das Kleid herumlaufen und die Figur der Trägerin in Bewegung besonders betonen. Alix hatte viel experimentiert; so hatte sie etwa die Seidenfransen am Rücken mit Glasperlen beschwert, um den Lendenbereich hervorzuheben. Nun, der hatte fantastisch ausgesehen, aber leider ballte sich der Stoff auf der Vorderseite dadurch unvorteilhaft zusammen. Hatte sie zu viel gewollt? Javier hätte sicher ein Dutzend Toiles hergestellt und immer weiter herumprobiert, bis er den Entwurf perfektioniert hatte. Aber Alix hatte weder genügend Zeit noch Personal dafür. Und sie konnte auch nicht auf die Erfahrung Madame Frankels zurückgreifen. Wie sie ihre ruhige Stimme voller Zuversicht doch vermisste: »Es wird funktionieren, wenn wir es so machen …« Madame LeVert hingegen, die für Alix arbeitete, sah stets mehr Probleme als Lösungen. Am Ende musste Alix *Nummer 10* aufgeben und säuberlich in Einzelteilen verpackt ins Lager bringen lassen. Wenn die Schau vorbei wäre, würde sie vielleicht einen neuen Versuch wagen.

Als Alix am Montagmorgen einen traurigen Abschiedsblick auf *Nummer 10* warf, bekam sie mit, wie eine Näherin eine dunkelrote Jacke und einen Rock in derselben Farbe fertigstellte. Wenn dies Adèle Charboneaus Kostüm war, wäre sie sicher beeindruckt, wie schnell ihr Auftrag ausgeführt worden war. Als Alix etwas genauer hinsah, bemerkte sie, dass das Kostüm Chanels Original gefährlich ähnlich sah, und als sie es ganz genau inspizierte, entdeckte sie ein Etikett mit der Aufschrift »Chanel Paris«. »Schließen Sie das sofort weg!«, herrschte Alix die Schneidermeisterin an. »Das darf auf keinen Fall ausgeliefert werden. Wer hat das genehmigt?«

»Madame LeVert«, erwiderte die Schneidermeisterin. »Die Kundin hat ihr das Etikett gegeben und darum gebeten, es einzunähen. Ich war auch überrascht, das gebe ich zu.«

Alix ging auf die Suche nach der Première, aber Madame LeVert war schon nach Hause gegangen, weil sie sich nicht wohlfühlte. Daraufhin ließ Alix die Angelegenheit vorerst ruhen; für die Schau war noch so viel zu erledigen. In all der Anspannung vergaß sie Adèle Charboneau und ihr falsches Chanel-Kostüm bald.

Am Morgen des 18. August wachte Alix mit Schmetterlingen im Bauch auf. Im Salon zählte sie mehrmals die Stuhlreihen – und bekam jedes Mal ein anderes Ergebnis heraus. Dann ging sie zwischen den Stühlen hindurch, richtete sie aus, sodass alle gerade nach vorne zeigten, obwohl sie zuvor schon in Reih und Glied gestanden hatten.

Sie setzte sich, und die blanke Angst stieg in ihr auf. Was würde in wenigen Stunden passieren? Vierzehn Modelle würden im Expresszugstempo am Publikum vorbeigeschleust, und danach würden sich die Leute vielleicht betrogen fühlen. Wenn überhaupt welche kamen. Doch anschließend sollte es elsässischen Wein und Häppchen geben, und die Leute konnten herumlaufen und die Mädchen in den Kleidern näher betrachten. Und sie, Alix, würde bereitstehen, um von Frau zu Frau über die Vorzüge der verschiedenen Modelle zu sprechen. Es würde eher eine Nachmittagsparty als eine Modenschau werden. Violette, die Empfangsdame, und Rosa würden die Bestellungen aufnehmen – vorausgesetzt, irgendjemand wollte überhaupt ein Modell bestellen.

Zur Mittagszeit war die Luft schon so feucht, dass die Fenster beschlugen. Aber zum Glück herrschte kein bisschen von dem hektischen Trubel, der praktisch das Markenzeichen der Veranstaltungen von Javier gewesen war. Alle Modelle waren gebügelt, ordentlich aufgehängt, gebürstet, fix und fertig. Die vier Mannequins saßen ruhig da und warteten auf das Signal, sich anzuziehen. Alix musste die Floristin bezahlen, das war eine kurze, willkommene Ablenkung, bevor sie wieder ins Lampenfieber hineinrutschte, in dieses Gefühl, das einen beschleicht, eine Minute, bevor sich der Vorhang hebt: dass man alles, aber auch alles falsch gemacht hat. Alix war davon überzeugt, dass jedes einzelne Kleid schrecklich und sie selbst eine Versagerin war. Rosa, die ihre Gefühlslage bemerkte, beruhigte sie: »Alix, in einer Stunde lachst du wieder.«

Da klingelte es dreimal an der Tür – das war Huberts »Polizei-Warnsignal«. Sie starrten sich an. »Meine Güte, nicht mal heute kann er es richtig machen«, murmelte Rosa.

»Aber wenn er auf dem Sessel eingeschlafen ist …«, erwiderte Alix. Dann hörte man Fußstapfen von unten, eine zuschlagende Tür, und Alix' Herz schlug einen Salto. Die Leute strömten nur so zu ihrer Schau! Immer gab es Menschen, die besonders früh kamen, um einen Platz in der ersten Reihe zu ergattern.

»Violette, gleich geht es los!«, rief Rosa. Sie stupste Alix an. »Und du machst dich jetzt besser unsichtbar.«

Alix schlüpfte ins Büro, das heute in eine Cabine verwandelt worden war. Jeder Spiegel im Haus befand sich jetzt hier, und die Lampen leuchteten hell und ließen die Kleider in ganz unerwarteten Farben schimmern. Alix fächelte sich Luft zu und prüfte, ob das Fenster geöffnet war. Ja, es war offen.

Die Mannequins, professionelle junge Frauen, die ihre eigenen Unterröcke und ihr eigenes Make-up mitgebracht hatten, sahen sie erwartungsvoll an. »Höre ich da etwa das Publikum?«, fragte eine.

»Wir könnten uns jetzt wohl anziehen«, antwortete Alix und nickte Marguerite zu, die die Aufgabe als Chef de Cabine übernommen hatte. Sehnsüchtig dachte sie an Madame Markova zurück, obwohl die viel zu rundlich für einen so engen Raum gewesen wäre, und griff nach ihrem maßgeschneiderten Kleid aus rostroter Wolle. »Ach, warum müssen die Winterschauen bloß immer im Juli und August stattfinden?«

In diesem Augenblick drang Rosas Stimme in den Raum, und Alix stellte beunruhigt fest, dass sie Englisch sprach und sehr aufgewühlt klang: »Einen Moment mal, immer mit der Ruhe!«

Bevor Alix reagieren konnte, standen drei Männer an der Tür der Cabine. Die Mannequins, die nur ihre Unterröcke trugen, schrien auf. Alix hielt sich das Wollkleid vor den Körper. »Was ist hier los? Wer sind Sie?«

»Mademoiselle Lutzman?«

»Ich heiße Gower, Alix Gower.«

»Gibt es hier eine Mademoiselle Lutzman?« Der Mann war mittleren Alters und gut angezogen. Er hatte so viel Taktgefühl, an die Decke zu blicken, während er danach verlangte, die Besitzerin zu sprechen.

»Das bin ich. Mir gehört Modes Lutzman.«

Er sah sie an, und im selben Moment erkannten sie sich. Vor genau einem Jahr hatte dieser Mann die Pariser Existenz von Mabel Godnosc zerstört. Einen Moment lang glaubte Alix, sie würde vor Angst die Kontrolle über ihre Blase verlieren. Sie spannte jeden Muskel im Körper an.

»Mademoiselle, wir haben einen Durchsuchungsbefehl. Wir haben Anlass zu dem Verdacht, dass hier gefälschte Couturekleider hergestellt werden.«

»So ein Unfug! Sie dürfen hier nicht rein!« Die beiden anderen Männer blickten suchend im Raum umher. Da wechselte Alix die Strategie und verlegte sich aufs Betteln. »Bitte, in wenigen Minuten beginnt meine Modenschau. Die Leute strömen schon herbei. Bitte tun Sie mir das nicht an.«

Aber sie hatten schon mit der Durchsuchung begonnen. Die Mädchen zogen sich in aller Eile an, während die Männer die Kleiderständer leerten und Alix' wertvolle Kreationen an sich nahmen.

Die Männer im Anzug waren allerdings nur die Vorhut. Dahinter kamen noch andere, die einfache Kittel trugen und darin aussahen wie Museumsdiener. Alix musste hilflos zusehen, wie ihre Kleider in Holzkisten auf Rädern gestopft wurden. Ihre Kollektion, ihre Zukunft … Sie war so starr vor Schreck, dass sie kaum wahrnahm, wie Rosa ihr ins Ohr flüsterte: »Ich werde die Schlüssel für deinen eigenen Schrank ins Klo werfen. Wenn diese Mistkerle deine privaten Sachen durchwühlen wollen, müssen sie sich die Arme nass machen.«

Alix gab keine Antwort, weil ein Mann gerade *La Fuite* vom Bügel nahm. »Das ist Samt, Sie werden ihn zerdrücken!«, rief sie.

Ein Polizist schob sie zur Seite. Als sie hörte, wie die Schränke in den anderen Räumen geöffnet wurden, war ihr klar, dass die Razzia bis nach oben ins Atelier weiterging. Dort würden sie Couturekleider finden, die allesamt auf legalem Weg in Alix' Besitz gekommen waren. Keine Kopien … oje, bis auf das schwarze Chanel-Kleid, das sie Mabel Godnosc abgekauft hatte, und das karamellfarbene Lucien-Lelong-Kleid, das Una ihr überlassen hatte, bevor sie nach England abgefahren war. Und der Beinahe-Schiaparelli-Mantel mit den aufgestickten Rosen. Würden diese drei Stücke schon den Tatbestand der Markenpiraterie erfüllen? Nein, das konnte einfach nicht sein. Aber dann fiel ihr noch das dunkelrote Kostüm ein. Ein Kostüm mit einem Chanel-Etikett im Kragen.

Sie versuchte, sich hinzusetzen, verfehlte aber den Stuhl. Eins der Mädchen kam ihr zu Hilfe und legte ihr ihren Seidenumhang um die Schultern. Alix bemerkte, wie schockiert die Mädchen waren – und dass sie ihnen leidtat. Es waren nette Mädchen, aber sie wusste genau, dass diese Geschichte von nun an jede Kaffeetafel in Paris bereichern würde. *Madame, Sie werden es nicht für möglich halten, aber ich habe gehört …*

Es wurde noch schlimmer. Gegen eins hörte sie, wie die Polizisten sich zurückzogen und dabei mit dem herbeiströmenden Publikum auf der Treppe zusammenstießen. Ein Folterexperte hätte sich das Szenario nicht besser ausdenken können. Wem hatte sie das bloß zu verdanken? Wer auch immer dafür verantwortlich war, wahrscheinlich würden viele Kollegen in der Modewelt der Meinung sein, dass Alix Gower ihre gerechte Strafe bekommen hatte.

Eine Umarmung. Alix brauchte jetzt eine Umarmung. Sie bekam sie von Rosa, die sie tröstete und dem Publikum danach in vornehmstem Tonfall verkündete, dass die Schau leider, leider nicht stattfinden könne.

31

Rosa sah zu, wie ihr Mädchen den Tee einschenkte. Weil es bereits auf vier Uhr zuging, nahm sie eine karierte Keksdose und öffnete den versiegelten Deckel. »Die sind den ganzen Weg aus Edinburgh gekommen. Nur zu, Toinette, bedienen Sie sich. Zum Glück steht der Franc so niedrig. Mit meiner Rente kann ich mir hier mehr Shortbread leisten als in London. Und Sie behalten.«

Es klopfte an der Tür. »Gehen Sie bitte hin, aber ich bin nicht da, wenn es kein gut aussehender, dunkelhaariger Mann ist.«

Nachdem das Mädchen das Zimmer verlassen hatte, fiel Rosas fröhlicher Gesichtsausdruck in sich zusammen. Dass sie im August ihre Stellung bei Modes Lutzman verloren hatte, machte ihr noch immer zu schaffen. Direkt nach der Razzia hatte sie sieben Tage und Nächte bei Alix ausgeharrt. Dann hatte Alix, die untröstlich und weiterhin in Schockstarre gewesen war, sie gebeten zu gehen. Sie müsse alleine nachdenken, hatte sie gesagt. Rosa hatte die ganze Zeit über auf ein Wort von Alix gewartet, auf die Aufforderung, wieder zur Arbeit zu kommen. Aber es kam kein Sterbenswörtchen. Jetzt war es der letzte Sonntag im Oktober, und Rosa machte sich keine Illusionen mehr. Sie hatte nicht nur ihre Stellung verloren, sondern auch eine Freundin.

Sie machte Alix keine Vorwürfe. Nach der Razzia hatte niemand mehr klar denken können. Die Hälfte der Näherinnen hatte gekündigt, und viele Kundinnen riefen an, um ihre Bestellungen zu stornieren. Alix war nicht verhaftet worden. Der Rechtsanwalt, den sie notgedrungen konsultieren musste, vermutete, die Beweise hätten nicht ausgereicht für eine Anklage. Aber Alix hatte viel Geld verloren. Das Geschäft wäre nur zu retten gewesen, wenn sie fast alle Angestellten entlassen und alle Jobs selbst erledigt hätte.

»Was für eine schreckliche Welt«, murmelte Rosa und biss in ihren Keks. »Man fällt hin, rappelt sich wieder auf, und kriegt von Neuem eins auf den Schädel.« Als sie Stimmen im Flur hörte, fluchte sie herzhaft. Sie wollte jetzt keinen Besuch. »Wo ist der gut aussehende, dunkelhaarige Kerl?«, fragte sie, als Toinette die Tür öffnete und zur Seite trat. »Ich werd verrückt!«, rief sie, als sie erkannte, wer in der Tür stand. »Wo bist du die ganze Zeit gewesen, und was zum Teufel ist passiert?«

Er war eigentlich bloß gekommen, um sich ein paar Fragen beantworten zu lassen, aber innerhalb einer Stunde hatte er mehr enthüllt, als er überhaupt zu wissen glaubte. Er berichtete, dass der Krieg beendet sei – jedenfalls soweit die Internationalen Brigaden daran beteiligt gewesen waren. Sie hatten sich aufgelöst. Klar, sonst wäre er jetzt nicht hier. Sie alle waren ganz offiziell Helden der Demokratie.

Nachdem sie an einer Parade durch Barcelona teilgenommen hatten, waren die drei- oder vierhundert Briten wieder in die Heimat aufgebrochen – er allerdings hatte es vorgezogen, nach Frankreich zu reisen. Nichts, nicht einmal sein vorheriges Leben als Reporter, hatte ihn auf die Realität des Krieges vorbereitet. »Du wirst zu einer Maschine. Das ist die einzige Möglichkeit zu überleben.«

Rosa ließ Toinette eine große Kanne Tee kochen. Sie erzählte ihm, dass sie vier Brüder hatte, die im letzten grausigen Krieg gekämpft hatten und dass nichts mehr sie schockieren konnte. Da berichtete er ihr von den Frauen und Kindern, die von den Faschisten aus ihren Dörfern vertrieben und als lebende Schutzschilde benutzt worden waren. »Man hat sie einfach umgenietet. Und die Männer hat man einberufen, um für die Regierung zu kämpfen. Wer desertierte, wurde erschossen. Da wurde mir eins klar: Jeder Soldat braucht etwas, für das er kämpfen will. Damit meine ich nicht eine politische Überzeugung. Ich meine ein Mädchen.«

Rosa schob ihm die Keksdose zu und dann die Zuckerdose, obwohl sie wusste, dass er keinen Zucker nahm. »Ich hoffe, du hast eins in Reserve.«

»Muss ich meine Reserve anbrechen?« Er sah sich im Zimmer um, entdeckte aber keine Hinweise auf Alix.

Sie füllte seine Tasse nach. »Als du so plötzlich verschwunden bist, wolltest du also gegen die Faschisten kämpfen? Wieso musst du für andere Leute in den Krieg ziehen?«

»Weil ich zwei Menschenleben auf dem Gewissen habe.« Der Tee hatte zu lange gezogen, aber das kümmerte Verrian nicht. Tee löschte seinen Durst ohnehin nie. »Meine Frau Maria-Pilar und einen Freund, Miguel. Ich glaube nicht, dass du das verstehst, aber ich konnte erst zur Ruhe kommen, nachdem ich mein Blut für ihres hingegeben hatte.«

»Und ist das Konto jetzt ausgeglichen?«

»Ich habe überlebt, vielleicht heißt das, mir wurde vergeben. Rosa, ist Alix noch hier?«

»Nein, sie ist schon lange weg. Ich habe ihr Zimmer an einen Polen vermietet.«

Das hatte er befürchtet. Vielleicht war es eine besondere Gabe der Überlebenden, aber er hatte schon gewusst, dass sie nicht mehr da war, als er von unten zu ihrem Fenster aufgeblickt hatte. »Wo ist sie?«

»Das sage ich dir lieber nicht.«

»Wohnt Bonnet noch nebenan? Er wird es mir sicher sagen.«

»Bonnet ist auch weg. Er lebt nach seinen eigenen Regeln. Aber so viel verrate ich dir: Für Alix hat sich einiges verändert, nachdem du weggegangen bist.«

»Aber wo ist sie jetzt?«

»Sie arbeitet jetzt wohl gerade in ihrem eigenen Modeatelier. Schneidet Kleider zu oder führt sie vor. Vielleicht hält sie auch gerade ihren Näherinnen eine Standpauke. Jedenfalls denen, die noch da sind.«

»Aha, ich verstehe.« Aber er verstand gar nichts. »Gibt es einen Mann in ihrem Leben … jemanden, von dem ich wissen sollte?«

»Irgendwie schon.« Rosa zuckte unsicher mit den Schultern. »Sie hat sich mit diesem Kerl eingelassen, nachdem du verschwunden bist. Ich habe sie gewarnt … Er war ein schlechter Fang. Sie hat ihn bald verlassen, aber ich habe gehört, sie sind wieder zusammen. Sie hat Schlimmes durchmachen müssen und ist seitdem nicht mehr dieselbe. Sie hat alle ihre Freunde weggestoßen und lässt niemanden mehr an sich heran. Außer ihn. Nein, frag nicht nach.«

»Das ist ein bisschen viel verlangt.«

Rosa nahm den gehäkelten Wärmer von der Teekanne und blickte hinein. Sie murmelte, sie werde neuen Tee aufbrühen, aber er hielt sie zurück.

»Wo kann ich sie finden?« Er fixierte sie mit seinem Blick, bis sie schließlich nachgab.

»Ich mag euch beide so gern. Das wird Ärger geben, aber meinetwegen. Von mir weißt du es aber nicht.«

Dann verriet sie es ihm.

»Aufwachen, Miss Gower.« Jolyan Ferryman musste sich anstrengen, um das Gelächter und das Geräusch der über den Boden kratzenden Stühle zu übertönen. »Wenn Ihre Augen noch glasiger werden, muss ich einen Fensterputzer holen.«

Alix begriff, dass alle aufstanden, um zu tanzen. Serge hatte Rex und seine Musiker gefeuert und eine wohlklingende sechsköpfige Band aus New Orleans angeheuert. Deren Bläser spielten so kraftvoll und mitreißend, dass Dulcie L'Amour mit ihrer dünnen Stimme höchstens noch als Bühnendekoration dienen konnte. Aber das fiel niemandem auf. Die Leute kamen, um dem Swing zu lauschen und gut zu essen. Den neuen Küchenchef hatte Serge nämlich von einem edlen Restaurant abgeworben. Und natürlich kamen die Leute, weil das Rose Noire selbst an einem Montagabend einfach der begehrteste Ort überhaupt war.

Ein Ober servierte Champagner, und sie sah zu, wie ihr Glas vor Kälte beschlug, als er es füllte. Sie nahm einen großen Schluck, die prickelnden Bläschen stiegen ihr in die Nase, und der herbe Geschmack füllte ihren Mund aus.

Jolyan sprach ihr direkt ins Ohr. »Warum sind Sie zu Serge zurückgekommen, Miss Gower?«

Sie antwortete, ohne nachzudenken. »Ich brauchte irgendetwas noch Schlimmeres als das berufliche Fiasko.«

»Sie war darüber nicht gerade erfreut.« Jolyan zeigte mit der Zigarettenspitze auf Dulcie L'Amour, die gerade »Chick, Chick, Chick, Chick, Chicken« sang. »Sie waren die Letzte, die sie hier wiedersehen wollte. Himmel, wenn sie die Töne weiter so presst, wird sie noch ein Ei legen.«

»Serge meinte, er hat am liebsten Blondinen. Ich bin ihm zu dunkel und zu dünn.«

Jolyan schnaubte. »Das heißt nicht, dass er Sie nicht will. Ich habe gehört, dass Sie ihm Ihre Zuneigung entzogen haben.«

»Glauben Sie nicht jedem Gerücht.«

»Zufällig hat er mir das selbst erzählt. Er vertraut mir nämlich. Nachdem Sie ihn verlassen hatten, hat er mir sein Herz ausgeschüttet, und weil ich nicht schnell genug Französisch spreche, um ihn zu unterbrechen, redete er immer weiter. Er redet gerne über sich selbst. Aber wenn er traurig ist, ist er kaum zu ertragen. Also, besteht die Chance, dass Sie ihn heute Abend ein bisschen aufheitern?«

»Nein. Erst soll er mir gestehen, was er mit Solange gemacht hat. Er muss mir versichern, dass er ihr kein Haar gekrümmt hat.«

»Aha, die weibliche Logik. Sein Schweigen kann natürlich nicht bedeuten, dass er unschuldig ist, denn Sie haben ihn schon längst verurteilt.«

»Ich weiß, dass er nicht unschuldig ist.«

»Warum warten Sie dann so lange auf eine Antwort, die Sie schon haben?« Jolyan verdrehte theatralisch die Augen. »Aber ich helfe Ihnen gern beim Nachdenken. Männer wie Serge tun ihren Frauen weh, wenn sie das Gefühl haben, sie entgleiten ihnen. Natürlich hat er dieser Wie-heißt-sie-noch wehgetan. Und bald wird er auch Ihnen wehtun.«

Sie wartete auf eine Pause in der Musik, dann sagte sie schroff: »Gehen Sie doch und nerven Sie Rhona de Charembourg. Immerhin werden Sie von ihr bezahlt – oder von Ihrem Mann. Ich habe keine Lust mehr, mich mit Ihnen zu unterhalten.«

»Ich bin Auge und Ohr für Rhona, nicht ihr Begleiter. Ich besorge ihr die besten Plätze im Nachtklub. Ich gebe ihre Pelze an der Garderobe ab und achte darauf, dass sie die richtigen wieder zurückbekommt. Ich bestelle ihr ein Taxi. Das ist alles.«

»Weiß der Comte de Charembourg, was Sie so treiben?«

»Natürlich. Und er heißt es gut. In letzter Zeit ist er sowieso nur noch im Büro. Er ist jetzt der Geschäftsführer von FTM, und da muss er häufig ins Elsass reisen. Aber das gefällt ihm. Wenn er zu Hause ist, arbeitet oder liest er nur.«

»Weiß er auch, dass Sie hier sitzen und mit mir plaudern?«

Jolyan betrachtete sie amüsiert. »Ach so, wir plaudern also? Ich sitze hier, weil man von diesem Tisch aus einen guten Blick auf die Leute hat. Und weil Madame de Charembourg möchte, dass ich Sie im Auge behalte. Wir frühstücken oft zusammen, sie und ich, und dann berichte ich ihr alles, was Sie gesagt haben. Jede offenherzige Bemerkung, jede scharfe Replik. Sie stürzt sich auf Ihre Bonmots, aber ich glaube kaum, dass sie ihren Ehemann damit langweilt, sie nachzuerzählen.«

»Sie sind wirklich gerissen, ein echter Fuchs. Na ja, eher ein Stinktier. Zünden Sie mir eine Zigarette an.«

»Haschisch oder normalen Tabak?« Jolyan öffnete sein Zigarettenetui.

»Eine normale. Das können Sie so gut.«

Er lachte. »Touché. Ich mag Sie noch lieber seit der Razzia. Die hat Ihnen den Kopf ein bisschen zurechtgerückt.«

»Was wissen Sie denn darüber?«, schnauzte Alix ihn an.

»Nicht viel, und es interessiert mich auch nicht. Oh, sehen Sie, Rhona und Maurice tanzen. Geben Sie's nur zu, sie sind ein schönes Paar. Wie würden Sie die Farbe ihres Kleids beschreiben?«

»Matsch«, brummte Alix. Insgeheim dachte sie eher an »café crème«, aber es war schwierig, die genaue Nuance in diesem Kunstlicht zu bestimmen. Das Kleid war hauteng, dem Glanz nach zu urteilen aus synthetischem Material, und hatte einen Abschluss aus Seidenfransen. Als Rhona sich in Ralsbergs Armen drehte, bekam Alix sie von hinten zu sehen. Entsetzt fuhr sie zusammen. Es war ihr eigenes Kleid, das gescheiterte *Nummer 10!* Sie rappelte sich auf und keuchte: »Das ist mein Kleid! Das, was ich nicht hingekriegt habe … Meine Güte. Wie kann das sein?«

Jolyan nahm ihre Hand. »Kommen Sie, wir tanzen.« Die Band hatte gerade die einleitenden Akkorde des Liedes »Tipi Tipi Tin« gespielt; das war der Hit des Sommers gewesen. Alix ließ sich auf die Tanzfläche ziehen, weil sie einen genaueren Blick auf Rhona und die Rückseite des Kleides werfen wollte.

Jolyan walzte zu der Musik über das Parkett, und Alix hatte keine Chance, ihn näher an Rhona und Ralsberg heranzumanövrieren. Jolyan schien ihre Absicht zu ahnen und lenkte sie fort von den beiden. Er lächelte durchtrieben. Dann spielte die Band ein langsameres Lied, und die Tänzer bewegten sich, als hätten sie Gummiknochen. Verdammt – Rhona und ihr Partner verließen die Tanzfläche und gingen zu ihrem Tisch in einer der Nischen. Alix erdrosselte Jolyan beinahe, als sie sich abrupt zur Seite beugte, um einen letzten Blick auf Rhona zu erhaschen. Aber leider legte Maurice Ralsberg ihr gerade eine Hand in den Rücken, und so musste Alix aufgeben. Es konnte sich um *Nummer 10* handeln. Oder täuschte sie sich? Wie hatte Javier einmal gesagt: »Es gibt nur wenig wirklich Originelles auf der Welt.«

Und jetzt musste sie sich mit Jolyan Ferryman herumschlagen. Ein Albtraum. Jolyan schien das ähnlich zu empfinden, denn er sagte: »Lehnen Sie sich nicht so nah an mich. Ich atme nicht gern fremde Luft ein.«

»Vielleicht haben Sie einfach kein Interesse an Mädchen, Jolyan.«

»Da haben Sie recht, an Mädchen habe ich kein Interesse. Ich interessiere mich nur für Frauen. Ihre Andeutungen, was meine sexuelle Ausrichtung angeht, sind ziemlich lächerlich.«

»Dann versuche ich, Sie ins Bett zu kriegen, wenn ich so alt bin wie Rhona de Charembourg. Wird sie sich vom Comte scheiden lassen, oder sucht Ralsberg nur ein bisschen Spaß in Paris?«

Sie glaubte, Ferryman würde sich über ihre Frage ärgern, aber er antwortete ganz ruhig. »Ralsberg ist rettungslos verknallt. Verliebt in die Liebe. Ältere Männer mit viel, viel Geld sind die allerschlimmsten Opfer. Aber jetzt konzentrieren wir uns aufs Tanzen.« Er tätschelte Alix den bloßen Rücken. »Aha, hier kommt die Ablösung, Serge ist da.«

Serge nahm Alix in die Arme, und Ferryman zog sich zurück.

»Kommst du heute mit mir nach oben? Ich warte immer noch darauf, dass du die blauen Glasscherben zusammenfegst.«

Sie sah Serge tief in die Augen und dachte: *Bei Jolyan merkt man wenigstens, dass er Charakter hat, wenn auch einen schrecklichen. Aber bei dir blicke ich in die totale Leere. Du bist bloß ein Produkt meiner Fantasien und deiner Lügen.* »Serge, ich habe keine Lust. Warum hast du mir erzählt, Solange käme aus Korsika, wenn sie in Wirklichkeit aus Le Havre stammt?«

»Ich habe keine Ahnung, wo sie herkommt.«

»Lügner. Du bist hingefahren und hast ihr wehgetan. Das weiß ich.«

»Was habt ihr Frauen bloß alle? Was hat Ferryman zu dir gesagt?«

»Dass du mir irgendwann auch wehtun wirst, aber ich glaube, das traust du dich gar nicht. Einmal hast du's versucht und so heftig gebremst, dass ich gegen das Armaturenbrett geflogen bin. Da war überhaupt kein Reh auf der Straße. Ich hatte dich gebeten, dich wie ein Mann zu benehmen, und du hast dich benommen wie ein rotznäsiges Gör.«

Serges Augen flackerten, aber sie ignorierte die Warnung. Sie war zu ihm zurückgekehrt, weil sie verzweifelt gewesen war und geglaubt hatte, die Welt sei voller Feinde. Serge, der Alkohol und das Haschisch hatten ihr eine Zuflucht geboten, und so war sie erneut in die Falle gegangen. Jetzt, da sie wieder klar denken konnte, würde sie einfach hinausklettern.

Als hätte er ihre Gedanken gelesen, zog er sie zu sich heran und umklammerte sie fest. Sie wand sich, konnte sich aber nicht von ihm lösen.

»Serge, du tust mir weh!«

Aber er ließ nicht von ihr ab. »Du meinst, ich benehme mich nicht wie ein Mann? Komm mit nach oben, dann beweise ich dir das Gegenteil.«

»Ach, Serge, ich habe genug von deinen Spielchen und deinen Lügen.«

»Welche Lügen?«

»Dass du diesen Klub deinem Cousin abgekauft hast. Du hast ihn einem Italiener abgekauft, der pleitegegangen ist. Das hat mir jemand vom Personal erzählt.« Der Druck von Serges Händen wurde fast unerträglich. Sie sprach noch ein anderes Thema an. »Du hast überhaupt nichts mit Champagner zu tun. Das Gut in Épernay? Jolyan meint, es ist alles erlogen, und ich glaube das auch. Du redest nicht wie jemand, der von den Ufern der Marne kommt, sondern wie ein Pariser. Du hast mich von Anfang an belogen.«

»Alix, warum sagst du so was?«

»Du hast mir versichert, dass deine Beziehung mit Solange einvernehmlich zu Ende gegangen ist, aber in Wahrheit hast du sie verlassen. Du hast sie geschwängert …«

»Behauptet sie.«

»Und du hast ihr nicht geholfen. Stattdessen hast du sie so schwer verletzt, dass sie nicht mehr arbeiten kann. Du hast sie gebissen wie ein Hund.«

Bei dem Wort »Hund« drückte er noch fester zu und presste ihr seinen Daumen so kräftig gegen das Schlüsselbein, dass ihr schwindlig wurde. »Du bleibst heute bei mir. Wir sind wieder zusammen. Stimmt's?«

»Nach diesem Tanz gehe ich.«

Der Sänger ließ gerade die letzte Note eines ruhigen Liedes ausklingen, als Serge brüllte: »Spielt was Lautes. Dulcie soll singen!«

Kurz darauf erklang »I've Found a New Baby«, ein schnelles Lied, aber Serge blieb ganz still stehen und hielt Alix fest gepackt, während die anderen Paare um sie herumwirbelten. »Du wirst ohnmächtig werden, wenn dein Schlüsselbein bricht. Dann trage ich dich nach oben und zeige dir, was ich mit Solange gemacht habe.« Er zuckte – oder war das ein Lachen? – und küsste sie, nahm ihr Ohr in den Mund. »Ja, ich beiße.« Mit der Zunge fuhr er hinter ihr Ohr. »Und dann beiße ich noch fester zu …«

Sie keuchte vor Schreck, als er sie mit den Zähnen zwickte, aber niemand bekam etwas davon mit, weil Dulcie L'Amour gerade auf die Bühne kam und lauter Applaus aufbrandete.

»Ich muss bloß fester zubeißen … nur ein bisschen … dann gibt es einen Ruck, und es ist ab. Und dann fängst du an zu schreien.« Serges Lippen glitten über Alix' Ohr, als suchten sie die beste Stelle für ihren Angriff.

In ihrer Verzweiflung sah Alix zu Jolyan. In einem stummen Appell zog sie die Brauen hoch, aber Jolyan missverstand sie und prostete ihr mit seinem Champagnerglas zu. Alix erstarrte, als Serge mit den Zähnen ihr Ohr umkreiste. Man hatte sie vor ihm gewarnt, oder etwa nicht? Doch, sogar Paul hatte sie vor Serge gewarnt.

Dulcie sang davon, wie sehr ihr neuer Schatz sie liebte. Aber dann senkten sich rote und schwarze Luftballons auf die Tanzfläche, und das Gejohle der Gäste übertönte die Sängerin. Alix trat auf einen Ballon, und er platzte mit lautem Knall. Serges Zähne bohrten sich in ihre Haut. Bald würde sie ohnmächtig werden. Er würde sie wegtragen, und alle würden denken, was für ein vollendeter Gentleman er doch war – und dass sie ihn gar nicht verdiente. Sie hörte weitere Ballons um sich herum platzen; so musste es sich anhören, wenn man im Schützengraben lag. Ein Mann ging auf die Ballons zu und ließ sie platzen, indem er sie mit seinem Feuerzeug berührte.

Irgendwo über ihrem Kopf sagte eine männliche Stimme auf Englisch: »Das ist mein Tanz, erlauben Sie?« Es klang nicht wie eine Frage, sondern eher wie eine Feststellung. Serges Antwort war kurz und unflätig.

Alix sah eine Flamme, spürte eine plötzliche Hitze – und dann einen Schmerz, als Serge sich ruckartig von ihr löste. Er kreischte wie ein Tier und hielt sich den Mund. Ein großer Mann im Smoking klappte sein Feuerzeug zu. Er hatte kurz geschnittenes dunkles Haar und ein Gesicht, das auf einen langen, auszehrenden Aufenthalt in der Sonne hindeutete. Und sehr blaue Augen. Nein, das war unmöglich – sie halluzinierte offensichtlich schon.

Ziemlich real war allerdings Serge, der am Boden kauerte und aussah, als würde er gleich wie ein Besessener zum Angriff übergehen. Alix wartete darauf, dass ihr Retter davonrennen würde.

Aber er rannte nicht davon. Er kam näher, und Serges Faust krachte gegen seinen Kiefer. Jetzt war er am Zug und landete einen Treffer unter Serges Rippen.

Serge Martel krümmte sich. Als er sich wieder aufrichtete, musste er einen Schlag hinnehmen, der seinen Kopf nach hinten schleuderte. Er ging zu Boden und griff sich an die Nase. Zwischen seinen Fingern schoss Blut hervor. Die Musik erstarb, die Menschen schrien. Das Personal rannte aufgeregt herum.

»Sollen wir tanzen?«, fragte ihr Retter. »Oder lieber gehen? Ich glaube, wir gehen besser.« Er führte sie über die Tanzfläche – ohne besondere Eile, das war angenehm. Ihre Beine hatten nämlich anscheinend vergessen, wie man geradaus ging.

»Was hast du getan?«, stöhnte sie.

»Ich habe den Uhrzeiger auf Mitternacht vorgestellt. Na los, auf uns wartet ein Wagen.«

Sie dachte, er meine ein Taxi, aber da stand ein großes Cabrio mit geöffnetem Verdeck. Der Motor summte im Leerlauf. Er öffnete die Beifahrertür, und sie ließ sich auf den weichen Ledersitz fallen. Dann saß er auch schon neben ihr, und das Auto setzte sich mit sonorem Brummen in Bewegung.

Er griff nach hinten, zog eine karierte Decke heran und legte ihr sie über die Beine. »Wohin?«

»In die Rue Jacob.«

Er warf ihr einen Seitenblick zu. »Aha, werde ich dort einen weiteren Rivalen antreffen?«

»Wage es nicht, mich so etwas zu fragen, nachdem du mich so niederträchtig behandelt hast, Verrian Haviland. Fahr einfach.«

32

Am Ende wollte sie doch nicht in die Rue Jacob gefahren werden. Mémé schlief ja bereits in der Wohnung, und Bonnet schnarchte bestimmt schon im Atelier darunter. Sie wollte keinen von beiden wecken. »Fahr einfach ein bisschen durch die Gegend.«

»Bis uns das Benzin ausgeht?« Er parkte in der Nähe des Pont Marie, und sie gingen zu Fuß zur Île Saint-Louis. Alix hatte die karierte Decke mitgenommen und sich um die Schultern gelegt. An einem Zipfel der Insel setzten sie sich unter einen Baum, die Seine zu ihren Füßen. Sie hörten nichts als das Ächzen der Schiffstaue und das leise Rumpeln der Boote an der Anlegestelle.

»Du hast mich verlassen«, sagte sie vorwurfsvoll. »Ausgerechnet nach Mémés schrecklichem Unfall. Ich wusste weder ein noch aus.« Jetzt war sie am Zug. Achtzehn lange Monate hatte sie gewartet, um diese Worte loszuwerden. »Ich will dich nicht mehr.«

»Vorhin konntest du meine Hilfe gut gebrauchen«, erwiderte er und legte ihr einen Arm um die Schulter. Sie war zu erschöpft, um von ihm wegzurücken. »Was war da drin bloß los?«

»Serge wollte mir ein Ohr abbeißen, weil ich nicht zu ihm zurückkommen wollte.«

Verrian fluchte herzhaft. »Zu ihm zurückkommen? Das heißt, du warst mit ihm zusammen. Mit einem Mann, der sogar im Pigalle bekannt ist für seine Brutalität … Wie intensiv wart ihr denn ›zusammen‹?«

So hatte er noch nie mit ihr geredet. »Das musst du gerade sagen«, fuhr sie ihn an. »Du hast ihm das Feuerzeug in den Mund gehalten.«

»Nicht *in* den Mund, das hätte nicht funktioniert. *An* den Mund. Diese hässliche kleine Technik habe ich von den Faschisten gelernt. Sie lässt einem wenigstens beide Ohren unversehrt.«

Keiner von beiden sprach. Dann sagte Verrian: »Ich habe jemandem, dem ich vertraute, einen Brief an dich übergeben.«

»Ich habe keinen Brief bekommen«, antwortete Alix kühl. »Ich glaube dir nicht.« Sie spürte, wie er den Arm anspannte, und dachte trotzig: *Wenn wir uns schon streiten müssen, dann richtig.* »Du willst mir also einen Brief geschrieben haben? Du kommst, und du gehst. Du hast eine Frau, du hast keine Frau. Du lügst mich an, was deinen Namen und deine Familie angeht. Aber das machen wohl alle Männer. Ja, ich weiß, wer dein Vater ist, und es ist mir ganz egal. Ich finde sicher einen Besseren als dich.« Sie löste sich von ihm, aber er zog sie wieder zu sich heran.

»Ich bin nicht zurückgekommen, um mich in die Schlange hinter Serge Martel einzureihen.«

Sie hörte den Zorn in seiner Stimme. Die Eifersucht eines Mannes war etwas Teuflisches. Dadurch wurde selbst der vernünftigste Mann zu einem unberechenbaren Wesen. »Wenn du mir wehtust, schreie ich«, drohte sie.

»Alix, was ist passiert, während ich weg war?«

»Ich bin erwachsen geworden.« Wieder Stille. Nur das Wasser plätscherte munter. Dieses Mal sprach Alix zuerst. »Du kannst mir verraten, wohin du verschwunden bist. Wenn du willst.«

»Nach Spanien.« Dann erzählte er etwas mehr, und dann noch mehr. Zuerst war er in Marseille gewesen, dann an der spanischen Grenze bei Perpignan. Endloses Warten im Feldlager. Die Internationalen Brigaden, ein britisches Bataillon. Eine Uniform.

Gefechtstraining, und schließlich wurde es ernst. Ihr Kopf sank auf seine Schulter. Als sie erwachte, wurde es gerade hell, und Verrian schlug vor, dass sie irgendwo frühstücken gingen.

In ihrer Abendgarderobe erregten sie einiges Aufsehen bei Laurentin. Der Patron rief: »Ehhh, *mon ami*. Du warst so plötzlich weg, dass wir schon dachten, du hättest ein Mädchen geschwängert.« Er bemerkte Alix und pfiff durch die Zähne. Ihr Abendkleid hatte sie selbst entworfen – es war die erfolgreiche Version von Nummer 10. Eine Weiterentwicklung des Kleides, das sie an Rhona gesehen hatte, aus blauem Chiffon-Samt, mit tiefem Rückenausschnitt und weitem Rock.

»Schnell, schnell, ein Tischtuch, Marie«, rief Laurentin seiner Kellnerin zu. »Und wisch zwei Stühle ab.«

Brot, frisch aus dem Ofen, Butter, Schinken aus der Auvergne und Pâté wurden aufgefahren. Dann folgten ein Emailkrug mit Kaffee, ein Milchkännchen und zwei *bols*. Alix nahm den Kamm aus dem Haar und ließ ihre Locken offen herunterfallen. Sie waren inzwischen ein ganzes Stück gewachsen. Als Laurentin sie betrachtete, fiel ihm plötzlich etwas ein: »Sie waren das! Sie sind gekommen und haben nach ihm gefragt! Und mir eine geknallt, weil ich Ihnen nicht helfen konnte.« Er lachte. »Alles vergeben, stimmt's?«

Alix sah über den Rand ihrer Kaffeeschale. Verrian schien fast der Alte zu sein. Er erwiderte ihren Blick und lächelte etwas schüchtern.

»Du hast mich gesucht?«, fragte er.

»Ich wollte mit dir Schluss machen.«

»Womit wolltest du Schluss machen? Wir waren doch noch gar kein Paar.«

»Warum hast du mir dann einen Brief geschrieben?« Sie griff nach einer Scheibe Brot, bestrich sie dick mit Butter und belegte sie mit einer Scheibe aufgerollten Schinken.

»Vielleicht habe ich ja mit dir Schluss gemacht.«

»Wozu die Mühe? Du warst doch sowieso auf dem Sprung. Hier.« Sie reichte ihm die Pâté. »Nimm dir auch was, sonst esse ich dir alles weg.« Sie zog eine Grimasse. Marie kam mit einer Platte voller dampfender *andouilliettes,* deftigen Würsten aus Schweine- und Kalbsinnereien. »Um die essen zu können, muss man schon eine Nacht durchgearbeitet haben.«

»Wusstest du eigentlich, dass ich mein erstes Gespräch mit dir von diesem Korridor aus geführt habe?« Verrian deutete auf eine Lücke zwischen den Vorhängen. »Du warst meine Telefonistin. Ich habe deine Stimme geliebt.«

»Du hast mir einen Heiratsantrag gemacht. Du solltest dich schämen.«

»Schon damals habe ich gespürt, dass du etwas ganz Besonderes bist. Übrigens, du siehst toll aus.«

»Serge mochte es, wenn ich aussah wie ein Mannequin.« Sie fasste sich ans Ohr und dachte an Solange und ihren blutigen Schwanenhals … Wenn Verrian nicht rechtzeitig gekommen wäre … Sie wollte ihn umarmen, traute sich aber nicht.

»War Serge die ganze Zeit, in der ich weg war, dein Freund?«

Sie reagierte mit einer anderen unangenehmen Frage. »Wusstest du an dem Abend, als Mémé niedergeschlagen wurde, schon, dass du weggehst?«

»Nein. Ich habe frühmorgens einen Anruf bekommen.«

Sie nickte. Seine sonnenverbrannte Haut und die frischen Narben passten zu der Geschichte, die er erzählt hatte. Eine weiße Narbe zierte seine linke, tief gebräunte Hand, aber das war keine Kriegsverletzung. Das war ein Messer in einem dunklen Hausflur gewesen. »Warum so plötzlich?«

»In meinem Brief habe ich es dir geschrieben. Ich bin einer spanischen Freundin zu Hilfe gekommen. Sie war in Marseille gestrandet.«

»Dann hättest du doch nach einem Tag zurückkommen können.« Die schlimme Zeit des Wartens trat wieder in ihr Bewusstsein, und eine Träne rollte ihr über die Wange. »Ich dachte, du hättest mich verlassen, weil ich mich immer wieder in Schwierigkeiten gebracht habe. Ich war wirklich in einer schlimmen Lage. Waren deine spanischen Freunde denn so viel übler dran als ich?«

Er griff nach ihrer Hand, aber sie zog sie weg. Dann suchte er nach seinen Zigaretten. Als er bemerkte, dass die Packung leer war, warf er sie auf die Tischplatte. »Du lebst in einem Land, in dem Frieden herrscht. Du hattest Rosa, Paul, Bonnet und den Comte de Charembourg. In Marseille ist mir klar geworden, dass ich zurück nach Spanien musste. Ich musste in den Krieg ziehen, oder ich hätte nie mehr in den Spiegel schauen können. Das war mir sehr wichtig.«

»Wichtiger als ich?«

»Wichtiger als du. Fünfzehn Monate lang habe ich gekämpft. Danach hätte ich nach England gehen können, aber ich bin hierhergekommen.« Er griff wieder nach ihrer Hand und packte sie. »Deinetwegen.«

»Und was ist mit deiner Frau? Du hast doch einen Ehering getragen?«

»Das ist vorbei.« Er bezahlte die Rechnung, und sie erhoben sich. Laurentin beteuerte, Verrian könne jederzeit wieder sein altes Zimmer haben, aber er wehrte ab.

Im Tageslicht erkannte Alix, dass das Auto mit dem sonoren Brummen ein neuer Hispano-Suiza J12 Torpedo war – zigarrenbraun mit goldfarbenen Details. »Das ist doch nicht dein Auto«, rief sie.

»Doch. Ich habe es vor einiger Zeit kommen lassen. Normalerweise steht es in der Garage des Hôtel Polonaise, wo mein Vater dauerhaft einige Suiten angemietet hat. Dort wohne ich. Möchtest du vielleicht mit zu mir kommen?«

Sie zögerte kurz. Der Gedanke an ein heißes Bad und ein weiches Bett war äußerst verlockend. Aber bald würde Mémé aufwachen und nach ihr rufen. Und sie musste sich um Modes Lutzman kümmern – die Firma war in einem katastrophalen Zustand. Von jetzt an wäre sie jedenfalls etwas kritischer bei der Auswahl ihrer Bettgenossen. »Nein«, antwortete sie daher nur knapp.

Verrian setzte Alix in der Rue Jacob ab. Er hätte sie gerne ins Haus gebracht, aber sie forderte ihn nicht dazu auf.

Während sie die Tür aufschloss, blickte er in den Innenhof. Plötzlich bemerkte er einen bärtigen Mann, der neben einem wuchernden Busch rauchte. War das Bonnet? Malte er noch immer? In Spanien hatte Verrian viel Zeit zum Nachdenken gehabt, und Bonnet war dabei einer seiner bevorzugten Objekte gewesen. Bonnet, der hochbegabte Maler und leidenschaftliche Spieler. Er hatte auch viel über den Comte de Charembourg nachgedacht. Gestern hatte Rosa ihm einen Brief übergeben, der schon vor Monaten angekommen war. Sie hatte ihn aufbewahrt, weil sie fest daran glaubte, dass Verrian irgendwann zurückkäme. Verrian bedauerte das, weil ihm jetzt die schwere Aufgabe zufiel, den Inhalt des Briefs weiterzugeben. Er deckte eine schlimme Lüge auf.

Verrian ließ sich von einem Hoteldiener ein Bad bereiten und sein Rasierzeug bringen; währenddessen rief er Alix bei der Arbeit an und lud sie für fünf Uhr zu einem Rundgang durch den *News Monitor* ein. Alix war misstrauisch – zu Recht. Verrian wusste, dass er ihr wehtun würde, aber er hatte keine andere Wahl. Er fühlte sich, als müsste er ihr ein Bein amputieren, um ihr das Leben zu retten.

Die Empfangsdame beim *News Monitor* war dieselbe, mit der Alix sich schon einmal ein Wortgefecht geliefert hatte. Damals hatte sie unter Schock gestanden und in fürchterlichen Kleidern gesteckt.

Heute aber – sie trug hohe Schuhe, ein tailliertes Kostüm und einen modischen Hut – war sie besser vorbereitet.

Das Mädchen hatte sich ohnehin eher auf Verrian eingeschossen. Sie starrte auf den blauen Fleck an seinem Kiefer und blinzelte verwirrt. »Kann ich Ihnen vielleicht helfen, Sir?«

Verrian erwiderte ihren Blick. »Ich kenne Sie nicht. Sind Sie neu?«

»Ich bin seit über einem Jahr hier.«

»Hmmm. Ich bin schon länger von hier weg. Mein Name ist Verrian Haviland, und das hier ist Miss Gower. Ich hoffe, Miss Theakston ist noch da?«

»Natürlich! Sie ist in ihrem Büro. Sagten Sie, Sie sind Mr. Haviland?« So langsam fiel der Groschen. »Es tut mir leid, Sir, ich habe Sie nicht erkannt …«

»Seien Sie so nett und rufen Sie Beryl an.« Verrian führte Alix zum Aufzug. »Sagen Sie ihr, wir sind auf dem Weg zu ihr.«

Nach einer kurzen Fahrt kam der Aufzug mit einem Rumpeln zum Stehen. Verrian entriegelte die Tür und geleitete Alix über die Metallschwelle. »Als du rausgefunden hast, dass ich kein verarmter Schreiberling bin, sondern der Sohn des Chefs – hat das irgendetwas verändert?«

»Natürlich. Ich bin Republikanerin.«

»Ach ja?« Er grinste. »Du würdest also die Reichen und Privilegierten einfach hinwegfegen, und die Couture-Modehäuser dazu?«

»Ich will damit doch nur sagen, dass ich Adelstitel … altmodisch finde. Die Amerikaner kommen ohne aus.«

»Mein Titel ist bloß ein Höflichkeitstitel, und ich benutze ihn nie.«

Durch die Fenster des verglasten Büros sah Alix eine Frau, die sich über die offene Schublade eines Aktenschranks beugte. Verrian klopfte an die Tür und öffnete sie. »Beryl?«

Die Frau ließ einen Schrei los, und die Akte, die sie in der Hand gehalten hatte, flog zur Seite, als sie auf Verrian zustürzte. »Mr. Haviland, Sie sind zurück! Wir hatten solche Angst um Sie! Meine Güte, was ist mit Ihrem Gesicht passiert?«

»Ich bin einem Reiterstandbild in den Huf gelaufen.«

»Wirklich? Ihr Pilotenfreund … wie heißt er noch?«

»Ron Phipps?«

»Er hat erzählt, dass er ohne Sie nach Le Bourget fliegen musste, weil Sie in Spanien in den Krieg gezogen sind. Wir konnten Sie nicht erreichen und hatten die schlimmsten Befürchtungen. Die Verlustlisten vom Sommer Siebenunddreißig sind schrecklich lang. Ihr Nachfolger, der neue Spanien-Korrespondent, hat berichtet, er hätte Sie in der Nähe von Madrid gesehen – lebendig. Aber das war vor den Blutbädern letzten Sommer. Ach, aber jetzt sind Sie zurück! Weiß Mr. Chelsey schon, dass Sie da sind?«

»Noch nicht. Gewähren Sie ihm noch ein paar Minuten ungetrübten Glücks. Beryl, darf ich Ihnen Alix Gower vorstellen?« Er schob Alix ein Stückchen nach vorne. »Alix, Miss Theakston leitet die Pariser Ausgabe des *News Monitor*. Doch, Beryl, das stimmt. Seien Sie nicht so bescheiden.«

Alix war bewusst, dass sie eingehend begutachtet wurde. Und ihr war auch klar, dass die mütterliche Miss Theakston strenge Auswahlkriterien an jedes Mädchen anlegte, das mit ihrem Verrian zusammen sein wollte. Aber sie ergriff Alix' Hand und drückte sie.

»Beryl, hat Phipps einen Brief für Miss Gower dabeigehabt? Sie hat keinen bekommen«, sagte Verrian.

»Doch.« Miss Theakston runzelte die Stirn. »Ich habe ihn ihr am nächsten Tag übergeben.« Sie wandte sich Alix zu. »Wir haben uns vor dem Eingang von Maison Javier getroffen. Ich habe mich Ihnen vorgestellt, Sie nach Ihrem Namen gefragt und Ihnen den Brief ausgehändigt.«

»Ich habe Sie noch nie gesehen, Madame.«

Verrian lehnte sich gegen den Schreibtisch. »Beryl, an welcher Tür war das? Am Haupteingang oder am Vertretereingang?«

Beryl Theakston kramte in ihrer Erinnerung. »An der prächtigen Tür. Ich wusste gar nicht, dass es einen getrennten Eingang für Vertreter gibt. Ich versichere Ihnen, ich habe Ihnen den Brief übergeben, Miss Gower. Ich erkenne Sie wieder.« Sie deutete auf Alix' modisches Ensemble. »Ich bewundere euch Mädchen. Immer wie aus dem Ei gepellt.«

»Damals hat sie wohl kaum so ein Kostüm angehabt. Stimmt doch, Alix, oder?« Verrian schaute sie fragend an.

»Stimmt. Damals habe ich immer einen braunen Kittel getragen. Und den Haupteingang habe ich nie benutzt.«

»Das verstehe ich nicht.«

Dafür verstand Alix umso mehr. »Das Mädchen, dem Sie den Brief gegeben haben. War sie sehr groß? Und hatte sie auch so dunkles Haar wie ich?«

»Ich bin mir sicher, dass Sie es waren.«

»Hat sie die Nase hoch getragen, etwa so?« Alix hob die Nase, so hoch sie konnte.

»Ja!«

»*Voilà*. Sie haben Solange Antonin den Brief gegeben.«

»Aber ich habe sie doch nach dem Namen gefragt. Und sie hat gesagt, sie sei Alix Gower.«

»Na klar.« Alix zuckte mit den Schultern. »Die arme Solange war furchtbar wütend auf mich. Aber es war ja nur ein Brief, Madame.«

Manchmal fühlt es sich gut an, fies zu sein, dachte Alix. Bei den Worten »nur ein Brief« war Verrian zusammengezuckt, als hätte man ihm Säure ins Gesicht gekippt. Aber so war es eben schon immer gewesen: Die Männer logen, die Frauen spritzten mit Säure um sich.

»Ist der gute alte Sturridge im Haus?«, wollte Verrian von Beryl wissen.

»Nein, er ist draußen auf Recherche.«

»Das ist sogar noch besser.«

Alix konnte sich nicht vorstellen, weshalb Verrian sie durch seine frühere Arbeitsumgebung führte – und auch nicht, weshalb er ein Kriegsfoto ihres Vaters mit sich herumtrug. Misstrauisch beobachtete sie ihn dabei, wie er einen Apparat einstellte, der besser in ein wissenschaftliches Laboratorium gepasst hätte.

»Das ist ein Vergrößerungsgerät«, erklärte er. »Leg das Foto hier auf die Platte, so, mit dem Bild nach oben.« Er stellte das Okular auf ihre Höhe ein und sagte: »Jetzt schau hier hinein.«

Sie folgte seiner Aufforderung und sah ihren Vater in seiner nicht weiter auffälligen Uniform vor sich. John Gower wirkte so unglaublich jung. Zum ersten Mal erkannte sie die Abzeichen auf seiner Mütze und Jacke.

»Sag mir noch einmal, in welchem Regiment er gedient hat.«

Der scharfe Unterton in seiner Stimme gefiel ihr nicht, darum blieb sie stumm.

Er antwortete für sie. »London Rifle Brigade – das hast du mir in unserem Café an den Champs-Élysées erzählt.«

»Du hast ein gutes Gedächtnis.«

»Wenn es um dich geht, schon. Dein Vater hat im selben Bataillon gedient wie der Comte de Charembourg, nicht wahr?«

»So wie du das sagst, klingt es beinahe wie ein Verbrechen.«

»Bevor ich aus Paris weggegangen bin, habe ich einen Freund in London gebeten, für mich etwas in Erfahrung zu bringen. Er arbeitet in einer Abteilung des Ministeriums, die sich um die Renten der Kriegerwitwen kümmert. Von ihm weiß ich, dass der Comte auf jeden Fall bei den Rifles gedient hat, im fünften Bataillon, bekannt als die City of London Brigade. Die Rekruten setzten sich hauptsächlich aus Börsenmaklern und Bankangestellten zusammen. Passend, da der Comte damals bei der Banque d'Alsace in der Threadneedle Street arbeitete. Dein Vater taucht in der Liste der Rekruten allerdings nicht auf.« Verrian schob Alix vorsichtig zur Seite, damit er das Bild von John Gower betrachten konnte. »Ich muss dir jetzt leider sagen, dass Jean-Yves de Charembourg und dein Vater niemals Waffenbrüder waren. Gower hat beim Royal Army Medical Corps gedient.«

»Er war Arzt?«

»Nein, Krankenwagenfahrer bei einem Feldlazarett. Zwei Jahre nach Kriegsbeginn, also neunzehnhundertsechzehn, wurde er dort stationiert. Ich habe noch nicht herausgefunden, wo genau das Lazarett lag, aber ich weiß, dass er es bis zum Obergefreiten brachte und kurz vorm Waffenstillstand verwundet wurde. Da geriet er mit seinem Ambulanzwagen in eine Bombardierung.« Verrian drückte den Rücken durch. »Du hast allen Grund, stolz auf deinen Vater zu sein, aber de Charembourg hat dich angelogen.« Er forderte sie dazu auf, noch einen Blick auf das Foto zu werfen. »Sieh selbst: Das Ärmelabzeichen deines Vaters ist ein rotes Kreuz, und auf seiner Mütze steht RAMC.«

Sie weinte und wollte nicht hinsehen. »Willst du mir sagen, dass mein Vater kein richtiger Soldat war?«

»Aber nein! Die Ambulanzwagenfahrer waren genauso tapfer wie die Männer, die an der Front kämpften. Alix, ich will deinen Vater doch nicht schlechtmachen.«

Aber Alix war untröstlich. »Ich weiß, was du damit bezwecken willst. Du willst mich bestrafen, weil ich andere Männer dir vorgezogen habe.«

Bestrafte er sie tatsächlich? Er wollte Alix dabei helfen, den Nebel ihrer Kindheit zu lichten, damit sie die Gegenwart sehen konnte. Er wollte sie vom Kummer befreien, damit sie sich auf ihn, Verrian, konzentrieren konnte … Insofern handelte er egoistisch. Aber zog er irgendeine Befriedigung aus der Sache? Nein, das tat er wirklich nicht.

Er musste es jetzt zu Ende bringen. Als Alix sich auf die Toilette zurückzog, um sich das Gesicht zu waschen, bat er Beryl, ihm eine Pariser Telefonnummer herauszusuchen, so schnell wie möglich. Die Sekretärin folgte seiner Anweisung und notierte ihm die Nummer auf einem Stück Papier.

Er wählte, und als sich ein junger Mann meldete, sagte er: »Hier ist Verrian Haviland. Ich möchte mit dem Comte de Charembourg sprechen.«

33

Die Muster, Zeichnungen, Stoffe und Kleidungsstücke, die die Polizei an jenem unseligen Augusttag in der Rue Jacob beschlagnahmt hatte, wurden ebenso plötzlich am 2. November, einen Tag nach Alix' Besuch beim *News Monitor,* wieder zurückgebracht. Sie kamen in Kisten an, wie Restbestände aus dem Fundbüro. Der Seidensamt war ruiniert, und *Ma Fuite* hatte Brandlöcher auf dem Rock, was Alix Tränen in die Augen trieb. Dann suchte sie vergeblich nach den Einzelteilen der kaffeebraunen *Nummer 10*. Dennoch waren die Kisten die letzte, willkommene Bestätigung dafür, dass man sie nicht anklagen würde. Wieder einmal war sie dank schnellen Handelns davongekommen.

Rosa hatte ihr Wort gehalten und den Schlüssel zu Alix' Privatgarderobe in den Klosetttank geworfen. Sie hatte die Polizei aufgefordert, ihn herauszuholen, und während die Männer sich abmühten, war sie eine Treppe höher gelaufen und hatte Adèle Charboneaus rotes Kostüm aus dem Fenster geworfen. Während jedes Regal, jede Schublade und jede Stange im oberen Atelier abgeräumt wurde, hing das dunkelrote Kostüm unbeachtet an einem Hortensienstrauch im Hof. Das hatte Alix gerettet.

Dieses Kostüm hatte die Razzia ausgelöst, davon war Alix überzeugt. Madame LeVert hatte sich von Adèle Charboneaus Tränen rühren lassen und sich unter der Hand bereit erklärt, ein Kostüm zu schneidern, das »Chanel so ähnlich wie möglich«

wäre. Sie hatte sich sogar beschwatzen lassen, ein gefälschtes Chanel-Etikett einzunähen. Alix hatte die Adresse auf Adèle Charboneaus Visitenkarte aufgesucht und erfahren, dass keine Person dieses Namens je in der Wohnung an der Avenue Foch gewohnt hatte. Eine falsche Kundin – und eine gute Schauspielerin. Die eigentliche Frage lautete: Wer hatte ihr dieses Trojanische Pferd untergeschoben? Alix hatte einen nagenden Verdacht, aber ob sie ihn je beweisen konnte?

Obwohl die Razzia schon zweieinhalb Monate zurücklag, liefen die Geschäfte nur mäßig. Der Kundenstamm, den sie sich davor allmählich aufgebaut hatte – reiche Pariserinnen mit einer Schwäche für den hoffnungsvollen Nachwuchs –, zeigte ihr immer noch die kalte Schulter. Die gute Una schickte ihr jedoch weiterhin englische Damen, und ein, zwei treue Kundinnen weigerten sich, sie vorschnell zu verurteilen. Hin und wieder kamen auch Aufträge herein, aber niemals genug, um die Schulden zu tilgen, die ihr die ruinierte Kollektion eingebracht hatte. Es war ein Kampf, jede Woche den Lohn für ihren geschrumpften Mitarbeiterstab aufzubringen. Die Miete wurde an Weihnachten fällig, und die Stoffe für die nächste Saison waren auch nicht im Budget enthalten. Wenn Gregory Kilpin je erriet, in welch schwieriger Lage sie sich befand, würde er wahrscheinlich die Zwangsvollstreckung beantragen. Zu allem Überfluss hatte sie auch noch ein neues Problem: die Angst vor dem leeren Blatt. Sie hätte an ihrer Frühjahr-Sommer-Kollektion für Februar 1939 arbeiten sollen, aber ihre kreative Inspiration war verdorrt.

Der Ruf »Aliki, wo bist du?« riss sie aus ihren Gedanken. Sie lief in den Salon, wo Mémé am Fenster saß, in sicherer Entfernung zu einem Paraffinofen, zu Füßen einen Berg Gehäkeltes. Häkeln hatte sie als Kind gelernt, und ihre Finger bewegten sich noch immer wie von selbst. »Ich konnte dich nirgends hören. Hilfst du mir auf die Toilette?«

»Natürlich, nimm meinen Arm.« Im Takt von Mémés Gehstock durchquerten sie gemeinsam den Salon.

»Du wolltest doch Seidensamt kaufen, aber du hast ihn mir gar nicht gezeigt.«

Sie ist in Gedanken im letzten Sommer, dachte Alix. »Diesmal kein Seidensamt, Mémé, nur einfache Shantungseide. Ich zeige sie dir, sobald sie geliefert worden ist.«

»Wie viele Modelle hast du fertig?«

»Äh, zwanzig.« *Keines.*

»Wirst du sie mir vorführen?«

Alix konnte ein Lächeln nicht unterdrücken. Mémés neue Sanftmut erstreckte sich auch auf Alix' Metier. Der Streit über die Nachteile des Schneiderberufs war ihrer Großmutter entfallen. Und auch die Telefonvermittlung hatte sie komplett vergessen.

Verrian kam vom Büro aus zu ihr, und sie gingen gemeinsam zum Mittagessen in die Wohnung. Alix stocherte in ihrem Gemüse herum und hörte zu, wie Verrian Mémé in ein Gespräch verwickelte. *Wie geduldig er ist,* dachte sie. *Menschliche Schwächen bringen ihn nicht in Rage. Abgesehen von meinen.*

Als sich Mémé zu ihrem Nachmittagsschläfchen hinlegte, sagte Verrian: »Du kannst nicht ein Geschäft führen und dich gleichzeitig um deine Großmutter kümmern. Du brauchst eine Pflegerin.«

»Ich kann mir keine leisten.«

Er schenkte ihr einen seiner besorgten Blicke. Seit er sie aus dem Rose Noire gerettet hatte, hatte er sie kaum berührt. Er war untadelig rücksichtsvoll, dabei sehnte sie sich so danach, dass er sie wie früher in die Arme nahm und küsste!

»Darf ich dir helfen?«

»Das ist nicht deine Sache, Verrian.«

»Du bist meine Sache, Alix. Gewöhn dich besser daran.«

Am nächsten Morgen präsentierte er ihr die Lösung. Alix saß in ihrem Büro. Ein Anruf von Mr. Pusey, Gregory Kilpins Finanzberater, der sich in Paris aufhielt, um die französischen Belange seines Klienten zu betreuen, hatte eine nicht weniger angespannte Unterhaltung mit Madame LeVert unterbrochen. Alix knallte den Hörer auf die Gabel und erwartete fast, dass ein Stück Email absplitterte. Pusey hatte mit ihr Posten für Posten die Rechnungen des vergangenen Quartals durchgesprochen, bis hin zum Kauf von Heftfäden. Mein Gott, wenn Una das aushalten musste, war es kein Wunder, dass sie dabei war, sich einen Fluchttunnel zu graben. Jetzt erklärte Madame LeVert kategorisch, die synthetische Seide, die sie für maßgeschneiderte Kleidung verwendeten, sei eine falsche Sparmaßnahme.

»Weil man dafür größere Nadeln braucht, Mademoiselle Gower.«

»Dann nehmen Sie größere Nadeln.«

»Die Mädchen sind an Länge und Gewicht der Nadeln gewöhnt. Größere fühlen sich unförmig an, und die Qualität leidet darunter. Viel zu häufig muss ich sie überreden, die Naht wieder aufzutrennen und von vorne anzufangen. Dann gibt es Krach.«

Alix warf einen Blick auf die Termine in ihrem Kalender. Englische Kundinnen am späteren Vormittag, also musste sie Blumen in den Salon stellen und sich umziehen. Warum hatte sie Rosa nur entlassen? Warum hatte sie nicht stattdessen Madame LeVert gefeuert? Rosa hätte sich von Adèle Charboneaus Tränen niemals einwickeln lassen. Ihr fiel Javiers Ausspruch ein: »Eine gute Première ist wertlos. Zuschneiden und Maß nehmen kann jeder. Eine *großartige* Première bringt jene alles entscheidende Zutat mit – die Früchte ihrer Leidenschaft.« Und er hatte verschmitzt hinzugefügt: »Leidenschaft für Stoffe, Leidenschaft für das Leben und die Liebe.«

Alix trat ans Fenster, um nach der Quelle des Klopfgeräuschs zu fahnden, das aus dem Hof heraufdrang. Verrians Hispano schob sich in ihr Blickfeld. Ihre Miene verdüsterte sich, als sie sah, wie er einer Frau im dunklen Mantel und mit Kopftuch die Beifahrertür aufhielt. Nach ihr kletterte ein kleiner Junge aus dem Wagen. Verrian beugte sich hinein und holte eine niedrige Kuchenschachtel hervor.

»Und noch etwas …«, setzte Madame LeVert an.

Alix fuhr herum. »Madame, Sie werden nicht umsonst als Première bezeichnet. Bitte gehen Sie nach oben und machen Sie Ihre Autorität geltend.«

Zwei Dinge fielen Alix an Pepe Rojas García sofort auf. Zunächst, dass er ein außerordentlich hübsches Kind war, dessen Wimpern lange Schatten auf die Wangen warfen. Zweitens, dass er Verrian in einem rührend erwachsenen Ton ›Señor‹ nannte. Und doch legte das Verhalten seiner Mutter, die Alix als Celestia García y Rojas vorgestellt wurde, eine engere Beziehung zu Verrian nahe. Alix wunderte sich. War Verrian tatsächlich nach Marseille geflogen, um aus selbstloser Ritterlichkeit diese Frau zu retten?

»Dies ist Ihre Arbeit hier? Sie sind Schneiderin?«, fragte Celestia in gebrochenem Französisch. Alix hatte alle in den Salon gebeten. Pepe tobte von einem Ende des Raumes zum anderen, mit der Energie eines Kindes, das zu lange hatte still sitzen müssen.

»Bis zum Letzten des Monats«, sagte Alix steif.

Verrian ergriff das Wort. »Ich habe Señora García y Rojas hergebracht, weil ich glaube, dass sie eine perfekte Gesellschafterin für deine Großmutter wäre. Das Arrangement könnte euch beiden helfen.«

»Ich verstehe«, erwiderte Alix.

Er zog eine Augenbraue hoch. *Was glaubt sie, wozu ich sie sonst hergebracht habe?* Er fing an, von Celestias Leben in Spanien zu erzählen und von ihren Gründen für die Flucht. »Sie hat die Erlaubnis, sich in Frankreich aufzuhalten, und hat bereits als Haushälterin gearbeitet. Doch dann hatte die Dame des Hauses auf einmal Einwände gegen Pepe. Die Situation wurde ziemlich angespannt. Du hättest doch nichts dagegen, ein Kind um dich zu haben?«

Ich habe noch zu keinem der Vorschläge Ja gesagt, dachte Alix missmutig.

»Ein kleiner Junge könnte Mémé überfordern.« Alix wollte diese Frau nicht, die eine verborgene Trauer ausstrahlte und Verrian durch ihre spanische Herkunft nahe war. »Und verzeih, aber eine Tätigkeit als Haushälterin befähigt noch nicht dazu, eine alte Dame zu versorgen.«

»Verzeihung – da sie intelligent ist, eine Arbeit braucht und ich die Hälfte ihres Gehalts übernehme, solltest du besser aufhören, nach Problemen zu suchen und lächeln. Oder hast du vergessen, wie das geht?«

»Wenn ich etwas zu lächeln hätte, wüsste ich es.«

»Bitte, Sie sprechen zu schnell.« Celestia blickte von Alix zu Verrian. »Wenn ich beleidige, Sie haben meine Entschuldigung. Ich pflege mein eigenes Großmutter. Ich bin freundlich zu alte Damen. Ich bitte nur, dass Pepe ist willkommen.«

»Ein bescheidener Anspruch, findest du nicht?« Verrian zupfte an dem Band, das die Schachtel zusammenhielt.

Warum sagst du nicht gleich, dass ich kleinlich bin?, dachte Alix erbost, während sie eine Mitarbeiterin bat, Tee zu kochen. *Ich kann Celestias Mienenspiel vielleicht nicht deuten, aber deines kenne ich nur zu gut.* Als sie eine Weile später mit Mémé zurückkam, goss Verrian gerade Tee in die Tassen, während Pepe mit großen Augen vor einem Apfelkuchen stand.

»*Tarte alsacienne*«, sagte Verrian und stand auf, um Mémé die Hand zu geben. »Alix sagt, Sie backen den besten, aber dieser ist ausnahmsweise aus der Konditorei.«

Pepes Tischmanieren waren untadelig, wie Alix feststellen konnte. Er reichte den Damen Teller und bot ihnen das Zuckerschüsselchen an. Dann stellte er sich neben Mémé und beobachtete ihre Hände, fasziniert von ihren spitzen Knöcheln und knotigen Gelenken. Auf Spanisch stellte er eine Frage, in der das Wort *dedos* – Finger – vorkam.

Das brachte ihm einen Tadel von seiner Mutter ein.

Mémé verbog die Hände zu Klauen und wedelte mit ihnen durch die Luft. Der Junge lachte.

Seine Mutter machte ein verlegenes Gesicht. »Ich so bedaure, Madame. Entschuldigung.«

Aber Danielle Lutzman fuhr fröhlich mit ihren wilden Gesten fort, und Pepe klatschte in die Hände. Selbst Celestia musste lächeln. Sie hatte ihr Kopftuch abgenommen, unter dem mahagonibraune Locken zum Vorschein kamen. Alix starrte sie schockiert an. Die Spanierin war höchstens dreißig und sehr hübsch. Sie stand auf und streckte Celestia die Hand hin. »Leider warten im Atelier noch drei unfertige Kostüme auf mich. Danke, dass Sie gekommen sind, Madame.«

Alix zog das letzte Kleid aus, das sie vorgeführt hatte, hängte es an einen Garderobenständer und schälte sich aus der Unterwäsche. Die englischen Matronen, die Una ihr aus Manchester geschickt hatte, waren endlich fort. Alix hatte ihre Herbst-Winter-Kollektion präsentiert, annähernd zehn Modelle, die aus den Ruinen des letzten Sommers gerettet worden waren. Die Damen hatten versprochen, später wiederzukommen, wenn sie noch ein paar andere Läden durchstöbert hätten. Alix stöhnte leise. Rosa – wo war Rosa, die biedere oder nervöse Frauen stets dazu verleiten konnte, von jedem Modell ein Exemplar zu kaufen, nur weil der Vorgang bei ihr so amüsant war?

Alix hakte den Hüfthalter zu und zog ein Hemdhöschen aus

mattblauer Spitze darüber. Auf einen Büstenhalter verzichtete sie lieber. Sie überlegte, welches der beiden Jerseykleider sie anziehen sollte – schwarz oder olivgrün –, als sie ihren Namen hörte. »Hier bin ich«, rief sie, und bevor sie noch »aber nicht hereinkommen« anfügen konnte, ging bereits die Tür auf.

Verrian warf einen Blick auf die blaue Seide, die nackten Arme und Beine und stockte, als sei er gegen eine Glasscheibe gelaufen.

Alix langte nach dem erstbesten Kleid, dem schwarzen, und hielt es schützend vor sich. »Du wolltest doch deine spanische Freundin nach Hause bringen«, rief sie anklagend.

»Das habe ich auch getan.«

»Das ging aber schnell. Begleitest du nicht gewöhnlich eine Dame ins Haus? Früher dachtest du, ich könnte ohne deine Hilfe die Tür nicht öffnen. Oder hat das Soldatenleben dich um deine guten Manieren gebracht?«

Verrian ging auf sie zu, hob ihr Kinn und küsste sie mit dem kontrollierten Hunger eines Mannes, der eigentlich nicht mehr warten will. Als er sich von ihr löste, murmelte er, die Lippen noch immer gegen ihre gepresst: »Willst du mich provozieren? Soll ich es dir beweisen? Nein? Dann schau mich nie wieder so hochnäsig an.« Er griff nach dem olivgrünen Kleid und warf es ihr in die Arme. »Ich habe genug von Frauen in Schwarz. Gehen wir ins Büro und handeln die Konditionen für Celestia aus.«

»Ich habe noch nicht zugestimmt.«

»Deine Großmutter aber. Nachdem du abgerauscht warst, haben sie und Pepe zusammen im Salon getanzt. Sie sind jetzt schon unzertrennlich.« Er ging zur Tür. »Ich möchte mit dir ausgehen können, und so gerne ich Mémé mag, als Dritte am Tisch will ich sie nicht immer dabeihaben. Kannst du dir ein Weilchen freinehmen?«

Sie spielte mit dem Gedanken, Nein zu sagen, aber das fiel ihr sehr schwer, weil sie immer noch in seinen Armen lag. Und sein

Kuss hatte in ihr das Verlangen geweckt, sich endlich dem wahren Grund zu stellen, warum sie Verrian auf Abstand hielt: dem Abscheu vor ihrer Zeit als Serges »Gangsterbraut« und der herzlosen, haschischgeschwängerten Schule, durch die sie bei ihm gegangen war. »Vielleicht. In ein paar Minuten. Ich muss noch einige Lieferanten anrufen.« Auf dem Gang vor ihrem Büro blieb Alix wie angewurzelt stehen. Die Tür stand einen Spalt offen, und sie hörte eine gedämpfte Stimme knurren: »Noch mal fünfhunderttausend Francs, derselbe Ort, sechs Uhr morgen Abend, Freitag …«

Jemand telefonierte von ihrem Anschluss aus. Es war der Einzige im Gebäude, den niemand ohne ihre Erlaubnis benutzte. Und es handelte sich nicht um die wortgewandte Violette oder um Madame LeVert. Es war eine Männerstimme. Wie von einem Betrunkenen, der lallend Drohungen ausstieß. Sie wollte hineinstürzen, aber Verrian hielt sie zurück. Sein Atem streifte ihren Hinterkopf. Beide lauschten angespannt.

»Sie wollen nicht zahlen? Dann erzähle ich allen, was ich weiß.« Höhnisches Gelächter ließ Alix erschauern. »Oh, Sie haben recht, Monsieur le Comte, der Mord an Lutzman ist eine alte Geschichte, aber ich habe etwas Neues gegen Sie in der Hand. Sie haben Madame Lutzman in ihrer Wohnung zusammengeschlagen, und ich habe dafür einen Zeugen. Jemand hat Sie gesehen. Sie haben die Tür aufgelassen. Sie sind zurückgekommen. Der Zeuge wird aussagen.«

Verrian krallte seine Finger in Alix' Arm, um sie am Loslaufen zu hindern. »Wir ziehen uns zurück«, flüsterte er, »ganz leise.«

Er zog sie zu dem Verbindungsgang, der zu ihrer und Mémés Wohnung führte. Dort umarmte er sie, und ihre Herzen klopften ein paar Minuten im Gleichtakt, bis unten eine Tür zuknallte. Sie sahen, wie sich eine Gestalt im Overall an Verrians Wagen vorbeidrängte und auf das Kutschenhaus zustapfte. Verrian zog Alix vom Fenster weg.

»Du hast es gehört …«, stotterte sie. »O Gott, Bonnet. Er …«

»Erpresst den Comte de Charembourg.«

Sie versuchte sich loszureißen. »Mémé ist in der Wohnung. Ich muss zu ihr.«

»Sie ist heute nicht in größerer Gefahr als gestern. Aber geh nur zu ihr. Versuch, dich normal zu verhalten. Ich bin bald zurück.«

»Wohin gehst du?«

»Zum Comte. Ich habe ihn neulich vom Büro des *News Monitor* aus angerufen und ein Treffen mit uns allen vereinbart, einschließlich seiner Frau.«

»Bist du verrückt?«

Verrian zuckte die Achseln, was so viel wie »mag sein« bedeuten mochte. »Es ist für den Comte eine Chance, dir zu erklären, warum er dich belogen hat. Du wirst nicht zur Ruhe kommen, bis du seine Seite der Geschichte gehört hast. Seine Frau kommt, weil … nun ja, ich dachte, sie ist vielleicht gerne dabei. Ich meine, all diese Geheimnistuerei muss sie ja auch betroffen haben, meinst du nicht? Es wird gut sein, reinen Tisch zu machen.«

»Es wird unerträglich werden.«

»Eigentlich ist es doch immer besser, den Tatsachen ins Auge zu blicken, Alix. Geh in deine Wohnung, setz dich zu Mémé. Ich fahre zum Boulevard Racan und kümmere mich um dieses Treffen. Es wird nicht lange dauern.«

Aber Alix klammerte sich an ihn. »Geh nicht! Du hast Bonnets Unterstellungen gehört. Diese Stimme … sie klingt wie die Stimme des Mannes, der mich an der Place du Tertre und in Saint-Sulpice angegriffen hat. Bonnet – oh, Verrian, das kann doch nicht sein.«

Verrian zog sie an sich. »Ich bringe dich zu deiner Großmutter und vergewissere mich, dass ihr in Sicherheit seid.«

»Bleibst du über Nacht bei uns?«

»Nein. Ich bleibe bei Bonnet. Wenn er sich auch nur einen Zentimeter auf eure Treppe zubewegt, breche ich ihm das Genick.«

Alix ging ins Büro, um ihre Handtasche und die Hausschlüssel zu holen. Ein Geruch nach alten Tierfellen lag in der Luft. »Kaninchenleim. Er kauft immer das billige Zeug. Und behauptet dann, der Lieferant würde ihn betrügen.«

Verrian stand dicht hinter ihr. »Bonnet hat ganz unterschiedliche Duftnoten. Eine Spur Raffinesse, aber vor allem dunkle Basisnoten.«

Sonntag, 6. November 1938

Seine Hand strich zärtlich über den samtweichen Ärmel, und weil Alix den Stoff trug, gehörte er nicht etwa zu einem einfachen grauen Stadtkostüm. Ein grüner Querfaden fing alle paar Schritte das Licht auf und zog die Blicke auf sich. Und sie trug das Kostüm nicht einfach, sie war davon umhüllt. Wie konnte Wolle so erotisch sein? Ihr smaragdgrüner Hut saß frech auf ihren Locken. Seine Erfahrung mit Frauen sagte ihm, dass sie sich auf dem Kriegspfad befand. Aber auch er wollte nichts riskieren. Als sie die Telefonvermittlung an der Rue du Louvre passierten, tastete er in seiner Tasche nach dem *navaja,* dem Jagdmesser, das er einem toten Faschisten abgenommen hatte. Er hatte nicht vor, es zu benutzen, aber er war lieber gewappnet.

Auf der Rue du Sentier glänzte die Abendsonne auf den Pflastersteinen. »Weißt du, welches Gebäude es ist?«, fragte er. Sie wollten sich in den Geschäftsräumen des Comte treffen. »Das Büro liegt in einer der oberen Etagen, und ich glaube …«

Alix deutete nach oben. »Neben dem Lagerhaus für Stoffe. Wen treffen wir noch?«

»Hab Geduld.«

Als sie das unauffällige Gebäude der Fabrication Textile Mulhouse betraten, kam eine Frau aus einem seitlich gelegenen Büro und sagte erleichtert: »Mr. Haviland, Gott sei Dank. Ich habe nichts dagegen, aushilfsweise die Empfangsdame zu spielen, aber ich hätte doch gerne ein paar klare Anweisungen.« Es war Beryl Theakston. Sie bemerkte Alix' Verwirrung und erklärte: »Mr. Haviland hat mich gestern angerufen und gesagt, dass er an der Tür eine Person braucht, die durch nichts zu erschüttern ist.«

»Sind wir die Ersten, Beryl?«, fragte Verrian.

»Ein Herr und eine Dame sind schon oben.«

»Der Comte und die Comtesse?«

»Ähm, ja.« Beryl Theakston betrachtete etwas ratlos Alix' Jacke. Sie nagte an ihrer Lippe. »Madame de Charembourg trägt ein ganz ähnliches Kostüm, Miss Gower. *Sehr* ähnlich.«

»Unmöglich«, widersprach Alix. »Das ist mein eigener Entwurf, und ich habe nur dieses eine Modell genäht.« Sie zupfte an Verrians Ärmel. »Ich will die Comtesse nicht sehen. Sie beleidigt mich.«

»Aber der Comte freut sich auf dich. Geh nur hoch.« Verrian trat zur Seite und ließ Alix den Vortritt. Zu Beryl sagte er leise: »Ich erwarte noch drei weitere Besucher. Einer macht womöglich Ärger. Rufen Sie, wenn Sie …« Er wollte ergänzen »mich brauchen«, aber ein lautes Kreischen veranlasste ihn, die Treppe hochzueilen. In der Angst, Alix werde etwas angetan, stürzte er in das kleine Sitzungszimmer. In diesem Moment hörte er, wie sie drohte, Rhona de Charembourg das Kostüm eigenhändig vom Leib zu reißen.

Er begriff, dass Beryl versucht hatte, sie zu warnen. Die Comtesse de Charembourg trug exakt das gleiche Kostüm wie Alix, sogar ein ähnlicher grüner Hut saß auf den blonden Haaren. Alix hatte, wie Verrian begriff, allen Ernstes vor, ihre Drohung wahr zu machen, deshalb packte er sie und musste fluchend ein paar Tritte gegen die Schienbeine einstecken. Die Wut verlieh Alix ungeahnte Kräfte. Das Kostüm schränkte jedoch ihre Bewegungsmöglichkeiten ein, sonst wären die Folgen verheerend gewesen. So aber machte sie ihrem Ärger Luft, indem sie mit allem warf, was ihr in die Finger kam – ihre Handtasche, ein Aschenbecher. Der Comte, der sie eine Weile verblüfft angestarrt hatte, kam schließlich herüber und legte die Hand an ihre Wange.

»Ich verstehe nicht, was hier vor sich geht, mein Kind, aber du kannst es mir sicher erklären. Und Sie, Madame« – er wandte sich an seine Frau – »nehmen bitte wenigstens den Hut ab.«

»Sie hat den Entwurf gestohlen!«, schrie Alix. »Aus meiner Herbst-Winter-Kollektion.«

Mit ätzender Verachtung erwiderte Rhona: »Sie haben gewohnheitsmäßig gestohlen, was Ihnen nicht gehört, Miss Gower. Nun wissen Sie, wie sich das anfühlt. Ich habe, ehrlich gesagt, nicht gewusst, dass wir das gleiche Ensemble tragen würden. Wie drollig.«

»Sie haben auch ein Abendkleid gestohlen«, fuhr Alix sie an. »Sie stecken hinter der Razzia. Und Sie stecken mit Adèle Charboneau unter einer Decke!«

»Charboneau?« Der Comte runzelte die Stirn. »War nicht kürzlich eine Person dieses Namens bei uns?« Er wartete auf eine Antwort von Rhona, und als diese nur theatralisch die Augen verdrehte, hakte er mit zusammengebissenen Zähnen nach: »Hast du nicht eine arbeitslose Schauspielerin engagiert, die die Einladungen zu Christines Hochzeit geschrieben hat?«

»Möglich. Ich erinnere mich nicht mehr.«

Auf seine nächste Frage: »Hast du die Polizei in Alix' Wohnung geschickt?«, reagierte sie nur mit einem Heben der Augenbrauen und einem spitzen: »Nein.« Er gab nicht nach und schien überzeugt, dass sich die Wahrheit offenbaren würde, wenn er nur die richtige Frage stellte. »So einflussreich bist du nicht. Aber du kennst die Mächtigen …« Auf einmal ging ihm ein Licht auf. »Maurice Ralsberg – er ist wohlhabend genug, sich überall Vorteile zu verschaffen. Er hat dir die Polizeirazzia organisiert, und so hast du dir Alix' Entwürfe verschafft. Ich würde das nicht drollig nennen. Das ist charakterlos.«

Rhona errötete und wandte den Kopf ab.

Der Comte blickte zu Verrian. »Mr. Haviland, ich freue mich, Sie wiederzusehen. Hoffentlich können wir uns irgendwann einmal zusammensetzen und von Mann zu Mann miteinander sprechen. Ihre Berichte aus Spanien gehörten zu den wenigen, in denen die Leser wie erwachsene Menschen behandelt wurden. Als Sie mich gestern anriefen, versprachen Sie mir, meinen Sorgen ein Ende zu bereiten. Erpressung und Täuschung aus der Welt zu schaffen. Sprechen Sie, und ich stehe in Ihrer Schuld.«

»Was kann dieser Mann denn wohl von deinen Angelegenheiten wissen?« Rhona hatte ihre Stimme, wenn auch nicht ihr Gleichgewicht wiedergefunden. »Wenn er überhaupt eine Meinung hat, dann ist sie zweifellos impertinent.«

»Zweifellos, aber schließlich ist Mr. Haviland Journalist«, pflichtete ihr der Comte bei. »Und jetzt setz dich, Rhona.« Er zog einen Stuhl heran. »Alix, setz du dich hier neben mich.«

Verrian, der noch rasch nachschauen wollte, ob bei Beryl alles in Ordnung war, warf Alix einen warnenden Blick zu: *Bleib ruhig*. Ihre Brust hob und senkte sich, als wäre sie eine längere Strecke gerannt.

Verrian kam genau in dem Moment unten an, als Beryl für Celestia und Danielle die Tür öffnete. Die alte Dame, die ihren besten Mantel und Hut trug, sah sich freudig um. »Es ist schon so lange her, dass ich einkaufen war. Was für ein Geschäft ist das?« Sie blickte Verrian interessiert an. »Ah, Mr. Haviland. Wie geht es Ihnen?«

Verrian bat Celestia, in einer Stunde wiederzukommen und schickte Beryl mit Madame Lutzman nach oben. Erste Zweifel regten sich in ihm. Aus diesem fensterlosen Sitzungszimmer gab es kein Entrinnen. Hoffentlich hatte er nicht Kaninchen zu wilden Hunden gesperrt.

Er sah auf die Uhr. Zwei Minuten vor sechs. Unruhig trat er auf die Straße hinaus und blickte in beide Richtungen. Ein Gast fehlte noch. Und da war er auch schon, in seinem üblichen Overall, die Stiefel mit Zigarettenasche bestreut, die Baskenmütze tief ins Gesicht gezogen.

Als Raphael Bonnet zögernd auf der Schwelle zu Fabrication Textile Mulhouse stehen blieb und unschlüssig den Eingang anstarrte, stieß Verrian ihn in den Hausflur. Er schloss die Tür, bevor Bonnet wusste, wie ihm geschah.

»Gehen Sie direkt nach oben, mein Freund. An ein Entkommen ist nicht zu denken, also sollten Sie sich am besten auf Ihre Würde besinnen.«

Mémé war von allen Anwesenden die entspannteste, wie Alix feststellte. Dass sie zwischen Fremden sitzen konnte, ohne wie früher gereizt und verdrießlich zu werden, zeigte, wie sehr die Verletzung ihre Persönlichkeit verändert hatte. Sie selbst jedoch musste gegen Übelkeit ankämpfen, als Verrian den schwitzenden Bonnet in den Raum schob.

Verrian drückte den Neuankömmling auf einen Stuhl und stellte sich vor die Tür. Ein Blick zu Alix besagte: *Ich bin da. Mach dir keine Sorgen.* Es wurde still im Raum.

Verrian brach als Erster das Schweigen. »Monsieur le Comte, ich habe versprochen, Ihnen den Erpresser zu liefern. Hier ist er. Sagen Sie, was Ihnen auf dem Herzen liegt.«

Der Comte sagte lange nichts. Er starrte Bonnet über den Tisch hinweg an und rang nervös die Hände. Zuletzt seufzte er.

»Es tut mir sehr leid. Dass mein Peiniger ein Mann aus meiner eigenen Heimat ist, den ich kenne und schätzte. Ein Künstler … ja, das ist ein Schock. Man erwartet, dass Künstler über Laster wie Erpressung erhaben sind, obwohl es keinen guten Grund dafür gibt. Vielleicht vermuten wir, dass sie den Engeln näher sind als wir. Raphael …« Er griff unter dem Tisch nach einem Beutel und schob ihn über den Tisch. »Sie haben gehofft, ich würde diesen Beutel mit Tausend-Francs-Noten füllen. Obwohl ich Ihnen beteuert habe, dass ich nichts mehr besitze, haben Sie es noch ein letztes Mal versucht. Als Künstler sind Sie eine Inspiration. Als Erpresser besitzen Sie weder Mitgefühl noch Intelligenz. Ich kann Ihnen nicht verzeihen, dass Sie Ihre Drohung gegenüber dieser jungen Frau wahr gemacht haben.«

Er streckte den Arm aus und drückte Alix' Hand.

Alix roch Bonnets Angstschweiß. Sein kratziger Wollpullover hatte einen Rollkragen, den man über den Bart und den Mund ziehen konnte. Plötzlich fühlte sie wieder die Wolle an ihrem Gesicht und am Nacken … Hilfesuchend sah sie Verrian an.

Bonnet schob den Beutel zur Seite. »Keine Ahnung, was Sie meinen.«

Der Comte blieb liebenswürdig. »Ich denke doch, mein Bester, dass wir die Empörung und das Leugnen überspringen können. Sie haben mich zum ersten Mal im März 1937 angerufen und gedroht, Menschen, die mir nahestehen, Schaden zuzufügen. Ich nahm an, Sie sprachen von jemandem aus meiner Familie. Wie hätte ich auch ahnen sollen, dass Sie Alix meinten?« Er wandte sich Alix zu. »Was immer mir auch anzulasten ist – als ich verstanden hatte, dass die Drohung dir galt, habe ich sie ernst genommen. Ich habe diesem Mann zweimal eine beträchtliche Summe gegeben, um ihn zufriedenzustellen.«

Bonnet unterbrach ihn wütend: »Heute früh hat mir jemand einen Zettel unter der Tür hindurchgeschoben, dass hier vor diesem Haus etwas Wertvolles für mich hinterlegt worden sei. Ich sollte um sechs herkommen.« Er sah Verrian an und blaffte: »Haben Sie das geschrieben? Haben Sie mich unter falschen Voraussetzungen hergelockt?«

Verrian zuckte die Achseln. »Ich habe lediglich angedeutet, dass jemand einen Beutel voller Francs im Eingang abstellen würde. Allein Ihre Gier hat Sie hergeführt.«

Der Comte ignorierte Bonnets entrüsteten Aufschrei und sprach weiter. »Die traurige Ironie ist, dass ich Sie bewundere, Bonnet. Hätten Sie mich um Hilfe gebeten, wäre ich mit Freuden Ihr Gönner geworden. Was Ihre jüngsten Drohungen betrifft, mit denen Sie mich als gewalttätigen Verbrecher hinstellen wollen ...« Er warf einen Blick zu Mémé hinüber, die mit einem Bündel Seidenmuster beschäftigt war und von der Anspannung im Raum nichts mitzubekommen schien. »Ich soll ein Kerl sein, der alte Damen verprügelt! Das zeugt von einer solchen Verzweiflung, dass ich annehme, Sie haben mein Geld längst verschleudert.«

Bonnet, der in dem kleinen Raum, umringt von feindseligen Gesichtern, wie in einer Falle saß, ließ unvermittelt seine Maske fallen. Mit heiserer Stimme sagte er: »Sie haben Madame Lutzman zusammengeschlagen. Ich kann es beweisen.«

»Ich habe viele Fehler«, erwiderte der Comte, »aber Frauen angreifen – nein.«

»Fernand Rey hat Sie in die Wohnung gehen sehen.« Alix protestierte, und Bonnet reagierte mit einem säuerlichen Lächeln. »Ich treffe Rey ständig in der Rue Mouffetard. Er hat einen Stand, wo er Wild verkauft. In der Nacht, in der Madame Lutzman angegriffen wurde, war er in Saint-Sulpice, und er schwört, er sah Sie nach oben gehen.«

Der Comte nickte. »Am Abend, nicht in der Nacht. Ich habe Madame Lutzman einen kurzen Besuch abgestattet, sie nach unten begleitet und bin wieder gegangen.«

»Er kann beschwören, dass Sie erst später gegangen sind. Sie haben auf ihre Rückkehr gewartet.«

»Das ist nicht wahr«, entgegnete der Comte. »Wenn er vor der Polizei so etwas behauptet, ist es eine Falschaussage.«

»Fernand hat immer die Glühbirnen in unserem Treppenhaus gestohlen.« Alle starrten Danielle an, die die Seidenmuster aus der Hand gelegt hatte. »Er drehte sie hinein, wenn der Vermieter da war, und später nahm er sie wieder heraus und verkaufte sie. Unsere Kohle hat er auch geklaut. Fernand Rey wird sich von der Polizei schön fernhalten. Und in der Nacht hat er gar nichts gesehen. Er war bei seiner Mutter und hat sich mit Kaninchenragout vollgestopft.«

»Das weißt du doch gar nicht mehr, Danielle«, sagte Bonnet verächtlich. »Du hast mir gesagt, dein Kopf sei leer.«

»Ich habe dir viel erzählt, Raphael. Aber ebenso viel habe ich dir nicht erzählt.«

»Monsieur le Comte«, meldete sich Verrian zu Wort, »ich schlage vor, Sie kehren zu den Wurzeln dieser üblen Geschichte zurück. Erpressung ist ein Symptom. Wir müssen das Grundübel kennen.«

»Müssen wir das?«

»Alix muss es wissen. Sie wurde von diesem Mann terrorisiert.« Verrian deutete auf Bonnet.

Alix starrte auf ihre Hände. Während sie Bonnet nackt und vertrauensvoll Modell gesessen hatte, waren in seinem Kopf die Pläne zu einem Überfall entstanden. Ihr lieber, gesetzloser Bonnet war ein Ungeheuer und hatte – was das Schlimmste war – fast Mémé umgebracht.

»Ich werde meine Geschichte erzählen«, sagte der Comte, »unter der Voraussetzung, dass niemand sie als Beichte auffasst. Eine Beichte geht nur mich und den Allmächtigen etwas an. Meinen Mitmenschen werde ich eine Erklärung abgeben. Und ich werde zu den Anfängen zurückkehren, was eine Reise ins letzte Jahrhundert bedeutet.«

Zum ersten Mal, seit Bonnet ins Zimmer gestolpert war, sprach Rhona. »Willst du unsere schmutzige Wäsche in aller Öffentlichkeit waschen?«

»Meine Wäsche, Rhona. Deine lasse ich beiseite. Alix, es ist an der Zeit, dass du die Wahrheit erfährst.«

»Es war das Jahr 1890. Ich war neun, in den Schulferien zu Hause und sehr aufgewühlt von der Situation zwischen meinen Eltern. Sie führten keine glückliche Ehe. Eines Tages sah ich, wie mein Vater nach einem besonders heftigen Streit meine Mutter zu Boden schlug. Ich stand hinter dem Vorhang und konnte mich vor Angst nicht rühren. Mein Vater sah mich und warf mir einen Blick zu, der besagte: *Du bist der Nächste. Ich darf das. Es ist mein Recht.* Das ließ mich sehr schnell erwachsen werden. Aber als ich älter war und groß genug, meine Mutter zu verteidigen, achtete mein Vater immer darauf, ihr in meiner Gegenwart nichts anzutun. Er starb kurz vor meinem einundzwanzigsten Geburtstag. Ich empfand keine Trauer. Wenigstens konnte meine Mutter jetzt ohne Angst weiterleben.

Springen wir zu Weihnachten 1903. Ich hatte mir in den Kopf gesetzt, meine Mutter mit einem Porträt von mir zu überraschen, und hatte mir einen ortsansässigen Maler gesucht, der den freien, modernen Stil beherrschte, den mein Vater für degeneriert gehalten hatte. Ich wählte Alfred Lutzman. Diese Entscheidung hatte einiges Gewicht, denn es war *meine* Entscheidung.«

Alix hatte den Eindruck, dass der Comte sich nach einem Glas Wasser umsah, das üblicherweise in diesem Zimmer zur Verfügung stand.

Der Comte räusperte sich. »Bei unserer letzten Sitzung nahm ich Alfred Lutzman das Versprechen ab, dass das Porträt vor

Weihnachten fertig sein würde. Am Weihnachtsabend würde es zum Entzücken meiner Mutter im Esszimmer an der Wand hängen. Unser Freiheitssymbol. Drei Tage vor Weihnachten machte ich mich auf den Weg zum Haus des Künstlers. Ich fuhr durch den Schnee, so weit ich konnte, und ging den Rest zu Fuß ins jüdische Viertel.«

Danielle blickte auf. »Sie kamen zu meinem Mann.«

»Richtig, Madame.«

»Ich habe Sie eingelassen. Sie dachten, ich sei das Hausmädchen.«

»Ich entschuldige mich nachträglich.«

»Ach wo, ich war ein unordentlicher Trampel. Sie gingen nach oben, und ich hoffte, Sie hätten Geld für das Gemälde mitgebracht. Wir hatten nichts zu essen, unsere Miete war fällig, und ich dachte: *Er wird das Geld sowieso in Form der Miete zurückbekommen.*«

»Nur hatte Alfred Lutzman eine Überraschung parat«, sagte Verrian.

»Sei still«, zischte Alix ihm zu. »Du weißt nicht alles.«

»Ich weiß, dass Lutzman, genau wie Bonnet, seine Arbeit nicht zu Ende gebracht hat«, konterte Verrian.

»Es geht nicht um das Beenden«, erklärte Bonnet hochmütig. »Aber das versteht nur ein Künstler.«

»Und eine Frau, die daran verzweifelt«, sagte Danielle. »Schön und gut, dieses Künstlertum, wie ich dir oft genug gesagt habe, Bonnet. Aber wenn das Haus so kalt ist, dass die Kaffeekanne gefriert und das Kind ohne Frühstück durch den Schnee in die Schule laufen muss, dann ist dieses ›Künstlertum‹ nicht mehr wert als ein Furz im Kohlenkeller.«

Einen Moment lang schwiegen alle schockiert. Danielle fuhr fort: »Jemand hat mich auf den Kopf geschlagen. Jetzt sage ich die Dinge, die ich früher nur gedacht habe.«

»Sie waren an jenem Abend wütend auf Lutzman?«, fragte Verrian den Comte.

»Natürlich. Er hatte die Überraschung verdorben, die ich seit Wochen plante. Meine erste wirklich erwachsene Entscheidung. Er hat sie ruiniert, und es nicht einmal begriffen.«

»Nein, das hat er nicht«, bestätigte Danielle.

»Er sah mich groß an, als wäre ich die Sorte Dummkopf, bei der jede Erklärung müßig wäre. Ich entdeckte sogar eine diebische Freude in seinem Gesicht, die ich nicht ertrug … Ich ging auf ihn los.«

»Sie haben ihn angegriffen?«, fragte Alix fassungslos.

Der Comte tätschelte ihren Arm. »Verbal. Ich schrie ihn an, er sei eine Enttäuschung, ein Scharlatan und Schlimmeres. Viel Schlimmeres, muss ich zu meiner Schande gestehen. Er blinzelte nur. Ich wäre dann gegangen, aber Madame Lutzman kam ins Atelier. Sie brauchte die Kohlenschütte.«

»Er ließ immer den Ofen ausgehen«, seufzte Mémé. »Und gab mir die Schuld dafür. Vor meinem Mädchen, Mathilda, nannte er mich eine schlechte Ehefrau. Ich kam hoch, als ich den Comte schreien hörte, und wusste, dass mein Mann versagt hatte. Blinde Wut brauste durch mich hindurch, und ich weiß nicht mehr, was ich sagte.«

Der Comte wusste es. »Sie sagten zu Lutzman, er habe Angst, ein Gemälde zu beenden, weil er dann sehen würde, dass er nur kopieren könne. Er sei ein Mann, der das Genie anderer aufsaugt und nur eine plumpe Hommage zustande bringt.«

»Das habe ich gesagt?« Danielle starrte ihn an. »Wie gemein.«

»Und unwahr«, fügte Bonnet hinzu.

Danielle murmelte ein paar jiddische Worte. »Ich war kurz davor, unsere Nachbarn um einen Kanten Brot zu bitten – sollte ich da auf meine Manieren Rücksicht nehmen?« Sie wandte sich wieder an den Comte. »Ich muss mich hingekniet haben, um den Ofen aufzufüllen.«

»Ja«, bestätigte er. »Sie haben die Asche herausgekratzt.«

Danielle bewegte ihre knotigen Hände, als erinnere sie sich an den Vorgang. »Die Tür hatte einen abnehmbaren Griff, mit dem man den heißen Ofen öffnen konnte.«

»Ein Metallteil mit einer Klaue am Ende. Sie hielten es hoch, Madame, und meinten, Sie würden es Ihrer Tochter auf den Kopf schlagen, wenn Sie aus der Schule käme, um ihr das Verhungern zu ersparen.«

»Ein schneller Schlag statt Schmerzen vor Hunger.« Danielle griff sich an die Schläfe. »*Wey ist mir.* Ich sagte zu Alfred: ›Du malst schon wieder eine Landschaft, die niemand will, und brichst dein Versprechen gegenüber diesem Mann, der den ganzen Weg durch den Schnee gekommen ist?‹ Und Alfred schrie …«

»›Geh runter in die Küche zu deinen Kohlköpfen.‹ Und dann hat er Sie getreten, und Sie sind mit dem Gesicht seitlich gegen den Ofen gefallen.«

Alix starrte den Comte an, dann ihre Großmutter. »Nein, Mémé!«

Danielle Lutzman tastete nach der weißen Narbe neben ihrem Auge.

Leise fuhr der Comte fort: »Er trat sie immer weiter, wie ein Verrückter, der auf einen Hund eintritt. Ihre Großmutter kroch winselnd davon, und ich spürte, wie in mir etwas zerbrach. Ich nahm die Metallstange in die Hand und schlug zu. Alfred fiel nach vorne und prallte mit der Stirn auf dem Ofen auf. Ich stand über ihm, und für ein paar Sekunden war er in meinen Augen nicht der arme, überforderte Wicht, sondern mein Vater, der meine Mutter schlug. Mir wurde klar, dass er tot war, und dieser Moment hat sich in meine Seele eingeprägt.«

Alix blickte auf die Hand, die ihre hielt. »*Sie* haben ihn getötet?«

Der Comte nickte. »Er zertrat die Rippen seiner Frau. Ich schlug ihn, um sie zu beschützen. Ich habe mich selbst ins Unglück gestürzt, um ihr zu helfen.« Ein tiefer Seufzer entrang sich seiner Brust. »Ich hätte ihn bewusstlos prügeln können, aber ich habe ihn umgebracht. Aber Sie sollten das Ende noch hören. Meine Frau hat mich oft gefragt, warum ich Danielle und ihrem Kind bis nach England folgte. Warum ich mich über ihr Leben auf dem Laufenden hielt und deine Ausbildung übernahm, Alix. Warum ich dich sogar über meinen Kriegseinsatz belog, um meine ständige Gegenwart zu erklären.«

»Es war keine gute Idee, ein falsches Regiment anzugeben«, sagte Verrian. »Darüber gibt es zu viele Dokumente.«

Der Comte nickte. »Alix, ich sah deine Mutter an dem Tag, an dem ich deinen Großvater umbrachte. Sie kam ins Atelier gerannt und hatte keine Ahnung, was sie dort vorfinden würde. Ich war zu langsam, sie vor der Tür abzufangen, aber ich konnte verhindern, dass sie sich neben seinem Leichnam niederwarf und in sein Blut trat. Ich war es, der ihr sagte, dass er tot war. Danielle wurde des Mordes angeklagt, was die Aufmerksamkeit von mir ablenkte. Durch Manipulation und Bestechung konnte meine Mutter ihre Freilassung erwirken. Auf dieselbe Weise wurde ich von meiner Tat reingewaschen. Aber ich wusste, dass die kleine Mathilda den Schrecken nie überwinden würde. Deshalb sorgte ich für sie, und später für dich, Alix.«

»Sie haben meine Mutter aufwachsen sehen?«, flüsterte Alix.

»Ja. Und wenn du es wünschst, erzähle ich dir alles, was ich über sie weiß. Alles über uns.«

»Aber meinen Vater kannten Sie nicht?«

»Ich habe ihn nie kennengelernt.«

Alix stand schwerfällig auf. »Sie sind etwas Schlimmeres als ein Lügner. Sie sind ein Betrüger. Sie hätten mir alles erzählen können, was mir so wichtig war – nein, jetzt will ich Ihre Geschichten nicht mehr. Woher soll ich wissen, ob Sie die Wahrheit sagen?«

»Ich habe gelogen, um dich zu schützen. Wie der heutige Tag beweist, kann Wissen gefährlich sein.«

»Unwissen ebenfalls«, sagte Verrian leise, und niemand widersprach.

Alix trat auf Verrian zu, der sich aufrichtete, als wäre er darauf gefasst, von ihr eine Ohrfeige zu bekommen. Sie spürte, wie ihn ein Schauer durchlief, als sie ihn umarmte und den Kopf an seine Brust legte. »Du hast ihn durchschaut. Du hast dafür gesorgt, dass ich herkomme und zuhöre. Ich weiß nicht, ob ich dich dafür hasse oder liebe.«

Verrian schien es nicht besonders eilig damit zu haben, die Antwort zu erfahren oder die Umarmung zu lösen. Nach einer Weile sagte er: »Monsieur le Comte, verbessern Sie mich, wenn ich mich irre, aber alle, die den Mord an Alfred Lutzman bezeugen könnten, sind entweder tot oder in diesem Raum. Stimmt das?«

»Das stimmt«, bestätigte Jean-Yves.

»Wenn sich demnach alle einig sind, dass die Angelegenheit erledigt ist, können alle als freie Menschen diesen Raum verlassen.«

»Warum er?« Alix riss sich von Verrian los und deutete auf Bonnet. »Er hat versucht, anderen die Schuld zuzuschieben, aber ich weiß, dass er mich zweimal angegriffen hat und Mémé einfach liegen ließ. Ich weiß, dass er in die Wohnung eingebrochen ist … er hatte einen Schlüssel.« Sie starrte Bonnet wütend an. »Sie haben meinen Schlüssel in Mutter Richelieus Café gestohlen! Ich dachte, es wäre ein Taschendieb gewesen, aber Sie haben in meiner Tasche herumgewühlt!«

Bonnet sprang auf, aber Verrian war schneller, und seine Messerklinge fuhr an den Hals des Malers. »Sie sind ein Schmarotzer, Bonnet«, drohte er halblaut, »und Sie könnten den Rest Ihres

Lebens im Gefängnis verbringen und von anderen Schmarotzern herumgestoßen werden. Wollen Sie das, Madame?« Er sah zu Danielle, aber diese befingerte ihre Handschuhe, und so richtete er die Frage an Alix.

Alix dachte an die endlose Serie von Polizeibefragungen und gerichtlichen Anhörungen, wenn sie die Sache publik machten. »Nein. Ich will, dass er die Rue Jacob verlässt und für immer verschwindet. Ich will ihn nie wiedersehen. Aber ich muss wissen, warum er Mémé wehgetan hat. Warum er … Sagen Sie es mir einfach, Bonnet.«

Bonnet senkte den Blick und antwortete mit leiser, belegter Stimme: »Ich wollte nie irgendwem wehtun. Ich kam in jener Nacht nach Saint-Sulpice, das stimmt, und habe die Tür mit Ihrem Schlüssel geöffnet. Ich nahm an, Sie beide wären längst im Bett. Ich habe nicht erwartet, dass Danielle so spät nach Hause kommen und sich heiße Milch machen würde, oder dass Sie mit Ihrem Verehrer aus wären.« Er warf Alix einen fast empörten Blick zu.

Sie verzog keine Miene.

»Ich brauchte Geld.« Er machte eine hilflose Bewegung. »Das ist alles. Ich brauchte Geld.«

»Aber Sie haben mich fast erwürgt! Sie haben Mémé beinahe den Schädel gespalten.«

»Es war ein Fehler. Manchmal geraten die Dinge außer Kontrolle.«

»Sind Sie eingebrochen, um zu stehlen?«, fragte Alix. »Ging es wirklich nur um Geld?«

»Sie haben mir gesagt, die Miete wird erhöht, und ich dachte mir, sicher horten Sie irgendwo Geld. Sie hatten nie ein Bankkonto, genau wie ich. Ich habe Ihr Wohnzimmer und Ihre Schlafzimmer durchsucht, überall gesucht, wo Leute ihr Erspartes aufbewahren. Ich habe Danielles Nähkasten durchwühlt. Sogar die

Bilder habe ich von der Wand genommen. Aber nur ein paar lausige Centimes gefunden. Sie waren ärmer als ich!«

»Sie haben gesucht, während Großmutter am Boden lag!«

»Ich war verzweifelt!« Bonnet hob flehentlich die Hände. »All mein Geld haben mir diese Gangster abgenommen, die auf der Butte ihre Spielhöllen betreiben. Sie haben keine Ahnung, wie es sich anfühlt, ein Sklave des Rouletterads zu sein …«

»Ersparen Sie uns das«, unterbrach ihn Verrian, zog Bonnet von seinem Stuhl und schob ihn zur Tür. Alix befürchtete, er würde ihn die Treppe hinunterwerfen. Aber Verrian drehte Bonnet so, dass der Comte ihn sehen konnte. »Machen Sie Ihren Frieden mit diesem Herrn. Sie dürfen ihn nie wieder erpressen oder schlecht von ihm reden. Sagen Sie es ihm.«

Bonnet murmelte etwas. Verrian öffnete die Tür und schob ihn hinaus. »Zwei Stunden, dann sind Sie aus der Rue Jacob verschwunden. Hoffen Sie, dass keiner von uns Ihnen nachkommt.«

Verrian ließ die Tür offen, und kühle Luft strömte ins Zimmer.

Der Comte wartete, bis das Klicken der Haustür ihnen verriet, dass Bonnet gegangen war. »Und so wird die Seele des Erpressers offenbar. Ein letztes Mal, Madame – haben Sie diesem Mann die Wahrheit über den Tod Ihres Mannes erzählt?«

Danielle zwinkerte Verrian zu. »Das hat er mich schon einmal gefragt.«

»Vielleicht sollten Sie ihm antworten.«

Danielle drehte sich zur Seite, sodass sie de Charembourg ins Gesicht blicken konnte. »Ja, ich habe es Bonnet gesagt.«

Der Comte schloss die Augen. »Warum haben Sie das nicht erwähnt?«

Danielle überlegte. »Weil ich es ihm auf der Kanalüberfahrt erzählt habe. Mir war schlecht, und er gab mir einen Schnaps. Da habe ich es ihm erzählt. Ich hatte zu viel getrunken, wir waren im Bett und außerdem – geht Sie das überhaupt etwas an?«

34

»Als wir am Fluss saßen, in der Nacht, in der wir uns wiedergefunden haben, habe ich dir erzählt, was ich in Spanien getrieben habe. Jetzt möchte ich wissen, was du in der Zeit in Paris gemacht hast.«

Sie saßen in der Apricot-Suite, der größeren der beiden Suiten, die Lord Calford im Polonaise angemietet hatte. Der Salon war hergerichtet wie der Wintergarten eines Landhauses. Apricotfarbene Rosen verströmten ihren verschwenderischen Duft. Alix und Verrian saßen sich an einem Tisch gegenüber. Während er sich im Zustand höchster Aufmerksamkeit befand, war Alix damit beschäftigt, die Ereignisse der vergangenen Stunden zu verdauen. Das Treffen in der Rue du Sentier hatte unerfreulich geendet.

Rhona de Charembourg hatte ihren Ehemann am Arm gepackt, doch nicht aus Besorgnis. »Das war sehr aufschlussreich, mein lieber Mann«, hatte sie mit falscher Belustigung bemerkt. »Eine Frage allerdings treibt uns alle weiter um: Ist Alix deine Tochter?«

Alix wollte »Nein!« schreien, aber alles, was ihr über die Lippen kam, war ein kläglicher Ton.

»Alix, möchtest du, dass ich es sage?«, fragte der Comte.

Sie schüttelte den Kopf. Sie wollte nicht, dass der Comte John Gower ersetzte. Niemand sollte John Gower zu einer bloßen Fußnote in ihrem Leben reduzieren.

»In diesem Fall«, fuhr der Comte mit tonloser Stimme fort, »werde ich nichts sagen.«

Rhona machte ein missbilligendes Geräusch. »Egal, was sie ist, deine Zuwendung hat ihr nicht gerade gutgetan. Eine hervorragende Schulausbildung, aber keinen Stammbaum … Sie ist Serge Martels kleine Nutte.«

Der Comte hatte seine Frau hinausgeschickt. Und Verrian hatte mehrere Taxis angehalten; eins für Mémé und Celestia, eins für Beryl Theakston. Und noch eins für sich selbst und Alix. Seitdem war kein Wort mehr gefallen. Rhona de Charembourgs hässliche Bemerkungen schienen noch über ihnen zu schweben.

»Ich brauche ein heißes Bad«, murmelte Alix.

Verrian stand auf. »Ich zeige dir das Badezimmer.«

Sie hatte noch nie eine Badewanne mit vergoldeten Wasserhähnen gesehen. Als Verrian das heiße Wasser aufdrehte, schoss ein heftiger Strahl aus dem Hahn.

»Ich lasse dir den Vortritt«, sagte er. »Es sei denn, du möchtest die Wanne mit mir teilen. Ich weiß immer noch nicht, ob du mich liebst oder hasst.«

Sie ging ins Schlafzimmer, das neben dem Badezimmer lag. Vor dem Spiegel der Frisierkommode löste sie ihre Hutnadeln und bürstete sich das Haar. Verrian sah ihr dabei zu. Alix wusste, wie sehr er sie begehrte, aber nach Rhonas Bemerkungen hatte er sicher keinerlei Respekt mehr für sie übrig. »Nutte« – das war ein hartes Wort.

Alix hatte im Laufe des vergangenen Jahres viel über die männliche Natur gelernt. Männliches Begehren hatte viel mit Jagdlust zu tun. Eine Frau, also das Objekt der Begierde, konnte am Blick des Mannes erkennen, wie sehr er sie wollte. Alix zog die Jacke aus und setzte sich an den Frisiertisch. Dann schob sie den Rock nach oben und löste den Strumpf vom Halter.

Sie wusste, dass sie Verrian vollkommen in ihren Bann geschlagen hatte. Warum machte sie das? War es ein Spiel? Die Strafe dafür, dass er Schindluder mit ihren Gefühlen getrieben hatte? Oder wollte sie gar beweisen, dass Rhonas Worte stimmten? Vielleicht wollte sie auch nur dem Gespräch über das letzte Jahr entgehen … dem Jahr mit Serge.

Sie rollte den Strumpf herunter, löste auch den anderen und zog ihn ebenfalls aus. Ganz langsam. Sie hörte Verrians unregelmäßige Atemzüge und blickte ihn mit halb geschlossenen Lidern an. Das nahm er anscheinend als Aufforderung, ging auf sie zu und nahm ihr den Strumpf aus der Hand. Er hielt ihn sich ans Gesicht. »Jasmin.«

»Ja, nach dem Bad creme ich mich immer mit Jasminöl ein.«

Er stöhnte. »In Spanien habe ich an jedem einzelnen Tag an dich gedacht. An deine Stimme. Deine Beine.« Er kniete sich vor ihr hin und fuhr mit den Lippen über ihre Wade, über ihr Knie, über die weiche Haut ihres Schenkels. »Der Gedanke, dich zu lieben, war mein Trost. Du warst für mich Wasser, Schlaf, Essen und Halt.«

»Wie konntest du dich an meine Beine erinnern? Du hast sie doch noch nie gesehen.«

»Na ja …« In seinen Augen glitzerte es, während er sich weiter zum Inneren ihrer Schenkel vorarbeitete. »Ich hatte gewisse Träume von dir. Deine Beine kamen auch darin vor.«

Sie wollte ihn umarmen, aber das Wort »Nutte« ging ihr einfach nicht aus dem Kopf. Er durfte nicht glauben, dass sie leicht zu haben war. Darum stand sie auf und drehte ihm den Rücken zu. »Mach mir bitte die Knopfleiste auf«, sagte sie. Er stellte sich ziemlich unbeholfen an.

»Du hast wohl nicht viel Übung darin«, neckte sie ihn.

»Die Knöpfe sind zu groß für die Schlaufen.«

»Nein, sind sie nicht. Sie sind so gemacht, dass die Leiste nicht aufklafft.«

»Dann erfüllen sie ihren Zweck.«

Als er die Leiste aufgeknöpft hatte, wand sie sich aus Rock und Unterrock. Sie zitterte, als Verrian sie mit den Lippen zart am Rücken berührte. Mehrere Herzschläge lang stand sie einfach nur da, in ihrer Spitzenwäsche, und lehnte sich an ihn.

»Gott sei Dank habe ich dich wieder. Danke, dass du auf mich gewartet hast.«

Sie nahm ihre ganze Entschlossenheit zusammen. »Tut mir leid, Verrian. Vielleicht widmest du dich lieber deinem Gewehr oder deinen spanischen Freunden. Ich nehme jetzt mein Bad.«

Sie ignorierte seinen Protest, ging ins Badezimmer und schloss die Tür hinter sich ab. Vorsichtig prüfte sie die Temperatur des Badewassers. Wie viele Punkte gab sie sich selbst? Nun, wenn es das Ziel des Spiels gewesen war, jeden Funken Liebe aus ihrem Leben zu verbannen, dann verdiente sie zehn von zehn Punkten.

35

In einem Restaurant an der Place Pigalle neigte sich ein ausgiebiges Mittagessen seinem Ende zu. Alix war nervös. Sie hatten Rosa dazu eingeladen und ihr die Auswahl des Ortes überlassen, und diese hatte sich ausgerechnet Serge Martels Lieblingslokal gewünscht.

In seliger Unwissenheit hob Rosa ihr Brandyglas und erklärte, wie viel besser Alix jetzt aussähe. »Als ich dich zum letzten Mal gesehen habe, hattest du ganz trübe Augen von dem ewigen Du-weißt-schon-was.« Ohne zu bemerken, dass sich Verrians Gesicht verdüsterte, zwinkerte sie ihr zu. »Bis zum Morgengrauen auf den Beinen und dann riechen wie ein türkischer Harem …«

»Lass Alix ihre Würde.« Verrian gab Rosa und Alix Feuer und zündete sich selbst auch eine Zigarette an. Dann bestellte er für alle Kaffee. Das Glitzern in seinen Augen verriet Alix, dass dies ihre letzte Chance war. Seine nächsten Worte bestätigten es ihr: »Alix, ich habe gehört, wie du Celestia erzählt hast, dass du das Geschäft vielleicht nicht viel länger führen willst. Ich muss eventuell zurück nach London und will sie und Pepe nicht unversorgt zurücklassen.«

Alix zog an ihrer Zigarette. »Ich versuche, bis Weihnachten geöffnet zu bleiben. Danach – wer weiß?«

»Ach nein, Herzchen!« Rosa hob aus Protest ihre Zigarettenspitze. »Du kannst dich doch sicher irgendwie über Wasser halten?«

»Nicht mit meinem Kundenstamm. Wenn ich überleben will, muss ich eine Frühjahr-Sommer-Modenschau planen, die jede Erinnerung an das Desaster vom letzten Sommer auslöscht, aber ich habe nicht das Geld dazu. Ohne Kapital kann man sich in dieser Branche nicht halten.«

»Ich bin dabei, wenn du mich willst.«

Alix stieß ein Rauchwölkchen aus. »Ich kann nicht mehr zeichnen, Rosa. Ich sehe das leere Blatt an, und es lacht mich aus.«

»Weißt du, was du brauchst? Ein bisschen Spaß!«

Zweifellos meinte Rosa Sex. Alix war ganz ihrer Meinung – wenn sie nur ihre Panik überwinden könnte. Erst als Verrians Lippen ihren Schenkel berührt hatten, war ihr bewusst geworden, welch tiefe Narben Serge Martel hinterlassen hatte. Sie sehnte sich nach Verrian, aber da war Serge, wie eingebrannt in ihr Gehirn. Je häufiger sie Verrian von sich stieß, desto breiter machte sich Serge und desto verkrampfter wurde sie. Die Machtspielchen waren vorbei. Sie hatte einfach nur Angst.

Rosa sah sie aus zusammengekniffenen Augen an. »Du brauchst Ferien – ein paar Tage ohne Kundinnen, ohne Oma, Nadel und Faden.« Dann stand sie auf und verabschiedete sich: »Ich brauche eine kräftige Tasse Tee und ein Sofa. Ihr beiden solltet euch mal in Ruhe unterhalten.«

Ihre plötzliche Zweisamkeit fühlte sich unbehaglich an. Nach einigen Augenblicken der Stille brach Alix das Schweigen: »Du siehst aus, als würdest du jeden Moment auf die Uhr schauen, Verrian.«

Er nahm ihr die Zigarette aus der Hand und drückte sie aus. Mit dem Handrücken strich er über ihre Unterlippe, bis sie zu kribbeln begann.

»Weißt du, wie wütend es mich macht, wenn ich mir vorstelle, wie ihr zusammen wart, du und Martel?«

»Dann stell es dir nicht vor.«

Er wurde laut. »Wie denn – wenn ich ihn ständig in deinen Augen sehe? War es denn so verdammt großartig mit ihm? Sag mir endlich die Wahrheit.«

Also gut, dachte sie. »Was Rosa angedeutet hat ... dass ich halb betäubt in einem Harem gelebt habe ... so war es tatsächlich. Ich habe Dinge getan, die ich eigentlich nicht tun wollte, und das mit jemandem, den ich eigentlich nicht leiden kann. Aber du warst fort, alles war auseinandergebrochen, und durch diese Art von Leben konnte ich irgendwie die Realität ausblenden.«

»Gab es keine andere Methode ... Spaziergänge auf dem Land oder so etwas?«

»Wir sind hier in Paris, nicht in einem englischen Mädchenpensionat. Vielleicht willst du mich nicht mehr sehen, Verrian? Schau jetzt nicht weg.«

Aber etwas hatte seine Aufmerksamkeit erregt. Kellner eilten geschäftig umher. In der Tür erschien eine breitschultrige Gestalt. Alix' Herz setzte einen Schlag aus. O Gott, nicht er!

Serge Martel schlenderte auf sie zu. Verrian stand auf. Alix spürte, wie sich die Luft elektrisch auflud. Serge würde doch nicht etwa ein Messer ziehen? Glitzerte da nicht etwas Metallisches in seiner Hand?

Serge baut sich vor ihnen auf. »Alix, ich bin gekommen, um diesen Dreckskerl aufzufordern, dich zurückzugeben.« Unter seiner Lippe glänzte eine neue Narbe.

»Alix steht es frei zu gehen«, antwortete Verrian.

Alix erkannte die Warnsignale. Serges verlangsamtes Sprechen, der stumpfe Blick. Aber konnte auch Verrian sie deuten? »Pass auf«, stieß sie leise hervor.

Verrians Körpergröße war sein Trumpf. Serge allerdings hatte Ringerschultern. Und einen Schlagring in der geballten Faust. Alix sah ihn aufblitzen, kurz bevor Serge Verrian damit einen Hieb in die Rippen versetzte. So hart, dass Verrian zusammenbrach. Sie versuchte, zu ihm zu gelangen, aber der Tisch, der durch seinen Sturz zur Wand gerutscht war, klemmte sie ein. Sie konnte nichts tun, als Serge ihren Kaffee ins Gesicht zu schütten. Martel packte sie an den Haaren und riss daran, bis es ihr vorkam, als würde sie skalpiert.

»Du bringst einen anderen Mann in mein Revier?«

Sie schrie so durchdringend, dass Serge sie losließ. Er stieß den Tisch zur Seite, um an sie heranzukommen, und sagte mit seltsam sanfter Stimme: »Er ist tot, wenn du nicht bis zum Abend zu mir zurückgekommen bist …« Dann hob er ihre Hand und schob ihren Zeigefinger mit einem anzüglichen Grinsen in seinen Mund. »Ich hatte dich gerade so schön angelernt, das darf man doch nicht verschwenden!«

»Serge, ich komme nicht zu dir zurück.«

Er ließ zu, dass sie den Finger aus seinem Mund zog. »Alix, Alix. Eben noch Kulleraugenbaby und in der nächsten Sekunde kalt wie ein Fisch. Du bestrafst mich, weil ich mit Dulcie zusammen war. He – sie ist nicht halb so begabt wie du, und das Rose Noire vermisst dich.«

Ein leiser Aufschlag unterbrach ihn. In der Tischplatte vibrierte ein kurzer Dolch. Verrian war aufgestanden, aus seinem Mundwinkel rann Blut. Er keuchte. »Ich kämpfe gerne fair. Nehmen Sie das Messer.«

Serge lachte. »Was wollen Sie machen, mir die Kricketregeln vorlesen? Oder mich mit ihrem Feuerzeug rösten?« Er grinste Alix an und griff nach dem Messer.

Als sich seine Finger um den Griff schlossen, krachte Verrians Ellenbogen auf seinen Arm, sodass Serges Musikantenknochen gegen den Tisch knallte. Er sackte in sich zusammen. Verrian hieb auf Serges Unterarm und bog gleichzeitig brutal das Handgelenk nach hinten. Alix stieß einen Schrei aus. Serge jaulte auf wie ein Tier und stürzte zu Boden.

Verrian ließ sich auf einen Stuhl fallen. »Du hast einen grässlichen Männergeschmack«, ächzte er. »Lass die Rechnung kommen. Meine Geldbörse ist in der oberen Tasche. Du kannst uns fahren.«

»Ich kann nicht Auto fahren.«

»Und ich dachte, deine Talente seien unerschöpflich.«

Alix kehrte mit dem Gefühl, als sei sie durch explodierende Feuerwerkskörper gelaufen, in die Rue Jacob zurück. Ihr Körper vibrierte. Verrian hatte sie durch Paris chauffiert, obwohl er fast gegen das Steuerrad gesackt war. Sie hätte ihn am liebsten umarmt und geweint, aber er ließ keine Berührung zu. Als sie die Place Vendôme erreichten, kümmerte das Personal des Hôtel Polonaise sich um ihn. Alix wollte er nicht um sich haben, er wollte auch keinen Arzt. Wenn er eine Krankenschwester bräuchte, sagte er grob, würde er nach Celestia schicken.

Alix bat ihre Empfangsdame Violette, ihr einen extrastarken Kaffee zu kochen, und warf einen prüfenden Blick in ihren Terminkalender. Du lieber Gott, schon wieder die Matronen aus Manchester. Modenschau erwünscht. In ihrem Zustand konnte sie kaum geradeaus gehen, geschweige denn sich drehen und posieren. Neben dem Telefon lag ein Briefumschlag; sie riss ihn auf und schüttelte eine Ansichtskarte heraus, die einen englischen Küstenstreifen zeigte. The Queen's Hotel, Hastings. Hastings lag an der englischen Südküste. Wer zum Teufel machte zu dieser Jahreszeit dort Urlaub? Sie las den Namen am unteren Rand und stöhnte auf.

Grüße von der Front, Mädel. Ich bin in das anregende Meeresklima geflüchtet, wo Paul demnächst zu mir stoßen wird. Ja, der Paul. Sei so lieb und kümmere Dich um seine Schwestern, ja? Damit wir ein bisschen Zeit miteinander verbringen können.

»Nein!«, heulte Alix auf, »das kann nicht dein Ernst sein!«

Es wäre unter meiner Würde anzudeuten, dass Du mir etwas schuldig bist. Ein Griff in den Umschlag wird Dir meine praktische Dankbarkeit demonstrieren …

Zehn Fünftausend-Francs-Scheine.

Behalte das Kleingeld. Ich behalte Paul hier, bis Mr. Kilpin auftaucht und stört. Wir sehen uns dann im Februar bei der Präsentation Deiner Kollektion. Sieh zu, dass sie umwerfend wird. Letzte Woche ist so ein Bürohengst aus dem Kriegsministerium bei Mr. K. aufgetaucht und wollte darüber reden, wie man seine Schiffe in Truppentransporter umfunktionieren könnte. Die große dunkle Wolke ist im Anzug. Noch eine letzte Party, dann werden wir alle unsere Regenmäntel überziehen müssen.
Una

Alix las die Karte noch einmal. Kein Hinweis darauf, wann ihre Babysitterpflichten beginnen sollten.

Die Manchester-Matronen – die Frau eines Industriellen, ihre verheirateten Töchter und zwei Cousinen vom Land – beklagten sich, dass sie vom Schaufensterbummel durch die Rue de Rivoli und die Faubourg Saint-Honoré Hühneraugen bekommen hätten. Die Preise hatten sie schockiert, darum seien sie zu Modes Lutzman zurückgekehrt. »Stilsichere Modelle und kultivierte Preise, hat uns die liebe Mrs. Kilpin versichert.«

Die liebe Mrs. Kilpin müsste mal ordentlich durchgeschüttelt werden, dachte Alix, während die Frauen sie aufforderten, sich hierhin und dorthin zu drehen und ihr dabei endlos Fragen über ihre »Mode« stellten. Wer nähte die Modelle? Entsprachen sie wirklich dem *dernier cri?* Dazu nannten alle sie *Marm'sell* und nichts schien ihnen zu gefallen.

Ich könnte heute keinem Kaninchen eine Möhre verkaufen, dachte Alix verzweifelt. Sie würde früh schließen und sich wie eine Diva ins Bett legen. Aber als sie in einem kleinen Schwarzen, das sie mit vergoldetem Halsschmuck und Kettenarmbändern veredelt hatte, in den Raum trat, verflogen alle Hoffnungen auf einen erholsamen Abend. »Alix, wir sind da«-Rufe signalisierten ihr, dass der Abend gelaufen war. Und nicht nur dieser.

In der Tür erschien Paul, der seine Schwestern an ihren Mantelgürteln festhielt, damit sie nicht vorausstürmten. Die Damen aus Manchester schnalzten missbilligend mit der Zunge, und Alix machte Paul hektisch Zeichen, er solle verschwinden. Aber entweder bemerkte er sie nicht oder er war noch wütend auf sie. Da verzichtete Alix auf alle Formalitäten und umarmte die Mädchen mit klimpernden Armbändern. »Noch zwei Damen, die sich die Kollektion ansehen wollen«, erklärte sie munter. »Sucht euch Stühle.«

Lala und Suzy waren von ihrer Tante Gilberte gut erzogen worden. Sie knicksten vor den Engländerinnen und begrüßten jede von ihnen mit: »Enchanté, Madame.« Die englischen Kinnpartien entspannten sich. Lippen verzogen sich zu einem Lächeln. »Sind sie nicht zum Fressen süß?«, säuselte eine der Frauen. Paul setzte sich ans Fenster und zündete sich eine Zigarette an.

»Im Salon wird nicht geraucht«, tadelte ihn Alix.

»Wir haben nichts dagegen«, zwitscherte eine der Cousinen vom Land. »Wir mögen es, wenn ein Mann ein Mann ist.«

Daraufhin betrachtete Paul, dessen schwarzer Rippenpullover seine Muskeln vorteilhaft zur Geltung brachte, die Präsentation in eine Rauchwolke gehüllt. Alix quälte sich tapfer weiter. Als sie in einer Abendrobe in den Salon kam, saß plötzlich Verrian auf einer Sofalehne. Blass, aber eindeutig nicht pflegebedürftig. Die

Damen kicherten über etwas, das er gerade gesagt hatte. *Und ich dachte, er liegt im Sterben,* grollte Alix innerlich.

»Nun, meine Liebe«, trompetete die Frau des Industriellen, als Alix das letzte Modell vorführte, »dieses süße Kleid ist zwar kein echtes Chanel, aber ganz ähnlich geschnitten, und es kostet achttausend Francs.« Sie zählte an ihren Fingern ab. »Das sind um die vierzig Pfund. Werden die Leute glauben, dass es Chanel ist? Das ist die Frage.«

»Mir wäre es lieber, die Leute würden es für ein echtes Lutzman-Modell halten«, entgegnete Alix verstimmt. Sie fing einen ironisch-vergnügten Blick von Verrian auf – was sie, neben seiner Anwesenheit, schon mal als gutes Omen deutete.

»Celestia ist eine außergewöhnliche Frau.« Verrian lenkte den Hispano in den Boulevard Saint-Germain und trat aufs Gas, um sich in den fließenden Nachtverkehr einzureihen.

»Sie ist ein Geschenk des Himmels«, stimmte Alix mit einem vorsichtigen Lächeln zu. »Du hattest recht, ich gebe es zu.« Sie hatte das Büro zur Feier des Tages heute früher geschlossen. Die englischen Damen hatten nach der Modenschau achtzehn Bestellungen aufgegeben und die Hälfte gleich angezahlt. Vor lauter Erleichterung, dass die Dürreperiode endlich zu Ende war, brachte Alix nicht nur Wohlwollen für Celestia auf, sondern ließ auch zu, dass Verrian sie für einen Abend entführte. »Sie hätte sich weigern können, so kurzfristig auf zwei weitere Kinder aufzupassen und sich gleichzeitig um Mémé zu kümmern. Aber sie schien sich zu freuen. Ich hoffe, die Kleinen benehmen sich.«

»Ehrlich gesagt, ist mir das ziemlich gleich …« – Verrian bremste, um ein Taxi vorzulassen – »wo ich dich endlich einmal für mich habe. Aber es war eine gute Idee, die Kinder in Bon … in das untere Atelier zu bringen und sie malen zu lassen. Jede Menge klebriger Farbe wird das Eis schnell brechen. Oh, schau doch, hier hast du das erste Mal mit mir geflirtet.« Sein glückliches Lächeln war eine offene Einladung. »Können wir da weitermachen, wo wir damals aufgehört haben? Und dann dem Flirt die nächste Stufe folgen lassen?«

Alix' Blick folgte Verrians Finger zu dem festlich erleuchteten Café Deux Magots. »Celestia sehnt sich nach einer Familie«, sagte sie, um das ängstliche Flattern in ihrem Magen zu überspielen, »und Pepe tun Spielkameraden gut. Ich bezahle sie extra dafür. Una hat Geld geschickt. Sogar so viel, dass ich meine Frühjahr-Sommer-Kollektion planen kann.«

Verrians Antwort klang kühl. »Du solltest das Geld zurückschicken. Solange Una Kilpin die Fäden in der Hand hält, bist du nicht frei. Wozu willst du überhaupt das Geschäft weiterführen? Du hast mir erzählt, dass jedes Mal, wenn du etwas zu zeichnen versuchst, dein Kopf leer ist.«

»Gerade eben hast du noch mit mir geflirtet, und jetzt kommandierst du mich herum. Ich dachte, wir hätten einen freien Tag.«

»Der fängt erst an, wenn wir den Fluss überquert haben. Was ich sagen will …«

»Ich weiß, was du sagen willst, Verrian. Fahr bitte einfach weiter.«

Er hatte für acht Uhr einen Tisch im Restaurant des Polonaise reserviert. »Du hast eine Stunde, um dich umzuziehen«, sagte er zu Alix, als er ihr die Tür zur Flieder-Suite aufhielt. »Schlaf nicht in der Badewanne ein.«

Sie würden heute Nacht hierbleiben. Eine Suite für jeden, keine erzwungene Gemeinsamkeit, obwohl es eine Verbindungstür gab. Das Damoklesschwert, genannt »letzte Chance«, schwebte immer noch über ihrem Haupt. Wenn sie sich heute Nacht einem neuen Geliebten hingab, dann musste dies ohne die Hilfe von

Rauschmitteln oder Musik geschehen. Wenn sie das nicht konnte … ja, dann war es wohl vorbei. Dann würde sie es nie mehr schaffen.

Nach dem Bad trocknete sie sich sorgfältig ab und rieb ihren Körper mit Jasminöl ein. Sie hatte Javiers *Eirène* mitgebracht, ein Parfüm, das er für das Modell *Oro* geschaffen hatte. Er hatte ihr vor ihrer Entlassung ein Fläschchen geschenkt. Wenn man den Deckel abschraubte, fand man ein dünnes Goldstäbchen, mit dem man das Parfüm auftrug. Coco Chanel hatte gesagt, eine Frau solle da Parfüm auftragen, wo sie geküsst werden wolle. Alix betupfte die Innenseite ihrer Handgelenke und die kleine Kuhle am Hals.

So weit, so brav. Sie blickte in die großen Augen, die sie aus dem Spiegel ansahen, und zog dann den Stift zwischen ihren Brüsten hindurch und über den Bauch.

Sie ging auf Verrians Suite zu und traf in der Tür auf ihn.

Beide blieben stehen. Alix trug ein kirschrotes, fließendes Abendkleid, das einen mit Applikationen verzierten Überrock aus Chiffon hatte. Eine Schulter blieb frei, und der Chiffon bauschte sich leicht mit jedem Luftzug. Unterwäsche ließ dieses Kleid nicht zu. Eine Stola aus schwarzer Gaze komplettierte das Ensemble.

Verrian trug die Uniform seiner Klasse. Einen dunklen Smoking und als einzigen Farbtupfer goldene Manschettenknöpfe mit Topaz. Er erlangte als Erster die Fassung wieder. »Ich habe Bollinger auf Eis.«

Im Marmorkamin seines Salons knisterte ein Feuer. Sie stellten sich davor, und Verrian goss den Champagner ein. Alix nahm ein Glas entgegen, und sie stießen schweigend an. Diese Perlen machten ihr immer Mut. Sie hatte in der Badewanne beschlossen, dass sie nicht die reuige Sünderin spielen würde. Er hatte immerhin auch etwas zu erklären. Heute Abend würde sie ihn noch einmal nach dem verschwundenen Ehering fragen.

Er legte die Hand auf ihre nackte Schulter und wartete, ob sie sich ihm entziehen würde. Als sie es nicht tat, legte er seine Lippen auf ihre. Nur der Hauch einer Berührung. Alix neigte sich zu ihm.

In diesem Moment klopfte es an der Tür, und ein Kellner informierte »Monsieur«, dass der Tisch im Restaurant bereit sei. Verrian stellte die Gläser auf dem Kaminsims ab und legte Alix die Stola um die Schultern. »Wir sind gleich im wohl besten Restaurant von Paris. Es gibt nicht viel, was mich heute sonst noch von hier weglocken könnte.«

Es war ein wunderbares Restaurant – das Essen, der Service und das Ambiente waren unvergleichlich. Und so altmodisch, dass Alix' Jugend und ihr Kleid viele Blicke auf sich zogen. Aber auch ihr Begleiter war fraglos einen zweiten Blick wert.

Vielleicht lag es an dem weichen, perlmuttfarbenen Licht – auf jeden Fall schien Verrian die Mattigkeit abgestreift zu haben, die er aus dem Krieg mitgebracht hatte. Auch Serges Schläge schien er gut verkraftet zu haben. *Die Magie von Paris,* dachte Alix und griff nach ihrem Glas. Sie hatte schon Weißwein zum Hors d'œuvre und dem Seezungenfilet getrunken. Jetzt nippte sie am Rotwein, passend zu gebratenem Moorhuhn mit Kartoffelgratin.

»Betrinke dich, wenn du Lust dazu hast«, sagte Verrian, »aber nicht, weil du musst. Auf dich wartet kein Martyrium.«

»Es ist ein Martyrium. Nach dem, was die Comtesse sagte … ich meine, ich könnte verstehen, wenn du …« Ein Kellner füllte ihre Gläser nach. Als er fort war, hatte Alix den Faden verloren.

Verrian legte die Hand auf ihre. »Kein Mann bleibt gelassen, wenn es darum geht, dass seine Frau mit einem anderen zusammen ist, aber ich weiß, was eine Notlage mit sich bringt. Ich begreife, dass man Trost sucht.«

»Ich habe keinen Trost gesucht, und es gab auch keinen, nur

eine Form von Wahnsinn. Wenn du dir nichts mehr aus mir machst, wüsste ich das gerne.« *In Wirklichkeit,* dachte sie, *will ich es lieber nicht wissen.*

Er antwortete nicht gleich, und als er dann sprach, klang er geistesabwesend. »Nichts schmerzt mehr als der Tod der Liebe.«

Sie starrte auf ihren Teller. »Ich verstehe.«

»Das glaube ich nicht. Als ich 1935 aus England wegging, war ich mit der Nachbarstochter verlobt. Ich liebte Moira, aber als ich ihr sagte, ich wolle nach Nordafrika gehen, um in einem Konflikt mitzukämpfen, der zeitlich begrenzt schien, zeigte sie mir eine Seite, die ich vorher nicht gekannt hatte. Sie war der Ansicht: Sollen die Ausländer doch sterben. Sie wollte mich in jener Saison auf Hausbällen und Jagdgesellschaften herumzeigen und mit ihrem Verlobungsring angeben. Ich ging trotzdem weg, und sie traf sich mit meinem Bruder. Der Tod der Liebe.«

»Sie kann dich nicht wirklich geliebt haben.«

»Der springende Punkt ist, dass meine Liebe zu ihr gestorben ist.«

Alix zog ein Stück Kartoffel durch die Sauce und steckte es in den Mund, denn welches Gefühlschaos auch auf sie wartete, essen musste man immer. Mémés Philosophie.

»In Spanien lernte ich Maria-Pilar kennen und verstand, was Liebe ist. Da geht es nicht nur um körperliche Anziehung oder darum, das gesellschaftlich Richtige zu tun. Es geht auch nicht um die Frage, mit wie viel man auskommen kann oder wo man leben will. Auch nicht um heimliche Küsse in Taxis, obwohl ich so etwas durchaus mag.« Er lächelte und schlug sie damit wieder in seinen Bann. »Es geht darum, jemanden zu finden, der innerlich und äußerlich zu einem passt, jemanden, für den du sterben würdest, weil dieser Mensch dir wichtiger ist als dein eigenes Leben. In dieser Art von Liebe steckt Unabhängigkeit. Wenn sie auf Gegenseitigkeit beruht, macht sie beide ungeheuer stark.«

Verrian griff zum Glas, und ein Manschettenknopf blitzte auf, als seine Hand in die Nähe der Kerze geriet. Der Phantomring war verschwunden, die Haut nahtlos braun. »Du hast aufgehört, Maria-Pilar zu lieben?«, fragte Alix und fürchtete sich vor der Antwort. Wenn diese Liebe sterben konnte, dann galt das bei Verrian auch für jede andere Liebe. Manche Männer waren dafür nicht gemacht. Sie hinterließen ihr ganzes Leben lang eine Spur von Tränen.

»Nein, sie hat aufgehört, mich zu lieben.«

Alix starrte ihn an. »Warum?«

»Weil …«, er beugte sich vor, »ihr Glaube an Gott ihre gesamte Existenz durchdrang, obwohl ich das nicht erkannte. Sie dachte, sie könne mich bekehren, und als ihr das nicht gelang, war sie verzweifelt. Dann fing sie an, mich zu verurteilen, und schließlich war ich ihr zuwider.«

»Wie lange wart ihr verheiratet?«

»Ungefähr zwei Monate.«

»Wo ist sie jetzt?«

»Sie ist tot, Alix. Sie ist auf dem Schlachtfeld gestorben.«

»Als Krankenschwester?«

»Als Fahrerin. Sie war mir als Fahrerin zugeteilt worden. Unser Wagen wurde von einer Granate getroffen, als sie mich eines Tages zur Front brachte. Ich hatte in einem Graben einen italienischen Panzer entdeckt. Die Besatzung war hinausgeschleudert worden, und ich wollte Bilder davon machen. Damals weigerte sich die britische Presse zu glauben, dass sich italienische und deutsche Bodentruppen in Spanien aufhielten. Ich bat Maria, ein paar Meter weiter zu fahren und dann zu wenden. Ich wollte nicht, dass sie diese toten Jungen sah … lächerlich. Sie hatte mehr Tote gesehen als ich. Ich machte die Bilder, und in der nächsten Sekunde katapultierte mich eine Explosion in einen Graben. Als ich wieder herauskroch war da, wo das Auto hätte stehen sollen, nur noch ein riesiger Feuerball zu sehen. Ich konnte nicht näher heran, aber ich habe es mir nie verziehen, dass ich nicht bei ihr im Wagen war. Ich hätte sie vielleicht retten können.«

Oder, was wahrscheinlicher ist, mit ihr sterben können. Alix zog seine Hand an ihre Wange. »Es tut mir leid, Verrian, dass ich dich gebeten habe, mir davon zu erzählen. Wo ist sie begraben?«

»In einem Massengrab, zusammen mit anderen Soldaten.«

Die Kellner räumten den Tisch ab, und Verrian bestellte Eisparfait. Keiner von beiden aß es ganz auf. Als sie aufbrachen, sagte Verrian: »Eine Flasche Brandy sollten wir uns wohl lieber nicht bringen lassen, aber soll ich Kaffee bestellen?«

Im Lift sprachen sie kein Wort. Den Kaffee in Verrians Suite trank Alix schnell aus, denn was immer er auch glaubte, die nächsten Minuten würden für sie ein Martyrium werden. Sich Mut antrinken funktionierte nicht. »Der Tod der Liebe« war eine beängstigende Vision. Was, wenn ihn ihr Körper enttäuschte oder wenn er sich als egoistischer Grobian entpuppte, wie Serge? Als Verrian an seiner Krawatte zog und fragte: »Alix, darf ich dich endlich lieben?«, wurde ihre Angst übermächtig und sie stotterte: »Nein … ich bin furchtbar müde. Gute Nacht.« Und sie floh ohne ein weiteres Wort.

Sie zog sich in ihrem Badezimmer aus, wusch sich, putzte sich die Zähne. Dann stellte sie sich vor ihr Spiegelbild und murmelte: »Habe ich gerade die Liebe getötet?« Der Tod war gewöhnlich etwas, von dem man sich nicht erholte. Es sei denn – sie biss sich auf die Lippe – man gab sich ganz besonders große Mühe. Sie trug ein paar Tupfer Parfüm auf. Im Schlafzimmer zog sie etwas Mattblaues von der Stuhllehne. Das Kleidungsstück roch nach Rosenöl, dem Duft der Seifenflocken, mit denen sie es gewaschen hatte. Sie atmete den Duft ein und schlüpfte dann hinein.

Die Tür zwischen dem Badezimmer und Verrians Schlafzimmer stand ein Stück offen, und ein Streifen Licht fiel auf eine Tagesdecke aus Satin. Alix stand fluchtbereit zwischen den Räumen. Sie hörte Wasser plätschern, dann ging das Badezimmerlicht aus. Bleiben oder weglaufen? Er konnte nicht wissen, dass sie da stand, denn er hatte das einzige Licht gelöscht. Dann erschien eine Männergestalt, und wohlriechender Dampf verteilte sich im Schlafzimmer.

Alix wunderte sich, dass er ihr laut pochendes Herz nicht hörte. Verrian kniete sich aufs Bett und schaltete die Lampe am Kopfende an. Der Lichtschein modellierte seinen glänzenden Körper: bronzefarbene Haut, feuchte, gelockte Haare. Er trug einen der weißen Seersucker-Bademäntel, die das Hotel zur Verfügung stellte. Er war nur lose zugebunden, und eine leicht behaarte Brust mit deutlich erkennbaren Muskelsträngen zog ihren Blick auf sich. Als Reaktion auf die unbewusste Kraft seines Körpers legte sie die Hand auf ihren Bauch, in dem sich alle Empfindungen konzentrierten. Warum hatte sie ihnen beiden dieses Erlebnis nur so lange vorenthalten? Er musste ihre Bewegung aus dem Augenwinkel wahrgenommen haben, denn er stieß einen leisen Schrei aus und sprang auf. Er trat einen Schritt zurück und stellte sich breitbeinig mit gekreuzten Armen hin. Sie wartete auf das versöhnliche Lächeln, die offenen Arme.

»Wenn du das lustig findest und du nur sehen willst, wie wahnsinnig ich dich begehre, dann kannst du gleich wieder gehen.«

»Ich … ich wollte nur Gute Nacht sagen.«

»Gute Nacht.«

Sie hörte den unterdrückten Zorn und wusste, dass sie gehen sollte, solange ihr noch ein Rest von Selbstachtung blieb. Aber sein Anblick, der sie an einen griechischen Gott erinnerte, hielt sie fest.

Er kam auf sie zu, legte die Arme um ihre Taille und fuhr über ihr seidenes Hemdhöschen.

»Und das hast du sicher einfach so übergeworfen?« Seine Hand wanderte über ihren Körper, erforschte ihre Rundungen, verweilte auf einer Brust, umspannte ihre Taille, streichelte Hüfte, Po und die Wölbung eines Oberschenkels und glitt endlich unter den dünnen Stoff zu der zarten Stelle zwischen ihren Schenkeln. Und währenddessen küsste er sie mit einer wilden Leidenschaft, die ihr den Atem nahm. Sie spürte, wie er hart wurde, und wusste, dass sie ihn falsch eingeschätzt hatte. Er war ein vielschichtiger Mann, aber er war ein Mann, und sie hatte ihn viel zu häufig abgewiesen und zurückgestoßen. Von Serges Egoismus angesteckt, hatte sie ihren Körper benutzt, um Verrian zu bestrafen. Sie hatte den falschen Mann bestraft.

Sie lehnte sich gegen ihn, und er schloss sie in die Arme. »Tu mir nicht weh«, bat sie. Gestern hatte sie gesehen, wie Verrian einem Mann das Handgelenk gebrochen hatte, als wäre es dürres Holz. »Ich kann das … ich liebe dich. Es wird gehen. Tu mir nur nicht weh.«

Er ließ sich auf das Bett sinken und zog sie mit sich, sodass sie auf ihm lag. Heiser stieß er hervor: »Du kannst alles von mir haben, was du willst, nur nicht mein letztes Restchen Stolz. Dir wehtun? Wie könnte ich dem Menschen wehtun, den ich am meisten liebe, dem Kostbarsten und Schönsten, was ich habe? Lauf nicht wieder weg.«

»Ich laufe nicht mehr weg«, antwortete sie erstickt. Sie kniete sich neben ihn, schob den Bademantel zur Seite und küsste seinen Hals. Dann bewegte sie ihre Lippen auf dem Oberkörper immer tiefer und genoss dabei den zarten Geschmack von Seife und Haut. Unter den Rippen fand sie die Abdrücke von Serges Knöcheln. Sie küsste jeden einzeln und wanderte mit geöffneten Lippen weiter über die sanfte Wärme seines Körpers. Ohne die Last der Verpflichtung, einem gleichgültigen Herzen gefallen zu müssen, konnte sie sich dem intimen Akt der Liebe ganz und gar hingeben. Da sie wusste, dass sie Verrian bedingungslos vertrauen konnte, genoss sie die sinnlichen Berührungen mit allen Fasern ihres Körpers und spürte, wie ihr eigenes Begehren wach wurde.

»Hör lieber auf«, sagte er rau und strich ihr mit den Fingern über das Haar.

Sie folgte der Spur ihrer Küsse nach oben, leckte sachte über seinen Bauch und nagte zärtlich an seinen Brustwarzen, bis er stöhnte. Dann streifte sie ihm den Bademantel von den Schultern. Sie hatte viel an seinen Körper gedacht und sich in den ersten Wochen nach ihrem Kennenlernen oft vor dem Einschlafen vorgestellt, wie er wohl aussah. In ihrer Fantasie hatte er auf ihr gelegen, sodass sie wie in einer süßen Falle gefangen war, aber seit ihrer Zeit mit Serge war es ihr ein Gräuel, auf das Bett gedrückt zu werden. Wachsam auf das kleinste Signal von möglicher Entrüstung achtend, setzte sie sich auf Verrian.

Er hatte muskulöse Schultern mit sanften Vertiefungen, die wie geschaffen waren für ihre Lippen und ihre Zunge. Er überließ ihren Zärtlichkeiten auch seine Kehle, und als sie spielerisch seinen Mund berührte, nahm sie wahr, welche Gefühle es auslöste, einen Körper unter sich zu spüren. Wie anders sich ein Mann anfühlte, wenn er nicht die Kontrolle ausübte, wenn er es zuließ, verführt zu werden, seinen Körper auszuliefern! Zwischen ihren Beinen wurde es feucht, sie war bereit für ihn. Sie rollte von ihm herunter, reagierte mit zwei Worten auf seinen Protest und schlüpfte aus dem Hemdchen, das sie ins Dunkle warf. Er zog sie an sich und streichelte ihre Brüste, bis ihre Brustwarzen hart wurden. Sie stöhnte auf, als er mit seinen Lippen erst die eine und dann die andere umschloss. Sie umschlang ihn mit ihren Beinen, spürte seine Muskeln, und nun konnte er sich nicht länger zurückhalten. Er drang zuerst mit den Fingern in sie ein und erforschte ihr samtiges Inneres, bis sie »Komm zu mir!« flehte und sich für ihn öffnete.

Sie kam schnell zum Höhepunkt, denn Verrians erotische Präsenz übertraf all ihre Fantasien. Sein Rhythmus steigerte sich immer mehr, und in den letzten Sekunden, bevor er sich aus ihr zurückzog, brach eine Flut von Liebesworten und Küssen über sie herein.

Sie kamen gemeinsam mit einem heißen, lustvollen Erschauern. Danach lag sie in seinen Armen und hatte nur einen einzigen Gedanken: *Ich bin glücklich.*

Eng umschlungen schliefen sie ein, bis das Tageslicht sie weckte. Der kurze Festtag war vorüber.

»Du bist dir sicher, dass Rhona de Charembourg deine letzte Kollektion sabotiert hat?«

Sie gingen zu Fuß über den Pont Neuf. Verrian hatte ein Taxi in die Rue Jacob bestellt, weil der Hispano Öl verlor. Auf Alix' Vorschlag hin waren sie am Rive Droite ausgestiegen, um die Seine zum ersten Mal unter einer Nebeldecke zu überqueren. Sie hielten sich an den Händen und murmelten den anderen Passanten Entschuldigungen zu.

»Jemand hat diese Charboneau geschickt. Und wie sonst hätte Rhona an ein identisches Kostüm herankommen sollen? Dieser graugrüne Stoff war ein kurzfristiges Angebot, das ein Hersteller aus Manchester aus der Produktion genommen hatte. Una dachte, er könnte etwas für mich sein. Ich habe mir ein Kostüm davon genäht und ein anderes zugeschnitten, das aber nie in die Kollektion kam. Es befand sich unter den Sachen, die die Polizei konfiszierte, was beweist, dass Rhona Zugang zu den beschlagnahmten Kisten hatte. Dass sie dieses Kostüm trug, sollte mir beweisen, dass sie mehr Macht hat als ich.«

Verrian legte den Arm um sie. »Unbeschreiblich ordinär, wie

meine Mutter sagen würde. Hast du denn immer noch vor, Modes Lutzman zu schließen?«

»Nein. Ich werde das Geschäft irgendwie am Leben erhalten. Obwohl es mir vorkommt, als wollte ich ohne Treibstoff über die Wüste fliegen. Oh, und damit du mich nicht ausschimpfen musst – ich werde Una ihr Geld zurückschicken. Sie wohnt in einem Hotel in Hastings. Sie kann die Francs in Pfund umwechseln und sie für Cocktails und Fish and Chips ausgeben. Ich komme schon zurecht.«

Verrian schnalzte skeptisch mit der Zunge. »Du könntest die Gemälde deines Großvaters verkaufen. Nachdem du über Alfred Lutzman Bescheid weißt, willst du sie doch sicher nicht behalten?«

Alix blickte zum Fluss, auf dem der Nebel die Boote und Werften in ein gespenstisches Grau tauchte. »Ohne Mémés Einwilligung könnte ich das nicht, und sie ist nicht in der Lage, sie mir zu geben. Außerdem brauche ich Zeit, damit ich herausfinden kann, ob ich die Bilder meines Großvaters trotz allem noch bewundern kann. Klingt das verrückt?«

»Nein, beunruhigend vernünftig.«

Sie warf ihm einen beschwörenden Blick zu. »Du verachtest mich doch nicht, wenn mein Unternehmen scheitert?«

»Ich mag deinen Mut. Und du wirst Erfolg haben. Rhona de Charembourg gefallen deine Sachen …« Er lachte, als Alix ihm einen Rippenstoß gab. »Diebstahl ist manchmal die ehrlichste Form der Schmeichelei und noch glaubwürdiger, wenn sie von Erzfeinden kommt.«

Sie schlenderten die Rue Dauphine entlang, und Alix sagte nachdenklich: »Ich will keine Feinde. Ich will Freunde.«

Verrian blieb stehen und küsste sie. »Mich wirst du immer haben.«

Sie hatte zwei Skizzenbücher in den Papierkorb geworfen und mehr Meter Musselin zerrissen, als sie sich eingestehen wollte. Gerade schob sie wieder einen Zeichenversuch zur Seite, als Verrian ins Atelier kam, einen Blick auf den überquellenden Papierkorb warf und sagte: »Ich hatte gerade einen heftigen Zusammenstoß mit meinem Bruder, soweit das per Telefon überhaupt geht. Wusstest du, dass es in der deutschen Botschaft eine Schießerei gegeben hat?«

Sie starrte ihn an. »In Paris?«

»Ein jüdischer Junge hat seinen Unmut an einem deutschen Beamten ausgelassen. Ich habe einen wohlwollenden Artikel geschrieben und darauf hingewiesen, dass der Junge gerade von der Deportation seiner Eltern aus Deutschland erfahren hatte. Mein Bruder will den Artikel nicht drucken, also habe ich gekündigt.«

Er blickte auf Alix' Skizzenbuch, das von verzweifelten Hieroglyphen bedeckt war. Aus der Innentasche seines Mantels, den er nicht ausgezogen hatte, weil Alix Paraffin sparen musste und es schrecklich kalt war, holte er einen Umschlag. »Da du Una ihr Geld zurückgeschickt hast, dachte ich, das hier könnte nützlich sein.«

Ein so dickes Bündel Banknoten hatte Alix noch nie gesehen. »Deine Abfindung vom *Monitor?*«

Er lachte. »Ich habe gekündigt, da gibt es keine Abfindung.« Zärtlich drückte er Alix an sich. »Das Geld stammt von meinem Hispano. Ich habe ihn verkauft.«

»Verkauft? Oh, Verrian. Ich dachte, er hätte Probleme mit dem Öl.«

»Ein Ablenkungsmanöver.«

»Du hast dieses Auto geliebt.«

»Nein, ich habe es gemocht. Dich liebe ich, und ich will, dass du im neuen Jahr eine fantastische Kollektion herausbringst, denn ich bin in einer Hinsicht ganz Mrs. Kilpins Meinung – es ballen sich Wolken zusammen. Bald werden wir Regenmäntel und festes Schuhwerk brauchen.«

»Du meinst Krieg? Das dachte ich auch einmal, aber das Münchner Abkommen hat Hitler doch gegeben, was er wollte, oder nicht? Er hat sein Sudetenland bekommen. Warum sollte er noch einen Krieg wollen?«

»Er hat Frankreich und Großbritannien sehr geschickt erpresst, und wie wir wissen, verlangen Erpresser immer mehr. Das Münchner Abkommen taugt nur so viel wie Hitlers Wort, und die Unterzeichnung hat einen wichtigen Verbündeten, die Sowjets, vor den Kopf gestoßen.«

»Ach, die.«

»Ja, die. München hat nur die Schachfiguren verschoben.« Als er Alix' entmutigte Miene sah, schlug er vor, ein Weilchen zu den Kindern zu gehen. »Sie malen so, wie nur Kinder es können. Lass dich von ihnen inspirieren.«

36

Am Neujahrstag 1939 schneite es. Die Fenster glänzten, als wäre Milch auf den Scheiben festgefroren. Weiße Shantungseide lag in breiten Streifen auf den Sofas des Salons, dessen Boden und Wände ebenfalls weiß waren.

Im Dezember hatte sie ihre halb fertige Kollektion verworfen. »Aber wieso?«, hatte Verrian gefragt. »Es waren doch hübsche Sachen dabei … Habe ich irgendwas nicht mitbekommen?«

Sie lauschte. Seine Schreibmaschine war verstummt. Vermutlich war er mit seinem Artikel für eine amerikanische Zeitung fertig. Wenigstens er hatte Ergebnisse vorzuweisen. Alix sah auf die Uhr. Fast elf. Sie nahm einen Zettel aus der Tasche.

Wir treffen uns beim Löwen, Jardin du Luxembourg, 11:03.

11:03, das hieß halb zwölf. Paul wollte ihr sicher etwas Wichtiges sagen. Irgendetwas, das mit Una zu tun hatte? Oder mit den Raubkopien? Dieses Mal würde sie einfach Nein sagen.

Wieso hatte Paul ihr geschrieben, wenn er doch einfach mit ihr hätte reden können? Seit er aus England zurück war, hatte er jeden Tag vorbeigeschaut, seine Schwestern gebracht oder abgeholt. Sie hatten vereinbart, dass Suzy und Lala in Celestias Obhut bleiben sollten, bis Paul wieder halbwegs geregelte Arbeitszeiten hatte.

Bei der Löwenstatue stapfte Alix durch den jungfräulichen Schnee. Jemand rief ihren Namen, und da kam Paul schon auf sie zu. Sie begegneten einander noch immer ziemlich reserviert und schüttelten sich die Hände. Paul war schmaler geworden, sein Mund härter. Unas Liebhaber war erwachsen geworden.

»Na, frieren wir heute um der alten Zeiten willen?«, neckte sie ihn.

Er nahm ihren Arm, und sie spazierten los. »Ich möchte dir etwas im Vertrauen sagen, Alix. Ich habe Neuigkeiten, die dich schockieren werden.«

Sofort dachte sie: *Bonnet ist zurück im Montmartre.*

»Serge Martel ist verhaftet worden, weil er ein Mädchen angegriffen hat. Eine seiner Sängerinnen. Er hat sie übel zugerichtet und muss wahrscheinlich ins Gefängnis. Ich dachte, das solltest du wissen.«

»Aha.« Was sollte sie auch sonst sagen? »Das arme, arme Ding.«

»Du hast noch Glück gehabt, dass du rechtzeitig von ihm weggekommen bist.« Schweigend gingen sie weiter, bis Paul sagte: »Ich hoffe, meine Schwestern treiben dich nicht in den Wahnsinn. Wusstest du, dass Suzy jetzt mit mir spricht?«

Alix stürzte sich auf diese fröhlichere Botschaft. »Das ist Pepes Verdienst. Niemand konnte ihm erklären, dass Suzy nicht spricht, darum hat er sie mit Worten bombardiert, bis sie aufgegeben hat. Celestia gibt sich große Mühe mit ihnen, und Mémé ist froh über ihre Gesellschaft.«

»Das freut mich sehr.« Paul trat von einem Fuß auf den anderen. »Hör mal, Alix, da ist noch was anderes, das ich dir sagen muss. Es gibt etwas, das mein Leben – und auch ihres – verändern wird.«

Una. Der Name schwebte über ihnen, während er sich eine seiner scharf riechenden Zigaretten ansteckte. Alix wusste schon, was jetzt kam: Er würde mit Una zusammenziehen. Würde Alix vielleicht auf die Mädchen aufpassen, bis er und Una eine neue Bleibe gefunden hatten?

»Ich gehe zur Marine.«

Sie starrte ihn fassungslos an. »Wie bitte? Du tust was?«

»Ich melde mich lieber freiwillig, bevor sie mich einziehen.«

»Du redest ja, als wären wir im Krieg.« Aus einer Ecke des Parks drangen Kinderstimmen zu ihnen, und Alix spürte einen unbestimmten Schmerz. *Bitte, keinen Krieg. Nicht hier. Nicht schon wieder in Frankreich.*

Paul legte ihr einen Arm um die Schulter. Es schneite große Flocken, die langsam zu Boden fielen. »In Hastings haben wir ein Auto gemietet und sind an der Südküste Englands herumgefahren. Da kamen wir in einen Ort namens Lee-on-Solent. Habe ich ihn richtig ausgesprochen?«

»Einigermaßen.«

»Dort haben wir Schiffe gesehen. Eins davon war ein Schlachtschiff namens *HMS Hood*. Wirklich beeindruckend. Überall im Städtchen waren Matrosen. Kennst du dieses Gefühl, wenn du plötzlich weißt, was du mit deinem Leben anfangen sollst?«

Natürlich kannte sie es. »Und was soll aus den Mädchen werden? Und aus Una?«

»Una …« Eine Schneeflocke fiel auf Pauls Zigarette und verdampfte zischend. »Sie will Kilpin nicht verlassen, und ich will nicht auf ihre Kosten leben. Die Mädchen werden in Bobigny bei ihrer Großtante wohnen. Gilberte ist streng mit ihnen, aber sie liebt sie ja auch. Wenn ich meinen Sold kriege, kann ich für sie aufkommen.« Er atmete tief durch. »Ich habe beschlossen, die *Katrijn* zu verkaufen.«

Alix nickte traurig. Eine Ära war zu Ende. »Suzy und Lala können jederzeit zu mir kommen, Paul. Immer, wenn sie Ferien haben.«

»Danke, Alix«, sagte er aufrichtig.

Sie küssten sich zum Abschied auf die Wangen. Dann berührten sich ihre Lippen. Es war ein kurzer, rauchiger Kuss. »Ich liebe dich wirklich, Paul.«

»Ich dich auch, Alix.«

»Kommst du zu meiner Schau im Februar?«

»Nur wenn es eine fröhliche Schau wird. Ohne Schwarz.«

Sie trennten sich mit einer letzten Umarmung voneinander, und Alix beeilte sich, wieder zurück zu Verrian zu kommen. Die Kinderstimmen wurden lauter, und als sie um die Ecke bog, sah sie eine Schar bunt gekleideter Kinder, die Fangen spielten. Sie johlten laut auf Deutsch. Waren das etwa die Zigeunerkinder von Saint-Sulpice? Das hier musste ihr Spielplatz sein. Verzückt betrachtete Alix das Kaleidoskop aus Farben, das die wirbelnden Kinder in den weißen Schnee zauberten, und die Fragezeichen in ihrem Kopf lösten sich auf und fügten sich zu neuen Formen zusammen.

Verrian empfing sie auf den Stufen vor dem Haus. Er bemerkte den Schnee auf ihren Stiefeln, stellte aber keine Fragen. »Die Kinder haben dich gesucht. Üb schon mal eine überraschte Miene ein.« Er brachte sie in die Wohnung – und sie erstarrte. Ein riesiges Gemälde nahm fast die ganze Wand des Raums ein.

»Das ist unsere Galerie.« Pepe zog Alix und Verrian zu dem imposanten Wandgemälde hin. Lala kam dazu, um ihnen eine Eintrittskarte zu verkaufen. »Das macht zehn Francs pro Person.«

Da entdeckte Alix, dass eine riesige Leinwand, die Bonnet gehört hatte, an die Wand genagelt worden war. Das musste Verrians Werk sein. Die Kinder hatten sich wohl auf die Tische gestellt, um das Bild zu malen. Und was für ein Bild! Sie erkannte Bäume und Blumen, seltsame Tiere, sich selbst, Verrian mit seinem Hut, ein oder zwei Prinzessinnen, Feen, Flugzeuge, Häuser und Autos und noch mehr Blumen, alles in grellbunten Farben. Sie musste an Picassos *Guernica* denken. Dies war das Gegenstück zu seiner in Grautönen dargestellten menschlichen Grausamkeit.

Verrian missdeutete ihre Reaktion. »Ich habe die Wand kaum beschädigt.«

»Du kannst also gut mit Hammer und Nägeln umgehen?«, fragte sie und küsste ihn. »Mir ist nämlich gerade eingefallen, wie ich meine nächste Kollektion kreieren werde.«

Ihre Angestellten dachten, sie sei übergeschnappt. Alix wollte dreihundert Meter Seide von Hand bemalt haben?

Ganz genau, erwiderte sie. Sie würde den Stoff in Rahmen einspannen, so ähnlich wie die Leinwand bei einem Gemälde. Dann würde sie das Bild der Kinder zu Schablonen zerschneiden – ihr Einverständnis vorausgesetzt – und diese Schablonen auf die Seide übertragen. Und zwar mit Guttapercha, einem beliebten Hilfsmittel in der Seidenmalerei. Danach konnte das große Malen beginnen. Jeder, der einen Pinsel halten konnte, durfte mitmachen.

Die Kinder waren von Anfang an mit Begeisterung dabei, und bald kamen Mémé und die restliche Belegschaft von Modes Lutzman dazu. Für Celestia und Verrian gab es keine Ausrede mehr, und Monsieur Hubert, der schläfrige Buchhalter, wurde einfach zurückgeholt. Sogar Paul verbrachte seine Abende jetzt damit, Farbe auf Shantungseide aufzubringen. Nachdem er seine anfänglichen Vorbehalte überwunden hatte, traute er sich sogar, eigene Motive zu gestalten – hauptsächlich Schiffe und Boote –, und Alix fand, sie seien fast so gut wie die von Pepe.

Ihr selbst flossen die Ideen nur so aus dem Stift. Jetzt brauchte sie bloß noch Entwürfe, in denen sie die bemalte Seide verarbeiten konnte. »Unsere Kollektion wird so bunt wie Pfauenfedern«, sagte sie begeistert zu Verrian.

37

»Madame?«

Eine Bedienstete riss Alix aus ihrer Trance. In Gedanken hatte sie bereits den Auftakt ihrer Schau durchgespielt: Vier Mannequins würden nebeneinanderher defilieren und Strandanzüge vorführen – ausgestellte Hosen und Oberteile mit Nackenträgern. Solche lässigen Stücke waren zuerst von Coco Chanel kreiert worden und hatten inzwischen Eingang in die Alltagsmode gefunden. Alix' Version in bemalter Seide war sowohl für bequeme Stunden zu Hause als auch für aufregende Abende im Nachtklub geeignet. Überhaupt hatte die ganze Kollektion etwas Aufregendes …

»Ein Anruf für Sie, Madame.«

Sie lächelte. Jetzt nannte man sie »Madame«. Dabei war sie gar nicht verheiratet – noch nicht –, aber sie war nun mal zu einer anerkannten Geschäftsfrau geworden. »Eine Sekunde.« Die Mädchen würden einen Laufsteg entlanggehen, der zu einer etwas größeren, abgetrennten Fläche führte, auf der sie sich drehen und posieren konnten. Ein Swing-Quintett würde auf der Empore spielen und den Rhythmus vorgeben.

Als Verrian vorgeschlagen hatte, den Alexandra-Salon des Polonaise für die Schau anzumieten, hatte sie geglaubt, er hätte ihr Konzept nicht verstanden. »Die Leute müssen die Kleider *sehen*. Es hat keinen Sinn, wenn meine Mannequins durch einen Salon voller teetrinkender Matronen stolpern.«

»Wir mieten den Salon für den Abend. Sag mir doch einen besseren Ort.«

Das konnte sie nicht. Die Place Vendôme war das Herz der Rive Droite – das war das Revier der Reichen und Mächtigen. Wenn sie ihre Schau dort stattfinden ließ, brauchte sie wenigstens niemanden dazu zu bringen, sich in die Rue Jacob zu begeben. Sie brauchte sich auch keine Sorgen über die Häppchen, die Blumen und den Wein zu machen. Sie brauchte nicht einmal Stühle zu besorgen.

Das entscheidende Argument aber lieferte Verrian, als er sagte: »Mein Vater kann die Kosten übernehmen. Es soll sein Hochzeitsgeschenk für uns sein.«

»Machen Sie mir etwa einen Antrag, Mr. Haviland?«

Diese Frage hatte er nicht beantwortet und sich damit herausgeredet, er müsse noch einen Artikel zu Ende schreiben.

Ungefähr zur selben Zeit hatte der Comte de Charembourg Alix einen Brief geschrieben. Darin erzählte er von einem Treffen mit Adèle Charboneau – deren wahre Adresse er im Notizbüchlein seiner Frau entdeckt hatte. Der Comte schrieb: *Sie erschrak furchtbar, als sie mir die Tür öffnete, und gestand sofort, dass meine Frau sie dafür bezahlt hatte, Dich dazu zu bringen, eine illegale Kopie eines Kostüms anzufertigen. Vielleicht geht es Dir besser, wenn Du weißt, dass Mademoiselle Charboneau sich sehr schämt, auch, weil Du so freundlich mir ihr umgegangen bist. Ich werde meine Reue auf eine andere Art zeigen, und zwar, indem meine Firma Dir den Stoff für Deine neue Kollektion unentgeltlich überlassen wird. Liebe Alix, im Leben gleicht sich manches wieder aus.*

Inzwischen stand auch das Datum fest, an dem die Kollektion gezeigt werden sollte: am ersten März, also in vier Tagen. Verrians Geld aus dem Hispano-Verkauf hatten sie für Löhne, Accessoires und Miete ausgegeben, aber jetzt war sie zurück im Geschäft. Sie bekam eine letzte Chance.

In der Hotellobby wurde ihr ein Telefonhörer übergeben und sie meldete sich mit: »Hier spricht Alix Gower.«

Als sie zwei Minuten später auflegte, waren alle ihre Hoffnungen zerstört. Glück und Mut allein reichten eben nicht aus. Nicht, wenn man Feinde hatte, die alles daransetzten, einen in die Knie zu zwingen.

Eine zuckersüße Stimme rief: »Klopf, klopf, darf ich reinkommen?«

Alix war im Salon und starrte die Kreationen an, die – schon zum zweiten Mal – nicht gezeigt werden würden. Als sie sich umdrehte, stand Una Kilpin vor ihr. »Was machst du denn hier?«

»Du könntest wenigstens so tun, als würdest du dich freuen, mich zu sehen. Ich brauche keine Ausrede, um nach Paris zu kommen, aber ich wollte – unter anderem – dich treffen. Und … soll ich es sagen? Ich wollte deine Schau besuchen.«

Sie sieht so aus, wie ich mich fühle, dachte Alix. Unas Glanz war verblasst. Aber sie war immer noch schick. Sie trug eine winzige Handtasche, in derselben beigebraunen Farbe wie ihr Kostüm und die Handschuhe.

»Ach, Mädel, warum machst du denn so ein trauriges Gesicht?«

»Meine Mannequins«, sagte Alix. »Gerade hat mich ihre Agentur angerufen und mitgeteilt, dass sie doch nicht frei sind. Und das vier Tage vor der Schau.« Sie deutete auf die Kleiderständer. »Alles ist fertig, bis auf ein paar Details. Ich muss die Schau absagen. Schon wieder. Ach, Una, ich weiß wirklich nicht, warum es immer mich trifft.«

»Ich schon.« Una öffnete ihre Handtasche und zog einen Brief hervor. »Den habe ich von der Moderedakteurin der Londoner *Times* bekommen – sie ist eine Freundin von mir.«

Alix las:

An die werte Leserin.

Die Haute Couture ist ein wunderbarer Teil der französischen Kultur. Leider ist sie in letzter Zeit durch Raubkopien beschädigt worden. Wir, die wir Kundinnen der edelsten Couture-Häuser von Paris sind, verpflichten uns, die Haute Couture zu stärken, indem wir Plagiatoren wie Modes Lutzman boykottieren. Die Inhaberin dieses Hauses, Alix Gower, ist bereits wegen Modepiraterie verurteilt worden, und …

»Na, bist du schon bei der Stelle, für die du die Autorin verklagen könntest?«, fragte Una.

Alix ignorierte sie.

… und wir sollten ihre Versuche, die französische Kultur zu zerstören, mit Verachtung strafen. Sollten Sie eine Einladung zu ihrer Schau bekommen, appellieren wir an Sie, diese zu zerreißen.

»Wir« – das waren Rhona de Charembourg und andere in der Modewelt bekannte Aristokratinnen.

»Ihre Ladyschaft schickt diesen Brief seit Wochen durch die Gegend«, berichtete Una. »An jede Moderedakteurin, Einkäuferin und gut angezogene Dame südlich des Polarkreises. Hat irgendjemand von der Presse sich für dich interessiert?«

»Nein, kaum jemand«, gestand Alix. »Jedenfalls nicht die französische Presse. Aber ein paar von den Amerikanern. Die *New York Post* wollte jemanden vorbeischicken, und …«

»Du musst ihnen sagen, dass es abgeblasen ist.« Una legte Alix eine Hand auf die Schulter. »Ich werde es Gregory und diesem Erbsenzähler Pusey beibringen. Tut mir leid, Mädel, aber Gregory wird dir jetzt den Geldhahn abdrehen.«

Alix betrachte Unas Gesicht und dachte: *Sie hat Mitgefühl mit mir, aber sie begreift nicht, worum es geht.* »Du hast immer mit mir geschimpft, wenn ich ängstlich war. ›Wer wagt, gewinnt‹ – weißt du noch?«

»Ich habe dich aber nie zum Selbstmord aufgefordert. Wenn niemand kommt, wird man dich zerfleischen.«

»Wie soll mich jemand zerfleischen, wenn niemand kommt?«

»Alix, bitte. Rhona de Charembourg hat dir einen Knüppel zwischen die Beine geworfen. Du hast kein Publikum und keine Mannequins. Was willst du denn machen? Die Kellnerinnen die Kleider vorführen lassen und die Putzfrauen ins Publikum setzen? Sei vernünftig und zieh einen Schlussstrich unter die Sache.«

»Danke, dass du mir den gebracht hast.« Alix zeigte auf den Brief. »Ich bin froh, dass alle sehen, wie bösartig Rhona de Charembourg ist. Ich hoffe jedenfalls, dich bei meiner Schau begrüßen zu dürfen. Und Mr. Kilpin. Ach, und ich habe gehört, dass Mrs. Fisk-Castelman in der Stadt ist – deine Landsfrau, die den armen Javier fast zum Weinen gebracht hat. Sieh zu, dass du sie auch mitbringst.«

»Du bist wahnsinnig. Was hast du vor?«

Alix dachte an einen nebligen Spaziergang an der Seine – mit Verrian, und zwar am Morgen nach ihrer ersten Liebesnacht. »Freunde. Du brauchst nur ein oder zwei gute Freunde.«

Alix beugte sich hinunter zu Pepe. »Du sagst auf Spanisch: *Guten Abend, Monsieur.* Dann überreichst du ihm die Einladung, das ist alles.«

Sie wandte sich der Angestellten hinter der Rezeption zu. »Haben Sie eine Antwort bekommen?«

»Ja, Madame. Der Herr wird Sie freundlicherweise empfangen. Bitte nehmen Sie den Aufzug in den zweiten Stock. Suite Nummer sechs.«

Im Aufzug hingen Spiegel, und Alix wandte sich ab. Warum

hatte sie auch das grau-grüne Kostüm angezogen? Sie hätte sich für etwas Sichereres entscheiden sollen. Im Flur zählte sie die Türen, atmete tief durch und klopfte. Es war unhöflich von ihr, an einem Sonntagnachmittag zu kommen, wenn die meisten Menschen einfach nur ihre Ruhe haben wollten.

»Alix, deine Hände zittern«, bemerkte Pepe.

»Ich weiß.« Fußstapfen, ein leises Husten. Sie drückte Pepes Hand fester. Dann öffnete sich die Tür.

Javier sah sie emotionslos an.

»Monsieur, ich hoffe, wir stören nicht …« Ihre Kehle war ausgetrocknet. Das war so demütigend. Warum hatte sie nicht auf Una gehört?

»Ich habe einen Anruf von der Rezeption bekommen, dass eine hübsche, dunkelhaarige Frau mit Kind auf dem Weg nach oben sei. Ich habe nicht an Sie gedacht. Ist das Ihr Sohn?«

»Nein, nein, das ist das Kind einer Freundin … Pepe, gib dem Herrn die Karte.«

Pepe streckte Javier eine Einladungskarte hin und sagte auf Spanisch: »Señor, würden Sie bitte zu Alix' Schau kommen und sich ihre Kleider und meine Bilder ansehen?«

Javier dankte ihm und studierte die Einladung. Er schwieg, während Alix in ihrer Unsicherheit drauflosplapperte. »Ich bin entschlossen, die Schau stattfinden zu lassen. Aber ich weiß nicht, ob irgendjemand kommen wird. Man hat mich angegriffen – das heißt, auf die schwarze Liste gesetzt.«

Javier verengte die Augen zu Schlitzen. »Niemand wird kommen? Sie bitten mich also, als Einziger im Publikum zu sitzen? Dann werden alle sagen: ›Oje, wie tief ist der arme Javier nur gesunken. Egal, wo er hingeht, er findet immer einen leeren Stuhl.‹«

Sie lief rot an. »Verzeihen Sie. Ich hatte gehofft, Sie wären neugierig auf meine Kreationen, und diese Schau ist meine letzte Hoffnung. Wenn sie danebengeht …«

»Dann haben Sie ganz bestimmt eine Menge Schulden.«

»Und dann hat sie gewonnen.« Sie reichte ihm Rhona de Charembourgs Brief, und bevor er etwas sagen konnte, griff sie nach Pepes Hand und ging mit ihm davon.

Als sie den Parc Monceau durchquerten, sagte Pepe: »Ich glaube, der Mann hat sich sehr gefreut, dass er meine Bilder sehen darf.«

Den ganzen restlichen Sonntag wartete sie auf einen Anruf von Javier. Um Mitternacht war sie in Tränen aufgelöst und gab die letzte Hoffnung auf. Die Vorstellung, Javier käme ihr zu Hilfe, war einfach zu schön gewesen. Tatsächlich war es unverfroren von ihr gewesen, einen Mann seiner Position um Unterstützung zu bitten. Sie schloss das Atelier ab und nahm ein Taxi ins Polonaise, wo sie und Verrian die meiste Zeit übernachteten. In der Rue Jacob hatte sie nur ein Einzelbett, und außerdem waren Mémé und Celestia ja auch noch da. Verrian war noch wach; er las in der Apricot-Suite. Als sie eintrat, ließ er das Buch sinken. »Und?«

»Kein Wort. Aber ich habe eigentlich auch nichts anderes erwartet.« Sie machte sich fürs Bett zurecht. »Ich werde die schwerste Entscheidung meines Lebens treffen müssen.«

»Aber nicht jetzt.« Verrian schlug die Decke für sie zurück. »Komm zu mir ins Bett.«

Am nächsten Morgen, im Taxi auf dem Weg in die Rue Jacob, entwarf sie ihre Rede. Sie hielt sie um Punkt neun Uhr vor der gesamten Belegschaft. »Ich bin euch allen enorm dankbar für eure Mitarbeit und Unterstützung. Diese Kollektion ist die beste, die wir je hergestellt haben. Aber …« Sie schluckte und sah zu Verrian. Mit unbewegter Miene stand er hinter ihr. »Aber ich muss euch mitteilen …« Unten klingelte es. Verrian ging, um nachzusehen. »Ich muss euch mitteilen, dass ich beschlossen habe …«

»Du wirfst doch nicht etwa das Handtuch?«, fragte Rosa gekränkt. »Ich bin doch nicht zurückgekommen, um sofort wieder entlassen zu werden.«

Alix schloss die Augen. Das war kein leichter Moment. »Schweren Herzens muss ich …« Sie hielt inne. Verrians Stimme drang aus dem Flur herein. »Bitte sehr, Monsieur und Madame. Gehen Sie vor.«

Alix stellte sich auf die Zehenspitzen, um über die Köpfe ihres Publikums hinwegsehen zu können. Aber sie konnte nicht erkennen, wen Verrian da hereingebracht hatte, nur, dass es ein Mann mit dunklem, öligem Haar und eine Frau mit einem roten Hut waren. Das Publikum drehte sich neugierig um, und Alix sah –

»Monsieur Javier!« Sie trat auf ihn zu und schnappte nach Luft, als sie die Frau mit dem roten Hut erkannte. »Madame Frankel! Sie hier?«

Aufgeregtes Murmeln aus der Belegschaft hob an. Madame LeVert sah aus, als würde sie gleich einen Knicks vollführen. Alix schaute zu Verrian und entdeckte ein kaum sichtbares Lächeln in seinem Gesicht.

Javier sah sich um und grüßte nickend. »Mesdames, ich bin davon überzeugt, dass diesem Haus großes Unrecht widerfahren ist. Meine frühere Première und ich sind gekommen, um diesem Unrecht entgegenzutreten.«

»Sie werden mir helfen?«, stotterte Alix ungläubig.

»Ich biete Ihnen mein Können und meinen Einfluss an. Wenn Sie es wünschen.«

Sie umarmte ihn stürmisch. »Ja, bitte!«

Etwas später saßen sie zu viert zusammen. Alix sagte: »Vielleicht ist es zu spät. Dieser furchtbare Brief hat schon so viel Schaden angerichtet.«

Javier schloss cin Auge. »Wenn ein Brief Schaden anrichten

kann, kann ein anderer Brief Gutes bewirken. Wir werden einen aufsetzen und an jede Zeitung schicken, damit er schon morgen veröffentlicht wird.«

»Überlassen Sie das mir«, schaltete Verrian sich ein. »Sie setzen den Text auf, ich werde ihn abtippen und rechtzeitig vor Redaktionsschluss zustellen lassen.«

Javier verbeugte sich elegant. »Gute Idee. Nun, Alix, zeigen Sie mir Ihre Kollektion. Ich hoffe, Sie enttäuschen mich nicht.«

Das hoffte Alix wahrlich auch. Zitternd vor Aufregung schlug sie die Hüllen der Kleiderständer zurück. Javier und Madame Frankel berührten die Stoffe, tuschelten miteinander, nickten. Die Kostüme gefielen ihnen; Alix war ihrer typischen Form treu geblieben, hatte sich aber für kräftigere Farben entschieden: Scharlachrot, Sonnenblumengelb, Schwimmbadblau. Dazu hatte sie die passenden Accessoires entworfen, also Hüte und Schuhe. »Sie haben Anleihen bei dem großen Couturier Worth gemacht«, konstatierte Javier. »Als er die Frauen von Kopf bis Fuß in derselben Farbe einkleidete, merkte ganz Paris auf.« Er betrachtete die Abendkleider und schmunzelte. »Wirklich kühn von Ihnen, die Stoffe selbst zu bemalen, *petite*.«

Nach einer kurzen Pause fragte er: »Wissen Sie, was mich inspiriert hat hierherzukommen?«

»Dieser hasserfüllte Brief?«

»Ich habe gesagt inspiriert, *petite*. Hass inspiriert mich nicht, sondern stößt mich ab. Als Sie gestern nach Ihrem Besuch gingen, habe ich Ihr Kostüm einen Moment lang von hinten betrachten können.« Er beschrieb es Madame Frankel. »Eine Falte in der Mitte der Jacke, ein enger Gürtel. Zwei strahlenförmige Abnäher im Schulterbereich. Viele Couturiers kümmern sich bloß um die Vorderseite. Wer aber auch der Rückseite Aufmerksamkeit schenkt, beweist jene Leidenschaft, die das Markenzeichen eines echten Künstlers ist.«

Verrian, der bis dahin nur zugehört hatte, warf ein: »Alix, du hast dein größtes Problem noch nicht geschildert. Die Mädchen.«

»Die Mannquins haben sich von mir losgesagt«, berichtete Alix. »Ich habe zwar eine Kollektion, aber niemanden, der sie vorführen kann.«

Sie konnte sich nur kurz über Javiers rätselhaftes Lächeln wundern, denn jetzt flog die Tür auf, und eine jugendliche Stimme rief: »Wo seid ihr denn alle? Bin ich hier richtig?«

Dann eine andere Stimme: »Ich war schon mal hier. Sie sind bestimmt im Salon.«

Verrian ging hinaus – und kam mit einer Gruppe hübscher Frauen wieder zurück: Heloïse, Zinaida, Claudette, Nelly, Marie-Josèphe und Arlette.

Javier klatschte in die Hände. »Wir haben diese Damen noch vor dem Mittag aus dem Bett geholt, also an die Arbeit.«

28. Februar 1939

Wir, die Unterzeichner, verpflichten uns hiermit, die Pariser Couture zu stärken. Wir sind uns bewusst, dass man zur Erreichung dieses Ziels auch Neues zulassen muss. Aus diesem Grund werden wir die Modenschau von Modes Lutzman im Hôtel Polonaise am 1. März um 18:00 Uhr besuchen.

Dieser Brief, der in *Le Figaro* und anderen Tageszeitungen erschien, war von Javier und Madame Frankel unterzeichnet. Aber auch andere Namen standen darunter. Im Lauf der Jahre hatte Pauline Frankel einige der einflussreichsten Frauen Frankreichs eingekleidet. Jetzt hatte sie viele von ihnen wieder aufgesucht und sie diskret um einen Gefallen gebeten.

Danach zeigte sie Alix die Liste der Unterschriften. »Neun Namen. Zehn wären perfekt. Kennen Sie irgendjemanden von Rang, der Ihnen helfen würde?«

Alix wollte gerade »Nein« sagen, als ihr einfiel, dass es doch jemanden gab.

1. März

In vier Stunden wären diese Stühle besetzt – oder auch nicht. Und am Ende des Tages wäre ihre Zukunft entschieden.

Die Mannequins zogen sich in einer improvisierten, durch Kleiderstangen abgetrennten Cabine um. Rosa war Chef de Cabine, und Marguerite und Pauline Frankel assistierten ihr. Rosa hatte Alix weggeschickt. »Du bist zu nervös, hier können wir dich nicht gebrauchen. Geh und trink eine Tasse Tee.«

Alix wusste nichts mit sich anzufangen. Die letzten Tage hatte sie wie in Trance verbracht und kaum geschlafen. Sie, Pauline Frankel und die übrige Belegschaft hatten jedes einzelne Kleidungsstück geändert und den Maßen der neuen Mannequins angepasst – eine unendlich schwierige Aufgabe. Aber sie hatten es geschafft. Nur eins war nicht nach Plan gelaufen: Die erschöpften Näherinnen hatten einen Aufstand gegen Madame LeVert angezettelt, und die hatte empört gekündigt. Pauline Frankel war für sie eingesprungen, und von diesem Moment an hatte Alix gewusst, dass die Kollektion fertig werden würde.

Javier kam zu Alix, als die Mannequins die Laufstegprobe begannen. »Wie haben Sie das gemacht?«, fragte er, als die Mädchen die gewagten Strandanzüge zeigten. »Ihre Stoffe wirken wie ein verrücktes Märchen aus irgendeiner Opiumhöhle.«

Sie erzählte ihm, wie sie ihre Inspiration wiedergefunden hatte.

»Bunte Farben auf Schnee. Kinderlachen. Drei kleine Kinder durften malen, was sie wollten, auf eine Leinwand so groß wie eine Zimmerwand. Sie hatten alle Farben zur Verfügung, und kein Erwachsener hat sich dabei eingemischt.«

»Sie haben die Farben doch fixiert, Alix? Sonst verlaufen sie.«

Sie lachte. »Wir haben jede einzelne Stoffbahn mit Dampf gebügelt. Und zwar in meiner Wohnung. Es fühlte sich an, als würde ich in einer Wäscherei leben.«

Pauline Frankel, die den Dialog mit angehört hatte, fragte: »Aber Alix, wie wollen Sie die Nachfrage befriedigen? Sie können doch unmöglich jede Bestellung von Hand malen.«

Dieses Problem hatte sie bereits gelöst. Stolz erklärte sie: »Hinter Saint-Médard gibt es ein Waisenhaus. Die Kinder dort werden für mich malen. Ich habe Leute, die die Bilder auf Seide übertragen, und die älteren Kinder werden sie von Hand ausmalen. Ich bezahle sie natürlich dafür.« Javier und seine Première tauschten einen beeindruckten Blick, den Alix insgeheim genoss.

»Jedes Stück wird also einzigartig sein. Eine schlaue Idee, aber bei näherem Hinsehen vielleicht doch nicht.« Javier schüttelte den Kopf. »Ihre kleinen Waisenkinder werden sich voller Eifer in die Arbeit stürzen, aber die Nachfrage können sie nicht befriedigen. Glauben Sie mir, Sie brauchen Profis. Und den Verkaufspreis, den Sie für jedes Stück festgelegt haben, müssen Sie verdoppeln.«

Verdoppeln. Sie würde es Pusey mitteilen, und der würde sich die Hände reiben und sagen: »Das ist sehr befriedigend.«

Noch drei Stunden. Ein riesiger Frühlingsstrauß traf ein; auf der Karte stand: *Ich drücke Dir alle Daumen, Mädel! Ich nehme das Ballkleid in Puffrosa mit den vielsagenden Orchideen*. Javier bekam einen identischen Strauß, auf seiner Karte hieß es: *New York ist ganz verrückt nach Monsieur Javier. Wenn Sie je ein schnelles Boot nach Amerika brauchen, rufen Sie mich an.*

»Niemals werde ich Madame Kilpin vertrauen.« Javier ließ die Karte fallen.

»Sie müssen ja nicht fahren.« Alix hob die Karte auf und steckte sie in ihre Tasche. »Aber Madame Kilpin hat auch ihre guten Seiten, und Sie dürfen sich niemals einen Fluchtweg verbauen. Sie wären auch nicht der Erste aus meinem Bekanntenkreis, der nach Amerika geht.«

Alix dachte an Marcy Stein. Nach ihrem kurzen Treffen in der Rue Saint-Denis hatte Marcy einen Brief an Alix geschrieben und mitgeteilt, dass sie mit ihrer Familie nach Amerika gehen und sich dort ein neues Leben aufbauen wollte. Alix konnte sich nicht persönlich von Marcy verabschieden, da der Brief nur Stunden vor ihrer geplanten Abreise aufgegeben worden war. Ob Marcy wohl Sehnsucht nach ihrem geliebten Paris hatte? Jetzt war aber keine Zeit, sich darüber den Kopf zu zerbrechen, denn die Blumen für die Schau waren gerade angeliefert worden. Duftende Lilien und Gardenien. Sie hatte weiße Blumen bestellt, damit die Leuchtkraft ihrer Kleider noch besser zur Geltung kam.

Noch zwei Stunden. Die Band erschien und stimmte ihre Instrumente. Dann probte sie die Stücke, die Alix ausgesucht hatte. Die Mannequins liefen zu jedem Lied über den Laufsteg, und Alix beobachtete, wie sie auf die Musik reagierten. Und wie die Musiker auf die Mädchen reagierten.

Noch eine Stunde. Celestia erschien mit den Kindern, die ihre besten Kleider angezogen hatten. Pepes Haar war mit Pomade zurückgekämmt, und Lalas und Suzys Zöpfe waren eng an den Kopf geflochten. Alix wies ihnen Plätze zu und sagte: »Ihr könnt bestimmt nicht stillsitzen, bis es anfängt. Setzt euch an einen Tisch und malt.«

Noch zwanzig Minuten. Verrian erschien. Wie elegant er aussah! Er trug einen schwarzen Smoking, eine Fliege und ein Hemd mit gestärkter Brust. Sie warf sich in seine Arme.

Er schrie auf. »Da sind ja Nadeln in deiner Jacke! Ich will doch kein Nadelkissen umarmen. Los, hinter die Vorhänge, du bist jetzt ein Mannequin.«

Sie huschte in die Cabine und wurde von Rosa ausgeschimpft, weil sie einfach verschwunden war.

Langsam wurde es lauter. Die Menschen strömten herbei. Verrian schob ihr einen Zettel durch den Vorhang: *Vierundsechzig, und es werden immer mehr.* Alix stieß einen leisen Pfiff aus. Die Schau würde also nicht vor leeren Stühlen stattfinden. Die Band spielte gedämpft im Hintergrund; die Leute nahmen ihre Plätze ein. Da bekam Alix einen weiteren Zettel zugesteckt. *Die graue Maus ist erschienen. J.*

Bevor sie diese kryptische Nachricht entschlüsseln konnte, bekam sie eine von Verrian. *Der rotgesichtige Mann in der letzten Reihe ist mein Vater. Die Frau, die ihm mit dem Programmheft Luft zufächelt, ist meine Mutter. Und das Kleid mit den rosafarbenen und roten Rosen ist umwerfend. Willst Du mich darin heiraten? Je t'aime.*

»Mädchen, macht euch bereit!«, rief Rosa. »Alix, du zitterst ja wie Espenlaub!«

Die Band spielte: »Let's Call The Whole Thing Off«, und die ersten vier Mädchen schlüpften durch den Vorhang. Alix hörte ein Murmeln und dachte: *Die Leute finden meine Sachen schrecklich.*

Rosa stupste sie an. »Sie haben den Witz verstanden. ›Let's Call The Whole Thing Off‹: Sagen wir das Ganze doch ab – das hättest du ja fast gemacht … Hast du das Lied denn nicht deswegen ausgewählt?«

»Nein, ich habe ›A-Tisket, A-Tasket‹ ausgesucht«, erwiderte Alix erstaunt. »Moment mal, vorhin habe ich gesehen, dass Una mit dem Bandleader gesprochen hat. Diese Frau muss immer das letzte Wort behalten.«

Dann war sie an der Reihe, vor den Vorhang zu treten – und

sah nichts als eine einzige verschwommene Masse vor sich. Sie spürte die Hitze im Raum und die vielen Augenpaare, die auf sie gerichtet waren. Sie bemerkte die Programmhefte, die alle gleichzeitig umgeblättert wurden, um die Nummer des neuen Modells zu kontrollieren. Jetzt erkannte sie Celestia, Pepe, Lala und Suzy, die ihr zuwinkten. Und da war Mémé, in einem violetten Kleid mit neuem Hut. Hinter ihnen saß der Comte de Charembourg. Seit dem Tag von Bonnets Geständnis hatte sie ihn nicht mehr gesehen. Hatte ihn nicht mehr sehen wollen … Aber sein Lächeln war so liebevoll, dass sie es erwiderte, bevor sie weiterging. Jetzt verstand sie Javiers Zettel. Christine de Brioude, die graue Maus, saß neben ihrem Vater. Beide hatten den Brief unterzeichnet, der um Unterstützung für sie warb. Alix dachte: *Wenn Christine es wünscht, machen Javier und ich sie zur elegantesten Frau von Paris.*

Javier und ich? Da saß er, der gütige, nachsichtige Maestro, in einer der hinteren Reihen. Stumm nickte er ihr zu. Du liebe Güte, war der missmutige Mann, der ein paar Plätze weiter weg saß, etwa Verrians Vater? Die Frau neben ihm musste dann wohl Verrians Mutter sein. Und da waren auch Gladys Fisk-Castelman, die sich eifrig Notizen machte, und Una Kilpin. Neben Una saß Mr. Kilpin, der wie gewohnt nicht gerade gute Laune verbreitete. Nun ja, manche Leute änderten sich eben nie. Verrian … wo war Verrian? Da stand er. Sie sahen sich an.

Zurück in der Cabine zog Violette, die heute von der Rezeptionsdame zur Ankleiderin befördert worden war, Alix zu einer Lücke im Vorhang. »Schau mal, ein uneingeladener Gast.«

Alix sah ein Mädchen, das hinter der letzten Stuhlreihe stand und verstohlen etwas in ihr Notizbuch schrieb.

Alix sagte zu Violette: »Meine erste Raubkopiererin. Sie bekommt ein Glas Champagner, aber nehmt ihr jedes Stück Papier ab, sogar ihren Busfahrschein.«

Rosa tippte Alix auf die Schulter. »Ich brauche dich.«

Alix hatte gerade genug Zeit, sich etwas Talkum unter die Arme zu pudern und in das nächste Modell zu steigen. Jetzt war sie schon etwas entspannter. Sie zog ein Ballkleid an, das über und über mit rosafarbenen und roten Rosen bedruckt war. Die Band spielte »There May Be Trouble Ahead«. Als sie und die anderen Mannequins in einer Wolke aus sich bauschender Seide auf den Laufsteg traten, brandete lauter Applaus auf, und die Leute erhoben sich. In diesem Moment bemerkte Alix, dass Verrian ein Fenster öffnete, durch das ein junger Mann hereinkletterte. Ein Mann mit rotgoldenem Haar. Es war Paul – in seiner Marineuniform. Die Band ging zu einem beschwingten Foxtrott über, und Heloïse, Javiers Mannequin mit dem tizianroten Haar, rief dem Neuankömmling zu: »Hallo, *Royale*. Komm und tanz noch einmal mit mir!«

Paul hatte nichts dagegen einzuwenden, und schon bald wollten alle Mädchen einen Tanzpartner. Aber es gab ja genügend Männer im Saal. Nur Alix stand abseits. Da spürte sie zwei starke Arme um ihre Schultern und roch den verführerischen Duft von Bergamotte und Kernseife. »Ich glaube, es läuft ganz gut«, seufzte sie.

»Sogar ganz wunderbar. Willst du mich denn nun heiraten?«

»Natürlich. Wirst du es deinen Eltern sagen?«

»Nicht jetzt. Lord Calford zeigt sich in einer Menschenmasse selten von seiner besten Seite.«

»Wird er mich mögen?«

»Keine Fragen, sonst trete ich dir vielleicht auf den Saum.« Verrian sagte nichts mehr, während die Band ein schnelles Lied spielte. Doch als der Saxofonist ein träumerisches Solo improvisierte, murmelte er: »Alix, ich schwöre, dass nichts außer Krieg und Tod mich von dir trennen wird.«

Alix raffte ihren pfingstrosenfarbenen Rock und schmiegte sich an ihren Geliebten. Sie schloss die Augen, und der Saxofonist spielte »My Blue Heaven«. Ihr Lied. Ihr Universum.

Anmerkungen der Autorin

In *Die Kleiderdiebin* fallen Namen von Couturiers, Geschäften, Menschen und Ereignissen, und es ist vielleicht interessant für die Leserin, welche tatsächlich existiert bzw. stattgefunden haben und was lediglich meiner Fantasie entsprungen ist.

Die Couturiers Chanel, Lanvin, Vionnet, Lucien Lelong, Patou, Poiret, Worth, Schiaparelli und Molyneux sind keine Erfindungen. Hermès, das ganz am Anfang vorkommt, gibt es natürlich auch; 1937 kamen von dort die allerersten bedruckten Seidentücher, für die das Unternehmen heute berühmt ist. Jeanne Lanvin war für ihr Parfüm *Arpège* bekannt; auf dem Flakon sieht man ein Bild von ihr und ihrer kleinen Tochter Marguerite, Händchen haltend. Jeanne Lanvin hat auch das »Lanvin-Blau« entwickelt – das für Jean-Yves de Charembourg das einzige Blau ist, das perfekt zu Gelb passt. Das ist natürlich seine persönliche Meinung, aber er würde sie jederzeit bei einem kühlen Gläschen Riesling aus dem Elsass verteidigen. Das Lanvin-Blau wird oft als ins Lavendelfarbene gehend beschrieben, aber ich persönlich finde, es ist eher ein Fliederton. Monsieur Javier, den es nur im Buch gibt, ist wie immer ganz meiner Meinung.

Auch Mabel Godnosc habe ich mir ausgedacht; damals hat es in Paris und New York allerdings viele Mabels gegeben, die schamlos Haute Couture kopiert und für die Massen reproduziert haben – natürlich ganz im Sinne der Gerechtigkeit. Modes Lutzman ist eine Erfindung von Alix; und da Alix meine Erfindung ist, werden Sie das Atelier nicht finden, egal, wie oft Sie die Rue Jacob hinunterspazieren.

Das Deux Magots am Boulevard Saint-Germain gibt es wirklich. Dort habe ich Kaffee getrunken und ein paar Seiten geschrieben – wie jeder Schriftsteller es einmal tun sollte. Allein die beiden geschnitzten Figuren im Gastraum lohnen den Besuch. Der Verkehr, der an der Terrasse vorbeirauscht, hat seit der Zeit von Alix und Verrian allerdings enorm zugenommen. Arantxas Restaurant ist eine Erfindung, aber einem echten Lokal in der Nähe der Sorbonne nachempfunden. Die Steaks dort werde ich nie vergessen, auch wenn mir die genaue Adresse des Restaurants leider entfallen ist. Das Rose Noire gibt es nicht, aber das Bricktop in der Rue Pigalle hat existiert. Die Inhaberin Ada »Bricktop« Smith war eine Legende des amerikanischen Hot Jazz und eine Freundin von Cole Porter. Sie betrieb den Nachtklub während der Dreißigerjahre und schloss erst, als der Krieg ausbrach.

Verrian Havilands Zeitung *News Monitor* ist erfunden. Den Namen habe ich mir vom ehemaligen *Loughborough Monitor* geborgt. Mabel Godnoscs Bibel, die *New York Fashion Daily*, gibt es natürlich auch nicht. Glauben Sie wirklich, dass ich einer echten Zeitschrift unterstellen würde, gefälschte Kleider zu präsentieren?

Die Pâtisserie Zollinger an der Rue du Faubourg Saint-Honoré, die Alix aufsucht, ist leider nur ausgedacht – eine Schande, denn wenn es den Laden wirklich gäbe, bekäme ich jetzt sicher eine Schachtel handgemachter Pralinen zu jedem Weihnachtsfest. Alle genannten Orte in Paris existieren tatsächlich, mit Ausnahme des Boulevard Racan, wo der Comte de Charembourg wohnt. Seine Straße habe ich nach dem Seigneur de Racan benannt; das war ein Adliger, Dichter und Dramatiker, der – wie passend – häufig unglücklich verliebt und pleite war. Ein glücklicher Zufall wollte es, dass ich später beim Recherchieren im sechzehnten Arrondissement auf die Straßentafel sah und tatsächlich einen Square Racan entdeckte …

Kirchwiller im Elsass existiert nicht. Aber fahren Sie mal ins Elsass, trinken Sie einen guten Wein und sehen Sie sich die mittelalterlichen Städtchen an. Am besten im Oktober, wenn die Bäume sich golden verfärbt haben. Wunderschön.

Alix lebte in Wandsworth in London, bevor sie nach Paris kam. Früher einmal war Wandsworth so grundsolide, wie man es sich vorstellt. Alix' armselige kleine Straße, die Charlotte Road, ist erfunden. Wäre sie echt, wäre sie jetzt gentrifiziert und hätte keine freien Parkplätze mehr zu bieten. Das Kaufhaus Arding & Hobbs, in dem Alix ihre erste Anstellung fand, ist heute Teil der Debenhams-Kette. Grindle & Whiteleather, Lucy Havilands Lieblingsgeschäft, gibt es nur in meiner Vorstellung. Hätte es existiert, wäre es in den Sechzigerjahren pleitegegangen, weil Mrs. Whiteleather sich gegen kurze Röcke ausgesprochen und Mr. Grindle keinen Herrn bedient hätte, der ohne Krawatte kam. Heronhurst, die Heimatstadt der Havilands, sucht man auf einer Karte von West Sussex vergeblich.

Das Städtchen Durango im Baskenland wurde am 31. März 1937 von deutschen und italienischen Flugzeugen bombardiert – und ging als erste wehrlose zivile Siedlung, die Opfer eines Luftangriffs wurde, in die Geschichte ein. Der bekanntere Ort Guernica wurde von der deutschen Legion Condor und italienischen Kriegsflugzeugen am 26. April 1937 bombardiert. Diese verheerenden Angriffe wurden von der Weltgemeinschaft aufs Schärfste verurteilt; die Stadt Madrid jedoch wurde über Monate hinweg immer wieder bombardiert, ohne dass sich internationaler Widerstand regte. Im spanischen Bürgerkrieg konnte man die historischen Anfänge des Luftkriegs beobachten; in gewisser Weise war das der grausige

»Probelauf« für die verheerenden Gemetzel der Jahre darauf. Der Bericht über das Bombardement von Guernica, den ich im Roman teilweise zitiere, erschien am 27. April 1937 in der *Times* und wurde vom Korrespondenten George Steer von Bilbao aus nach London telegrafiert.

Pablo Picasso zeigte sein Bild *Guernica* zuerst auf der Pariser Ausstellung »Exposition Internationale des Arts et Techniques dans la Vie Moderne«, die auch im Buch vorkommt. Er hatte den Auftrag, ein Wandgemälde für den spanischen Pavillon der Expo zu schaffen. Nach dem Angriff auf die baskische Stadt änderte er seinen Entwurf und malte das zur Ikone gewordene Bild, das die Bombardierung von Guernica zeigt. Es hat viel dazu beigetragen, dass uns dieses Ereignis bis heute ein Begriff ist. Das Gemälde hängt inzwischen im Museo Nacional Centro de Arte Reina Sofía in Madrid.

Alix' Skizzenbuch

Ach ja, der Glockenhut!

Sieht man einen Glockenhut, hat man sofort eine bestimmte Zeit vor Augen. Aber Glockenhüte gab es eigentlich schon lange zuvor. Die Mädchen vom Land bevorzugten sie aus feinem Stroh; man konnte sie herunterziehen und schützte so Gesicht und Ohren vor der Sonne. Mit einem Band befestigt, hielten die Hüte auch dem schärfsten Windstoß stand. In den Zwanzigerjahren entwuchsen sie den Kinderschuhen und wurden zu einem gefragten Accessoire zu kurzen Röcken und tiefen Taillen. Sie passten wunderbar über kurz geschnittenes Haar und saßen so eng, dass sie im Cabrio nicht davonflogen. Typischerweise verdeckten sie die Augen, betonten dafür aber geschwungene Lippen, feenzarte Kieferpartien und Schwanenhälse. Der Glockenhut war das Tüpfelchen auf dem i für den Look der burschikosen Frau.

5 Bahnen Tüll
Spitze
Seide – grüne oder blaue?

In den Dreißigerjahren wurden die Haare wieder länger und die Krempen wieder breiter, was gut zu den stärker betonten Schulterpartien passte.

Gabrielle Bonheur (Coco) Chanel wuchs im Waisenhaus auf, wo sie auch das Nähen lernte. Zunächst wurde sie Sängerin in einem Varieté in Moulins in Paris. Dort bekam sie auch den Spitznamen »Coco« verpasst.

Die Hemdblusenkleider der Zwanzigerjahre, die sich in die körperumspielenden Kleider der Dreißiger verwandelten, waren im Grunde Schöpfungen von Madeleine Vionnet und Coco Chanel. Paul Poiret hatte um die Jahrhundertwende bereits damit begonnen, die Frauen aus ihren Korsetts und Stolperfallenröcken zu befreien; Chanel und Vionnet knüpften an seine Ideen an und entwickelten sie weiter.

Leinen
Nadeln – welche Größe?
Tartanwolle

Jeanne Lanvin soll ihr charakteristisches »Lanvin-Blau« nach einem Besuch in Florenz entwickelt haben, wo sie jenes tiefe Blau zum ersten Mal in den Werken von Fra Angelico entdeckte.

Die Tänzerin Caryathis war vermutlich diejenige, die den kurzen Bob und den Bubikopf erfand …

Nachdem ihr Liebhaber sie abgewiesen hatte, schnitt sie sich ihr langes Haar ab, schnürte es mit einem Band zusammen und hängte es über die Türklinke des Treulosen. Eine solche Aktion kann man nur ein einziges Mal durchziehen. Danach soll Caryathis in aller Eile zu einer Party aufgebrochen sein. Sie hatte keine Zeit mehr, sich einen Turban zu binden. Als sie den Raum betrat, schnappten die anderen Gäste schockiert nach Luft … Der Rest ist Geschichte.

Pour une soupe à l'oignon parfaite, toujours utiliser des oignons blancs – ils ont un goût plus relevé

Soupe à l'oignon

de Natalie Meg Evans

Mein Lieblingsrezept für Zwiebelsuppe basiert auf einer Mehlschwitze. Man fängt an, als wollte man eine karamellisierte Zwiebelsauce herstellen, bekommt am Ende aber eine cremige Suppe, die gut als Abendessen taugt, wenn man dazu reichlich Gruyère-Toast und vielleicht einen grünen Salat serviert. Ich habe festgestellt, dass sich die milden weißen Zwiebeln am besten eignen, weil sie das feinste Aroma haben. Beim Ausprobieren des Rezepts habe ich allerdings die ganz normalen mit gelber Schale genommen, die es bei uns in Lincolnshire gibt. Auch damit ist mir die Suppe gut gelungen. Was rote Zwiebeln angeht, bin ich mir nicht ganz sicher. Bekommt man damit vielleicht eine rosa Suppe?

Für vier hungrige Personen brauchen Sie:

50 Gramm Butter
1 Pfund Zwiebeln
1,2 Liter Bouillon oder Fond – entweder vom Rind, vom Huhn oder auch vegetarisch, was Sie eben bevorzugen. Die Suppe lebt gewissermaßen vom Fond, nehmen Sie also den, den Sie am liebsten mögen
25 Gramm weißes oder Vollkornmehl
1 Lorbeerblatt und 1 Stück Sellerie
Salz, Pfeffer
1 Glas trockenen Weißwein

Für den Gruyère-Toast:

1 französisches Baguettebrot
100 Gramm Gruyère-Käse, gerieben
Etwas Paprikapulver

Planen Sie mindestens zwei Scheiben Brot pro Person ein

Zuerst die Butter in einem großen Topf bei schwacher Hitze schmelzen. Vorsicht, nicht anbrennen lassen!

Die Zwiebeln schälen und in feine Würfel schneiden, zur Butter geben und anschwitzen. Dabei immer ein Auge auf die Temperatur haben und die Zwiebeln ab und zu umrühren, bis sie goldfarben und fast karamellisiert sind.

Das Mehl hinzufügen und umrühren, bis eine Röstnote in die Nase steigt. Den Topf vom Feuer nehmen, Brühe bzw. Fond hineinrühren und gut schlagen, damit keine Klümpchen entstehen. Ein Schneebesen aus Holz ist ideal, aber natürlich geht auch ein einfacher Holzlöffel.

Den Topf wieder aufs Feuer stellen und die Temperatur erhöhen, bis die Zwiebeln in der Flüssigkeit köcheln. Die Temperatur wieder etwas herunterstellen. Die Suppe sollte dick und cremig sein, aber wenn Sie sie zu stark kochen, wird sie anbrennen.

Den Weißwein, das Lorbeerblatt und den Sellerie hinzugeben. Salz nach Bedarf hinzufügen. Aber Vorsicht, fertig gekaufter Fond kann sehr salzig sein! Mit dem Pfeffer noch warten.

Köchelt man die Suppe jetzt vorsichtig, ist sie in etwa zwanzig Minuten fertig, aber sie wird noch besser, wenn Sie sie eine Stunde oder noch länger auf dem Herd lassen.

Beginnen Sie mit dem Toast etwa zwanzig Minuten, bevor Sie die Suppe essen wollen. Stellen Sie den Ofengrill auf mittlere Hitze und schneiden Sie das Baguette in schräge Scheiben von etwa 2,5 cm Dicke.

Das Brot soll nun vorsichtig geröstet werden, damit es goldbraun wird und ein bisschen austrocknet. Behalten Sie das Brot im Auge und wenden Sie es rechtzeitig.

Wenn es fertig geröstet ist, stellen Sie den Grill auf stärkere Hitze. Streuen Sie den Käse auf das Brot, und legen Sie es wieder unter den Grill. Sie holen es heraus, sobald der Käse anfängt, Blasen zu werfen. Bestreuen Sie es mit etwas Paprikapulver.

Jetzt schmecken Sie die Suppe ab. Entfernen Sie das Lorbeerblatt und den Sellerie. Geben Sie den Pfeffer hinzu.

Zum Servieren füllen Sie die Suppe in vorgewärmte Schüsseln und legen Sie das geröstete Käsebrot darauf.

Bon appétit!

Mode und Weiblichkeit in den Dreißigerjahren

Als unerwartete Nebenwirkung des Ersten Weltkriegs eröffneten sich den Frauen plötzlich viel mehr Möglichkeiten. Die Jahre zwischen den Kriegen waren in Europa und Amerika generell schwierig, aber sie erweiterten den Horizont der Frauen in einer Weise, die vor 1914 unvorstellbar gewesen wäre. Wenn ich etwa an die Edwardianische Epoche in England oder die französische Belle Époque denke, habe ich eine Zeit vor Augen, in der man sich zu Hause am wohlsten fühlte, in der Züchtigkeit und Manieren überaus wichtig waren und die Frauen sich in Korsetts zwängten. Ich gebe zu, das sind meine ganz persönlichen Vorstellungen, aber hier folgen einige Betrachtungen zu den Zwischenkriegsjahren.

Art déco ist der übergeordnete Begriff für den Stil der Dreißigerjahre mit seinen kühlen, emotionslosen Linien. Es herrschte Aufbruchstimmung, weil man annahm, dass Maschinen die Lösung für alle Probleme der Menschheit wären. Die Architekten reagierten darauf mit flachen, gekrümmten Formen bei allen möglichen Gebäuden. Strahlendes Weiß verhieß dazu einen sauberen, effizienten Lebensstil, und durch die umlaufenden Metallfenster konnte man auf eine Außenwelt blicken, die weit chaotischer war als die geordnete Innenwelt.

Die Malerei wird zunehmend abstrakt; Linien werden verzerrt dargestellt und Formen dekonstruiert. Die Prinzipien der Technik werden auf die Natur angewandt; geometrische Figuren und harte Umrisse dominieren. Kraftfahrzeuge vergessen, dass sie von Pferdekutschen abstammen und werden lang und schlank, wie es der neue Geschmack vorschreibt. Auch die Möbel legen ihre verspielten Elemente und den Prunk ab. Die Mode zieht nach.

Wenn die Dreißigerjahre eine maskuline Zeit waren, dann würde ich behaupten, die Zwanziger hatten etwas Knabenhaftes. Zum ersten Mal überhaupt verlassen Frauen das Haus mit bloßem Nacken – nicht etwa, weil sie sich das Haar hochgesteckt haben, sondern weil der Friseur es ihnen so kurz geschnitten hat. Dieser neue, elfenhafte und zugleich burschikose Look passt perfekt in die Zeit nach dem Krieg. Millionen junger Männer sind gefallen. Wer möchte schon zurückdenken an die Zeit der üppigen Frisuren, der schmalen Taillen und der dadurch verursachten Verdauungsstörungen? Heerscharen von ernsten jungen Frauen müssen die Lücke füllen, die ihre toten Brüder hinterlassen haben. Die Zwanzigerjahre sind die Zeit der arbeitenden Frauen, die Frühzeit der Automobile, der Fahrräder und der billigen Personenbeförderung. Jetzt fliegen die Käfigtüren auf. Die Rocksäume wandern nach oben, und auf das kurze Haar kommt ein schicker Glockenhut.

Amerika schickt den Jazz nach Europa – das ist die musikalische Begleitung der neuen Freiheit. Man tanzt enger und wilder; der Walzerrhythmus bekommt einen Tritt in den Hintern. Die Aufgabe der Anstandsdame verschwindet. Wie kann man auch eine junge Dame beaufsichtigen, wenn sie rasant von einer Ecke der Tanzfläche in die nächste hüpft? Und was soll man machen, wenn der junge Mann, der sie im Arm hält, kein Interesse mehr an höflicher Konversation hat, weil er auf dem Schlachtfeld schon so viel Schlimmes durchgemacht hat?

Ohne Zweifel versuchten in den Zwanzigern viele Eltern, Lehrer, Gouvernanten, Pfarrer und Politiker, die Käfigtür wieder zu schließen, aber der Vogel war schon davongeflogen … zumindest im Geiste. Die Geschichte zeigt, dass man zwar Gesetze ändern, Gedanken aber nicht einschränken kann. Begrüßten die Frauen die burschikose Mode der Zwanzigerjahre, weil sie nach dem grauenvollen Gemetzel an so vielen jungen Männern insgeheim die Mutterrolle ablehnten? Oder lösten sie sich von den äußeren Zeichen der zerbrechlichen Weiblichkeit, die die Männer im Krieg verteidigt hatten? Vielleicht wollten oder mussten sie auch ihre gefallenen Brüder ersetzen? Wir wissen jedenfalls, dass es damals nicht genügend junge Männer gab und viele Frauen unfreiwillig alleine blieben. Andere wiederum entdeckten die neue Freiheit im Beruf und als finanziell unabhängige Frau. Wenn Mode sich aus dem Unbewussten entwickelt, was sagte das weibliche Unbewusste dann zu jener Zeit?

Aber weiter zu den Dreißigerjahren. In diesem Jahrzehnt spielt *Die Kleiderdiebin,* und die Jungen wurden erwachsen. Der wirtschaftliche Zusammenbruch von 1929 setzte dem Spaß ohnehin vorerst ein Ende, weil er zu Verhältnissen führte, aus denen der nächste Krieg entstand. Die Mode reagierte darauf.

Die Rocksäume wanderten wieder nach unten, so wie sie es anscheinend in finanziell angespannten Zeiten immer tun. Die Taille, einer der Indikatoren für weibliche Sexualreife und Fruchtbarkeit, kehrte wieder zu natürlicheren Maßen zurück, auch wenn sie insgesamt nicht besonders betont wurde. Das kam erst in den Vierzigerjahren, in denen man die Gürtel wieder enger schnallte. Die Silhouette der Dreißiger jedenfalls ist schlank und groß.

Nachdem ich Hunderte von Fotos und Zeichnungen von Kleidern studiert habe, muss ich jedoch noch anmerken, dass die Dreißigerjahre sich anscheinend einer strengen Einordnung widersetzen.

Gerade wenn man glaubt, dass alle Röcke gerade und schmal waren, findet man doch ein paar, die es eben nicht waren. Und wenn man zu dem Schluss gekommen ist, dass die betonte Taille nicht »in« war, sieht man doch noch ein Kleid mit einem Einsatz, der die Taille ganz besonders hervorhebt. Manche von Madeleine Vionnets Abendkleidern der späten Dreißiger besitzen winzige Taillen und ausladende Aschenputtelröcke. In Chanels Abschiedskollektion von 1939 gibt es Zigeunerkleider in Rot, Weiß und Blau mit Wespentaille. Ich besitze ein Bild eines Kleides der Callot-Schwestern von 1938, das genauso tailliert ist wie alles, was zehn Jahre später herauskam. Aber die vorherrschende Stimmung war eben nicht die einer Märchenromanze; man wollte nüchterne Formen für den Tag und aufreizende Sexualität für den Abend.

Eins kann ich allerdings mit Sicherheit sagen: Schultern waren ganz wichtig in den Dreißigern, ob nun durch Puffärmel oder durch Polster betont oder auch unbedeckt im Abendkleid. Die Schultern waren breiter als die Hüfte. Bloße Schultern waren seidenzart, sexy und muskulös. Vielleicht brauchten die Frauen in jenen schweren Zeiten auch einfach starke Schultern.

Gegen Ende der Dreißigerjahre eröffnet Alix ein Geschäft in einer der anspruchsvollsten Branchen überhaupt – und dazu in einer Stadt, die einem kaum etwas verzeiht. Aber sie weiß, dass sie es schaffen kann. Die Boulevards von Paris sind gesäumt von eleganten Geschäften, die von Frauen geführt werden. Sie hat den nötigen Biss und das Talent dazu, und ihre Erfahrung wächst mit jeder Saison, aber sie weiß auch, dass es schwierig werden wird, immer wieder das nötige Kapital aufzubringen. Couturekleider sind sehr teuer, damals wie heute, aber die Kunden erwarten, auf Kredit kaufen zu können und lassen sich viel Zeit beim Abzahlen. Einen Kredit von der Bank zu bekommen, ja, sogar ein eigenes

Konto zu besitzen ist Frauen allerdings kaum möglich. Ohne Geld von der Familie kann eine Frau also kaum das nötige Kapital aufbringen.

Coco Chanel hatte das Glück, einen wohlhabenden Gönner zu haben, der ihr für den Anfang Näh- und Geschäftsräume finanzierte. Sicher, ihre Geschichte ist beinahe märchenhaft; Chanel ist von einem armen Bauernmädchen zu einer der erfolgreichsten Unternehmerinnen aller Zeiten aufgestiegen. Aber die anfängliche Unterstützung hat ihr diesen Aufstieg erst ermöglicht. Die anderen weiblichen Couturiers mussten klein anfangen, hart arbeiten und darauf hoffen, die Modeszene irgendwie zu beeindrucken. Jeanne Lanvin, die mit achtzehn Jahren als Hutmacherin begann, hatte bloß ihre bescheidenen Ersparnisse, die Unterstützung einer Kundin und einen Kredit über dreihundert Francs bei ihren Lieferanten. Schon 1918 besaß sie ein Haus in der Rue du Faubourg Saint-Honoré und stellte dort die ganze Bandbreite an Couturekleidern, Accessoires, Unterwäsche und Parfüm her. Madeleine Vionnet dagegen erlitt 1907 Schiffbruch beim Couturehaus Doucet und machte sich danach selbstständig. Sie begann mit bescheidenem Einsatz. Aber schon 1910 gehörten ihr Geschäftsräume an der Rue de Rivoli.

Das Couturegeschäft war – und ist zweifelsohne noch heute – extrem vom Kapital abhängig. Jedes Kleidungsstück ist das Ergebnis vieler Stunden harter Arbeit: Entwerfen, Probeschneidern, Anpassen und Fertigstellen. Vor dem Zeitalter der Maschinen bedeutete das Nähen von Hand, (Perlen-)Sticken von Hand, Knopflöchersäumen von Hand, und so weiter. Alle diese Fachkräfte kosteten Geld. Die einzelne Näherin wurde schlecht bezahlt, aber ein Coutureatelier brauchte viele, in manchen Fällen Hunderte von ihnen.

Alix' Gönner unterstützte sie so weit, dass sie das Unternehmen gründen konnte; zum Überleben aber brauchte sie Hartnäckigkeit, Glück und eine loyale Belegschaft, die an ihre Grenzen ging. Nur so konnte der Traum leben. Chanel, Lanvin, Vionnet und die meisten anderen weiblichen Modeschöpfer hatten darüber hinaus eins gemeinsam: Sie alle verfügten über die nötigen handwerklichen Fähigkeiten. Alle lernten schon früh das Nähen: Chanel in der Klosterschule, Lanvin bei der Hutmacherin Madame Felix und Vionnet bei den Schwestern Callot, einem führenden Pariser Couturehaus. Sie kannten sich aus, was Stoffe anging, und sie wussten, wie man sie zuschnitt und zusammennähte. Ihre Entwürfe waren von einem tiefen Verständnis des Handwerks geprägt.

Sie alle waren auch sehr gewissenhaft und detailbewusst. Das Paris des frühen 20. Jahrhunderts war voll von Mädchen, die unsichtbare Säume nähen konnten. Aber nur ein paar von ihnen wurden zu Königinnen ihres Handwerks. Die Modeindustrie war ein Auffangbecken für Mädchen ohne Ausbildung oder Geld von zu Hause; dort gab es wenig zu verdienen. Aber sie war auch eins der wenigen Felder, in denen eine Frau sich allein durch Leistung ganz nach oben arbeiten konnte, wo – im besten Fall – Reichtum und Unabhängigkeit auf sie warteten. Natürlich musste man auch Opfer bringen. Es ist sicher kein Zufall, dass die führenden Modeschöpferinnen alle als unnahbare, sogar einsame Frauen galten, die eiserne Disziplin verlangten: im Atelier ihren Angestellten gegenüber, aber auch sich selbst gegenüber.

Danksagung

Ich möchte den folgenden Personen danken; ihr Einsatz und ihre Unterstützung haben die Entstehung von *Die Kleiderdiebin* nicht nur ermöglicht, sondern zu einer großen Freude gemacht. Zuerst wäre da meine Agentin Laura Longrigg, deren kreative Ratschläge und Glaube an mich der Treibstoff war, den ich brauchte, um diesem Buch den nötigen Schub zu geben. Dann ist da noch meine Lektorin bei Quercus, Kathryn Taussig, deren Fähigkeiten und Begeisterung mein Buch geprägt haben. Danke auch an Jenny Richards, die das wunderschöne Cover der englischen Originalausgabe geschaffen hat, und an Talya Baker, die das Manuskript redigiert hat. Ich möchte mich außerdem bedanken bei Brigid Irwin, die Korrektur gelesen hat, bei der Schriftstellerin Helen Carey, die mich all die Jahre unterstützt hat, bei Mel Hayman-Brown, Emma Cameron und meiner Schwester Anna McKay, die mir den Rücken gestärkt und die frühen Stadien des Manuskripts mit Verstand gelesen haben. Danke auch an meinen Mann Richard, der mich nicht nur länger als zumutbar ertragen, sondern mir auch als Experte bei Fachausdrücken zur Luftfahrt geholfen hat. Vergessen möchte ich dabei nicht Jeremy Blackham, der mich in Sachen Nautik beraten und zusammen mit Candy Blackham und mir die wunderschöne Kirche Saint-Sulpice aufgesucht hat, damit ich mir ein Bild des Inneren machen konnte. In guter Schriftstellertradition erkläre ich hiermit, dass etwaige sachliche Fehler auf meinem Mist gewachsen sind. Ich danke meiner Mutter, die mir den Spaß am Schreiben nahegebracht und mir meine allererste Paris-Reise ermöglicht hat, und meinem Sohn Sam Evans, der seine Schriftstellermutter tapfer ertragen hat. Erwähnen möchte ich auch noch Eileen Kitchen, die Doyenne der Londoner Modeindustrie, deren Geschichte, wie sie einmal nachts im Atelier eingeschlossen wurde, mich zu einer Szene dieses Buchs inspiriert hat. Und Chrissie Kitchen möchte ich nennen, weil sie mir eine gute Freundin war, mich immer ermutigt und mehr als ein Glas Sauvignon Blanc mit mir getrunken hat. Schließlich: Dieses Buch gäbe es nicht ohne Paris, die Stadt, in die ich mich verliebt habe, als ich noch zu jung war, um zu wissen, worauf ich mich einließ.

Natalie Meg Evans
Suffolk, 2014